Barbara Delinsky

Mais que Amigos

Tradução

A. B. Pinheiro de Lemos

BERTRAND BRASIL

Título original: *More Than Friends*

Capa: Leonardo Carvalho

Editoração: DFL

2002
Impresso no Brasil
Printed in Brazil

Cip-Brasil. Catalogação-na-fonte
Sindicato Nacional dos Editores de Livros, RJ

D395m Delinsky, Barbara
Mais que amigos / Barbara Delinsky; tradução A. B. Pinheiro de Lemos. — Rio de Janeiro: Bertrand Brasil, 2002.
476p.

Tradução de: More than friends
ISBN 85-286-0915-4

1. Romance norte-americano. I. Lemos, A. B. Pinheiro de (Alfredo Barcelos Pinheiro de), 1938–. II. Título.

CDD - 813
02-1368 CDU - 820(73)-3

EDITORA BERTRAND BRASIL LTDA.
Rua Argentina, 171 — 1º andar — São Cristóvão
20921-380 — Rio de Janeiro — RJ
Tel.: (0xx21) 2585-2070 — Fax: (0xx21) 2585-2087

Atendemos pelo Reembolso Postal.

Pela inspiração, estímulo, paciência e amor,
agradeço para sempre aos homens de minha vida.

Prólogo

Michael Maxwell levantou a filmadora até o olho. Com o corpo apoiado na grade da varanda, deixou a fita correr. Fez uma panorâmica do mar e depois focalizou o caminho rochoso que subia da praia para a casa.

Com sua voz de treze anos, uma oitava mais baixa que o normal, começou a falar:

— Dia do Trabalho, final das férias de verão na escola, setembro de 1992. Sutters Island, Maine. Junto comigo, na varanda da casa de veraneio Popewell, estão os Pope e os Maxwell, reunidos nesta tarde de suprema importância para seu décimo almoço de congraçamento, no final da temporada.

— O décimo! — exclamou uma voz atônita, do balanço na varanda, por trás de Michael. — Dá para acreditar?

— É difícil — concordou outra voz, agora de homem.

Mais uma voz se manifestou, precedida por um resmungo:

— Eu posso. Acabo de ver o orçamento para um novo telhado, um novo aquecedor e uma nova fossa. A casa está caindo aos pedaços.

— Mas nós a amamos — declarou Annie Pope. — Não é mesmo, Teke?

— Claro — concordou Teke, piscando para Michael, quando seu olho fixo na câmera focalizou o grupo.

Michael passou a filmar o enorme balanço de madeira, retomando a narrativa com voz grave:

— Aqui estão os pais de Popewell. Da esquerda para a direita, temos J.D. Maxwell, o braço estendido ao redor dos ombros de seu maior amigo, Sam Pope. A mulher de Sam, Annie, está no colo do marido, os braços em torno dos joelhos, os pés descalços em cima de sua melhor amiga, Teke. Vestem uma variedade de *T-shirts* e bermudas, e parecem estudantes, num estilo mais velho.

— Essa não! — protestou Teke.

— Somos mais velhos — declarou J.D., para logo acrescentar, em resposta ao olhar de Sam: — Não o vi pulando para atracar o barco.

— Jon disse que faria isso.

— Porque você não agüentava.

— Cortamos um bocado de lenha hoje de manhã.

— Há dez anos, cortaríamos toda aquela lenha e ainda faríamos mais.

— Há dez anos não tínhamos cinco adolescentes para nos ajudar a fazer o que faltasse.

Teke suspirou.

— Há dez anos estávamos com trinta. Enfrente isto, Sam, estamos envelhecendo.

— Não eu. — Com o bigode tremendo, Sam passou os braços em torno de Annie. — Estou entrando no auge da vida.

Ele abriu a boca para chupar o lóbulo da orelha da mulher.

— Um *doce* gesto, Sam — comentou Michael.

E ficou pensando no que Kari Stevens faria se tentasse o mesmo que Sam. Provavelmente o chamaria de pervertido. Mas o que Kari Stevens sabia de línguas?

— Ele vê tudo, Sam — advertiu J.D. — Você será o culpado se ele se transformar num Geraldo com as mulheres.

— *Geraldo!*

O grito zombeteiro veio do canto da varanda. Michael virou a filmadora nessa direção e surpreendeu a irmã Jana rindo.

— *Ele* nunca será outro Geraldo.

— E por que não? — indagou Michael, levemente magoado.

Era verdade que atuava mais como cinegrafista do que como repórter investigativo, que nem o Geraldo da televisão, mas tinha toda a intenção de se tornar um dos maiores.

Zoe Pope, que estava encolhida no canto, ao lado de Jana, respondeu:

— Porque você é bom demais.

— Mas também posso ser mau.

Ele se aproximou das meninas, dando um *zoom*:

— Posso revelar ao mundo que Jana Maxwell faltou a três aulas do curso de motorista, depois de ter-se matriculado.

— Michael!

— Fez mesmo isso, Jana? — indagou Teke.

Mas Michael tinha mais e melhor.

— Posso dizer a Josh Vacarro que quando o telefone fica ocupado a noite inteira não é porque Jana está conversando com Zoe, mas porque passa horas de papo com Danny Stocklan e Doug Smith.

— Você não ousaria! — advertiu Jana.

— Claro que não — assegurou Zoe.

Ela era uma força tranqüilizadora para Jana, assim como Annie era para Teke. Também se parecia com a mãe. Tinha a mesma aparência delicada de Annie, os cabelos louros curtos e ondulados. Jana, por sua vez, tinha cabelos escuros, com a mesma aparência exótica de Teke.

Sam estalou os dedos.

— Venha até aqui, Michael.

Depois de tirar o *zoom*, Michael virou-se para os pais.

— Dedurar irmãs é quase tão ruim quanto xingar o juiz num jogo. Homens de verdade não fazem isso. Entendido?

— Entendido.

Michael não podia reagir de outra forma, porque Sam era muito amigo para discutir. Não era todo garoto que tinha um Sam em sua vida. Era como um pai, sem as desvantagens. Além do mais, era um tremendo atleta. Michael não seria nem a metade do jogador de basquete que era se não tivesse Sam como seu treinador.

Mas o basquete era para o outono e o continente, não para o Dia do Trabalho na Sutters Island.

— Quando vamos jogar vôlei? — perguntou ele a Sam, detrás da filmadora.

— Quando eu recuperar um pouco de energia.

J.D. consultou o relógio.

— Quando isso acontecer, já será o momento de sair. Combinei para a barca vir nos buscar às cinco horas. Antes disso, precisamos cozinhar e limpar tudo...

— A galinha! — exclamou Annie. — Tinha esquecido. Deixei marinando... se não fizer um pré-cozimento...

Ela começou a se levantar, apenas para ser detida por Sam, que a abraçou com mais firmeza, e por Teke, que pôs a mão em seu braço e ergueu-se do balanço.

— Cuidarei disso. Fique com Sam.

— Me largue, Sam. Jurei para mim mesma que ajudaria. Teke passou a maior parte da semana cozinhando. Não é justo. As férias são dela também.

Mas os braços de Sam não se abriram e Teke exibiu um sorriso confiante.

— É o que faço melhor — disse ela.

A porta de tela rangeu ao ser aberta e foi batida um instante depois. Michael filmou a porta até Teke desaparecer. Gostava de filmar a mãe. Era uma mulher insólita, usando uma *T-shirt* e uma bermuda de um verde-néon, os cabelos presos no alto da cabeça por uma fita roxa combinando com os extravagantes brincos em ziguezague que pendiam das orelhas. Dentre todas as mães de seus amigos, ela era a melhor, e não apenas por estar sempre presente. Ou por ser uma cozinheira maravilhosa. Teke era também divertida. A voz de Michael retomou o tom de barítono quando ele continuou a falar para a câmera:

— E assim tivemos Theodora Maxwell assumindo o comando. Alimentando os famintos, curando os doentes, correndo até o fim do mundo à procura de um pôster, creme para espinhas ou *short* preto.

Ele fez uma pausa, depois se virou e indagou, porque era uma pergunta que Annie sempre evitava:

— E aí, Annie, o que faríamos sem ela durante todos esses anos?

Annie deu um sorriso sincero para a câmera.

— Eu nunca teria me tornado professora catedrática e você não teria nascido.

Sam olhou para J.D.

— O que acha disso como um tributo à sua esposa?

— Nada mau.

J.D. levantou do balanço. Foi até a grade da varanda e olhou para o atracadouro, pela encosta suave.

— Ei, vocês! Têm de nos ajudar a arrumar tudo!

Michael ficou a seu lado. Focalizou a filmadora na extremidade do atracadouro. Leigh estava deitada ali, de biquíni, aproveitando os últimos raios de sol. Jon, sentado a seu lado, estava de costas para a casa. Fazendo um *zoom*, Michael filmou o movimento de uma mão, enquanto dizia, numa voz grossa e arrastada:

— Este é um dia e tanto para os homens da família Pope, com a língua de Sam na orelha de Annie, e a mão de Jon no sutiã de Leigh. Ainda bem que não há crianças presentes. Ficariam chocadas.

— Essa não, Jon! — berrou J.D. — É na minha *filha* que você está passando a mão! Seja mais discreto!

No canto da varanda, Jana soltou uma risada.

— Eles estão sendo discretos.

J.D. lançou um olhar irritado para Sam.

— Já viu o que seu filho está fazendo?

Sam deitara no balanço, com Annie.

— Relaxe, J.D. Eles estão numa boa.

— Ultimamente tem conversado com ele?

— Jon não faz nada que você também não fizesse na idade dele.

— Eu não fazia nada na idade dele.

Michael parou de filmar.

— Nada? Aos dezessete anos?

— Beijava garotas — informou J.D.

— Só isso?

— Só isso.

— Ahn...

— O que esse "ahn" significa?

Significava que Michael não podia imaginar que passaria os quatro anos seguintes apenas beijando. Não que planejasse perder a virgindade imediatamente. Mas começava a especular como seria tocar numa garota... e não apenas na mão.

— O que esse "ahn" significa? — repetiu J.D.

— Nada. — Michael levantou a filmadora até o olho, apertou o botão de gravar e disse: — Jonathan Pope se regenerou. Suas mãos estão agora no cais, à vista de todos.

Ele fez uma pausa. A voz vibrava quando voltou a falar:

— Ei, olhe só para aquele barco, papai! — Michael focalizou a escuna que acabara de entrar em seu campo de visão. — Tem quatro mastros. Que espetáculo!

— Nada má.

— É maneira!

— Não será tão maneira assim se o mar piorar. Ao contrário, poderá se tornar bastante desagradável. Por outro lado, estaremos seguros e confortáveis.

— Mas não podemos ir aos mesmos lugares que eles.

— Nosso barco vai a muitos outros.

— Não como uma escuna.

— É uma baleeira, mais confiável.

— É patética — insistiu Michael. — Não se pode ir a *qualquer lugar* bom numa baleeira. E quero *viajar*.

Cinegrafistas não poderiam conquistar uma reputação se limitassem suas filmagens à Sutters Island, a Constance-on-the-Rise, onde os Popewells moravam, ou a Boston, onde J.D. e Sam trabalhavam. Também não se projetariam filmando eventos familiares, peças teatrais na escola ou — e ele não se importaria se ganhasse um prêmio por isso — documentários sobre um dia na vida de uma moeda de dez centavos. Michael queria fazer coisas importantes. Planejava dar a volta ao mundo antes de completar vinte anos.

— Neste caso, pode optar pelo direito internacional — aconselhou J.D. — É um mercado em expansão. Poderá viajar enquanto trabalha.

— Não vou entrar na advocacia — anunciou Michael.

— Por que não? — indagou J.D.

Michael continuou filmando a escuna, uma das mais espetaculares que já vira.

— Eu ficaria de saco cheio.

— Não me sinto de saco cheio.

— Eu não sou você.

— E Sam, fica de saco cheio?

— Eu também não sou o Sam.

Michael tinha de admitir que o ramo da advocacia de Sam — litígio, em vez do direito administrativo de J.D. — era mais emocionante. Ainda assim, Michael não podia se imaginar num escritório das oito da manhã às oito da noite.

— Seu avô está contando ter três gerações de Maxwells na firma — comentou J.D.

— Não tem problema. Jana pode ficar no meu lugar. Nasceu para ser advogada.

J.D. ficou calado. Depois de algum tempo, Michael sentiu seu olhar. Havia perplexidade na voz do pai quando este perguntou:

— O que você vê lá fora?

— Céu. Mar. Um barco. — Michael fez uma pausa. — Coisas novas. Coisas *diferentes*. Nossas vidas são previsíveis demais.

— É sua idade falando. Ainda é muito jovem para apreciar o valor da estabilidade.

— Quero aventura.

— Decididamente, é a sua idade falando.

Michael não disse nada. Se havia alguma coisa que sabia sobre o pai, essa coisa era o fato de que J.D. não mudaria de idéia. Não havia problema, porque Michael tinha Teke do seu lado. Teke apoiaria qualquer coisa que ele quisesse fazer. Era uma pessoa incrível. Sua amiga e companheira. Pelo que conhecia das mães de seus amigos, agradecia aos céus por poder contar com Teke.

Um

Ao final da última página da sentença que estava lendo, Sam Pope levantou-se de sua cadeira. Respirou fundo, satisfeito. Deixou escapar o ar num suspiro de intenso prazer. Um sorriso incipiente agitou seu bigode. O sorriso se alargou. Ergueu os olhos, sentiu o peito estufar de excitação. Incapaz de se conter, murmurou:

— Essa foi grande, Sam!

Ele saiu da sala. Anunciou na passagem pela ante-sala, sem se deter:

— Ganhamos, Joy!

Os olhos da secretária se iluminaram:

— Isso explica o assédio da mídia.

No mesmo instante em que ela estendia os papeizinhos cor-de-rosa com as ligações que Sam se recusara a atender enquanto lia a sentença, o telefone recomeçou a tocar.

Mas Sam já se afastava pelo corredor. Havia vigor em seus passos. Sentia-se no topo do mundo. Passou por uma sala atrás da outra, mas não diminuiu a pressa até o final do corredor. Queria que J.D. fosse o primeiro dos seus sócios a ouvir a notícia. Afinal, John David Maxwell era o seu maior e mais antigo amigo.

A sala estava vazia.

— Ele foi passar o dia na Continental Life, em Springfield — informou a secretária, de sua mesa.

Sam sentiu um desapontamento momentâneo, que logo desapareceu. Estava exultante demais para ficar contrariado por muito tempo.

— Quando ele telefonar, avise que ganhamos *Dunn v. Hanover.*

A secretária sorriu.

— Ele ficará feliz. Uma grande vitória.

— Foi mesmo — disse ele, já se encaminhando para outro corredor. Havia no final uma sala grande, com uma vista generosa do palácio do governo, o Common de Boston e o Public Garden. Era a sala do fundador da firma de advocacia, o velho Maxwell.

— John Stewart está?

— Foi a Nova York para reuniões de diretoria. Mas ficará impressionado.

E deveria mesmo, pensou Sam. Doze anos antes, John Stewart não queria um departamento de litígio na firma. Se dinheiro era fundamental, como John Stewart parecia pensar, o resultado agora justificava tudo. Ninguém podia menosprezar honorários de seis milhões de dólares.

Ao voltar pelo corredor, ele sabia que parecia um presunçoso, mas não se importava. Parou na sala a duas portas da sua. Bateu com a mão em seu batente.

Vicki Cornell era a associada que, por mais de quatro anos, trabalhara com ele no processo, levando *Dunn v. Hanover* do Superior Tribunal ao Tribunal de Recursos, e deste para o Supremo Tribunal. Um olhar para o rosto de Sam e ela arregalou os olhos.

— Jura?

Ele sorriu, balançando a cabeça em confirmação.

Vick soltou um grito. Mal saíra de sua boca e ela já estava de pé, na porta, estendendo-lhe a mão em felicitações. Sam ignorou o que lhe pareceu politicamente correto e abraçou-a.

Ela não pareceu se importar. Deu um passo para trás, tão emocionada com a vitória quanto ele.

— Conseguimos! É demais! Tem uma cópia da decisão?

Sam tornou a balançar a cabeça.

— Na minha mesa.

— Marilyn Dunn já sabe?

— E os outros também. Virão até aqui às três horas para uma entrevista coletiva. Pode me fazer um favor? Ligue para Sybil Howard. O Canal Cinco nos ofereceu uma boa cobertura durante todo o processo. Quero que Sybil tenha direito às primeiras perguntas. E ligue também para o Locke-Ober's. Vamos reservar uma sala particular.

Ele virou-se para sair.

— Chame seu marido para participar. Além de Tom e Alex, e todas as outras pessoas importantes de que os mantivemos afastados enquanto trabalhavam nesse caso.

Já na porta, Sam concluiu:

— Merecemos uma comemoração. Não é sempre que se ganha um processo que abre um precedente.

Para Joy, ao passar por sua sala, informou:

— Volto dentro de duas horas.

— Onde poderei encontrá-lo?

— Em casa ou na faculdade. Onde eu encontrar minha mulher.

Ele não tinha a menor intenção de dar a notícia a Annie pelo telefone. Não da maneira como se sentia. Ganhar *Dunn v. Hanover* fora uma vitória espetacular. Tinha de dar-lhe a notícia pessoalmente e abraçá-la. Nenhuma comemoração seria completa sem isso.

Constance-on-the-Rise ficava trinta quilômetros a noroeste de Boston. Era uma comunidade pequena e próspera, cujos carros de luxo importados normalmente faziam a viagem de ida e volta para a cidade grande em quarenta minutos. Sam fez o percurso em meia hora apenas. É verdade que já eram onze da manhã, em vez da hora do *rush*. Mas ele passou por várias equipes de reparos na estrada sem ter de frear uma única vez. Estava numa maré de sorte.

Durante toda a sua vida sonhara em realizar alguma coisa importante, ajudar os sem recursos, fazer diferente. Como assistente do promotor distrital, atuara em casos de homicídio e tráfico de drogas, mas nenhum podia se comparar com o de *Dunn v. Hanover*.

Annie sabia disso. Annie compreendia.

E ele realmente estava com sorte, porque era terça-feira, dia em que Annie trabalhava em casa. Estaria sozinha, sem filhos, sem amigos, lendo as publicações especializadas, corrigindo provas ou ditando relatórios... até ouvir sua notícia. E, depois, também ficaria no maior contentamento. Era o que sempre acontecia quando havia boas notícias para partilhar.

Sam recordou outras ocasiões em que tivera boas notícias. Quando recebera pelo correio a confirmação de que fora aceito na faculdade de direito, vasculhara a biblioteca, até encontrá-la num cubículo afastado. Levara-a para um depósito e fizera amor com ela, encostado na porta fechada. Na noite em que ganhara o julgamento simulado na faculdade, haviam feito amor no carro. Quando ele soubera que fora aprovado pela Ordem dos Advogados, correram para a hospedaria perto da universidade, onde Annie fazia cursos de pós-graduação. O quarto era encantador, digno das duas horas que lá passaram. Jonathan nascera nove meses depois.

Ele guiava com um sorriso estampado no rosto e uma pressão entre as pernas, que aumentou ainda mais quando entrou no caminho circular que levava à entrada da casa de alvenaria, estilo Tudor. Já vibrando de expectativa, saltou do carro, avançou apressado pelo curto caminho e abriu a porta da frente.

— Annie? Uma grande notícia, meu amor!

Sam subiu a escada de dois em dois degraus para o segundo andar. Continuou até o terceiro, onde Annie montara seu escritório. Naquela hora o sol passaria pelas clarabóias, iluminando sua mesa. Ele se imaginou fazendo amor ali.

— Annie?

Não a encontrou no escritório, embora a pasta estivesse aberta e a mesa coberta por papéis. Procurou no segundo andar, depois no primeiro, gritando seu nome várias vezes. Quando verificou na garagem, constatou que o carro de Annie não estava ali.

Imperturbável, pegou o telefone da cozinha e ligou para o escritório da mulher na faculdade. Poderia chegar lá por volta de uns dez minutos.

Mas Annie também não se encontrava lá.

Sam deu uma olhada no calendário na cozinha. Não havia nada marcado para o dia. Portanto, ela podia ter saído para comprar comida ou roupas para as crianças. De qualquer maneira, voltaria logo, já que tinha uma paciência limitada para lojas. Mas também era possível que tivesse saído para almoçar com uma amiga. Nesse caso, demoraria mais um pouco.

Frustrado, até mesmo um pouco aborrecido, com a certeza de que poderia explodir de contentamento se não partilhasse logo a notícia, saiu pela porta dos fundos e foi andando pelo bosque. As árvores cobriam-se de dourado e ferrugem, recendendo a outono. Sam atravessou o regato numa única e larga passada. Passou por baixo da casa na árvore que ele e J.D. haviam construído para as crianças há muito tempo... e que ele e Annie haviam usado pouco tempo antes para outros propósitos. Avançou pelo caminho entre os arbustos no quintal dos fundos dos Maxwell.

Depois de atravessar o pátio de paralelepípedos, entrou direto na cozinha, chamando:

— Teke?

A cafeteira estava ligada. Bom sinal. A idéia de que Annie pudesse estar ali aumentou ainda mais sua excitação. Teke compreenderia se ele arrastasse Annie de volta pelo bosque. Teke o compreendia quase tão bem quanto Annie. Era a mulher mais próxima de uma irmã que já tivera.

Como conhecia a casa dos Maxwell quase tão bem quanto a sua, foi dar uma olhada na sala íntima, ao lado da cozinha. Teke não estava ali. Também não via o carro de Annie, embora ela pudesse ter estacionado na frente.

— Teke? — chamou ele de novo, para depois repetir ainda mais alto: — *Teke?*

Teke mexeu-se ao som da voz de Sam. Estava na sala de estar, encolhida num canto do sofá, acalentando uma xícara de café que há muito esfriara. Usava o *peignoir* de seda que J.D. lhe dera no último Natal. Era conservador demais para o seu gosto, longe do estilo extravagante que apreciava, mas ela precisava de toda ajuda que pudesse ter para lembrar a si mesma quem era. Sentia-se perturbada. A carta de Grady Piper deixara-a muito confusa.

Grady fora seu namorado de infância, a luz de sua juventude, a fonte de seu fogo. Crescera em seus braços, no sentido literal e figurado. Vinte e dois anos haviam transcorrido desde que ela o vira ou tivera notícias suas pela última vez, mas não por falta de tentativa de sua parte. Bem que suplicara. Enviara cartas. Tentara contato por telefone. Mas ele se fizera de surdo, devolvera as cartas sem abrir, recusara-se a atender aos telefonemas. Rejeitara-a em todas as oportunidades. Ao final, dissera expressamente que não a queria mais.

Desolada e derrotada, convencida de que ele saíra de sua vida para sempre, Teke fora para a universidade, conhecera Annie e Sam, conhecera e se casara com J.D. Maxwell, dera à luz três filhos, construíra toda uma nova vida.

Agora, Grady estava de volta — ou, pelo menos, sua carta — numa ocasião em que seu casamento afundava. Era um naufrágio sutil, uma frustração silenciosa, uma impaciência que nunca existira. Não era apenas da parte de Teke. J.D. também se sentia assim. Dava para perceber pela maneira como ele lhe falava, pela maneira como a fitava. A excitação que existira no relacionamento, qualquer que fosse, agora desaparecera. Haviam caído na rotina. A carta de Grady não poderia ter chegado em ocasião mais delicada.

Teke ficara chocada quando a recebera. Olhara para a carta em sua mão, enquanto um tremor interno se avolumava. Desde então, já a lera tantas vezes que sabia as palavras de cor.

Vinha pensando nela — escrevera Grady. Especulava como ela estaria. Talvez pudesse ir até lá de carro para cumprimentá-la. Pelos velhos tempos.

A casualidade de seu tom deixara-a atordoada. Nada entre Grady e ela jamais fora casual. Mesmo depois de vinte e dois anos, Teke ainda achava que não poderia fitá-lo nos olhos e sentir qualquer coisa remotamente casual. Como sempre acontecera, também agora a simples lembrança de Grady desencadeava sensações íntimas e intensas.

Mas também desencadeava raiva. Ele a descartara uma vez, dissera que não a queria. Embora isso quase a tivesse matado, conseguira removê-lo de seus pensamentos. Tinha sua própria vida, agora. Grady não tinha o direito de se intrometer. Seu reaparecimento não podia resultar em nada de bom, nada mesmo.

Ela sentiu uma infinita gratidão pela chegada de Sam. Precisava dele para não pensar mais em Grady.

— Na sala de estar! — gritou ela.

Sam passou pela porta um instante depois, dando de novo a impressão de que a qualquer momento poderia explodir de contentamento.

— Ganhamos o caso Dunn!

Teke tentou se situar.

— O caso Dunn?

— É uma decisão que abre precedente em casos de abuso sexual — explicou Sam, não menos eufórico pela falta de lembrança de Teke. — Até agora, o prazo de prescrição era de apenas três anos, mas é comum as mulheres não saberem que foram vítimas de abuso até muito depois do fato. Marilyn Dunn levou dezessete anos para compreender por que vivia no inferno. Só *dezessete anos* mais tarde foi capaz de processar quem dela abusara e ganhar. Sabe o que isso significa para as dezenas de mulheres estupradas neste estado?

Teke lembrou que ele já mencionara o caso. Compreendeu a alegria de Sam.

— Você ganhou?

Ele sorriu.

— Um processo de vinte milhões de dólares.

Teke levantou-se do sofá para abraçá-lo.

— Isso é maravilhoso, Sam.

Radiante, ele rodopiou com Teke em seus braços.

— A sentença abre um precedente. Uma vitória, finalmente, para as pessoas que precisam.

— Isso é muito bom — murmurou ela, feliz com a intimidade.

Sam era o seu melhor amigo. Sólido e firme, não como J.D., não como Grady, mas uma força por si mesmo.

— É mais do que bom, Teke. Trabalhamos muito para consegui-lo.

Teke murmurou de satisfação. Estendeu os braços por baixo do paletó, enlaçando-o pela cintura. Sam gostava do contato físico, ela também. Não se importaria com aquele abraço. E ela bem que precisava. O vigor de Sam preenchia o vazio que ameaçava tragá-la.

— Sempre desejei ter um caso assim — continuou Sam, contra os cabelos de Teke, a voz embargada de contentamento. — Só acontece uma vez na vida.

Ela fechou os olhos, no eco daquela voz embargada. Era um som forte, másculo.

— Você deu duro neste caso — murmurou ela. — Mereceu ganhar.

— Minha cliente ganhou.

— Você ganhou para ela.

Teke respirou fundo. Subitamente, aquele corpo de homem comprimido contra o seu proporcionava-lhe uma satisfação maravilhosa, mas ela não podia recuar. Lembrava-lhe, de uma estranha maneira, de Grady. Na esteira do vazio que sentira, o abraço era um alívio e um prazer. Não podia fazer qualquer mal.

— Já falou com Annie?

— Ela não está em casa. — Com um suspiro, Sam apertou-a com mais força, quando poderia soltá-la. — Pensei que a encontraria aqui.

— Annie não está aqui.

A voz saiu num sussurro. Um lento ardor começava a se espalhar por seu ventre. Era Grady, o desgraçado, fundindo passado e presente.

— Por Deus, Teke...

Ela sussurrou o nome dele. Ou pelo menos pensou que era seu nome, embora fosse pouco mais que um suspiro. Seu corpo se ajustava ao de Sam, numa tentativa de aliviar o calor. E ele crescia para acolhê-la.

— Por Deus... — balbuciou Sam, outra vez.

Teke sabia o que isso significava. Podia sentir a vibração do sangue de Sam — ou do seu próprio — e a resistência que parece chiar no calor crescente. Disse a si mesma para se desvencilhar, mas o corpo não quis obedecer. Era outra vez uma adolescente em Gullen, dominada por uma necessidade irresistível, há muito reprimida.

E ele a acariciava. Teke ardia e fumegava, como se ardesse em fogo. Sentia uma necessidade urgente e desesperada de mais e mais.

De alguma forma, a calça de Sam foi aberta. Ela não pôde evitar que suas mãos entrassem na cueca. E, depois que o pegou, não pôde mais pensar em parar. Ele estava totalmente erecto, precisando se aliviar, e ela tão desesperada pela consumação de um sonho, que abriu o *peignoir.*

Daí então, já estavam perdidos. Sam levou-a para o sofá. Enquanto Teke arrancava os botões de sua camisa e abria a boca sobre seu peito nu, ele penetrou-a, arremetendo com crescente fervor, até gozar, com um grito longo e gutural. Teke estava prestes a gozar também quando um estrondo interrompeu seu prazer. Vários segundos passaram antes que a identificação do som viesse à sua consciência.

— Oh, Deus! — exclamou ela, saindo de baixo de Sam. Correu para a porta, fechando o *peignoir.* — Era Michael! Era Michael! Ele viu!

Teke mal alcançara os degraus da frente quando soou o angustiante rangido de freio e pneus derrapando, vindo da rua.

— *Michael!*

Ela saiu correndo. O coração estava disparado, não de paixão agora, mas de alarme. Seguiu pelo caminho para a calçada da frente, com medo de pensar. Uma pequena floresta, de pinheiros e rododendros, bloqueava a vista da rua. Foi somente quando chegou à rua que ela viu a picape azul imunda que derrapara até parar de lado. Deu a volta e caiu de joelhos. Michael estava estendido de bruços, uma perna e um braço dobrados em ângulos insólitos. Tinha os olhos fechados. O sangue escorria por baixo de sua cabeça.

O coração de Teke batia forte contra as costelas. Apavorada, estendeu a mão para o rosto do filho, mas não chegou a tocá-lo. Levou a mão para trás de sua cabeça e do pescoço, mas também houve medo de tocar nesses lugares.

— Michael? — A voz tremia. — Pode me ouvir, Michael?

Ele não respondeu. Apavorada, ela encostou a mão na cabeça do filho. Sam agachou-se do outro lado do corpo.

— Não mexa nele. Temos de providenciar ajuda.

— Não o vi — murmurou uma voz masculina, grave, em algum lugar ao lado e por trás. — Ele saiu correndo do meio das árvores. Ainda tentei parar.

O coração de Teke quase parou. Era a voz, a voz de que se lembrava. Mas não era possível. Só podia ser sua imaginação. Nenhum Deus em Seu juízo perfeito faria aquilo com ela. Já sentia bastante horror, medo e culpa pelo que estava acontecendo. E agora, aquela voz...

— Precisamos de uma ambulância! — gritou Sam para a voz. — Vá até a casa dos Clinger...

— Já chamei a ambulância! — informou Virginia Clinger, que corria pelo gramado na frente de sua casa, num traje de corrida rosa todo amarrotado, envolta numa nuvem de Obsession*. — Já está a caminho. O que aconteceu?

Ela inclinou a cabeça loura sobre Michael.

— Ele está vivo?

— Está! — berrou Teke.

Ela queria desesperadamente acreditar. Mantinha a mão nas costas de Michael, a fim de monitorar os fracos movimentos de sua respiração.

— O que posso fazer? — choramingou, frenética em seu desamparo. — O que posso fazer?

— Segure a mão dele — exortou Sam, baixinho. — Faça-o saber que você está aqui.

Ele afagou de leve os cabelos castanhos lustrosos do rapaz.

— Michael? — tentou Teke de novo, inclinando-se ainda mais. — Pode me ouvir? Sou eu, querido, é mamãe. Abra os olhos.

— Ele está inconsciente — anunciou Virginia.

— Nós dissemos para ele não deixar a escola — murmurou uma nova voz, assustada. — Bem que avisamos. Mas ele tinha certeza de que daria tempo para vir em casa e voltar antes de o período do almoço acabar.

Teke levantou os olhos para os pálidos rostos dos amigos de Michael, os gêmeos Terry e Alex Baker. Enquanto Alex olhava atordoado para o corpo inerte de Michael, Terry balbuciou:

— Descobrimos que ainda havia alguns ingressos à venda para o Club MTV, na próxima semana, em Great Woods. O pai de Josh concordou em ir até lá para comprá-los esta noite, mas apenas se todos

* Marca de perfume. (N.T.)

déssemos o dinheiro antes. Michael achou que poderia ao mesmo tempo obter a permissão da mãe e pegar o dinheiro.

— Ele estava saindo de casa — comentou Virginia.

Teke olhou para ela e depois para Sam, acompanhando o olhar da vizinha. Ele tinha a camisa desabotoada e o cinto aberto. Sam ajeitou o cinto e tornou a estender a mão para os cabelos de Michael, murmurando:

— Onde está a droga da ambulância? — murmurou.

Sam, oh, Sam, o que fizemos? A indagação de Teke foi silenciosa, mas mesmo no silêncio a voz saiu estranha, não firme e decidida como de hábito, mas uma frágil fachada, refletindo o horror absoluto de seus pensamentos. Não sentia tamanho desespero desde que era muito pobre, com o sobrenome Peasley, vivendo na miséria de uma cabana de pescador, na costa setentrional do Maine. Grady fora seu salvador na ocasião. Mas nem mesmo ele poderia salvá-la agora.

— Você vai ficar bom, Mikey — conseguiu dizer, em voz alta. — Os médicos saberão o que fazer.

Depois de uma pausa, ela acrescentou, mais em seu benefício:

— Mantenha a calma... mantenha a calma...

— Por que ele saiu da casa dele daquela maneira? — indagou Virginia. — Por que não olhou antes de atravessar a rua correndo?

— Ele entrou correndo e saiu correndo — informou Terry. — Estávamos observando da casa dos Carter. Não ficou em casa por mais de meio minuto.

— Michael falou com você sobre o concerto? — perguntou Virginia a Teke.

Ela não conseguiu responder. Não conseguia pensar em nada nem em ninguém naquele momento, a não ser em Michael. Pegou a mão do filho, esfregou o braço que parecia ileso. Sentia-se cada vez mais fraca, cada vez mais tonta. Sam inclinou-se para ampará-la.

— Ele vai ficar bom, Teke.

Ela balançou a cabeça como uma autômata, rezando com toda sua fé para que isso acontecesse.

— Os meninos são fortes. E se recuperam depressa.

A sirene distante da ambulância ecoou pelo ar. Era tão irreal quanto o resto do mundo parecia. Teke não conseguia se identificar com ele — nem dele escapar.

A sirene tornou-se mais alta, silenciando abruptamente no instante em que a ambulância entrou na rua. Foi seguida por um carro da polícia. Ambos pararam perto antes que seus ocupantes saltassem.

Teke tinha noção de que outros vizinhos apareciam em sua periferia, mas continuou a tocar e a focalizar Michael. Quando Sam levantou-a, para dar lugar aos paramédicos, ela resistiu. Mas ele foi firme:

— Eles são profissionais, Teke. Podem ajudá-lo.

— É meu filho, Sam — sussurrou ela, fazendo um esforço para ver Michael através das costas uniformizadas. — Eu morro se alguma coisa acontecer com ele.

— Michael vai ficar bom.

— A culpa é minha.

— Não é, não.

— Vocês viram o que aconteceu? — perguntou um dos guardas.

Antes que qualquer dos dois pudesse falar, o motorista da picape disse:

— O carro é meu. Tentei parar, mas era tarde demais.

Teke olhou para o homem, antes de poder se controlar, e sua voz silenciosa gritou com angústia: *Grady! Não, não pode ser Grady! Qualquer outro, menos Grady! Por favor, Deus, por favor!* Mas vinte e dois anos quase não haviam mudado suas feições. Mesmo que ele usasse uma máscara, Teke o reconheceria pelos olhos. Eram escuros, profundos, olhos em que uma pessoa podia se afogar, sempre transbordando de emoção por ela. Não eram diferentes agora.

Ela começou a tremer. Sam apertou-a com mais força.

— Está tudo bem, Teke. Ele vai ficar bom. É um garoto forte e saudável.

Teke observou o guarda levar Grady para longe. Depois, desviou os olhos para os paramédicos, que prendiam Michael numa maca.

— Não acha que ela deve se vestir? — perguntou Virginia a Sam.

Ele tentou levá-la para casa, mas Teke recusou.

— Não posso deixá-lo.

Tinha certeza de que o filho morreria se fizesse isso.

— Um blusão e uma calça de malha seriam o ideal — sugeriu Sam, persuasivo. — Talvez tenhamos que passar algum tempo no hospital.

— Não posso deixá-lo.

Para Virginia, Sam disse:

— Por favor, entre e pegue algumas roupas. Ela se vestirá quando chegarmos ao hospital.

Virginia saiu correndo. Um dos paramédicos levantou os olhos.

— Temos ossos fraturados aqui, talvez uma hemorragia interna. Mas a preocupação maior é a lesão na cabeça. Vamos levá-lo para o Hospital Geral de Massachusetts, está bem?

Teke achava que sim. Não sabia com certeza. Não sabia quais eram as opções. Não sabia de nada, e a vida de seu filho estava em perigo.

— Está, sim — disse Sam para o paramédico. Em seguida, disse para Teke: — É o melhor. Não podemos errar indo para lá.

Michael foi colocado na ambulância. Teke entrou atrás, presa por um cordão umbilical afetivo.

— Isso mesmo, vá com ele — concordou Sam. — Seguirei em meu carro. Posso telefonar de lá. Annie pegará as crianças na escola. E nos encontraremos no hospital.

Teke teve um pensamento súbito e aterrador.

— J.D.!

Era preciso ligar para ele, contar o que acontecera, dizer que fosse para o hospital.

— Falarei com ele — assegurou Sam. Seus olhos exibiam o mesmo terror silencioso que Teke sentia.

— Tome aqui — disse Virginia, entregando a Teke uma bolsa estufada. — Coloquei também roupas de baixo.

Teke teve tempo suficiente para perceber o olhar que Virginia lançou para Sam antes de entrar na ambulância. Depois, concentrou sua atenção em Michael. Seus olhos não se desviaram um segundo do rosto do filho durante o percurso até o hospital. Lá chegando, permaneceu a seu lado, segurando sua mão, torcendo para que abrisse os olhos e desse seu sorriso adorável.

Mas os olhos de Michael permaneceram fechados, e na boca logo foi ligado um tubo respiratório. Teke só deixou a saleta da emergência quando os médicos insistiram que precisavam do pequeno espaço que ela ocupava. Usou um quarto vazio próximo para trocar de roupa e então retomou a espera no corredor, encostada na parede, os olhos pregados na porta do quarto em que os médicos examinavam Michael. Não demorou muito para que Sam chegasse.

— Já teve alguma notícia?

Mesmo com o pouco tempo e distância que agora os separavam, Teke já não podia fitá-lo nos olhos depois do que fizera. Por isso, limitou-se a sacudir a cabeça.

— Teke...

Ela ergueu a mão para interrompê-lo. Não queria *pensar* no que acontecera, muito menos falar a respeito. Mas ele insistiu.

— A culpa foi minha.

Teke pôs os dedos trêmulos na testa, tentando se concentrar em Michael, no que os médicos faziam, se ele reagia ou não. Sam acrescentou:

— Michael deve ter ficado traumatizado com o que viu.

— Por favor — ela implorou. Tinha a mente dominada por pensamentos assustadores. Não poderia suportar mais um. — Não agora.

— Não será mais fácil se deixarmos para depois.

— Se Michael sobreviver, sim. *Qualquer coisa* será, se ele sobreviver.

— Ele vai sobreviver.

Sam falou com uma confiança que a fascinou, tão desesperada estava por encorajamento. Teke baixou a mão. Fitou-o. Viu confiança nos olhos castanho-escuros, na linha firme do queixo, na boca contraída em determinação, abaixo do bigode.

— Ele vai sobreviver, Teke — reiterou Sam.

Ela balançou a cabeça e tentou focalizar Michael de novo, mas outras imagens se intrometeram. Viu o peito largo de Sam, sentiu sua ereção, ouviu seu grito no orgasmo, depois a batida da porta, o ranger do freio, o som de uma sirene. Viu as luzes da ambulância piscando, o sangue sob a cabeça de Michael, a picape azul suja parada no meio da rua, enviesada, o rosto atordoado e angustiosamente familiar do motorista.

Grady! Oh, Deus, Grady!

Um grito angustiado escapuliu de sua boca. Sam estendeu os braços para confortá-la, mas ela se desvencilhou no mesmo instante.

— Estou bem.

Teke tomou fôlego sem muita força e forçou Grady a sair de sua mente. Michael era a única pessoa no mundo que importava agora.

— Ele quebrou a perna. Não vai ficar nem um pouco satisfeito. A temporada de basquete começa dentro de um mês.

— Não se preocupe — disse Sam. — Ele sentará no banco e ajudará o treinador, até voltar a jogar.

— Ele ficará desolado se perder uma única partida.

— E o time também. Michael é o principal jogador.

— E se ele perder toda a temporada?

— Nesse caso, treinará durante todo o verão e se sairá duas vezes melhor na próxima temporada.

— E se não puder jogar na próxima temporada?

— Vai jogar.

— E se nunca mais puder jogar?

Seria o inconcebível, mas ele não podia deixar de pensar nessa possibilidade.

Houve um momento de silêncio de Sam, seguido por um som angustiado do fundo de sua garganta. Era inacreditável, considerando a enormidade de seu próprio medo, mas Teke sentiu pena dele.

— Não é lá uma grande comemoração pela vitória de seu caso, não é? — murmurou ela, triste.

— Foda-se o caso — disse ele, a voz ríspida. — Cancelei a entrevista coletiva. Cancelei o jantar. Não posso pensar em mais nada, muito menos comemorar.

Ele passou a mão pelos cabelos enquanto acrescentava:

— A vida é muito estranha. Há três horas eu era o maior. Agora sou um merda.

— Conversou com Annie? — perguntou Teke, com uma intensa pontada de angústia. Esse era *outro* horror que precisava considerar.

— Só sobre Michael. Ela queria vir para o hospital, ficar com você. Mas eu lhe disse que precisava ir buscar as crianças na escola.

Teke encostou o rosto na parede.

— Annie é boa demais — murmurou ela. — Nunca teria feito o que eu fiz.

— Não foi culpa sua.

— Eu praticamente ataquei você. — Ela ficou consternada com a idéia, depois aturdida. — Não sei o que aconteceu. Nunca pensei em ter nada com você. Mas, quando você apareceu, eu estava com os pensamentos longe, e precisava... precisava...

Ela precisava de Grady. Era simples assim. Seu casamento havia se estagnado. Precisava da emoção que Grady sempre despertara, a profundidade do sentimento, a expectativa, a satisfação intensa que derivava de sua companhia. Não se permitira pensar nessas coisas durante anos, mas todas retornaram quando recebera a carta. Depois de lê-la por vezes incontáveis, sentia-se ansiosa e desesperada pelo fogo de Grady. Consternação, repulsa, arrependimento... sentindo tudo isso, ela se virou ainda mais para a parede. Nesse instante a porta do quarto de emergência se abriu. Teke virou-se. Enquanto prendia a respiração, um dos médicos separou-se dos outros.

— Vamos levá-lo para o centro de tratamento intensivo. Faremos alguns exames. Até lá, quero monitorar suas funções vitais atentamente.

Teke engoliu em seco.

— Ele já recuperou os sentidos?

— Ainda não.

— E vai recuperar?

— Esperamos que sim.

— Quando?

— Não sabemos.

— Não pode dar uma previsão?

O médico deu um sorriso triste.

— Não agora. Talvez mais tarde, quando tivermos uma noção maior da extensão das lesões internas. Pode subir conosco, se quiser. Há uma sala confortável lá em cima.

Pouco depois, Teke estava na sala de espera do quinto andar, tentando relaxar, enquanto tomava o chá que Sam trouxera. Mas era impossível. Pensava em Sam e em sua angústia, em J.D. e na raiva que seria inevitável. Acima de tudo, pensava em Grady e no choque que experimentara ao reconhecê-lo.

Depois, Annie chegou. Jana e Zoe a acompanhavam, as duas já quase aos prantos, precisando de um conforto que Teke não podia lhes dispensar. Sentia um aperto no coração grande demais, uma preocupação que prevalecia sobre tudo. Mas o que sentiu, quando Annie abraçou-a, foi um sentimento de culpa esmagador.

A doce, compadecida e compreensiva Annie, que dessa vez não compreendia absolutamente nada.

Teke recordou o dia em que se haviam conhecido, em setembro de 1970. Era uma caloura assustada, ansiosa por demonstrar confiança, enquanto carregava as mochilas pelo corredor do dormitório. Ali estavam todos os seus bens neste mundo, mas subitamente nenhum parecia apropriado. E a preocupação aumentava a cada quarto por que passava. Com cada mãe diligente pendurando cortinas, cada caloura bem-vestida arrumando roupas novas nos armários, ela se sentia mais e mais deslocada. Até chegar a seu quarto. Encontrara ali, sentada sozinha no banco da janela, escrevendo num diário que parecia muito usado, uma garota que dava a impressão de estar tão assustada quanto ela.

— Theodora? — indagou Annie, com voz tímida.

— Teke — respondeu ela, com a maior naturalidade. — Theodora é comprido demais.

O suspiro de Annie transformou-se num sorriso.

— Ainda bem. Eu não conseguia imaginar o que poderia dizer para alguém com o nome de Theodora. Teke é perfeito. E adorei seus brincos. São feitos de quê?

Os brincos eram de linha de pescador, que Teke comprara no armazém-geral de Gullen e transformara em flores grandes, cor de marfim, pendendo contra seu pescoço. Annie achara-os maravilhosos. E também gostara da *jeans* que Teke herdara do filho do pastor e depois bordara. E dos coletes que ela tirara do baú do pai, antes de vender o resto.

Tornaram-se grandes amigas. Annie era a escritora, Teke, a matemática, Annie, a pensadora, e Teke, a técnica. Trabalharam em equipe durante os quatro anos da universidade. Casaram-se com homens que eram grandes amigos e mantiveram o espírito de equipe ao longo de um Ph.D., um apartamento e duas casas cada uma, além de incontáveis campanhas de levantamento de recursos para a escola, feriados e férias conjuntas, com cinco filhos no total.

Agora, subitamente, tudo mudara. Teke sabotara o relacionamento. E Annie ainda nem sabia.

— Ele vai ficar bom — murmurou Annie.

Teke saiu dos braços da amiga, sentindo-se como uma cobra venenosa.

— Deus te ouça.

— Os médicos daqui são os melhores. J.D. está a caminho?

Teke fez que sim com a cabeça. Precisava se movimentar, atenuar a angústia que sentia. Desceu pelo corredor até o quarto de Michael. Não entrou. Parou próximo à janela, observando. Annie e as meninas foram se juntar a ela.

— O que estão fazendo? — perguntou Zoe.

— Exames — respondeu Teke.

Jana encostou-se nela.

— Michael está consciente?

Teke engoliu em seco.

— Não. Continua inconsciente.

— Então não sente dor.

— Acho que não.

— Quando poderemos vê-lo?

— Assim que acabarem.

— Ele vai ficar bom?

— Espero que sim.

Jana olhou para ela — não mais para cima, já que tinham quase a mesma altura, embora naquele momento Teke se sentisse baixa como o inferno — e disse:

— Annie nos contou que pegaram o culpado.

Com um aperto no coração, Teke viu de novo o rosto de Grady. Muitos anos se passaram desde que o vira. E, naquela ocasião, sua expressão também ficara abalada.

Ele não deveria ter vindo, bradou Teke, em silêncio. Sua vida não era da conta dele, como o próprio Grady lhe dissera uma ocasião. *Por que não podia deixar que continuasse assim?*

Teke tinha vontade de chorar. Em vez disso, respirou fundo e disse, numa voz sob cuidadoso controle:

— Não precisaram pegá-lo. Ele em nenhum momento deixou o local.

— E foi preso?

— Não sei.

— Estava em alta velocidade?

— Não vi.

— Por que Michael não escutou nada? Nem viu?

Teke não sabia. Mas podia adivinhar, o que não lhe trazia nenhum conforto. Nem a consciência de que as perguntas de Jana não eram nada se comparadas às que J.D. faria quando chegasse.

Dois

Ao vir de Springfield, J.D. foi parado por excesso de velocidade. O guarda disse que ele ia a mais de cento e trinta. Em outras circunstâncias, J.D. teria discutido. Era advogado. Conhecia os fatos. Os radares empregados pela polícia rodoviária não mereciam a menor confiança. Se pudesse persuadir o guarda a reduzir a velocidade para cento e vinte, um recurso contra a multa resolveria o resto.

Desta vez, no entanto, ele entregou a carta de motorista e o documento do carro sem qualquer protesto, dizendo apenas:

— Eu estava em meio a uma reunião quando recebi o aviso de que meu filho foi atropelado. Disseram que está inconsciente, mas isso é tudo que sei. Ele tem treze anos.

— Treze anos? — O guarda franziu a testa. — É terrível.

— Minha mulher e meu melhor amigo estão no hospital. Venho tentando falar com eles, mas estão em algum lugar entre a emergência e a UTI. Não consigo sequer falar com um médico. Ninguém atende a meus telefonemas.

— Deve agradecer por estarem tratando de seu filho.

— Mas não consigo obter qualquer notícia — queixou-se J.D. — E não saber de nada é angustiante. Fico imaginando o pior. Sinto muito, mas não estava pensando na maneira como guiava.

O guarda devolveu-lhe os documentos.

— Tem uma desculpa melhor do que a maioria. Não vou atrasá-lo com uma multa. Mas tome cuidado, está bem? Ainda mais se usar o telefone. Não vai poder fazer nada por seu filho se morrer num acidente na estrada.

J.D. reduziu a velocidade para cento e vinte pelo resto do percurso. Quando não estava pressionando o hospital para ligá-lo com alguém a par da situação, falava com sua secretária, com Vicki Cornell sobre o caso de Sam, com o agente de relações públicas a que costumavam recorrer. *Dunn v. Hanover* era um marco. A publicidade seria ótima para a firma.

O pai, John Stewart, devia estar sendo forçado a admitir para si mesmo que se enganara, pois fora contra o ingresso de Sam na firma. Achava que Sam carecia dos contatos necessários, que não tinha a posição social apropriada. Mas J.D. decidira correr o risco. Em primeiro lugar, Sam distinguira-se no gabinete do promotor distrital. Em segundo, tinha a determinação e o ímpeto para alcançar o sucesso. E, em terceiro, era casado com Annie, a melhor amiga de Teke. Acima de tudo, porém, J.D. queria Sam na firma porque era o seu melhor amigo. Sam mantinha-o humano, sociável e descontraído.

J.D. sentia-se grato por Sam estar no hospital com Teke. Confiava no julgamento dele. Se houvesse decisões a tomar, Sam orientaria Teke para a melhor. E ela bem que precisaria de orientação. Seu juízo deveria estar completamente abalado àquela altura. Não tinha o mesmo equilíbrio de J.D. numa situação crítica. Faltava-lhe berço para isso, uma mulher de cidade pequena — e atrasada ainda por cima.

Jamais lhe ocorreria ligar para o telefone do carro dele, com notícias que atenuassem a sua preocupação.

Mas a verdade é que quase não havia notícias para atenuar a preocupação de qualquer um. J.D. chegou ao hospital apenas para descobrir que as lesões externas de Michael haviam sido tratadas, que estava ligado a um aparelho respiratório e que os médicos continuavam a fazer exames, sem resultados conclusivos. Ninguém sabia de quase nada, o que deixou J.D. bastante aborrecido.

— Não há prognóstico? — perguntou ele a Teke, parada sozinha na frente da janela do quarto de Michael na UTI, parecendo atordoada e dócil.

— Ainda é muito cedo.

— Os médicos sempre têm prognósticos — argumentou ele.

— Não quando há ferimentos na cabeça.

— Há alguma lesão cerebral?

— Eles ainda não sabem.

— Por que não?

— Não sei. Apenas disseram que não sabem.

J.D. sabia que a mulher estava transtornada, mas também se sentia assim. Afinal, Michael era seu filho também. Ela deveria ter pressionado os médicos. Mas Teke não se destacava por isso. Era uma boa cozinheira, uma boa dona-de-casa, sabia fazer compras. Apresentava-se muito bem e organizava jantares impecáveis. Fazia fantasias espetaculares para o Halloween, ensinava os deveres de casa às crianças, era treinadora do time infantil de beisebol e dirigia os leilões na escola que levantavam milhares de dólares para os programas de artes. No entanto, em momentos de crise pessoal Teke desmoronava.

Annie era boa para ela nessas ocasiões. Annie a amparava, dava-lhe força, conduzia Teke para o caminho certo.

Decidido a pedir a Annie para cuidar de Teke, J.D. seguiu pelo corredor até a sala de espera. Mas Annie estava ocupada com Jonathan e Leigh. Por isso, J.D. gesticulou para que Sam viesse para o corredor.

— O que sabemos sobre o homem que atropelou Michael?

Sam também estava abalado.

— Acabo de falar com a polícia. É um carpinteiro de outro estado, no momento desempregado. Mas os documentos do carro estão em ordem. Ele não será acusado.

J.D. ficou incrédulo.

— Mas ele atropelou meu filho!

— Na verdade, foi Michael quem o atropelou — corrigiu Sam.

J.D. não podia aceitar essa versão.

— O cara devia estar em alta velocidade.

— Não passava de quarenta, segundo o perito que examinou as marcas dos pneus.

— Então os freios estavam com defeito.

Sam sacudiu a cabeça.

— Não, não estavam, pelo que diz a polícia.

— A polícia local não sabe de nada — murmurou J.D. — A especialidade dela é multar motoristas que estacionam longe demais do meio-fio. Vou contratar um investigador. Aquele que trabalha para você, Mundy. Ele encontrará provas contra um carpinteiro desempregado.

— Não se não houver nenhuma. — Sam parecia angustiado. — Sei que você quer encontrar alguém para culpar, J.D. É a reação mais natural do mundo. Mas o motorista não tem a menor culpa. Guiava dentro do limite de velocidade. Michael surgiu de repente na sua frente, foi atingido pela picape, lançado para cima, caiu no capô e depois na rua. Durante todo o tempo, o motorista pisava no freio. Não estava bêbado. Não estava drogado. Apenas passava *por ali* quando Michael atravessou a rua correndo.

— Está insinuando que a culpa foi de *Michael*?

Sam passou a mão pelos cabelos. Olhou para o chão, de testa franzida. Com um suspiro, tornou a fitar J.D.

— Só estou dizendo que ir atrás do motorista é um desperdício de energia. O acidente aconteceu. Pode ter havido dezenas de razões, mas não importam agora. Neste momento, a única coisa importante é fazer com que Michael tenha os melhores cuidados possíveis. Pedi a Bill Gardner para assumir o caso. É o chefe do departamento.

— Mas ele está aqui? — indagou J.D. — Os chefes de departamentos ficam às vezes envolvidos demais no circuito dos seminários para dispensar o tempo necessário a seus pacientes.

Sam apontou com o queixo o quarto de Michael. Um médico saía naquele momento.

— Aquele é Bill.

J.D. seguiu direto para o médico, apresentou-se e começou a fazer perguntas. Infelizmente, não ficou sabendo muito mais do que Teke. Bill Gardner era bastante simpático, mas tinha poucos dados concretos para oferecer. Enquanto ouvia, J.D. tirou uma pequena agenda do bolso interno do paletó para anotar o que Gardner dizia, até mesmo os nomes dos médicos de sua equipe. Depois, olhou para Michael, ainda cercado por pessoal médico.

— Com que freqüência podemos vê-lo?

— Sempre que quiserem. Não assinei nenhuma ordem restritiva. Ouvir vozes familiares pode ajudá-lo.

— Quer dizer que ele ouve?

— É possível. Não sabemos com certeza.

A incerteza irritou mais ainda J.D. Queria *respostas*.

— Quando o paciente recupera a consciência na maioria desses casos?

— A qualquer momento.

— Ou em nenhum momento. Ele está em coma?

Bill Gardner não hesitou:

— Tecnicamente, está. Mas não me agrada usar a palavra na presença de sua esposa. Ela já está assustada demais.

Esse problema era de Teke. J.D. não tinha tempo para segurar sua mão e confortá-la, muito menos disposição. Annie a ajudaria.

— O que se pode fazer para apressar a recuperação de Michael?

— Não muita coisa neste momento. Conseguimos estabilizar seu estado. Ele respira. Recebe soro. Reduzimos ao mínimo a dor que possa estar sentindo. Agora, é só esperar.

— Por complicações? — perguntou J.D.

— Ou melhoras.

— Que complicações podem ocorrer?

Mais uma vez, o médico não hesitou.

— Pressão hemorrágica no cérebro. Acúmulo de líquido nos pulmões. Um coágulo sangüíneo correndo pelo organismo. Um dos motivos pelos quais o monitoramos tão atentamente é para detectar a tempo qualquer dessas possibilidades.

— E detectaram alguma atividade cerebral?

— Ele continua conosco, se é isso o que quer saber. *Quanto*, não saberemos por algum tempo. — Ele olhou além de J.D. e balançou a cabeça. — Tenho de atender ao telefone. Com licença.

Gardner afastou-se, antes que J.D. pudesse perguntar o que significava "por algum tempo", se o médico pretendia continuar no hospital e onde poderia ser encontrado quando fosse embora.

Pouco depois, o resto do pessoal médico deixou o quarto de Michael. J.D. sentiu um calafrio.

— Ele está bem?

— Está agüentando — foi a resposta.

J.D. olhou para o corpo pálido na cama. Entrou no quarto, sentindo-se inseguro e, por isso, mais perturbado do que nunca. Ele e Michael tinham suas discordâncias, mas o relacionamento dos dois era firme e, normalmente, ele saberia como agir.

O problema era que o Michael estendido na cama não se parecia nem um pouco com o seu Michael. Aquele se mantinha imóvel, o que raramente acontecia com o seu Michael. Aquele não tinha cor, exceto por uma equimose roxa no lado do rosto. Aquele estava *quieto.*

Teke foi se postar do outro lado da cama. Pôs as mãos na grade para se apoiar e olhou para Michael.

J.D. sentiu uma pontada de raiva. Teke era a encarregada das crianças. Deveria cuidar para que nada de mau lhes acontecesse.

— Como foi? — perguntou ele, num sussurro rouco.

Teke ergueu um ombro e balançou a cabeça.

— O que ele fazia em casa no meio do dia?

A voz de Teke tremia quando respondeu:

— Queria dinheiro para um concerto.

— Você deu o dinheiro e o deixou correr para a frente de uma picape?

Ela acenou com a mão trêmula. J.D. não sabia o que isso podia significar.

— Não deu o dinheiro? Michael saiu correndo porque você disse *não*, deixando-o furioso?

— Não cheguei a falar com ele.

— Por que não?

Ela esfregou o braço do filho.

— Michael entrou em casa, Teke. Por que não falou com ele?

— Ele saiu correndo antes que o visse.

— Ele mudou de idéia sobre o pedido?

Teke tocou no rosto de Michael. Sua voz saiu mais alta do que o normal, bastante trêmula:

— Oi, querido. Pode me ouvir? Pode me ouvir, Michael? Sou eu, mamãe.

J.D. sentia-se cada vez mais furioso. Alguém tinha de assumir a responsabilidade pelo acidente com seu filho.

— Não deveriam permitir que ele deixasse a escola.

— Não sabiam — respondeu Teke, a voz de novo em tom baixo. — Ele saiu às escondidas com os gêmeos.

— Para onde vai o dinheiro de nossos impostos, se as escolas nem ao menos vigiam as crianças?

— Era a hora do almoço.

— E isso serve de desculpa?

— As crianças circulam por toda parte durante a hora do almoço. É impossível vigiá-las.

— Alguém devia tê-lo visto sair.

Teke suspirou.

— Não é uma prisão, J.D. Não há guardas armados no alto de torres de vigia.

— Claro que não há — resmungou ele, ressentido com o sarcasmo. — Mas este é um caso incontestável de negligência. Aquela escola era responsável por nosso filho durante o tempo em que o deixávamos ali.

— *Ele* violou as *regras*! — exclamou. Após uma pausa, acrescentou, baixinho, enquanto acariciava o rosto do filho: — Michael é um bom menino. Se deixou a escola, foi porque achou que era importante.

— E agora está numa cama de hospital, respirando por meio de um aparelho.

— Shhh.

— Isso não a deixa com raiva? — indagou J.D., na maior frustração.

— Só quero que Michael fique bom — sussurrou ela, as lágrimas nos olhos. — Acho que devemos nos concentrar nisso.

J.D. estudou o rosto de Michael. Também queria que o filho ficasse bom, mas não podia ser tão passivo quanto Teke. Ou tão clemente.

Acidentes não aconteciam sem qualquer motivo. Queria que o motorista da picape fosse punido. E a escola também.

— J.D.? — chamou Teke, num tom cauteloso.

Ele levantou os olhos. A mulher olhava além dele. J.D. virou-se e deparou com os pais do outro lado da janela do quarto.

A visão provocou um aperto em seu estômago. Há quarenta e um anos que isso acontecia. Era um daqueles fatos inevitáveis, como azia depois de uma fritura. Esforçando-se para conter a raiva, foi encontrá-los no corredor.

— Pensei que estava em Nova York — disse ele ao pai.

— Peguei um vôo mais cedo — informou John Stewart. — Minha secretária teve o bom senso de me telefonar — coisa que você deveria ter feito.

— Acabei de chegar aqui.

— Como ele está? — perguntou Lucy.

Ela se mostrava impecavelmente vestida e controlada, o que era extraordinário naquelas circunstâncias — mas, por outro lado, nada havia de extraordinário nisso. Sua atividade pela manhã, sete dias por semana, era se arrumar para as atividades da tarde e da noite. Ao sair de casa, por volta de meio-dia, para almoçar com uma amiga, comparecer às reuniões do comitê feminino ou buscar o marido no aeroporto para levá-lo ao hospital, ela sempre estava mais do que apresentável.

J.D. relatou o que o médico dissera.

— Bill Gardner? — indagou John Stewart. Ele era três ou quatro centímetros mais alto do que J.D. e cinco quilos mais corpulento, imponente antes mesmo de se ouvir sua voz vigorosa. — Ele não é o melhor. Henry Finch é o melhor. Está na Clínica Mayo.

J.D. ousou enunciar o óbvio, embora em tom informal:

— Michael está aqui, não em Minnesota.

— Traga Finch de avião.

— Isso pode irritar Gardner.

— Mas ele não sabe nada. Foi o que você acabou de dizer.

— Ainda é muito cedo para se saber alguma coisa.

— Ligue para Henry Finch. — Era uma ordem. — Converse com ele. Sua presença como consultor manterá Gardner em alerta.

Sem disposição para discutir, J.D. tirou o caderninho do bolso e anotou o nome. Mal o guardara de volta no bolso quando o pai acrescentou:

— Alguma perspectiva de ação judicial no caso?

— Ainda é muito cedo para isso, papai.

— Nunca é cedo demais para evitar que provas sejam destruídas. Sam deve saber disso. Ouvi dizer que ele estava presente quando aconteceu. Por que deixou o escritório?

— Tinha ido em casa para dizer a Annie que ganhara o caso Dunn. Já sabia?

— Já, sim.

— Nada mau, hem? — murmurou J.D., permitindo-se um pequeno sorriso.

— Nada mau.

J.D. gostaria de demonstrar mais entusiasmo. As vitórias sobre o pai eram poucas e bastante espaçadas. Mas John Stewart não era do tipo humilde. Era severo, eficiente e intimidativo. Mais outro motivo pelo qual J.D. gostava de ter Sam na firma. Sam era uma espécie de pára-choque. Podia enfrentar John Stewart melhor do que J.D. seria capaz. Podia bancar o advogado do diabo sem se preocupar se insultaria, decepcionaria ou, pior ainda, embaraçaria John Stewart.

O Maxwell mais velho olhou do relógio para o posto de enfermagem e de novo para Michael.

— Por que Theodora é a única pessoa no quarto?

Theodora... John Stewart e Lucy sempre a chamavam assim. Parecia mais apropriado. Mais condizente com a fina flor da seriedade. Mas era irônico, pensou J.D., considerando-se o comportamento apático que ela mantinha agora.

— Os outros estão na sala de espera, papai.

— E onde está a enfermeira de Michael?

— No posto de enfermagem. Os aparelhos monitoram as funções vitais e transmitem as informações para lá. É assim que se faz no centro de tratamento intensivo.

— Você precisa de uma enfermeira particular.

— Não no tratamento intensivo, papai. — J.D. teve o claro impulso de fugir. Também era um sentimento familiar no relacionamento com os pais. — Tenho de ligar para o escritório. Entre para ver Michael. Voltarei logo.

Ele partiu antes que o pai pudesse lhe ordenar que providenciasse um celular.

Quando voltou, os pais já se haviam retirado. Foi para o pé da cama de Michael, sentindo-se mais forte naquele instante. Pelo que pôde constatar, o garoto ainda não se mexera. Nem Teke. Leigh e Jon se encontravam ali. Leigh falava baixinho para Michael.

— Não posso acreditar que você esteja dormindo enquanto tudo acontece, Michael. Todo mundo quer vê-lo. A Sra. Baker trouxe os gêmeos, junto com Josh, Tommy e Nat. Mas as enfermeiras mandaram que ficassem na sala de espera. E metade do time de futebol também veio. Todos torcem por você. — A voz tremia quando ela arrematou: — Acorde, que droga!

Jon pegou a mão dela e disse:

— Voltaremos mais tarde, Mike. — Ele parecia quase tão transtornado quanto Leigh. — Quer mais chá, Teke?

Teke conseguiu forçar um sorriso débil, mas sacudiu a cabeça.

J.D. observou Jon e Leigh se retirarem. Depois, enfiou as mãos nos bolsos e olhou a seu redor. Tudo à vista era completamente branco ou de metal, impecável, frio e esterilizado. Ele detestou aquele ambiente, o que era interessante. O quarto de Michael em casa era extravagante, cheio de cores e sempre desarrumado, e J.D. também o detestava. Ou pelo menos sempre pensara assim. No entanto, em comparação com o quarto de tratamento intensivo, até que a imagem não era tão ruim assim.

— Meus pais disseram alguma coisa? — perguntou ele a Teke.

— Alô e adeus — murmurou ela.

— Eles não sabem lidar com as doenças. — J.D. olhou para a fila de aparelhos na cabeceira da cama. — Gardner voltou?

Teke sacudiu a cabeça.

— Há um médico na Clínica Mayo chamado Henry Finch. É o melhor especialista do país em lesões cerebrais. Vou chamá-lo.

Teke levantou os olhos.

— Não confia em Bill Gardner?

— Confiança não tem nada a ver com isso. É uma questão de bom senso. Duas cabeças pensam melhor do que uma. Além do mais, Gardner não tem muitas idéias.

Sam entrou no quarto.

— Como ele está?

— A mesma coisa. — J.D. animou-se um pouco ao acrescentar: — Acabo de ligar para o escritório. Os repórteres querem falar com você.

— Terão de esperar.

— Se passar muito tempo, vai esfriar. A história é quente agora.

— Não importa. — Sam olhou para Teke. — Você está bem?

Ela balançou a cabeça, numa resposta afirmativa. Sam tornou a sair.

J.D. começava a sentir que havia alguma coisa surrealista na cena. A falta de ânimo de Sam, a inatividade de Teke, a inconsciência de Michael... nada condizia com o habitual. O próprio acidente era inadmissível. As crianças Maxwell eram saudáveis e bem-cuidadas. Não podiam ser atropeladas por picapes e ficar estendidas na rua, inconscientes.

— Não faz o menor sentido — murmurou ele. — Por que Michael entrou correndo em casa para imediatamente sair em disparada? Onde você estava?

Teke engoliu em seco.

— Na sala de estar.

— Bem à vista, quando ele passou pela porta da frente. — Não fazia mesmo o menor sentido. — Como ele pôde deixar de vê-la?

— Pode ter visto. — Teke parecia desesperada. — Simplesmente não sei, J.D. Não sei o que ele viu.

Mas deveria saber, pensou J.D. É a mãe dele. Ele respirou fundo para se controlar. Deixou o ar escapar lentamente.

— Está escurecendo. Sente fome?

Teke sacudiu a cabeça, sem desviar os olhos do filho. J.D. não almoçara.

— As crianças devem estar com fome — disse ele.

— Leve-as para jantar. Ficarei aqui para o caso de haver alguma mudança no quadro.

— Talvez eu deva ficar também. As crianças podem sair e trazer alguma coisa para nós.

— Não. Você deve ir junto. Vão se sentir melhor se você for também.

Ocorreu a J.D. que ele próprio também se sentiria melhor. Não tinha como ajudar Michael ali. E precisava fazer alguma coisa.

— Para onde devo levá-las?

Teke deu de ombros.

— Não sei.

— Também não sei — resmungou J.D. As refeições eram da responsabilidade de Teke, não dele. Ela preparava o jantar ou fazia reservas num restaurante. Sabia que ele detestava tomar as decisões domésticas. — Onde se pode comer aqui por perto?

Teke lançou-lhe um olhar aturdido.

— Você deve saber melhor do que eu. Trabalha aqui.

— O escritório fica do outro lado da cidade — respondeu J.D., rispidamente. — Do que as crianças gostam?

— Traga o que você quiser.

— Deixarei que Sam e Annie decidam. Eles também precisam comer. Voltaremos depois do jantar.

— Mas não fiquem muito tempo. As crianças precisam dormir. Leve-as para casa. Passarei a noite aqui.

— Eu também.

— Precisam de você em casa. Estão transtornadas.

J.D. não sabia se poderia fazer alguma coisa para acalmá-las. As meninas estavam propensas a falar de seus medos com Teke, Annie ou Sam, antes de procurá-lo. Ele não era bom para conversar sobre sentimentos. Mas era eficiente para negociar fusões, executar testamentos e elaborar contratos. Não tinha jeito para segurar mãos, enxugar lágrimas e tentar explicar coisas sem sentido.

Ele teve uma visão súbita e horrível de roupas sujas, camas desarrumadas e louça de café da manhã na pia. Não era o estilo de Teke, mas não sabia o quanto ela arrumara a casa antes de Michael sofrer o acidente.

— Há muita coisa para fazer em casa?

— Já fiz tudo.

J.D. sentiu um alívio momentâneo, até que a mulher soltou um gemido e acrescentou, desesperada:

— Tudo feito hoje de manhã. Há tanto tempo! Oh, Deus, se ao menos eu tivesse...

Ela parou de falar.

— Se ao menos você tivesse o quê? — perguntou J.D.

Teke sacudiu a cabeça.

— Se ao menos você tivesse o quê? — repetiu ele.

Não gostava de evasivas. Já era horrível quando os médicos se esquivavam a uma resposta direta. Não precisava que a esposa fizesse o mesmo.

— Se ao menos eu tivesse alcançado Michael — balbuciou ela. — Se ao menos tivesse *conversado* com ele...

Ela parecia prestes a chorar. J.D. pensou que não suportaria. Fez um esforço para confortá-la.

— Não foi culpa sua.

— Eu deveria estar na porta.

— Não faria qualquer diferença.

— Faria, sim.

J.D. resolveu não argumentar mais. A maternidade, como o preparo das refeições, eram a área de Teke. Ela se definia em função dessas responsabilidades, fixava para si mesma padrões que poucas outras mães admitiam e costumava ficar à altura de todos.

Mas Teke tinha razão num ponto. Deveria mesmo estar na porta.

No início da manhã seguinte, Annie desligou o telefone, pôs os pés no chão e enfiou as mãos nas dobras da camisola. Mal organizara seus pensamentos quando Zoe e Jana apareceram na porta. Embora os rostos ainda aparentassem sonolência, os olhos estavam bem despertos.

— Ele continua na mesma — informou Annie, antes que elas pudessem perguntar. Bem que gostaria de ser mais categórica, mas as duas já tinham quinze anos, eram velhas demais para se deixarem enganar. — Acabo de falar com a enfermeira.

— Ainda está inconsciente? — perguntou Jana.

— Está.

— E mamãe continua ali?

Annie confirmou com um aceno de cabeça.

— E seu pai também. Como não conseguia dormir, ele resolveu voltar ao hospital. Ainda bem que você e Leigh dormiram aqui. Ele não gostaria de deixá-los sozinhos em casa.

— Ainda acha que somos crianças.

— Não é isso. Seu pai sabe que estão crescendo. Apenas nunca tem certeza do que é certo ou não.

Em matéria de paternidade, J.D. era a falta de jeito em pessoa. O coração estava no lugar certo, mas os gestos eram com freqüência desastrados.

— É por isso que ele conta com Teke — acrescentou Annie, sorrindo. — Leigh já acordou?

— Não sei — respondeu Jana.

— Onde está papai? — perguntou Zoe.

Annie acenou com a cabeça na direção do banheiro.

— Fazendo a barba.

— Foi ele quem passou a noite inteira tomando banho de chuveiro?

Haviam sido apenas dois, mas o barulho da água passando pelos canos era nítido no silêncio da noite.

— Ele estava inquieto. Ficou angustiado pelo acidente com Michael.

— Vamos voltar ao hospital depois do café? — perguntou Jana.

Com um sorriso gentil, Annie sacudiu a cabeça.

— Depois da escola.

— Mas hoje é o meu dia mais fácil. Não vou perder muita coisa.

— Sua mãe quer você na escola. Deseja que tudo seja tão normal quanto possível.

— Normal? — resmungou Jana. — E, daqui a pouco, Mike vai entrar correndo.

Annie se levantou e foi até a porta. Passou o braço pelas meninas e começou a levá-las pelo corredor.

— Sei que é terrível.

— Ele é meu irmão.

— Os médicos farão mais exames hoje de manhã. Quer dizer, você não poderá mesmo ficar com ele.

— Poderia ficar com mamãe.

— Seu pai está com ela.

— Por enquanto. Espere só. Daqui a pouco ele vai para o escritório...

— Pelo mesmo motivo que você deve ir para a escola. Deixe os médicos cuidarem de Michael hoje de manhã. Pense nele, que é o mais importante. De tarde você pode ir ao hospital para conversar com eles.

Depois de se separar de Jana e Zoe, Annie foi até o quarto de Jonathan. Bateu de leve e abriu a porta.

— Leigh? Já acordou?

As cortinas ainda estavam fechadas. Annie levou um minuto para seus olhos se acostumarem ao escuro e, então, soltou um gemido. Afastou as outras duas meninas, entrou no quarto e fechou a porta.

— Oh, Jon... — O suspiro foi de desapontamento. — Você prometeu que dormiria na sala.

A voz de Jon era sonolenta:

— Leigh estava nervosa, preocupada com Michael.

— E agora nós é que nos preocupamos com ela.

— Não aconteceu nada.

— Leigh?

— Não aconteceu nada — confirmou Leigh.

Para seu crédito, ela usava uma camisola. Jon tinha o peito descoberto, mas isso nada significava. Ele dormia só de cueca, como o pai.

Annie suspirou. Atravessou o quarto e abriu as cortinas. Depois, foi sentar na extremidade da cama grande que ela e Sam haviam comprado — sendo previdentes, pensaram, na ocasião — para atender ao iminente crescimento de Jon.

— Pode não ter acontecido nada desta vez, mas vocês estão brincando com fogo, caras.

— Eu amo Leigh, e ela me ama. Vamos nos casar.

— Ainda não. Vocês só têm dezessete anos.

— Como está Michael? — perguntou Leigh.

— Na mesma.

Leigh chegou mais perto de Jon, que estendeu o braço para aconchegá-la. Era um gesto gentil, protetor. Também era um gesto adulto, o que fez Annie pensar no fato de estarem na cama juntos.

Lembrou-se de quando eram bebês, depois crianças começando a andar, em seguida entrando na escola e, finalmente, pré-adolescentes. Sempre foram os melhores amigos. Embora todos presumissem que um dia se separariam e seguiriam por caminhos diferentes, isso ainda não acontecera. Eram como mudas enraizadas lado a lado, crescendo juntas, os galhos se entrelaçando. Annie previa que continuariam assim.

O que a preocupava, acima de tudo, era a possibilidade de gerarem um rebento antes do tempo. Por isso, ela disse:

— Você sabe o que sua mãe pensa sobre isso, Leigh.

— Não, não sei. Ela quase não fala sobre sexo. Acho que não gosta.

— Claro que gosta — assegurou Annie. Teke nunca se queixara de problemas sexuais, e eram amigas íntimas há muitos anos. — Mas acho que ela tem medo de botar idéias na cabeça de vocês.

Os dois na cama trocaram um olhar.

— O que é? — indagou Annie.

Foi Jon quem respondeu:

— Já temos as nossas, mamãe. Pô, metade de nossos amigos está transando. E as paredes da casa não são de pedra. Dá para ouvir você e papai.

Annie corou.

— Não dá, não! Tomamos o maior cuidado!

O telefone tocou no mesmo instante em que ela acabava de falar. A cor esvaiu-se de seu rosto.

Jon atendeu antes que a mãe pudesse estender a mão. Depois de alguns segundos, infinitamente longos, durante os quais o medo por Michael deixou Annie desesperada, Jon informou:

— É para papai. O *Globe*.

— Oh, Deus! — suspirou ela, aliviada. — Pobre papai. Um marco tão extraordinário em sua carreira...

Annie voltou ao quarto do casal, desejando a Sam, naquele momento, que apenas tivesse a oportunidade de desfrutar a glória merecida.

Sam estava saindo de mais uma chuveirada. Prendeu uma toalha na cintura e foi atender o telefone.

Annie voltou para a cama. Encostou-se na cabeceira, puxando a colcha até a cintura. Observá-lo era sempre uma atividade que lhe proporcionava o maior prazer. Procedia assim há mais de vinte anos e não se cansara nem uma única vez. Sam envelhecera bem. O corpo ficara mais definido, os ombros mais largos, os quadris mais estreitos, o peito mais cabeludo. Anos de sorrisos haviam gravado linhas da alegria junto dos olhos. Os cabelos eram abundantes, cor de chocolate, bem-cortados. O bigode amadurecera junto com Sam.

Só que o rosto se mostrava todo contraído agora. Estava angustiado por causa de Michael.

— Querem uma declaração — informou ele, ao desligar.

Annie empurrou a colcha para o lado. Ficou de joelhos na cama e o enlaçou pelo pescoço. A pele de Sam estava úmida e cheirosa do banho. Ela esfregou o rosto contra o queixo do marido.

— Sinto o maior orgulho de você, Sam. Foi incrível vencer este caso.

— Era o momento certo.

— Certo foi você, não o momento. Outro advogado não faria o que você fez. Desde o início que o caso prometia ser muito difícil. Mesmo assim, você o aceitou sem qualquer promessa de pagamento.

— É verdade — murmurou ele, com um sorriso autodepreciativo. — E agora vou entrar numa grana alta.

Annie pegou o rosto do marido entre as mãos.

— Trabalhou muito. Merece sua porcentagem. — Mas esse não era o ponto principal. — Enfrentou os maiores problemas por uma causa. É preciso ser um homem sensível e dedicado para fazer isso. Eu só gostaria que as circunstâncias fossem diferentes. Que você pudesse ficar extasiado.

— Eu também.

Ela tornou a enlaçá-lo pelo pescoço.

— Gostaria que *nos* pudéssemos aproveitar juntos. Lamento não estar em casa ontem quando você chegou. Fui almoçar com algumas colegas que ainda não tinha tido oportunidade de conhecer direito. O desencontro não deve ter sido de mais de meia hora.

Ele olhava pela janela, angustiado.

— Michael vai ficar bom, Sam.

Sam soltou um grunhido aflito e fitou-a. Sua expressão era de tristeza e ansiedade. Abraçou-a. Por um momento, apertou-a com tanta força que ambos tremeram.

— Ele vai ficar bom — sussurrou Annie.

— Eu amo você.

— Oh, Sam...

O beijo foi profundo e desesperado... mas Sam interrompeu-o quando seu corpo começou a se tornar rígido. Annie poderia desejar que fosse diferente, mas compreendia. Ele tinha de se vestir e ir para Boston. E ela precisava alimentar as crianças, vestir-se e ir para a universidade.

Por sorte, o café da manhã não era um problema em sua casa. Enquanto Teke oferecia suco de laranja espremido na hora, ovos mexidos e *waffles* que ela mesma fazia, o café na casa de Annie era mais simples. Ela fazia café e tomava uma xícara, enquanto as crianças serviam-se de suco, comiam cereais, faziam torradas ou, no caso das meninas, tomavam iogurte diet.

O caso de Sam saíra na primeira página, o que os ocupou por algum tempo. Depois, quando os jornais foram postos de lado e o silêncio persistiu, Annie compreendeu que todos pensavam em Michael. Não pressionou ninguém a falar. Já era suficiente que soubessem que ela estava à disposição.

As crianças já estavam saindo quando Sam desceu. Ele usava um terno cinza com listras finas, camisa azul e gravata de listras. Era um dos seus trajes mais conservadores e, obviamente, combinava com seu ânimo. Serviu-se de um café e bebeu, enquanto dava uma olhada no jornal.

— Não quer comer alguma coisa? — perguntou Annie.

— Não. Estou com o estômago embrulhado. — Ele pôs a xícara vazia na pia. — Passarei pelo hospital a caminho do escritório. Quer que eu ligue de lá?

Ela inclinou a cabeça em concordância. Levantou o rosto para um beijo.

Cinco minutos depois Annie estava no chuveiro. Meia hora mais tarde já havia saído e se enxugado, passado um pouco de maquilagem e se vestido para trabalhar. Ligou de novo para o hospital, apenas para receber uma repetição do relatório anterior. Bem que gostaria de falar com Teke, mas para isso a amiga teria de chamá-la. Annie sentia-se um pouco surpresa porque isso ainda não acontecera. Era o que a amiga costumava fazer quando ficava transtornada.

Sam telefonou para avisar que o estado de Michael permanecia inalterado, J.D. fora para o escritório e Teke parecia muito cansada, mas estava agüentando firme.

— Eu deveria estar com ela — declarou Annie. — Acho que vou cancelar minhas aulas. Teke precisa de alguém a seu lado.

— Não precisa. Vá para a faculdade. J.D. disse que voltaria em uma hora. Ficarei com Teke até lá.

— J.D. não lida bem com doenças. Teke precisa de alguém em quem possa se apoiar.

Mas Sam foi insistente:

— Perguntei a ela. Teke disse que você deve ir para a escola. Vai se sentir pior se você vier para cá.

— Pior?

— Culpada por afastá-la da escola. Espere, Annie. Venha depois das aulas. Talvez haja alguma melhora até lá.

Annie torceu para que isso acontecesse. Não precisava de um diploma de médico para saber que a situação seria tão mais perigosa quanto mais tempo Michael permanecesse inconsciente. Com o coração apertado, ela arrumou sua pasta, guardando as provas que abandonara na tarde anterior, ao sair para almoçar. Pegava as chaves do carro no cesto da cozinha quando alguém bateu na porta dos fundos.

Era Virginia Clinger. Vestia uma roupa de ginástica azul-clara. Os cabelos louros estavam arrumados com uma negligência meticulosa, em torno de uma faixa na cabeça, também azul-clara. A sombra nos olhos era da mesma cor, realçando o delineador e o rímel perfeitamente aplicados. Recendia a Obsession.

Annie Pope não era desdenhosa. Achava que a beleza da vida estava na diversidade. Era por isso que acolhia a exposição e apreciava os pontos fortes de uma ampla variedade de pessoas. Havia bem poucas a quem detestasse.

Virginia era uma dessas poucas. Era divorciada três vezes e tinha três crianças difíceis. Isso poderia despertar a simpatia de Annie, se Virginia fosse devotada às crianças. Mas não era o caso. Seu maior objetivo na vida era o auto-embelezamento. Era esculpida de uma maneira que Annie chamava de "beleza de silicone". Ainda por cima, era fofoqueira e intrometida. Mesmo assim, Annie ofereceu um sorriso polido.

— Oi, Virginia. Eu já ia sair.

— Ninguém atendia na casa dos Maxwell — disse Virginia, sem qualquer pedido de desculpa pela intromissão. — Foram todos para o hospital?

— Teke e J.D. estão lá. As meninas irão mais tarde.

— Como está Michael?

— Na mesma.

Virginia estalou a língua.

— Que tragédia!

— Ainda não. — Annie apressou-se em evitar um fluxo de conversa negativa. — Com um pouco de sorte, ele vai acordar e se recuperar.

Ela voltou à mesa para pegar a pasta. Virginia entrou na cozinha. Inclinou a cabeça, numa atraente pose de curiosidade, que Annie desconfiou ser bem ensaiada.

— O que você acha que aconteceu?

— Como assim?

— O que o fez sair correndo para a rua daquela maneira?

— Ele estava com pressa de voltar à escola. A picape ia devagar. Talvez ele não tenha ouvido.

— Ele conversou com Sam e Teke?

— Não que eu saiba.

— É estranho. Eu seria capaz de jurar que vi Sam sair correndo da casa. O que fazia ali?

Annie pegou as chaves.

— Ele estava me procurando.

— Porque teve uma sentença favorável?

— Isso mesmo.

— Foi uma vitória e tanto — comentou Virginia. — Ele devia estar louco de alegria. Eu não sabia o que pensar a princípio. Quando ele e Teke saíram correndo atrás de Michael, ela vestia apenas um *peignoir*, e Sam tinha a camisa desabotoada e o cinto aberto. Um estranho poderia pensar que havia alguma coisa entre os dois. Mas sei como as famílias de vocês são íntimas. É bem provável que ele estivesse prestes a trocar de roupa quando resolveu sair correndo para dar a notícia a Teke.

— Tem razão — disse Annie, secamente. — Sabe como nossas famílias são íntimas.

O que Virginia não sabia — e Annie não tinha a menor intenção de revelar — era a predileção de Sam por comemorações. Podia imaginá-lo entrando na casa e começando a se despir, enquanto subia a escada para seu escritório. Ela sentiu um aperto no coração por não se encontrar ali na ocasião. Mas era um pensamento que não pretendia partilhar. Tocou no relógio.

— Tenho de sair agora. — Ela pegou Virginia pelo braço e conduziu-a para a porta, gentilmente. — Obrigada por ter vindo. Avisarei a Teke que você esteve aqui.

— Obrigada.

Virginia saiu correndo, com um aceno. Poucos minutos depois, Annie saía com o carro da garagem.

O telefone tocou quatro vezes antes que a secretária-eletrônica atendesse. Desapontado, Sam desligou. Queria pegar Annie antes que ela saísse de casa. Precisava conversar sobre o que fizera.

Ele deixou a cabine telefônica e foi andando pelo corredor do hospital, censurando-se a cada passo. Deveria tê-la informado imediatamente. A atitude mais correta seria a de chamá-la à parte e contar tudo no minuto em que ela chegara no hospital, no dia anterior. Mas Annie estava com as meninas, que se sentiam espantadas com Michael. Ele não quisera piorar a situação.

Por isso, permanecera calado. E poderia continuar assim, ele supunha, poupando Annie da mágoa. O que acontecera com Teke fora um incidente isolado que nunca mais se repetiria. Nunca fora infiel e não tencionava vir a ser. Considerando-se que fora em Annie que pensara o tempo todo, não se tratara absolutamente de infidelidade. Mas isso era uma grosseira racionalização. A verdade nua e crua era que transara com Teke. E Michael sabia. E Virginia sabia. E mesmo que não fosse descoberto nem denunciado, ainda assim sua consciência não o deixaria em paz... porque ele e Annie conversavam sobre tudo. Havia alguma coisa entre eles — Annie dizia que era uma linha telefônica entre as almas — que garantia sua comunicação. Fora assim desde o início, uma das coisas que o atraíram, vinte e tantos anos antes. Nos anos subseqüentes, ele jamais conhecera outra mulher com quem se sentisse tão à vontade. Não sabia esconder nada de Annie. Se tentasse, o relacionamento seria sabotado pelo silêncio, tão certamente quanto o poderia ser pela verdade.

Ele seguiu a pé pela Cambridge Street na direção do escritório. No meio do caminho, mudou de idéia e subiu a Beacon Hill. Ao chegar lá em cima, foi para as cabines telefônicas na frente do palácio do governo do estado. Calculou que, àquela altura, Annie já deveria estar na escola.

Ligou para seu gabinete. A secretária do departamento informou que ela só ficara um minuto ali e depois seguira para a sala de aula.

Sam desligou e continuou a andar, não a caminho do escritório, mas na direção oposta. Era um dia quente e enevoado para outubro, mas o calor era culpado apenas em parte pela crescente umidade de sua pele. O nervosismo fazia-o suar. E o medo também.

Ao atravessar o Common, resolveu entrar no Public Garden. Subiu pelo caminho principal até o ponto mais alto da ponte sobre o lago e ali se debruçou, com os cotovelos apoiados na grade. Os barcos em forma de cisne haviam sido guardados em razão do final da temporada. As flores também não estavam mais ali. É verdade que as árvores continuavam viçosas, mas dali a pouco também perderiam as cores vibrantes e começariam a murchar. Ele detestava o outono.

— Ei, Sam!

Ele se empertigou ao chamado. Segundos depois, sua mão era sacudida pela de Brian Hennessey, com quem trabalhara no gabinete do promotor distrital, anos antes. Como advogado, Brian era um mercenário, mas muito simpático.

— Grande vitória, Sam. Foi uma sentença espetacular.

Sam mal se lembrava de ter lido a sentença.

— Você é o homem do momento na cidade. Recebeu uma grande cobertura nos jornais e menções nos noticiários noturnos da televisão. Vai entrar para a história, companheiro.

— Não exagere. Os casos vêm e vão.

— Não este. Se decidir concorrer a um cargo público amanhã, receberá os votos de todas as mulheres do país. Tornou-se o defensor dos fracos e oprimidos, de todos os que foram vítimas de abusos. É o homem com um coração que acompanha a determinação de vencer... não foi isso que o Canal Sete disse? Virou o herói do dia.

Sam exibiu um sorriso contrafeito. Suportou um tapinha final nas costas e ficou observando Brian se afastar, sentindo-se pior a cada minuto.

Três

Teke acordou com um sobressalto tremendo, desorientada. Um momento se passou antes que conseguisse recuperar o controle, mas depois se levantou da cadeira na sala de espera e saiu em disparada pelo corredor. Michael continuava como o deixara, uma figura imóvel, preso aos lençóis de um branco imaculado pelos tubos ligados a um painel de aparelhos bipando.

— Parece exausta, Sra. Maxwell. Não conseguiu dormir?

— Não por muito tempo — murmurou Teke para a enfermeira que veio se postar ao seu lado. — Houve alguma mudança?

A mulher sacudiu a cabeça.

Teke vinha fazendo orações para que ele melhorasse. Sonhava com isso. Com um suspiro, ela passou as mãos cansadas pelo rosto.

— Acho que eu deveria me sentir grata. Ele podia estar pior.

Enquanto a enfermeira se retirava, Teke ocupou seu lugar, ao lado de Michael. Imaginou que os pés deslizando para trás e para a frente já haviam aberto sulcos no chão.

— Olá, querido. — Ela ajeitou os cabelos do filho com os dedos, cobrindo os pontos na cabeça, numa tentativa de fazê-lo parecer mais humano. — Consegui dormir um pouco. Sente-se melhor?

Teke observou atentamente os olhos de Michael à procura de qualquer brilho de reconhecimento. Mas não houve nenhum.

— Papai saiu, mas volta daqui a pouco. Leigh e Jana vão passar por aqui depois das aulas, assim como Annie, Zoe e Jon. Sam também virá.

Ela acrescentou o nome de Sam por precaução, embora hesitasse um pouco ao pronunciá-lo. Era difícil determinar o que dizer e o que não dizer. Não sabia se Michael tinha consciência do lugar em que se encontrava; e, se tivesse, não podia saber o quanto ele recordava do que acontecera no dia anterior.

Teke era atormentada pelo pensamento de que o filho se encontrava deitado ali, no seu casulo de silêncio, remoendo o que vira. Também era atormentada pelo pensamento de que Michael a odiava e pela consciência de que o estado do garoto era culpa sua.

— Desculpe — sussurrou ela. — Sinto muito. Não tinha a intenção de que aquilo acontecesse.

Ela pegou a mão do filho entre as suas, esfregando-a, na tentativa de avivá-lo.

— Foi loucura. Eu estava sentada ali, sentindo-me muito sozinha. Ele estava muito entusiasmado quando entrou. Antes que eu percebesse o que acontecia, você estava batendo a porta.

Michael não deu a menor indicação de que ouvira, mas ela continuou a falar:

— Eu não pensava direito. Mal sabia o que acontecia. Não significou nada. Absolutamente nada. Foi uma estupidez. Um erro total. Se pudesse voltar o relógio atrás, eu não hesitaria. Faria mesmo qualquer coisa para fazer o relógio voltar. Mas não posso. Só me resta acalentar a esperança de que você me perdoe.

J.D. teria de perdoá-la também. E Annie. Ela traíra os dois.

— Foi a carta — soltou Teke, tentando se defender. — Ele nunca deveria ter escrito. Havia ido embora, saído da minha vida. Deixei-o partir, como me pediu. E, de repente, me mandou a carta. Por que tinha de fazer isso?

A indagação pairou no ar, como a respiração em sua garganta, enquanto os aparelhos a que Michael estava ligado continuavam a bipar. Se ele ouvia o que a mãe dizia, não deixava transparecer. Teke soltou a respiração, num suspiro cansado.

— Foi uma péssima ocasião para você presenciar o que presenciou. Não é mais um menino, mas também ainda não é um homem. Não sabia o que pensar sobre o que fazíamos... sabia o que estava acontecendo, é claro, mas não entendia por quê. Não sabia por que Sam estava ali e não o seu pai. Mas juro que nunca havia acontecido antes. — O sussurro agora era mais premente. — Desde que conheci seu pai, nunca estive com outro homem. Esta foi a primeira vez... a única... em que tive qualquer coisa com outro.

Ela se perguntou se Michael ouvia pelo menos alguma parte do que dizia. Subitamente, era fundamental que ele ouvisse. Teke apertou a mão do filho com mais força, enquanto continuava, em tom de súplica:

— Não fique zangado comigo, Michael, por favor. Não continue nesse estado por causa do meu erro. Se me odeia, muito bem. Eu mereço. Não direi que está enganado. Até irei embora, se quiser. Só precisa acordar e me dizer isso. Mas, por favor, acorde. Por favor. Todos nós o amamos. Queremos que fique conosco. Por favor, não nos puna dessa maneira. Se não quiser acordar por mim, então acorde por seu pai. Ou por Jana e Leigh. Você é o irmão caçula. Elas o adoram.

Ela observou atentamente o rosto do filho, imaginando que vira um movimento. No momento seguinte, porém, decidiu que não vira nada.

— Vamos, Michael, acorde!

A enfermeira chegou com um novo tubo de soro. Teke levou um longo momento para recuperar o controle. Depois, perguntou:

— Trabalha neste andar há muito tempo?

— Dois anos — foi a sua resposta, mas com uma gentileza que convidava Teke a continuar. Afinal, a enfermeira já ouvira muitas perguntas, já vira muitos medos.

— Percebe padrões entre os pacientes?

— Algumas coisas são similares, como os movimentos involuntários.

— Diria que um paciente ou acorda nas primeiras quarenta e oito horas ou não acorda por muito tempo?

A mulher deu um sorriso compreensivo.

— É difícil fazer generalizações. Já vi pacientes acordarem três, quatro, cinco, oito ou doze dias depois do acidente. Já houve pacientes que acordaram dois meses depois, não sentindo nada pior do que uma vertigem.

— Seria ótimo... — devaneou Teke. Depois de um momento, acrescentou, num tom mais firme: — Ouviu isso, Michael? Continue a dormir, se quiser, e acorde sem sentir nada pior do que uma vertigem. Vamos adorar.

A enfermeira deixou o quarto. Teke ateve-se à esperança que ela lhe proporcionara, até que a sua também se desvaneceu. Sentia-se muito cansada. E assustada.

Especulava quando J.D. voltaria, no momento em que um movimento na janela atraiu sua atenção. A princípio, pensou que era o marido, apenas porque o homem não usava o branco do hospital. Depois, constatou que a altura era errada, assim como a cor dos cabelos, o corpo, as feições, a postura.

Só que todos esses traços eram familiares. Ela os vira no dia anterior. Prendeu a respiração, levou a mão ao peito e, num relance, voltou a trinta anos no passado, a centenas de quilômetros de distância. A janela era ondulada, um vidro antigo que distinguia o consultório do médico. Ela tinha dez anos, sentia muita dor depois de ser mordida por um cachorro e estava apavorada com o que poderia lhe acontecer quando o pai descobrisse. Homer Peasley era um homem estourado e a advertira de se manter a distância dos cachorros dos Tuckers. Mas ela adorava animais, que em geral também a adoravam. Não imaginara que poderia ser mordida.

Sabia quem era Grady Piper. Todo mundo na cidade sabia quem era Grady Piper. Tinha dois anos a mais que Teke e era tão pobre quanto ela, por isso trabalhava com o pai. Os dois cuidavam das docas da cidade e da manutenção dos barcos ali atracados. Grady era tão sólido de corpo e tão rude no linguajar aos doze anos como muitos homens com o triplo de sua idade.

O que não impressionava as autoridades do condado. Queriam-no na escola. Muitas e muitas vezes foram às docas, levaram Grady para a escola e tornaram a descobri-lo matando aula uma semana depois. Ameaçavam levar o pai ao tribunal e internar Grady numa escola para delinqüentes, mas até aquele momento nada acontecera.

Naquele dia, Grady parou na rua e olhou para ela. Teke não sabia o que fazer além de fitá-lo também. Finalmente, ele abriu a porta e entrou.

— O que ela tem? — perguntou o garoto à enfermeira.

— Foi mordida por um cachorro.

Ele estudou o curativo na sua perna.

— Por que ela ficou aqui?

— Está esperando pelo pai.

— Homer Peasley?

A enfermeira confirmou com um aceno de cabeça.

— Ele sabe que deve vir buscá-la?

— Não, mas vai passar por aqui a caminho do barracão.

O barracão era o estabelecimento mais próximo de um armazém-geral que havia na pequena cidade de Gullen. A sala da frente, em péssimo estado, estava atulhada de mercadorias. A do meio era a agência do correio, e a do fundo funcionava como bar. Homer Peasley não se importava nem um pouco com comida ou correspondência, mas permanecia mal-humorado até tomar a segunda dose de uísque — e quase nunca parava por aí.

Grady Piper sabia disso. Sem dizer mais nada, ele pegou Teke pelo braço e levou-a para sua casa. Ali, sentou-a na cadeira ao lado da lareira desmoronando, acendeu o fogo, e disse:

— Descansa um pouco. Faz o que costuma fazer para ele. Depois, vai se deitar. Se seu pai não descobrir o curativo até de manhã, você vai estar salva.

— Mas tenho que pagar ao médico — murmurou ela.

— O médico vai esperar — declarou Grady, saindo em seguida.

Teke fez o jantar, como sempre, e depois foi para a cama. Homer estava bastante embriagado para não notá-la quando chegou em casa. Pela manhã, ela escondeu o curativo por baixo do macacão. Homer nunca descobriu sobre a mordida do cachorro, o médico nunca cobrou, e Teke tornou-se a sombra de Grady Piper. Com o passar do tempo, passou a ser mais do que isso. A lembrança trazia partes iguais de alegria e angústia.

Com um piscar de olhos, ela voltou ao presente. A princípio, sua vista estava tão turva que até pensou que ele fora embora. Mas logo o viu parado ali, imóvel. Foi dominada por um sentimento próximo do pânico.

Vá embora!, bradou sua mente, como já fizera uma vez. Ele não podia continuar ali. J.D. não sabia. Ficaria furioso. Não compreenderia. E ela... ela não podia enfrentar Grady de novo. Não depois de tanto tempo. Não com Michael à beira da morte... *Oh, Deus!* Tinha sido a picape de Grady que atropelara Michael. *Vá embora!*, gritou ela de novo, em silêncio. *Vá embora!*

Há muito e muito tempo, ele não lhe dera ouvidos. Entrara em sua casa e mudara a vida dos dois para sempre. Mas devia ter aprendido a lição, porque agora a fitou por um último e agoniado momento, depois se virou e se afastou pelo corredor.

Sam não conseguiu falar com Annie, embora já houvesse tentado uma meia dúzia de vezes. Nos momentos em que o sentimento de culpa era maior, especulava se ela sabia a verdade e o evitava. Mas a alegação da secretária, de que Annie corria de uma aula para uma reunião e depois para outra aula, era plausível. Annie devia estar tentando adiantar tudo o máximo possível, a fim de poder passar mais tempo com Teke.

Ele temia pelo relacionamento dos dois quando Annie descobrisse a verdade. Entretanto, temia mais ainda por seu casamento.

Pensava que não merecia o amor de Annie, mas era o seu maior objetivo na vida e não poderia viver sem ele, quando J.D. entrou na sala, com o ar mais presunçoso que se pudesse imaginar.

— Eu sabia que encontrariam o sujeito se procurassem! — alardeou.

Quando Sam fitou-o, sem entender, ele anunciou, exultante:

— O motorista daquela picape não é tão inocente assim, no final das contas. Telefonei para o nosso ilustre chefe de polícia esta manhã. Falei que tinha de haver alguma coisa sobre o homem e que era melhor ele procurar, se quisesse a renovação de seu contrato.

J.D. fez uma careta, antes de continuar:

— Que diabos! Será que ele não se perguntou o que o cara fazia ali? Disseram que não estava em alta velocidade. Que ia devagar. Mas *por que* ia devagar? Com toda certeza, não era à procura de uma casa para comprar, não em *nosso* bairro. Ia se encontrar com alguém para acertar um trabalho? Ou fazia um reconhecimento da área pensando num assalto?

— O que descobriram? — indagou Sam.

J.D. enfiou as mãos nos bolsos e se balançou para trás, apoiado nos calcanhares.

— É um ex-condenado, chamado Grady Piper. Cumpriu oito anos de uma sentença de vinte por... está preparado?... homicídio.

Sam inclinou-se para a frente.

— Homicídio?

— Isso mesmo, homicídio. Não acha que há algo de podre neste caso?

Sam tornou a se recostar na cadeira. Podia sentir o advogado de defesa manifestando-se nele.

— Só porque o homem cumpriu uma sentença por homicídio não significa que seja culpado.

O telefone tocou.

— Ora, Sam, um criminoso é sempre um criminoso. Você sabe disso. Trabalha com essa gente o tempo todo.

Sam apertou o botão do interfone.

— O que é, Joy?

— Um repórter do periódico *Lawyers Weekly* está na linha.

— Anote o número. Ligarei de volta. — Ele soltou o botão e tornou a olhar para J.D. — O que mais o cara fez?

— Homicídio não é suficiente?

— Isso é tudo? Apenas um homicídio? Há quanto tempo ele foi solto?

— Já tem algum tempo. Mas...

— Quanto tempo?

— Quatorze anos.

— Depois de cumprir oito anos de uma sentença de vinte. Ele ainda está sob liberdade condicional?

— Não. Mas...

— Não tem nada contra ele, J.D. Não se pode condenar um homem por ter cometido um crime há vinte e três anos. Ele já pagou o preço. Cumpriu sua pena. A menos que alguém possa provar que tenha cometido outro crime ou violado alguma lei ao passar por sua rua, pode esquecer.

— Não esquecerei. — J.D. falou com uma indignação que Sam achou típica de James Stewart. — Se uma pequena investigação resultou numa condenação por homicídio, pense no que uma investigação um pouco *mais* minuciosa pode descobrir.

Gentilmente, já que sabia com que freqüência isso acontecia e o quanto incomodava J.D., Sam perguntou:

— John Stewart está em cima de você?

— Não preciso de John Stewart para me dizer como cuidar de meu filho — respondeu J.D., irritado. — Quero saber o que aquele homem fazia em minha rua.

— É uma rua pública.

— E ele é um ex-condenado que não tinha o que fazer ali.

— Podia estar perdido ou admirando a paisagem.

— Mas o desgraçado atropelou meu filho!

Sam pensou em lembrá-lo que fora Michael quem atropelara a picape, não o contrário, mas sabia que não era isso o que J.D. queria ouvir. Com voz calma, ele disse:

— Está totalmente equivocado, J.D.

— Onde está sua *imaginação,* Sam? Você é que é o especialista em direito penal. Podem prendê-lo por alguma coisa. A gente só precisa encontrar um motivo.

Sam aceitou o fato de que J.D. não estava ouvindo o que ele dizia. Compreendeu a situação. Era o filho de J.D. que se encontrava em coma no hospital, não o seu. J.D. estava transtornado. Frustrado. Queria fazer alguma coisa, qualquer coisa, para vingar Michael.

Sam tentou imaginar o que J.D. faria quando descobrisse o que Michael vira. E acabaria descobrindo... embora não por intermédio de

Sam. Afinal, Sam já causara mal suficiente. Teke era a esposa de J.D. Ela é que deveria contar. Ou Michael, quando acordasse.

— Falou com a Clínica Mayo? — indagou ele.

J.D. desviou os olhos, contrariado. Pôs as mãos nos quadris.

— Falei. Não teremos qualquer ajuda. Henry Finch vai participar de seminários em Paris pelas próximas duas semanas. Relatei a condição de Michael para seu substituto imediato. Ele disse que a equipe de Gardner é de primeira classe e que não faria nada diferente do que está sendo feito. Ou seja, não aceitou.

A amargura de J.D. era profunda. Sam levantou-se, contornou a mesa e estendeu a mão para o ombro do amigo, num gesto confortador.

— Estão fazendo tudo o que podem.

— Ou seja, nada — respondeu J.D., desvencilhando-se. Ele foi até a porta. — Vou processar a escola por negligência. Quero que você cuide do caso.

Sam duvidava que os Maxwells tivessem qualquer base concreta para uma ação judicial, mas apresentaria as petições iniciais, como qualquer outro advogado. Faria isso por lealdade... e sentimento de culpa. Com um pouco de sorte, Michael logo acordaria e teria uma recuperação rápida, o que poderia fazer com que J.D. mudasse de idéia sobre o processo.

— E fique em cima da polícia — acrescentou J.D. — Darão mais atenção a você do que a mim, porque já trabalhou na promotoria. E não tem o mesmo envolvimento emocional que eu.

Ele desapareceu, deixando Sam a desejar que assim fosse.

No instante em que Annie parou o carro em frente da escola secundária, as meninas entraram, bateram as portas e começaram a falar ao mesmo tempo.

— *Finalmente...*

— Pensamos que você nunca chegaria...

— Foi tão embaraçoso...

— Você não vai acreditar no que aquele babaca disse...

— Ele está contando a todo mundo...

— À escola inteira...

— *Quietas!* — gritou Annie. Estava sentada de lado, olhando de um rosto perturbado para outro. Com voz calma e suave, ela acrescentou: — Você é a mais velha, Leigh. Por favor, me conte o que as deixou tão nervosas.

Leigh exibia as faces vermelhas, um desvio de sua habitual palidez aristocrática. Tinha a aparência de J.D. e a feminilidade de Teke.

— Ele começou a espalhar um boato...

— *Quem* espalhou um boato?

— Will Clinger. Um tremendo babaca. Não consegue fazer com que as pessoas lhe dêem atenção, porque é um palhaço. Por isso, espalha boatos.

— Que boato ele espalhou? — perguntou Annie.

— Um lixo! — exclamou Jana.

Zoe se intrometeu:

— Ele é um encrenqueiro!

— Que boato? — insistiu Annie, ainda olhando para Leigh.

As narinas de Leigh tremeram.

— Ele espalhou por toda a escola que Sam e mamãe estavam transando quando Michael foi atropelado.

— Transando?!

Annie imediatamente projetou uma imagem absurda de Sam e Teke escavando a terra do jardim para plantar narcisos e jacintos.

— Fazendo sexo, mamãe — explicou Zoe, do banco traseiro.

Annie virou-se para olhá-la.

— *O quê?!*

— Will não passa de um *idiota*.

— Foi a mãe dele quem começou — declarou Jana, cruzando os braços. — Ela não gosta de nós, porque somos o que somos. Bem-sucedidos e normais, tudo o que eles *não* são. Aquela mulher é uma sacana.

— Por favor, não vamos usar essa linguagem — pediu Annie.

— Mas ela é isso mesmo — insistiu Jana. — Foi ela quem começou o boato. Disse que viu mamãe e Sam saírem correndo da casa atrás de Michael e que os dois estavam quase nus. Jurou que Sam teve de abotoar a calça ali mesmo, no meio da rua! Dá para acreditar? Ela é mesmo uma *sacana*!

Annie respirou fundo.

— Ainda não gosto da palavra, mas se Virginia disse isso... — Era coerente com a visita daquela manhã. — ... então estou de acordo.

— E mentirosa, ainda por cima — acrescentou Leigh.

— Por que ela diria isso? — indagou Zoe.

— Já expliquei o motivo — respondeu Jana. — Ela tem inveja. A fortuna dos Clinger não é mais uma fortuna. Ela não recebe mais a pensão direito, e os imóveis já não dão a mesma renda. Não trocou de carro este ano, como fizemos. Por isso, ficou puta da vida.

— Também não gosto dessa expressão — murmurou Annie, mas Jana continuou:

— Ele espalhou por toda a escola, tentando marcar ponto à nossa custa. Não é justo!

Zoe contraiu o rosto.

— É embaraçoso demais.

— E não tem um pingo de verdade — declarou Jana, solenemente. — Mamãe jamais enganaria papai!

— E *meu* pai jamais enganaria *minha* mãe!

— Jon ficou uma fera — interveio Leigh. — Teria batido em Will se eu não o segurasse. Seria a pior coisa que poderia acontecer. Jon ficaria de castigo por brigar na escola, não poderia participar do treino e talvez nem do jogo de sábado. E Will iria se sentir muito importante.

Ela soltou um resmungo de desprezo para depois murmurar:

— Que perdedor...

Quando Annie ligou o carro, Zoe inclinou-se por cima de seu ombro.

— Não está furiosa?

Annie podia sentir o calor da respiração da filha. Estendeu a mão para trás e tocou em seu rosto. Zoe era quieta, gostava de aconchego. Annie podia jurar que ela já era assim no útero, a tal ponto que se recusara a nascer, até três semanas depois do previsto. Desde o início de sua vida fora meiga e gentil. Annie adorava o temperamento da filha, mesmo sabendo que a deixava vulnerável para coisas que as outras pessoas podiam descartar sem maiores conseqüências.

— Claro que estou aborrecida — declarou Annie. — Virginia deveria ter tido o juízo de não dizer coisas desse tipo a seus filhos.

— Mas ela está sempre dizendo — assegurou Jana. — É por isso que os filhos dos Clinger são malucos.

Annie fez um esforço de apaziguamento.

— Eles não são malucos. Apenas têm pais difíceis. — Ela sorriu para Jana. — Não têm a sorte de vocês.

— O que vamos fazer agora? — perguntou Jana. — No final das aulas, ninguém falava de outra coisa.

— Estarão falando sobre outra coisa amanhã.

— Tenho certeza que não — interveio Leigh. — É como uma novela de televisão. Todos vão querer saber o que acontece em seguida.

— Nada acontecerá em seguida, porque nada chegou a acontecer.

— Não é o que os outros pensam — insistiu Zoe.

Annie estava cética.

— Preferem acreditar em Will? Quem acabou de dizer que todos acham que ele é um idiota?

— Fui eu — admitiu Leigh. — Mas, depois que um boato se espalha, as pessoas esquecem quem o começou. Você não acreditaria quantas pessoas me procuraram na hora do almoço para perguntar se meus pais iam se divorciar.

— Responda que não — disse Annie.

— Foi o que fiz. E me perguntaram então se Michael tinha visto os dois transando.

— Responda que não.

— Foi o que fiz. Perguntaram então como eu sabia. Para isso não tinha uma resposta. Michael é o único que sabe o que viu, e ele não pode contar a ninguém.

Zoe inclinou-se para mais perto.

— Ele disse alguma coisa?

— Não. Continua inconsciente.

— Telefonei várias vezes para saber como está — disse Leigh. — As enfermeiras já devem reconhecer minha voz.

— Será que não podem fazer nada? — indagou Jana. — Não têm algum remédio que possam aplicar para fazê-lo acordar? A gente sempre lê sobre o alto custo dos cuidados médicos. Para que estamos pagando tão caro, então?

Annie não pôde deixar de sorrir. Jana era às vezes muito parecida com J.D., exigente, arrogante, cheia de expectativas.

— Pagamos para que fiquem de olho em seu irmão. Assim, quando chegar a um ponto em que seja possível fazer alguma coisa para acordá-lo, os médicos estarão a seu lado.

As meninas se calaram. Annie deu graças a Deus por isso. Estavam mais preocupadas com Michael do que com o boato espalhado por Will Clinger.

Annie partilhava essas prioridades, mas se preocupava com os rumores. Não pensava muito em Will; Virginia era bem pior. Virginia falava pelos cotovelos onde estivesse — no salão de beleza, na manicure, na academia de ginástica — e sempre havia pessoas dispostas a ouvir. E essas pessoas também iam a vários lugares, espalhando o boato. Era preciso deter Virginia.

O poder da fofoca era terrível. Semeava dúvidas. Se Annie não tivesse uma fé absoluta no marido, poderia estar se perguntando naquele momento se não haveria algum fundo de verdade na alegação de Virginia. Poderia até especular por que Sam estava meio despido em pleno dia. Poderia especular se a sua perturbação era apenas por causa de Michael ou se havia algo mais. Poderia especular sobre os três banhos de chuveiro tão prolongados.

Mas ela tinha toda confiança no marido. Uma confiança absoluta.

Sam chegou ao hospital e encontrou Teke cochilando numa cadeira, ao lado da cama de Michael. Não quis correr o risco de despertá-la, falando em voz alta para Michael. Apenas parou do outro lado, olhando para o garoto.

Lembrou quando Michael nascera... a pequena surpresa de Teke, como todos disseram. Só que ninguém jamais fora capaz de determinar se a surpresa fora do destino para Teke ou de Teke para todos os outros. J.D. acreditara na primeira possibilidade. Queria parar nas duas filhas e culpara a concepção de Michael a um defeito no dispositivo anticoncepcional. Teria processado o ginecologista de Teke, se já não o houvesse chamado de babaca. Quando soube que era um menino, todas as apreensões foram esquecidas.

Sam desconfiava de que Teke planejara aquela terceira criança. Amava a maternidade, e era muito boa mãe. Nunca se interessara em trabalhar fora, como Annie. Sentia-se contente em receber as entregas de mercadorias em casa, correr até a escola no meio do dia quando as crianças ficavam doentes, ser a mediadora das brigas no quintal e providenciar limonadas, biscoitos de aveia e Band-Aids.

Ele estudou Teke durante seu sono. Era uma mulher notável, não havia como negar. Podia ser doméstica, mas tinha uma simplicidade que os homens achavam atraente. J.D. ficara fascinado quando Sam e Annie aproximaram os dois, embora Teke fosse, em teoria, a mulher errada para ele. Teke vinha do nada, tinha apenas duas mochilas cheias de roupas, mil dólares no banco e pouco mais. Casar-se com ela fora o primeiro grande ato de rebelião de J.D.

Não. Era errado pensar assim. O primeiro grande ato de rebelião de J.D. fora se tornar amigo de Sam, que era tão inaceitável para os Maxwell mais velhos quanto Teke. Esse pensamento atormentava Sam agora. Levava-o a pensar que eles pudessem ter uma luneta para ver o futuro. Talvez soubessem, com anos de antecedência, o que acabaria acontecendo.

Mas não podia acreditar nisso. Nem ele, nem Teke. Ao contemplá-la agora, Sam não sentia o menor desejo. Mas também o desejo que sentira antes não fora propriamente por Teke. Era pela esposa que ele amava e desejava.

Uma confiança absoluta. Annie repetiu a expressão para si mesma mais uma vez, quando entrou no quarto de Michael, um passo atrás das meninas. Viu Teke cochilando numa cadeira, com Sam ali perto.

— Como ele está?

— Já acordou?

— Alguma mudança?

Tendo o coro recebido ordem de silêncio, as meninas se reuniram em volta da cama. Annie passou um braço pela cintura de Sam. Ele fez a mesma coisa e beijou-a. Ela sentiu uma estranha tensão no marido. Mas era claro que ele estava preocupado com Michael. Annie repetiu as perguntas das meninas com o olhar.

— Ele está resistindo bem — respondeu Sam.

Teke espreguiçou-se, abriu os olhos e ofereceu um sorriso triste às meninas.

— Como foi a escola?

— Tudo bem.

— Horrível.

— Uma chatice.

Foram essas as avaliações de Zoe, Leigh e Jana, respectivamente. Zoe acrescentou:

— Seria melhor se pudéssemos ficar aqui.

— Michael? — murmurou Leigh, persuasiva, inclinando-se para o irmão. — Somos nós, Michael. É hora de acordar e dar um "oi".

Jana apoiou sua mochila na grade da cama. Abriu um dos bolsos laterais.

— Tenho cartões para você, Mike. — Ela tirou um punhado. — São dos alunos da oitava série. Os gêmeos recolheram na hora do almoço. A reunião da oitava série hoje de manhã foi dedicada a você.

Leigh olhava para Teke.

— Você está bem?

Teke repetiu o mesmo sorriso desanimado e balançou a cabeça. Annie também olhava para Teke, embora sem um retorno.

— Você já comeu? — perguntou ela, tentando o contato visual.

Teke lançou um olhar rápido para a amiga, antes de fechar os olhos e encostar a cabeça no espaldar da cadeira.

— Um pouco. As enfermeiras me trouxeram algumas coisas.

— Quer que eu traga mais? Um sanduíche? Um refrigerante?

Teke sacudiu a cabeça.

— Não, obrigada.

Annie resolveu insistir:

— Não quer que eu a leve em casa para tomar um banho de chuveiro e trocar de roupa?

Teke abriu os olhos para o corpo inerte de Michael, de uma forma que indicava que não poderia deixá-lo por tanto tempo.

— Annie e eu vamos dar uma volta — murmurou Sam. — Voltaremos num instante.

Ele entrelaçou os dedos com os da mulher e levou-a para o corredor. O coração de Annie bateu mais depressa. Havia algo estranho no comportamento de Sam. Ele está abalado por causa de Michael, disse ela a si mesma. Duas vezes. Enquanto andavam, ela murmurou, apertando com força a mão do marido:

— Pobre Teke. Este é o pior pesadelo para uma mãe. Como está J.D.?

— Transtornado. Sente-se um pouco melhor quando ameaça iniciar uma ação judicial, mas é apenas para compensar sua impotência aqui.

Annie tentou se imaginar no lugar de J.D.

— Os Maxwells não gostam de se sentir impotentes.

— Ninguém gosta.

Sam apertou o botão do elevador. Enquanto esperavam, virou a mão de Annie na sua, traçando os contornos dos dedos, tocando de leve na aliança de casamento com o polegar. Era estreita, com pequenos diamantes, um presente no décimo aniversário de casamento, para substituir a aliança de ouro simples, que fora o máximo que pudera comprar quando se casou. Annie adorava aquela aliança simples. Ainda a usava de vez em quando.

O elevador abriu. Dois atendentes do hospital saíram, seguidos por um homem em traje informal, usando *jeans*, camisa xadrez e um casaco canelado, com lapelas largas o bastante para indicar que era velho. Parecia ter acabado de tomar banho e fazer a barba, mas sua expressão era sombria. Annie se perguntou a quem ele iria visitar.

— Conhecemos aquele homem? — perguntou Sam, ao entrarem no elevador.

Ela olhou de novo o corredor, mas a porta do elevador já se fechava.

— Acho que não.

— Parece-me familiar. Devemos ter nos encontrado aqui.

Sam encostou-se na parede do elevador, abraçando-a. Ela ergueu o rosto.

— Você está bem?

Ele deu de ombros.

— Preocupado?

— E muito.

— Chegou aqui há muito tempo?

Isso explicaria a necessidade de dar uma volta. Mas a resposta foi outra:

— Não.

O elevador parou um andar abaixo. Continuou a parar em cada andar. Estava lotado quando chegou ao térreo. Sam levou-a pelo corredor. Passaram por uma porta de vaivém que dava para um pátio com mesas e cadeiras. Como não houvesse nenhuma mesa desocupada, ele pegou duas cadeiras de mesas diferentes e carregou-as para um ponto tão distante quanto possível das outras pessoas. Assim que Annie se acomodou, ele sentou-se a seu lado, mas levantou-se em seguida, mudando a cadeira de posição no gramado, a fim de ficar quase de frente para ela. Sentou-se de novo, empertigado, mas descobriu que a posição era desconfortável. Inclinou-se para a frente, os cotovelos apoiados nas coxas, e estudou suas mãos. Annie apertou seus ombros, esperando acalmá-lo um pouco.

— Lamento não ter podido atender suas ligações. Depois de Teke e J.D., deve ter sido um golpe e tanto para você. Michael e você passam tanto tempo juntos.

— Não é tanto o tempo, mas a intimidade. Eu amo aquele garoto. — Sam franziu a testa. — O amor é muito engraçado. Às vezes estraga tudo.

Era uma estranha declaração, partindo do Sam que ela conhecia. O Sam que ela sabia ser sempre positivo. E raramente ele estudava as próprias mãos.

— Como assim? — indagou Annie, apreensiva.

Seus pensamentos alçaram vôo num rumo desagradável. Ela tratou de reprimi-los.

— Às vezes o amor deixa a pessoa incapaz de pensar direito. — Sam levantou os olhos. — Sabe qual é a mais nova batalha de J.D.?

Annie sentiu uma onda de alívio. Então era sobre J.D. que ele falava.

— Qual é?

— Ele está atrás do motorista da picape. O homem passou algum tempo na prisão. Por isso, está condenado para sempre aos olhos de J.D. — A voz se elevou. — Mas não é certo. Todos cometem erros. Todos fazem coisas que não devem no calor da paixão.

Sam suspirou. Tornou a baixar a voz para acrescentar:

— Seja como for, J.D. tem certeza de que podemos incriminá-lo por alguma violação da lei.

— E podem?

— Não se ele não violou nenhuma lei. E tudo indica que não violou. Liguei para a polícia antes de deixar o escritório. Não conseguiram descobrir nada além da condenação anterior. Vão chamar o homem e conversar com ele para apaziguar J.D., mas não podem acusá-lo sem qualquer motivo. Sinto pena do cara. Ele estava no lugar errado, na hora errada. Como Mike.

Sam desviou os olhos para o gramado. Voltou a fitar Annie, depois as próprias mãos. Ela sentiu a inquietação voltar.

— Sobre o que você queria conversar comigo?

Ele sacudiu a cabeça. Continuou a olhar para suas mãos, o rosto contraído.

O que é, Sam? Pode me dizer, por favor? Tenho fé em você. Uma fé absoluta.

— Virginia Clinger esteve lá em casa hoje de manhã, Sam, quando eu me preparava para sair.

Ele levantou os olhos depressa demais, o que inquietou Annie. Ela engoliu em seco.

— Virginia é uma mulher difícil. Jamais gostei dela. Adora provocar as pessoas, deixá-las constrangidas.

— O que ela disse?

Annie revirou os olhos para deixar claro que as palavras não tinham a menor importância.

— Virginia disse... insistiu em dizer... que Teke usava um *peignoir* e você tinha a calça desabotoada e o cinto aberto quando saíram correndo para a rua, atrás de Michael. Ela adoraria pensar que os dois tinham um caso. — O que não era verdade, claro. — Até contou para os filhos, que espalharam a notícia na escola, com a maior satisfação. Will Clinger não falou de outra coisa durante o dia inteiro. As meninas estão *furiosas*.

Sam fechou os olhos. Dedos frios apertaram o coração de Annie. Ela continuou a falar.

— Negaram tudo, é claro. Jon quase partiu para cima de Will. É terrível quando as crianças se tornam o alvo de cochichos. Sentiram-se insultadas por nós. Não sei o que fazer, Sam. Pensei em ir à casa dos Clinger esta noite e confrontar Virginia. Talvez devêssemos ir juntos. Não é certo o que ela fez. Não seria certo em quaisquer circunstâncias, mas se torna duplamente errado com Michael em coma. Ela não sabe que rumores assim podem causar sofrimento?

Sam nada disse. Os dedos frios tornaram a apertar o coração de Annie.

— Há explicações para tudo — disse ela, nervosa, examinando o rosto do marido à procura de uma negação. — Teke estava de *peignoir* porque cuidava de tarefas domésticas. E você estava com o cinto aberto porque saía do banheiro. Todo mundo sabe que a casa dos Maxwells é uma extensão da nossa. Entramos e saímos à vontade. Temos nos chaveiros também as chaves da outra casa. É irritante pensar que Virginia pode fazer insinuações a respeito.

Concorde comigo, Sam. Diga que ela é uma mulher sórdida. Diga alguma coisa.

— Não é certo que ela espalhe rumores.

Sua voz tremia. Receosa, Annie parou de falar. Ainda com os cotovelos apoiados nas coxas, Sam pegou a mão da mulher e apertou-a entre as suas. Ambos tinham as mãos muito frias. E a mão que apertava o coração de Annie era cada vez mais gelada, dificultando sua respiração.

— A manhã de ontem foi incrível — murmurou ele, os olhos baixos. — Recebi um telefonema do tribunal, informando que a sentença já saíra. Fui correndo pegar uma cópia. Mal vi as palavras, de tão excitado que me sentia. Ao terminar de ler, só conseguia pensar numa coisa.

Olhe para mim, suplicou Annie, em silêncio. Mas ele não olhou.

— Queria você. Sempre a desejei em momentos assim. Pensei que era tudo perfeito, por ser terça-feira, o dia em que você fica em casa. Peguei o carro e parti, cada vez mais excitado. Você não estava em casa. Pensei que Teke talvez soubesse onde encontrá-la. Fui até lá, pelo bosque. Ela estava sentada na sala de estar, tomando café. Quando dei a notícia, ela ficou feliz por mim. Nós nos abraçamos... sempre nos abraçamos... mas de repente aconteceu alguma coisa. Eu queria você, ela estava ali. Foi como se eu esquecesse quem ela era e fizesse amor com você...

— O quê?

Annie fez a pergunta num fio de voz, que conseguiu escapar do frio interior que a dominava.

— Foi irreal e bizarro...

Annie começou a tremer. Tentou desvencilhar a mão, mas ele a segurava com firmeza, apesar dos tremores. Ela sentiu que começava a desmoronar. Sam fitou-a nos olhos, como que suplicando.

— Não paro de me perguntar como pôde acontecer, o que eu pensava e sentia, como pude fazer algo tão estúpido. O fato, que Deus me ajude, é que pensava e sentia você. Aconteceu num relance e logo acabou. Foi então que a porta bateu. Michael deve ter entrado, nos viu no sofá e tornou a sair, correndo. Depois, ouvimos o rangido dos pneus. Foi um erro, Annie. Eu amo você e não a Teke. O que aconteceu naquela sala nada significou.

Seria verdade? Mas não podia ter acontecido. Sam a amava. Ela tinha uma *confiança absoluta* no marido.

Seria *verdade*? Os olhos de Annie ficaram cheios de lágrimas.

— Diga alguma coisa — sussurrou ele. — Diga que sou um canalha. Diga que sou falso e traidor. Diga que não mereço minha família. Diga que sou um merda desprezível. Mas diga alguma coisa.

Annie precisava escapar, apagar da memória o que ele dissera. Tentou outra vez retirar a mão, mas Sam não a soltou. Ela desistiu, deixando a mão inerte. Tremia mais do que nunca. Ele continuou a falar.

— Sinto tanta repulsa por mim mesmo que é difícil suportar minha própria companhia por mais que uns poucos minutos de cada vez. Caminhei por toda a cidade esta manhã. E parava em cada cabine telefônica, a fim de ligar para você. — Ele fez uma pausa. — Fale comigo, Annie.

Ela sentiu uma lágrima escorrer, depois outra, quente e irreal, contra o frio da pele.

— Fez amor com Teke? — indagou ela, num sussurro incrédulo. Sam não faria isso. Não o seu Sam. — Teke é minha melhor amiga... a melhor amiga de sua esposa.

— Fiz amor com você, mas foi o corpo dela que usei.

Annie avaliou a idéia. Não fazia sentido.

— Mas como? Não há a menor possibilidade de confusão. O corpo de Teke não é nem um pouco parecido com o meu.

— Eu não estava olhando. Que Deus me ajude, mas não vi nada. Pensava apenas que conquistara uma grande vitória e partilhava o entusiasmo com minha esposa.

— Mas não era eu! Era Teke! — O queixo de Annie tremia. Seu Sam não faria aquilo. — Não entendo. Pensei que tínhamos tudo.

— E temos. O problema não está em nosso relacionamento, mas em mim. Fui eu que estraguei tudo. Foi meu cérebro que não funcionou direito. Fui eu que permiti que o desejo por você extrapolasse para outra mulher.

Ela fez uma careta pelo absurdo da situação.

— *Teke?*

— Voltei para casa querendo você. Teke estava ali, querendo outro. E aconteceu.

— Como pôde acontecer?

— Não sei...

Annie murchou por completo. Desta vez, quando puxou a mão, Sam largou-a. Ela enxugou as lágrimas das faces e passou os braços em torno do corpo. Balançou-se um pouco, com o olhar perdido na distância. A mão fria em torno de seu coração espalhava uma onda de desespero. Sentia-se atordoada e confusa.

— Nunca imaginei que isso poderia acontecer. Não comigo.

— Foi um erro. Um erro meu.

— E de Teke — murmurou Annie, num espasmo de dor. — Como ela pôde fazer isso?

— Ela está sendo punida por isso.

— Era a minha melhor amiga.

— E ainda é. Ela a ama. *Eu* amo você.

Annie fitou-o nos olhos, mas achou que estavam diferentes agora. Sam era diferente. Um estranho. Sem a menor dúvida. Seu Sam nunca a magoaria daquele jeito. Ela se distanciou para perguntar, racionalmente:

— J.D. já sabe?

— Não.

— Você vai lhe contar?

— Teke é quem deve dizer.

— É melhor ela falar logo, antes que Virginia conte tudo.

Annie fechou os olhos. Levantou a mão para comprimi-los. O outro braço continuava a envolver o corpo. Parecia ser a única coisa que podia impedir que se desintegrasse.

— Oh, Deus... — balbuciou ela. — Eu me sinto enojada.

— Não mais do que eu.

— O que devo fazer?

— Dê-me uma chance de reparar tudo.

Ela sentiu uma fúria repentina e intensa contra aquele homem que era o seu Sam, mas deixara de ser. Baixou a mão e abriu os olhos para fitá-lo.

— Reparar tudo? Você me traiu e também a seu melhor amigo, ao transar com minha melhor amiga. Agora, o filho deles está lutando por sua vida... e você quer *reparar* tudo?

Incapaz de continuar sentada por mais um segundo que fosse, Annie levantou-se e atravessou o gramado, em passos furiosos.

— Para onde você vai? — indagou Sam, seguindo-a, assustado. — Ver Michael?

— Não, porque não quero ver Teke.

Teke. Sua melhor amiga. E Sam. Seu marido.

— Vai para casa?

— Não sei. — Annie virou-se para ele, com novas lágrimas nos olhos e um mundo de mágoa na voz. — Preciso pensar. Eu não... isto não é... nunca tive qualquer experiência com... não sei o que fazer.

— Irei com você.

— Não! — Ela sabia pelo menos que não queria isso. — Não quero você!

Ela saiu correndo. Sam foi atrás.

— Está transtornada. Não deve ficar sozinha.

— Mas *estou* sozinha! — Annie virou-se outra vez para ele. Recomeçara a tremer. — E isso é o mais terrível de tudo. Desde o dia em que nos conhecemos, achei que havia alguém que sabia tudo o que eu pensava e sentia. Entreguei a você tudo o que eu era. Confiei totalmente em você. *Confiei em você!*

Ela recomeçou a chorar.

— Annie...

Ela virou-se novamente e continuou a correr.

— Eu amo você, Annie!

Ela correu mais depressa, depois ainda mais depressa, alheia aos soluços que sacudiam o corpo e as lágrimas que escorriam pelas faces. Afinal de contas, sabia apenas que, se pudesse correr mais depressa do que as palavras de Sam, talvez não fosse verdade.

Perturbado, Sam partiu em seu encalço. Mas logo parou. Annie era pequena, de aparência vulnerável, às vezes propensa a dramatizar, mas era capaz de se controlar. Podia andar por algum tempo ou pegar o carro e dar uma volta, mas nada faria de precipitado e imprudente.

Ele queria ficar a seu lado. Desesperadamente. Mas era a última pessoa no mundo que ela queria ver. Era o culpado. Tinha de respeitar o desejo de Annie.

Começou a se encaminhar para o hospital, devagar, sentindo um enorme peso dentro de si. Parou no meio do caminho. Estacionado num local em que não o notara, durante sua confissão angustiada para Annie, havia um carro da polícia de Constance-on-the-Rise.

Seu primeiro pensamento foi o de que acontecera alguma coisa com Annie. Mas ainda podia vê-la, embora cada vez mais distante. O segundo pensamento foi o de que vinham buscá-lo... de tão culpado que se sentia. O terceiro pensamento foi o de que acontecera alguma coisa com Jon.

Sua cabeça foi tomada por visões de lesões num treino de futebol ou num acidente de carro. Já ia correr para perguntar o que acontecera, quando dois guardas de Constance saíram do hospital. Entre eles, estava o homem que antes deixara o elevador, o homem que Sam achara familiar.

E só agora ele identificou o homem como uma versão arrumada do motorista da picape que atropelara Michael.

Quatro

A vida condicionara Grady Piper a esperar o pior. Nunca tivera uma infância. Nunca conhecera um lar de verdade. Nunca experimentara a gentileza humana, exceto pelos poucos momentos que roubara para ficar com Teke; e até isso lhe fora tirado. Durante anos, vivera de um dia para outro sem fazer planos para o futuro, nem sonhar. Sem expectativas, não podia ser magoado.

Ou pelo menos era assim que raciocinava. Também raciocinava que passara pelo inferno, sendo por isso capaz de suportar qualquer sofrimento. Era duro como rocha. Ou pelo menos assim pensava.

Mas a verdade é que estava totalmente abalado com o acidente. Sentia-se arrasado ao pensar no garoto e destroçado ao pensar em Teke.

— O problema é que Constance é uma comunidade bastante restrita — explicou o policial, numa sala de interrogatório emprestada, a vários quarteirões do hospital. — Carpinteiros que aparecem por lá geralmente têm um destino. Precisamos saber qual era o seu.

Grady tentou permanecer calmo. Disse a si mesmo que apenas estava sendo interrogado, que os policiais apenas cumpriam seu dever, que não violara nenhuma lei, que não podia ser acusado de nada. Mesmo assim, sentiu renascer um calafrio de terror. Houvera uma ocasião em que experimentara toda a pressão da polícia. O horror podia voltar de repente, desencadeado por algo tão inocente quanto o aviso de tempo esgotado num parquímetro.

— Eu não tinha destino. — Não podia dizer que procurava por Teke. Acarretaria outras perguntas e poderia causar problemas para ela. E Deus sabia que já lhe causara problemas demais. — Apenas passava pela rua.

— Procurando o quê? — perguntou o policial.

— Trabalho. As pessoas prósperas estão sempre consertando e reformando suas casas.

— Por que Constance? Não ficamos à beira de uma rodovia importante, muito menos para quem vem do Maine. Mas tem razão num ponto. Somos prósperos. Um ladrão poderia pensar em fazer um ganho fácil.

Grady fitou-o nos olhos.

— Não estava procurando alguém para roubar. Apenas cuidava da minha vida. E guiava devagar. O garoto saiu correndo. Fiz o melhor que podia, mas não dava para evitar o choque. Conversei com vocês no local e outra vez na delegacia em Constance. Informei onde poderiam me encontrar. Foi o que fizeram. Ainda não falei nenhuma mentira.

— A dúvida é se você disse toda a verdade. — O policial adiantou-se. — É um ex-condenado. Sabemos disso. E sabemos pelo que foi condenado. Não acha que temos o direito de especular por que um assassino circula de carro pelas ruas da nossa cidade?

Grady já sabia que descobririam. O frio interior aumentou.

— Cumpri a pena. E saí há quatorze anos.

— Não muda o que você é — disse o segundo policial, que também se adiantou, com as mãos nos quadris, uma delas bem perto da arma, numa atitude provocante. — Nossa cidade é aprazível e pacífica, Sr. Piper. Carpinteiros desempregados não passeiam por nossas ruas. Não sentam em nossos bares. Não dormem em nosso parque.

Num gesto distraído, ele bateu com a mão no coldre de couro.

— Onde dormiu ontem à noite?

Grady tinha a impressão de que ele já sabia; mesmo assim, respondeu:

— No motel no fim da cidade.

— Por quê?

— Não tinha outro lugar para ficar.

— E por que tinha de ficar?

— Por causa do garoto. Já expliquei. Não podia ir embora sem saber como ele estava.

— Agora já sabe. Vai embora?

Grady sacudiu a cabeça em negativa.

— Por que não?

Pela primeira vez, Grady sentiu um lampejo de raiva. Podia ter assassinado um homem num passado distante, mas não era um filho-da-puta insensível.

— Porque o garoto continua inconsciente. Não posso ir embora enquanto não souber se vai se recuperar.

— Ele pode ficar inconsciente por muito tempo.

Grady deu de ombros. Continuaria ali por todo o tempo que fosse necessário.

— Tem dinheiro suficiente para ficar no motel durante todo esse tempo?

— Tenho.

— Onde conseguiu?

As narinas de Grady tremeram. A raiva aumentou, muito quente, contra o frio que sentia por dentro.

— Estão me prendendo?

— Onde conseguiu o dinheiro?

Grady perguntou ao primeiro guarda:

— Estou sendo acusado de alguma coisa?

— Não.

O homem fitou o parceiro, seu olhar ordenando que desistisse. Estava mais comedido quando tornou a olhar para Grady.

— Não violou nenhuma lei, até onde sabemos. Mas deve compreender nossa situação. Constance é uma cidade especial. Não é conhecida pelo que acontece, mas pelo que não acontece. Não temos traficantes na frente da escola. Não temos prostitutas nas esquinas. Não temos estupros. E não temos homicídios.

Grady não piscou. Tudo aquilo não significava que ele não podia especular quantos cidadãos da cidade sonegavam os impostos ou enganavam seus cônjuges. Tivera muitos clientes ricos ao longo dos anos. Sabia o que eles faziam.

— O que aconteceu ontem com o garoto Maxwell é inquietante para toda a cidade — continuou o guarda. — Querem saber como foi, para que não aconteça de novo.

— Já contei o que houve.

— Também querem saber tudo sobre o homem que guiava a picape. Muito bem. Sabemos quem você é e de onde vem. Agora, queremos saber quando vai embora. — O homem sorriu. — A notícia de sua volta para o lugar de onde veio faria com que os nossos cidadãos se sentissem muito melhor.

A raiva de Grady aumentou, para muito além do medo. *Vão se foder, todos vocês!*, ele teve vontade de gritar. *Este é um país livre! Quero circular por suas ruas, e é o que vou fazer!* Mas aprendera pelo método mais difícil o que esse tipo de reação acarretava, ainda mais quando se falava com a polícia. Podiam detê-lo por mijar, se quisessem.

Por isso, de caso pensado, ele relaxou a boca, respirou fundo, lançou a raiva para o fundo da mente e disse, numa voz contida:

— Compreendo o problema, mas não posso ir embora enquanto não souber o que vai acontecer com o garoto. Não causarei qualquer mal a ninguém na cidade. Nunca tive essa intenção. E ninguém está mais transtornado do que eu pelo que aconteceu com o garoto.

— Você já fez coisa pior — comentou o segundo policial.

Grady lançou-lhe um olhar frio.

— Fui condenado por homicídio culposo. Cumpri a pena. O período de liberdade condicional já acabou. Há quatorze anos que estou limpo. Quer saber como consegui meu dinheiro? — Ele não se importava de contar, não se importava nem um pouco, contanto que a iniciativa fosse sua. — Ganhei o dinheiro trabalhando. Comecei em construção, do amanhecer ao anoitecer. Depois, conheci um carpinteiro que gostou de mim. Foi o primeiro homem bondoso comigo que conheci, além de meu pai. Durante cinco anos, ele me ensinou o ofício.

— E você roubou seus clientes?

— Pagava a ele uma taxa pela indicação — explicou Grady, muito tenso. — Mesmo quando seu câncer se agravou e os clientes eram só meus, continuei a pagar. E, depois, paguei também o enterro. Tenho algumas outras despesas, mas não são muitas. Por isso, tenho dinheiro no banco. Não preciso roubar de suas casas. Não preciso vender drogas a seus garotos. E se quiser permanecer naquele motel no fim da cidade por dois anos, posso pagar a conta adiantado. Mas não o faria. Aquele motel não vale isso. Já me hospedei em lugares melhores.

Grady levantou-se, fitando o primeiro policial, que assumira uma expressão divertida.

— Mais alguma pergunta?

O policial sacudiu a cabeça.

— Posso me retirar?

— Vamos levá-lo de volta ao hospital.

O homem começou a se levantar, mas Grady ergueu a mão.

— Não precisa. Irei a pé.

Sem sequer olhar para o segundo guarda, ele deixou a sala. Prendeu a respiração enquanto andava pelo corredor, quase que esperando ser chamado de volta. Controlou o impulso de correr. Desceu devagar a escada para o primeiro andar, abriu a porta e saiu. Parou nos degraus de pedra por um momento. Respirou fundo; o ar podia estar poluído por milhares de carros voltando para casa, mas era fresco e ele era livre para aspirá-lo. Depois, com pernas que não estavam muito firmes desde que ele pisara o freio com toda a força no dia anterior, partiu em direção ao hospital.

Mantinha a cabeça erguida, os olhos fixos à frente, até mesmo quando o carro da polícia de Constance passou. Só quando o carro desapareceu e a delegacia ficou longe demais para que o Big Brother lesse seus pensamentos é que ele pensou em toda a verdade. E toda a verdade era que a condição do garoto era apenas um dos motivos pelos quais não podia ir embora. O outro era Teke. Viera vê-la. Não partiria enquanto não conversassem.

Iluminada pelo luar fraco, Annie tinha os braços em torno dos joelhos e se balançava, num canto do banco sob a janela. O movimento ajudava. Era bom para combater o frio e a distraía da angústia. Mas a confusão persistia, bem como a incredulidade. Sentia-se cansada demais para livrar-se delas.

— Mamãe? — indagou uma voz fina, da porta.

Surpreendeu-a. Em circunstâncias normais, mesmo três andares acima, ouvia os sons da casa. Mas não ouvira a porta da garagem. Sua mente era uma cela acolchoada pelo tormento.

Suave como uma brisa, Zoe correu pelo meio da sala.

— Onde você estava? — sussurrou ela, abraçando Annie. — Ficamos muito preocupados.

— Tive de sair — murmurou Annie.

— Papai disse que você estava transtornada.

— Várias coisas me perturbaram. Achei que não poderia ajudar se continuasse no hospital. — Ela mudou de posição, passando a abraçar, em vez de ser abraçada. — Como está Michael?

— Na mesma.

Annie já ia perguntar sobre Teke, mas uma pontada de dor apagou as palavras.

— Como estão os outros?

— Bem.

— Já jantou?

— Já, sim. Fomos a um restaurante italiano perto do hotel. J.D. estava muito irritado.

Annie sentiu um aperto no coração por J.D. Ele fora traído, assim como ela. Ficaria muito mais irritado quando soubesse a verdade. Ela não podia sequer começar a imaginar sua fúria. E contra *Sam*. Haviam sido os melhores amigos por muito tempo. Era trágico.

— Por que J.D. estava irritado, Zoe?

— O cara que guiava a picape foi ao hospital para ver Michael.

— Um gesto muito simpático.

— Foi o que também pensei, mas não J.D. Ele ficou furioso.

— Ele disse alguma coisa ao homem?

— Não. O cara estava indo embora quando voltamos do jantar. Uma das enfermeiras comentou quem era... também achando que era um gesto simpático. Tenho a impressão de que J.D. sairia correndo atrás dele se o homem já não estivesse longe àquela altura. Por isso, ele começou a interrogar a enfermeira. Quando ela disse que não era a primeira vez que o homem aparecia no hospital, J.D. quase explodiu. A enfermeira explicou que ele se limitava a ficar no corredor olhando para Michael. Informou que nunca permanecia muito tempo. E nunca entrava no quarto. Disse também que já vira outros casos desses, que o homem devia estar se sentindo horrível pelo que acontecera.

— O que J.D. respondeu?

— Disse que o homem não prestava, e só aparecia no hospital para se mostrar. Jana também pensava assim. Achava que o homem deveria sumir.

— Mas a culpa não foi dele.

— Foi o que eu disse a Jana. Ela respondeu que o homem pode não ter violado qualquer lei, mas não teria atropelado Michael se guiasse com mais cuidado.

— Ele não atropelou Michael. Ao contrário, foi Michael quem o atropelou.

No momento seguinte, Annie sentiu uma dor terrível. Michael atropelara a picape porque saíra correndo de casa às cegas, porque vira Teke e Sam fazendo... fazendo...

— Também falei isso, e Jana ficou zangada comigo. Disse que eu estava sendo desleal com Michael.

Fazendo amor? Ou sexo? Copulando? Annie não sabia como chamar aquilo. Uma palavra era tão perturbadora quanto a seguinte. *Sam e Teke?* Doía demais.

— Estou sendo desleal? — indagou Zoe.

Não, querida, pensou Annie, contemplando o rosto erguido da filha. O luar deixava-o mais frágil, pintando nele uma vulnerabilidade ainda maior. Annie desconfiava que seu próprio rosto dava a mesma impressão.

— Não — sussurrou ela, e tornou a abraçar Zoe. Sentiu que começava a chorar, o que era surpreendente. Pensava que já havia derramado todas as lágrimas.

— Mamãe?

Annie apertou-a com mais força. Depois de um momento, a voz trêmula, ela balbuciou:

— É um momento perturbador.

— Você está bem? — perguntou Zoe, parecendo assustada.

— Apenas me sentindo angustiada.

— Mamãe? — Era outra voz, mais grossa, seguida pela materialização de Jonathan ao luar. — Por que está aqui em cima, no escuro?

Annie enxugou as lágrimas com a parte superior da mão.

— Precisava de tempo para pensar. Só isso.

— Por que deixou o hospital subitamente?

— Porque tudo o que aconteceu me deixou subitamente abalada.

— Ficamos todos preocupados. Principalmente Teke. Papai disse que você havia voltado para casa, mas não tinha certeza.

Annie também não tivera certeza se voltaria. Deixara o hospital guiando às cegas, chorando sem parar. Não tinha qualquer plano em mente. Queria apenas escapar da verdade. Mais de uma vez, pensara em continuar guiando até se perder num mundo totalmente novo. Cada vez mais, no entanto, suas mãos viravam o volante nas direções familiares, até que se descobrira em casa. O que era certo. Mesmo apartada de Sam, ainda tinha as crianças.

— Vim direto para casa — murmurou ela, com um sorriso choroso.

Ela estendeu um braço para Jon e o envolveu pela cintura, quando ele a abraçou. Sentia-se abençoada por ter filhos assim. Ainda mais agora.

Ainda mais agora. As lágrimas voltaram a escorrer, junto com a imagem de Sam e Teke juntos. Sentiu o estômago embrulhar. Por um momento, pensou que ia vomitar. Mas não restava coisa alguma para vomitar. Ela fungou e conseguiu balbuciar:

— Desculpem. É um momento muito difícil para mim.

— Michael vai ficar bom — assegurou Jon.

— Sei que vai. — Dando um último abraço nos dois, Annie acrescentou: — Desçam agora. Estarei lá embaixo daqui a pouco.

Jon retirou-se. Zoe demorou mais a sair.

— Tem certeza de que ficará bem?

— Tenho — mentiu Annie.

— Você parecia muito bem no carro. E continuou quando chegamos ao quarto de Michael. Depois, saiu para dar uma volta com papai. Foi o hospital que a deixou assim, com os aparelhos e o resto?

— Acho que sim.

— Vai poder nos levar de volta ao hospital amanhã?

Annie tentou se imaginar levantando-se pela manhã e tocando a vida como de costume. Só que agora nada podia ser como antes. E nunca mais voltaria a ser.

— Talvez. — Ao perceber a aflição que a resposta causara na filha, ela acrescentou: — Vou tentar. Está bem assim?

— Está — murmurou Zoe. — Outra coisa, mamãe. O que posso dizer a Jana? Sei que é difícil para ela, com Michael inconsciente, Teke um zumbi, e J.D. tenso demais. Mas o que ela falou não foi justo. Talvez você pudesse conversar com ela. Dizer que eu não estava sendo desleal.

Annie afastou os cabelos louros da testa da filha.

— Claro.

Zoe beijou-a. Já estava quase na porta quando Annie ouviu-a murmurar:

— Ela é toda sua.

Annie virou-se para a janela. Sem a luz na sala, não havia reflexo no vidro. Além disso, a noite era clara e estrelada, tão fria quanto ela se sentia por dentro, de uma beleza cruel, considerando-se a terrível convulsão em sua vida.

— Você está bem? — perguntou Sam, num sussurro.

Ela mordeu o lábio para não chorar de novo. Ele esperou um pouco.

— Fiquei preocupado.

Bem-feito, pensou Annie. É o que você merece.

— Voltou direto para casa?

— Não.

— Foi a algum lugar?

Annie apoiou a base da mão no alto da face, deixando que os dedos se emaranhassem nos cabelos ondulados que emolduravam seu rosto. Gostaria que ele a deixasse em paz. Com a ferida tão recente, a presença de Sam era uma fonte de sofrimento.

— Já jantou, Annie?

— Vomitei o almoço. Comer alguma coisa agora seria um desastre.

— Sinto muito, Annie. Estou no auge da angústia, me perguntando por que fiz aquilo e tentando pensar em meios de reparar tudo. Você não faz idéia do meu desespero.

Annie deslizou a palma da mão para cobrir os olhos. Podia sentir o início de uma enxaqueca.

— Teke sabe que você já sabe — murmurou Sam. — E se sente tão angustiada quanto eu.

Teke... Como ele podia ter feito aquilo com *Teke?* Annie se fez a pergunta pela enésima vez. Se ele tinha de ser infiel, poderia pelo menos ter escolhido alguém que ela não conhecia. Não era o que a maioria dos homens fazia, criando uma vida secreta, apartada da família? Poderia ser mais fácil suportar nesse caso. Mas, por outro lado, talvez não fosse. Afinal, traição era traição.

— Fale comigo, Annie, por favor. Sempre conversamos.

— Costumávamos conversar. E também costumávamos ser fiéis.

— Uma vez. Uma única vez. Apenas cinco minutos, talvez menos.

Ela soltou um grunhido.

— Você sempre sabe ser rápido, quando quer.

— Annie...

A explosão de Annie foi repentina.

— Como foi capaz de fazer isso? Fizemos um voto, Sam! Juramos lealdade um ao outro!

— Não planejei...

— E com Teke! Minha melhor amiga! Como foi capaz?

Annie vinha se fazendo essa pergunta com freqüência. A possibilidade de que Sam estivesse apaixonado por Teke — de uma forma romântica — era angustiante demais para ser levada em consideração. Por isso, ela perguntou:

— Foi pela aparência de Teke?

— Claro que não!

— Algum *cheiro* que ela exala? Ou apenas uma curiosidade que o atormentava há anos e que você precisava satisfazer de qualquer maneira?

— Pelo amor de Deus, Annie! Não havia razão alguma para o que fiz. Foi loucura. Insanidade. Peça-me para descrever os detalhes do que aconteceu e não serei capaz. Não houve detalhes. Não houve qualquer percepção do ato.

— Você gozou?

Era um detalhe horrível que a afligia, mas necessário para tornar a perspectiva mais completa.

— Como?

— Você ouviu o que eu disse.

Ela tinha certeza de que sufocaria se tivesse de repetir. Sam suspirou.

— Gozei. Sempre gozo quando estou com você... e, na minha mente, era o que acontecia.

— Não diga isso! — gritou Annie. — É um insulto à minha inteligência!

— Shhh.

Ela baixou a voz.

— Você deveria ter pensado nas crianças também. Como acha que vão reagir quando descobrirem?

Sam suspirou de novo.

— Pensarão que sou um canalha, e com toda razão. Pensarão as mesmas coisas que você. Precisamos conversar, Annie. Não sei o que fazer. Eles voltarão à escola amanhã chamando o garoto Clinger de mentiroso. Devo dizer a verdade agora? Devo esperar? O que é melhor?

Annie não sabia. Fez um esforço para separar sua angústia pessoal do resto do problema. Num fio de voz, ela comentou:

— As crianças ficarão tão magoadas...

— E também furiosas e confusas, como deve ter acontecido com Michael. Se pudesse poupá-las do sofrimento, não hesitaria. Pediria a Teke para não contar. Pediria também a J.D. para não contar. Mas temos de pensar em Michael. Quando acordar, é certo que vai dizer alguma coisa.

Se ele acordar, pensou Annie, apavorada. Em voz alta, ela fez uma ressalva:

— Se Michael se lembrar de alguma coisa.

— E ainda há Virginia. Ela é uma praga.

Pela primeira vez desde que soubera da verdade, Annie imaginou Virginia espalhando por toda a cidade que Sam e Teke tinham um caso. Já era horrível quando Annie pensava que era uma mentira. Agora, era muito pior. A cidade inteira saberia que Annie não era capaz de satisfazer o marido. Ela ficou mortificada.

Soltou um gemido, estendendo um braço em torno da cabeça. Quando o braço de Sam envolveu seus ombros, ela se encolheu toda, comprimindo-se contra o canto. Ele deu um passo para trás.

— Falarei com ela.

— Não vai adiantar. Virginia pensará que você está tentando encobrir alguma coisa. Devemos conversar com ela juntos. Será melhor assim. — Annie gemeu de novo. — Nunca pensei que mentiria para salvar as aparências, mas não há outra saída. É preciso assegurar a Virginia que você e Teke não têm um caso.

— E não temos mesmo — declarou Sam.

Annie lançou-lhe um olhar no escuro. Sua voz era de tristeza quando disse:

— Não argumente por uma questão de semântica, Sam.

— Não é isso, Annie. Um caso insinua algo permanente, mas estive com Teke apenas uma vez, por uns poucos minutos. Não houve premeditação e foi, em última análise, detestável. Nunca mais vai acontecer. Não há como distorcer esse tipo de situação a ponto de se poder chamá-la de caso.

Annie deu de ombros.

— Chame como quiser.

— Annie...

— É repulsivo com qualquer nome.

— Foi. Pretérito perfeito. Já acabou. — Ele fez uma pausa para respirar. — Quer saber de uma coisa? Se você estivesse em casa, não teria acontecido.

Ela olhou para ele, aturdida.

— Você está me culpando?

— Era você que eu queria. Mas não a encontrei. Corri por toda a casa à sua procura. Telefonei para a escola. Quando atravessei o bosque, imaginei-a na casa de Teke. Mas você também não estava lá.

— E não podia esperar? Estava tão desesperado assim?

— Claro que podia... mas aconteceu muito depressa. Acabou antes mesmo que eu percebesse que havia começado... e foi então que Michael apareceu.

Annie comprimiu o rosto contra os joelhos. No silêncio subseqüente, ela imaginou Sam passando a mão nos cabelos e imaginou os cabelos ainda mais bonitos por estarem despenteados. Não era justo. Ele deveria parecer um monstro de feiúra. Pelo menos um pouco.

— Que confusão... — murmurou ele.

— Talvez fosse inevitável.

— Como assim?

— A intimidade entre nossas famílias. — Em sua busca por explicações, aquela aflorara de repente. — Talvez fosse mórbida.

— Não éramos tão íntimos assim.

— O suficiente para sermos co-proprietários de duas casas de férias. O que vamos fazer com as propriedades?

— Não sei. — Sam fez uma pausa. — Ainda não pensei a respeito.

Outra pausa, e ele acrescentou:

— Muita coisa vai depender do que acontecer entre nós dois, Annie. Eu amo você. Não quero que nosso casamento acabe.

O medo em sua voz deixou-a comovida. Ela disse a si mesma para ignorá-lo, mas estava condenada a amar Sam demais para que isso acontecesse. Ainda assim, nada alterava o fato de que ele traíra sua confiança e que o relacionamento nunca mais seria o mesmo.

E com esse pensamento, ela recomeçou a chorar.

— Annie...

Ele estendeu as mãos para a mulher. Ela esquivou-se.

— Não!

— Quero tocar em você.

— Como tocou em Teke? — indagou Annie, soluçando.

— Como toco em você. É diferente de qualquer outra mulher, Annie. A aparência é diferente, a sensação é diferente, o cheiro é diferente, o gosto...

Ela tapou os ouvidos. Sam afastou suas mãos, pondo um joelho no banco.

— O gosto é diferente.

— Como é que você sabe? — gritou ela, em meio às lágrimas. — Pensei que havia dito que não viu nem sentiu qualquer coisa com Teke. Como sabe que sou diferente?

— Porque você é a única que me deixa com tesão.

— Foi o que sempre pensei, mas estava enganada. Pensava de uma maneira, enquanto você sentia de outra.

— Não é verdade. — Sam suspirou. Segurava os pulsos de Annie. Sua atitude era suplicante. — Farei qualquer coisa que quiser, Annie. Dormirei no sofá, se não suportar a idéia de se deitar na mesma cama que eu. Entregarei minhas chaves da casa dos Maxwells, para que você saiba que nunca mais irei até lá sozinho. E procurarei um psicanalista, se você quiser.

— Não adiantaria de nada — murmurou ela. — Você é o homem mais são que já conheci. É uma das coisas mais terríveis do que aconteceu. Sua sanidade absoluta faz com que a situação seja ainda mais absurda.

— E agora? O que devo fazer? Basta me dizer e eu farei.

— Me solte um pouco. Me deixe respirar.

Sam soltou-a no mesmo instante. Retirou-se para a outra extremidade do banco sob a janela.

— O que vamos fazer agora?

Annie sentia-se desolada, fria, confusa.

— Não sei.

— Eu amo você. E sei que você também me ama. Não diga que não, porque não pode morrer de um momento para outro, não um amor como o nosso.

— Não consigo pensar direito! — exclamou Annie. — Preciso de tempo!

— Quanto tempo?

— Não sei!

Sam a pressionava para orientá-lo, mas ela pisava em terreno desconhecido. Sam nunca lhe causara tanto sofrimento antes, nem inspirara uma raiva daquele tipo.

— O que vamos dizer às crianças?

Annie enxugou as lágrimas das faces. Podia estar pisando em terreno desconhecido, mas havia alguns problemas imediatos, entre os quais se destacava a maneira certa de lidar com as crianças. Ela tateou, à procura do caminho.

— Nada, eu acho. Ainda não.

Uma parte de Annie desejava que as crianças nunca ficassem sabendo. Os rumores espalhados por Will Clinger não eram nada em comparação com uma declaração expressa de Annie e Sam. Ela nem podia avaliar os danos emocionais que isso causaria.

— Seria demais para as crianças, com Michael em coma.

— Como vamos agir com elas?

— Temos de concentrar nossa preocupação em Michael.

— Posso beijá-la?

— Não.

— E Virginia?

— Pode beijá-la quando e o quanto quiser — respondeu Annie, amargurada.

— Você sabe o que eu quis dizer.

Era verdade, ela sabia; ainda assim, a amargura persistia.

— Vamos conversar com Virginia — acrescentou Sam.

— Está bem.

— Quer que eu saia de casa?

Annie fitou-o. A expressão de Sam estava oculta pela noite, mas ela sabia que o marido procurava por algum sinal de esperança. Calmamente, embora um pouco sarcástica, ela disse:

— Não acha que isso contradiz o propósito de não contar às crianças?

— Tem razão. O mesmo acontece se eu dormir no escritório.

— Pode ficar com a cama. Não vou mesmo conseguir dormir direito.

— Annie, é um absurdo...

— O que é absurdo? — interrompeu ela. — Afinal, quase nunca durmo durante toda a noite. Por isso, em vez de ficar na cama, andarei de um lado para o outro, ou subirei para sentar aqui. As crianças sabem que estou transtornada por causa de Michael.

— Não quero a cama se você não estiver lá. Posso deitar ali.

— E o que você dirá às crianças?

— Que estou transtornado por causa de Michael.

— E quando acordarem e encontrarem você no sofá do escritório?

— Direi a mesma coisa. Sentia-me tão preocupado com Michael que fiquei andando de um lado para o outro, e acabei dormindo ali.

— Noite após noite?

Como ele não respondesse, Annie compreendeu que deixara bem clara a sua posição sobre manter uma fachada diante das crianças e sobre a extensão de sua mágoa. *Noite após noite.* Era como se a embalagem perfeita de sua vida com Sam fosse dilacerada de repente, os fragmentos espalhados pelo chão. Ainda atordoada com essa violência, ela não tinha forças para começar a recolhê-los. Sam levantou-se do banco embutido sob a janela. Tão cansado quanto Annie, ele murmurou:

— Poderemos ambos ocupar a cama. Tomarei todo cuidado para não me aproximar do seu lado.

No meio do caminho para a porta, Sam parou e abaixou a cabeça.

— Annie...

Ela não disse nada. Sam acrescentou:

— Teremos uma entrevista coletiva amanhã de manhã. Sobre *Dunn v. Hanover*. Cancelei ontem, e não falaria mais nada se pudesse impor minha vontade, mas nosso pessoal de relações-públicas insistiu.

— Enquanto Michael está em coma?

Vitória ou não, uma entrevista coletiva parecia imprópria.

— J.D. quer. E John Stewart também. Terei dificuldade para falar. — Ele hesitou. — Você vai?

Annie encostou a cabeça na janela. No passado, sempre comparecera às entrevistas coletivas de Sam. Era um prazer estar presente, ser apresentada, olhar radiante para o marido. Só que agora não seria capaz. Não poderia exibir uma expressão radiante mesmo que sua vida dependesse disso, e a última coisa que queria no mundo era ser apresentada aos repórteres. Não queria que as pessoas olhassem para ela. Tinha certeza de que perceberiam a verdade, talvez achassem engraçado ou sentissem compaixão.

— Tenho de ir à escola.

— Sei disso, mas pensei que poderia chegar um pouco atrasada.

Era o que ela fazia no passado. Mas seu silêncio indicava que não faria a mesma coisa agora.

Sam permaneceu parado ali por mais um minuto, antes de sussurrar, conformado:

— Está bem.

E desceu a escada, sem fazer barulho.

Annie era uma insone crônica. Podia funcionar no nível máximo de sua capacidade com cinco horas de sono — o que significava que, em teoria, podia deitar-se à meia-noite, acordar ao amanhecer e passar o dia inteiro nas melhores condições físicas e mentais. Na prática, seus olhos começavam a fechar por volta de dez horas da noite. Dormia direto por várias horas, e depois só de forma intermitente. Em circunstâncias normais, aproveitava a maior parte das horas de vigília com o pensamento criativo, a leitura de um livro, a correção de provas. Com bastante freqüência, apenas ajustava seu corpo ao de Sam e desfrutava o prazer do calor que ele irradiava.

Mas não houve calor naquela noite. Ela nem foi para a cama. Permaneceu no escritório, cochilando no banco ao lado da janela, acordando com a mente tumultuada. Houve uma hora em que se arriscou a descer até a cozinha para pegar uma aspirina e fazer um chá de ervas, mas o fato de que a cozinha parecia tão normal, quando não havia mais nada normal, deixou-a perturbada. Voltou ao escritório e enrolou-se numa manta, tremendo de frio.

Não conseguiu dormir por mais de três horas, durante toda a noite — o que não a impediu de já estar na cozinha na manhã seguinte quando Zoe e Jon desceram. Despachou-os com a promessa de buscar Zoe na escola depois das aulas. Isso mesmo, decidira voltar ao hospital. Amava demais Michael — cujo estado permanecia inalterado, informara uma enfermeira — para não ir. Se seria capaz de falar com Teke era uma coisa que teria de decidir na ocasião.

Sam desceu vestido para o trabalho, no momento em que as crianças saíam de casa. Sem saber o que dizer ao marido, ela subiu para tomar um banho de chuveiro. O vapor espalhara-se por todo o banheiro quando ela finalmente fechou a água. Estendeu a mão para a toalha pendurada no gancho na porta, quando divisou o vulto alto de Sam, de terno cinza.

— O que é? — indagou ela, alarmada, cobrindo-se com a toalha.

— Podemos conversar um instante, Annie?

— Não estou vestida.

— Ora, Annie...

Ela sabia que Sam pensava que era sua esposa, que já a vira despida milhares de vezes, que conhecia cada centímetro de seu corpo. Mas Sam se tornara um estranho depois do que fizera. E ela se sentia inibida.

Não se mexeu. Não disse nada. Apenas ficou olhando para seu vulto indistinto, até que ele entendeu o recado. Assim que Sam se retirou, ela se enxugou e vestiu o roupão. Só depois abriu a porta do banheiro.

— O que é?

Ele estava sentado na beira da cama, os cotovelos nos joelhos. O terno parecia formal, em contraste com os lençóis amarrotados; já não parecia tão formal em comparação com o outro lado da cama, onde ninguém dormira, o lençol esticado. De qualquer forma, Sam estava muito bonito — o que acarretou um profundo ressentimento em Annie.

— Quais são os seus planos para o dia? — perguntou ele, com a devida humildade.

— Não sei.

— Estará na escola?

— Por algum tempo.

— Vai ao hospital?

— Levarei Zoe e Jana depois das aulas. Jon irá de carro com Leigh, depois do treino.

Sam baixou os olhos para suas mãos.

— Podemos nos encontrar para um café?

— Não ficarei muito tempo ali.

Ele levantou os olhos.

— E um jantar mais cedo? Na cidade? Aqui?

Annie sacudiu a cabeça. Sentia uma intensa dor por dentro, perto do coração.

— Não posso, Sam.

— Não quer.

— Não posso. Há uma guerra dentro de mim. Estou sangrando em alguns lugares que ainda não descobri... e não poderei descobrir até a poeira assentar um pouco.

Ele pensou a respeito por um momento. Depois se levantou, tão empertigado e resignado que Annie sentiu-se tentada a jogar-se em seus braços e pedir perdão. Só que não era ela quem tinha de suplicar perdão. Nada fizera de errado. Pelo menos assim achava.

Sentia-se confusa demais.

Observou-o sair. Pensou que deveria lhe desejar boa sorte na entrevista coletiva, mas recusou-se a falar. Refletiu que deveria estar satisfeita por ter recusado o convite para jantar, mas não sentia prazer algum. Para não chorar de novo, ela se vestiu depressa. Mas, quando ficou pronta, compreendeu que não podia ir à escola. Não suportaria ficar na frente de duzentos alunos e falar sobre D. H. Lawrence.

D. H. Lawrence... Estava ali, no currículo. *Filhos e Amantes*. Um homem e duas mulheres, uma pragmática, a outra introspectiva. Não poderia falar sobre isso.

Telefonou para avisar que estava passando mal, amaldiçoando o destino. Tirou o terninho. Pôs uma *jeans*, tênis e um blusão. Entrou no carro. Meia hora depois chegava a Rockport, ao pequeno chalé, desgastado pelo tempo, que chamara de lar durante os primeiros vinte e um anos de sua vida.

O caminho estava esburacado, não tanto pelo tempo, mas pela negligência. Peter Huggins não podia se incomodar com coisas do tipo consertar calçadas, cortar grama ou manter a cerca em bom estado. Era um artista. Deixava tudo correr à vontade. Com um sorriso doce e sem graça, ele deixava a natureza tomar conta da propriedade.

Annie parou o carro por trás da velha caminhonete enferrujada. Entrou pela porta lateral. A cozinha estava um caos. Peter não acreditava em lavar louça até que não restasse nada sujo nos armários. Também não acreditava que era melhor guardar os alimentos, só para ter de tirá-los na refeição seguinte. E não tinha o hábito de jogar no lixo a correspondência comercial, quando podia aproveitá-la para desenhar. Mas os desenhos que ele fazia... Annie podia culpá-lo por deixar o chalé na maior sujeira, mas nunca por seus desenhos.

Pastel Pete, como o chamavam, por sua preferência artística. Sustentava-se com a venda de aquarelas em galerias locais, mas era mais conhecido pelos murais sazonais que pintava na parede sul do banco, no centro da cidade, e por sua excentricidade. Quase nunca obedecia às regras, mas era tão meigo, com as faces rosadas e os cabelos e barba louro-brancos, que ninguém se importava. De um modo geral, todos aceitavam que ele era uma espécie em extinção, que devia ser protegido pela indulgência para com sua necessidade de espaço.

Annie deixou a cozinha. Originalmente, havia três outros cômodos no chalé, uma sala e dois quartos. Pouco depois do casamento de Annie, no entanto, Pete derrubara as paredes com uma marreta. O resultado fora um estúdio amplo, com beiras irregulares, onde antes havia paredes. Uma grossa camada de tinta branca — considerada por Pete como uma tela apropriada — cobrira tudo à vista, completando a reforma. Dezoito anos depois, as paredes eram um tesouro de desenhos, paisagens marinhas e retratos, percorrendo toda a gama do excêntrico ao realista. Annie estremecia ao pensar no momento em que o pai não estaria mais ali e aquelas paredes poderiam ser derrubadas.

— Papai? — chamou ela, quando não o viu.

Segundos depois, a cabeça de Pete surgiu de trás da beira recortada de uma antiga parede. Ele sorriu e acenou com a mão para que a filha se aproximasse. Estava sentado no chão, trabalhando em mais um trecho da parede. Embora as cores fossem características do seu estilo, Annie não pôde definir o que ele desenhava. Viu faíscas — amarelas, verdes, rosadas, bem claras, sobre um campo azul — mas não eram do tipo fogos de artifício. Possuíam vida especial.

— São de outro mundo — explicou Pete.

A voz se tornava mais suave e mais rouca a cada ano que passava. Como já tinha setenta anos, a voz era bastante suave e rouca.

— Ahn...

Annie abaixou-se ao lado do pai, para estudar melhor o desenho na parede.

— Definharam um pouco durante a viagem até a Terra. Mil e trezentos anos-luz é uma longa distância. Estão revivendo.

— O que vieram fazer aqui?

— Apenas uma visita.

— É uma longa viagem para uma simples visita.

— Precisam de conforto. Seu planeta natal corre perigo. É importante saber que existe vida em algum outro lugar, para qualquer eventualidade.

Annie sorriu. Inclinou-se para o pai e deixou que a abraçasse. Não era um homem alto — tinha no máximo um metro e setenta e cinco de altura — mas era robusto. E essa robustez era familiar e segura.

— Algum problema, Annie?

Ela soltou um murmúrio, indicando que sim.

— Precisa de um pouco de conforto?

Annie repetiu o som anterior.

— Quer um conhaque?

Ela sorriu. O conhaque era o fraco de seu pai.

— Você jurou que nunca beberia antes da hora do jantar.

— Jurei que nunca beberia sozinho. É na hora do jantar que me encontro com Peter Jennings. Agora, estou com você. Quer também?

Annie sacudiu a cabeça contra o ombro do pai.

— Chá?

Ela tornou a sacudir a cabeça.

— Chocolate?

Annie suspirou. Quando era criança, o chocolate era uma panacéia. Mas refletiu que não teria o mesmo efeito agora.

— Acho que vou apenas ficar sentada aqui por algum tempo.

Mas ela não saiu dos braços do pai.

— Meu Jonatleta está bem? — perguntou ele, cauteloso.

Ela sorriu pelo apelido, usado desde que Jon tinha seis anos e começara a jogar bola. Respondeu que sim, acenando com a cabeça.

— E a pequena e bela Zoe?

Outro aceno.

— E o grande e terrível Sam?

O sorriso desapareceu. Como não houvesse resposta, Pete murmurou:

— Ahn... — Uma pausa. — O que ele fez?

Annie suspirou.

— Uma coisa que me deixou transtornada.

— Ele não faz isso com freqüência.

— É verdade.

— Gosto do Sam.

— Eu também.

— Então as coisas vão melhorar — disse ele, em tom tranqüilizador.

Annie apreciou ao máximo o conforto oferecido pelo pai, mas sabia que era efêmero. Depois que passou, ela deixou os braços de Pete e levantou-se. Enquanto ele voltava ao trabalho, Annie vagueou pelo chalé.

A maioria das famílias tinha álbuns de fotos ou, cada vez mais, videocassetes para documentar suas vidas. Pastel Pete tinha tudo registrado numa parede de sua casa. Sobre a tinta branca havia desenhos de Annie quando era criança, adolescente e moça. Havia desenhos dela vestida de noiva, desenhos do Sam e das crianças em idades diversas. Havia também desenhos da mãe de Annie, que partira quando a filha tinha dois anos. As imagens na parede eram tudo o que Annie tinha para se lembrar da mãe.

Annie estudou-as. Pela mão de Pete, sua mãe fora pequena e frágil com cabelos escuros compridos e um sorriso doce. Se não fosse pelos olhos, poderia ser a própria imagem da inocência. Mas os olhos eram o forte de Pastel Pete. Se havia sentimento neles, Pete o captava... mais do que isso, muitas vezes captava em outra parte e o punha ali, embora ninguém jamais o condenasse por isso. Era uma das indulgências que as pessoas tinham para com Pete, em grande parte porque não podiam encontrar defeito na sua apurada percepção.

Na imagem da formatura de Annie na escola secundária, captara-lhe excitamento e medo nos olhos. Em sua formatura na faculdade, deslumbramento; no casamento, total felicidade.

Os olhos da mãe de Annie eram fogosos. Falavam de uma mulher que não seria domada, de uma mulher que precisava de contínua mudança, de incessante desafio. Peter Huggins fora uma escala pitoresca, embora breve, ao longo de sua jornada na vida. O nascimento de Annie prolongara essa escala, mas nem mesmo ela fora suficiente para impedir que a mãe seguisse em sua viagem.

Annie não podia dizer que fora uma criança infeliz. Adaptara-se à ausência da mãe, e Pete fora um pai tão maravilhoso quanto possível. Só quando se tornara adolescente é que sentira a perda. E nessa ocasião, lidando com sua incipiente feminilidade, começara a se culpar.

Se fosse mais bonita, talvez a mãe houvesse ficado. Se tivesse cabelos lisos, escuros e compridos. Ou olhos verdes. Ou o rosto em formato de coração. Se fosse de alguma forma diferente, mais interessante, talvez a mãe houvesse ficado.

Ao longo dos anos da adolescência, Annie sentira-se inferior a quase todos a seu redor. Tornara-se introvertida. Gostava de ler. Escrevia poemas em seu diário. O pai, um homem de poucas palavras e muito sentimento, era seu melhor amigo.

E depois veio Teke. E Sam.

Annie pensou nele agora. Imaginou-o no escritório, com os clientes ao lado, um buquê de microfones na mesa e, mais além, um círculo da elite da mídia de Boston.

Esperava essa vitória, sr. Pope?, um dos repórteres perguntaria.

Um advogado nunca espera uma vitória, responderia Sam, modesto. *Faz o dever de casa, planeja tudo e argumenta com toda a sinceridade. Depois, afasta-se, enquanto nosso sistema judiciário decide.*

Acha que a sentença afetará outros estados?

Creio que outros estados tomarão decisões similares, embora não por causa deste processo. O conceito de se reconhecer o trauma prolongado de crimes como o abuso sexual é um daqueles cujo momento chegou.

Outro repórter perguntaria, do fundo da sala: *Vai representar outros grupos de mulheres?*

Talvez.

E mais outro: *Diria que pôde argumentar melhor neste caso porque tem esposa e filha?*

Certamente. Quero que minha esposa e filha tenham a mesma proteção destas mulheres.

E onde está sua esposa?, indagaria mais um repórter. *Ela costuma comparecer às suas entrevistas coletivas.*

Ela não pôde vir hoje, responderia Sam.

Por que não?

Ela trabalha.

Ela sente ciúme quando o senhor trabalha com grupos de mulheres como estas?

Não, responderia Sam, agora presunçoso. *Ela sabe o que tem de fazer para manter minha atenção.*

E o que é, advogado?

Tem de ser bela, sedutora e interessante. Tem de contribuir com uma parte do dinheiro. Tem de se vestir com elegância quando quero e também de se despir quando quero. Tem de lavar minhas meias e pegar minhas camisas na lavanderia. Tem de tirar o pó da casa todas as manhãs. E tem de providenciar uma refeição feita em casa, quente e já servida na mesa, toda noite.

Mas ela não faz tudo isso, ressaltaria uma repórter à imagem de Virginia Clinger. *Não faz nem a metade. Ela pode ter uma carreira, mas você tem uma fraude como esposa. Ela troca seus pares de meias, serve no jantar refeições que compra prontas no supermercado e é pálida demais para ser considerada bonita. É de admirar que nunca tenha se desviado antes do juramento conjugal. Ou será que isso já aconteceu, Sr. Pope?*

Sem querer ouvir a resposta, Annie virou as costas à parede com os desenhos e foi providenciar um chocolate.

Cinco

Stanley Wallace era cliente da Maxwell, Roper & Dine desde o tempo em que Roper e Dine ainda eram vivos, e John Stewart era o único Maxwell na firma. Stanley ganhara uma fortuna com zíperes. Embora a fortuna tivesse encolhido nos últimos anos, ainda permanecia bastante considerável para que Stanley continuasse paparicado pela firma.

Foi por isso que J.D. ignorou o afã que sentia de correr de volta ao hospital, depois da entrevista coletiva na quinta-feira, e foi almoçar com Stanley. Ele tinha um bom relacionamento com Stanley e uma firme noção do dinheiro que a firma esperava ganhar como executora de seu testamento. Os encontros com clientes assim não eram adiados, a menos que as circunstâncias fossem as piores possíveis. Nem eram levados para almoçar no Dino's Sub Shop.

J.D. levou-o ao Federal Club. Durante a *bisque* de siri e os medalhões de cordeiro, conversaram sobre o caso de Sam e o testamento de Stanley. Para Stanley, os casos eram relacionados. Como um chauvinista, achava que a decisão no caso de Sam daria às mulheres permissão para fazerem reivindicações, o que suas próprias filhas faziam durante todo o tempo. Estava convencido de que o internariam num asilo de indigentes, se não tomasse muito cuidado com seu dinheiro.

J.D. deixou-o falar, o que significava suportar os longos lapsos entre as frases, típicos do discurso de Stanley. Sua mente já não funcionava com tanta agilidade. Nem o corpo. Aos oitenta e seis anos, protestava contra a maioria dos movimentos, o que significava que a caminhada de volta à firma de advocacia — Stanley era contra pegar táxis — foi efetuada em ritmo de lesma.

Não havia problema para J.D., que só podia justificar para si mesmo sua ausência no hospital com a companhia de um cliente. Além do mais, podia se dar o luxo de andar tão devagar quanto Stanley quisesse. Cobrava por hora.

— Não deveria ter acontecido com um garoto — murmurou Stanley, passando a falar de Michael, durante a caminhada. — Com alguém da minha idade, talvez, mas não com um garoto. Houve alguma mudança?

— Tiraram-no do respirador esta manhã.

— É um bom sinal.

J.D. gostaria de pensar assim, mas só conseguia ver a palidez mortal no rosto de Michael. Nunca saía de seus pensamentos.

— Para ser franco, é bem provável que Michael nunca tenha precisado do aparelho. Os sinais vitais não mudaram nem um pouco depois que retiraram o tubo. Ele continua em coma.

Stanley soltou um murmúrio de compaixão. Depois de algum tempo, ele indagou:

— E como está Theodora?

J.D. sentiu um lampejo de irritação.

— Ela não deixou o hospital desde que aconteceu. Passa o tempo todo ao lado da cama.

Ele não sabia o que devia esperar, mas não era aquilo. A paralisia de Teke era inquietante... não apenas para ele, mas também para Jana e Leigh. As meninas haviam se comportado de uma maneira insuportável na noite anterior, discutindo de uma maneira que Teke teria sabido controlar. Porque Deus era testemunha de que ele não soubera fazê-lo.

— Pobre Theodora...

Stanley ficou em silêncio. Logo chegaram à firma. J.D. levou-o para uma sala de reuniões vazia, onde o velho deitou-se no sofá e começou a cochilar.

J.D. foi para sua sala, com a intenção de ligar para o hospital. Mal estendera a mão para pegar o telefone, Virginia Clinger apareceu na porta. J.D. já sabia que ela viria. Virginia era filha de Stanley Wallace. Em troca de um cheque mensal para complementar sua pensão, ela assumia o papel de motorista do pai, quando nenhuma das irmãs podia atendê-lo.

— Oi! — exclamou ela, com um sorriso jovial. — Tem um minuto?

Ele não tinha, e Virginia não era a pessoa que mais apreciava no mundo. Como velha amiga da família, era uma chata. Como sua vizinha, era uma intrometida. Infelizmente era também uma das três beneficiárias da fortuna de Stanley Wallace; e, sob esse aspecto, era um investimento para o futuro. Por isso, J.D. acenou com a cabeça, largou o telefone e indicou-lhe uma cadeira.

Virginia usava um *tailleur* de saia curta, do tipo que J.D. nunca permitiria que Teke vestisse. Uma coisa, no entanto, não podia deixar de reconhecer: tinha pernas sensacionais.

Envolta por uma nuvem de perfume enjoativo, cruzou as pernas, pôs as mãos no colo numa atitude recatada e fitou-o com uma expressão preocupada, os olhos arregalados.

— Já toquei a campainha de sua casa várias vezes sem conseguir encontrá-lo. Como está Michael?

Quando J.D. informou-a sobre a retirada do respirador, ela deixou escapar um profundo suspiro.

— Graças a Deus!

— Não significa muita coisa.

— Claro que significa — protestou Virginia, em tom de censura. — Ele pode respirar por si mesmo, o que não fazia antes. Há algum movimento?

— Ao acaso. A enfermeira diz que são espasmos musculares.

— O que a enfermeira pode saber? — O tom de Virginia era desdenhoso. — Ela não sabe o que se passa na mente de Michael. Ainda hoje de manhã eu estava andando na esteira, na academia, quando uma amiga comentou que sua irmã em Omaha teve uma experiência semelhante com a filha. A menina foi atropelada ao voltar da escola por um carro que não parou atrás do ônibus escolar. Passou dezenove dias em coma.

J.D. não tinha certeza se podia acreditar em qualquer coisa que Virginia dissesse. Todos sabiam que ela exagerava os fatos. Ainda assim, prestou atenção. Sentia-se ansioso por qualquer perspectiva de esperança.

— Quer dizer que ela acordou?

— Claro! — respondeu Virginia, presunçosa. — Mas só depois que a irmã de minha amiga aceitou uma forma radical de terapia. Ela está *convencida* de que foi isso que tirou a filha do coma.

J.D. não aceitava formas radicais do que quer que fosse; apesar disso, queria ouvir mais.

— Que tipo de terapia?

— É um método agressivo para tirar a pessoa do coma. Por horas seguidas, batiam blocos de madeira perto dos ouvidos da menina. Projetavam o facho de uma lanterna em seus olhos. Coçavam sua pele. Dizem que uma pessoa em coma está perdida em algum lugar dentro do corpo. Essa terapia funciona como um farol para orientá-la de volta. Deve pensar nisso, J.D. Aposto que os médicos de Michael nem sugeriram.

— Só se passaram dois dias — argumentou J.D. — Estão se concentrando em mantê-lo estável.

— São médicos muito convencionais. — Virginia torceu o nariz. Uma pausa e acrescentou, em tom persuasivo: — Não faria mal nenhum. Minha amiga disse que a irmã teria o maior prazer em conversar com você. Ou com Teke. Por falar nisso, como ela está? Fico de olho na sua casa, mas não a vejo entrando ou saindo.

J.D. pensou na janela da frente da casa de Virginia. Era grande, junto da copa, onde parecia que Virginia passava a maior parte do tempo. Vira-a muitas vezes àquela janela, de manhã, observando-o sair para o trabalho.

— Teke está no hospital com Michael — informou ele.

Virginia assumiu uma expressão de surpresa.

— Durante todo o tempo? Mas quem cuida da casa?

— Damos um jeito.

— Ela transferiu toda a responsabilidade para você?

Uma parte de J.D. ficou satisfeita por saber que outra pessoa achava que Teke poderia estar fazendo mais. Mas já a outra parte sentiu-se na obrigação de declarar:

— Ela tem de ficar com o nosso filho, que está em coma.

Virginia baixou os olhos. Contemplou as mãos, virou-as em seu colo, parecendo hesitar.

— Estou preocupada com ela, J.D.

— Ela vai se recuperar.

— Não é apenas por causa do Michael. De um modo geral, acho que Teke tem outro problema.

J.D. olhou para o teto.

— O que poderia ser?

— Uma crise pessoal.

— Ora, Virginia...

— Falo sério. Não diria nada se não considerasse o problema grave, já que minha posição é delicada. Não é segredo que fiquei furiosa quando você se casou com Teke. Nossas famílias se conhecem há anos. Todos esperavam que nós nos casássemos. E pode ter certeza de que eu me casaria com você no momento em que quisesse. Mas preferiu Teke. Aceitei o fato consumado. E tentei ser amiga de Teke.

J.D. deu de ombros, pela impossibilidade dessa amizade.

— Vocês são mulheres muito diferentes. Teke é doméstica, enquanto você é uma borboleta social.

— Não somos tão diferentes assim.

— Ela adora crianças, enquanto você prefere os adultos.

— Também gosto de crianças.

— Ela é mulher de um homem só; você está à procura do quarto marido.

— Tem certeza?

— É o quinto, então?

— Eu me refiro a Teke.

J.D. não tinha a menor idéia do que ela estava falando. Olhou para o relógio. Tinha uma reunião com um cliente às três e meia da tarde. Imaginava que ainda poderia ir ao hospital e voltar a tempo. Virginia inclinou-se para a frente.

— Acho que ela tem um caso.

— Como?

— Um caso.

Ele soltou uma risada.

— Pensei que já havia mudado de idéia a meu respeito, Gin. Por que resolveu de repente falar mal de minha mulher?

— *Nunca* esqueci você, e é por isso que estou preocupada. Ela vai magoá-lo, J.D.

— Por ter um caso? — perguntou ele, como se fosse a idéia mais absurda do mundo. Teke nunca teria um caso. Não ousaria.

— Com Sam.

— Está brincando? — J.D. sentiu um princípio de impaciência. — Sam é meu melhor amigo. Meu sócio na firma. Cai na real, Gin.

Mas ela não ia recuar agora.

— Eu vi os dois.

— Quando?

— Na terça-feira.

— No dia do acidente?

Virginia confirmou com um aceno de cabeça.

— Quando saíram correndo da casa, atrás de Michael, estavam quase despidos. Teke amarrava a faixa do *peignoir* e Sam estava com cara de quem tem culpa no cartório.

J.D. levantou-se. O perfume quase o sufocava agora. Já ouvira mais do que o suficiente. Consciente de que arriscava um negócio para o futuro, manteve um tom cortês:

— Acho melhor você se retirar.

— Pergunte a Sam.

— Não perguntarei nada. Não vou insultá-lo dessa maneira.

Mas nem assim ela recuou, o que deixou J.D. ainda mais irritado.

— Por que Michael correu às cegas para a rua daquela maneira, a não ser para escapar de alguma coisa perturbadora que vira em casa? Pense a respeito, J.D. Vai compreender que estou certa.

J.D. encaminhou-se para a porta, mas parou de repente, quando um pensamento lhe ocorreu. Lançou um olhar fulminante para Virginia.

— A quem contou essa história?

Ela também se levantou.

— Não vem ao caso...

— Claro que vem!

Numa súbita fúria, J.D. bateu a porta e tornou a fitá-la. A voz tremia quando acrescentou:

— Você tem razão. Nossas famílias se conhecem há muito tempo. Isto significa que sei como você é e do que é capaz. Intromete-se em tudo, adora fofocar. — Ele ergueu um dedo. — Direi isso uma vez, apenas uma vez: você não viu nada. Se Michael saiu correndo da casa, foi por um bom motivo, *não* porque minha mulher e meu melhor amigo estivessem fazendo alguma coisa que não deveriam. Dê-me um pouco de crédito, Virginia. Posso satisfazer minha mulher.

Sua voz endureceu quando ele acrescentou:

— Também tenho alguma influência com seu pai, que começa a se ressentir de sustentar os cirurgiões plásticos de Boston. Stanley poderia ser convencido com a maior facilidade de que você tem bastante dinheiro, sem a contribuição mensal dele. Posso lhe garantir: se espalhar sua história, terá muitos problemas.

A voz mais contida, Virginia murmurou:

— Só estou tentando protegê-lo.

— Destruindo meu casamento? Não é de admirar que não consiga manter um marido. — J.D. apontou um dedo para sua cabeça. — Parafusos soltos. Como sabotar meu casamento poderia me *proteger*? É a *última* coisa que faria. Ainda mais com Michael tão doente.

— Eu só queria ajudar.

— Quer ajudar? Muito bem. Pode limpar a casa, cuidar da roupa suja e preparar o jantar, como Teke faria, se não estivesse no hospital com meu filho. Quer limpar a casa, lavar a roupa e fazer o jantar? Claro que não. Prefere contratar criadas para fazer tudo isso, enquanto vai para a academia para suar um pouco na frente do professor. O *professor de ginástica*! Pelo amor de Deus, Gin, ele é dez anos mais moço do que você! Os bíceps ofuscam o cérebro. Não consegue nada melhor do que isso?

— Eu não estou...

— Vamos chamar Stanley. Ele já cochilou por tempo suficiente.

J.D. abriu a porta. Afastou-se pelo corredor, furioso. A irritação deveria cessar no instante em que Virginia e Stanley fossem embora, mas não foi o que aconteceu. Uma estridente campainha de alarme continuou a soar em sua mente.

Levado pelo impulso desse alarme, ele foi até a sala de Sam. Entrou e fechou a porta. Pôs as mãos na mesa e perguntou, indiferente ao fato de que Sam falava ao telefone:

— O que fazia em minha casa na terça-feira?

Sam ergueu um dedo, pedindo-lhe para esperar.

— Isso mesmo — disse ele ao telefone. — Seis réus, numa ação coletiva. — Sam olhou para o teto, enquanto a pessoa no outro lado da linha falava, e depois acrescentou: — Não, não creio que já tenha havido uma decisão similar em outro estado. Escute, Hank, podemos terminar a conversa mais tarde? — Sam escutou de novo por um momento. — Está bem.

Ele desligou.

— E então? — insistiu J.D. Como Sam permanecesse calado, ele insistiu: — Minha casa. Terça-feira. O que fazia ali quando Michael entrou correndo?

Depois de um longo momento, Sam balançou a cabeça. J.D. teve um horrível pressentimento, por causa da expressão resignada do amigo.

— O que fazia lá em casa?

Procurava por Annie, era a resposta óbvia. Mas Sam não a deu.

— Uma pergunta simples. — A voz de J.D. era perigosamente baixa. Aquele era Sam, seu amigo de confiança, sócio na firma de advocacia. — O que fazia lá?

Sam continuou calado. J.D. tentou ler seu rosto, mas viu apenas rubor.

— Quer saber o que Virginia acaba de me dizer?

Ele já se preparava para continuar quando Sam decidiu falar:

— Provavelmente a mesma coisa que ela contou a seus filhos, que contaram aos nossos filhos ontem, na escola. A essa altura, ela já deve ter falado para metade da cidade. Annie e eu vamos conversar com ela mais tarde...

— Não precisa — interrompeu J.D. — Acabei de dizer a ela para ficar de boca fechada. Ameacei influenciar o pai contra ela. Seria antiético, mas não hesitarei nisso se ela insinuar de novo que você e Teke têm um caso.

Mas ainda não era o fim. J.D. precisava pôr um ponto final na história.

— Quer saber o que ela disse? Contou que Teke estava amarrando o *peignoir* quando saiu correndo atrás de Michael e que você tinha cara de culpado. E que Michael devia ter surpreendido os dois. — Ele fez uma pausa, com dificuldade para respirar. — Negue, Sam. Diga que ela está errada. Preciso que você negue com firmeza.

Sam fitou-o em silêncio por um momento. Depois se levantou e foi até a janela.

— Teke e eu não temos um caso.

J.D. esperou.

— Continue — murmurou ele, depois de uma longa pausa.

Ele sabia que havia mais. Era a peça que faltava no quebra-cabeça.

— Eu estava com Teke quando Michael entrou correndo. Ele deve ter interpretado da maneira errada.

— Interpretado o quê?

Sam coçou o bigode. Não era um gesto típico, o que o tornava ainda mais significativo. Sam Pope só coçava o bigode quando sentia um nervosismo excepcional. Não inquietação ou insegurança, mas nervosismo. Como se fosse culpado. J.D. rangeu os dentes.

— Filho-da-puta!

— Não do jeito que você está achando.

— Ou você trepou com ela ou não trepou. Ou vai me dizer que era alguma perversão? Pelo amor de Deus, Sam!

J.D. levou a mão à nuca e virou-se. Não podia acreditar. Seu melhor amigo e sua esposa. Tornou a ficar de frente para Sam.

— *Por que*, Sam? Meu Deus do Céu. A possibilidade nunca me ocorreu, o que mostra como sou estúpido. Mas faz sentido. Explica por que Michael saiu correndo sem falar com Teke e por que ela não quer me olhar nos olhos. — Ele tentava absorver todo o significado do fato. — Como pôde fazer isso comigo? Teke é minha mulher. Depois de tudo o que fiz por você, depois que briguei tanto por você... é assim que retribui?

— Está tirando conclusões precipitadas.

— Está bem. Explique tudo direito. Sim ou não. Transou com minha mulher?

— Não havia nada pessoal...

— Fazia ou não sexo com minha mulher quando meu filho de treze anos entrou em casa?

— Calma, J.D.

— *Sim* ou *não!*

— Sim, mas...

— Oh, Deus!

J.D. foi dominado por uma fúria tão incontrolável que sentiu uma vertigem. Seu primeiro pensamento foi o de agredir Sam. O segundo foi de que o esforço não valia a pena. Por isso, encaminhou-se para a porta.

Sam apressou-se em alcançá-lo, falando baixo, para que mais ninguém na firma pudesse ouvir:

— Não foi culpa de Teke.

— Ela mesma pode me dizer isso! — declarou J.D., enquanto avançava furioso pelo corredor.

— Não vai dizer. Teke se culpa.

— Talvez com razão.

— Não. — Sam segurou-o pelo braço. — Não a atormente com isso agora. Ela já tem coisas demais com que se preocupar.

J.D. desvencilhou-se com rispidez e continuou a andar.

— E eu? Também não tenho o suficiente com que me preocupar? Sou eu quem está tentando colar os cacos. Sou eu quem está tentando manter minha família em ordem.

— Não conseguirá dessa maneira.

J.D. parou. Virou-se para fitá-lo, furioso.

— Devo esquecer? Devo revelar? Foi isso que Annie fez? Pobre Annie!

— Vamos encontrar uma solução.

— Ela é boa demais para você, Sam.

J.D. recomeçou a andar. Sam o acompanhou.

— Não vou permitir que um único erro estúpido arruíne minha vida.

— Arruinou a de Michael.

— Ainda não.

— Ele o amava — argumentou J.D., num sussurro rouco, enquanto passava pela recepcionista.

Sam segurou a porta no meio do letreiro MAXWELL, ROPER & DINE. Seguiu J.D. até o vestíbulo.

— E vai me amar de novo.

— Não se eu puder evitar.

J.D. apertou o botão do elevador. Como a porta não abrisse no mesmo instante, continuou a apertar.

— Seria lamentável.

— Mas é o que vai acontecer. Não esqueço quando os amigos me apunhalam pelas costas.

Sam passou a mão pelos cabelos. Estava agitado e transtornado, o que proporcionava uma imensa satisfação a J.D. Para ele, a amizade acabara. Olhava para o indicador digital por cima da porta do elevador. Não queria se rebaixar dando mais atenção a Sam. Em voz baixa, Sam disse:

— Foi uma única vez, J.D. Eu pensava em *Dunn v. Hanover* e em Annie. Teke pensava em você, não em mim. Terminou antes que qualquer dos dois compreendesse o que acontecia. Estamos pagando o preço... e pode ter certeza de que é um preço alto. Se pensa que eu mesmo serei capaz de me perdoar, devo dizer que se engana.

J.D. manteve os olhos no indicador digital. Recusava-se a reagir.

— Annie e eu achamos que seria melhor não contar às crianças.

— Discordo. Elas devem saber o que terão de enfrentar.

— Não diga nada, J.D. Só vai servir para piorar a situação.

— As crianças têm o direito de saber a verdade.

— Toda a verdade? — Havia uma advertência na voz de Sam. — Quer que saibam também das pequenas aventuras que você teve?

J.D. ficou irritado.

— Desgraçado!

— Teke sabe?

— Claro que não. — Ele se empenhara para que Teke nada descobrisse. Gostava de se satisfazer com outras mulheres. Compensava a monotonia de seu relacionamento com a esposa. — Está ameaçando contar a ela?

Sam sacudiu a cabeça, mas havia uma raiva nele que deixou J.D. ainda mais enfurecido. Não sabia qual era o motivo para a raiva de Sam. Afinal, *ele* é que fora corneado.

— Estou dizendo apenas que é muito engraçado você se mostrar arrogante e altivo por causa disso. Não foi fiel a Teke durante todo esse tempo. Mas ela foi fiel a você, e eu tenho sido fiel a Annie. Que tipo de hipócrita você é?

— Não transei com a mulher do meu melhor amigo — disse J.D., quando o elevador chegou.

Ele entrou, meio esperando que Sam o seguisse e continuasse a discussão na presença das pessoas ali. Mas a porta se fechou, deixando-o com três passageiros no elevador, sem a companhia de Sam e fervendo de raiva.

Teke tinha a sensação de que se encontrava num inferno de infelicidade. Não dormira mais do que umas poucas horas nas duas últimas noites. Parecia uma morta-viva. Trocara de roupa e se lavara com os artigos de toucador que Sam trouxera, mas precisava de um bom banho. E o pior de tudo é que estava cada vez mais desanimada, porque, apesar da remoção do respirador, o estado de Michael não se alterara.

Cada vez mais, nas horas que passava ao lado da cama, falando para um corpo que não reagia, Teke pegava-se a pensar no que aconteceria se o filho nunca mais acordasse. Ou se acordasse paralisado. Ou se acordasse com a mente de um menino de três anos.

Pensar em qualquer uma dessas possibilidades deixava-a trêmula. Assim como a presença de Sam. E de Grady. Ele era o pior de *tudo*. Continuava a vir, parando no corredor, sem dizer nada, mas lembrando-a de outra época. Só que essa época acabara para sempre. Ele não tinha o direito de atormentá-la.

Houvera um tempo em que Grady fora sua força. Agora, não tinha nenhuma. Precisava mesmo era de Annie, mas Annie não a queria, e Teke não podia culpá-la por isso. Afinal, fora uma amiga do pior tipo.

— Oi, Mike — balbuciou ela, passando os dedos pelos braços do filho. — Como se sente?

Ela já dissera as mesmas palavras e fizera a mesma pergunta centenas de vezes. A voz era como um disco quebrado, parecendo mais distorcida a cada repetição.

— Sua boca parece muito bem, querido. — Por falta de qualquer coisa mais inteligente para fazer, começava a enunciar todos os seus pensamentos em voz alta. — Fico contente que tenham tirado o respirador. Você não precisava de um tubo na garganta. Agora, não ficará assustado ao acordar. Ainda tem as agulhas do soro, mas serão retiradas assim que puder comer. Não sente fome? Não gostaria que eu pedisse um hambúrguer duplo?

Teke soltou um suspiro cansado e se calou. Falar era estressante. Se ao menos Michael desse algum sinal de que ouvia, poderia falar para sempre. Mas ele se recusava a fazer isso. Ela levantou a cabeça num movimento brusco quando J.D. entrou no quarto.

— Acabo de ter uma grande alegria no escritório — anunciou ele.

Teke não se sentia tão exausta que não percebesse o sarcasmo. Impregnava as palavras, da mesma maneira que algo terrível controlava as feições. Ele pôs as mãos na grade e fitou-a por sobre o corpo inerte de Michael.

— Primeiro, recebi uma visita de Virginia, que me disse que você tinha um caso com Sam. Confrontei Sam, que confirmou. Sua vagabunda!

Ela sentiu uma calma súbita e estranha. Talvez pela fadiga. Ou pelo torpor. Mas, acima de tudo, por alívio. Era melhor que ele soubesse logo da verdade.

— Como pôde fazer isso comigo? — gritou J.D., parecendo mais furioso do que magoado. — Não a tratei sempre bem? Não lhe dei uma casa, roupas, filhos e comida? Não a agradava na cama?

Tecnicamente falando, sim, se alcançar o orgasmo fosse a medida. Mas, se as preliminares e o carinho posterior contavam, havia bem pouco prazer. O ato de amor perdera a paixão há vários anos.

— Com que freqüência? — indagou ele, ríspido. — Quantas vezes me traiu?

— Só uma.

Os olhos de J.D. franziram-se.

— Com Sam, talvez. E com outros homens? Houve trepadinhas furtivas com o paisagista no bosque ou com o professor de artes dramáticas da escola nos bastidores?

As palavras cortaram fundo, porque a descreviam como uma prostituta, o que ela não se considerava. Ainda assim, tinha de aceitar todos os insultos que ele quisesse lançar contra ela. Merecia a punição. Era culpada de traí-lo com Sam. Ele tinha todo o direito de estar com raiva.

— E então? — insistiu J.D. — Ou não acertei no cenário? Terá sido no banheiro do posto de gasolina enquanto o carro era abastecido? Ou na minha cama, com o técnico da dedetização?

— Você sabe que isso não aconteceu.

— Não, não sei. Não sei de mais nada. Você passa o dia inteiro em Constance, fazendo coisas que eu presumia serem absolutamente inocentes, enquanto fico em Boston, ganhando dinheiro para sustentá-la. Eu confiava em você, Teke.

Ela olhou para Michael. Ocorreu-lhe que não deviam estar falando assim, pois ele poderia ouvir. E depois refletiu que isso era um absurdo. O filho parecia não ter absorvido qualquer coisa que ela dissera. Não podia pensar que isso pudesse mudar de repente. E se mudasse? Se palavras ríspidas, francas, até mesmo grosseiras, pudessem tirá-lo do coma, Teke estaria disposta a ouvi-las.

— E então? — indagou J.D. — Não vai se defender?

Teke ergueu um ombro, deixando-o cair em seguida. Era toda a energia de que se sentia capaz.

— Como? — murmurou ela. — Foi errado o que fiz. Aconteceu só uma vez, mas foi errado.

— E foi mesmo. Veja as conseqüências.

Ela não desviava os olhos de Michael.

— É o que tenho feito a cada segundo desde que aconteceu.

— Você o pôs aqui. — Quando ela concordou com um aceno de cabeça, J.D. acrescentou: — Você e Sam.

J.D. empertigou-se. Respirou fundo, o som audível, de uma forma que com os anos Teke aprendera a associar a um julgamento inflexível. Não ficou surpresa quando ele disse:

— Meus pais nunca morreram de amores por você. Desde o início tiveram dúvidas. Achavam que eu ia me casar com alguém abaixo da minha posição. Tinham razão. Você jamais conseguiu se integrar, como eu esperava que acontecesse. Claro que se mostrava atraente e simpática quando saíamos e nunca me causou qualquer mal. Mas também não era um trunfo, como algumas esposas. Há mulheres que ajudam na carreira do marido. Nunca foi o seu caso.

Entre todos os comentários que ele fizera ao longo dos anos — *Acho que precisa pentear o cabelo,* ou *As crianças precisam ter tênis novos se vamos ao piquenique no clube,* ou *Não tem um vestido um pouco mais elegante?* —, aquele era novidade.

— Como eu deveria ajudar na sua carreira?

— Conversando com as pessoas. Impressionando-as. Você envelheceu bem. Admito isso. Posso compreender como excita os homens.

Teke nunca se definira dessa maneira.

— Eu não...

— Posso até forçar a imaginação para compreender que se sente solitária às vezes, com as crianças o dia inteiro na escola. Pode se encontrar com outras mulheres para planejar festas, mas no resto do tempo fica em casa, enquanto estou no trabalho. Se dissesse que precisava de outra coisa, eu poderia providenciar. — Sua voz tornou-se cruel. — Mas transar com meu melhor amigo? Como pôde ser tão *baixa,* Teke? Como pôde se sentir tão desesperada? Sam é bom? Gostou de transar com ele?

O rumo da conversa começava a enojá-la.

— Eu não...

— Foi porque ele é atlético? Foi porque ele é mais alto e tem melhor coordenação motora do que eu? Era um desafio? Uma coisa em que você pensava há anos? Em todas aquelas ocasiões no Maine, em que sentávamos em trajes de banho, você já pensava a respeito? Alguma vez parou para pensar em Annie?

Eu não estava nem pensando, Teke sentiu vontade de gritar. Mas J.D. queria continuar a falar, e ela deixou. Os médicos e enfermeiras não estavam no quarto. Quanto mais cedo acabasse, melhor.

— Quando fazíamos amor, nós dois, você pensava nele? Ou em outra pessoa? Pois eu não pensava em mais ninguém. Só em você, Teke, cada vez que fazíamos amor... — A voz ficou mais tensa e mais baixa. — ... o que não acontecia com tanta freqüência ultimamente, não é? Era por isso que eu sempre tinha de tomar a iniciativa, porque você queria se guardar para os outros!

Teke já negara a existência de qualquer outro além de Sam. Não tinha ânimo para fazê-lo de novo.

— Você é uma escrota, Teke. Uma péssima esposa. E uma péssima *mãe.*

Isso a irritou. A maternidade sempre fora a sua vocação. Era o que queria fazer desde o momento em que descobrira que a maternidade existia.

— Sempre fiz tudo certo até agora — declarou ela, em sua defesa.

— Mas estragou tudo! — exclamou J.D. — Nada mais conta. Olhe para Michael. Veja o que fez com ele. Traiu-o, assim como também me traiu. Enfrente a verdade, Teke. Você é uma péssima mãe.

Ela não podia deixar passar:

— Não sou, não. Cometi apenas um erro.

— Você é um fracasso.

— Um único erro, que darei um jeito de compensar. Empenharei o resto da minha vida nisso, se necessário.

— Talvez não precise esperar muito tempo, se ele morrer.

Teke sentiu uma intensa pontada de dor no peito.

— Não diga isso, J.D.

— Talvez morra. Ou pode vegetar pelo resto da vida. Como você enfrentaria isso? Ninguém realiza leilões de arte para pacientes em estado vegetativo a longo prazo!

— Ele não vai ficar assim!

Uma coisa era pensar o pior, outra era ouvi-lo dito em voz alta.

— Como é que você sabe?

— Porque eu não vou deixar — prometeu.

— Quer bancar Deus agora? Pare com isso, Teke. Não está fazendo nada, a não ser ficar parada aí, num atordoamento interminável. O que está fazendo de bom por Michael?

Ela engoliu em seco, fazendo um esforço para manter o controle.

— Ele sabe que estou aqui. E estou mostrando para ele que o amo.

— Está apenas mostrando como é imprestável. Poderia estar fazendo alguma coisa para ajudá-lo a despertar. Como conversar com os médicos sobre terapias alternativas. Pressioná-los a fazer mais. Ou tentar pessoalmente uma dessas técnicas. Mas prefere ficar parada, como um cadáver de pé. Parece uma morta-viva.

Teke mal ouviu as últimas palavras. Seus olhos fixavam a parte do lençol por cima da perna não engessada de Michael. Seu coração batia cada vez mais depressa.

— Viu? — sussurrou ela, excitada.

— Vi o quê?

— Ele mexeu a perna.

J.D. olhou, mas o lençol estava imóvel.

— Vamos, querido, faça de novo — exortou Teke, inclinando-se para o filho. — Sei que pode. Tente outra vez.

— Nada — murmurou J.D., depois de um longo momento.

Mas Teke não aceitaria isso. Contornou a cama e deixou o quarto, indo até o posto de enfermagem.

— Ele se mexeu! — declarou ela para a enfermeira. — Foi a perna, apenas por um instante, mas tenho certeza de que ele se mexeu! O que isso significa? Podemos fazer com que aconteça de novo?

A enfermeira acompanhou-a até o quarto de Michael, onde J.D. apressou-se em dizer:

— Não houve nada. Minha esposa deve ter imaginado.

— Não imaginei — assegurou Teke. — Passei tanto tempo parada aqui sem que nada acontecesse que até mesmo o menor movimento pareceria enorme.

Ela olhou para a enfermeira e acrescentou:

— Meu marido e eu estávamos discutindo. Michael não deve ter gostado do que dizíamos. Pode ter sido isso?

— É possível — respondeu a enfermeira, não parecendo muito segura.

— Deve ter sido outro espasmo muscular — insistiu J.D.

— Não — insistiu Teke. Não permitiria que lhe negassem esse raio de esperança. — Sei como são os espasmos. Este foi diferente. Foi mais deliberado. — Ela inclinou-se para a cama. — Vamos, Mike, faça de novo. Sei que pode. Faça por mim.

J.D. soltou uma risada desdenhosa. Assim que a enfermeira se retirou, ele declarou:

— Você é a última pessoa do mundo por quem ele faria isso.

— Pois então tente você! — Outra vez num desânimo total, Teke também sentia naquele momento uma profunda aversão ao marido. — Você me acusa de não fazer nada, mas também não está fazendo nada.

J.D. empertigou-se. Seus olhos estavam frios.

— Estou trabalhando, ganhando dinheiro para pagar por seu erro. E também estou compensando sua ausência em casa. Nada sai direito em casa, enquanto você está aqui. Caso tenha esquecido, também tem duas filhas. — A expressão de J.D. era de repulsa. — Você armou a maior confusão, Teke. A maior confusão.

Ele virou-se e saiu do quarto.

— Não é verdade! — protestou ela.

Mas sem ninguém para ouvir, as palavras soaram vazias. Teke baixou os olhos. Michael não estava se mexendo. Tinha *certeza* de que ele reagira. *Certeza absoluta*. Mas agora parecia exatamente como antes.

— É verdade, sim.

Seus olhos encheram-se de lágrimas. Subitamente, ela sentia-se cansada demais para reprimi-las. Chorou baixinho, enquanto segurava a mão de Michael e pensava em todas as coisas boas que queria para o filho. Queria que ele jogasse basquete, fizesse vídeos e saísse com garotas. Queria que navegasse pelo mundo em escunas como aquela pela qual se apaixonara no fim de semana do Dia do Trabalho. Queria que tudo de bom acontecesse com Michael, porque era seu filho, um garoto extraordinária, e ela o amava.

Ainda chorava baixinho, pensando que nada daquilo poderia ter acontecido, quando um movimento na porta atraiu sua atenção. Era Grady, tão ondulante agora, através das lágrimas, quanto naquele dia distante em que o vira do outro lado da janela do consultório.

— Vá embora — sussurrou ela, com um movimento brusco da mão, antes de levantá-la para enxugar as lágrimas.

Ele obedecera em todas as outras ocasiões. Desta vez, porém, continuou parado ali.

— Vá embora — sussurrou Teke de novo, menos incisiva.

Ela começou a tremer como não acontecera quando J.D. entrara. Abalada pelo fato de que seu casamento corria perigo, o filho estava em coma e sua vida como um todo desmoronava, Teke cobriu o rosto com as mãos, encostou-se na parede e deslizou até o chão. Ficou sentada ali, chorando, sem se importar com quem pudesse entrar, vê-la e sentir compaixão.

Os braços de Grady envolveram-na. Teke não o ouvira se aproximar, mas sabia que era ele. Eram braços de um formato especial. Ele tinha um cheiro especial. Vinte e dois anos não haviam mudado isso também.

— Vá embora — soluçou ela.

— Não posso — sussurrou ele, a voz rouca. — Nunca pude, sempre que via você sofrendo.

Teke tentou pensar em todos os motivos pelos quais deveria odiá-lo e fazer com que fosse embora. Mas só conseguiu pensar que se sentia muito cansada, triste, infeliz e assustada, e como a presença de Grady era sólida e tranqüilizadora.

Por isso, ela teve a indulgência de se permitir aquele único prazer, no meio do inferno.

— Oh, Grady, estraguei tudo!

Ele apertou-a em seus braços, sem dizer nada.

— Você me disse para dar certo na vida quando me mandou embora. Pensei que havia conseguido. Mas agora destruí a vida de Michael.

— Era eu quem guiava a picape.

— Mas ele saiu correndo porque me viu com Sam. Isso mesmo, Grady, eu estava com Sam. É o melhor amigo de meu marido. Sou uma pessoa horrível, muito diferente do que você queria que me tornasse. Não deveria me procurar, Grady. Não deveria ter qualquer contato comigo.

Ele afagou a cabeça de Teke, como fizera quando ela tinha dez anos.

— J.D. me odeia. Michael me odeia. E as meninas também vão me odiar quando descobrirem. — A voz elevou-se num gemido. — O que vou fazer, Grady?

— Durma um pouco — murmurou ele, contra os cabelos de Teke. — Está exausta.

— Tudo o que sempre quis foi uma família. Um marido, filhos, um lar, segurança. Agora, estou perdendo tudo.

Ele passou a mão pelas costas de Teke. Era um gesto indicando que a conhecera intimamente e ainda se importava. Teke sabia que deveria rejeitar aquele conforto, como Grady um dia também rejeitara o seu. Deveria resistir, afastar-se, mostrar que podia viver sem ele.

Mas não podia assumir essa atitude naquele momento. Precisava da dedicação de Grady. Sentia-se em plena tempestade no mar.

— Você perde os amigos — disse ele, numa voz firme como uma âncora. — Talvez o marido. Mas não as crianças. São o seu sangue.

— Meu sangue... — sussurrou ela.

Mas Teke manteve os olhos fechados, o rosto úmido encostado no peito de Grady, cujo coração batia firme e ritmado, o que serviu para embalá-la. A uma grande distância, ouviu alguém perguntar:

— A Sra. Maxwell está bem?

— Está muito cansada — respondeu Grady. — Vou levá-la para casa. Alguém pode avisá-la se houver qualquer mudança?

— Claro.

Teke esforçou-se o suficiente para murmurar:

— Não posso sair.

Mas Grady parecia saber o que fazia. Ajudou-a a levantar-se. Com um braço em torno de sua cintura, amparando-a, começou a fazê-la andar. Parou por um momento ao lado da cama e disse:

— Michael é um belo nome. E ele é um garoto muito bonito.

Teke experimentou uma pontada de angústia. Dentre todas as ocasiões secretas em que pensara em Grady, ao longo dos anos, em todas as ocasiões em que lhe desejara mostrar as crianças e a vida que construíra, nunca imaginara que poderia ser naquelas circunstâncias.

— Quero que ele viva e fique bom, Grady.

— Diga isso a ele.

— Você ouviu, Michael?

Grady tocou na mão de Michael.

— Sua mãe precisa dormir um pouco. Não vai demorar a voltar.

Teke não disse mais nada. Deixou-se levar para fora do hospital. Entrou na picape de Grady. Não importava que fosse a mesma que atropelara Michael. Sentia-se cansada demais para se preocupar com isso. Já estava dormindo quando deixaram a garagem. Só acordou quando chegaram em sua casa.

Grady não a acompanhou até a porta. Ela não pediu, nem se virou para agradecer por trazê-la para casa. Falar-lhe implicaria confrontá-lo e as emoções conflitantes que ele despertava. Teke não tinha forças para fazer isso agora.

Por isso, foi até a porta e entrou em casa sem olhar para trás. Não prestou atenção ao barulho do motor da picape. Subiu direto e abriu o chuveiro. Por uma eternidade, ao que parecia, ficou imóvel sob a água escaldante. Esfregou-se toda, duas vezes. Lavou os cabelos meticulosamente. Enxugou-se, vestiu uma camisola e foi para a cama.

Eram quatro horas da tarde. Ela dormiu até as sete horas da manhã seguinte. Acordou para descobrir que o lado de J.D. na cama continuava arrumado. Era melhor assim. Pelo que o marido pensava a seu respeito, partilhar a cama seria impossível para os dois. *Você é uma escrota*, dissera J.D. Provavelmente ele tinha razão, considerando-se o que ela fizera com Sam. E também a chamara de péssima esposa.

O que a incomodava, porém, era a parte de péssima mãe. Fora e ainda era a mãe mais conscienciosa que já conhecera. Por isso, preparou um café da manhã completo para Jana e Leigh antes de despachá-las para a escola. Passou uma hora arrumando a casa. Pegou todas as coisas que queria e foi para o hospital.

Já se cansara de ficar parada ao lado da cama de Michael sem nada mais poder fazer para que voltasse a si. Ele estava recolhido dentro de sua mente, Teke tinha certeza. E tencionava tirá-lo de lá.

Seis

Sam não conseguia encontrar a energia necessária para ir trabalhar. Fizera a barba, tomara banho e se vestira. A pasta estava no chão, ao lado da porta, as chaves em cima da bancada da cozinha. Ainda assim, ele hesitava em sair. Sabia que, ao chegar no escritório, seria bombardeado com telefonemas relacionados a *Dunn v. Hanover*. A imprensa queria declarações; amigos bem-intencionados queriam lhe dar parabéns; outras vítimas de abusos queriam contratá-lo. Poderia até ser lisonjeiro, se não fosse tão embaraçoso. Mas, pela maneira como abusara da própria esposa, ele sentia-se uma fraude.

Annie saíra logo depois de Zoe e Jana, mas havia sinais dela por toda parte. Bilhetes escritos à mão no quadro de avisos da cozinha, um lenço pendurado na porta da geladeira, um par de brincos no peitoril da janela, ao final de uma fileira de pequenos vasos com plantas murchas. Sam pegou um copo no armário, encheu-o com água e começou a molhar as plantas.

O tempo acalmara Annie, pelo menos um pouco. Quando lhe falava, ela dava respostas breves, em voz baixa. Mas sempre havia respostas, nunca perguntas ou comentários não solicitados.

Era essa a sua punição, refletiu Sam. O tratamento frio. A formalidade angustiante. O fim da união de duas almas.

E o pior de tudo: não tinha mais Annie para abraçar. Poderia viver sem falar com ela se pudesse abraçá-la... não fazer amor, apenas abraçá-la. Havia alguma coisa na maneira como o corpo de Annie ajustava-se ao seu, alguma coisa em seu calor e suavidade que se tornara um requisito para a existência de Sam.

Ele largou o copo no balcão e pôs-se a vaguear de um cômodo para o outro. Parou na sala íntima. Num súbito impulso, abriu o armário em que guardavam as fitas de vídeo. Escolheu uma, da família, e pôs no aparelho. Com o controle remoto na mão, recostou-se no braço largo do sofá de couro.

A fita abria com um jogo de Trivial Pursuit. Era uma fita recente, porque ele se lembrava daquele momento. Mas podia ser qualquer outra de dezenas de jogos. Os Maxwell enfrentavam os Popes, o que era quase sempre a norma. J.D. era um detalhista, e por isso o mais forte dos quatro. Teke era a mais fraca, simplesmente porque se ausentava a todo instante para providenciar comida. Annie e Sam juntavam suas forças variadas. As crianças jogavam nos dois lados.

Sam estudou Teke na tela. Ela parecia à vontade, à sombra de J.D. Trocava olhares, risadas e sussurros com o marido, enquanto ele tentava adivinhar suas respostas. Também trocava sua cota de olhares com Annie e as crianças. E com Sam. Ele estudou seus contatos visuais com Teke, à procura de qualquer coisa que algum dos dois pudesse ter suprimido, um desejo oculto, uma ânsia acumulada. Não percebeu nada que fosse sequer remotamente sugestivo. E Sam, por sua vez, mantinha-se totalmente concentrado em Annie, que estendia o braço em torno de sua cintura, o rosto encostado em seu ombro. E adorava quando Annie se aninhava contra ele daquele jeito.

Sam suspirou. Os Maxwell não se tocavam da mesma maneira que os Popes. Mas sempre ganhavam o jogo.

Ele adiantou a fita, pensando que poderia haver uma lição às avessas nisso. Desta vez encontrou os Popewell comemorando o *reveillon*. Vestiam fantasias — Teke abrira um baú cheio de fantasias de Halloweens passados —, comiam *nachos* e tocavam cornetas. A televisão mostrava a Times Square. A Big Apple, a enorme maçã, descia lentamente. Todos começaram a contar, cada vez mais alto, e explodiram de excitamento quando o novo ano chegou.

Trocaram beijos. Sam assistiu à fita uma vez, depois a rebobinou e passou de novo. Viu-se beijando Annie, depois as crianças e Teke, as crianças e Annie de novo, quando o beijo foi mais prolongado. Teke beijou J.D., mas depois passou para os outros e não voltou. Não que J.D. ficasse solitário. Dançava pela sala com uma coelha e uma tâmia, Jana e Zoe, respectivamente.

A fita foi avançada de novo, até uma tarde de domingo de lavagem de carro. Havia sabão e água por toda parte, muito mais nas mulheres, que nunca conseguiam vencer uma guerra de água, mas aceitavam a derrota de bom grado. Annie e Teke riam, histéricas. As camisas de malha e os *shorts* grudavam na pele. Pouco ficava escondido de seus contornos.

Sam estudou Teke. Ela tinha os seios cheios, os quadris bem salientes, enquanto se contorcia, na tentativa de escapar do jato da mangueira. O corpo de Annie era menor e mais suave, e por isso mesmo muito mais atraente para Sam, de tal forma que se perguntou como conseguira tocar em Teke e permanecer erecto.

Novamente com raiva e repulsa de si mesmo, ele largou o controle remoto na mesinha de café, deixou a sala e subiu os dois lances de escada para o escritório de Annie, no sótão. Sentou-se no banco embutido sob a janela, apalpando a manta deixada ali, toda embolada. Sabia que Annie vinha dormindo no escritório, usando a manta para se aquecer. Ele usou-a para se cobrir contra o frio que o envolvia.

Cometera um ato estúpido, com um desenrolar que parecia piorar a cada minuto que passava.

J.D. andava de um lado para o outro de sua sala na firma. Havia pastas meticulosamente empilhadas na mesa, junto com a relação das reuniões naquele dia. Mas era incapaz de olhar para qualquer coisa. Já era muito difícil tentar se concentrar quando Michael era a única imagem projetada em sua mente; agora, havia também Teke e Sam. Ele não sabia como conseguiria trabalhar.

— Como está Michael? — perguntou o pai, da porta.

J.D. sentiu um aperto no estômago. Parou de andar.

— Continua na mesma.

— Mary me disse que você dormiu aqui ontem à noite.

Mary McGonigle trabalhava com John Stewart há quase trinta anos. Além de secretária, era também, de acordo com as necessidades, assessora judicial, mensageira particular, agente de viagens, caixa de banco e compradora particular. J.D. não tinha certeza se era também amante. Também não tinha certeza se a mãe ainda transava com o marido. Não tinha nem certeza se o próprio John Stewart ainda sentia esses impulsos. Era um homem muito frio.

A grande diferença entre Mary McGonigle e Lucy Maxwell, até onde J.D. podia perceber, era o fato de que Mary estava arrumada e começando a trabalhar às sete horas da manhã. Fora por isso que fisgara J.D. Não que ele tivesse qualquer coisa para esconder... ele tinha, é claro, mas passar uma parte da noite no escritório podia ser explicado com a maior facilidade.

— Teke foi para casa descansar um pouco. Por isso, passei a maior parte da noite com Michael. Depois, vim até aqui para dormir por uma ou duas horas.

Quando Mary o acordara, na quarta hora de sono, ele agradecera e voltara ao hospital. Esperara ali até ter certeza de que Teke já saíra de casa. Só depois é que fora para Constance, tomara um banho, trocara de roupa e voltara ao escritório, onde descobrira que não era capaz de fazer absolutamente nada.

— Preciso de sua ajuda com Ben Meyer — anunciou John Stewart.

Espere até saber o que Teke fez comigo. Espere até ouvir a história. Com um esforço para parecer despreocupado, J.D. enfiou as mãos nos bolsos e perguntou:

— Qual é o problema?

— Ele está nos criando problemas por causa do legado à universidade.

Ben Meyer era multimilionário e o principal patrocinador de um novo complexo esportivo. John Stewart negociara a doação.

Vai ficar furioso, e mais ainda quando descobrir com quem ela fez. Vai ser um deus-nos-acuda.

— Pensei que esse negócio estivesse fechado — comentou J.D.

— E estava, até que Ben começou a estudar os complexos esportivos de outras escolas. Quer que o seu seja igual. Exige seu nome completo na fachada do prédio. Diz que Centro Esportivo Meyer não é suficiente.

Você dirá que me avisou. Dirá que a culpa é toda minha. E suas repreensões nunca mais terão fim.

— Pensei que estivesse tudo acertado, com o nome nos lados do prédio, um retrato formal e uma placa no saguão.

Vai me dizer para despachá-los, os dois. Exigirá que Teke saia de casa e Sam deixe a firma.

— Ele quer o nome completo — explicou John Stewart. — Mas a universidade não quer.

Mas ela é a mãe de meus filhos. Eles precisam dela. Não posso fazer o que Teke faz pelas crianças. Nem quero. Ele movimentou um ombro tenso, causando a impressão de que dava de ombros.

— O dinheiro é dele.

Os olhos de John Stewart diziam que John David era lamentavelmente míope. A voz reforçou essa impressão:

— Somos nós que perdemos dinheiro se ele ficar insatisfeito com o acordo e procurar outra firma. Quero que você converse com ele.

— Por que eu?

E o que devo fazer com Sam? Ele traz um bom dinheiro para a firma. E instala os contraventos nas janelas lá em casa, coisa que eu jamais soube fazer.

— Você tem filhos se aproximando da idade universitária — disse John Stewart. — Pode argumentar que o nome completo seria uma insensatez. Ben vai acreditar mais em você do que em mim quando lhe contar como as crianças vão reagir.

Detonar Meyer. Era sem dúvida muito engraçado... ou seria se, de repente, a situação não parecesse mesquinha demais para J.D. *Uma única vez? Muito bem, mesmo que tenha sido, foi um ato vulgar e ordinário. Afinal, fui eu quem forneceu aos dois os ingressos para uma vida de alta classe. Fui eu quem arriscou o pescoço por eles.*

— Todos o chamam de Ben — resmungou J.D. — Por que ele não pode usar apenas isso?

— Faz questão do nome completo. E nada de inicial no meio.

— É o que ele merece por ser apenas meio ianque. Por que insiste em ter o nome completo na parede? O que vai querer em seguida? Uma coroa?

— Cuide do problema, J.D. — ordenou John Stewart, virando-se. — Quero que seja resolvido logo.

* * *

Annie sentava-se à sua mesa, com a palma da mão encostada na testa. A dor de cabeça voltara — em parte, tinha certeza, pela tensão de conter as lágrimas. A mente recusava-se a cooperar, embora se empenhasse em mantê-la ocupada.

— Com licença — disse uma voz da porta.

Ela levantou os olhos e conseguiu oferecer um sorriso.

— Entre, Jason. Eu estava pensando.

Jason Faust era um estudante de pós-graduação no departamento. Não tinha pressa para tirar seu diploma; de uma família rica, podia dar-se o luxo de fazer isso. O que também lhe proporcionava uma arrogância de que alguns se ressentiam. Annie não se incomodava. Achava-o inteligente e estudioso. Era o terceiro ano em que trabalhavam juntos. Confiava nele como um guia para seus assistentes mais novos.

— Devem ser pensamentos profundos — comentou ele. — Quer uma aspirina?

— Já tomei três.

— Um café?

Ela recusou, com um ligeiro tremor na mão.

— Gostaria de puxar um fumo?

O olhar de Annie foi de advertência. Depois, ela se recostou na cadeira e arrumou os papéis em cima da mesa.

Jason encostou-se na parede, ao lado da porta, e disse, a voz calma:

— Lamento o que aconteceu com o filho de sua amiga.

Annie franziu a testa. Não contara a ninguém na escola. Raramente envolvia os colegas em sua vida pessoal.

— Como soube?

— Por Susan. — A secretária do departamento. — Perguntei o que havia acontecido quando você não apareceu ontem à tarde. Deve ser muito difícil ir ao hospital, correr de um lado para o outro. Se eu puder ajudar em qualquer coisa aqui, terei o maior prazer.

— Talvez aceite o oferecimento. Se Deus quiser, Michael sairá do coma em breve. Se isso não acontecer e se ainda estiver no hospital no meio do semestre, quando começam os trabalhos e provas, a situação pode se complicar.

— Sei lidar com situações complicadas.

— Você diz isso porque é mais jovem. A juventude tem uma flexibilidade que desaparece com o passar do tempo.

— Você não é tão velha assim.

— Claro que sou.

Annie sentia-se velha e feia, bastante desgraciosa para que Sam fosse tentado por Teke. É verdade que Teke não era mais jovem do que ela; mas era um corpo diferente, um corpo novo, e por isso mesmo podia exercer uma certa atração. Por que Sam fora suscetível já era outra questão. Antes, Annie tinha certeza absoluta de seu amor e lealdade. Agora não sabia onde errara.

— É engraçado — refletiu ela. — Você fica às vezes tão envolvido em viver que esquece o que realmente importa. Trabalhei muito para ter uma carreira. Espremi os cursos em horários apertados quando as crianças eram pequenas, aumentei a carga quando se tornaram mais velhas. Concluí o curso e comecei a dar aulas. Parecia muito importante. Quando passei a ser professora titular, melhorou mais ainda.

Ela fez uma pausa para recuperar o fôlego.

— Agora, acontece algo assim e você compreende que todo o esforço para progredir não importa tanto quanto pensava.

— Acham que o garoto vai escapar? — perguntou Jason.

Annie vinha refletindo sobre Sam e Teke, o casamento e a amizade. O pobre Michael estava na periferia de tudo isso.

— Acho que sim. — Tentou parecer animada. — Já está respirando sem a ajuda de aparelhos.

— Como está a mãe dele... sua amiga?

Annie não sabia direito. Teke não se encontrava mais no hospital quando ela chegara, na tarde anterior. Annie sentira-se aliviada, por mais de uma razão. Sabia que teria de confrontar Teke, mais cedo ou mais tarde; só que mais tarde seria melhor. Precisava de mais tempo para se recuperar e organizar os pensamentos.

— Ela dormiu em casa pela primeira vez na noite passada. Foi melhor assim, se não para ela, pelo menos para as crianças. Teke tem mais duas filhas. — Annie deixou escapar um suspiro cansado. — Eu me preocupo com elas.

— São muito ligadas ao irmão?

— Ele tem treze anos, enquanto as meninas têm quinze e dezessete. As meninas sempre brincaram mais uma com a outra do que com ele, mas ainda assim são muito ligados. Todos nós somos ligados.

Ou melhor, *éramos*, corrigiu-se. Não podia deixar de especular sobre o que poderia acontecer.

— Posso dar as aulas no seu lugar, Annie.

— Como?

— Parece muito infeliz. Volte para casa.

Ela pegou uma caneta.

— Lá é pior.

— Então vá para o hospital. Talvez se sinta melhor. Hoje só falta a aula de literatura britânica, que conheço como a palma da minha mão.

Annie torceu o nariz e começou a rabiscar.

— Ou pode ligar para seu marido. E sair para almoçar com ele.

Era a pior das três sugestões. Ela aplicou mais pressão na caneta, que estava falhando. Jason aproximou-se da mesa.

— Faça alguma coisa, Annie. Detesto vê-la transtornada.

Ela tentou esboçar um sorriso, mas saiu torto.

— Estou bem.

— Não há nada que eu possa fazer?

— Há, sim. Dê um jeito para que o departamento compre canetas decentes. — Annie largou a que tinha na mão. — Esta mal escreve.

— Falo sério.

Ela levantou os olhos nesse instante. Jason Faust era conhecido como o homem mais bonito do departamento... e na opinião de mulheres com as mais variadas preferências. Annie não podia contestar a avaliação. Ele era louro, de olhos cinza, lembrando um J.D. mais jovem e mais descontraído.

— Você é um amor.

— E você também. O que posso fazer para ajudar?

Annie suspirou.

— Nada que já não esteja fazendo. É sempre agradável ter a sua companhia. Você é mais normal do que muitas pessoas.

— Isso significa que terei um curso para ensinar no próximo ano?

— Ainda estamos em outubro.

— Nunca é cedo demais para fazer uma proposta. Se eu não apresentá-la agora, outra pessoa pode se antecipar.

— Pode ter certeza de que mais alguém vai se apresentar — lembrou Annie, gentilmente. — E alguém que já completou o curso, o mesmo curso que você ainda está fazendo sem nenhuma pressa.

— Mas sou brilhante — argumentou Jason, com um sorriso.

Ela sorriu também.

— É verdade. Mesmo assim, a decisão não será minha.

— E, de qualquer maneira, não é o momento apropriado para discuti-la — comentou ele, resignado, enquanto se virava para sair. — Vai me falar se houver alguma coisa que possa fazer para ajudá-la?

— Está bem.

— Promete?

— Prometo.

Jason piscou o olho para ela e foi embora.

— O que você acha, Mike? — perguntou Teke, a voz firme, enquanto recuava para admirar seu trabalho.

A parede na frente da cama, antes toda branca, estava agora cheia de cores fortes, devido ao variado sortimento de cartões de pronta recuperação que Teke prendera ali com fita adesiva, junto com uma faixa vermelha, em que se lia FIQUE BOM LOGO, MICHAEL. A intenção de a faixa contrastar com sua camiseta, que era turquesa, com o nome do filho em enormes letras laranja, era a melhor possível, em sua opinião. Queria que as pessoas notassem. Queria que todos que entrassem no quarto soubessem do nome de seu filho, que era um ser humano vivo e respirando.

— Ficou ótima, Sra. Maxwell — disse uma enfermeira, que entrou para verificar as agulhas no braço de Michael.

Ele fizera uma escapar durante a noite, como resultado de um aumento nos movimentos casuais, às vezes agitados. Ninguém dizia que eram um prelúdio para a recuperação da consciência, mas Teke torcia para que assim fosse. E pelo menos sabia com certeza que

Michael não ficara paralítico. Alguma coisa em seu cérebro continuava a funcionar, embora de uma maneira não ordenada.

Teke planejava trabalhar nisso também. Tinha uma consulta marcada com o fisioterapeuta, a fim de aprender a exercitar os braços e pernas de Michael. Estava determinada a mantê-lo em forma, fazendo-lhe o corpo lembrar-se de como deveria se comportar.

— Essas cores são fortes o bastante para despertar os mortos — acrescentou a enfermeira, jovial. — E não estão apenas na parede, Michael. Devia ver também como está a sua mãe. Ela está vestida com uma blusa rosa-choque e uma calça de malha justa. Claro que ela tem corpo para isso. Se eu tentasse, ficaria parecendo um zepelim. Ela é sempre assim?

Michael não respondeu.

— Ela andou também cozinhando. Estou vendo *cookies* de chocolate e... — A enfermeira olhou ao redor. — Sinto o cheiro de *brownies*. Ah, lá estão, num cesto sobre a cômoda, ao lado dos bombons da Hershey's. Devo presumir que alguém aqui é chocólatra, hein?

— Michael adora chocolate. — Teke estendeu o cesto com *brownies* para a enfermeira. — Experimente um.

Tentar Michael com seus doces prediletos era apenas a metade do objetivo; a outra era tentar fazer com que a equipe do hospital dispensasse uma atenção especial a ele. Na possibilidade de que tal interesse resultasse em cuidados mais entusiasmados, o que poderia, por sua vez, ajudar Michael a sair do coma, Teke estava disposta a fazer qualquer coisa.

Isso mesmo, faria qualquer coisa pelo filho. Ninguém a acusaria de novo de ser uma péssima mãe.

— Ei, ela trouxe música também! — exclamou a enfermeira. — Não me diga, posso adivinhar... Guns N' Roses, U2, Aerosmith.

Teke sorriu.

— Tem um filho adolescente?

— Tenho. — Para o garoto silencioso na cama, ela acrescentou, provocante: — E é uma sorte para você que eu tenha. Já estou acostumada a esse barulho. Mas tome cuidado com os médicos. Jogue uma dessas músicas em cima deles quando não estiverem esperando, e é bem provável que saiam correndo em busca de abrigo.

Ela afagou o braço de Michael, arrematando:

— Até mais tarde.

Teke tirou a escova de cabelos de Michael da mochila que largara no chão, ao lado da cama.

— Alguém aqui precisa saber como lavar os cabelos de um paciente acamado.

Com bastante cuidado, evitando os pontos, ela começou a escovar os cabelos do filho.

— Este será o segundo item da lista, logo depois da comida. Não sente fome, querido? Sei que não gosta que o pressione, mas precisa acordar para uma refeição de vez em quando. — Teke passou a mão pela garganta de Michael. — Darei com a colher, se você abrir a boca. O que gostaria? Um *milk shake* de chocolate? Um pudim com creme *chantilly*? Ou um *sundae* com calda de chocolate quente?

— Deve haver outros meios para fazê-lo ingerir alimentos.

A voz era baixa, mas o reconhecimento foi instantâneo. Teke não precisava levantar os olhos para saber que Grady chegara; e talvez não tivesse descoberto apenas porque ele falara. Sua pele se tornara subitamente mais sensível. Refletiu que podia estar cega, surda e muda, mas ainda assim saberia o instante em que ele chegasse. Com a voz também baixa, ela murmurou:

— Podem enfiar um tubo de alimentação por sua garganta.

— E por que não o fazem?

— Querem lhe dar mais algum tempo. — Teke torcia para que Michael acordasse antes que isso fosse necessário. — É uma perspectiva terrível, esse tubo. Mas ele emagreceu. Não come nenhum alimento sólido há três dias.

Grady foi para o outro lado da cama. Não disse nada, limitando-se a olhar para Michael.

Teke largou a escova. Respirou fundo, com uma firmeza extraordinária, considerando-se a importância da apresentação que estava prestes a fazer.

— Michael, este é Grady Piper. — *Um rosto do meu passado, o grande amor da minha vida.* — É o homem da picape que o atropelou.

Sem desviar os olhos do filho, ela acrescentou, com toda determinação:

— Não deveria ter voltado, Grady. Não havia necessidade.

Ele a levara para casa quando ela desmoronara, na tarde anterior. Mas sentia-se bem agora. Se Grady queria ajudar mais, poderia, sim, deixando a cidade. Ela tinha um marido furioso e um filho muito doente. Grady não poderia mudar qualquer dos dois fatos. Anos antes, ele optara por sair da vida de Teke. Não havia mais lugar para ele agora.

— Não posso me afastar — murmurou ele. — Preciso saber como está o garoto.

— Basta telefonar para saber. — Como Grady permanecesse calado, ela resolveu mudar de tática. — Meu marido o culpa pelo que aconteceu. Não o quer aqui. Vai criar problemas.

— Já criou. A polícia vigia todos os meus movimentos.

— Pois então vá embora! — sussurrou ela, em tom de urgência.

E, finalmente, Teke levantou os olhos. Não estava em estado de choque agora. Não chorava, nem se sentia tão cansada que não pudesse ver direito. Pela primeira vez em vinte e dois anos, deu uma boa olhada em Grady Piper.

Ele tinha um metro e noventa de altura. O corpo continuava tão esguio e firme quanto no passado. Usava uma camisa aberta no pescoço e *jeans*, mas foi o rosto que atraiu sua atenção. Era bronzeado, com as marcas de contração dos olhos, adquiridas quando era adolescente nas docas, ainda mais profundas. Os cabelos, outrora pretos como a tinta que passava nos cascos dos rebocadores, estavam agora salpicados de prata. Mas a aparência geral era ótima, ótima até demais para que Teke pudesse sentir-se tranqüila. Ela passara anos tentando odiá-lo. E continuava a tentar.

— Mas que droga, Grady! Por que fez isso? Por que me escreveu? Por que veio até aqui?

— Expliquei na carta.

— Disse que queria me ver. Mas por quê?

— Apenas queria vê-la.

— Não tinha esse direito! — exclamou Teke, numa explosão de raiva. — Foi você quem me fez sair de Gullen. Eu ficaria e esperaria por você, se não me dissesse para ir embora. Declarou que não me queria. Que não voltaria para mim. Que nem voltaria, se eu continuasse na cidade.

— Queria uma coisa melhor para você.

— Eu pensava que *você* era a coisa melhor. Mas fui rejeitada. Por isso, fiz o que me disse. Continuei a estudar, me casei e passei a levar uma vida melhor. Sentia-me muito feliz até que você mandou aquela carta. Não deveria ter feito isso, Grady. Não pode entrar e sair da vida das pessoas quando quiser. Não é justo!

— A vida não é justa.

Teke desviou os olhos.

— Essa é ótima!

— Não é mesmo. Eu a salvei, e por isso a perdi. Que sentido há nisso?

Ela tornou a fitá-lo. Percebeu sua tensão. Era evidente nos lábios comprimidos, comovente na angústia em seus olhos. Mas Teke não queria abrandar.

— Não teria me perdido se não tivesse me mandado embora.

— Você não compreende, Teke. Sou um assassino. E assim continuarei pelo resto da minha vida. Um ex-condenado. As pessoas percebem no mesmo instante. Quase como se pudessem sentir o cheiro. Pode imaginar o que é passar pela vida com esse cheiro terrível?

— Você está sendo excessivamente dramático.

Grady lançou-lhe um olhar depreciativo.

— Sou bom no que faço. Para cada trabalho que pego, no entanto, perco outros três, por causa de meu antecedente criminal. Gostaria de ser discriminada desse jeito?

— Não me importaria.

Ele riu.

— Você tem uma linda casa. Um bom carro. Um anel caro no dedo. Não poderia lhe dar essas coisas.

— Como se eu me importasse.

— Mas eu me importava. Queria o melhor para você. — Depois de um momento, baixou os olhos para Michael. — Nem sequer planejava vê-la naquele dia. Queria apenas saber onde morava. Queria saber se conseguira o melhor. Mas parece que estraguei tudo de novo.

Com uma voz transbordando de auto-repulsa, Grady acrescentou:

— Sou um tremendo desastre!

A raiva de Teke se dissipou. Ela suspirou.

— Se você é assim, Grady, então sou dez vezes pior.

Ele fitou-a nos olhos.

— Por causa do que me contou ontem à noite?

Teke acenou com a cabeça em confirmação. Não esperava que ele não se lembrasse, embora refletisse que isso não seria um problema. Grady não era o único desastrado. E na verdade, em relação ao acidente com Michael, ele não passava de uma vítima das circunstâncias. Não deveria estar se desesperando com o sentimento de culpa.

— Sam é um bom amigo?

— O melhor amigo de meu marido.

— Há quanto tempo vem acontecendo?

— Terça-feira foi a primeira e única vez.

— Por que aconteceu?

Ela massageou o peito do filho. Se Michael escutava, com certeza a censurava. Mas Teke não se importava.

— Recebi sua carta. Fiquei transtornada. Ele apareceu de repente. E aconteceu.

— Seu casamento não vai bem?

— Meu casamento está ótimo. — Ela fez uma pausa. — Estava ótimo. Acho que J.D. nunca vai me perdoar pelo que fiz. Foi alta traição.

Como Grady nada dissesse, ela ousou levantar os olhos.

— Foi mesmo, Grady. Nunca fiz nada tão horrível em toda a minha vida.

Ele parecia confuso.

— Nos lugares onde estive falam muito sobre padrões de comportamento. Eu não tinha nenhum, pelo menos em matéria de assassinato. Foi por isso que me deixaram sair depois de oito anos. Não havia feito mais nada, além do assassinato... e não matei pela emoção. O psiquiatra da prisão falou sobre uma raiva que há anos vinha crescendo. Sobre uma situação emocional altamente carregada que explodiu de repente, como um barril de dinamite atingido pela chama de um fósforo.

Grady fez uma pausa. O olhar se tornou mais direto.

— Sabemos por que eu explodi. E por que você explodiu?

Teke não entendeu.

— Enganou seu marido uma vez — acrescentou ele. — Apenas uma vez. Devia ter um bom motivo.

— E tinha mesmo. — Ela falou em tom brusco, abandonando toda e qualquer cautela. Seu relacionamento com Grady nunca fora pasteurizado, como costumava ocorrer nas prósperas comunidades suburbanas. Sempre fora objetivo, sem qualquer floreio. — Eu estava sentada ali, lembrando tudo o que havíamos feito, tudo o que tentara tirar da mente durante anos. Esforçara-me ao máximo para esquecê-lo. Mas tudo se tornou inútil naquele momento. Sua carta era real. E tudo voltou. Me peguei desejando você, recordando a paixão que tivemos, cada vez mais furiosa. Sam apareceu. E eu queria me deixar contagiar pela excitação que ele sentia. Não contava que meu corpo estivesse tão ansioso por você.

Grady não piscou.

— O que há de errado com seu marido?

— Não há nada de errado com ele.

— Por que não o chamou?

— Nem me passou pela cabeça a idéia de chamá-lo.

— Por que não? Ele teria voltado para casa.

— Ele estava trabalhando. Não deixaria o escritório. Mas não é essa a questão. O problema é que eu não estava *absolutamente pensando.*

Grady focalizou Michael. Depois de um movimento, numa voz firmemente convicta, ele declarou:

— Teria ligado para seu marido se o casamento estivesse bom.

— Era bom — protestou Teke, querendo desesperadamente acreditar.

— Não podia ser, ou você nunca faria qualquer coisa com Sam.

— Se isso fosse verdade, por que Sam fez comigo? Ele adora Annie. Os dois têm uma vida sexual ótima, um casamento maravilhoso.

Grady ergueu os olhos.

— Eu não a teria enganado se fosse minha esposa, e você não teria me enganado.

— Mas não sou sua esposa! — gritou Teke, a raiva voltando. — Você impediu que isso acontecesse!

Sua raiva não teve qualquer efeito na paixão que surgiu nos olhos de Grady.

— Era bom o que havia entre nós, Teke.

Ela gemeu e levantou a mão para acalmar o coração. A raiva também não tinha o menor efeito sobre sua paixão, que se deixava atiçar pelas menores recordações.

— Desde o início, lembra?

Teke fechou os olhos e acenou com a cabeça em concordância. Subitamente, a respiração ficou mais rápida, como se estivesse naquela noite. Tinha quinze anos e Grady dezessete. Teke idolatrava o chão que ele pisava. Encontravam-se sempre que podiam, em cantos escuros e ocultos de Gullen. A princípio na maior inocência, depois com um propósito maior. Grady, cujo corpo era de um homem há anos, aprendera com os melhores na cidade. Apesar disso, tratava Teke como se tudo fosse novo. As mãos que seguravam o rosto de Teke para os beijos tremiam sem parar; e continuaram a tremer quando abaixou para desabotoar sua blusa.

Ela fora tímida, insegura com o novo corpo que se desenvolvera, mas precisava de Grady, que a tratava com extrema gentileza. Teke ainda podia recordar a maneira como ele acariciara seus seios, a estranheza da sensação. Não compreendera como ele podia tocar nos seios e a sensação se concentrar muito mais abaixo. Mas Grady dissipara sua preocupação com palavras carinhosas e beijos cada vez mais profundos. E fizera com que a sensação mais abaixo fosse tão intensa e imperiosa que ela sentiu uma necessidade desesperada de tirar a *jeans*.

A dor a surpreendera, mas ele removera as lágrimas com beijos; acariciara os seios com a língua e se mantivera dentro dela até que a ardência passasse e a vibração começasse. E, depois, Grady levara-a às estrelas. Visitaram uma estrela uma noite, e outra na seguinte. Havia todo um universo a explorar, e eles estavam dispostos a fazê-lo, até que Homer Peasley interferiu.

Teke cobriu o rosto com as mãos. Respirou fundo, ansiosa. Seu amor por Grady era intenso. Teria ido para a prisão em seu lugar, se ele permitisse. Ou morreria por ele, se isso o poupasse de seu destino. Mas Grady lhe dissera para ir embora, nunca mais olhar para trás. Quando Teke resistiu, ele usou palavras mais incisivas. Rejeitou suas tentativas de visitá-lo e de escrever-lhe. Ela ficou magoada e deprimida, porque era jovem e ingênua. Que opção tinha a não ser obedecer?

— Não é justo — reiterou ela agora. — *Não é justo.*

— O que esse homem está fazendo aqui? — berrou J.D.

Teke virou-se para a porta. No instante seguinte, tornou a se virar para a cama, quando sentiu um movimento de Michael. Apagou todo o resto da memória.

— É seu pai, querido. Eu disse que ele viria. Mexa de novo, querido, só para ele ver.

— Saia! — disse J.D. para Grady.

Grady levantou a mão.

— Já estou saindo.

— Foi você quem pôs meu filho nesta cama. Não o quero aqui.

Teke suspirou quando não viu outro movimento do filho.

— Não foi culpa dele — murmurou ela.

Mas J.D. discordava.

— Ele dirigia pelas ruas de uma comunidade em que não deveria estar. Não tem o que fazer em Constance.

— Tenho, sim.

A voz de Grady era suave, mas Teke pôde perceber sua determinação. Quando a viu refletida em seu rosto, sentiu um medo instintivo. Sabia do que era capaz aquela determinação.

— Não, Grady — advertiu ela.

Mas ele estava concentrado em J.D.

— Fui contratado esta manhã por um homem chamado Charles Hart. A mãe dele mora na Chadwell Street, numa velha casa vitoriana, com uma construção por trás, onde se guardavam as carruagens e os cavalos. Ele quer que essa construção seja convertida num apartamento. Morarei ali de graça, enquanto estiver fazendo o trabalho.

J.D. contraiu os lábios.

— É óbvio que Charlie Hart não sabe que você é um assassino.

— Pode contar a ele — sugeriu Grady, antes de se retirar.

Teke não podia acreditar que ele não fosse se defender.

— Grady...

— Não volte, porque não o queremos aqui — acrescentou J.D. — Você perturba minha família. A polícia pode não ter motivos para abrir um processo criminal contra você, mas, se voltar ao hospital, entrarei com uma petição para proibir sua vinda aqui e, se necessário, posso também iniciar uma ação cível.

Grady continuou a andar, alto e sereno. Passou pela janela de frente para o quarto e afastou-se pelo corredor.

— Um processo cível? Por que razão? — indagou Teke.

J.D. fitou-a com tanta aversão que ela teria se encolhido se não estivesse tão decidida a defender Grady.

— Por causar perturbação pública. Por provocar angústia mental com sua presença. Que diabos!, vou processá-lo por violação de propriedade, já que estamos pagando caro por esta droga de quarto de hospital.

— Ele tem todo o direito de estar aqui.

— Está brincando?

— É meu amigo.

J.D. balançou a cabeça.

— Ah, seu amigo... Qual é o problema, Teke? Agora que sabe que não vou mais tocá-la e que Sam não ousaria, está desesperada à procura de outro homem?

Teke ergueu a mão de uma forma tão inesperada que cambaleou para trás, quando acertou um forte tapa em seu rosto. Nunca agredira outro ser humano daquela maneira. Aquilo a deixou abalada. Com os braços envolvendo seu corpo, ela exclamou:

— Mas que droga, J.D.! Você desperta o que há de pior em mim!

Ele manteve a cabeça erguida. Teke sabia que o marido não tocaria em seu rosto, embora devesse estar ardendo. A mão dela ardia bastante. Mas ele não lhe daria a satisfação. J.D. era orgulhoso demais. Já o vira erguer a cabeça daquela maneira em diversas ocasiões, embora nunca por sua causa. Ao longo do casamento, quase nunca haviam discutido.

— Talvez o que você tem de pior seja sua verdadeira personalidade — declarou J.D. — Mais uma para eu aprender, junto com seu apetite por homens além de seu marido. Tem mais?

Orgulho, é verdade. E presunção. Ela podia compreender o primeiro, mas o segundo a irritava. Ele se apresentava como perfeito. Mas Grady tinha razão. Havia alguma coisa errada em seu casamento para que traísse o marido. Não haveria a menor possibilidade de J.D. voltar correndo para casa se ela o chamasse; e nunca o chamaria. Teria preferido se satisfazer sozinha antes de fazer isso.

— Tem, sim — respondeu Teke, num momento de desafio. — Se Grady Piper quiser vir ao hospital, virá. Ele se sente angustiado pelo que aconteceu. Mesmo que não tenha qualquer culpa, já que Michael correu para a frente da picape. Grady também está sofrendo.

— Não há a menor possibilidade. Ele não pode se sentir como nós e ainda ser capaz de matar alguém. É um assassino condenado.

Teke sacudia a cabeça.

— Ele matou um homem, mas não foi intencional. Foi considerado culpado de homicídio culposo, não doloso. Se tivesse dinheiro suficiente para contratar um bom advogado, nem teria sido preso. Já vi Sam conseguir a absolvição de homens que fizeram muito pior. Mas Grady era muito pobre, como eu. Por isso foi para a prisão. Mas já passou. Agora, ele pensa e sente como você, eu, Annie ou Sam.

J.D. fitava-a com uma expressão de surpresa.

— Como sabe que foi homicídio culposo?

— Porque eu estava lá. — Manter o segredo parecia não ter mais qualquer importância. Era muito mais importante para ela dizer a verdade. — Já expliquei que Grady é meu amigo. Eu o conheço desde criança. Ele veio de Gullen.

J.D. ficou boquiaberto por um momento. Depois fechou a boca bruscamente.

— Ele foi procurá-la, não é? Era por isso que estava em Constance, para procurá-la. O que a torna ainda mais culpada. Se ele não fosse procurá-la, Michael teria atravessado a rua correndo sem que nada acontecesse. É verdade que não estou considerando o trauma emocional de vê-la com Sam... — Ele fez uma careta. — Você é mesmo repulsiva.

— Posso ser, mas ainda sou racional. — Teke tornou a se virar para Michael. — Não ameace Grady, J.D. Se a presença de Grady aqui o incomoda, ele vai se retirar quando você vier. Mas nada de ação judicial, por favor. Só serviria para deixar todos nós embaraçados.

J.D. não era de aceitar uma derrota de bom grado. Naquela noite, depois de deixar as meninas em casa, ele foi conversar com Charlie Hart. Eram apenas conhecidos, às vezes parceiros no tênis, mas o relacionamento nunca se aprofundara. Por um lado, porque Charlie era médico da equipe do pequeno hospital de Constance; assim, não freqüentava os círculos que mereciam a atenção de J.D. Por outro, era um defensor dos oprimidos, apoiando causas que não tinham o menor interesse para J.D.

Mas ele estava convencido de que poderia fazer com que Charlie visse a luz. Calculava que só precisava mencionar a palavra *assassino*, e a dedicação de Charlie à preservação da vida, que era comprovada por seu trabalho, faria o resto.

Suas previsões estavam erradas por dois motivos. Primeiro, Charlie sabia da condenação por homicídio.

— Ele me falou a respeito logo no início da conversa — explicou Charlie, sentado com J.D. na varanda de sua casa, na agradável noite de outubro. — Disse que passou um tempo na prisão e saiu sob liberdade condicional. Não queria esconder nada. E as referências apresentadas eram bastante favoráveis.

— Referências de quem?

— Pessoas que contrataram seus serviços. O pastor da igreja de sua cidade natal. O agente da condicional.

— Eram cartas? — perguntou J.D.

Cartas podiam ser falsificadas. Qualquer advogado sabia disso. Já os médicos... ora, os médicos não eram tão espertos.

— Eram, sim, mas fiz questão de telefonar. E todas as pessoas o afiançaram. A exceção foi George Wiley. — Charlie alteou uma sobrancelha. — O deputado federal. Liguei para seu escritório no Maine. Disseram que ele viajara a trabalho para o Báltico. Mas a carta era autêntica. Piper fez uma sala extra em sua casa há alguns anos. Grady me mostrou as fotos de vários trabalhos. Parece ser muito competente.

J.D. começava a se sentir frustrado.

— É o homem que atropelou meu filho, Charlie.

— Sei disso. Esse é um dos motivos pelos quais quer continuar aqui. Sente-se responsável.

— E ele é mesmo responsável.

Charlie coçou a cabeça.

— Não é o que a polícia diz. Também liguei para a delegacia, depois de conferir as referências. Disseram que ele ia devagar e fez tudo o que era possível para parar. O negócio é muito bom para mim, J.D. Pago o material, e ele me fornece seu trabalho e sua tarimba em troca de residir no local. Posso lhe adiantar que ele vai sentir muito frio, até instalar a calefação. Mas diz que já viveu em condições piores.

Relutante, J.D. disse:

— Estou lhe pedindo um favor pessoal, Charlie. Minha família sofre cada vez que ele aparece. Quanto mais cedo esse homem for embora, melhor. Eu o ajudarei a arrumar outro, mas gostaria que não contratasse Piper.

Charlie ficou pensativo.

— O que devo dizer a ele?

— Que mudou de idéia e decidiu que não se sentiria à vontade com um ex-condenado trabalhando na casa de sua mãe.

Charlie continuou pensativo.

— Eu poderia fazer isso, mas seria errado. Sua presença não me incomoda.

— Ele pode assaltar sua mãe.

— Ou protegê-la de um assaltante. — Charlie contraiu os lábios e olhou para J.D., como que se desculpando. — Acho que vou manter o combinado. Piper é objetivo e sincero no que diz. Gostei dele. E me agrada a idéia de lhe oferecer uma oportunidade.

O que foi, em suma, o segundo erro de cálculo de J.D.: as pessoas compadecidas sempre ficam do lado dos oprimidos. Não importa o que aconteça.

Sete

Grady não foi ao hospital durante o fim de semana. Respeitava a necessidade de a família ter um tempo exclusivo com Michael. Na verdade, não lhe agradava a perspectiva de ter outro confronto com J.D. Não porque não tivesse condições de lutar. Sabia falar como um advogado mais hábil do que J.D., de tanto que conhecia seus direitos. Mas Teke sofreria, e ele não queria que isso acontecesse.

Assim, contentou-se em obter informações com a enfermeira da UTI. Nos intervalos, levou seus poucos pertences para o estábulo de Cornelia Hart. Também começou a desenhar as plantas para a conversão da construção num apartamento, além de visitar as madeireiras e lojas de ferragens locais.

Em meio à manhã de segunda-feira, quando calculou que J.D. estaria no escritório, foi ao hospital. Encontrou Michael sozinho e imóvel no quarto. Por trás dele, os aparelhos continuavam a bipar sem parar. Mas havia um novo som agora, o da música que saía do aparelho de som na mesinha-de-cabeceira.

Era um toque simpático, pensou Grady, uma maneira de envolver Michael num tom familiar; outra das mudanças que Teke promovera no quarto. O lugar fora humanizado. Estava mais alegre, mais aconchegante, mais pessoal, mesmo que insinuasse — uma perspectiva inquietante — que o garoto poderia passar um tempo ali.

— Oi, Michael — disse ele. — Como vão as coisas?

Tentou imaginar onde Teke poderia estar. Esperava encontrá-la ali também.

— Gosto de sua camisa.

Aquela era branca. Tinha um círculo fosforescente no peito, com uma faixa em diagonal onde se lia a palavra DEADHEAD.

— Só não concordo com você sobre os Grateful Dead. Acho sensacionais. — Grady deu uma olhada na pilha de CDs ao lado do som. — Não lhe agrada, não é? Eu também não gostaria, se não me fosse impingido. Quando estava na prisão, havia um cara na minha ala que era fanático por eles.

Ele estudou o rosto de Michael. Continuava impassível.

— Você soube que estive preso, não soube? — Grady fez uma pausa. — Não dá para guardar um segredo assim. As pessoas sempre descobrem. É melhor contar logo de uma vez. Se quiserem expulsá-lo, sempre podem, mas é menos humilhante se for logo no início.

Grady correu os olhos pelo quarto. Os cartões na parede quase alcançavam o chão. Era óbvio que as pessoas gostavam de Michael. Invejava os muitos amigos que o garoto devia ter. Na mesma idade, tinha apenas uns poucos. Quase todos eram mais velhos; não saberiam como escrever um cartão de pronto restabelecimento e muito menos pensariam em mandá-lo.

Ele voltou a se concentrar no rosto de Michael. Não sabia o que dizer. Não sabia o que o garoto podia ouvir. Calculou que o som de sua voz devia ser mais importante do que as palavras, e por isso resolveu falar sobre algo que conhecia.

— Algumas pessoas ficam nervosas quando descobrem onde você esteve. Pensam que vai sacar uma arma e estourar seus miolos. — Grady soltou um resmungo. — Serve para mostrar que não sabem de nada. O tempo que passei na prisão foi demais para mim. Eu me mataria antes de fazer qualquer coisa que pudesse me levar de volta.

A voz se tornou séria. Se Michael ouvia, Grady queria que ele compreendesse.

— É por isso que sei que eu não estava violando nenhuma lei quando passei por sua rua. Aprendi a ser cuidadoso. Porque já estive na prisão, a polícia sempre me vigia. Mantenho as mãos sempre à vista quando ando pela rua. Dou o dinheiro à garçonete mesmo quando a comida é intragável. Se o semáforo passa para amarelo, paro no mesmo instante.

Ele tocou no braço do garoto. O filho de Teke. Deveria ter sido seu também. Grady suspirou.

— Eu teria parado se o tivesse visto. Sinto muito, Michael. Frearia se imaginasse que você poderia sair correndo do meio daquelas árvores. Mas não o vi.

Grady ficou esperando que o menino abrisse os olhos e dissesse: "Não se preocupe. Foi um acidente. Não estou zangado." Mas isso não aconteceu. Ele teve uma terrível sensação de *déjà-vu*. Lembrou a cena: *Abra os olhos, seu desgraçado. Abra os olhos e tente me bater de novo. Sei que não morreu. Vaso ruim não quebra. Abra logo a porra desses olhos!*

Ele lançou um olhar alarmado para os aparelhos por trás da cabeceira, pensando que Michael também poderia ter morrido em suas mãos. Mas tudo continuava a zumbir normalmente. Abalado, Grady segurou a grade da cama. Baixou a cabeça, fazendo um esforço para recuperar o controle. Avistou a girafa quando tornou a levantá-la. Estava num canto. Parecia muito velha. Devia ser uma relíquia muito amada da infância de Michael. E ele pensou em sua própria infância.

— Eu teria comprado uma coisa assim para sua mãe, se tivesse o dinheiro. Eu a conheci quando era uma menina. Crescemos juntos, em Gullen. — Grady voltou ao passado, em seu devaneio. — Ela havia sido mordida por um cachorro na primeira vez em que a vi... não, eu já a havia notado. Costumava vê-la no pátio da escola nos dias em que me obrigavam a ir. Ela se destacava dos outros com aqueles cabelos escuros e a pele bem clara, os olhos assustados. Mas foi no dia que o cachorro a mordeu que fiquei comovido, de tão triste que era sua expressão. O pai dela era um miserável. Duro e perigoso como ferro enferrujado. Obrigava Teke a servi-lo e depois lhe dava uma surra se ela não fazia alguma coisa direito.

Grady fez uma pausa, sorrindo.

— Ela cresceu e ficou linda.

O sorriso desapareceu. Ele respirou fundo. Deixou o ar escapar num som meio rouco, enquanto dizia:

— Eu a amava. Pretendíamos passar o resto da vida juntos.

Havia angústia em lembrar aqueles sonhos, em saber que haviam sido tão dolorosamente frustrados. Mesmo assim, os fragmentos voltavam.

— Ela queria ter filhos. Era tudo o que desejava na vida, ter filhos e a minha companhia. Mas eu queria que ela estudasse antes de termos filhos. Achava que um de nós deveria ser instruído, se quiséssemos que nossos filhos tivessem uma vida melhor do que a nossa. Nossos filhos fariam grandes coisas. Conversávamos muito sobre isso.

Ele pôs a mão entre os dedos de Michael. Era o filho de Teke, sangue de seu sangue, carne de sua carne. Segurar a mão de Michael era quase a mesma coisa que segurar a de Teke. Ajudava a preencher o vazio que sentia.

— Mas os jurados disseram que eu era culpado. Eu sabia que passaria muito tempo longe. Dali por diante, seria um homem marcado. Sabia que nunca teríamos as coisas de que falávamos. Sabia que a arrastaria para o fundo do poço. Por isso mandei-a embora.

— Você devolveu minhas cartas.

Grady olhou para a porta. Teke apoiava-se no batente, com uma xícara de café na mão. Ele se perguntou há quanto tempo ela estaria ali.

— Não precisava fazer isso, Grady. Eram apenas cartas. Poderia ignorá-las. Mas você as devolveu, deliberadamente.

— Não havia sentido em ler. Só serviriam para magoar. Era melhor romper de uma vez.

— Para mim, não foi melhor. Fiquei arrasada.

— Deu certo.

Teke ficou olhando para o café. Deu a impressão de que ia argumentar. Mas apenas suspirou, tomou um gole e perguntou:

— Como era a prisão?

— Terrível — respondeu ele. — Cinzenta e fria.

— Ficou com medo quando o levaram para lá?

Ele confirmou com um aceno de cabeça.

— Conheci homens duros nas docas, mas nenhum como os caras lá de dentro.

Teke estremeceu. Segurou a xícara com as duas mãos. Depois de um momento, tomou outro gole.

— Meu café da manhã — murmurou ela, sem graça.

— Não comeu nada antes de sair de casa?

— Passei a noite aqui. Pensei em ir ao refeitório, mas não pude me imaginar sentada no meio de todas aquelas pessoas de branco. Além do mais, não queria deixar Michael sozinho por tanto tempo.

Teke foi até a cama e tocou no rosto do filho.

— Oi, querido. Grady lhe fez companhia?

— É mais provável que o tenha chateado.

— Nada disso. Michael é do tipo curioso. Gosta de fazer vídeos. Um fã de videografia. É bem capaz de acordar e querer fazer um vídeo sobre a vida na prisão.

Grady deu de ombros.

— Não tem nada de emocionante. É um dia depois do outro fazendo sempre a mesma coisa horrível, sentindo sempre o mesmo medo horrível. Até que você sai... e o medo continua a ser horrível.

— Em que sentido?

A pergunta o levou a se lembrar da antiga Teke, sempre curiosa por tudo o que ele fazia. Isso sempre lhe agradara. Fazia com que se sentisse importante, como se reconhecesse o valor de tudo que ele era e fazia.

— Você fica entregue à própria sorte depois que sai. De repente, não há ninguém lhe dizendo para onde deve ir e quando. Não há ninguém para providenciar sua comida e suas roupas. Tem de fazer tudo sozinho. O problema é que você não faz há tanto tempo, que agora não sabe direito como. Hoje as lojas vendem tipos de alimentos muito diferentes dos que você conhecia antes de ir para a prisão. As máquinas nas lavanderias trabalham de maneira diferente. Suas roupas são esquisitas. Pensa que todo mundo olha para você. Sente-se deslocado e indesejado.

— Você voltou para Gullen?

— Durante algum tempo. Não sabia mais o que fazer.

Teke sussurrou:

— Lamentei muito por seu pai, Grady. As mulheres da igreja me escreveram quando morreu. Chorei por ele mais do que por Homer.

Pensei em voltar para ir ao enterro, mas não fui capaz. Seria doloroso demais.

Grady baixou os olhos. Conhecia aquela dor. Seu pai fora um homem duro, apaixonado pelo filho. Durante anos, as autoridades do condado pensavam que ele maltratava Grady por mantê-lo fora da escola, obrigando-o a trabalhar nas docas. Mas a verdade é que ele adorava a companhia de Grady. E o sentimento era mútuo.

— Ele me visitou no primeiro domingo de cada mês durante os dois anos iniciais — disse Grady. — Era terrível para papai. Olhava para os outros na sala de visita e assumia uma expressão exaltada, como se não entendesse por que seu filho fora parar ali. Dava a impressão de que tinha de fazer alguma coisa, me proteger de qualquer maneira. Até que num domingo ele não apareceu. Eu sabia que só havia um motivo para que não viesse. Levaram três dias para me avisar que ele havia morrido.

— Oh, Grady...

— Foi melhor assim — racionalizou Grady, como já fizera dezenas de vezes antes. — Ele estava doente. Seu coração estava cada vez mais fraco. Se estivesse à espera quando eu voltasse, teria de ficar sentado me vendo trabalhar, o que detestaria. Era de trabalhar lado a lado que meu pai gostava.

Ele fez uma pausa, olhando para Michael.

— Videografia, hem? Não sei nada sobre videografia.

— Mas eu sei — disse a enfermeira, entrando no quarto com uma maca e dois técnicos. Ela olhou para Teke. — Tudo pronto?

Os olhos de Teke assumiram de repente uma expressão assustada — o mesmo tipo de olhar que exibia quando era menina e que deixava Grady tão comovido —, mas ela deu um passo para o lado, a fim de que pudessem transferir Michael para a maca.

— Vão levá-lo para uma tomografia cerebral — explicou ela.

Grady foi para o seu lado.

— O que estão procurando?

— Padrões de ondas cerebrais que possam ou não ser normais.

Ele observou os homens transferirem com eficiência os monitores, tubos e bolsas. Especulou quanto tempo a tomografia levaria e se J.D.

viria esperar com Teke. Como se lesse os pensamentos de Grady, ela murmurou:

— Meu marido não gosta de esperar. Vai conversar com os médicos depois que examinarem os resultados da tomografia. — Por trás do medo em seus olhos, havia uma advertência. — Ele vem na hora do almoço. E também antes e depois do trabalho.

Grady balançou a cabeça. Embora não chegasse a ser um convite, já era uma melhoria no tema você-não-pode-ficar-aqui. Por enquanto, ele podia conviver com isso.

A tomografia indicou que o cérebro de Michael funcionava muito bem, o que tornava o coma ainda mais frustrante para Teke. Ela se animava num momento, quando o filho mexia um braço, uma perna ou a boca, mas sentia-se deprimida no momento seguinte, quando permanecia imóvel como um cadáver.

Os cuidados com Michael dominavam seu tempo; passava o dia trabalhando na perna e no braço bons massageando os músculos, lavando-o, penteando seus cabelos e falando com ele para que não esquecesse quem era. Mas havia outras ocasiões em que era preciso manter uma farsa de normalidade, quando J.D. fitava-a com uma expressão furiosa, quando Annie evitava fitá-la nos olhos e Sam mantinha-se a distância, quando as crianças apareciam ou, pior ainda, John Stewart e Lucy.

"Preocupada com Michael" tornou-se a chave para desculpar a depressão e a incomunicabilidade. Mas Teke sabia que não podia dar certo para sempre. Em algum momento, as meninas começariam a perguntar por que os pais se evitavam, por que Annie não falava com Teke, por que os quatro não eram mais unidos.

Do quarteto, Teke sentia mais falta de Annie. Sentia falta das conversas ao telefone todas as noites, das saídas para as compras, dos almoços, quando uma ou outra precisava de um estímulo. Annie sempre a amparara ao longo de seus tropeços na vida, e Deus sabia que se encontrava mais abalada do que nunca.

Teke precisava de muito apoio. Era por isso que torcia para que Grady a visitasse de novo... mas para cada minuto de esperança havia outro de autocensura. Grady era o passado. Não havia espaço para ele no presente, muito menos para a angústia que Grady outrora lhe causara. Não poderia suportar a mesma situação de novo. Não sobreviveria.

Ainda assim, Teke sentiu algum alívio quando ele entrou no quarto, minutos depois da partida de J.D., na hora do almoço. Grady trazia um saco de papel com alguma coisa que parecia quente e gordurosa.

— Pastrami com queijo e pimentão — anunciou ele, entregando-lhe a embalagem. — Cinco contra um como você ainda não comeu.

Grady estava certo. Ela pegou o saco e o segurou por um momento, pensando em devolvê-lo imediatamente. Mas sentia muita vontade de comer algo quente e gorduroso.

— Obrigada. Eu estava mesmo com fome.

Teke sentou-se numa cadeira, desembrulhou o sanduíche e deu-lhe uma mordida grande. Grady foi para o lado de Michael.

— Como vai, companheiro? — Ele inclinou a cabeça para ler a camiseta do dia. — Academia Michael Maxwell. Só Superatletas.

Grady olhou para Teke.

— Ele é um atleta?

— Um companheiro de basquete trouxe a camisa. Os testes para o time estão próximos. Será terrível se ele não conseguir entrar.

Teke deu outra mordida no sanduíche, mas não foi tão saborosa quanto a primeira.

— Observei seu marido sair. Ele parecia transtornado.

— Não está muito satisfeito comigo.

O que era uma maneira branda de expor a situação. J.D. andava furioso, criticando o fracasso dos médicos em acordar Michael, o fracasso de Teke em acordar Michael, os cabelos de Teke, as roupas, as olheiras.

— As coisas estão começando a empilhar lá em casa. Ele não compreende por que não consigo dividir meu tempo melhor.

— Não pode contratar alguém para ajudar?

— Já tenho alguém, mas ela só vai uma vez por semana. Não creio que tenha tempo para mais. Mas também não tenho tempo para ficar em casa e treinar outra pessoa. De qualquer maneira, as meninas podem ajudar com a comida e a roupa. E J.D. também. Mas ele não quer.

Teke deu outra mordida no sanduíche, sentindo uma intensa irritação. Não era porque J.D. recusava-se subitamente a fazer as coisas, mas sim porque ela compreendia agora que o marido sempre fizera muito pouco. A casa era seu domínio; ela orgulhava-se de manter a ordem ali. Mas bem que poderia aproveitar agora a ajuda de J.D.; se não a ajuda, pelo menos a compreensão.

— E o nosso amigo aqui? — perguntou Grady, olhando para Michael. — Ele ajuda em casa?

— Não muito. Mas a culpa é minha. Eu o mimo. Digo a mim mesma para não fazer isso. Afinal, nenhuma garota de treze anos hoje em dia vai crescer e querer um marido que não sabe fazer nada em casa. Mesmo assim, continuo a mimá-lo. É um bom garoto. Quando não está ocupado com a escola, passa o tempo jogando bola ou usando a câmera de vídeo. Não fica vadiando na esquina, com um cigarro no canto da boca.

— Eu adoraria ter sido mimado quando era garoto — comentou Grady. — E costumava fazer tudo o que tinha de ser feito. Você também.

Teke pôs na boca um pedaço de pimenta verde. Enquanto o comia, recordou o passado.

— Não havia muita facilidade em nossas vidas. Talvez seja por isso que mimo meus filhos. Quero que saibam o que significa despreocupação.

Ela pensou em tudo o que Grady dissera no dia anterior. A descrição da prisão a obcecava. Embora dissesse a si mesma que não era da sua conta, que era melhor não saber, que Grady perdera o direito à sua preocupação quando a descartara, ainda assim sentia-se curiosa sobre sua vida. Foi por isso que pediu:

— Conte o que aconteceu depois que saiu da prisão. Voltou para Gullen, e sentia que todos olhavam para você de uma maneira estranha. Foi trabalhar nas docas?

Grady sacudiu a cabeça.

— Havia outra pessoa na chefia. E não me queria. — Ele ficou calado por algum tempo, olhando para Michael com uma expressão distante. — Meu agente da condicional também ficou contente. Achava que eu deveria fazer algo diferente. E me inscreveu num curso de construção de barcos.

Teke sorriu. Podia imaginar Grady fazendo aquilo. Ele adorava barcos e era muito hábil com as mãos. Um curso de construção naval combinava com ele.

— Foi ótimo — confirmou ele. — Eram boas pessoas. Mas era puxado. Eu tinha feito a equivalência da escola secundária na prisão. Também fiz alguns cursos de nível superior. Mas os outros estavam na minha frente.

A equivalência da escola secundária. Teke estava impressionada.

— E depois?

— Meu professor predileto era aficionado por canoas. Fabricava umas canoas de madeira e lona que me deixavam fascinado. Havia uma simplicidade no trabalho... e uma beleza no produto acabado... que me atraíam muito mais do que aprender sobre aerodinâmica sofisticada e acabamentos de alta tecnologia. Eu o ajudava em cada minuto de folga.

Teke podia perceber o prazer que ele sentia pela recordação. Deixou-a feliz.

— Continue.

— Ele saiu para dirigir sua própria escola em Seattle.

Teke sentiu uma pontada de desapontamento.

— O que você fez?

Mas Grady observava Michael atentamente.

— Eu seria capaz de jurar que ele acaba de mexer as pálpebras. — Grady tornou a olhar para Teke. — Ele já fez isso antes?

Ela levantou-se e debruçou-se sobre a cama no mesmo instante.

— Michael? Foi alguma coisa que Grady disse?

Os dois ficaram olhando, mas não houve qualquer outro sinal de atividade. Teke deu uma sacudidela no filho.

— Já tem uma semana, Mike... *uma semana inteira*. Quero que você faça alguma coisa. *Agora*. Está me ouvindo? Faça alguma coisa!

Como Michael permanecesse imóvel, ela comprimiu os dedos contra a testa, num esforço para controlar a histeria que desabrochava ali.

— Esta é a pior parte, os altos e baixos. Ele está se tornando mais e mais ativo... um dedo, um pé, o queixo, agora os olhos.

— Talvez eu tenha imaginado.

— Não, não imaginou. Ele nos provoca, depois pára, nos dá esperança e se afasta em seguida. — A voz tornou-se suplicante. — Sei que você está aí, Michael. Pisque para mim. Faça uma careta.

Ela entrelaçou os dedos com os do filho para depois acrescentar:

— Aperte minha mão. Apenas um pouco, para eu saber que me ouviu.

Mas Teke nada sentiu. Empertigou-se, com um suspiro desanimado.

— Está bem, está bem — murmurou ela, recuperando-se. — Posso esperar.

Com movimentos contidos, ela voltou à cadeira e deu outra mordida no sanduíche que Grady trouxera. Esfriara e o gosto era horrível agora, mas Teke mastigou e engoliu. Determinada a continuar a conversa anterior, limpou a garganta e perguntou a Grady:

— O que você fez depois que seu amigo partiu para Seattle?

Ele enfiara as mãos nos bolsos do *blazer*.

— Continuei a trabalhar em construção, a fim de ganhar o dinheiro necessário para a passagem de avião até Seattle, onde lhe ofereceria meus serviços.

Teke persistiu no esforço para se acalmar.

— E fez isso?

— Não. Dediquei-me à carpintaria. E quando ganhei o dinheiro suficiente para a viagem, já gostava demais daquele tipo de trabalho para deixar. Às vezes faço canoas, mas é apenas um passatempo.

Ela respirou fundo, finalmente mais calma.

— Fico contente.

— Pelo quê?

— Que as coisas tenham dado certo para você. — Teke tentou imaginar a vida dele agora. — Está mesmo vivendo em Gullen?

— Não. Passo às vezes por lá, mas virei um nômade. Levo quase todas as minhas coisas na picape.

— Mas a carta foi enviada de Gullen.

— Estive lá por pouco tempo. Nunca fico muito por causa das lembranças. Foram piores da última vez. Eu me sentia deprimido. Pensei que era tempo de vê-la de novo. Por isso, mandei a carta. —

Bruscamente, acrescentou: — Deveria ter esperado uma semana. O momento seria diferente. E nada disso teria acontecido.

Ele tinha razão, pensou Teke. No passado, Grady devolvia as cartas que ela mandava. Era irônico que uma carta que *ele* enviara provocasse tanto estrago. Mas não havia como voltar atrás. Ela tinha uma existência irreal, seu relógio interior batendo a cada vinte e quatro horas intermináveis. A vida era o hospital. Michael continuava em coma, J.D. a desprezava, Annie a odiava e Sam se distanciava o máximo que podia.

A voz de Grady soou baixa, bem próxima:

— Teke?

— Não faria qualquer diferença — murmurou ela. — Sou o problema aqui. Sou o veneno.

— Não é verdade.

— Então qual é a explicação? Sou o elemento comum nas vidas arruinadas de todas essas pessoas. — Teke descobriu as mãos de Grady nos braços de sua cadeira, o rosto a poucos centímetros do seu. — Pense bem. Se não tivesse me conhecido, não teria cometido um assassinato, nem ido para a prisão. Teria um bom negócio, uma esposa devotada, um bando de filhos. Você merecia tudo isso.

— Quem disse que não tive?

Teke ficou imóvel. Grady não mencionara uma esposa e filhos. E ela presumira que não existissem. Empertigado, ele pôs as mãos nos bolsos de trás e olhou pela janela.

— Casei. Sou pai de uma menina. Minha mulher pediu o divórcio há três anos.

Teke sentiu-se atordoada. Nunca imaginara Grady com outra mulher. Podia ser tola e egocêntrica, mas nem lhe passara pela cabeça.

— Mas por quê?

O Grady que ela conhecera seria um perfeito marido e pai.

— Atribuímos o que aconteceu a muitas coisas... Interesses diferentes, valores diferentes, estilos de vida diferentes. — Ele lançou um olhar seco para Teke. — A verdade é que foi muitas vezes o seu nome que gritei na cama. Não pense que você é a única pessoa infiel no mundo porque não é.

E isso proporcionou a Teke muito em que pensar nas longas horas que se seguiram.

Annie tomava as precauções necessárias para nunca visitar Michael sozinha. Era bastante fácil. Mesmo nos dias em que Leigh e Jana iam mais tarde, com Jon, Zoe sempre esperava ansiosa, sentada nos degraus da escola, que ela fosse buscá-la.

— Sei que pareço horrível por dizer isso, mamãe — comentou ela um dia. — Afinal, estamos a caminho do hospital para visitar Michael, o que é a pior coisa do mundo para se fazer. Mas é bom você vir me buscar. Gosto de saber que estará aqui ao final do dia.

Annie inclinou-se para pegar a mão da filha.

— Sou horrível? — perguntou Zoe.

— Claro que não.

Annie precisava ouvir coisas assim. Precisava sentir que fazia alguma coisa certa. É verdade que não compensava o que já fizera.

— Incomoda você que eu trabalhe tanto?

Zoe pensou um pouco.

— Não me "incomoda". Eu me orgulho do que você faz e sei que você ama seu trabalho. Acontece apenas que eu gostaria que tivesse mais tempo para mim. — Ela se acomodou no banco de passageiro com um sorriso. — Assim é ótimo. Só nós duas.

Annie sentiu um aperto no coração.

— Talvez pudesse ser diferente se eu fosse filha única — continuou Zoe. — Neste caso, teria você só para mim quando não estivesse trabalhando. Teria que partilhá-la com papai, é verdade, mas aí é diferente.

A pressão que Annie sentiu agora veio da agonia de ter-se afastado de Sam. Mal se falavam. Não que ele não tentasse. Mas Annie não tinha muito o que dizer. Estava com raiva, magoada e via entrelinhas em tudo o que ele dizia.

— Acha que Jon afasta você de mim?

— Não — respondeu Zoe, convicta. — Só Jana e Leigh. Jana em particular. Amo Jana. É a melhor amiga que tenho no mundo, mas ela conversa com você sobre todas as coisas que *eu* quero falar.

— Sinto muito, querida.

— Por que Jana não pode levar seus problemas para Teke?

— Porque ela se acostumou a me procurar, da mesma maneira que você recorre a Teke quando precisa de algum vestido para um baile. Ela é boa com roupas. Eu sou boa com problemas.

— Há ocasiões em que eu gostaria que não fôssemos tão íntimos. Claro que a companhia dos Maxwell é divertida... e Jon protestaria se saíssemos em férias sem eles... mas estou lhe dizendo agora que gostaria, apenas por uma vez, que viajássemos só nós quatro. — Zoe fez uma pausa e repetiu a indagação: — Sou horrível por isso?

— Não, não é, absolutamente não.

Annie sentiu uma nova tristeza. Sempre pensara que faziam a coisa certa, partilhando a vida com os Maxwell. Uma família grande e feliz, os mais divertidos, um por todos e todos por um. Ou seria a necessidade de quatro adultos, nenhum dos quais vindo de uma família grande? Ela especulou se as crianças Maxwell se sentiam como Zoe.

Mas pelo menos a filha decidira falar a respeito no momento oportuno, pensou Annie. As férias de Popewell pareciam decididamente pertencer ao passado. Ela suspirou.

— Fico contente que tenha me falado sobre isso.

— Posso dizer outra coisa, mamãe?

— Claro.

— Estou péssima em matemática neste semestre. Não sei o que aconteceu. Devo ter perdido alguma coisa no início e agora não consigo acertar o passo. — Zoe passou a falar mais depressa. — Vão mandar um aviso lá para casa, dizendo que tenho média D. Mas quero que saiba que vou me esforçar ao máximo. Prometo. Marquei uma reunião para pedir ajuda extra na tarde de quinta-feira. Está bom?

— Claro que sim. E quero que saiba que não estou zangada. — Annie sentia-se perturbada por Zoe não ter falado antes de sua preocupação. — Pensou que eu ficaria?

— É média D, mamãe. Uma coisa muito embaraçosa.

— Matemática também era a minha pior matéria.

— Mas Jana é muito boa.

— Teke também era. Mas as duas têm dificuldades nos cursos de inglês, cursos em que você e eu nos damos bem. Não se desespere, querida. Apenas faça o melhor que puder. E não deixe de pedir a ajuda extra na quinta-feira.

Foi por isso que Annie se descobriu seguindo sozinha para o hospital. Poderia ter esperado e levado Zoe mais tarde, mas Jon se oferecera para fazer isso depois do treino. Como tinha de passar pelo supermercado, lavanderia, biblioteca e farmácia, antes de voltar para casa, ela decidiu visitar Michael primeiro para depois fazer o resto. Sua vida já estava bastante frenética. Não precisava de Boston na hora do *rush.*

Há nove dias que Michael permanecia em coma. A tensão começava a transparecer em todos, no pavio curto e nas caras amarradas, mas era ainda mais perceptível em Teke. Ela fazia uma massagem em Michael quando Annie chegou. Seus movimentos eram cansados, a voz empenhada num monólogo e estava tensa.

Annie observou do corredor por um momento. Por uma fração de segundo, imaginou as mãos de Teke em Sam. A imagem foi tão intensa que ela poderia ter dado meia-volta e partido se Teke não virasse o rosto naquele momento e a avistasse.

Com um esforço para parecer confiante, quando se sentia constrangida e insegura, Annie aproximou-se da cama.

— Como ele está?

Teke continuou a fazer a massagem.

— Michael já se mexe cada vez mais. Uma hora os médicos dizem que ele pode estar tentando sair do coma, em outra alegam que pode não significar nada.

Annie ficou horrorizada ao constatar como a perna de Michael parecia fina. Calculou que ele devia ter perdido pelo menos cinco quilos desde o acidente. Teke devia ter percebido sua observação, porque comentou:

— Desde a noite de ontem que o tenho alimentado um pouco. Uso uma colher para pôr sorvete e concentrados de vitaminas em sua boca, e ele engole. Não que esteja fazendo muita diferença. Michael está magro demais.

— Vai notar a diferença dentro de um ou dois dias — sugeriu Annie. — Se puder evitar que ele perca ainda mais peso, o esforço já valerá a pena.

Teke balançou a cabeça em concordância.

Annie perguntou-se o que havia nela para atrair Sam. É verdade que Teke parecia graciosa na túnica cor de aipo, por cima da malha, mas tinha o rosto abatido e encovado.

— Você também emagreceu.

Teke largou a perna do filho.

— Quase não consigo comer. Estou transtornada.

Era típico de Teke, pensou Annie. Ela sempre fora assim, incapaz de comer durante as provas finais, nos dias que antecederam seu casamento, ou quando todas as crianças tiveram catapora ao mesmo tempo. Annie teve uma idéia.

— Por que não sai um pouco? — Parecia a solução perfeita para ambas. — Ficarei aqui com Michael. Dê um passeio, vá a um restaurante, descanse um pouco em casa.

Teke passou o braço pela testa.

— Estou bem.

— Pode ir. Ficarei com ele.

— Preciso conversar com você, Annie. Explicar, pedir desculpas...

— Não...

— Há muito o que dizer. Você é a minha melhor amiga. Preciso que escute.

— Não posso — suplicou Annie. — Ainda não. Mas posso conversar com Michael. Pode ir. Por favor.

— Lamento tanto...

Annie pôs as mãos nos ouvidos. Não queria ouvir um pedido de desculpas. Não tinha certeza se acreditaria.

Depois de um olhar longo e suplicante, Teke pegou a bolsa no chão e saiu. Annie sentiu-se pior do que nunca. Um erro estúpido, como Sam o chamara, e o mal causado continuava a aumentar. Ela especulou onde poderia acabar. Virou-se para Michael e perguntou:

— Por que magoamos as pessoas que amamos? Pode me explicar?

Ela suspirou. Esfregou o braço de Michael com as pontas dos dedos. Acrescentou, com a voz mais suave:

— Desculpe, mas acontece que a situação é cada vez mais difícil. Parte de mim o inveja, por estar deitado aqui, com os olhos fechados para o mundo. Por que as coisas devem ser tão complicadas?

Michael não respondeu. Não piscou. Não tentou escapar à pressão dos dedos de Annie.

— Eu sempre quis ter uma carreira. Desde cedo, amava a literatura. Quando era pequena, conversava a respeito com a bibliotecária. Depois, passei a conversar com os professores, e, na faculdade, com os colegas. Sabia que queria ser professora. Para isso, teria de fazer um curso adicional. Sam concordou. Deu seu apoio total. E consegui, Michael... devagar, admito, quando vocês eram pequenos, mas acabei me formando. Passei a dar aulas. Quanto mais vocês cresciam, mais eu aumentava minha carga. Até que me tornei catedrática. Uma façanha e tanto para uma mulher que tinha de manter a família e preservar a carreira.

Ela soltou uma risada autodesdenhosa.

— Eu pensava que tinha tudo. Agora, minha filha diz que sente minha falta. Diz que tem recebido as piores notas em matemática e eu não sabia. Não podia me contar, porque não conseguia ficar a sós comigo por um minuto sequer. Não acha que é terrível? E tenho de me preocupar com Jon, sempre fora de casa, no treino de futebol, ou com Leigh. Será porque nunca estou presente? Sam disse isso. Falou que eu deveria estar em casa naquela terça-feira. Afirmou que nada teria acontecido se eu estivesse em casa.

Uma pausa, e ela continuou, sussurrando:

— Isso magoa. Pensei que fazia tudo certo. O que não podia fazer, Teke podia, o que J.D. não podia fazer, Sam podia, e vice-versa. O relacionamento entre nossas famílias era singular. Era prático e eficiente, o tipo do arranjo bem-feito. Eu pensava que era perfeito.

Annie gemeu baixinho.

— Pois vou lhe dizer uma coisa: esse arranjo bem-feito se desfez. Sua casa está na maior confusão, assim como a minha. O mesmo acontece com meu escritório. Não consigo me concentrar no trabalho. Minha vida é uma confusão.

Ela avistou Sam na porta e ficou imóvel. Ele parecia tão cansado quanto todo mundo, mas tão meigo, familiar e preocupado, que era ainda mais difícil acreditar em sua traição.

— Está dizendo alguma coisa boa para Michael? — perguntou ele.

Uma ligeira hesitação impediu que as palavras saíssem joviais demais. Ele parou no limiar, como que dominado por um medo momentâneo, antes de entrar no quarto.

— Estou me queixando.

Annie tornou a olhar para Michael. O rosto impassível do garoto era mais fácil de aceitar do que o rosto vulnerável de Sam.

— Queixando-se do quê?

— De estar me sentindo sufocada. Não imaginava o quanto dependia de Teke. Tenho uma lista de coisas para fazer com um quilômetro de extensão. Pretendia deixar para mais tarde. Mas agora que você está aqui, com Michael, posso sair.

— Não saia — pediu Sam. — Visite Michael comigo.

— O monólogo serve para ele tanto quanto o diálogo.

— Pois então converse comigo, Annie. Por favor. Não continue a se esquivar.

Ela respirou fundo, tremendo um pouco. Estar com Sam daquele jeito era uma agonia, mas ainda não podia confrontá-lo. A mágoa era intensa demais.

— Você já pediu desculpas. Não há mais nada que possa dizer que vá ajudar neste momento.

— Mas muitas coisas me ocorrem.

— Nenhuma das quais se relaciona com o que estou sentindo.

— Deveriam.

Irritada, Annie fitou-o.

— Como assim? Relacionavam-se com amor, carinho e sentimento, não com amargura e raiva. Nunca falamos em magoar um ao outro. Isso devia ser impossível.

Ela pensou que o deixara acuado quando Sam passou a mão pelos cabelos. Mas ele tinha uma resposta pronta.

— Tem toda razão. Era por isso que eu não estava preparado para o que aconteceu. Não percebe, Annie? Nunca me ocorreu que poderia tocar em outra mulher que não você. Foi por isso que fiquei tão melindrado quanto qualquer outra pessoa.

— Depois do fato — lembrou Annie. — Mas não ficou tão melindrado na ocasião.

— Na minha imaginação, eu estava com *você* — declarou Sam, firme. — Foi por isso que aconteceu daquela maneira. Eu não poderia fazer amor com Teke. Não sinto a menor atração por ela. Alguma vez você percebeu qualquer sinal de atração?

— A esposa é sempre a última a perceber essas coisas.

Ele deixou escapar um suspiro.

— Não acredita em mim.

— *Eu* também não acredito, pode ter certeza — declarou J.D., entrando no quarto. — Eu diria que a percepção posterior dá um novo significado a todos os abraços, beijos e mãos dadas entre você e Teke, ao longo dos anos.

— Tudo isso era manifestação de afeto para com uma boa amiga — protestou Sam. — Você faria a mesma coisa com Annie se fosse do tipo liberal.

J.D. lançou um olhar para Annie.

— Você está bem?

Annie ficou ressentida. Não gostava da maneira como J.D. assumia o comando. Haveria um argumento favorável a Sam se ele fosse do tipo expansivo. Teke não se mostraria suscetível a Sam. Haveria um argumento adicional se uma falha em seu casamento levara Teke aos braços de Sam.

— Claro que estou — respondeu ela, pendurando a bolsa no ombro. — Vou embora, agora que os dois estão aqui.

Ela não queria passar nenhum momento na companhia de qualquer dos dois naquele instante.

— Mandei Teke tirar uma folga. Um dos dois deve ficar com Michael, até ela voltar.

— Não posso ficar muito tempo — informou J.D. — Tenho uma reunião às quatro horas.

— Você sempre tem uma reunião, às quatro horas, ou duas, ou três. Sempre que não quer fazer alguma coisa, tem uma reunião marcada. — Sam apontou um dedo para Michael. — É seu filho quem está ali. Isso não o afeta nem um pouco?

J.D. recuou.

— Claro que me afeta. Mas não vai adiantar nada para Michael se eu passar horas aqui, andando de um lado para o outro.

— Já conversou com ele, como todos os outros fizeram? Ou, caso ele não seja capaz de ouvir, isso ofende seu bom senso?

Os olhos de J.D. deslocaram-se de Sam para Annie. Sua testa se franziu ainda mais.

— O que há com você? Afinal, eu é que fui o enganado.

— E não me deixa esquecer. Olha além de mim, passa direto, fala como se eu não estivesse presente. Você e Annie fogem do problema, como se pudesse desaparecer por sua livre e espontânea vontade. Mas não vai desaparecer. Mais cedo ou mais tarde, teremos de enfrentar.

— É fácil para você dizer isso — interveio Annie. — Não está se sentindo magoado.

— É verdade — admitiu Sam. — Fui eu que causei a mágoa e juro que é ainda pior. Gostaria que me dissessem o que posso fazer. Quero reparar os danos, mas nenhum dos dois permite.

— Reparar os danos? — J.D. soltou uma risada desdenhosa. — Os danos são irreparáveis.

Sam estalou os dedos.

— E ponto final? A amizade acabou? A sociedade acabou? O casamento acabou?

Ele olhou para Annie ao fazer a última indagação. Mas ela não teve chance de responder porque naquele momento um som fraco veio da cama.

Michael tinha os olhos entreabertos. Tornaram a se fechar, depois reabriram apenas pela metade, mas era muito mais do que haviam feito em nove dias. Annie inclinou-se para a frente e sussurrou, em tom de urgência:

— Pode me ouvir, Michael?

Os olhos do garoto focalizaram primeiro um ponto diretamente acima. Depois, devagar, deslocaram-se para os olhos de Annie. Ela acrescentou, num sussurro, com medo de sentir qualquer esperança:

— Você está conosco?

Depois de uma pausa, durante a qual ela teve visões assustadoras de sua mente perdida para sempre, Michael acenou com a cabeça, de uma maneira quase imperceptível. Sam segurou os ombros do garoto.

— Sabe onde está?

Os olhos de Michael tornaram a se deslocar, lentamente. Encontraram-se com os de Sam, desviaram-se para J.D., que se inclinava ao lado, vaguearam pelo quarto e voltaram para Annie.

— Hos... pi... tal — murmurou ele, a voz quase inaudível.

Sam sorriu.

— Isso!

— Vou chamar o médico!

Muito excitado, J.D. saiu correndo do quarto. Annie sorriu em meio a lágrimas de alívio. Passou as mãos pelo rosto de Michael, pela cicatriz rosada, da qual os pontos haviam sido recém-removidos, e alisou-lhe levemente os cabelos.

— Graças a Deus! Graças a Deus! Oh, Michael, ficamos tão preocupados! Como se sente?

Os olhos se fecharam. Ela lançou um olhar apavorado para Sam, que parecia igualmente apavorado.

— Não vá! — suplicou ela a Michael. — Volte para nós! Por favor!

Michael tornou a abrir os olhos, com evidente dificuldade. A língua deslizou pelos lábios.

— Se... de.

Uma enfermeira e um médico entraram correndo no quarto. O único pensamento de Annie era dar a Michael qualquer coisa que quisesse.

— Ele está com sede. O que podemos dar?

O médico inclinou-se para Michael. Acendeu uma pequena lanterna e iluminou os olhos do paciente. Apagou a lanterna em seguida, parecendo satisfeito com os resultados.

— Sabe quem você é?

A resposta saiu lenta e fraca, mas nítida:

— Mi... chael. Phi... llip Max... well.

Só então o médico permitiu-se um sorriso.

— A coisa está indo muito bem aqui. Eu diria que ele merece... Que tal um *milk shake* de chocolate?

Michael sacudiu a cabeça.

— Pensei que gostasse de chocolate.

— Coca... Cola — sussurrou Michael, com um sorriso torto.

A enfermeira deixou o quarto correndo, excitada, dando a notícia às pessoas que encontrava no corredor.

Annie empertigou-se. Com a mão no braço de Michael, deu um suspiro fundo, aliviada e agradecida. Estava na metade do suspiro quando se lembrou e balbuciou:

— Alguém tem de avisar Teke.

— Não olhe para mim — protestou J.D.

Annie entendeu o que ele queria dizer: *Se ela achou conveniente deixar a vigília do filho, pode esperar até voltar para descobrir que ele acordou. Além do mais, ela não merece partilhar esta emoção. Foi ela quem o levou a ficar neste estado.* Mas Annie não concordava. Por mais magoada que estivesse pelo que a amiga fizera, Teke era a mãe de Michael. Há nove longos dias que vivia a angústia do coma do filho. Era preciso encontrá-la.

Annie pensou em mandar Sam buscá-la, mas depois mudou de idéia. Não queria que Sam saísse atrás de Teke. Não confiava nos dois juntos.

— Eu vou — murmurou ela, deixando o quarto em seguida.

Oito

Sam nunca se sentira tão aliviado em toda a sua vida quanto no momento em que Michael abriu os olhos, identificou onde se encontrava e deu seu nome completo para o médico. Ganhar *Dunn v. Hanover* murchava em comparação, tanto em termos de emoção quanto de conseqüências em sua vida. Enquanto Michael permanecera em coma, Sam guardara um fardo pesado de mágoa e culpa... e poderia suportá-lo pelo resto de sua vida, se Michael não tivesse acordado. Por isso, considerava o despertar de Michael como o início do fim do pesadelo. O que o garoto recordava do acidente era desconhecido e, naquele momento, irrelevante. O fato mais importante era a certeza de que viveria.

Michael entrava e saía do sono. Entre uma fraqueza geral e a perna e braço direito engessados era difícil avaliar o efeito da lesão cerebral em sua capacidade motora. J.D. não estava satisfeito com essa situação; depois de esperar em expectativa por tanto tempo, queria saber exatamente o que se passava e não parava de assediar os médicos com perguntas. Sam sentia-se simplesmente grato por Michael ter saído do coma.

Jon chegou às cinco e meia, com Leigh, Jana e Zoe. O entusiasmo de todos vibrava no pequeno quarto e se espalhava para o corredor, mas ninguém se importava. Num andar reservado para pacientes com lesões cerebrais, uma recuperação proporcionava uma dose de esperança às outras famílias.

Annie entrou correndo às seis horas, acompanhada de perto por Teke, que tinha o rosto molhado de lágrimas. Ela não foi capaz de dizer uma só palavra. Apenas parou ali, sorrindo para Michael, antes de sentar-se na beira da cama, tentando abraçá-lo da melhor forma possível, as lágrimas se derramando sobre o travesseiro.

Sam sentiu um aperto na garganta ao observar a cena. Desejou que Michael lembrasse o quanto a mãe o amava, se e quando a memória voltasse.

Determinado a converter o despertar numa comemoração, Sam levou Jon para uma *pizzaria* próxima. Voltaram com quatro *pizzas* enormes, o queijo bem derretido, e um saco cheio de refrigerantes. O cheiro impregnou o quarto, numa drástica mudança da esterilidade anterior. Todos devoraram as *pizzas*, como se não comessem há dias, enquanto o garoto que de fato não comera nada cochilava a todo instante. As crianças pareciam não se importar quando Michael fechava os olhos. Afinal, ele os abria nos momentos certos, o que era tudo que importava. Era o convidado de honra da festa. O fluxo de conversas que o envolvia era constante.

— O que você *sentiu* durante todo esse tempo? — perguntou Jana.

— Aposto que era como flutuar — especulou Zoe. — Tudo branco, com muita luz, parecendo infinito.

Jana sacudiu a cabeça.

— Nada disso. Escuro e opressivo. Como se alguém puxasse para baixo pelas pernas e braços. Como se uma nuvem cinzenta o sufocasse. Como se ele quisesse se levantar, mas sem conseguir.

— Já li sobre experiências fora do corpo, em que você está aqui mas ao mesmo tempo não está — comentou Jon para Michael. — Foi assim? Podia ouvir coisas?

— Ou sentir coisas? — indagou Leigh. — Ou cheirar?

Michael abriu os olhos. Fixaram-se em Leigh, que era a pessoa mais próxima, sentada na cama. Franziu o rosto... e Sam adorou a expressão, depois de dias sem qualquer reação.

— Flutuar... — murmurou ele, a voz rouca. — Acho que sim.

Ele tornou a fechar os olhos.

— Flutuar... — repetiu Jana. — É incrível. Sabia onde estava durante todo o tempo?

Os olhos fechados, Michael assentiu com a cabeça.

— Queria falar, mas não podia? — perguntou Zoe.

Ele franziu a testa de novo. Depois de um momento, ergueu um ombro, sem falar nada. Leigh perguntou:

— Podia sentir o que faziam com você... mexer em seus braços e pernas, essas coisas?

Os olhos de Michael abriram-se para fitá-la, mas com uma expressão distante. Ele parecia confuso.

— Às vezes...

Jon encostou-se em Leigh.

— Aposto que você ficou deitado aí pensando que algumas das coisas que falamos eram pura burrice. Mas você fica sem ter o que dizer, quando alguém não responde, e continua a falar sem pensar.

Sam recordou algumas das coisas que dissera a Michael. O garoto não precisaria lembrar o acidente para saber o que acontecera. Um olhar para Teke, e Sam compreendeu que ela pensava a mesma coisa. Encostada na parede, com as faces coradas, como não acontecia há nove dias, ela parecia assustada.

Ele olhou para Annie. A maneira como ela fitou Teke, depois baixou os olhos para o chão, foi reveladora. E também a maneira como manteve a cabeça abaixada. Sam se perguntou o que ela teria dito a Michael nos momentos em que ficara a sós com ele. Dava para perceber que Annie se sentia sem graça, até constrangida. Ela devia estar também apreensiva.

J.D. voltou de outra rodada de telefonemas. Serviu-se de um pedaço de *pizza* e perguntou:

— Como meu garoto se sente?

— Bem — sussurrou Michael.

— Não vai comer *pizza*?

Michael sacudiu a cabeça em negativa. Seus olhos deslocaram-se de J.D. para Teke, a alguns passos de distância, depois para Annie e finalmente para Sam. E Sam não gostou daquela expressão de perplexidade. Sugeria que Michael começava a recordar algumas coisas.

— Ora, ora, aqui está ele! — bradou John Stewart, entrando no quarto, com Lucy a reboque. — Deixou-nos preocupados, meu rapaz.

Lucy pôs uma pequena caixa, de papel laminado, na mesinha-de-cabeceira.

— Trufas frescas para meu chocólatra.

Ela encostou as pontas dos dedos em seus lábios e depois tocou no rosto do neto. Ele conseguiu oferecer um débil sorriso. Zoe bateu palmas.

— Temos de avisar Terry e Alex. Eles estiveram aqui quase todos os dias. Ficaram apavorados.

— Além de Josh, Tommy e Nat — acrescentou Jana.

— E Kari Stevens — concluiu Zoe, com um suspiro insinuante. — Ela não pára de falar a seu respeito. Acho que gosta de você, Michael.

Leigh assumiu uma expressão compenetrada.

— Por que vocês deixaram a escola daquele jeito?

— MTV — sussurrou Michael.

— Um concerto idiota vale tudo isso, cara? — indagou Jon. — Por nada neste mundo, cara. Foi uma estupidez o que fizeram.

— Poderia ser suspenso — disse Zoe.

Jana soltou um grunhido.

— Em vez disso, foi atropelado por uma picape. Não a viu se aproximando?

— Como poderia? — perguntou Jon. — As árvores bloqueiam a vista da rua.

— Nem *ouviu*? — insistiu Jana. — Não há tanto movimento ali que não dê para ouvir o barulho de um motor. Em que estava *pensando*?

Sam sentia-se mais e mais apreensivo. Gostaria que ela parasse, mas Jana era muito parecida com J.D., que nunca desistia antes de chegar ao fundo de qualquer coisa.

Zoe pôs a mão no braço de Jana, para contê-la, e disse suavemente:

— Ele só pensava no concerto.

— Mas mamãe ensinou que não se deve sair correndo para a rua sem olhar. Foi a regra número três; logo depois veio a quatro, não enfiar os dedos nas tomadas e baixar a tampa da privada logo depois de dar uma mijada.

— Mas que linguagem, Jana Maxwell! — protestou Lucy, severa.

— Não tem importância — sussurrou Zoe para Jana.

— Claro que tem. Se ele olhasse para onde ia, isso não teria acontecido.

— Ele não estava pensando.

— Por que não?

— Mamãe e Sam — murmurou Michael, fazendo com que todos se virassem em sua direção.

Sam sentiu um frio no estômago. Vasculhou o cérebro à procura de um meio de interromper o que estava para acontecer, mas não pôde pensar em nada. Olhou para Annie. Ela tinha a cabeça abaixada, os braços em torno da cintura.

— O que houve? — perguntou Leigh, inclinando-se para Michael, que parecia perplexo de novo.

— Eu vi — sussurrou ele, fechando os olhos outra vez.

— Ele viu o quê? — perguntou Leigh para Jon.

— Mamãe e Sam? — indagou Jana, sem se dirigir a ninguém em particular.

Zoe virou-se para Sam, confusa.

— O que ele viu?

Mas antes que Sam pudesse dar qualquer resposta, Leigh balbuciou:

— Ah, meu Deus! Will Clinger!

Os olhos de Jana se arregalaram.

— Virginia Clinger! — Ela virou-se para Teke. — É verdade!

Zoe sacudiu a cabeça.

— Não.

— Mas Michael disse! — argumentou Leigh.

— Jesus Cristo!

A exclamação partiu de Jon, que olhava para o pai como se ele fosse um estranho. Sam ergueu a mão. *Não é o que você pensa,* ele teve vontade de dizer. Mas nada podia ser mais banal do que isso. E ele refletiu que dizer "Eu estava com tesão por Annie e por isso trepei com Teke em seu lugar" não serviria como desculpa. Nada mais lhe ocorreu.

— Mamãe? — perguntou Jana, muito pálida agora. — É verdade?

A testa franzida, John Stewart olhou de um rosto para o outro.

— Sobre o que vocês estão falando?

— Um equívoco — disse J.D.

Seu queixo era como pedra quando olhou para Sam. Naquele momento, Sam sentiu que o futuro de todos ali no quarto dependeria das palavras que pudesse dizer. Acostumara-se a pensar de pé — era parte de sua atuação como advogado criminal —, mas a faculdade de direito não o preparara para aquela situação.

— Mamãe? — pressionou Jana, os olhos grudados no rosto pálido de Teke. — Você e Sam?

— Diga alguma coisa, mamãe — suplicou Leigh.

— Seu pai tem razão — balbuciou Teke, a voz trêmula. — Foi um equívoco.

— Não me agrada o que estou ouvindo — declarou John Stewart.

— Aconteceu mesmo? — perguntou Jon a Sam.

— Alguma coisa aconteceu — admitiu Sam. — Cabe a nós definir agora o que foi.

Jana fitou-o.

— Você... comeu... minha mãe?

O rosto de John Stewart ficou roxo. Lucy soltou um grito angustiado. Zoe encolheu-se toda. Annie interveio:

— Pelo amor de Deus, Jana!

— Foi o que aconteceu? — perguntou Jon ao pai.

Houve uma fração de segundo em que Sam poderia ter negado. Mas ouviu a advertência que sempre fazia aos clientes: "Preciso saber de tudo, de toda a verdade. Se contar tudo, podemos encontrar uma saída. Se me contar apenas a metade da verdade ou se mentir, serei surpreendido mais adiante e estarei perdido."

O instinto lhe dizia que, se mentisse agora, pagaria dez vezes mais caro.

— Mas que droga! — explodiu John Stewart. — Eu sabia que ele ia nos criar problemas... os dois, tinha certeza. Bom trabalho, John David, bom trabalho...

Antes mesmo que a última palavra saísse, J.D. já pegara os pais pelo braço e os levava para a porta.

— Acho que é melhor vocês se retirarem. Temos alguns problemas a discutir.

John Stewart não queria sair.

— Eu o avisei.

— Não comece agora, papai.

— "Confie em mim", você disse. "Sei o que estou fazendo." E veja agora o que aconteceu.

— Papai...

Sam decidiu não esperar pelo que John Stewart diria em seguida. Atravessou o quarto em duas passadas compridas e disse em voz baixa:

— Temos uma situação difícil aqui. Ainda falta muito para Michael ficar completamente fora de perigo. Os outros estão transtornados. Até eu, para ser franco, não sei o que fazer ou dizer.

— Deveria ter pensado antes...

— Já chega, John. Pode dizer o que quiser, mas depois. Agora, precisamos ficar a sós. — Ele apelou para Lucy. — Pode fazer o favor de levar John para casa? Dê-nos algum tempo. Precisamos encontrar uma maneira de lidar com a situação.

— Ele tem razão, John — disse Lucy, numa voz ansiosa, puxando o marido pelo braço. — John David nos ligará mais tarde... não é mesmo, John David?

J.D. os levou para o corredor sem responder.

— Telefone-me — ordenou John Stewart.

— Está bem.

Sam deveria ter sentido alívio quando os Maxwell mais velhos afastaram-se pelo corredor. Mas sabia que o pior estava por vir. Passou a mão nos cabelos e ficou olhando para a porta por mais um momento, antes de se virar, lentamente.

Todos os olhos fixavam-se nela... os de Leigh e Jon do lado da cama, os de Zoe e Jana do meio do quarto, os de Annie da janela, e os de Teke da parede em que ela se encostava. J.D. voltou ao quarto e postou-se à janela que dava para o corredor, os braços cruzados sobre o peito. A pose indicava que ele não prestaria qualquer ajuda.

Jana rompeu o silêncio, com um tom hostil:

— Foi por isso que Michael saiu correndo de casa, não foi?

Sam lembrou a si mesmo que Jana era pouco mais que uma criança, que todos não passavam de crianças... crianças modernas, é verdade, acostumadas a discussões francas, mas mesmo assim crianças. E haviam acabado de descobrir que dois dos adultos em que mais confiavam na vida eram imperfeitos. A hostilidade era previsível. Ele escolheu as palavras com todo cuidado.

— Michael viu uma coisa que não compreendeu.

Jon mostrava-se tão hostil quanto Jana.

— Ele não tem dois anos de idade e não é burro. Você sabia o que eles estavam fazendo, não é mesmo, Michael?

Michael manteve os olhos fechados.

— Muito bem — disse Sam. — Se ele pensasse que eu estava lhe estuprando a mãe, teria pulado em cima de mim, me agredido, feito alguma coisa para me afastar. Portanto, devemos presumir que *ele* presumiu que sua mãe e eu tínhamos um caso. Mas ele estava errado. Não temos um caso.

— Então o que foi? — perguntou Jon.

— Um lapso de julgamento único e isolado.

— Você sempre disse que a monogamia era a melhor coisa.

— E é...

— E que devemos ser leais às pessoas que amamos. E agora você chega e ferra a fidelidade em nome do tesão.

— Não senti "tesão" por Teke — argumentou Sam —, assim como ela não sentiu por mim.

— Então por que fizeram? — indagou Leigh, olhando aturdida para Teke.

Teke comprimiu os dedos contra os lábios, como se contivesse as palavras até que as certas aflorassem. Finalmente, respondeu:

— Isso mesmo, foi um lapso de julgamento. Nunca fui infiel a seu pai em qualquer outra ocasião do casamento.

— Mas como pôde fazer isso agora? — perguntou Leigh.

Antes que Teke pudesse responder, Jana interveio:

— Eu sabia que havia alguma coisa errada. Não olhavam um para o outro, não se falavam. — Ela virou-se para J.D. — E você sabe há algum tempo, não é?

J.D. acenou com a cabeça. Manteve os braços cruzados sobre o peito, os pés cruzados nos tornozelos. Zoe, que se aproximara de Annie, sussurrou:

— Você também sabia?

Annie continuou com a cabeça meio abaixada. Hesitou por um instante, depois acenou com a cabeça confirmando.

— Como ele foi capaz de fazer isso com você? — perguntou Jon, horrorizado.

Sam sentiu a agressividade na pergunta do filho. Teve vontade de passar um braço protetor em torno de Annie, mas sabia que ela se esquivaria, se tentasse. E na frente das crianças, o que tornaria a situação ainda pior.

Annie olhou para o teto, à beira das lágrimas. Soltou um suspiro entrecortado para depois responder, com um sorriso autodepreciativo:

— Ainda estou tentando entender.

Zoe chegou mais perto e segurou sua mão. Sam tentou fazer contato visual com Zoe, mas ela se recusou a fitá-lo. Por mais que o magoasse ver Annie angustiada, aquilo também o magoava. Ele e Zoe sempre foram muito ligados. Ela era sua garotinha. Sempre seria. Mas agora não queria fitá-lo.

— O que aconteceu já acabou, nunca mais vai se repetir — disse Sam, desolado. — Os últimos nove dias foram um verdadeiro inferno. E Michael continua a ser nossa prioridade.

Todos olharam para a cama. Michael mantinha os olhos fechados.

— Ele está bem? — sussurrou Zoe.

— Michael? — chamou Leigh, sacudindo seu ombro, gentilmente.

Michael abriu os olhos para fazê-la saber que ouvira tudo. Depois, tornou a fechá-los.

— Talvez ele não queira vê-lo — disse Jana a Sam, com um olhar que incluía Teke.

Sam recusou-se a hesitar.

— Talvez ele não queira, mas continuarei por aqui, fazendo o melhor que puder para que ele se recupere.

— Talvez meu pai não queira que fique — declarou Jana, com evidente irritação.

Sam não pôde deixar de se perguntar se Jana sempre acalentara algum ressentimento contra ele ou se apenas reagia em defesa de J.D. De qualquer forma, representava problemas para o futuro. Mas, outra vez, ele recusou-se a ceder.

— Talvez ele não queira, mas prefiro pensar que ele põe o bem-estar de Michael acima de todas as nossas divergências.

— E o que vamos fazer com Will Clinger? — perguntou Leigh.

J.D. finalmente falou:

— Já cuidei dos Clingers. Eles não vão mais espalhar rumores.

Jon pôs as mãos nos quadris e murmurou:

— Merda.

— O que isso significa? — perguntou Sam.

— Significa que os rumores eram verdadeiros e que toda a escola sabe. É *sórdido*.

Os nervos de Sam estavam cada vez mais abalados.

— Pare com isso, Jon. É apenas tão sórdido quanto você quiser que seja. Todos cometem erros. E a chave do caráter é saber se aprendemos com os erros.

— Acha então que devemos simplesmente esquecer? Como se nada tivesse acontecido?

— Não. Mesmo que Michael não estivesse estendido nessa cama, ainda há a questão do relacionamento de Teke com J.D. e do meu com Annie. E há também a questão da maneira como vocês me consideram, o que é muito importante para mim, e o jeito como me vejo. E, neste momento, não me sinto muito bem em relação a mim mesmo.

Jon manteve-se impassível. Virou-se para Annie e declarou:

— Vou para casa. Não suporto mais ficar aqui.

— Jon, por favor! — suplicou Annie.

— Como *você* agüenta? — indagou ele.

Sam empertigou-se.

— Já chega, Jon.

Mas Jon ainda não acabara.

— E ainda nos diz que não devemos transar de qualquer maneira, que devemos esperar, não ceder a impulsos momentâneos! Que mentiroso! — Ele pegou a mão de Leigh. — Vamos embora!

— Jon! — gritou Annie. — Espere!

Jon estava quase na porta quando Leigh o puxou, fazendo-o parar.

— O que é?

— Vamos levar Zoe e Jana.

Jana protestou no mesmo instante.

— Quero ficar com Michael.

Zoe olhou para Annie.

— Quero ficar com você.

Para Jana, Annie disse:

— Michael precisa descansar, e você deve se acalmar.

Ela pegou o rosto de Zoe entre as mãos e sussurrou:

— Será melhor se você for para casa. Não devo demorar.

— Vai ficar bem?

— Claro.

Mas Sam tinha dúvidas. Annie parecia trêmula e pálida. Ele se preocupava com sua posição em relação às crianças; ocorreu-lhe subitamente que Annie também se preocupava com sua própria situação. Ela tinha os ombros arriados, o queixo caído. Era como uma sombra que desapareceria se a luz se tornasse mais forte.

Mas isso está errado!, a mente de Sam protestou. Ela não tinha do que se envergonhar. A culpa era toda sua; e quanto mais a observava, mais se sentia culpado.

Jon esperou no corredor, muito tenso, enquanto Leigh, Jana e Zoe davam beijos de despedida em Michael. Zoe lançou um longo olhar para Annie. Só seguiu os outros depois que a mãe a dispensou, gesticulando.

O silêncio depois da saída das crianças foi súbito e total. Não havia sequer os bipes dos aparelhos para rompê-lo; todos haviam sido desligados depois que Michael acordara.

Sam olhou de um rosto para o outro. Apenas os quatro estavam no quarto. E Michael. Ele foi para o lado da cama. Michael mantinha os olhos fechados, mas não na frouxidão comatosa. Também não mantinha uma expressão impassível. Devia cochilar, a intervalos, mas Sam desconfiou que o garoto acompanhava tudo o que acontecia.

— Venho tentando explicar o que aconteceu — disse ele, a voz suave —, mas parece que nenhuma das explicações é convincente. A conclusão é que sinto muito, mas muito mesmo.

Sam virou-se para Annie, que olhava para o chão.

— Nunca me arrependi tanto de qualquer outra coisa na minha vida quanto agora. Faria tudo para me redimir. Mas preciso de orientação sobre o que fazer.

— Nunca precisou de qualquer orientação antes — comentou J.D.

— Não é verdade. Você já me deu muitos conselhos.

J.D. soltou uma risada.

— Não se iluda. Você aceitou o que queria e ignorou o resto. Agiu sempre por interesse pessoal.

Sam recuou.

— Por que diz isso?

— Porque faz sentido. Sempre me considerou um veículo. Eu tinha vantagens que você não tinha. Usou meus contatos em recomendações para a faculdade de direito...

— Foi você quem ofereceu.

— Usou meu cérebro para passar na faculdade...

— Nas matérias mais chatas. Mas quem o ajudou na prática de julgamento com júri?

— Foi através de meus contatos que você conseguiu o cargo na promotoria, e foi graças a mim que entrou na Maxwell, Roper e Dine.

— Ainda não perderam dinheiro comigo — argumentou Sam, defendendo-se.

— O que nos leva a *Dunn v. Hanover*. Foi isso que o levou a pular a cerca? Dinheiro grande alimenta egos grandes. Pensou que conquistar honorários assim para a firma lhe dava direitos sobre a mulher de seu sócio?

— J.D.... — interveio Teke.

Ele olhou-a com uma expressão furiosa.

— Eu ficaria de boca fechada se fosse você. É igualzinha a ele.

— Mas Sam não teve a intenção de fazer aquilo. Nem eu tive. E lamento tanto quanto ele. — Teke olhou para Annie, que continuava de cabeça baixa. — E muito arrependida, se é que isso vale alguma coisa.

Annie encolhia-se contra a parede. Como não suportava mais vê-la assim, Sam adiantou-se para confortá-la. Mas, quando estendeu as mãos, Annie empertigou-se e esquivou-se.

— Vou embora agora — anunciou ela, a voz trêmula.

— Annie?

A voz rouca veio da cama. Ela virou-se e foi até lá.

— O que é, querido?

Os olhos de Michael estavam mais abertos do que Sam percebera, mas ele falou num fio de voz:

— Não tinha a intenção de contar.

Annie afagou seus cabelos.

— A culpa não é sua, Mike. Não disse nada que não precisasse ser dito.

— Todos estão zangados.

— Não com você. Nunca com você. Só tem de se preocupar agora em melhorar.

Ele fechou os olhos. Annie beijou sua testa. Ao se erguer, viu uma lata vazia de refrigerante em cima de um monitor. Pegou-a.

— Vão transferi-lo para outro quarto daqui a pouco. É melhor arrumarmos tudo aqui.

Sam entrou em ação no mesmo instante, tirando a lata da mão de Annie.

— Pode deixar que farei isso.

— Não é necessário — murmurou ela, sem fitá-lo.

— É, sim. — Havia de repente uma mensagem mais profunda que ele precisava transmitir. — Eu fiz a confusão. Terei de ajeitar tudo agora.

Sam olhou primeiro para J.D., depois para Teke e Annie, e logo após reiterou com a maior convicção:

— Eu armei a confusão. Eu arrumarei tudo. Juro.

Annie seguiu direto para casa. Subiu para o sótão, acomodou-se no banco sob a janela e ficou pensando.

— Você está bem, mamãe? — perguntou Jon.

No sobressalto, a voz saiu estridente quando ela respondeu:

— Estou.

Ele entrou na sala, foi até a escrivaninha e disse, sem se virar:

— Lamento muito pela cena que fiz, mas não me arrependo do que disse.

Sem saber como responder, Annie permaneceu calada.

— Não posso acreditar no que ele fez.

— Não foi culpa apenas de seu pai. Dois não brigam quando um não quer.

— Mas ele deveria ser mais forte. Manter o controle. Não aconteceria se não quisesse. — Jon baixou a cabeça. A voz saiu um tanto abafada. — Acha que ele queria?

Annie já se perguntara a mesma coisa tantas vezes que a repetição a deixava louca.

— Não sei.

— E logo com Teke. É o pior de tudo. Ela sempre foi como uma segunda mãe para nós. Como ele pôde fazer isso com Teke?

— Ele diz que só aconteceu uma vez.

— E você acredita nele?

— Doeria menos se eu acreditasse.

— Mas acredita?

— Não sei em que acreditar, Jon. Estou tão perplexa quanto você.

Ele ficou calado por um momento. Depois, foi até o quadro de cortiça pendurado na parede. Entre fotos da família, Annie pregara com tachas pensamentos diversos, escritos em pedaços de papel.

— Quando descobriu, mamãe?

Ela respirou fundo, para se controlar.

— No dia seguinte.

— Mas continua perplexa?

— E muito.

Jon não se conteve.

— Mas que escroto!

— Por favor, Jon.

Mas era como se todo o controle que ele vinha mantendo até aquele momento, em benefício da mãe, se partisse de repente.

— Ele é mesmo um hipócrita. — Jon soltou um grunhido desdenhoso. — Depois de nos passar tantos sermões sobre como fazer a coisa certa. O advogado das cruzadas. O homem com um coração do tamanho de sua determinação. Sabe quantas vezes tive de suportar isso? Que *piada*!

— Por favor, Jon. Ele não é tão ruim assim.

Jon virou-se. Tinha os olhos sombrios e arrebatados, como acontecia com Sam quando apresentava uma argumentação.

— Como pode dizer isso? Ele diz que a ama, mas se vira e faz amor com outra mulher. Não seria tão terrível se escolhesse uma gata de vinte e cinco anos... seria horrível, é claro, mas pelo menos poderíamos pensar que ele está passando por uma crise de meia-idade ou algo parecido. Mas Teke?

— Está piorando a situação, Jon.

Annie não precisava que alguém a lembrasse de sua idade ou das mulheres jovens e atraentes que Sam encontrava todos os dias da semana.

— Estou furioso, mesmo que você não esteja!

— Também estou, mas não adiantou quanto tentei xingar seu pai.

— E o que vai adiantar?

— Não sei!

— Mãe? — murmurou Zoe, parecendo assustada. — Por que está gritando?

— Estou gritando porque Jon está gritando! O que você quer que eu faça, Jon?

Jon encaminhou-se para a porta.

— Talvez devesse se divorciar. É o que ele merece.

O filho desceu antes que Annie pudesse responder.

— É o que vai fazer, mamãe? — indagou Zoe, a voz quase inaudível, enquanto se aproximava de Annie.

Ela abraçou a filha. Uma das duas tremia, talvez ambas, mas não dava para determinar. Annie só sabia que a palavra *divórcio a* deixava abalada.

— É isso, mamãe? — insistiu Zoe, num sussurro.

Annie beijou-lhe os cabelos louros, macios e ondulados.

— Não pensei a respeito.

— Porque estava muito transtornada para pensar ou porque não quer o divórcio?

— Porque não quero o divórcio — declarou Annie, sabendo que era a verdade.

— Mesmo depois do que papai fez?

— O que seu pai fez foi insensato, grosseiro e muito errado. Sinto raiva e mágoa, tenho vontade de revidar. Mas divórcio não é uma coisa que se deva fazer por vingança. Seu pai e eu somos casados há dezenove anos. Não sei se quero jogar fora tudo o que temos.

— Pode perdoá-lo?

O perdão era um problema que podia ser enfrentado. Confiança era outro problema, muito diferente.

— Não sei.

— Mas, se não pode, como vai continuar vivendo com ele?

— Talvez não seja capaz — respondeu a parte furiosa de Annie.

— Então vai se divorciar?

Annie recordou as dezenas de vezes, ao longo dos anos, em que Jon ou Zoe chegavam em casa para falar de um amigo cujos pais haviam se divorciado. "Trágico" era uma das palavras-chave que usavam para descrever a situação, "difícil" era outra, e "lamentável" uma terceira. Annie sempre se identificara com essas crianças, e por isso ensinara a Jon e Zoe serem muito compreensivos e a apoiarem os amigos. Afinal, os Pope estavam seguros na certeza de que o divórcio nunca os atingiria. Como eram presunçosos!

Annie podia entender por que Zoe sentia-se tão assustada agora. Ela também estava assustada.

— Não quero o divórcio, querida. Nunca associei essa palavra a seu pai e eu.

— Você ainda o ama?

— Amo. Uma tarde não pode acabar com meia vida de amor.

A voz tremia. Os olhos tornaram a se encher de lágrimas. Ela conseguiu acrescentar, num sussurro:

— É por isso que dói ainda mais.

— Ele ainda a ama? — perguntou Zoe.

Algum tempo passou antes que o nó na garganta de Annie se afrouxasse o suficiente para que pudesse falar.

— Ele diz que ama.

— Você acredita nele?

Por ser tão inocente, a explicação do que acontecera com Teke era plausível.

— Quero acreditar.

— Como você vai fazer para ter certeza?

— Não sei. Acho que com o passar do tempo.

Zoe ficou calada. Começou a balançar contra Annie. Mesmo com as lágrimas ainda ameaçando, Annie teve de sorrir. Quando Zoe era bebê, ela a ninava para acalmá-la, confortá-la, pelo puro prazer de fazê-lo. Se o balanço parava, Zoe sempre recomeçava daquela maneira. Por isso, Annie agora se balançava com ela, sem saber quem oferecia o conforto e quem o recebia.

— O que há de errado com a gente, mamãe?

— Como assim?

— Não somos bastante bonitas? Ou sensuais?

Annie sentiu um aperto no coração.

— Para quem?

— Para os homens. Veja o caso de Jana. Sempre pensei que era tão bonita quanto ela, mas os garotos preferem sair com Jana.

— Quem disse?

— Eu vejo.

— Mas ela não tem namorado... — A menos que Annie estivesse tão absorvida no trabalho que nem percebera. — Pensei que vocês saíam num grupo grande.

— Acontece que todos os garotos do grupo ficam babando por Jana. Como aconteceu com papai e Teke. O que há de errado com a gente?

Annie suspirou.

— Não há nada de errado, querida.

— Então por que acontece?

— Talvez porque sejamos mais quietas.

— Talvez porque nossos seios sejam pequenos demais.

— Zoe...

— Falo sério. Os garotos gostam de seios grandes.

O tempo evaporou. Annie era outra vez da idade de Zoe, dizendo a mesma coisa ao pai.

— Sabe o que Papai Pete costumava me dizer quando eu me queixava sobre isso?

— O que ela dizia?

— Dizia que seios grandes ficariam flácidos com o tempo, e que, a longo prazo, era muito melhor ser como eu.

— Está muito bem, mas o que se pode fazer a curto prazo? — indagou Zoe, com uma coragem que Annie não tinha na sua idade. — Jana não deveria ser a única que os garotos procuram. E papai deveria querer você da maneira como quer Teke.

Annie concordava.

— Sabe o que mais Papai Pete dizia?

— O quê?

— Que as boas coisas acabam chegando para as pessoas que esperam.

— Ou seja, se eu for paciente, os garotos vão vir atrás de mim. Mas o que me diz de você? Já deveria ter as boas coisas. Deve esperar até papai decidir que a quer de novo? Enquanto isso, o que vai fazer? Vai dormir na mesma cama? Vamos continuar a sair para jantar juntos? — Zoe soltou um suspiro ansioso. — E o Dia de Ação de Graças? Sempre passamos com os Maxwell. E o Natal? E o *reveillon*? E as viagens para esquiar? O que vamos fazer, mamãe?

Annie não sabia, simplesmente não sabia.

"John Stewart está esperando", dizia o recado. Fora escrito num pequeno papel de memorando da Maxwell, Roper & Dine, com a letra de Mary McGonigle. Estava em cima da mesa quando J.D. entrou em sua sala na manhã seguinte.

Ele ficou olhando para a mensagem por um longo tempo, desejando poder ignorá-la. Mas sabia que não podia. Conseguira se livrar de

John Stewart no dia anterior, mas não seria possível fazer a mesma coisa de novo.

J.D. amassou o papel numa bola e jogou-a na cesta de lixo, a caminho da porta. Avançou pelo corredor, determinado, mantendo firme o passo. Entrou na sala de John Stewart de cabeça erguida.

— Já estava na hora — resmungou John Stewart, inclinando o queixo na direção da porta.

J.D. a teria fechado mesmo sem a indicação. Não tinha a menor intenção de permitir que as fofoqueiras do escritório em geral — e Mary McGonigle, em particular — tomassem conhecimento do que seria dito ali. John Stewart foi direto ao ponto.

— E agora? Vai se divorciar?

J.D. foi até a janela. Distraído, esfregou o telescópio de latão que havia ali.

— Por que eu já sabia que me perguntaria isso?

— É a pergunta mais apropriada, não é mesmo?

— Na verdade, a pergunta mais apropriada seria sobre a condição de Michael. — Ele encostou o olho na lente do telescópio. — Caso esteja interessado, levaram-no para um quarto particular esta manhã, bem cedo. Ele ainda dorme durante a maior parte do tempo, mas acorda quando alguém o chama. Os médicos dizem que na medida em que comer e recuperar as forças passará mais tempo acordado. Quanto à sua capacidade motora, parece ter havido uma ligeira piora.

Enquanto falava, J.D. pensava em Sam e Teke, sentindo raiva; pensava em Grady Piper, sentindo raiva também; e em nenhum momento tirou o olho do telescópio, apontado para o Ritz-Carlton Hotel.

— O que isso significa? — perguntou John Stewart.

J.D. usara essas mesmas palavras com Bill Gardner há apenas meia hora.

— Significa que ele não tem pleno controle de braços e pernas. Não pode comandá-los e fazer com que reajam da mesma maneira que acontecia antes do acidente. — Ele especulou por que o telescópio focalizava o Ritz. — O prognóstico é bom. Michael acabará recuperando a maior parte do que tinha. Mas a extensão dependerá de sua determinação e do empenho nos exercícios.

O basquete seria impossível naquele ano. E, provavelmente, o beisebol também.

— A próxima etapa é a fisioterapia. Vão transferi-lo para o centro de reabilitação dentro de uma semana.

John Stewart protestou:

— Não vou admitir que meu neto se misture com velhos que espumam pelos cantos da boca.

J.D. viu uma cortina transparente ser aberta e uma mulher quase sem roupa aparecer. Ele se empertigou, sentindo-se como um *voyeur*, e virou-se para o pai.

— Velhos que espumam pelos cantos da boca não vão para centros de reabilitação, pelo menos não do tipo que tenho em mente. — Gardner fizera a recomendação. — Está um grau acima dos outros.

— Por que ele não pode ir para casa?

— Não estamos equipados para o tipo de reabilitação intensiva de que Michael precisa.

— Não estão agora, mas podem ficar.

— Será melhor num centro. Ele contará com a ajuda de pessoas habilitadas.

— E Theodora vai acompanhá-lo?

— Provavelmente. Michael tornou-se a sua causa pessoal.

— É o sentimento de culpa.

— E o instinto maternal.

J.D. não gostava quando o pai menosprezava Teke. Nem mesmo estando errada.

— Culpa. Pode ter certeza. Culpa. O que nos leva à questão do divórcio. Ela vai arrancar todo o seu dinheiro, se não tomar cuidado.

J.D. enfiou as mãos nos bolsos.

— Teke não pode fazer isso. Foi ela quem teve um caso.

— Ainda assim, precisamos ter o melhor advogado possível. Prefiro Hammond em vez de Mittleman. Andam comentando que Mittleman deixa seus associados fazerem a maior parte do trabalho. Não é para nós. Hammond pode ser mais caro, nas valerá a pena, a longo prazo. Não quero que aquela aproveitadora tire mais um centavo seu além do absolutamente necessário.

J.D. foi até a estante. Passou o dedo pela lombada de um livro de referências, encadernado em couro. Duvidava que Teke fosse pedir muito. Ela nunca pedira, J.D. tinha de admitir. Aceitava o que ele oferecia, e não era uma ladra. Não vinha acumulando jóias, como algumas mulheres que conhecia.

— Não fale com Hammond — decidiu ele.

— Por que não?

— Porque ainda não estou pronto.

— Para se divorciar de Theodora? Mas ela admitiu o adultério. De que prova maior você precisa?

— Não vou procurar um advogado por enquanto.

— Se isso o embaraça, posso ligar...

J.D. virou-se e interrompeu o pai:

— O que me embaraça mesmo é você querer se envolver num problema que não é da sua conta. O casamento é meu. Decidirei se e quando terminá-lo. — Mais contido, acrescentou: — Se e quando esse momento chegar, escolherei meu advogado.

— Como quiser. — John Stewart limpou a garganta ruidosamente. — Já vimos que você sabe fazer a coisa certa. Sinceramente, John David, estaria muito melhor na vida se ouvisse as pessoas que sabem mais do que você. Casar-se com Theodora Peasley foi um erro desde o início. Ela não era o seu tipo.

J.D. recordou alguns momentos divertidos que haviam passado. Achara-a sensacional quando a conhecera. A atração não estava apenas no corpo. Era mais pela simplicidade e ingenuidade, que ele considerara uma variação revigorante para as garotas com as quais costumava sair. Depois de casada, Teke assumira a sério o papel de esposa. Vestia-se e despia-se para ele, mantinha a casa arrumada e o jantar pronto à sua espera quando chegava em casa.

— Não era absolutamente o seu tipo — continuou John Stewart. — A educação que você recebeu era muito mais refinada. Você morava numa linda casa. Tinha as melhores roupas e amigos de sua classe. Desde o momento em que teve idade suficiente para sentar durante uma refeição, foi levado aos melhores restaurantes, não apenas aqui, mas também em Nova York e Washington. Teve um acesso à cultura...

artes plásticas, teatro... que Theodora não poderia conceber... e tudo isso sem sequer mencionar a escola particular. Lembra-se de seus colegas de lá?

Claro que J.D. lembrava. Havia um filho de senador que vendia drogas, o filho de um milionário que as comprava, e o filho do ganhador de um Prêmio Nobel da Paz cuja idéia de paz era transar com seu colega de quarto.

— Ninguém ali era grande coisa — comentou J.D.

Mas o pai não podia mais parar.

— Você teve aulas de equitação, aulas de patinação no gelo, aulas de dança, e tudo isso numa época em que ainda não contávamos com a tranqüilidade financeira que temos agora. Mas estávamos dispostos a fazer sacrifícios, porque queríamos que você confraternizasse com o tipo de pessoas que tinham alguma coisa a oferecer ao mundo. Theodora nada tinha a oferecer, absolutamente nada.

O demônio levou J.D. a comentar:

— Ela era sensacional na cama.

E fora mesmo, antes que a novidade se desgastasse.

— Se esse foi o único motivo pelo qual se casou com ela, então não pode culpar mais ninguém pelo que aconteceu. Sinceramente, John David, o sexo é tão importante assim para você?

Não era. Cada vez mais, ele e Teke mantinham-se em lados separados da cama. J.D. não sabia direito se era pelo motivo de se terem tornado entediados um com o outro ou se os gostos tinham mudado. Mas a verdade é que ela já não o excitava mais. Já havia algum tempo que ele não a procurava à noite. Nesse sentido, o caminho, claro, estava aberto para Sam.

— Acho incrível que logo você menospreze o sexo — comentou J.D. — Aposto que vê coisas espetaculares pelo telescópio. Alguma garota de programa de alta classe aluga a suíte focalizada?

O pescoço de John Stewart ficou rosa.

— Não tenho a menor idéia do ponto que o telescópio focaliza. Nunca o uso.

J.D. não acreditou um momento sequer na negativa. Também não acreditava, naquele momento, que John Stewart não tivesse uma ligação extra com Mary McGonigle. Teria dito isso, se o bom senso não prevalecesse.

— Divorcie-se de Theodora — ordenou John Stewart.

Mas agora J.D. não estava mais disposto a acatar ordens.

— Eu decidirei o que fazer quando chegar o momento mais conveniente.

— Ela é um embaraço para a nossa família. E Sam Pope também. Quero que ele deixe a firma.

J.D. também não se surpreendeu com essa exigência. John Stewart era vingativo; e, mais do que qualquer outra pessoa, J.D. tinha condições de saber disso.

Era bem provável que John Stewart pudesse sugerir que Sam continuasse na firma, mas recebendo pouco trabalho e uma remuneração menor, se pudesse controlar tal situação. Como não podia, era natural que quisesse a saída de Sam.

— Não é uma providência das mais sensatas, papai. Sam é um dos advogados que ganham mais dinheiro para a firma.

— Podemos passar sem ele.

— Ele é um dos advogados mais conhecidos e de melhor reputação no estado.

— Pois então que concorra a um cargo público. Não terá meu voto, posso lhe assegurar. Não voto em homens de caráter duvidoso.

J.D. pensou em Mary McGonigle. Muitas vezes pensava nela durante os discursos de falsa indignação moral de John Stewart. De um modo geral, as tiradas eram contra autoridades públicas, outros advogados ou até mesmo um cliente. Nunca antes ele se concentrara em Sam.

— E não me agrada a idéia de chamar de sócio um homem de pouco caráter — continuou John Stewart. — Não me importo se as pessoas gostam dele. Mas o que ele fez com você foi a coisa mais infame de que um homem é capaz.

Ele franziu o rosto, antes de acrescentar para o filho:

— Juro que não consigo imaginar por que você quer partilhar o cabeçalho do papel timbrado com esse homem. Não entendo como pode sequer olhar para ele. Não quer que ele saia?

J.D. voltou à janela. Claro que ele queria que Sam deixasse a firma. Como também queria que Teke saísse de sua vida. Haviam-no traído da pior maneira possível. Mas tinha de pensar em como seria a vida sem eles. Resistia a fazer isso, e tinha o estranho pressentimento de que sabia por quê. Sam — e Teke também, diga-se de passagem — representava tudo o que John Stewart não era. J.D. temia o que sua vida poderia ser sem os dois.

— Eu lhe fiz uma pergunta, John David.

A indignação do pai fez com que o tênue fio de controle de J.D. partisse. Sem pensar nas conseqüências, ele virou-se e disse:

— Quer parar de me encher?

— Como?

— O que Sam disse ontem à noite era verdade. Minha família está enfrentando uma crise. Sua interferência só serve para agravar a situação.

— Sou responsável pelas únicas coisas estáveis em sua vida!

— Isso inclui Teke? — explodiu J.D. — Sim, porque devo lhe dizer que há ocasiões em que me pergunto se o meu principal motivo para casar com ela não teria sido o fato de você ser contra. Um pensamento interessante, não acha?

Ele deixou a sala, saboreando o fato de que John Stewart estava de boca aberta, mas calado.

Nove

Annie teve outra noite difícil. Começara na cama, confiante que Sam não se arriscaria a tocá-la. Mas o som da respiração do marido, seus movimentos e até mesmo o cheiro de seu corpo aumentaram a perturbação que sentia. Por isso, foi se refugiar em seu escritório, cochilando durante a madrugada, apenas para despertar às sete horas, com Sam agachado ao seu lado.

— Deveria ter voltado para a cama — murmurou ele. — Precisa de mais sono do que está tendo.

Ela se perguntou há quanto tempo Sam estaria ali. Ele vestia apenas uma cueca. Tinha os cabelos despenteados, a barba aparecendo em torno do bigode. Annie calculou que ele saíra da cama e subira direto. Gostaria de ter a metade da boa aparência que Sam tinha ao despertar. Mas tinha certeza de que seus cabelos eriçavam-se em todas as direções, havia marcas em seu rosto do xale com que se deitara e que o gosto horrível em sua boca era visível nos lábios.

— Estou bem — murmurou ela, erguendo-se.

— Tem olheiras profundas. E emagreceu muito.

Ela encaminhou-se para a porta, estendendo o xale em torno da camisola.

— Obrigada.

— Eu me preocupo com você, Annie.

Sam desceu a escada também. Muito pouco e tarde demais, pensou Annie, irritada.

— Não precisa.

— Continue acordada desse jeito e vai acabar apagando no meio de uma aula.

— Se isso acontecer, meus amigos estarão lá para me ajudar. Não sou tão sozinha assim, nem tão indefesa.

Ela fechou a porta do banheiro na cara de Sam e empurrou a tranca. Abriu a água. Sentia-se tola, além de feia.

Quando chegou à cozinha, Jon e Zoe já se preparavam para sair de casa.

— O baile a rigor de outono é daqui a duas semanas — lembrou Jon. — Você queria que eu comprasse um *smoking* este ano. Podemos providenciar logo?

— Neste fim de semana — prometeu Annie, estendendo o rosto para um beijo do filho. — E vamos verificar também os pedidos de matrícula em universidades para que você possa começar a pensar nas cartas de apresentação.

Zoe empurrou o irmão com o cotovelo e abraçou Annie.

— Preciso cortar o cabelo, mamãe.

— Não acabou de cortar?

— Mas não ficou bom. — Ela puxou as ondas louras que desciam até o queixo, muito parecidas com as de Annie. — Você disse que poderíamos tentar alguém novo, mas não sei quem poderia ser. Pode perguntar a Susan Duffy?

Susan Duffy era a secretária no departamento de Annie. Tinha cabelos espetaculares. Zoe os admirava sempre que se encontravam.

— Está bem.

Annie fez a promessa, mesmo sabendo que Susan tinha cabelos que pareceriam ótimos, independentemente de quem os cortasse.

— Obrigada. — Zoe também deu um beijo no rosto da mãe. — Jon vai me levar para visitar Michael depois do treino. Assim, você não precisa se encontrar com Teke. Vamos chegar em casa a tempo para o jantar. Combinado?

Annie inclinou a cabeça em concordância. Correria o risco de se encontrar com Teke de qualquer maneira, porque queria ver Michael. Mas ir mais cedo, de tarde, aliviaria a pressão que haveria depois.

Ela observou Jon sair de ré com o carro, e acenou quando ele partiu pela rua. *Smoking*. Corte de cabelo. Formulários de matrícula em universidades. Uma viagem a Boston para visitar Michael. Jantar. Duas aulas hoje, mais duas reuniões com estudantes, mais algum tempo para preparar as aulas do dia seguinte... ei, já ia esquecendo, uma reunião do departamento às seis horas! O que significava que o jantar deveria estar pronto, no forno, antes de sua saída de casa, às quinze para as seis.

Uma semana antes, Teke poderia ajudar com o *smoking*, o corte de cabelo e o jantar; além disso, não haveria necessidade da viagem a Boston para visitar Michael. Sem Teke como ponto de apoio, a vida de Annie era frenética. Contudo, parada na porta lateral da casa, olhando para a entrada de carro vazia, só pôde pensar que seus filhos estavam se tornando cada vez mais independentes e em breve sairiam de casa... o que a deixaria a sós com Sam ou consigo mesma. E nenhuma das duas perspectivas podia animá-la.

A depressão se tornou ainda maior quando, inadvertidamente, encostou no pára-choque traseiro do carro da frente, ao parar num semáforo. O carro era um BMW prateado, não muito diferente do preto de Sam. Não houve danos, mas isso só foi determinado depois que o motorista do BMW, vestido com a maior elegância, corpo malhado, na casa dos trinta anos, saltou e deu uma olhada, com uma expressão apaixonada. Os olhos se tornaram frios ao fitarem Annie.

— Teve sorte, dona. Eu faria um exame de vista, se fosse você. Se não pôde me ver parado aqui, está com um problema grave.

Ele voltou a seu carro e partiu, antes que Annie pudesse pensar numa resposta sarcástica. Mas também o sarcasmo nunca fora seu forte. Invejava as pessoas que eram ágeis nas respostas; e invejava em particular as *mulheres* que eram assim. Levavam uma vantagem sobre as outras. Eram mais decididas. E conseguiam o que queriam.

Determinada a ser mais decidida também, ela entrou na primeira aula com um ânimo agressivo. Era um seminário avançado sobre a obra de Jane Austen, com vinte alunos. Quase todos faziam pós-graduação ou cursavam o último ano. Se a participação na discussão servia de indicação, poucos haviam realizado a tarefa, que era a de avaliar a relevância de *Mansfield Park* na vida de Austen.

— Estou na turma errada? — indagou Annie, correndo os olhos pela sala, com um ar de perplexidade. — Houve alguma comemoração no campus ontem à noite, impedindo que vocês dispensassem alguma atenção, por menor que fosse, a Jane Austen?

Ela fez uma pausa. Consultou suas anotações e tornou a olhar para a turma.

— Eu poderia dar uma bronca em vocês como se estivessem no primeiro ano. Mas pensei que já estivessem num estágio mais avançado. — Annie tinha no rosto uma expressão de desapontamento, mas quase todos olhavam para o chão, privando-a até mesmo dessa pequena satisfação. Ela respirou fundo. — Muito bem, vamos fazer um trabalho. Para amanhã, quero cinco páginas sobre *Mansfield Park*, destacando sua importância na vida e época de Jane Austen.

Annie ignorou os murmúrios subseqüentes, enquanto recolhia suas anotações e deixava a sala.

Mas isso foi apenas o começo. Por volta do meio-dia, ela já começava a pensar que teria sido melhor se tivesse ficado em casa. A primeira de suas reuniões começou tarde, o que atrasou todas as outras. Quando finalmente sentou para trabalhar no computador, o aparelho apagou. Estava começando a se dar conta de que todo o prédio ficara sem eletricidade, quando o alarme de incêndio soou. Só podia ser um alarme falso, relacionado com o problema da falta de energia, mas era o suficiente para obrigá-la a sair junto com os outros. E ficaram esperando lá fora, enquanto minutos preciosos se passavam.

Annie estudou Natalie Holstrom, cuja especialidade era a literatura em tempo de guerra, e Monica Pepper, cujo livro recém-lançado, sobre jovens escritores americanos, fora aclamado pela crítica. As duas eram inteligentes, agressivas e atraentes. E mais jovens do que Annie. Ambas, de vez em quando, saíam com homens da idade do Sam.

Depois de uma hora, Annie desistiu da espera e foi para Boston. Teve de fazer um desvio, porque a saída normal, na Sorrow Drive, fora fechada para obras, o que a atrasou por mais dez minutos. A garagem em que costumava deixar o carro estava lotada. Ela foi para a seguinte e subiu seis andares, até finalmente encontrar uma vaga. Perdeu-se ao tentar descobrir o quarto novo de Michael. Ao chegar lá, encontrou-o num sono profundo.

Teke fora passar umas poucas horas em casa, informou a enfermeira. Enquanto ela esperava, J.D. apareceu. Mas sua companhia era um constrangimento. Annie não queria conversar sobre Teke, não queria conversar sobre Sam, não queria sequer pensar, muito menos falar, sobre o tipo de interação que as duas famílias teriam no futuro. Por isso, escreveu um bilhete para Michael, que deixou na bandeja da cama. Foi pegar seu carro e voltou para a escola.

O fornecimento de energia já fora restabelecido, mas um rumor dizendo que não devia ter se espalhado pelo campus, porque seu seminário sobre poesia romântica estava quase vazio. Ela queria ser admirada a ponto de os alunos serem capazes de enfrentar a morte para não faltar às suas aulas.

No instante em que a aula acabou, ela correu para o carro. Foi ao supermercado e depois seguiu para casa, apenas para descobrir que se esquecera de comprar a lasanha. Voltou ao supermercado. Já ia seguir para casa quando um trem local parou na passagem de nível. Era outra vez uma questão de esperar que o problema fosse resolvido a qualquer momento, em vez de pegar um caminho alternativo, o que acrescentaria mais quinze minutos ao percurso.

Vinte minutos transcorreram antes que o trem fosse removido. A essa altura, Annie já estava na maior ansiedade. Ao chegar em casa, mal teve tempo de preparar uma salada e a lasanha, que deixou no forno, antes de sair outra vez de volta à escola.

Mesmo assim, chegou atrasada. Quinze pares de olhos viraram-se para fitá-la quando entrou na sala. Quinze pares de olhos acompanharam-na para a única cadeira vaga; quis o destino que fosse ao lado do presidente do departamento. Charles Honnemann era um homem mais velho, bastante gentil, bastante tradicional. Annie não se importava de sentar-se a seu lado, apenas não sentia a menor disposição para ficar na posição para onde todos olhavam.

Annie era de novo uma adolescente, sentindo-se inibida e estranha. Tinha certeza de que parecia uma ruína ambulante. A blusa embolava por baixo da cintura da saia. A meia rasgara no esbarrão com uma pilha de sacos de ração de cachorro no supermercado. Não tivera tempo de escovar os cabelos ou passar um batom nos lábios. As mãos tremiam e gotas de suor escorriam pelo nariz. E as olheiras eram profundas e escuras. E emagrecera. E o marido dava tão pouca atenção a seus encantos que fora procurar conforto com sua melhor amiga, que tinha cabelos longos e escuros, seios fartos e uma risada exuberante.

Ela mal ouviu o que se disse na reunião. No instante em que acabou, seguiu direto para sua sala. Ali, protegida pela escuridão, deixou-se cair na poltrona, pôs a cabeça entre as mãos e respirou fundo, aspirando com ansiedade.

Ouviu alguma coisa na porta, depois passos se afastando. Como carecia de força para chamar a pessoa ou se levantar, ela continuou sentada. Não se sentiu assustada. A segurança no campus era reforçada. Eram mínimas as possibilidades de um assaltante ou estuprador entrar no prédio ou de alguém empenhado em tomar reféns e fazer exigências. Mesmo assim, a idéia atraiu sua imaginação. Não teria se importado em ficar trancafiada numa sala por três dias, incapaz de fugir para qualquer lugar, ou de fazer ou pensar em qualquer coisa que não fosse a questão da sobrevivência. O que, com toda certeza, deixaria as outras coisas em expectativa.

— Tome aqui. — disse a voz gentil de Jason Faust, estendendo um copo de plástico. — Vinho. Pode beber.

Como Annie hesitasse, ele pôs o copo em sua mão.

— Vai se sentir melhor.

Ela tomou um gole. Como desceu da maneira certa, tomou outro gole, maior. Depois, recostou a cabeça no encosto da cadeira.

— Que dia horrível!

— Foi o que adivinhei, quando a vi passar apressada pelo corredor. Parecia exausta.

— E estou. Velha, feia e impopular. — Annie falou sem pensar. Depois que pensou, tomou outro gole do vinho. — Nunca passou por situações em que sente que há uma conspiração contra você? Quando sente que o mundo é uma enorme e feliz bola de cacto, que o espeta cada vez que tenta pegá-la?

Jason riu.

— De onde tirou essa analogia?

— De uma excursão pelo deserto, durante uma viagem da família ao Arizona, há dois anos.

Fora uma viagem Popewell, agora uma peça de colecionador.

— Ah, sim. Já entendi.

— *Tudo* saiu errado hoje.

— Ouvi falar do seminário de Austen.

— Dei um tiro no meu próprio pé, com aquela pequena explosão de raiva. Quem vai *ler* todos aqueles trabalhos de cinco páginas? Eu! Como se já não tivesse muito o que fazer!

— Terei o maior prazer em ajudá-la, Annie. Será uma honra.

Ela suspirou. Era um rapaz gentil. Mais do que um rapaz. Um adulto. E uma grande ajuda, se não fisicamente, pelo menos em termos emocionais. Annie não sabia se ele tinha uma namorada.

— Você é muito gentil, para alguém podre de rico.

— Ah, o dinheiro... "O sexto sentido que permite desfrutar os outros cinco."

W. Somerset Maugham. Annie conhecia a citação.

— Será mesmo?

— Claro. Permite-me fazer coisas, como guardar uma garrafa de vinho da melhor qualidade em minha mesa.

— Posso apostar que não é apenas vinho que guarda ali.

Annie lembrava a ocasião em que ele lhe oferecera um cigarro de maconha. Não queria pensar no que mais ele podia ter em sua mesa. Isso mesmo, era careta. E era também de uma geração mais velha.

— Isso a incomoda? — perguntou Jason.

— O que você guarda em sua mesa é apenas da sua conta.

— E a incomoda que eu tenha dinheiro? Porque incomoda outras pessoas no departamento. Não me levam a sério.

Annie sentia os primeiros efeitos do vinho, um aquecimento nas faces e no estômago. Ajudava a atenuar o eco, *geração mais velha... geração mais velha... geração mais velha.*

— Se não levam, é apenas porque não tiveram a oportunidade de trabalhar com você, como eu. Pode falar de igual para igual com qualquer um.

— Ainda não, mas agradeço. Sua opinião é a única que eu prezo. Você é o que há de melhor no departamento.

O que há de melhor no departamento. Ela desejou poder se sentir assim.

— Às vezes tenho dúvidas — murmurou Annie, com uma expressão triste. — Eu bem que tento... juro que tento... mas ultimamente parece que faço tudo errado.

Ela esvaziou o copo de plástico, antes de continuar:

— Foi o movimento feminista que fez isso, ao nos dizer que podíamos ter tudo. Mas não é possível. Não podemos ser mães e esposas ao mesmo tempo em que somos professoras. Não funciona. Alguém sempre sai perdendo.

— E quem sai perdendo em seu caso?

— Meus filhos. Nem sempre estou disponível quando precisam de mim.

Annie sabia que deveria voltar para casa agora, ao encontro dos filhos, mas não era capaz de encontrar disposição para se mover. Aquele era o momento em que se sentia mais relaxada, durante o dia inteiro. Com a escuridão. E o vinho.

— Meu marido também perde.

— De que jeito?

— Ele me quer, e não estou presente.

— Ele a procura?

— Às vezes. Mas também é muito ocupado.

Jason suspirou.

— Se você fosse minha, eu a cortejaria para sempre e amaria em cada minuto.

— Não demoraria muito para ficar entediado.

Annie tomou outro gole. O vinho desceu suave por sua garganta, antes que especulasse quando Jason tornara a encher seu copo. Mas não perguntou, nem se queixou. Sentir-se inebriada não era tão ruim assim. Jason agachou-se.

— Por que está tão deprimida?

— Apenas sou honesta.

— Modesta é a palavra certa. Não sabe como é atraente?

— Não, não sou atraente. Sou pálida e muito magra. Tenho rugas no pescoço e nas mãos. Meus olhos são muito juntos. Quando fico com olheiras, a impressão é ainda pior. A boca é pequena demais... e eu poderia continuar, porque há muitas outras coisas. — A voz se tornou embargada. — Não há absolutamente nada de excitante em mim.

Se houvesse, Sam nunca teria sentido atração por Teke.

Inesperadamente, ela começou a chorar.

Jason ficou de joelhos e puxou-a para abraçá-la. Annie tentou se desvencilhar, mas ele não a largou. Depois de um momento, ela não queria mais. Os braços de Jason eram um conforto.

Os braços de Sam também sempre haviam sido assim. Eram um refúgio, esperando para envolvê-la tanto nos momentos de perturbação quanto nas ocasiões de alegria. Um beijo, um contato, uma carícia... Sam conhecia seu corpo como nenhum outro homem. Os lábios de Jason encostaram em sua testa.

— Você é linda — sussurrou ele.

Annie sacudiu a cabeça contra a garganta dele. O cheiro era diferente de Sam, mas a diferença não era tão ruim assim. E seu calor era agradável. Ela vinha sentindo saudade do calor de Sam. E de suas palavras. *Você é linda.*

— "A beleza não é causa, apenas existe" — citou Jason. — É de Emily Dickinson, sua autora predileta. Ela tem toda razão. Quando a beleza existe, existe mesmo. Não precisa de artifícios para acentuá-la. A vida a acentua. O tempo a acentua. O tipo de beleza que vem de dentro dura para sempre.

Annie deixou escapar um suspiro trêmulo.

— Você é linda — sussurrou ele de novo, acariciando seu pescoço com o rosto — por dentro e por fora.

Jason beijou seu queixo, depois os lábios.

Ela queria ser linda. Queria ser tão desejada, necessária e sensual que Sam nem *começaria* a pensar em tocar outra mulher.

— Eu quero você, Annie — sussurrou Jason, mais rouco dessa vez.

Até essa mudança na voz era agradável. Toda mulher queria ser desejada. Toda mulher tinha que saber que podia provocar tanto um homem que ele tremesse com a necessidade de se satisfazer... e Jason tremia naquele momento.

Todo o vinho que ela havia tomado subira para a cabeça. Subitamente, sentiu um ardor intenso. Tremia também, com uma necessidade que a fez se comprimir contra Jason. Ele murmurou triunfante em seu ouvido:

— *Agora!*

Annie ouviu uma pequena campainha de advertência, mas soou no fundo de sua mente. Na frente, havia um fascínio pela maneira como ele a contemplava, talvez imaginada no escuro, mas tão real quanto o modo como Sam sempre a fitava. Ela viu o prazer no rosto de Jason quando ele abriu sua blusa. E sentiu-se bonita quanto ele tentou abrir o sutiã, até que ela mesma o fez.

Jason beijou-a na boca, ao mesmo tempo em que lhe cobria os seios com as mãos. Começou a acariciá-los, com uma ansiedade que era quase rude, mas que indicava atração. Era como um bálsamo, tão necessário que ela se deixou arrastar para o colo de Jason.

Ela soltou um grito sufocado quando sentiu a mão de Jason entre suas pernas.

— Eu a desejava há muito tempo — sussurrou ele, começando a acariciá-la.

Annie soltou outro grito abafado. A campainha de advertência tornou a soar, desta vez mais alta, mas logo cessou. Sentia-se linda. Sentia-se feminina e sensual. Sentia-se desejada. As palavras sussurradas de Jason, a respiração irregular, a tensão dos músculos, tudo a excitava.

E depois ela ouviu o barulho de um zíper, real demais contra a vertigem de suas ilusões. E se contraiu toda.

— Está tudo bem — murmurou Jason. — Basta me pegar.

— Não posso...

Mas ele pôs a mão de Annie onde queria. Ela protestou.

— Por favor, isto não é...

— Eu amo você, Annie.

Ela tentou retirar a mão.

— Não...

— Tenho uma camisinha. Vai ver como será bom.

— Oh, Deus, *não*!

Subitamente, ocorreu a Annie que não era Sam. Recuou de uma forma tão brusca que apanhou Jason desprevenido.

— Oh, Deus! — sussurrou Annie de novo, mais para si mesma.

A gravidade do que quase fizera a deixava atordoada. Fechou a blusa e disse, a voz tremendo:

— Sinto muito, Jason, mas não é certo. Não é o que quero e não é o que você quer.

— Claro que é! — Jason recuara para a parede oposta e arrumava a calça. — É o que ambos queremos.

— Sou casada.

— Que diferença isso faz?

— Sou comprometida com outro.

— É por isso que deixou que eu a beijasse? E abriu o sutiã? — O olhar furioso de Jason parecia cortar a escuridão. — Pensava em seu marido naquele momento? Ou prefere atribuir ao vinho a culpa pelo que fez?

Culpar o vinho teria sido optar pela saída mais fácil. Annie recusava-se a fazê-lo. Em vez disso, abotoou a blusa, com dedos dormentes, enquanto murmurava:

— Eu estava pensando em meu marido. É esse o problema. Usava você, mas não deve ser um substituto para outro homem. Merece mais.

Com uma risada desdenhosa, Jason ergueu-se.

— É um comentário honrado, partindo de uma mulher honrada. Peço licença para me retirar agora. Se não sair logo, posso vomitar.

Ele saiu, batendo a porta. Annie pensou na porta, enquanto se sentava no chão, no escuro. Calculou que Jason a fechara quando entrara com o vinho. Talvez ele estivesse pensando na sedução desde o início. Fora mesmo sedução? Ou apenas ele percebera uma oportunidade de satisfazer sua necessidade? Annie temia pela segunda possibilidade. Andava vulnerável demais.

Deveria estar impressionada com o fato de ter parado a tempo. Mas não era o que sentia. O mais importante, incriminador e *humilhante*... era o fato de ter começado.

Grady aproximou-se do quarto de Michael com mais hesitação do que nunca. Era um novo quarto, em outro andar, sem a janela no corredor para se observar o que acontecia lá dentro. Ele tinha de ir até a porta.

Teke estava sentada na cadeira, com a cabeça inclinada. Grady viu algo estranho em seus olhos, mas não sabia direito o que era. Gostaria de saber, porque ela parecia diferente. Usava uma blusa de seda e calça comprida sob medida. Era muito mais Constance do que Gullen. E o deixava um pouco intimidado.

— Oi — murmurou ele. — Como se sente?

Ela acenou com a cabeça, deu de ombros e sussurrou, enquanto tornava a olhar para Michael:

— Bem.

— Fiquei contente em saber que ele despertou.

Fora muito mais do que isso. Grady passara todo o fim de semana soltando suspiros de alívio. Até fora à igreja na manhã de domingo, pela primeira vez desde que era menino.

— Como ele está?

— Nada mal. Tem comido. E vem fazendo uma série de exames. Perdeu a força e a amplitude de movimentos de antes, mas não é uma perda permanente. Vão fazer um plano de terapia.

Grady viu os olhos de Michael abrirem-se, focalizando-o. Deu um "oi" com um sorriso que esperava ser capaz de esconder seu nervosismo. Afinal, era o homem cuja picape atropelara o garoto. Não sabia que tipo de recepção teria.

— É bom vê-lo acordado — acrescentou ele. — Fiquei muito preocupado.

Michael fitou-o em silêncio por um longo momento.

— Grady?

Grady não viu qualquer raiva.

— Lembra que estive aqui?

— Um pouco. Atropelei sua picape.

Não havia mesmo raiva. Grady sentiu-se aliviado.

— Infelizmente.

— Amassou?

— Não. A picape é muito mais dura do que você. Como se sente?

— Muito melhor. Quero voltar para casa, mas não deixam.

Sem querer ficar do lado errado, Grady perguntou:

— Por que não?

— Querem que eu vá primeiro para o centro de reabilitação. Eles dizem que meus braços e pernas não funcionam direito, mas não sabem de nada. Apenas me sinto fraco.

Grady desconfiava que "eles" sabiam muito mais do que Michael.

— O centro de reabilitação vai ajudá-lo a recuperar as forças.

— Quero ir para casa.

Grady sentia-se desorientado. Procurou a ajuda de Teke, mas ela parecia aturdida. Quando ele tornou a olhar para Michael, o garoto tinha os olhos fechados.

A televisão estava ligada numa novela vespertina. Grady assistiu um pouco, mas sua mente logo vagueou. Ficou surpreso quando Michael perguntou, inesperadamente:

— Esteve mesmo na prisão?

— Lembra-se disso também?

— Esteve?

— Infelizmente.

— Pelo quê?

Então Michael não lembrava de tudo.

— Homicídio.

— *Maneiro!*

— Não teve nada de *maneiro*. Ao contrário, foi terrível. Tanto cometer quanto ser punido. Não recomendo nenhum dos dois.

— Teve um julgamento?

— Tive.

— Quem foi seu advogado?

— Ele foi designado pelo tribunal. Acho que não o conhece.

— Sam trabalha em casos de homicídio. Uma pena que não fosse seu advogado. Sam é *maneiro*. — Ele parou de falar abruptamente, mas logo acrescentou: — Era *maneiro*.

Michael ficou olhando para a televisão por um minuto inteiro antes de perguntar:

— Quanto tempo passou na prisão?

— Oito anos.

— Não é muito... não para homicídio.

— É mais do que suficiente — murmurou Grady.

— Deixaram você sair mais cedo por bom comportamento?

— Deixaram-me sair porque cumpri o mínimo da sentença, e eles precisavam da minha cama. Não sei de nada sobre a parte de bom comportamento. Passei quase que o tempo todo na solitária.

— Uau!

— Por quê? — perguntou Teke.

— Houve ocasiões em que tive de brigar para me defender.

— A solitária deve ser horrível — comentou Teke.

— Era segura. Mas, depois de algum tempo, tornava-se sufocante.

— Foi assim que me senti — disse Michael, com uma animação tão parecida com a de Teke, que Grady teve um impulso de afeição pelo garoto. — Às vezes podia ver lá fora, mas não podia falar com ninguém, nem sair daquela área minúscula. Até que Sam estalou os dedos. Foi como se alguém virasse uma chave na fechadura.

A animação se desvaneceu. Ocorreu a Grady que Michael estava com raiva de Sam. E de Teke. Não a fitara nem uma única vez desde a chegada de Grady.

— Lembra que eu lhe contei que conheci sua mãe quando era menina?

Michael pensou a respeito por um longo momento, de olhos fechados.

— Talvez.

— A coisa que ela mais queria, já naquele tempo, era ter uma família. E o ama muito.

— Hum...

Grady calculou que perderia sua credibilidade se insistisse. Por isso, limitou-se a dizer:

— Tenho de voltar ao trabalho agora. Posso vir visitá-lo de novo?

— Claro.

— Quer que eu traga alguma coisa? Chocolate? Refrigerante?

Michael lançou um olhar para Teke nesse momento, mas foi de desafio.

— Quero um chocolate. Ela diz que não me alimento direito.

— Pode contar comigo.

Com uma piscadela e um sinal do polegar para cima, Grady deixou o quarto. Parou no corredor, esperando que Teke saísse para conversar. Como isso não acontecesse, encaminhou-se para o elevador, devagar. Olhava para trás de vez em quando, mas ela não apareceu.

Cada vez mais, Teke precisava conversar com Annie. Esperou pela oportunidade de ficarem a sós; mas parecia que, se as crianças não estavam presentes, então era J.D., Sam ou os amigos de Michael. No meio da semana, ela já se sentia bastante desesperada quando pegou Annie pelo braço e tirou-a do quarto de Michael, afastando-se pelo corredor.

— Só quero conversar — assegurou ela.

— Nada há para dizer — protestou Annie.

— Há muito o que dizer... e com um tremendo atraso. O ar está impregnado de tudo o que não foi dito. Preciso de você, Annie.

Ela sabia que Annie entenderia o sentido de sua urgência, por mais cansada e magoada que parecesse. Annie era sensível aos sentimentos das outras pessoas. Por mais torpe que Teke se sentisse por aproveitar-se isso, não diminuiu os passos nem falou, até se trancarem na privacidade do banheiro no final do corredor. Encostada na porta para que Annie não pudesse escapar, Teke disse:

— Há certas coisas que preciso dizer. E quero que você escute.

Annie franziu as sobrancelhas, olhando para o chão. Depois de um momento, encostou-se no corrimão para deficientes e ergueu a cabeça. Parecia tão frágil que Teke quase recuou. Mas não podia. Estava desesperada demais para reparar o mal que causara.

— Sinto muito pelo que fiz, Annie, mas muito mesmo. Sei que já disse isso antes, mas não sei se você ouviu. Não tenho palavras para lhe dizer... o quanto me arrependo. Estou embaraçada e consternada. Enojada comigo mesma... e me culpando. Fui eu que dei o primeiro passo.

— Por que fez isso? — indagou Annie, ríspida.

Teke hesitou, mas apenas por tempo suficiente para encher os pulmões de ar.

— Por causa de Grady.

A agressividade de Annie transformou-se em confusão.

— O homem que guiava a picape?

Ela tinha de fazer com que Annie compreendesse seu estado de espírito quando Sam entrara na casa.

— Fui criada junto com Grady. Eu o adorava. Fomos amantes desde os meus quinze anos até o momento em que o prenderam.

Annie ficou aturdida. Sua confusão transformou-se em mágoa.

— Você nunca disse isso. Nunca falou sobre seu passado. Sempre presumi que não havia nada para contar.

— Não podia falar sobre isso. Grady era toda a minha vida, até que foi para a prisão. Acordava pensando em vê-lo, e ia me deitar sentindo seu cheiro na minha pele. Íamos casar. Ter filhos. Ficar juntos para sempre. Mas, subitamente, tudo isso se tornou impossível.

— Conhecia a pessoa que ele matou?

Teke balançou a cabeça em confirmação.

— O meu pai.

Annie soltou uma exclamação de espanto.

— Chocante, não é? — murmurou Teke, sentindo um princípio de histeria. — Também é para mim. Esta é a primeira vez que digo isso em voz alta. Mas foi muito mais do que chocante na ocasião. Foi um pesadelo tão terrível quanto este.

— O que aconteceu? — sussurrou Annie.

Os olhos de Teke encheram-se de lágrimas. Ela olhou para o teto.

— Papai costumava me bater. Grady lhe disse para não fazer mais isso. Uma noite Grady o surpreendeu quando me espancava. Os dois brigaram. Foi isso. Duas vidas perdidas... três, se contar a de meu pai, mas não conto. — A voz endureceu. — Ele era um bêbado que não queria trabalhar nem que fosse para o sustento da família. Sua vida não valia um centavo.

À expressão de horror de Annie, ela acrescentou:

— Acha que estou sendo desumana? Sente-se consternada porque a mulher que pensava conhecer é capaz de dizer coisas tão cruéis a respeito do próprio pai? Talvez seja fria, dura e insensível, mas sabia que minha mãe e irmãs morreram porque ele não quis chamar o médico? Estavam doentes, mas meu pai se recusava a gastar dinheiro com doença. *Ele* foi um assassino, muito mais do que Grady.

— Oh, Teke... — sussurrou Annie, a voz quase inaudível. — Por que não me contou?

— Se não me permitia pensar a respeito, como poderia lhe contar? Apaguei tudo. Separei-me totalmente do passado. Era a única maneira de sobreviver. E não quero sua compaixão agora. Só peço que compreenda o que Grady significou para mim e o que senti só de pensar em vê-lo de novo.

— Quer dizer que sabia que ele viria?

— Grady escreveu dizendo isso, embora não soubesse quando seria. Fiquei furiosa ao pensar que o veria de novo, mas isso não me impediu de tocar muitas vezes nos pontos em que sua caneta encostara e segurar o papel que suas mãos haviam tocado. — Teke sentiu um aperto na garganta ao recordar o passado. Acrescentou num sussurro: — Eu o amava muito. Nem pode imaginar o quanto.

Annie estudou suas mãos.

— Em que está pensando? — perguntou Teke.

— Que posso muito bem imaginar. Amo Sam da mesma maneira. Portanto, talvez você possa compreender a mágoa que sinto. E também estou pensando que, se amava Grady tanto assim, nunca deveria ter se casado com J.D.

— Grady foi condenado e preso por homicídio. Antes de partir, da última vez que o vi, tivemos uma terrível discussão. Ele disse que nunca mais queria me ver. Fiquei arrasada. Ainda escrevi, mas ele devolveu minhas cartas sem abrir. Tentei visitá-lo na prisão, mas ele se recusou a me ver. Não atendia meus telefonemas. Que opção eu tinha? Grady me mandou embora. Decidiu que não haveria nenhum futuro para nós. Disse que eu deveria constituir família com outro, porque não me queria mais. Então fiz a única coisa que podia: deixei Grady para trás. Conheci você e Sam, me casei com J.D., tive Leigh, Jana e Michael. Foram bons anos.

— Mas não o suficiente?

— *Bons* anos. — Teke tentava compreender a si mesma, o que era um dos motivos pelos quais precisava tanto conversar com Annie. Não que Annie tivesse todas as respostas, mas ajudava a definir a situação. — Quando recebi a carta de Grady, fui apanhada de surpresa. De repente, todas as coisas em que me recusara a pensar, ao longo de todos aqueles anos, voltaram à mente.

Ela hesitou por um instante, mas continuou:

— Meu relacionamento com Grady era muito diferente do relacionamento com J.D.

— Em que sentido?

— Nós dois éramos pobres. Éramos almas gêmeas num mundo cruel. Confortávamos um ao outro, numa vida em que quase não havia outros confortos. — Teke baixou os olhos. — O que eu tinha com Grady era quente, enquanto com J.D. era apenas morno.

— Desde o início? — indagou Annie.

— Era bom naquele tempo. Eu me sentia atraída pelo tipo de vida que J.D. e eu levávamos. À medida que os anos foram passando, porém, a novidade foi dando lugar ao banal. Tentei não fazer a comparação, mas depois de algum tempo não pude evitar. E foi piorando, quanto mais compreendia que as coisas *nunca* seriam como eu queria que fossem com J.D.

Annie murmurou:

— Eu não sabia.

Teke sorriu, triste.

— Não é uma coisa de que uma mulher se gabe, mesmo para sua melhor amiga. Sinto que estou traindo J.D. ao contar tudo agora. — Ela fez uma careta. — Como se eu já não o tivesse traído de uma maneira muito pior. E a você.

Houve uma batida na porta.

— Espere um pouco! — gritou Teke. Em voz baixa, ela acrescentou para Annie: — Dezenove anos de casamento e nunca o enganei. Não me importava com a falta de paixão. Tinha um lar, uma família e vocês. Era tão mais do que tinha quando criança que, ao deitar, costumava agradecer aos céus. Até que recebi a carta de Grady e passei a desejá-lo como no tempo em que era adolescente. Foi como se me tornasse *faminta*, de um momento para outro, de tudo o que não tivera ao longo daqueles anos. Isso me *apavorou*. Porque tenho uma *boa vida*. Não quero perdê-la. Que Deus me perdoe, mas teria sido ótimo se pudesse ir para a sepultura sem nunca mais ver Grady.

Ela deixou escapar um suspiro. Com as duas mãos, levantou os cabelos para o alto da cabeça, estendeu um lenço ao redor e deu um nó. Distraída, nervosa, puxou para baixo algumas mechas, para não ficar totalmente exposta.

— Foi como o homicídio, Annie. Não houve premeditação, e é difícil acreditar que algo tão rápido pudesse causar tanto dano na vida de tantas pessoas. Eu estava distraída, pensando em Grady, quando Sam entrou. Sentia-me *sufocada* pensando em Grady, a tal ponto que não lembro nada do que senti com Sam. Foi tão íntimo quanto nós quatro mergulhando pelados na Sutters Island, numa noite sem lua.

A imagem a fez sorrir. Mergulhar pelados sempre era idéia de Sam. A emoção era fazê-lo sem as crianças descobrirem. Ela especulou se Annie também lembrava... mas, se lembrava, não havia qualquer prazer na recordação. Ela parecia derrotada. E permaneceu calada.

— Diga-me o que está pensando — pediu Teke. — Preciso saber.

Annie deixou escapar um pequeno gemido. Respirou fundo, passou os braços em torno do corpo, olhou para todos os lados, menos para Teke.

— Há uma parte de mim que diz "Já acabou, não haverá mais nada, vamos esquecer", como se pudéssemos voltar a ser como éramos. — Suplicante, ela olhou para Teke. — Mas não creio que eu possa fazer isso. Dói cada vez que penso a respeito. Sinto coisas em relação a você e Sam que são novas. É uma situação muito *difícil.*

— Você e Sam tinham tanto em comum. Não se pode arruinar tudo desse jeito.

— Talvez não, mas o fato é que tudo mudou. Nunca mais haverá aquele tipo de confiança cega. Isso acabou para sempre.

— Sinto muito. Acho que é isso o que mais me angustia: você e Sam. Se nós duas nunca mais pudermos ser amigas, aceito isso, como minha punição. Mas, se o relacionamento entre você e Sam acabar, será demais para mim. Isso não deve acontecer. Ele a ama, Annie.

Annie alteou as sobrancelhas e deu de ombros.

— Ele ama, sim. E você também o ama. Não deixe que isso acabe por causa de uma estupidez que cometi.

Annie assumiu uma expressão sarcástica.

— Você não o estuprou, Teke.

Outra batida na porta.

— Só um instante! — Teke acrescentou para Annie, irritada: — Por que as pessoas são tão impacientes?

— Algumas necessidades são urgentes.

Teke suspirou.

— Tem razão. — Ela fitou Annie nos olhos. — Mas isso era apenas parte do que eu queria lhe dizer. Preciso de sua ajuda. Jana recusa-se a falar comigo. Leigh só fala quando é absolutamente necessário. Nenhuma das duas é capaz de conversar com J.D., o que significa que, em termos emocionais, estão sozinhas. E me sinto preocupada. Não tenho idéia do que elas sentem a respeito de tudo isso, além de raiva. Você é a única pessoa com quem elas sempre conversaram. Além disso, neste caso, é a parte mais inocente. Pode conversar com elas, Annie? Por favor!

Annie parecia contrafeita.

— Isso me deixaria numa situação embaraçosa. Não posso falar mal de você com suas filhas e não posso falar mal de Sam, mesmo que haja algumas ocasiões em que tenho certeza de que o odeio. Além disso, nem imagino o que está acontecendo entre você e J.D. O que devo dizer a elas?

— Não sei. — A voz de Teke saiu como um lamento, dominada pelo mesmo pânico que a atingia a intervalos, desde que Michael batera a porta e saíra correndo de casa. — Simplesmente não sei! Mas estou perdendo minhas filhas! Preciso que me diga o que fazer!

Annie deve ter-lhe percebido o pânico, porque se empertigou e disse:

— Conversarei com elas. Não sei se vai adiantar alguma coisa, salvo ganhar tempo...

— Elas precisam de uma válvula de escape, uma pessoa adulta com quem possam conversar...

— Precisam de *você.*

— Mas as meninas sempre procuraram você, Annie. Sei que está zangada comigo, mas lhe suplico, pelos velhos tempos, se nada mais pode convencê-la a ajudar minhas filhas.

Annie sentiu uma raiva súbita.

— Mas que droga, Teke! Se eu conversar com suas filhas, não será pelos velhos tempos. Eu as conheço desde que nasceram, e as amo. Claro que conversarei. Só estou dizendo que, no final, você mesma vai ter que conversar com ela.

Com outra batida mais forte, Annie empurrou-a para o lado e abriu a porta. Teke teve de segui-la pelo corredor.

Dez

Na quinta-feira, uma semana depois de sair do coma, Michael foi transferido para o centro de reabilitação que J.D. escolhera. Ficava a quarenta minutos de Constance, indo de carro, mas J.D. achava que a qualidade das instalações e dos cuidados compensaria, e muito, a distância.

Ele foi em seu carro, enquanto Teke seguia na ambulância com Michael. Assim que chegaram ao centro, Michael foi levado para uma avaliação. Uma hora ou mais passaria, J.D. e Teke foram informados, antes que o garoto voltasse ao quarto. Isso proporcionava a J.D. o tempo de que precisava.

— Vamos tomar um café — disse ele a Teke.

Foram para o refeitório. Parecia que a maior parte da equipe fizera uma pausa para um café, mas o local para o que J.D. planejara ainda era preferível à casa. Ele encontrou uma mesa num canto, onde poderiam ter um mínimo de privacidade.

— Quais são os seus planos agora? — perguntou ele, depois de se sentarem.

Teke estava apreensiva. J.D. podia compreender o motivo. Era a primeira vez que ficavam a sós desde que começara a confusão. Ele próprio não se sentia muito à vontade... e era quem tinha toda a razão.

— Meus planos?

— Você tem passado a maioria das noites no hospital. Agora que Michael está aqui, vai dormir em casa?

Ela ficou mexendo na xícara de café.

— Não sei. Ainda não pensei nisso. Quero fazer o que for melhor para Michael.

— E o que me diz de Leigh e Jana?

— Neste momento, elas não parecem muito interessadas em minha companhia.

— E Michael está? — indagou J.D., com toda a razão.

Ele observara o garoto com a mãe. Não era tanto o que Michael fazia, mas sim o que não fazia, que deixava transparecer sua raiva. Evitava olhar para Teke. Só dava respostas breves às perguntas que ela fazia. Sorria para os outros, mas o sorriso desaparecia quando Teke entrava em seu campo de visão.

Michael se comportava da mesma maneira com Sam — o que proporcionava uma certa satisfação a J.D.

Teke levou a xícara aos lábios, mas tornou a largá-la no pires sem tomar nenhum gole.

— Ele pode não querer me ver, mas sua situação é diferente da de Jana e Leigh. Michael é mais jovem e está magoado. Os médicos dizem que passará várias semanas aqui, depois terá meses de fisioterapia em casa, até recuperar o tipo de mobilidade que tinha.

— Pelo menos ele vai recuperar. — J.D. sentira uma infinita gratidão quando Bill Gardner finalmente o tranqüilizara nesse ponto. — Podia ter sido pior. Eu não me queixaria sobre a terapia se fosse você.

— Não estou me queixando. Farei tudo o que for necessário, mas não será fácil para Michael. A terapia é um trabalho árduo. É dolorosa e frustrante. Ele já se sente desanimado por não poder jogar basquete, e vai piorar quando a temporada começar. Além disso, não gosta nem um pouco da perspectiva de receber aulas particulares.

— Já providenciou tudo?

J.D. falara a respeito na semana passada. Teke confirmou com um aceno de cabeça.

— Alguém virá aqui todas as tardes, durante duas horas.

O ceticismo de J.D. foi imediato.

— Duas horas são suficientes?

— É o máximo que aconselham. Michael ainda cochila a todo instante. Seu nível de concentração não é mais aquele. Além do mais, não pode escrever com o braço engessado. Mesmo depois de tirar o gesso, vai precisar de fisioterapia antes de conseguir segurar um lápis.

— E se tivesse um *laptop*?

— Ajudaria muito.

J.D. tirou a agenda do bolso e fez uma anotação para falar com Dick White. Era um cliente que possuía uma grande rede de lojas de computadores. Saberia qual a melhor máquina para Michael e ainda daria um bom desconto.

— Esse professor particular é bom?

— Foi muito bem recomendado. E se mostrou bastante simpático quando conversamos ao telefone.

J.D. imaginou-a cumprimentando o professor particular na porta da frente do centro de reabilitação, acompanhando-o até o quarto de Michael, tomando café com ele depois das aulas.

— Como ele é?

— Não sei. — Teke respondeu com bastante inocência, depois se empertigou quando percebeu a insinuação. — Por favor, J.D., não me insulte dessa maneira.

— Por que não? Você me insultou.

— E estou pagando o preço. Pode ter certeza de que não farei de novo.

— Nem mesmo com Grady Piper? — J.D. percebeu, pela súbita palidez dela, que tocara num ponto sensível, o que lhe proporcionou prazer. — Não apenas o "conheceu" em Gullen, como foram amantes, não é mesmo?

Ela sustentou o olhar do marido.

— Você sabia que eu não era virgem quando nos conhecemos.

— É verdade. Imaginava que seu passado era meio devasso, mas isso era excitante. Pensei que eu poderia endireitá-la. Só que não fui capaz, não é mesmo? Uma vez puta, sempre puta.

A pele permaneceu pálida. A xícara tremeu um pouco quando ela a levantou para tomar um gole. Pousou-a no pires com o maior cuidado.

— Sem protestos? — provocou J.D.

Ele não se importaria de repetir a acusação.

— Se me xingar faz você se sentir melhor, pode continuar. Mas sabe que é infantil, não sabe?

— O que sei com certeza é que Virginia Clinger causou graves danos antes de eu a obrigar a ficar calada. — J.D. falou em voz baixa, mas vibrando com uma raiva que nunca desaparecera por completo. — Não dá para contar quantos homens têm zombado de mim pelo que aconteceu entre você e Sam. Graças a você, sinto-me um perfeito idiota. Portanto, se quiser xingá-la, pode ter certeza de que o farei.

Teke não se intimidou. Parecendo ainda mais cansada, ela murmurou:

— Precisamos conversar sobre o que vamos fazer, você e eu.

A iniciativa devia ser dele. J.D. ressentiu-se por ela tomar a dianteira. Mas, já que o fizera, refletiu ele, poderia lhe dar uma chance de bancar a idiota, para variar. Por isso, em vez de dizer o que queria — pois sabia que ela esperava —, J.D. recostou-se na cadeira de plástico e perguntou:

— Para onde você quer ir?

Para seu crédito, Teke não hesitou. Controlou-se tanto quanto era capaz, como acontecia ao irem a reuniões em que se sentia totalmente deslocada.

— Minha primeira opção seria tentar ver se podemos fazer as pazes. Seria a melhor solução para as crianças.

— Esqueça as crianças. Mais cinco anos e terão saído de casa. O que vai acontecer conosco? Acha sinceramente que é possível fazer as pazes depois do que houve?

— Foi só *uma vez*, J.D. Pelo amor de Deus, da maneira como você fala, parece que há anos venho pegando homens a torto e a direito. Uma única vez. Ou você está aumentando as proporções do que aconteceu ou as está usando como pretexto para se livrar de um casamento de que se cansou há muito tempo. — Seus olhos se aguçaram. — Não sou burra, J.D. Sei que nosso casamento não tem nada de excitante. Tem sido agradável e funcional, mas nunca tive com você o tipo de relacionamento que Annie tem com Sam.

— Quer dizer que você tinha inveja? Foi por isso que se jogou em cima de Sam?

— Não me joguei em cima de Sam. Apenas aconteceu. E não houve um pingo de inveja nisso. Annie e Sam têm desempenhado um papel tão importante em minha vida, que nunca tive motivo para sentir inveja.

J.D. inclinou-se para a frente, furioso.

— Sexo, Teke. Não tinha inveja deles nesse assunto?

— Como poderia ter? Não sei o que eles fazem.

— Você e Annie não conversam a respeito?

— Claro que não!

J.D. queria acreditar. Sentia-se perturbado ao pensar nas duas fazendo comparações. Ele e Sam não falavam a respeito, justamente porque conheciam tão bem a esposa um do outro. Mas as mulheres eram diferentes.

— Vocês conversam sobre tudo. Por que não isso também?

— Porque é particular. Íntimo. Embaraçoso.

Ele bufou de impaciência.

— O que nos leva de volta à raiz do problema. O sexo entre nós não é maravilhoso. Nunca foi. E fazer as pazes agora em nada contribuiria para mudar isso. Ou a paixão existe ou não existe. Em nosso caso, não existe. Tentamos nos enganar por algum tempo, mas a química não é a certa.

— Mas o casamento deu certo. Partilhamos valores no estilo de vida básico. Não discutimos sobre o dinheiro, a casa ou os carros. Nem sobre as crianças. Temos muitas coisas a nosso favor.

— Há um mês, eu teria concordado. Antes de o problema de sexo se tornar demais para você.

— Uma única vez, J.D.

— A primeira. Haverá outras. Vai ver só. É como tomar drogas. Você resiste e resiste, porque é totalmente limpo. Depois, por qualquer motivo, experimenta uma vez. E, de repente, já não é mais totalmente limpo. Não fará muita diferença se experimentar uma segunda vez, depois uma terceira e uma quarta. Meu grande amigo Sam aprendeu isso de seus clientes e passou para mim numa de nossas conversas no final de tarde.

Ele recostou-se.

— Não sabia disso, não é? As ocasiões em que ficávamos no escritório, depois do trabalho, de cinco às sete, batendo papo, e depois voltávamos correndo, para que nossas esposas não ficassem preocupadas.

J.D. passara alguns desses finais de tarde com outras mulheres, mas não diria a Teke. Não entregaria seus podres para que fossem usados contra ele.

— Agora Sam e eu não temos mais essas conversas. E, se depender de John Stewart, Sam nem vai aparecer mais no escritório.

Teke prendeu o fôlego.

— Isso não é justo, J.D. Ele tem feito um bom trabalho para a firma.

J.D. ergueu um dedo, corrigindo-a:

— Bom para ele. É o nome de Sam que aparece na mídia, não o da firma.

— Mas ele consegue honorários formidáveis para a firma.

— Foi a única coisa que evitou que John Stewart pedisse uma votação imediata para a saída de Sam da sociedade. Mas ele diz que é apenas um adiamento. Quer que Sam saia de qualquer maneira. E quer que você também saia. Acha que devo pedir o divórcio.

Teke tornou a prender o fôlego.

— Não lhe ocorreu que isso poderia acontecer? — indagou J.D., incrédulo. Ou Teke era mais ingênua do que ele imaginara, ou simplesmente burra. — Não lhe ocorreu que, se me enganasse, eu poderia pensar: "Ora, o casamento não vale mesmo nada. Por que eu deveria fazer o esforço de mantê-lo?" A perspectiva de divórcio não passou por sua cabeça nas últimas semanas?

— Claro que sim, mas não é o que eu quero — respondeu Teke, afastando os cabelos do rosto. — Devemos sempre lutar pelo casamento.

J.D. sentiu uma pontada de impaciência.

— A luta vale a pena? Encare a verdade, Teke. Somos como a noite e o dia, você e eu. Sabe o que fez nosso casamento dar certo? Annie e Sam! Eles nos fazem parecer atraentes um para o outro. Se não fosse por eles e as crianças, há muito tempo já estaríamos desiludidos. Mas agora não temos mais Sam e Annie, porque não posso confiar em você perto dele, e Annie não pode confiar nele perto de você. Além disso, as crianças sairão de casa em breve. O que vai restar? Acha que o sexo vai melhorar de um momento para outro? Acha que quero me preocupar com você me comparando a seus amantes? Desculpe, Teke, mas essa competição não me agrada.

Ela baixou o queixo. Os cabelos caíram para a frente.

— Por isso, comprei um apartamento em Boston — anunciou ele, orgulhoso por sua ação decisiva, ainda mais quando ela ergueu a cabeça, alarmada. — É grande, para que as crianças possam me visitar, e mobiliado, o que permitirá que me mude a qualquer momento. Agora, preciso saber de seus planos. Se ficar aqui com Michael, dormirei em casa com as meninas, até ele receber alta. Se pretender dormir em casa, eu me mudarei para Boston agora.

Teke estava com a mão no peito.

— Investiu o dinheiro num apartamento muito depressa.

Ele deu de ombros.

— O mercado está favorável para quem compra.

— Não pensou em conversar comigo antes? Não pensou no efeito que teria sobre as crianças?

— Tenho pensado muito nas crianças. E o que estou fazendo me parece muito mais honesto do que continuar em casa e fingir que ainda temos sentimentos um pelo outro.

Teke piscou.

— Não temos? Somos casados. Respeito seu trabalho. Temos um passado juntos, muitas recordações comuns. E as crianças.

— Mas não nos amamos. — J.D. nunca diria isso há um mês. Mas a rapidez de sua mudança de sentimentos sugeria alguma outra coisa. — Talvez nunca tenhamos nos amado.

— Há tipos diferentes de amor — argumentou Teke, mesmo sabendo que tateava. — Nem todos são ardentes.

Ele não pôde conter uma risada amarga.

— Meu bem, o nosso nem sequer é morno. — Ele ficou sério, pensando na farsa de sua jactância e nas outras mulheres que conhecera ao longo dos anos. — E você não foi a única que sentiu falta, Teke. Muitas vezes precisei de mais.

Isso pareceu conter qualquer argumento adicional que ela pudesse ter. Teke tornou a afastar os cabelos do rosto — era o tipo de gesto que ele outrora julgara sensual, o tipo que outros homens provavelmente ainda consideravam — e fitou-o em silêncio por um longo momento.

— Quer dizer que é o fim? — perguntou ela, com a voz trêmula. — Vai pedir o divórcio?

— Não imediatamente. É uma separação experimental.

O rosto de Teke se desanuviou.

— Acha então que pode haver esperança para nós?

— Não muita.

Seu rosto tornou a se anuviar.

— Então por que uma separação experimental? Por que não iniciar logo o processo de divórcio?

Por que não? Porque J.D. não tinha qualquer pressa. Porque havia uma sensação de poder em manter Teke na expectativa. Ela merecia. Qualquer pessoa que o traísse merecia isso e muito mais.

— Talvez porque eu queira mantê-la amarrada até que Sam e Annie decidam o que vão fazer. Se você ficar livre, é bem capaz de tentar agarrá-lo.

Teke fez uma careta, indicando que o achava louco, mas ele não se importou. Tinha o controle. Dava as cartas. Entraria com o pedido de divórcio quando lhe conviesse, não quando fosse conveniente para John Stewart, Teke ou Sam... e nem um minuto antes.

Annie tentava preparar um jantar às pressas quando Jana entrou pela porta dos fundos, esbaforida e transtornada, indagando:

— Eles vão se divorciar?

Annie levantou os olhos da receita do prato de massa.

— Quem foi que lhe disse?

— Acho que vão. Mamãe tem dormido no centro e papai em casa. Não seria nada demais, porque Michael continua internado. Mas entrei no escritório lá de casa e vi uma pilha de cartões de aviso de mudança de endereço. Papai está enviando para os cartões de crédito e revistas de que tem assinatura. Indica um endereço em Boston que não é o da firma. Eles vão mesmo se divorciar?

Annie largou a caixa. Jana parecia arrasada.

— Não sei — murmurou ela, desejando saber com certeza o que dizer a Jana. — Não é da minha conta perguntar.

— Mas não acha que alguém deveria nos contar? Ou pensam que não temos idade suficiente para perceber que está tudo errado? Sabemos o que ela fez. E sabemos que papai ficou furioso. Também sabemos que casamentos desmoronam por causa dessas coisas.

Annie segurou a lapela do *blazer* de Jana e gentilmente a puxou até o telefone. Com a outra mão teclou o número do telefone de J.D. no escritório. O serviço de recados atendeu.

— Ele já deve ter saído. Virá jantar com você e Leigh?

— Disse que viria. E que sairíamos para jantar fora. Mais uma vez. — Jana afastou os cabelos do rosto. — Não agüento mais comer fora. Nunca pensei que diria isso, mas demora para a gente se sentar, demora para se fazer o pedido, demora para a comida ser servida e ainda por cima nunca é feita como a gente gosta.

Ela fez uma pausa, fitando Annie com uma expressão consternada.

— E depois papai fica impaciente e começa a reclamar com a garçonete. Mas quando Leigh e eu tentamos preparar o jantar, ontem à noite, foi um desastre.

— A galinha não ficou boa? — perguntou Annie, surpresa, porque lhes dera uma receita infalível.

— Ficou, mas não começamos a cozinhar o arroz no momento certo. Por isso, tivemos de esperar. Quando ficou pronto, a galinha já estava cozida demais e as ervilhas tinham murchado.

— Eu gostaria que vocês pudessem comer aqui.

Annie lamentava que elas não pudessem, pois J.D. nunca viria. Felizmente não precisou dizer isso. Jana sabia, e também sabia o motivo. Ainda por cima, Jana não queria a companhia de Sam tanto quanto J.D.

— Papai vai mesmo sair de casa?

— Sua mãe não me disse nada quando conversamos há poucos dias.

Cautelosa, Jana comentou:

— Eu não sabia que vocês andam conversando.

— Estamos começando.

Provavelmente era um exagero, porque Annie não falava com Teke desde aquele dia no banheiro. Mas o exagero tinha um sentido. Annie achava que Jana errava ao se desviar cada vez que Teke se aproximava.

— Você pode ser capaz de perdoá-la, mas eu não consigo. Ela foi egoísta e cruel.

— Mas não teve a intenção de ser egoísta e cruel. — Annie passara a acreditar nisso. — Apenas não pensou na ocasião.

— Então é uma idiota.

— Às vezes as pessoas fazem coisas porque se sentem confusas, Jana — disse Annie, tornando a puxar a lapela de seu *blazer*. — Não significa que são idiotas.

— Você está perdoando Teke.

Agora era uma acusação. Annie pensou no que quase acontecera com Jason Faust. Obcecava-a, deixava-a com um intenso sentimento de culpa, a cabeça latejando, o estômago embrulhado. Também lhe proporcionara uma percepção que não tivera. Ao recordar aqueles poucos minutos com Jason, podia começar a compreender o que Teke experimentara, se pensava em Grady Piper, e queria se sentir feminina e amada. Se fora errado o que Teke fizera, o comportamento de Annie não fora muito melhor.

— Quem sou eu para bancar a virtuosa? — perguntou ela a Jana. — Também já cometi erros em minha vida. Todo mundo comete.

— Mas ela a magoou. Você foi enganada, quase tanto quanto papai. Como pode esquecer?

— Não falei que poderia esquecer. Mas a mágoa vai diminuir com o tempo. Não estou dizendo que as coisas voltarão ao normal, Jana, mas apenas que tento manter a mente aberta.

— Em relação a Sam também?

Com ele era mais difícil. Sam era seu marido. Esperava dele coisas que não podia esperar de Teke.

— Estou tentando manter a mente aberta — reiterou ela, a voz soando mais dura agora.

— E devo fazer a mesma coisa?

— Se puder.

Nesse instante, Zoe entrou correndo na cozinha.

— Mamãe, não consigo resolver este problema de mate... Jana! Graças a Deus que você está aqui! Pode me ajudar? Não faz o menor sentido!

Jana ergueu a mão, num sinal para que Zoe esperasse, e pediu a Annie:

— Vai descobrir o que puder?

— Sobre o quê? — perguntou Zoe.

Jana torceu o nariz.

— Nada.

Ela observava Annie, que balançou a cabeça.

— Ajude Zoe, e ficarei eternamente grata.

Annie despachou Jana com um aperto em seu ombro. Procurava o telefone do carro de J.D., pensando em informá-lo sobre a aflição de Jana, quando Leigh passou pela porta, parecendo perdida, com o casaco do time de Jon.

— Jana está aqui?

— Lá em cima.

— Papai acabou de chegar. Pediu para chamar você. Eu ia telefonar, mas ele fez uma ligação assim que entrou e não desligou mais. E eu precisava sair de casa. Ele está furioso. Um de seus clientes tem causado problemas.

Ela passou por Annie e foi abraçar Jon, que aparecera na porta. Annie calculou que ele a vira chegar, pelo quintal dos fundos, através da janela de seu quarto.

— Leigh pode jantar com a gente? — perguntou ele a Annie.

— Não esta noite. J.D. vai levar ela e Jana para jantar fora.

— Papai quer conversar com a gente — explicou Leigh para Jon.

— Jana acha que ele vai sair de casa. E que é o primeiro passo para o divórcio.

— Não necessariamente — interveio Annie, tentando acalmar Leigh, que tinha a mesma tendência de Teke para entrar em pânico com assuntos de alta prioridade, como a família. — Muitas vezes as pessoas tiram folga umas das outras para repensar o relacionamento. Precisam se separar para compreenderem que *não* querem o divórcio.

Leigh poderia ter ouvido, se não estivesse conversando com Jon.

— Não dá mais para pensar num casamento feliz. Podemos esquecer, se eles se divorciarem.

— Não é verdade — protestou Annie. — Vocês terão um casamento feliz, independente de qualquer coisa.

Mas Leigh sacudiu a cabeça.

— A festa de dezesseis anos de Melissa Weber foi um pesadelo. Os pais brigaram por causa do restaurante, dos convites, da lista de convidados. Passaram a noite inteira se olhando com ódio. Mesmo que mamãe e papai não se divorciem, nosso casamento vai ser horrível, depois de tudo o que aconteceu.

— Não, não vai...

— Vamos fugir e casar — propôs Jon a Leigh.

— Mas queremos estar presentes — argumentou Annie. — Além do mais, ainda é cedo para fazer planos de casamento. Devem primeiro fazer a faculdade...

— Não vamos esperar tanto tempo — declarou Jon.

— E não pretendo fazer a segunda parte do curso superior — acrescentou Leigh. — É uma perda de tempo e dinheiro para quem não quer uma carreira... e eu não quero.

Annie respirou fundo.

— Há tempo para conversar sobre isso mais tarde. *Jana!* — Para Leigh, ela disse: — Volte e avise a J.D. que sua irmã está a caminho.

— Quero conversar com Jon primeiro.

— *Jana!* — Mais baixo: — Falar com Jon não vai ajudar se seu pai estiver de mau humor.

— Pode ligar para ele, Annie? — suplicou Leigh, empurrando Jon na direção da escada. — E dizer que volto num minuto?

— Mas não faz nem uma hora que você esteve com Jon...

Annie desistiu de continuar quando a porta da garagem foi aberta e Sam entrou na cozinha.

— Não tenho o menor controle aqui. — Ela levantou a mão, desamparada. Baixou-a para digitar o número dos Maxwell. Continuava ocupado. — É demais!

Ela virou-se para Sam, com um olhar de advertência.

— O jantar vai atrasar um pouco.

Sam pôs a pasta e a capa numa cadeira, e foi se postar ao lado da bancada.

— Um dia ruim?

— Muito trabalho.

Ela concentrou-se na receita. Tirou manteiga e leite da geladeira, mediu as quantidades apropriadas desses ingredientes, acrescentou-lhes água e pôs a panela no fogo.

— Como estão as coisas na escola?

Gradativamente, acrescente a massa. Foi o que ela fez.

— Cada vez tem mais trabalho.

— As provas do semestre?

— Isso mesmo.

Leve ao ponto de fervura...

— Em todos os três cursos?

... e deixe assim por cerca de quatro minutos, até chegar ao grau de cozimento desejado.

— Só literatura britânica. Os outros têm ensaios para entregar.

— Os assistentes não ajudam a corrigir as provas?

Jason Faust ajudaria em qualquer coisa. Mesmo tendo saído de sua sala furioso naquele dia — o dia embaraçoso, o dia *mortificante* —, mostrara-se solícito desde então. Parecia disposto a esquecer que alguma coisa acontecera. Annie gostaria de poder esquecer também. Ela aumentou o fogo por baixo da panela.

— Os assistentes cuidarão das provas, mas tenho de ler os ensaios.

— É um bocado de trabalho.

Ela gesticulou para que Sam se afastasse, a fim de poder alcançar o armário.

— É para isso que os alunos pagam.

Annie pegou os pratos e os copos. Abriu a gaveta em que guardava os talheres. Durante todo o tempo, procurava ignorar a presença de Sam. Mas era impossível. Não apenas por sua enorme presença física. Havia também o aspecto químico. Mais uma vez, desde a conversa com Teke no banheiro, Annie especulara se alguma musa sorrateira não teria proporcionado a ela e a Sam sua própria atração química, além da que deveria ter destinado a Teke e J.D. Isso porque, enquanto faltava em Teke e J.D., havia o dobro em Annie e Sam.

Ela podia senti-la agora. Sempre sentia. Sam Pope era a quintessência do macho magnético, pelo menos para ela.

— Você sabe que não precisa trabalhar.

Annie lançou-lhe um olhar sarcástico.

— Se eu não tivesse de trabalhar durante tudo isso, estaria numa camisa-de-força.

— Acabou de dizer que as coisas estavam fora de controle.

— Eu disse que não tinha controle referindo-me a uma situação envolvendo Leigh, Jon, Jana e J.D., que irá se resolver a qualquer momento... — Ela parou de falar quando o telefone tocou. — Não atenda.

Annie estendeu a mão para o telefone. Mas uma das crianças foi mais rápida, atendendo antes.

— Deve ser J.D., querendo que as meninas voltem para casa.

Ela pegou os guardanapos, enquanto soavam passos lá em cima.

— Qual é o problema?

— Jana está convencida de que J.D. vai sair de casa. Sabe alguma coisa a respeito?

— Não.

— Leigh não tem a menor dúvida de que Teke e J.D. vão acabar divorciados.

Com um olhar, ela indagou o que Sam sabia a respeito. Mas ele respondeu:

— Sou a última pessoa com quem J.D. partilharia seus sentimentos neste momento.

— Não conversou sobre isso com Teke?

— Ora, Annie, ela não me contaria nada. Você é a amiga dela.

— E você é o amante.

— Fui... no sentido mais remoto da palavra.

Jon entrou na cozinha.

— Mamãe, J.D. me convidou...

Ele parou quando avistou Sam. Com uma determinação ostensiva, aproximou-se da mãe.

— J.D. me convidou para jantar com eles. Você se importa?

— Claro que não.

— Eu me importo — interveio Sam. — Esperava que nós quatro pudéssemos jantar juntos.

Jon ergueu o queixo. Fitou o pai por um momento, antes de transferir a responsabilidade para Annie.

— Mamãe?

— Pode ir — murmurou ela. — Sua presença talvez torne a situação mais fácil para Leigh e Jana.

Jon foi se encontrar com as meninas.

— E como nós ficamos? — perguntou Sam.

A parte de Annie que ainda queria uma punição ignorou a mágoa na voz de Sam.

— A ausência de Jon também torna mais fácil a situação aqui. — Ela ajeitou os talheres nos pratos. — Jon não se sente à vontade quando você está presente.

Quando ela se virou para pôr a mesa, Sam tirou os pratos de suas mãos. Annie esperou que largasse tudo para continuar a argumentar. Em vez disso, foi Sam quem começou a pôr a mesa.

Enquanto o observava, surpresa, houve um protesto da parte da Annie que ainda o amava. Sabia o quanto as crianças significavam para ele, sabia o quanto se sentia magoado quando Jon o fitava daquele jeito.

— Dê-lhe tempo, Sam.

Ele balançou a cabeça e continuou a pôr a mesa. Os garfos foram para o lugar errado, mas Annie não teve ânimo para lhe dizer. No instante seguinte, Jon, Leigh e Jana atravessaram a cozinha. Annie recebeu beijos de passagem dos três, mas saíram pela porta sem dizer nada. Sam foi até a porta antes que fechasse.

— Não chegue muito tarde, Jon. Amanhã tem aula.

Ele parecia tão desamparado, parado ali, olhando para fora, que Annie teria ido confortá-lo, se Zoe não escolhesse aquele momento para entrar na cozinha, com uma cara de desânimo.

— Jana não pôde ajudá-la? — perguntou Annie.

Zoe deu de ombros. Encostou-se na parede, ao lado do telefone. Mas, quando este tocou, não fez qualquer menção de atender. Annie pegou o fone.

— Alô?

Uma voz de mulher, suave, disse:

— Eu gostaria de falar com Samuel Pope, por favor.

Annie não reconheceu a voz e se tornou cautelosa no mesmo instante.

— Quem deseja falar?

— Teresa Heskowicz.

Annie também não reconheceu o nome. Se Sam o tivesse mencionado, ela se lembraria. Era bem possível que Sam tivesse *optado* por não mencioná-lo. Com um olhar penetrante, ela lhe estendeu o fone. Sam atendeu.

— Pois não. — Ele fez uma pausa. — Isso mesmo, sou Samuel Pope.

Sam franziu a testa e esfregou a nuca, enquanto escutava.

— Talvez eu possa ajudar, mas a ocasião não é propícia para falar a respeito. Podemos conversar amanhã. Tem o telefone do meu escritório?

Uma cliente em potencial ou pelo menos foi o que pareceu a Annie. Sam não parecia embaraçado, apenas contrariado por ser incomodado... ou ao menos pelo que aparentava. Era o que Annie esperava. No passado ela não teria desconfiado de uma mulher que telefonasse para seu marido. Gostaria de fazer o relógio voltar.

Mas não podia. E Zoe continuava a olhar para o chão. Ela tocou de leve no rosto da filha.

— O que foi, querida?

— Ela podia ter me convidado para jantar também. Eu iria.

— Tenho a impressão de que Jon se convidou. Além do mais, precisamos de você aqui.

Zoe levantou os olhos lentamente, apenas o suficiente para verificar que Sam já desligara o telefone. Foi até a mesa.

— Eu acabo de arrumar tudo.

— Papai está cuidando disso.

— E pondo a mesa da maneira errada.

Ela trocou a posição dos garfos.

— Desse lado? — indagou Sam, contrito.

Zoe confirmou com um aceno de cabeça. Annie pegou os ingredientes da salada na geladeira. Estava fechando a porta quando Zoe se aproximou e disse, em voz baixa:

— Jana vai ver Danny Stocklan.

— Ver?

— Sair. Na noite de sábado.

— Não tem problema — disse Annie. — Você pode sair com as outras, mesmo sem ela.

Zoe sugou o canto da boca, de uma maneira que indicava que não faria isso.

— Por que não? — perguntou Annie, baixinho.

Zoe deu de ombros.

— Por que não? — insistiu Annie, persuasiva.

— Querem a companhia de Jana, não a minha. A alma da festa é Jana, não eu. Eu apenas a acompanho.

— Não é verdade, querida — declarou Annie, com vontade de chorar. — Todo mundo *gosta* de você.

Zoe começou a mastigar a bochecha por dentro.

— Por que nós três não vamos ao cinema na noite de sábado? — sugeriu Sam.

Zoe sacudiu a cabeça.

— E depois podemos jantar. Ou jogar boliche. — Como Zoe tornasse a sacudir a cabeça, ele acrescentou: — Podemos ir à plataforma de observação do aeroporto e assistir à decolagem dos aviões.

Annie lembrou que Zoe adorava esse programa quando era criança. Mas não estava mais interessada agora. Sam continuou tentando:

— Podemos ir ao centro comercial para brincar com os cachorros no Paul's Puppy Palace.

Como essa sugestão também fosse recebida com mais um aceno de cabeça negativo, Sam fez outra:

— Posso esconder você dentro do meu paletó e levá-la para assistir a um filme proibido para menores.

Annie não pôde deixar de sorrir. Era típico de Sam... e absolutamente falso. Mas Zoe não sorriu. Por isso, com extrema gentileza, Sam disse:

— Estou aceitando sugestões.

— Vou ficar em casa — murmurou Zoe para a mãe.

Ela virou-se e deixou a cozinha, mas não com a presteza necessária para esconder as lágrimas nos olhos.

— Essa não...

Annie largou os ingredientes da salada. Não suportava quando Zoe ficava transtornada daquele jeito. Era uma criança sensível, muito vulnerável. E Annie identificava-se demais com a filha.

Sam alcançou a porta primeiro, mas Annie passou por ele no corredor. Na base da escada, virou-se e pôs a mão em seu peito para detê-lo.

— É melhor eu ir sozinha.

— Por que ela está zangada comigo?

— Porque precisa do apoio de uma mulher. No caso, eu.

— Eu era capaz de ajudar antes.

— Tudo bem, mas agora ela está zangada com você. Tem que dar um tempo, Sam. *Ambos* precisam de um tempo.

— Quanto tempo? — Ele passou a mão nos cabelos. — Não agüento mais esta situação, Annie. Quero conversar com as crianças e com você também. Quero começar a consertar tudo. Só que ninguém me deixa. Quando a raiva começará a diminuir? Ainda vai demorar muito?

Annie tentou retirar a mão, mas parecia relutante em se afastar do peito de Sam. Por isso, deixou-a ali por mais tempo, o suficiente para que seus olhos pedissem a Sam — suplicassem — para ser paciente.

— Amo você — sussurrou ele.

Sua expressão de anseio era tão profunda que Annie quase esqueceu quem era, onde estava, por que se encontrava ali, e tudo mais que acontecera ultimamente em suas vidas.

Mas ela não esqueceu. Não podia. Respirando fundo, meio trêmula, virou-se e subiu para confortar Zoe.

Grady estava preparado quando foi ao centro de reabilitação visitar Michael.

— Isto é para você — anunciou ele, tirando uma lata da bolsa que carregava.

— Bolachas salgadas? — perguntou Michael, cauteloso.

Grady abriu a lata e virou-a para mostrar os chocolates Ring-Ding lá dentro.

— Ninguém vai roubar uma bolacha salgada. Por isso, estarão mais seguros aqui dentro.

Michael sorriu.

— O que mais tem na bolsa?

Com um pouco menos de confiança, Grady tirou da bolsa um surrado boné de beisebol.

— É meu boné da sorte. Encontrei-o preso num poste de cerca quando voltei a Gullen depois que saí da prisão. Não sei de quem era. — Ele esticou a pala, o suficiente para que Michael pudesse ver o A com uma auréola ao redor. — Nunca fui torcedor dos Angels, já que não moro no Maine. Mas achei que representava uma vida nova e me conscientizei disso. Passei a acreditar que me mantinha longe de encrencas.

Grady procurou um lugar para pôr o boné e acabou deixando-o na ponta de uma das barras que formavam o equipamento terapêutico por cima da cama.

— Aí, não — disse Michael. — Ponha na minha cabeça.

Grady atendeu-o, com uma imensa satisfação. Tornou a enfiar a mão na bolsa e tirou, mais dissimulado desta vez, um punhado de chicletes de bola que guardou na gaveta da mesinha-de-cabeceira, onde Michael podia alcançar.

— Eu vi — disse Teke.

— Tudo isso é para Michael — disse Grady. — E este é para você.

Ele tirou da bolsa o último presente, um saco de plástico com os mais variados fragmentos de objetos, fios de cores diversas, linhas, retalhos de pano.

— É o melhor dos meus trabalhos; uma espécie de assinatura pessoal, lembranças que guardei durante muito tempo. — Para Michael, ele explicou: — Sua mãe costumava fazer as coisas mais lindas com fragmentos como estes. Pensei que poderia ser um meio de ocupar suas mãos, enquanto você está com o fisioterapeuta.

Michael não se mostrou impressionado. O que parecera uma excelente idéia para Grady perdia de repente a maior parte de seu brilho. Aquela Teke não era a moça indigente que ele conhecera em Gullen. Era casada com dinheiro. Não ficaria impressionada com uma bolsa cheia de retalhos e linhas, apesar dos anos que ele passara acumulando tudo aquilo. Por isso, ele murmurou para Teke:

— Você fazia biscoitos para as enfermeiras do hospital. Pensei que poderia fazer brincos para as enfermeiras daqui. Uma idéia idiota, acho.

Ele fez menção de guardar o saco na bolsa.

— Espere um instante.

Teke examinou as coisas, um tanto hesitante. Depois, insinuando um sorriso, estendeu a mão.

O coração de Grady bateu mais forte. Ele entregou o saco, desejando que contivesse diamantes, para a mulher mais linda que conhecia. Apesar de tudo que imaginara, de tanta especulação, sobre como ela estaria vinte e dois anos depois, Teke ultrapassara suas mais altas expectativas. Como sempre.

Ele respirou fundo, fazendo um esforço para desviar os olhos de Teke para Michael.

— Está sendo bem tratado aqui?

— Acho que sim — respondeu o garoto, sem muito entusiasmo.

— Não?

— Os exercícios são um saco.

— Desde que ajudem, você tem de agüentar.

— Quero voltar para casa.

Grady procurou a orientação de Teke, mas ela se sentia tão desamparada quanto ele.

— Quando disseram que você pode voltar?

— Disseram que depende do meu empenho nos exercícios. Bem que tento, mas não adianta.

O desânimo de Michael calou fundo no coração de Grady. Afinal, fora sua picape que causara os danos. Ele teve de se esforçar para ser otimista.

— Não tem muito tempo que começou.

— Nada está adiantando.

— Então terá de se empenhar mais ainda. Principalmente se usar meu boné.

— Papai não vai gostar do boné.

Grady já chegara a essa conclusão. Também refletira que dera o boné a Michael tanto por desafio quanto por afeição. Graças a J.D., a polícia o procurava várias vezes por semana para que soubesse que não fora esquecido. E foi o desafio que impediu Grady de aceitar o boné de volta.

— Diga a seu pai que é o seu boné da sorte e que você se sai melhor quando o usa. Mas, para que ele acredite, terá de se sair melhor mesmo quando estiver com o boné.

— Que idade tem sua filha? — perguntou Michael.

Grady recuou. Lançou um olhar para Teke, mas ela também parecia não ter a menor noção de onde viera a pergunta.

— Seis anos — respondeu ele, cauteloso.

— Como ela se chama?

Grady hesitou.

— Shelley.

— Onde ela mora?

Ele respirou fundo.

— Na Califórnia, com a mãe, segundo a última notícia que tive.

— Não mantém contato?

Grady olhou para o chão.

— A mãe não quer e tem a custódia dela.

— Por quê?

Grady fitou o garoto nos olhos.

— Porque o juiz entendeu que uma menina precisa da mãe mais do que do pai... ainda mais se o pai é um assassino condenado.

Michael ficou calado. Grady já começava a pensar que o garoto deixara o assunto para trás — ainda bem, porque era angustiante para ele —, quando Michael perguntou:

— Isso o incomoda?

— Claro que me incomoda. E muito.

— É por isso que continua a me visitar? Porque sente saudade de sua filha?

— Não.

— Por que se sente culpado pelo que aconteceu?

— Claro que me sinto culpado. Mas esse não é o único motivo pelo qual venho aqui.

— Se está aqui para ver minha mãe, não quero que venha.

Teke fez menção de se levantar. Grady estendeu a mão para detê-la.

— Por que não? — perguntou, em voz baixa.

Se havia uma coisa que aprendera com o conselheiro da prisão, fora falar para descarregar sua raiva. Era evidente que Michael sentia raiva. A menos que fosse compreendida e canalizada, ele não teria a menor possibilidade de correr de novo em uma quadra de basquete.

— Porque ela não merece! — exclamou Michael, parecendo magoado, nem um minuto mais velho do que seus treze anos. — Ela traiu meu pai!

Grady balançou a cabeça.

— Ela me contou. Disse na sua frente. Também disse que foi um erro e que se sentia horrível, profundamente arrependida. Vai ficar com rancor dela pelo resto da vida? É uma coisa que eu, pelo menos, não conseguiria fazer. Preciso que as pessoas me perdoem. Matei um homem. Tirei sua vida. Ele morreu porque o agredi com força demais. Pelo meu código, isso é pior do que passar a tarde com a pessoa errada.

Michael virou a cabeça para o outro lado e fechou os olhos. Numa voz que era subitamente mais jovem do que seus treze anos, bastante vulnerável, ele perguntou:

— Mas você está aqui para ver mamãe ou a mim?

— A você, mas não me pergunte por quê. Pelo menos ela é uma guerreira. Sua vida desmoronou, mas ela está correndo atrás para corrigir o erro. Você é capaz de fazer isso?

— Mas não posso mover as pernas!

— Pode, sim. Só não pode movê-las neste momento. Por isso, terá de reaprender.

— E se eu não conseguir? — indagou Michael, à beira das lágrimas.

— Calma! — Grady falou com doçura. Antes de saber o que planejava, já sentara na cama, levantara Michael e o abraçara. — Claro que pode aprender a andar de novo.

Enquanto o garoto chorava contra seu peito, ele acrescentou:

— Deus sabe que há muitas pessoas aqui querendo ajudá-lo, o que é um bom começo. É mais do que algumas pessoas têm. Você pode aprender a andar de novo. Só precisa tomar a decisão.

Onze

J. D. dormiu demais. Já não o fazia desde a faculdade, e mesmo naquele tempo só acontecia na manhã seguinte às noites em que Sam o deixava de porre. Tinha um despertador interno que funcionava 365 dias por ano. Teria funcionado naquela manhã também, se ele não ficasse acordado até uma hora daquelas, tentando pôr os seus pertences em ordem no quarto e no banheiro... depois de fazer o seu jantar e limpar a sujeira que deixara na cozinha. Claro que poderia ter comido fora. Mas fazer o próprio jantar, na primeira noite em seu apartamento, parecera-lhe a atitude mais... *independente.*

Ninguém lhe dissera que o molho de espaguete espirrava se o fogo não fosse mantido baixo. Ninguém lhe dissera que o espaguete cozido aumentava a velocidade ao deixar a panela e podia deslizar do prato para a bancada, se não tomasse muito cuidado. E isso na segunda porção de espaguete. Perdera a maior parte da primeira pelo ralo da pia, quando tentara esvaziar a água da panela, inclinando-a e deixando a tampa entreaberta. A manobra só servira para queimar-lhe a palma da mão.

Mas isso não fora o pior. O pior mesmo fora derrubar e quebrar a garrafa de azeite, ao atingi-la inadvertidamente com o cotovelo Tivera de lavar e enxaguar o chão cinco vezes. Mesmo assim, ainda parecia oleoso, o que não lhe daria nenhum crédito para as alegações de remoção de gordura pelo detergente usado.

Agora, não apenas o despertador interno o traíra, mas também o que tinha na mesinha-de-cabeceira. J.D. ainda não sabia o porquê de não tocar às sete. Eram oito e meia agora, e ele se movimentava apressadamente por um apartamento estranho, tentando recordar onde guardara as coisas na noite anterior. Tinha certeza de que trouxera o terno de *tweed* cinza-escuro, uma indicação infalível da chegada de novembro, na primeira das duas viagens de Constance que fizera na véspera. Mas não conseguiu encontrá-lo no *closet*. O mesmo acontecera com metade de suas gravatas. Não que estivesse adiantado o bastante para se vestir. A lâmina perdera o gume no meio da barba e não tinha outra de reserva. Acabou cortando o queixo, o que, de qualquer maneira, teria acontecido, já que o chuveiro quente deixara o espelho embaçado, atrapalhando a sua visão. Agora, precisava esperar que o sangue parasse de correr antes de se vestir. Caso contrário, correria o risco de ficar com um pingo de sangue impregnado na gravata ou na camisa. Por isso, com pequenos pedaços de lenço de papel no queixo, foi preparar o café da manhã.

A boa notícia foi a de que o jornal fora entregue em sua porta, como prometido. A má notícia é que se esquecera de comprar leite para o café matinal. Por isso, despejou o cereal servido de volta na caixa, jogando na pia o restante. Optou pela segunda melhor opção — um pão na torradeira enquanto lia o jornal. Mal passara da primeira página quando começou a sair fumaça da torradeira. Ele levantou a alça. O pão continuava lá embaixo. A fumaça continuou a subir para o teto, acionando o sistema de alarme. Praguejando horrores, J.D. silenciou o alarme, arrancando-o com o cabo do esfregão, tão útil na noite anterior.

A essa altura, estava decidido a não permitir que um pão levasse a melhor. Pegou um garfo e começou a arrancar fragmentos da grade de dentro da torradeira. Acabou com vários pedaços de tamanhos variados e muito farelo, sobre os quais não poderia espalhar requeijão... o que não era problema, pois também não se lembrara de comprar requeijão.

Foi nesse momento que o pleno impacto de sua decisão o atingiu. Pela primeira vez, parado ali, em sua nova cozinha, os pés grudando no chão e as sobras do café matinal à sua frente, a realidade entrou em foco.

Deixara Teke. Deixara a casa e as crianças. Seu casamento de dezenove anos estava prestes a se dissolver por completo. O seu futuro se descortinava.

A parte dele que dependia de Teke, que gostava de ser um Popewell e apreciava a constância da casa na próspera comunidade suburbana, sentiu-se apavorada. E essa parte especulou por que agira de uma maneira tão precipitada.

O que não aconteceu com a parte que se divertia com outras mulheres, que achava que a advocacia era a coisa mais chata do mundo e se ressentia de cada palavra de John Stewart Maxwell. Essa parte estava determinada a preparar um café da manhã melhor no dia seguinte.

Sam sentou-se na elegante poltrona indicada. Cruzou as pernas nos tornozelos, numa posição confortável, e apoiou os cotovelos no braço da poltrona. Para a audiência da televisão, era um homem confiante e descontraído. Por dentro, sofria demais.

Nunca teria concordado em comparecer àquele programa se não tivesse rejeitado meia dúzia de outros, desde que ganhara o caso *Dunn v. Hanover*. Só capitulara quando seus sócios e o pessoal da firma de relações públicas ergueram os braços em desespero unânime. Um único programa, ele admitira. De preferência bem de manhã, quando ninguém que ele conhecia estaria assistindo, conforme pensara. O destino decidiu que o programa seria no início da manhã, e ele estava detestando cada minuto.

— Acho que a decisão do tribunal foi *completamente errada* — declarou um abusador confesso. — Não devo ser considerado responsável por uma coisa que fiz há vinte anos. Mudei muito. Não faço mais essas coisas.

— Mas fazia naquele tempo — argumentou uma abusada confessa. — E o que foi feito comigo afetou minha vida inteira. Estou sofrendo agora pelo que meu pai fez naquele tempo. Ele não deveria sofrer também?

— Sr. Pope — interveio o moderador —, não é esse o seu principal argumento?

Sam teve de fazer um esforço para se concentrar na discussão.

— Não exatamente... não se a vingança é o objetivo...

— Não é vingança — protestou a abusada. — É *justiça*.

— É uma perda de tempo — insistiu o abusador. — Levo uma vida exemplar agora. Trabalho muito, ganho meu dinheiro, pago impostos, trato bem minha família. Levar-me a julgamento por uma coisa que aconteceu há tanto tempo é um desperdício dos esforços de todos. De que adiantaria? A vida continua. As pessoas deixam coisas como essas para trás.

— Mas eu *não* posso deixar! — exclamou a abusada. — Convivo com isso todos os dias da minha vida!

— Sr. Pope? — interveio de novo o moderador.

Sam limpou a garganta. Tentava separar sua situação pessoal da que estava sendo discutida. Embora estivesse do lado da vítima, sentia que a palavra "culpado" estava estampada em seu rosto.

— Nosso sistema de justiça rejeita o conceito de olho por olho — disse ele, devagar. — É por isso que a vingança pela vingança não pode ser admitida. Arcar com consertos pelos erros cometidos é diferente.

Ele teria aceitado corrigir erros cometidos *com o maior prazer*, se isso recuperasse o relacionamento com Annie, Teke, J.D. e as crianças. Pagaria com o maior prazer as contas médicas de Michael, os professores particulares, tudo que fosse necessário, se isso ajudasse. E acrescentou:

— Se a pessoa abusada sofreu... e continua a sofrer... uma dor mental e física pelos erros cometidos, a tal ponto que sua vida normal fica prejudicada, tem todo o direito de pedir uma indenização.

— É ganância, pura e simples — alegou o abusador. — Essas pessoas só querem o dinheiro.

Sam estava desejando que algo tão simples quanto dinheiro pudesse resolver seu problema, quando a abusada fez com que se sentisse ainda pior, ao declarar:

— Não há dinheiro no mundo que possa compensar aquilo por que passei.

E a discussão continuou, emoções intensas impregnando os argumentos, como os produtores queriam. As emoções de Sam também eram intensas. Sentia-se culpado. E fraudulento. E indigno de entrar na casa dos telespectadores como uma autoridade em defesa dos abusados. Por isso, experimentou uma infinita gratidão quando o programa acabou.

Pouco depois, ao voltar ao escritório, avistou J.D. no restaurante no andar térreo do prédio. Havia outras pessoas em outras mesas, homens e mulheres, as conversas pontuadas pelo retinir aristocrático da prata contra a porcelana. J.D. sentava-se sozinho, com o jornal e o que parecia ser um lauto café da manhã, que começava a comer naquele instante. Parecia a oportunidade perfeita. Há dias que Sam vinha tentando encontrá-lo, mas num momento em que estivesse relaxado e sem nada de imediato para fazer.

Sem querer pedir licença e correndo o risco de ser rejeitado, ele foi logo se sentando.

— Precisamos conversar.

J.D. virou uma página do jornal e o dobrou.

— Estou tirando uma folga. Não pode deixar para mais tarde?

— O escritório não é um bom lugar para esse tipo de conversa. Seu pai tem ouvidos nas paredes.

J.D. enfiou um pedaço de *waffle* na boca e o acompanhou com um gole de suco de laranja fresco. Sam gesticulou para que a garçonete trouxesse café.

— Como está o apartamento?

— Ótimo — respondeu J.D., começando a comer uma fatia de *bacon*.

— Tudo arrumado?

— Claro.

— Precisa de ajuda em alguma coisa... tipo pendurar quadros, instalar um suporte para gravatas, ligar o videocassete?

— Já cuidei de tudo.

Sam balançou a cabeça. Refletiu que os zeladores de prédios faziam esse tipo de trabalho. Mas parecia estranho. Afinal, ajudara J.D. em tarefas mecânicas mais vezes do que podia contar.

— Se precisar de mais alguma coisa em que eu possa ajudar, é só me chamar. Uma casa nova pode ser deprimente até que você a ajeite do modo como deseja.

J.D. limpou a mão no guardanapo antes de virar outra página do jornal.

— O apartamento já veio mobiliado. Não há muito o que ajeitar.

— Quer dizer que gosta dele?

— Eu não o teria comprado se não gostasse.

Sam ofereceu um sorriso de agradecimento à garçonete que trouxera seu café.

— Deve ser estranho, tamanho sossego depois de anos numa casa movimentada.

Ele tentou imaginar sua própria casa assim, com as crianças na universidade, seus quartos vazios e escuros. A única parte boa seria ficar a sós com Annie. Poderiam fazer amor onde e quando quisessem. Se é que tornariam a fazer amor. O que ainda não acontecera. Desde Teke.

J.D. continuou a comer e ler o jornal. Sam o observou em silêncio por um momento. Depois, suspirou como que frustrado.

— Ou você ainda está com raiva, ou com medo, ou com fome, ou esse jornal é mais interessante do que eu. Pare com isso, J.D. Largue a droga desse jornal e converse comigo.

J.D. largou o jornal. Estendeu o braço pelo encosto da cadeira vaga à sua esquerda. Pegou a torrada com a outra mão.

— Está com medo? — indagou ele, curioso.

— De dizer alguma coisa desagradável.

J.D. mastigou um pedaço da torrada.

— Por exemplo?

— Por exemplo, você precisava mesmo sair de casa? Por exemplo, sabe o que isso significou para as crianças? Por exemplo, está mesmo tudo acabado?

J.D. não hesitou nas três respostas:

— Sim, sim e não sei.

Sam desviou os olhos, praguejando baixinho.

— É assim que termina uma amizade de vinte e tantos anos?

— Você é quem sabe. Afinal, é o culpado pela destruição dessa amizade.

Lá estava de novo o sentimento de culpa, tão forte como ocorrera no estúdio de televisão.

— Precisa mesmo ser destruído? Não há um meio de salvar alguma coisa? — Sam levantou a mão. — Não responda se vai lançar mais alguns chavões furiosos.

Ele inclinou-se para a frente e baixou a voz, acrescentando:

— Precisa escutar o que tenho a dizer. Aquela tarde passou, não volta mais. Já me desculpei da melhor forma que podia. Não sei o que mais posso dizer. Agora, tento me projetar além, considerando o futuro. Mas é difícil, porque subitamente você sai de cena. Não quero que isso aconteça, J.D. Ninguém quer.

J.D. não disse nada. Ficou olhando para seu prato, pensativo. Parara de comer. Estimulado por essa atitude, Sam continuou a argumentar:

— Sua saída de casa foi um golpe para todo mundo. Michael pode estar agora no centro de reabilitação, mas temos de pensar no momento em que voltará para casa, querendo levar de novo um vida normal. Sua saída de casa mudará tudo. — Sam tornou a erguer a mão, para impedir que J.D. falasse. — Esqueça a raiva. Esqueça os comentários irônicos. Converse comigo, J.D. Diga-me o que sente lá no fundo, com toda sinceridade. Pode dizer que não tenho o direito de saber, mas não sou apenas eu. Pense também em Annie e nas crianças.

J.D. comprimiu os lábios. Quando ergueu o rosto para fitar Sam, seus olhos eram francos e diretos — e que foi a primeira indicação que Sam teve de que conseguira fazer contato. A segunda foi a ausência de raiva na voz de J.D.

— Com toda sinceridade? Lá no fundo? Acho que a mudança pode ser permanente.

— Mas *por quê*?

Sam não podia conceber uma vida sem ter J.D. como vizinho. J.D. proporcionava ordem às coisas que faziam. Era a força de contenção quando o capricho ameaçava prevalecer sobre a razão. Agora, parecia que ele próprio se deixara dominar pelo capricho.

— No dia seis de outubro você amava Teke; no dia oito de outubro deixou de amar? — Sam estalou os dedos. — Assim de repente? Não faz sentido.

— Claro que faz, se o amor não era tão grande assim. Estou começando a pensar que meu casamento começou errado. Eu tinha um relacionamento com Teke? Ou era com Teke, Sam e Annie? Pense um pouco a respeito, Sam. Sempre foi um relacionamento extravagante.

— Mas deu certo.

— Extravagante — insistiu J.D. — Meu primeiro encontro com Teke foi um programa a quatro, com você e Annie. Continuamos assim pelo resto da universidade. A distância entre nossos casamentos foi de dois meses. Tirávamos férias juntos, alugamos apartamentos no mesmo prédio, compramos a primeira casa no mesmo bairro, a segunda ao lado uma da outra. Nossos filhos são muito parecidos. As pessoas que nos conhecem têm alguma dificuldade para dizer quem são as crianças Pope e quem são as crianças Maxwell. Portanto...

Ele fez uma pausa, respirando fundo, antes de arrematar:

— ... a questão é determinar se me apaixonei por Teke ou pelo quarteto.

— Você tinha de sentir alguma coisa por Teke.

— E sentia. Mas não resiste quando nos tornamos uma dupla.

— Você nunca deu a menor chance ao sentimento!

— Dei dezenove anos de chance. No passado, a distância que me separava de Teke era preenchida por vocês dois. Agora, isso não pode mais acontecer, porque vocês se tornaram parte do problema. Somos só eu e Teke. Ao longo de todo esse trauma com Michael, não conseguimos prestar qualquer ajuda um ao outro. E, se não foi possível agora, quando poderia ser? Meu relacionamento com Teke é vazio. E é uma estupidez tentar me apegar a alguma coisa sem substância.

— E as crianças?

— Virão me visitar.

— E o Dia de Ação de Graças?

— Pode ficar a cargo de Teke. Ninguém vai impedi-la.

Sam sentia-se deprimido.

— Claro que pode ficar a cargo de Teke. É o que sempre acontece. Ela sabe fazer um Dia de Ação de Graças como mais ninguém. Mas Annie não vai querer comparecer, como sempre fazíamos no passado. O que significa que, pela primeira vez, vamos celebrar separados o Dia de Ação de Graças e que Teke só vai fazer peru para as crianças e ninguém mais.

— Ela pode convidar seus amigos. — Num tom mais amargo, J.D. acrescentou: — E pode convidar Grady Piper. Sabia que os dois foram amantes no passado?

Sam sabia. Annie lhe contara.

— Aconteceu há muito tempo.

— Ele continua apaixonado. Foi por isso que veio para cá e é o motivo de ainda estar por aqui. Espere só para ver. Ele ainda vai causar mais problemas.

— Nossa polícia ainda não descobriu um único pequeno delito que ele tenha cometido. E parece que vem fazendo um excelente trabalho na casa de Cornelia Hart.

— Estou pensando no trabalho que também vem fazendo com Teke. Ainda vai levá-la para a cama. Espere só para ver.

— E quem lhe proporcionou a oportunidade perfeita? Se você não queria que isso acontecesse, não deveria ter saído de casa. Ou ela é sua ou não é. Ou você reivindica seus direitos ou sai de cena.

— Já fez isso com Annie? Reivindicou seus direitos?

— Ela sabe que não vou sair de casa.

Subitamente, Sam compreendeu que era uma reivindicação passiva demais. Palavras que usara no início daquela manhã — como "reparação" e "indenização" — afloraram em sua mente.

— Ela o perdoou?

— Estou me empenhando para isso.

Mas se empenhando o bastante? Sam tinha dúvidas. Ainda dava tempo para Annie mudar de idéia por si mesma. Enquanto isso, tentava passar mais tempo em casa. Desde *Dunn v. Hanover* que era procurado por vítimas querendo iniciar uma ação judicial, mas vinha encaminhando os casos para outros advogados. Ainda relaxara um pouco no trabalho permanente, a fim de conceder mais tempo a Annie. Ocorreu-lhe que poderia ser mais agressivo no esforço para reconquistá-la.

— Pelo menos não há outro homem em cena — raciocinou ele, em voz alta. — Pode ter certeza de que eu estaria fazendo mais, se houvesse.

Sam tornou a focalizar J.D., para acrescentar:

— Não se queixe por causa de Piper. Você saiu de casa. Abandonou-a. Assim, Teke fica sendo uma presa fácil.

— Ela ainda é casada comigo... — J.D. limpou a boca com um guardanapo e o largou em cima da mesa. — ... mas ele pode levá-la. Só não quero que fique cercando meu filho.

— Michael precisa de alguém. — Essa idéia deixava San angustiado, como sempre. — Não quer olhar para mim, e você não é uma presença constante.

— Eu visito o centro.

— Ele sabe que você saiu de casa?

— Não falei nada, mas presumo que uma das meninas lhe tenha contado. Jana diz que quer morar comigo. Só Deus sabe o que Leigh diz. Ela nunca está em casa quando converso com Jana. Sempre sai para se encontrar com Jon.

— São inseparáveis.

— Isso não é novidade.

— Agora está pior do que nunca.

Jon e Leigh formaram uma aliança na crise, tornando-se uma unidade, ao que parecia, com a exclusão de todos os outros das duas famílias. Annie poderia se beneficiar se ele fosse mais presente. E Zoe também.

— Converse com Jon — sugeriu J.D.

— Não vai adiantar. Ele não se mostra disposto a ouvir qualquer coisa que eu diga. Acha que sou falso e mentiroso. Você teria mais sorte conversando com Leigh.

J.D. soltou um resmungo.

— Leigh e eu não somos confidentes.

Sam pensou na própria filha. O relacionamento tivera momentos de confidência, no tempo em que Zoe costumava conversar com ele. Agora ela se recusava a fazê-lo.

— Que confusão... — murmurou ele.

— Tem razão.

Sam virou-se de lado. Apoiou os cotovelos nos joelhos. As mãos penderam inertes.

— Muito bem. — Ele respirou fundo. — Não adianta ensaiar. Vamos falar sobre a casa de esquiação. A montanha será aberta no final do mês. O que você quer fazer?

J.D. franziu o rosto.

— Não tenho a menor idéia. O que Teke deseja fazer?

— Não perguntei. Ela transferiria a decisão para você. Sua saída de casa atingiu-a em cheio. Fez com que tudo se tornasse ainda mais real.

J.D. inclinou-se para trás.

— E se ela estiver grávida?

Sam ficou aturdido.

— De mim?

— Usou alguma coisa? Claro que não, e ela também não subiu correndo para pegar o diafragma.

Sam segurou-o pelo braço, puxando J.D. e a cadeira para a frente, com um baque.

— Ela não está grávida.

— Mas o que acontecerá se estiver? — indagou J.D., num tom que Sam podia jurar que era divertido. — Seria uma complicação interessante na situação.

— Ela não está grávida — repetiu Sam.

Mas ele começou a suar. Não considerara a possibilidade de uma gravidez. Deveria tê-lo feito, mas nem lhe passara pela cabeça.

— E o que me diz da AIDS? — indagou J.D. — Por acaso pensou nisso?

— Não — respondeu Sam, agora irritado. — Mas, se acontecer, a culpa não será de Teke, mas sua.

O pensamento deixou-o repugnado. Já se cansara de John David, pelo menos por enquanto. Levantou-se.

— Enquanto penso sobre isso, você pode pensar também no chalé e na casa de Sutters Island. Se vai se divorciar de nós, é melhor negociarmos um acordo de separação. Mas devo avisá-lo de que lutarei para receber uma parte justa. Aceitarei a culpa pelo que fiz com Teke e pelo que aconteceu depois com Michael — mas a coisa pára por aí. Já foi longe demais. Se você quer cair fora, tudo bem. Se quer se divorciar de Teke, tudo bem. Se quer se convencer de que é bom demais para nós e não deve mais sujar as mãos com gente que não merece, tudo bem. Mas nós lhe demos vinte anos maravilhosos. Deixe-nos, e vai entrar em parafuso.

— Não acredito nisso.

— Acredite no que quiser. Mas sem a nossa ajuda, logo se tornará outro John Stewart. É isso que você quer?

Consternado consigo mesmo, com J.D., e com toda a infeliz situação, Sam afastou-se.

Teke estava no centro de reabilitação trabalhando com Michael e seu fisioterapeuta, quando uma enfermeira a procurou.

— Um homem a chama ao telefone, Sra. Maxwell. Diz que é urgente.

— Deve ser seu pai. — Teke apertou o ombro de Michael, disfarçando o nervosismo. — Volto num instante.

A enfermeira esperou até saírem para o corredor, quando explicou, em tom de censura:

— Não é seu marido, mas Sam Pope. Argumentei que a senhora estava ocupada e que eu não tinha tempo para procurá-la, mas ele insistiu.

Teke ficou assustada. Imaginou meia dúzia de mensagens urgentes que Sam poderia lhe dar, nenhuma das quais era feliz. Tinha o coração disparado quando alcançou o telefone.

— O que aconteceu, Sam? Algum problema com Jana ou Leigh?

— Não, não. Elas estão bem.

— Annie?

— Também não. Teke, você está grávida?

Teke teve um *branco* momentâneo.

— Como?

— Muitas mulheres concebem na casa dos quarenta anos. Se aconteceu com você, já deve ter perdido uma menstruação.

Grávida? Daquela única vez em que tiveram uma relação, abortada e malfadada? Teke deixou escapar um suspiro quase histérico. Fez uma pequena prece de agradecimento por não ter acontecido.

— Não perdi a menstruação. Portanto, não estou grávida.

Sam também suspirou, com um alívio ostensivo.

— Graças a Deus! Pode haver coisas muito piores do que nosso incidente casual produzir uma criança, mas não consigo pensar em muitas, nas atuais circunstâncias. Desculpe, Teke. Não tinha a intenção de preocupá-la, mas J.D. me deixou com essa pulga atrás da orelha, e coçava tanto que eu não podia pensar em mais nada.

— É uma analogia típica de Annie.

Teke não pôde evitar um sorriso afetuoso. Sentia saudades de Annie. E não podia sequer começar a pensar na reação de Annie se tivesse engravidado de Sam.

— Como está Michael? — perguntou Sam, mais calmo.

— Ainda furioso. Mais comigo do que com qualquer outra pessoa. Não sei se algum dia me perdoará.

— Conversarei com ele.

— Não será fácil. Você também está no topo da lista negra de Michael.

Graças a Deus que ela não estava grávida! Em relação a Michael, teria sido um *terrível desastre*.

— Posso tentar. E continue o que vem fazendo, Teke. Mais cedo ou mais tarde ele vai compreender o quanto você o ama.

Teke contava com isso. Às vezes, era a única coisa que a fazia continuar.

— Agüente firme por aí, Teke. E, se precisar de alguma ajuda em casa, basta avisar.

Ela realmente amava Sam, por esse tipo de preocupação.

— Annie pode não gostar.

— Annie se sente tão mal quanto eu por J.D. ter saído de casa, deixando-a sozinha. E me fez prometer que ficaria em Boston até mais tarde esta noite, para poder convidar suas filhas para jantar, sem que minha presença cause um constrangimento geral.

— Oh, Sam...

— Posso viver com isso. E você, vai ficar até mais tarde com Michael?

— Claro. — Ao menos um problema imediato estava resolvido. Teke sentia-se grata ao receber qualquer ajuda, por menor que fosse. — Por favor, agradeça a Annie por mim.

— Está certo. Cuide-se, Teke.

* * *

Annie encerrara uma reunião com um aluno e guardava vários livros na estante, quando Sam entrou na sala. Ao som de um barulho na porta, ela virou-se, sobressaltada. Sua reação inicial foi de prazer, logo reprimida.

— Não o esperava, Sam. — Ela olhou para o relógio. — Não disse que tinha um almoço com um cliente?

Ultimamente, ele fazia questão de relatar os compromissos em sua agenda antes de sair de casa pela manhã. "Caso precise entrar em contato comigo", alegava Sam, a desculpa que preferia. Ela desconfiava que era a sua maneira de dizer "Não tenho nada a esconder".

— Cancelei o almoço — disse ele. — Ocorreu-me que não passo por aqui há algum tempo e que dentro de poucas semanas você estará ocupada demais com as provas. Como não vou jantar em casa hoje, tive vontade de almoçar com você. Aceita?

Annie lançou outro olhar para o relógio, depois para o saco de papel em cima do arquivo.

— Planejava comer um sanduíche aqui, enquanto trabalho. Tenho de dar uma aula à uma e meia.

— Só vamos até o café. Eu a trarei de volta num instante.

Ela teria saído com o velho Sam sem hesitar, mas o novo Sam transara com sua melhor amiga. E ela ainda se sentia magoada.

— Por favor, Annie. Não acha que já é tempo?

Ele tinha razão, refletiu Annie. Não podia evitá-lo para sempre, mesmo que quisesse... e não queria.

Sem olhar para ele, Annie pegou a bolsa na última gaveta do arquivo. Sam segurava seu casaco quando ela se ergueu.

O café era o mais íntimo dos locais de refeição no campus. Era curtido pelo tempo, como um par de sapatos velhos e confortáveis. Era também apinhado e barulhento. Depois de dois minutos de pé na fila, esperando para fazer o pedido, Sam estava de cara amarrada.

— Isto é um buraco. Talvez eu deva levá-la para outro lugar.

Mas Annie sentia-se mais segura em seu território.

— Seja paciente. A fila está andando.

— Eu queria levá-la para algum lugar agradável. Por que sugeri o café?

— Porque eu disse que não tinha muito tempo, e aqui é o mais próximo. Come-se bem.

Era funcional, pitoresco, ao estilo de um campus, nem um pouco romântico.

— Eu queria um lugar que fosse todo branco, com flores frescas na mesa, garçons de luvas brancas e mesas vagas ao redor para que ninguém se sentisse embaraçado quando eu começasse a sussurrar doces palavras de carinho em seu ouvido.

Annie lançou-lhe um olhar repressivo. Não o queria dizendo coisas assim.

— Em outra ocasião — murmurou ele, enquanto se adiantavam.

— O que vai ser, Dra. Pope? — perguntou um rapaz, do outro lado do balcão.

Annie pediu salada de atum e chá. Sam pediu um *cheeseburger* duplo com *bacon,* acompanhado por batatas fritas e refrigerante.

— Isso ainda me provoca um choque — murmurou ele, inclinando-se para o ouvido de Annie, enquanto o sanduíche era preparado.

— O quê?

— Dra. Pope. Não escuto com bastante freqüência para me acostumar. Parece muito formal. E sempre me deixa orgulhoso.

Ela corou, mas não disse nada. Observou o rapaz do outro lado do balcão despejar a salada de atum sobre uma camada de alface picada.

— Isso mesmo, *você* me deixa orgulhoso — murmurou Sam, ainda falando perto de seu ouvido. — É a pessoa de aparência mais normal aqui.

O que era bastante fácil, refletiu Annie, olhando ao redor, para o variado sortimento de acadêmicos. Ela poderia ter dito a mesma coisa de Sam. E que ele era o homem mais *bonito* ali. E o mais *sensual.*

— Alguns desses não-muito-normais são gênios.

— Prefiro a normalidade à genialidade a qualquer momento — resmungou ela. — E preferiria a normalidade a qualquer outra coisa neste momento.

Annie pensou nos acontecimentos recentes. Sacudiu a cabeça quando o jovem atrás do balcão perguntou se ela também queria batatas fritas. Sam virou-se de lado para fitá-la.

— Conversei com J.D. esta manhã. Ele acha realmente que é o fim de seu casamento.

Annie sentiu um aperto no coração.

— Tão depressa? Tão *irremediável*? Sem possibilidade de mudar de idéia? Sem uma tentativa de *aconselhamento*?

— Pode imaginar J.D. numa sessão de aconselhamento?

Ela pensou a respeito por meio segundo.

— Tem razão. Ele nunca iria. Mas um terapeuta teria um prato cheio com J.D. Esqueça o relacionamento dele com Teke ou conosco. A dinâmica entre ele e o pai poderia ocupar cinco anos de sessões.

— Acho que ele sabe disso.

Sam estendeu a mão para o prato de salada de atum antes que ela pudesse pegá-lo. Também alcançou o chá antes. Quando seu sanduíche juntou-se ao resto na bandeja, Annie levou-o para a única mesa vaga. Ficava bem no meio da confusão. E era melhor assim, pensou ela. Havia segurança na visibilidade. Sam não podia tentar coisa alguma, e ela não podia sucumbir.

Ele não começou a comer imediatamente. Cruzou os braços sobre a beira da mesa e observou-a, até que ela lhe pediu para parar, pois se sentia constrangida.

— Não posso evitar — murmurou ele. — Não apenas você é a pessoa de aparência mais normal aqui, mas também a mais bonita. Eu amo você, Annie.

Ela revirou os olhos.

— Amo muito.

— Tenho certeza.

— O que isso significa?

— Significa que acredito em você.

— Mas?

— Mas às vezes você tem uma maneira estranha de demonstrar.

— Uma única vez, que já se transformou em passado.

Annie voltou a comer a salada de atum.

— Se é que foi mesmo a única. De qualquer forma, a repercussão continua. Pobre Teke.

— Não está mais zangada com ela?

— Claro que estou. Mas fomos amigas por tanto tempo que seria desumano não sentir qualquer compaixão agora. O marido acaba de deixá-la. Ela deve estar se sentindo abandonada.

Annie ficaria *arrasada* se Sam a deixasse.

— Acha que Grady Piper pode confortá-la?

— Um pouco. Por outro lado, uma parte de Teke está furiosa com a presença dele aqui. Grady magoou-a profundamente quando disse que nunca mais queria vê-la.

— J.D. está convencido de que não vai demorar muito para os dois estarem na cama. O que você acha?

— Teke ainda deve estar muito zangada para isso. Ou com medo.

— Com medo?

— De se envolver outra vez com Grady. Já foi desastroso no passado. — Annie fitou-o nos olhos. — Além do mais, ela transou com você e veja o que aconteceu. Sofrimento imediato, incrível pesar, angústia prolongada. A perspectiva de transar com *qualquer* outro homem pode deixá-la apavorada.

Sam sustentou o olhar sem piscar. Mas seus olhos foram se tornando vagos. Annie conhecia aquela expressão. Dizia que ele a estava imaginando na cama. Por mais lisonjeiro que fosse, não era o que ela queria naquele momento.

— Por favor, Sam.

Ele empertigou-se, tossiu, limpando a garganta, mudou de posição na cadeira, de uma maneira que confirmava sua excitação. Com uma expressão determinada, Sam deu uma mordida no *cheeseburger.*

— Ainda por cima — continuou Annie —, uma das características mais básicas que Teke e eu tínhamos em comum era o fato de virmos de famílias desagregadas. Casar e ter filhos era alta prioridade para as duas, mas para Teke ainda mais do que para mim. Eu tinha sonhos de me tornar professora. Ela nunca sonhou ser qualquer outra coisa além de esposa e mãe. Quer fosse ou não uma ilusão, ela achava que tinha uma âncora em J.D. Creio que ela vai insistir no casamento, até se dissolver por completo em suas mãos.

— Espero que não.

— Por quê?

— Ela merece mais. — Sam hesitou, parecendo indeciso. — J.D. nem sempre foi fiel a Teke. Nunca houve qualquer caso prolongado e eu nunca soube, até acontecer um pequeno incidente. Fomos a um café da manhã de advogados. Uma advogada que sempre se mostrara afável antes fez questão de nos evitar. J.D. fez um comentário sobre as dificuldades de algumas mulheres com o dia de amanhã.

Annie ficou consternada.

— Fala sério?

Ele confirmou com um aceno de cabeça.

— Você nunca me contou isso.

— De que adiantaria?

Não muito, refletiu Annie. Mas ela estava chocada.

— O que você dizia quando J.D. passou a lhe contar os casos?

— Que era errado. Que ele não era justo com Teke. O que mais eu podia fazer? Não podia contar a Teke, e sabia que você não o respeitaria muito se soubesse. Eu mesmo passei a respeitá-lo menos. Ainda assim, era o meu melhor amigo.

Sam fez uma pausa, pensativo.

— É engraçado como um único erro de minha parte despertou tamanho desprezo de J.D. — Ele levantou a mão. — Eu sei, eu sei. Meu erro foi com a esposa dele. Ainda assim, se quer generalizar, o que fiz não foi pior do que ele fez mais de uma vez. Não que esteja querendo me desculpar. Não há desculpa. Infidelidade é infidelidade, uma ação completamente errada. Mas se J.D. renuncia a seu casamento tão depressa, com tanta facilidade, Teke tem o direito de se encontrar com um velho amigo; e, se isso a deixa feliz, sou a favor.

— Você faria isso? — perguntou Annie.

— O quê?

— Se eu lhe dissesse que queria o divórcio, você se ligaria a Teke?

Seria fácil para ele fazer isso. Afinal, conheciam-se muito bem. Até demais.

Sam empalideceu.

— Quer o divórcio?

— É uma pergunta hipotética. A questão é Teke.

Ele parecia não ter ouvido.

— Não quero divórcio nenhum, Annie. Já lhe disse muitas e muitas vezes. Eu a amo. E quero acertar tudo com você.

— Mas, *se* eu não o quisesse mais, você iria para Teke?

Sam fez uma careta.

— Claro que não. Por que eu haveria de querer Teke?

A repulsa era genuína, o que proporcionou a Annie uma pequena sensação de alívio. Ainda assim, ela podia pensar em dezenas de coisas que Sam podia querer de Teke.

— Comida feita em casa. Roupa lavada. Intimidade. Sexo.

— Teke é uma boa amiga, mas não me desperta nada. Quanto ao resto, posso contratar alguém para prestar esses serviços, sem precisar de Teke.

— Dra. Pope?

Ela levantou os olhos.

— Oi, Georgia. Jason. — Para Sam, ela acrescentou: — Você conheceu Jason numa festa no ano passado. Jason Faust. E esta é Georgia Nichols. Está no primeiro ano de pós-graduação.

Para os dois, com uma profunda satisfação em relação a Jason, Annie disse:

— Este é Sam, meu marido.

Sam levantou-se e estendeu a mão, primeiro para Georgia, depois para Jason.

— Lamento incomodá-la — disse Georgia, tornando a olhar para Annie. — Deveríamos ter uma reunião às três horas, mas não poderei comparecer. Podemos marcar para amanhã de manhã?

Annie tirou uma agenda da bolsa.

— Tenho a manhã apertada. Não poderia recebê-la antes do meio-dia.

— Meio-dia está ótimo.

Annie escreveu a anotação. Fechou a agenda e estudou Jason.

— Parece pálido. Está passando mal?

— Não. Só vim dar apoio moral a Georgia. Tudo resolvido, meu bem?

A pergunta foi dirigida a Georgia, que confirmou com um aceno de cabeça. Ela ainda acenou em agradecimento para Annie, enquanto os dois se afastavam. Annie observou-os. Jason andava e falava normalmente, mas...

— O que é? — perguntou Sam.

— Jason não parece muito bem.

— Normalmente ele parece *melhor* do que isso? — Quando Annie virou-se para fitá-lo, Sam acrescentou: — É um cara muito bonito, quer esteja pálido ou não. Ele é *gay*?

— Não, não é *gay*.

— Como sabe?

— Eu sei.

E como sabia!

— Como?

— Porque os rumores dizem que não, e os rumores nunca mentem.

Annie olhou para o relógio. Tinha de se apressar. Ela passou a comer mais depressa.

— Se eu fosse do tipo desconfiado, ficaria com ciúme — comentou Sam. — Seu Jason não apenas é bonito, mas também jovem. Algumas mulheres sentem atração por carne jovem.

— Alguns homens também.

— Você nunca se sentiu tentada?

Annie teve de fazer um esforço para não se contorcer.

— Sou casada.

— Isso não significa que não se sentiu tentada.

Ela continuou a comer por mais um instante, antes de largar o garfo, cruzar as mãos no colo e erguer o queixo.

— Antes de seis de outubro, eu tinha um marido que me satisfazia sob todos os aspectos, incluindo o sexual. Ele tinha uma ânsia interminável. Mantinha-me saciada. Assim, eu nem pensava em outros homens. Mas depois a ânsia dele escapou ao controle. Uma coisa lamentável aconteceu. E ainda estamos tentando nos recuperar.

Sam sussurrou:

— Dê-me três horas no motel mais próximo e avançaremos um bocado no caminho para a recuperação.

Annie sentiu um *frisson*, uma sensação de calor na base da espinha. Tratou de ignorá-la.

— Não estou falando de sexo, mas de confiança. Além do mais, não paro de imaginar você com Teke. Não poderia suportar se ficássemos juntos e ela estivesse presente.

— Não estaria — sussurrou Sam, com mais premência. — Eu cuidaria para que você não pensasse em outra pessoa.

Mas Annie sacudiu a cabeça.

— Não adianta. As imagens são muito fortes.

— E se viajássemos? Só nós dois, para algum lugar em que nunca estivemos? As imagens nos seguiriam?

— Não sei.

— Vamos tentar.

— Com tudo que está acontecendo? — indagou ela, sentindo tristeza, frustração e fadiga. — Não posso, Sam. As crianças passam por um momento horrível, tentando absorver as mudanças em nossa vida. Eu também. Há ocasiões em que acordo de madrugada tremendo de medo, pensando nas coisas básicas da administração de uma família, que a maioria das mulheres faz de olhos fechados.

Sam fitou-a, consternado.

— Por que não me disse nada?

— Porque é humilhante. Aqui estou, me sentindo muito bem, me sentindo *superior*, à minha maneira, porque tenho meu Ph.D., uma cátedra e uma família. Mas, me vendo no espelho agora, não posso deixar de sentir o maior respeito pelas mulheres que fazem isso.

Annie murchou por dentro, pensando como fora vunerável nessa parte de sua vida.

— Quero fazer tudo bem, mas não sei se posso, porque há muito para fazer. Juro que preparei o jantar em mais noites no último mês do que nos últimos três anos. Não estou me queixando. Optei por isso. Mas, acima de tudo, é mais trabalho.

— Deveria ter se queixado — argumentou Sam. — Podemos comer fora com mais freqüência.

— Não, não podemos, porque todos chegam em casa em horários diferentes. As crianças têm os deveres de casa, ou ficam grudados no telefone, ou Jon tem pressa de acabar tudo em casa, para se encontrar com Leigh. Tentar reunir todo mundo durante uma hora, para ir ao restaurante, seria um pesadelo. Fazer o jantar é o caminho mais fácil. O mesmo acontece com o Dia de Ação de Graças. Claro que podemos fazer uma reserva em algum lugar, mas não seria a mesma coisa. Quero fazer o almoço do Dia de Ação de Graças em nossa casa. Acho que é fundamental, pelas crianças. Mas pode compreender como a perspectiva é intimidativa? A refeição do Dia de Ação de Graças é um espetáculo, sem tirar nem pôr. Pegar atalhos seria frustrar o propósito. Portanto, terei de estudar várias receitas, planejar o cardápio, preparar muitas coisas com antecedência e congelá-las. Estamos falando de um almoço em grande estilo, sem contar as flores frescas, velas e salgadinhos.

— Eu ajudarei — propôs Sam.

A oferta valeu um pequeno sorriso.

— Seria um cego guiando o outro.

— E daí? Farei o que for necessário.

— Não sabe cozinhar, Sam.

— Talvez esteja na hora de aprender.

— Quando? Não tem mais tempo do que eu para examinar os livros de receitas na seção de culinária da livraria.

— Arrumarei um tempo.

— John Stewart adoraria.

— John Stewart que se dane — disse ele, franzindo a testa. — Sou sócio na firma. Trabalharei quando quiser.

Annie fitou-o com uma expressão divertida, espantada e afetuosa. Não podia evitar. Até que olhou para o relógio.

— Você tem condições de fazer isso, mas eu não. — Ela enfiou os braços nas mangas do casaco. — Se não sair agora, não chegarei a tempo para minha aula.

Ela esticou o queixo para a metade do sanduíche de Sam.

— Fique aqui e acabe de comer.

Mas Sam também vestiu o casaco. Pegou um punhado de guardanapos de papel, o sanduíche e a mão de Annie. Depois, como costumava fazer quando eram jovens, inocentes e idealistas, ele acompanhou-a até a sala de aula. Contra seu melhor julgamento, Annie ficou deslumbrada.

Doze

Teke estava de um lado de Michael, na água até a cintura, e o fisioterapeuta do outro lado. Enquanto o mantinham flutuando, manipulavam de forma ritmada um braço ou uma perna, dobrando, virando, esticando, sempre com extrema gentileza, mas com um vigor crescente. Os objetivos eram a flexibilidade e a força.

Michael ainda se recuperava da remoção dos gessos. Apesar das advertências dos médicos, ele esperava que as partes engessadas estivessem em perfeito funcionamento. Teke também contava com isso, tão desesperada se sentia por um milagre. Mas não fora assim que acontecera, o que causara outro desabamento emocional.

— Como se sente? — perguntou o fisioterapeuta.

— Um idiota — foi a resposta murmurada de Michael. — Se meus amigos me vissem fazendo isso, começariam a rir. Eu me sinto um bebê.

— Seria mais fácil se fosse — comentou o fisioterapeuta.

Era um gigante gentil, com um humor sarcástico que mais de uma vez conseguira reanimar Teke. Agora, ele acrescentou:

— Os bebês mostram-se ansiosos em aprender coisas. Tentam e tornam a tentar, muitas e muitas vezes. Quando caem, não tem problema, pois se levantam de novo. Não sabem o que é constrangimento, ao contrário dos mais velhos. Eles se apegam à sua imagem. Não gostam da idéia de que precisam aprender qualquer coisa. E essa atitude os impede de progredirem. Não compreendem que se tiverem a mentalidade e a atitude corretas podem aprender duas vezes mais depressa, com metade das quedas. — Ele fez uma pausa. — Qual será sua opção? E agora quer se enxugar e passar algum tempo nos aparelhos?

Como os aparelhos exigiam mais de Michael do que a piscina, a conversa ocorreu no momento apropriado. Michael soltou um grunhido. O fisioterapeuta ajudou-o a subir a escada, quase o carregando, e o levou para a cadeira de rodas.

— Não vou demorar — disse Teke.

Ela foi para o vestiário. Vinte minutos depois, de banho tomado e vestida, ela voltou ao quarto de Michael. Mal se acomodara na poltrona quando Grady entrou, trazendo um saco grande, com duas alças.

— O almoço — anunciou ele, olhando para a cama vazia. — Michael ainda não voltou?

— Vai demorar mais um pouco.

Teke não se mexeu. Estava em atividade desde as cinco horas da manhã, quando saíra da cama para preparar duas fornadas de biscoitos. Fora apenas o começo. Agora, metade de um dia frenético depois, sentia-se exausta demais para se irritar consigo mesma por não dizer a Grady que não deveria ter vindo.

— Estão trabalhando nos aparelhos. Como não posso ajudar, pensei em descansar um pouco.

Grady abriu a bolsa, tirou um copo de café, removeu a tampa e o estendeu. A boca cansada de Teke abriu-se num sorriso.

— Obrigada. Eu bem que estava precisando.

— Também precisa de almoço?

— Daqui a pouco.

Ela se acomodou melhor na poltrona, bastante cansada para dar graças pelas almofadas, pelo café e até por Grady. Era um amigo — mais do que isso, se ela pensasse no passado. Mas, mesmo no presente, ele continuava a se distinguir. Era gentil, dedicado, sempre presente. Teke tinha dificuldade para manter qualquer raiva que pudesse sentir por ele.

Afinal, ainda era casada com J.D., ainda pensava que poderiam se reconciliar, em benefício das crianças. Neste sentido, a presença de Grady era um risco. Mas ela não podia mandá-lo embora.

— Em que está pensando? — perguntou ele.

Teke suspirou.

— Estou pensando que você não deveria estar aqui, mas que a companhia é agradável. No hospital, as pessoas apareciam com mais freqüência. Agora, voltaram à vida normal.

— Você deve ter muitos amigos.

Ela levantou o copo e aspirou fundo o aroma do café.

— Sou bastante ativa na cidade. Conheço quase todo mundo. — Teke tomou um gole. O calor foi maravilhoso, depois da entrada na piscina e do banho de chuveiro frio. — Há algumas pessoas muito simpáticas em Constance. E algumas muito conservadoras. Sempre acharam que eu era um tanto excêntrica. — Fez uma pausa, arqueando uma das sobrancelhas. — E me pergunto o que pensam agora.

Ela tomou outro gole do café.

— A Sra. Hart gosta de você.

Cornelia Hart não era uma fofoqueira, como algumas das outras mulheres. Provavelmente não tivera conhecimento do *faux pas* de Teke com Sam.

— Ela é bastante simpática. Tem tratado você bem?

— E muito. Disse que está muito frio para eu dormir na garagem. Por isso, levou-me para o porão.

— Uma mulher de coragem — zombou Teke, embora se sentisse aliviada por saber que Grady estava agora mais bem abrigado.

Ele acabara de instalar um telhado novo no estábulo e agora fazia uma reforma nas paredes externas. Ainda não começara a cuidar do isolamento e do sistema de aquecimento.

— A polícia ficou apavorada — comentou Grady, sorrindo. — Viram-me sair da casa muitas vezes. Pensaram que eu estava tirando coisas de lá.

Teke fechou os olhos.

— Obrigada, John David.

— Para ser franco, até que é bom quando pensam que me surpreenderam cometendo algum crime e depois descobrem que não é nada disso. Um dos policiais até que é simpático. O outro gosta de intimidar. É do tipo que fica com raiva quando se descobre com as mãos vazias.

— Deve ser Connors — disse Teke. — O filho dele foi companheiro de Michael no time de beisebol por algum tempo. Ele é o primeiro a dizer que o treinador não presta e o último a se oferecer como voluntário para treinar o time. Avise-me se ele encostar a mão em você. Sam vai lembrá-lo de seus direitos civis. Ele é muito bom nessas coisas.

— Sam parece ser um cara decente.

— E é mesmo.

— Ele realmente me defenderia, embora seu sócio fale contra mim?

— Sam não o culpa pelo que aconteceu. Sabe que Michael não teria corrido para a rua daquela maneira se não visse o que viu.

Teke inclinou o copo para os lábios, mas não era um escudo grande o suficiente para se esconder por trás. E, de qualquer maneira, era inútil se esconder. Grady sabia o que ela fizera. Todos sabiam o que ela fizera.

— Você o ama?

Ela piscou, aturdida.

— Sam? Eu o amo como amo Annie. São amigos queridos. Sinto saudade dos dois. Continuam a me visitar, mas já não é a mesma coisa. Éramos muito ligados.

Teke pensou no telefonema de Sam, vários dias antes. Não pôde deixar de sorrir.

— Pobre Sam. — Ela podia partilhar isso com Grady. — Ocorreu-lhe de repente que eu poderia ter engravidado. Foi um susto e tanto.

Grady também não parecia muito calmo.

— E você engravidou?

— Graças a Deus, não. Esperar um bebê de Sam teria sido o fim de tudo. Um desastre total. Não que eu não goste de bebês. Adorei a gravidez. Adorei ter crianças pequenas em casa. Adorei observá-las crescendo.

A memória levou-a de volta ao tempo em que as crianças eram pequenas e seus problemas mais simples. E a memória voltou ainda mais pelo passado. Contemplar Grady agora, com os cabelos escuros caindo pela testa, fez com que se lembrasse do adolescente que tanto amara. Recordou os sonhos partilhados, dos filhos que teriam. E pela expressão angustiada de Grady compreendeu que pensava a mesma coisa.

— Tem alguma foto de sua filha? — murmurou Teke.

Um longo momento transcorreu antes que ele reagisse. Depois, tirou a carteira do bolso e pegou uma foto antiga, as pontas gastas.

— Ela tinha três anos na ocasião.

Teke não pôde desviar os olhos da menina.

— Ela é muito bonita. — A criança tinha os olhos e a boca de Grady, os mesmos cabelos pretos. — E parece com você.

— Não em personalidade. Ela é extrovertida, fala muito. Sempre em movimento, sorrindo para as pessoas. — Ele fez uma pausa. — Ou pelo menos ela era assim. Já faz algum tempo que não a vejo.

— E não gostaria de tornar a vê-la?

— Não. Ela está mais velha agora e, quanto mais velha ficar, mais vai saber sobre mim.

— Não há nada de errado com o que você é.

— A mãe não pensa assim.

— Então por que se casou com ela?

Grady esfregou a nuca.

— Já me fiz essas perguntas muitas vezes. Não encontrei uma resposta.

Teke tentou imaginar a mulher. Sempre soubera que Grady teria companhias femininas ao longo de todos aqueles anos — era muito viril para não ter —, mas em sua imaginação as mulheres eram sempre sombras fugazes, sem rostos, sem nomes. O rosto da menina era de Grady. Nada indicava sobre a mãe.

— Diga-me como ela era.

— Sharon? — Depois que Teke confirmou com um aceno de cabeça, ele continuou: — Tinha um metro e setenta de altura, esguia, pele clara, olhos castanhos, cabelos castanho-escuros, compridos.

— Parecia comigo — concluiu Teke, a voz baixa.

Ele suspirou.

— Isso mesmo.

— A escolha foi deliberada?

— Como diria o terapeuta da prisão: eu deveria saber, em algum nível, mas não pensei expressamente na ocasião.

— Pelo menos ela era simpática?

— Bastante.

— E fez um lar agradável para você?

— Eu achava que sim. Mas para Sharon a casa era um buraco sórdido. Afinal, eu era o proprietário, o que me deixava satisfeito. Mas ela queria mais. Achava que eu tinha potencial. Deve ser por isso que se casou comigo. Em sua opinião, eu continuaria a subir ainda mais na vida até possuir uma enorme fábrica de móveis. Em vez disso, eu pulava de um trabalho para outro, aceitando cada um pelo que valia. Nas horas de folga, construía canoas ou subia o rio com as que ficavam prontas. Apenas eu e um remo. Adorava isso. Às vezes me ausentava por três dias. Isso a deixava furiosa... tanto quanto o seu nome, Teke.

— Oh, Grady...

— Não me importei em deixá-la, mas sinto saudade de Shelley.

Teke estudou a foto mais um pouco, antes de devolvê-la. Tinha as pontas viradas, indicando que fora manuseada; e, por isso mesmo, era comovente. Grady teria sido um pai maravilhoso, ela sabia.

— Pode tomar meus filhos emprestados, qualquer dos três. Claro que talvez tenha problemas para arrancar Leigh da companhia de Jon, Jana vai vencê-lo em todas as discussões e Michael o manterá em constante movimento, mas são filhos maravilhosos.

— Ficarei com Michael por enquanto — disse ele, sorrindo. — Obrigado.

Sabendo que era um erro, Teke sorriu também.

Grady ficou apenas o tempo suficiente para almoçar com Michael e Teke. Mesmo assim, permaneceu cinto minutos a mais do que deveria. Estava saindo do estacionamento, a velha picape azul uma indicação óbvia de sua identidade, quando J.D. chegou. E durante todo o percurso de volta à casa da Sra. Hart, Grady pensou em Teke e no bombardeio que devia estar sofrendo. Não era absolutamente o que ele queria. Ia ao centro de reabilitação para visitar Michael e fazer o que pudesse para animá-lo. E mais do que isso: queria proporcionar uma folga para Teke. Levava café ou um sanduíche. Fazia pequenas coisas para tornar mais fácil a vida de Teke. Ninguém mais parecia se preocupar com isso.

Irritar J.D. não a ajudaria, mas que opção ele tinha? Não podia deixar a cidade até ter certeza de que Michael e Teke estavam de pé novamente.

De volta a Constance, ele descarregou sua frustração nas tábuas de cedro que estava instalando nas paredes externas dos fundos do prédio. Passou várias horas nessa atividade, no alto de uma escada, até que os policiais, que agora conhecia muito bem, apareceram lá embaixo.

Grady olhou uma vez, martelou mais dois pregos, tornou a olhar. Os guardas continuavam ali. Ele disse a si mesmo para se manter calmo, mas era difícil, quando tinha vontade de reagir. Não podia haver a menor dúvida de que fora J.D. quem os mandara; pela ocasião, qualquer outra possibilidade seria coincidência demais.

— O que deseja? — perguntou ele ao mais simpático, cujo nome era Dodd.

— Precisamos conversar, Sr. Piper.

Respeitoso, porque não fizera nada de errado e não tencionava fazer, Grady deixou o martelo no avental de carpinteiro e desceu. No chão, enfiou as mãos nos bolsos da *parka*, protegendo-as do frio do dia nublado de novembro, enquanto perguntava:

— Sobre o quê?

— A casa Molson.

— O que é isso?

— Não nos tome por idiotas — advertiu Connors.

Grady manteve os olhos em Dodd, que disse:

— A casa Molson é uma mansão de quatro acres. Foi assaltada esta manhã, entre dez e onze horas. Onde se encontrava na ocasião?

Grady sentiu um aperto por dentro. Sacudiu a cabeça na direção do novo revestimento de madeira na parede.

— Durante todo o tempo? — indagou Dodd.

— Até dez e meia.

— Para onde foi depois?

— McDonald's.

— Quanto tempo ficou ali?

— Cinco minutos.

— Ele come depressa — murmurou Connors.

— Não comi ali. Peguei a comida para viagem.

— E voltou para comer aqui? — perguntou Dodd.

— Não. Fui visitar Michael Maxwell.

— Por que fez isso? — berrou Connors. — Está procurando encrenca? Sabe que o pai do garoto não gosta de sua presença ali. Qual é o seu problema? Tem merda no cérebro?

— Precisamos encontrar pessoas que confirmem onde esteve, Sr. Piper — declarou Dodd, calmamente. — A Sra. Hart diz que não pode imaginá-lo roubando alguém, já que não tirou nada dela, mesmo tendo oportunidade. Mas ela o viu pela última vez às sete e meia desta manhã. Alguém o viu trabalhando aqui?

Claro que não, pensou Grady. Isso seria fácil demais.

— Alguém pode ter visto a picape parada lá na frente, mas não me veria se não desse a volta para chegar aqui.

— E no McDonald's? — insistiu Dodd. — Por acaso encontrou alguém que conhecia?

— Não saí da picape.

— Posso confiar que a Sra. Maxwell vai confirmar sua presença no centro de reabilitação?

— Ou ela, ou o garoto. — Uma pausa e Grady acrescentou, olhando para Connors: — Ele detesta a comida do centro. Mas adora o McDonald's. Se o pai está aborrecido porque levei o almoço, é apenas porque não se lembrou de fazer isso antes.

Connors disse para Dodd:

— Vamos dar uma olhada lá dentro.

— Tem um mandado de busca?

Grady conhecia seus direitos. Não queria hostilizar os policiais, mas não podia permitir que seus direitos fossem negados.

— Isto pertence à Sra. Hart — declarou Connors. — Ela nos deu permissão.

— O lugar me pertence, enquanto o estiver consertando. Sou o inquilino.

— Paga aluguel?

— O trabalho que eu faço aqui paga o aluguel. Portanto, este é o meu lar. Sem um mandado, qualquer busca será ilegal.

Connors olhou para Dodd.

— Ele está escondendo alguma coisa.

— Mas tem razão em sua alegação — disse Dodd.

— Se sairmos daqui para providenciar um mandado, ele terá escondido tudo em outro lugar ao voltarmos.

— Não se o levarmos conosco — disse Dodd. — Lamento, Sr. Piper, mas terá de nos acompanhar até a delegacia. Queremos fazer mais algumas perguntas.

Grady sentiu o temor antigo e familiar ressurgir.

— Há algum motivo para isso, exceto o fato de eu ter antecedentes criminais?

— Isso já é razão suficiente — declarou Connors, segurando-o pelo braço. Quando Grady puxou o braço para se desvencilhar, ele perguntou: — Prefere ir algemado?

Grady respirou fundo e empertigou-se. Olhou para Dodd.

— Tenho direito a um telefonema. Se eu ligar daqui, meu advogado poderá nos encontrar na delegacia.

— Eu disse que ele tinha alguma coisa a esconder — resmungou Connors.

Dodd falou mais gentilmente:

— Ninguém o está acusando de nada. Não precisa de um advogado.

— Quero um advogado. — Grady já se cansara de ser vigiado, seguido e interrogado. — Telefono daqui ou da delegacia?

Dodd deixou-o entrar na cozinha da Sra. Hart, de onde ele deu o telefonema. Quarenta e cinco minutos depois, com um pedido de desculpas por demorar tanto, Sam Pope entrou na sala de interrogatório da delegacia de polícia de Constance. Os policiais deixaram os dois a sós.

— Teke me disse para chamá-lo se tivesse algum problema — explicou Grady. — Eu não sabia se viria, mas ela garantiu que você é um especialista em direitos civis. É o que preciso. Estão me interrogando por causa de um roubo.

— Foi você?

— Não. Nunca roubei nada em toda a minha vida. Meu crime foi homicídio. Ou será que ainda não sabia?

— Já me contaram.

— O problema é que há pessoas na cidade que não me querem aqui.

— J.D.

Grady apreciou a franqueza. Tornava tudo mais fácil.

— Querem revistar o lugar em que eu moro e a picape. Eu disse que precisavam de um mandado. Por isso, estão me mantendo aqui enquanto providenciam. Por tudo que eu sei, podem até estar plantando alguma coisa na picape. O que vai me proteger contra isso?

— Eu vou.

Sam deixou a sala. Quando voltou, fez sinal para que Grady se levantasse.

— Vamos esperá-los em sua casa.

— Disseram que queriam me fazer mais algumas perguntas.

A expressão de Sam dizia que isso era besteira.

— Eles não têm qualquer outro motivo além da pressão de J.D. para trazê-lo até a delegacia. Se puderem convencer um juiz a assinar um mandado de busca, muito bem. Mas estaremos presentes durante qualquer busca.

Com as mãos nos bolsos, numa pose de confiança absoluta, ele inclinou a cabeça na direção da porta.

Já eram quase cinco horas quando Sam voltou ao escritório. Mal entrou no corredor, quando J.D. surgiu ao seu lado.

— O que está querendo fazer, Sam?

Sam conteve um ímpeto de raiva.

— Como assim?

— Defendendo Grady Piper.

— Não o estou defendendo. Não há necessidade de defesa. O homem não violou qualquer lei.

Ele pegou os recados estendidos por Joy e virou-se para sua sala.

— Aquele homem não é nosso amigo — disse J.D., lentamente, como se falasse com uma criança. — Não é bom para Teke. Não é bom para Michael. Não é bom para mim. Quanto mais cedo ele deixar a cidade, melhor.

Sam deu uma olhada nos recados.

— Ele é um homem livre, J.D. Pode viver onde quiser.

— Não me incomodo, desde que não seja em minha cidade.

— Você vive em Boston. Constance não é mais a sua cidade.

— Ainda sou proprietário e contribuinte em Constance. Tenho todo o direito de me manifestar sobre o que acontece ali.

— Não, não tem — disse Sam, erguendo os olhos, mas não a cabeça —, quando isso leva à violação dos direitos de um homem.

Ele levantou a cabeça agora, enquanto acrescentava:

— Não pode fazer isso, J.D. Tem pressionado a polícia para assediá-lo desde o acidente. Mas a polícia não pode pegá-lo por qualquer coisa. Ele está limpo. E se limita a fazer aquilo para que foi contratado por Cornelia Hart. Por que não o deixa em paz?

— Por que ele também não deixa meu filho em paz?

— Ele se sente culpado pelo acidente. E angustiado por Michael. Quer saber de uma coisa? Ainda bem que ele está presente. Michael precisa de ajuda, mas com quem pode contar agora? Você está furioso demais com Teke para ajudá-lo, e ele está furioso demais comigo para me deixar ajudá-lo. Só restou Grady. Você deveria estar agradecido.

Sam separou um dos recados e largou o resto na mesa.

— Ele está a fim de minha mulher.

— Por que deveria incomodá-lo se estiver? Você a abandonou.

— Ela ainda é minha esposa.

Sam pegou o telefone.

— Não pode ter tudo ao mesmo tempo, J.D. Ou você a quer ou não quer.

Ele digitou o número do recado. Era de Bill Kneeland, cujo recurso numa condenação em primeira instância por fraude postal estava aos cuidados de Sam.

— E você também não quer tudo ao mesmo tempo, Sam? Alega ser meu amigo, mas larga tudo e corre para Constance, no instante em que meu inimigo o chama.

— Grady Piper não é seu inimigo. — Ao telefone, Sam disse: — Oi, Bill. Acabei de receber o seu recado.

— Estamos falando de lealdade — insistiu J.D. — Ele não pode arrumar outro advogado?

Sam cobriu o fone com a mão e sussurrou:

— Ele é novo na cidade. Sou o único advogado que conhece, além de você. — Retirou a mão do fone para dizer ao cliente: — Vamos entrar com o recurso na manhã de segunda-feira. A petição já está pronta, aqui na minha frente.

Sam vasculhou em cima da mesa. Levantou pilhas de documentos, empurrando outras para o lado.

— Piper está lhe pagando?

— Ainda não há o que pagar — sussurrou Sam, com a boca longe do fone. Para Bill, ele disse: — Isso mesmo. Acho que temos boas chances. O juiz tomou algumas decisões precipitadas.

Ele folheou os papéis no outro canto da mesa.

— Seu tempo — insistiu J.D. — Deixou o escritório, foi até Constance para defendê-lo quando a polícia o deteve para interrogatório, depois negociou sua soltura.

— Vai demorar um pouco, Bill. Eu não esperaria uma decisão antes de dois meses, talvez três. — Sam virou-se e verificou as pastas na escrivaninha. — Só estamos entrando com a petição agora pela possibilidade de nos beneficiarmos do esforço para resolver tudo antes do Natal. Mas não esperaria isso para logo, se fosse você. Trate de relaxar. Depois que dermos entrada na petição, a situação escapa ao nosso controle. Voltarei a falar com você na próxima semana.

— Seu tempo vale dinheiro para esta firma — declarou J.D.

— Claro, Bill. Cuide-se bem.

Sam desligou. Enquanto tornava a se virar e examinava pela segunda vez os documentos em cima da mesa, declarou:

— Não negociei coisa alguma. Apenas adverti os policiais de que estavam se arriscando a uma ação judicial por assédio indevido. Pode chegar a isso, se continuarem a persegui-lo. E devo lhe dizer uma coisa. Se houver um processo, você será citado. Portanto, acho melhor recuar.

Agora num pequeno acesso de raiva, ele resmungou:

— Onde está a droga da petição? Joy!

J.D. saiu no instante em que Joy entrava na sala.

— Onde está a petição do caso Kneeland? — perguntou Sam. — Vicki ficou de aprontar. Já deveria estar pronta a essa altura.

Joy parecia confusa.

— Vicki foi para Providence.

Sam não sabia disso, mas também andava mais ausente do que presente no escritório durante os últimos dias.

— Quando?

— Na manhã de quarta-feira.

Dois dias antes.

— O que ela foi fazer em Providence?

Sam tentou lembrar se ela dissera alguma coisa sobre férias, mas tinha certeza que não. Haviam conversado na segunda-feira sobre a petição. Ele relatara tudo que queria. Vicki planejara passar a semana preparando a petição.

— Ahn... acho que ela está fazendo alguma coisa para John Stewart — disse Joy.

— Mas Vicki trabalha comigo, não com John Stewart

Era uma regra tácita que um sócio não usasse os associados de outro. Ele olhou para a confusão em que deixara sua mesa.

— Pode fazer o favor de arrumar tudo aqui, Joy? Talvez eu tenha procurado a pasta com um empenho exagerado. Preciso conversar agora com John

Ele avançou pelo corredor em passos rápidos, disposto a brigar com John Stewart se ele tivesse afastado Vicki Cornell de suas obrigações de propósito. Ela estava acima de Tom, Alex ou qualquer outro associado. E quando Sam a incumbia de um serviço, sabia que seria cumprido bem e no prazo determinado. Ele contava com isso.

John Stewart estava recostado em sua cadeira, com os dedos cruzados sobre a barriga. Eu já já esperar pela visita de Sam.

— O que houve com Vicki? — perguntou Sam, sem se preocupar com as preliminares. Ele já sabia que seriam um desperdício de fôlego.

John Stewart fazia questão de ignorá-lo desde o dia em que Michael saíra do coma.

Sem mexer um músculo, John respondeu:

— Precisei da ajuda de Vicki num caso meu.

A reação de Sam foi de incredulidade.

— Mandou que ela *largasse* o trabalho que fazia para mim? Ela não explicou o que era?

— Claro que explicou. Mandei que passasse tudo para Tom.

— Mas Tom não conhece o processo. Não tinha o direito de fazer isso.

— Tinha todo o direito. Sou o sócio administrativo da firma. Tenho a decisão final nessas questões.

— Não tinha esse direito. — Sam passou a mão nos cabelos, à beira do pânico. Tom Mackie não distinguia seu próprio rabo de um buraco no chão quando se tratava de escrever petições. Sam não sabia o que ia fazer. — Compreende o potencial do caso Kneeland, John? Bill veio para nós depois de passar por uma das megafirmas. Se eu conseguir a decisão para um novo julgamento, vamos cuidar de tudo. E vai entrar muito dinheiro na firma.

— Ah! Agora está preocupado com dinheiro? É uma novidade. Suas horas cobráveis devem ser mínimas.

— Do que está falando?

John Stewart devia estar mesmo à sua espera, pois tinha os papéis em cima da mesa. Pegou a ficha, tornou a largá-la.

— Horas cobráveis. Um mínimo no mês passado. Não é assim que esta firma funciona.

— *Dunn v. Hanover* trouxe *seis milhões de dólares*. É dinheiro para a firma, antes da minha parte.

— Mas nem tudo é lucro, posso acrescentar. Você não recebeu um único centavo durante todos esses anos em que trabalhou no caso e até agora ainda não vimos a cor dos seis milhões.

— Porque a seguradora do réu arcou com a conta, e as seguradoras levam uma eternidade para pagar qualquer coisa. Mas já, já vai entrar a grana e deixará a firma no lucro este ano. E agora se queixa de que minhas horas cobráveis são mínimas? Que besteira é essa?

Com um ar de inocência, John Stewart comentou:

— Está bem aqui, nos cronogramas.

— Esses cronogramas cobrem um período de intensa crise pessoal. Ou será que você não percebeu?

— Como poderia deixar de perceber? Você não ficou no escritório mais de quatro horas por dia, se tanto.

— E quando eu não estava aqui, onde podia me encontrar? No hospital ou no centro de reabilitação, visitando seu neto.

— Ou na universidade, almoçando com sua esposa. É isso o que faz com o dinheiro que saca da firma a cada mês?

Sam já ia passar a mão outra vez nos cabelos, mas se conteve. Não era um empregado subalterno. Não era um garoto inexperiente que precisava se humilhar. Era um advogado experiente, sócio da firma. Podia fazer o que quisesse, quando quisesse e com quem quisesse.

Mas havia mais. Ele podia sentir, podia farejar... e não era o cheiro do mapa antigo de Boston, pendurado na parede em sua preciosa moldura dourada.

— Fale logo, John Stewart. Em que está pensando?

— No seu papel nesta firma. Deixei que fosse aceito como sócio porque John David me convenceu que poderia ser bom ter um departamento de litígio. Mas não penso mais assim. Não me importo se você ganha dez milhões com um caso, mas não tem a imagem que queremos.

— Está furioso por causa de Teke.

John Stewart ergueu o queixo.

— Acho que foi sórdido o que vocês fizeram, mas não me surpreendeu. Os litigantes são uma espécie diferente. Trabalham com a ralé e aprendem com a ralé.

— Meus clientes não são a ralé. Tenho muitos clientes de colarinho branco.

— Pelo que me recordo, na última primavera você defendeu uma prostituta que assassinou um de seus clientes.

— Foi legítima defesa. Ela foi absolvida.

— Não foi um caso de colarinho branco.

— Fui designado pelo tribunal para defendê-la. Exigiu três dias do meu tempo. Onde está sua consciência social?

John Stewart lançou um olhar entediado para o teto.

— Houve também um julgamento no qual você atuou no verão passado, defendendo um homem acusado de distribuir ilegalmente uma parafernália de tóxicos.

— Agulhas limpas — declarou Sam, impaciente. — Ele tentava salvar da AIDS alguns viciados. Por Deus, John, você é mesmo incrível.

John Stewart deu de ombros, de uma forma tão sutil que mal alterou o ombro liso do terno da Brooks Brothers.

— O fato é que sou o único sócio fundador ainda vivo, o sócio mais velho e o sócio administrativo da Maxwell, Roper & Dine. E quero o seu pedido de demissão desta firma.

Sam ficou atordoado.

— Como?

— Quero seu pedido de demissão.

— Está brincando.

John Stewart sacudiu a cabeça de um lado para o outro.

— Eu lhe dei doze anos de sólida produtividade — argumentou Sam.

John Stewart contraiu os lábios na direção dos registros em cima da mesa.

— Isso é discutível, mas não o fato de que temos divergências irreconciliáveis. Consideramos o mundo e a administração de uma firma de advocacia de formas muito diferentes.

— E daí?

Muitos outros sócios da firma tinham divergências.

— Quero seu pedido de demissão.

— Mas não terá — exclamou Sam, numa explosão de raiva. — Sou sócio aqui. Investi doze anos de sangue e suor. A firma é minha também. Vou lutar.

— Pode lutar o quanto quiser — respondeu John Stewart, com uma calma irritante. — A transferência de Vicki é apenas o começo. Posso tornar a vida muito desagradável para você. Se ainda insistir, depois de tudo, pedirei uma votação de todos os sócios.

— Não venceria.

— É o que vamos ver.

— Não venceria — repetiu Sam, fitando John Stewart com total incredulidade.

Ele empertigou-se e olhou pela janela. Mas nada viu da paisagem que era tão apreciada. O que via agora era outro golpe contra a essência de uma vida que julgava excepcional apenas um mês antes. Estava no auge da carreira, e John Stewart queria expulsá-lo da firma. Era uma situação aturdida. Tinham suas divergências, é claro, mas a verdade é que Maxwell, Roper & Dine lhe proporcionava uma base sólida e respeitável para operar. A perspectiva de ser obrigado a mudar de base, num momento em que o resto de sua vida estava em turbilhão, era inquietante demais.

— Uma coisa de cada vez — declarou ele, virando-se. — Tenho de preparar uma petição até a manhã de segunda-feira. Discutiremos este assunto em outra ocasião.

Annie parou no supermercado, a caminho de casa. Saiu com nove sacolas, um recorde que ela deveria repetir no futuro, se conseguisse manter a resolução de fazer uma única e eficiente compra de alimentos por semana. Mal saltara do carro quando Sam parou no seu lado da garagem. Ela compreendeu que havia alguma coisa errada no instante em que viu o rosto angustiado do marido.

Ele começou a falar, descarregando sua frustração, e só terminou depois de carregar todas as nove sacolas para dentro, além de suas próprias coisas, que consistiam de uma porção de livros, duas pastas grandes com todas as transcrições do caso Kneeland, as anotações que dera a Vicki Cornell no início da semana e a petição inacabada, ainda um rascunho, que encontrara na mesa dela. A essa altura, Annie o fitava, aturdida, incapaz de acreditar no que ouvia.

— John Stewart quer que você saia da firma?

Sam soltou uma risada agitada.

— Esse é o plano a longo prazo. A curto prazo, ele quer sabotar meu trabalho. E quase conseguiu. Terei de trabalhar durante todo o fim de semana, porque esta petição tem de ser apresentada de qualquer maneira na segunda-feira. Mas eu não queria trabalhar no fim de semana. Queria levar todo mundo para jantar fora amanhã. Queria tirar o domingo de folga com você, talvez ir a Rockport para visitar Pete ou seguir para o norte até Ogunquit. Isso é impossível agora. Nem mesmo tenho certeza se poderei assistir ao jogo de Jon até o fim.

Annie conhecia muito bem as semanas de dezesseis horas por dia e sete dias por semana em que Sam se lançava durante um julgamento. Sabia também que, sem apoio no escritório, ele teria semanas do mesmo tipo quando estivesse preparando petições importantes. Vicki Cornell fora uma dádiva divina. Ela absorvera seis daquelas dezesseis horas, liberando Sam para trabalhar em outros casos. Também o livrara da intensa pressão cujos sinais Annie podia agora perceber.

Ela teve um pensamento indesejado. Vicki Cornell era jovem e talentosa. E Annie especulou se Sam algum dia a imaginara sem roupa.

— Ele é mesmo um desgraçado — resmungou Sam, passando a mão nos cabelos pela terceira vez em três minutos. — Poderia ter me avisado na quarta-feira ou enviado algum memorando para informar que precisava de Vicki. Nesse caso, tomaria outras providências. Poderia pôr Tom para trabalhar na petição. Ele não me daria um produto acabado, mas pelo menos eu teria uma base para refinar.

— Por que Vicki nada disse?

— Provavelmente porque ele a requisitou e mandou viajar na mesma hora, quando eu não estava no escritório.

— Ela poderia ter deixado um recado para você ou telefonado do lugar para onde foi.

— É verdade. — Sam parecia enojado. — Mas, se ela fizesse isso, estaria se metendo no meio de uma guerra entre John Stewart e eu. Vicki Cornell não faria isso. É ambiciosa. O que é uma das coisas que a torna competente. E também significa que não está disposta a hostilizar John. Ele é um homem muito mais influente do que eu.

— Você se subestima.

Annie acreditava sinceramente nisso e ficou aliviada ao dizê-lo, porque acalentava um sentimento de culpa por outro motivo. No fundo, experimentava uma certa satisfação por Vicki ter decepcionado Sam. Queria que ele pensasse menos na mulher.

— John Stewart está lá há mais tempo — insistiu Sam. — Seus contatos são mais sólidos e mais importantes.

Ele encostou-se no balcão, murmurando:

— O autor do provérbio "Uma desgraça nunca vem sozinha" tinha toda razão.

Annie pensou na ameaça de John Stewart de convocar uma votação para excluí-lo da firma. Dentre tudo que Sam lhe dissera, esta ameaça era o que mais a irritava.

— Acha mesmo que ele conseguiria os votos dos sócios? Ou é apenas uma ameaça?

— Ele faria isso a qualquer momento e com o maior prazer. Para começar, não me queria na firma. Acha que suas apreensões iniciais foram confirmadas. Não sou parte da "imagem" que ele tem de si mesmo e da firma.

Annie sentiu-se ofendida por Sam.

— Acha que J.D. vai detê-lo?

— Quem sabe? J.D. é uma incógnita. Algumas das coisas que ele diz saem direto da boca de John Stewart. Outras, não. Não sei para que lado ele vai se virar ou quando agirá. A ironia é que, se houver uma votação, J.D. será o voto decisivo. Dos cinco sócios, John Stewart e Martin Cox ficarão contra mim, enquanto Will Henry vai me apoiar. Empate de dois a dois. É aí que J.D. entra em cena.

Annie imaginou a reunião, a votação e Sam de pé, argumentando. A perspectiva deixou-a ainda mais irritada.

— Você trabalhou muito pela firma. Cumpriu a sua parte no acordo. Eles ganharam dinheiro com você durante todos os doze anos que passou lá. Realizar uma votação para decidir seu futuro é um insulto. Acho que você deve pedir demissão.

Sam pôs as mãos na beira do balcão, junto dos quadris.

— Pensei nisso enquanto voltava para casa. E quase perdi a saída na auto-estrada.

— Peça demissão, Sam — reiterou Annie, ainda mais convicta, enquanto começava a esvaziar as sacolas de compras. — É a única solução para uma situação insustentável.

— Falar é fácil.

— Eu poderia concordar se você trabalhasse para grandes empresas que querem firmas que prestem um serviço completo. Preferem a segurança dos números. Quando se ligam a uma firma de advocacia, é quase um casamento. A continuidade é fundamental. Mas não é o que acontece com um advogado litigante. Seus clientes quase nunca são os mesmos. Não o mantêm em sua folha de pagamento. Os novos clientes surgem à medida que as pessoas são indiciadas. Seu escritório é portátil. Você poderia operar de qualquer lugar que quisesse, sem maiores dificuldades.

— Numa economia em recessão? — indagou Sam, hesitante. — Tenho uma família para sustentar.

— Sua atividade é imune à situação econômica. Pense no que já fez este ano. Estamos nos aproximando do Dia de Ação de Graças e você já deve ter todo o seu tempo ocupado pelos próximos quatro meses. Não é verdade?

Sam deu de ombros.

— Quatro meses.

— *Seis* meses. Convivi com seu trabalho por anos suficientes para saber disso. É modesto demais, Sam. Adquiriu uma firme reputação, antes mesmo do caso Dunn. Novos clientes aparecem todos os dias desde então. Se algum dia der a entender que deseja mudar, seria bombardeado com ofertas de outras firmas. Poderia impor seu preço. Lutariam por você. Contratá-lo seria tirar a sorte grande.

Annie parou o que estava fazendo. Ele a ouvira em silêncio e disse em seguida:

— Obrigado. Depois do que fiz com você, seu voto de confiança significa mais do que pode imaginar.

Sempre que Sam a fitava daquele jeito, ela começava a derreter. Aquele momento não foi exceção. Com ou sem traição, Annie era obcecada por honestidade, vulnerabilidade, humildade. Em alguém forte como Sam, essas características eram fascinantes.

— Nunca questionei sua capacidade como advogado — murmurou ela.

— Apenas minha capacidade de ser fiel. Ainda questiona? Ainda se preocupa com a possibilidade de eu fazer de novo o que fiz?

Annie tirou a bandeja de ovos da geladeira e começou a enchê-la.

— Com Teke, não, mas às vezes tenho dúvidas se não faria com outra. É um homem dinâmico. Trabalha com outras mulheres durante todo o tempo.

— Não mais do que antes.

— E nunca antes eu havia pensado duas vezes no assunto. Jamais me ocorreu que você pudesse estar interessado.

— E não estou. — Ele já oferecera a mesma garantia muitas vezes. Estendeu a mão para a nuca de Annie, o polegar estendido na direção do queixo. — Sinto muito a sua falta, Annie.

Ela continuou a guardar os ovos, mas aumentou o calor que sentia. Espalhou-se da mente para o peito, pulsando. A cada movimento do polegar de Sam em seu rosto, descia ainda mais. Annie tentou resistir. Algo lhe dizia que não deveria ceder. Mas não podia detectar o que era. Orgulho? Punição? Desconfiança? Raiva? Nada disso fazia sentido naquele momento; ainda assim, ela lutou contra o impulso de se virar e se jogar nos braços do marido.

— Annie? — sussurrou ele, chegando mais perto.

— Não, Sam... — balbuciou ela, a voz tensa.

— Eu a amo. Deixe-me demonstrar o quanto a amo.

A pressão tornava-se mais ardente e mais baixa; ainda assim, ela resistiu.

— É apenas sexo.

— É amor.

Annie já acreditara nisso. Quando tinham dezenove e vinte anos, ao se conhecerem, ir para a cama significava amor. Conhecera o corpo de Sam antes de conhecer sua mente. Só que agora eram mais velhos. Annie tinha agora plena consciência do seu próprio corpo. Não era mais tão jovem. E nunca mais seria. Mas sempre haveria mulheres mais jovens tentando atrair a atenção de Sam. Ela precisava ter certeza de que Sam lhe pertenceria, não importava o que pudesse acontecer.

— Não posso, Sam.

— Eu a amo.

— Mas ama o suficiente?

O ovo em sua mão se quebrou. Praguejando baixinho, ela estendeu a mão para a pia, antes que pingasse no chão. Nesse instante, passos na varanda dos fundos anunciaram a volta de Zoe e Jon da visita a Michael.

Zoe entrou primeiro. Um olhar para Sam, parado tão perto de Annie, deixou-a insegura. Com um "Oi" murmurado, ela foi para seu quarto. Annie a teria chamado de volta, se Jon não entrasse na cozinha em seguida.

— Como está Michael? — perguntou Sam.

Sem nada dizer, ele chegou ainda mais perto de Annie. Ela sabia que Sam fazia uma declaração com essa atitude e especulou se provocaria uma explosão. Não sentia a menor disposição para isso. Já se cansara de viver com um ressentimento recalcado.

— Ele vai voltar para casa — respondeu Jon.

Annie sentiu a maior animação.

— Quando?

— Na próxima sexta-feira, se puder andar de muletas até lá.

— Muletas... — Depois do tempo interminável em que não sabiam se Michael sairia do coma, muito menos se andaria, as muletas pareciam um milagre. Ela virou-se para Sam. — *Muletas!* Isso é sensacional!

— Ele detesta o centro de reabilitação — comentou Jon. — Acharam que ele se recuperaria melhor em casa, mas tenho minhas dúvidas. Depois de voltar para casa, Michael se tornará dependente de Teke. E ainda está com raiva dela.

A última frase era uma acusação dirigida a Sam.

— Talvez seja melhor assim — disse Sam. — Eles serão obrigados a conversar. E terão de enfrentar a raiva.

— Acha mesmo que isso pode ajudar? — indagou Jon. — Pois continue sonhando.

— Jon...

Annie parou de falar quando Sam tocou em seu braço.

— Talvez seja tempo de nós também conversarmos, Annie. Muito bem, Jon, pode falar. Diga-me o que pensa. Mais uma vez.

Mas Jon soltou uma risada desdenhosa, enquanto se encaminhava para a porta.

Sam o segurou pelo braço.

— Espere um instante. Estou lhe dando liberdade para desabafar tudo que tem no coração. Não é todo pai que dá carta branca ao filho dessa maneira.

— Não é todo garoto que tem um pai... a quem praticamente *idolatrava*... que engana a mãe com a mulher que é quase sua segunda mãe. No fundo, é um *incesto*.

— Muito bem — disse Sam, gesticulando mais palavras com as mãos. — Incesto é uma boa palavra. Continue. Diga tudo.

— Sam...

Annie, cada vez mais assustada, queria evitar que a conversa continuasse. Sam se encontrava transtornado pelo que acontecera no escritório. Não tinha condições de lidar com Jon com a calma necessária.

— Você é hipócrita — acrescentou Jon. — Desmentiu tudo o que sempre nos disse.

— Mais. Vamos, quero ouvir mais.

— Destruiu sua credibilidade. Acabou. Sua palavra não vale mais merda nenhuma.

— Jon...

— E não há qualquer esperança de redenção? — indagou Sam. — Lembra quando tinha seis anos e jogou uma bola pela janela da frente, depois de prometer que nunca mais lançaria na direção da casa? Ou quando tirou a carteira de motorista e bateu na caixa de correspondência ao sair da garagem, depois de prometer que tomaria o maior cuidado?

— Foi um acidente.

— Exatamente. Acidentes acontecem. Por causa disso, e porque você ficou deprimido e eu o amava, não hesitei em perdoá-lo. E eu? Não mereço a mesma coisa?

— Você é meu pai. Deveria dar o exemplo.

— Sou humano. — No instante em que Sam baixou a mão, Jon começou a se afastar. — A que horas será seu jogo amanhã?

— Não quero que você vá — respondeu Jon, do corredor.

— A que horas?

— Vai dar azar no jogo!

— *A que horas?*

Annie ouviu o barulho de passos que subiam a escada correndo. Depois, a batida de uma porta. E o silêncio. Sam deixou o queixo pender sobre o peito. Ficou parado assim por um longo tempo. Annie sentiu um aperto no coração. Sam tinha lágrimas nos olhos quando tornou a fitá-la.

Atraída por essas lágrimas e pela angústia que sabia que ele sentia, Annie adiantou-se e pegou sua mão.

— O tempo cura todas as feridas, Sam.

Ele balançou a cabeça. Depois, com a respiração trêmula e uma expressão de derrotado, Sam soltou-lhe a mão, pegou os livros e documentos, e saiu da cozinha.

Treze

O entusiasmo fez Teke acordar ao amanhecer, no dia em que Michael deveria voltar para casa. Depois de limpar a casa, de alto a baixo, na noite anterior, ela agora preparava o ensopado de carne predileto do filho, a salada de frutas predileta, e sua torta predileta, a Floresta Negra. Assim que as lojas abriram, ela mandou Jana e Leigh, que se haviam recusado a ir à escola, comprarem flores frescas, um enorme buquê. Elas também trouxeram uma faixa em que estava escrito SEJA BEM-VINDO, MICHAEL, que foi pendurada entre as colunas que ladeavam a porta da frente. Enquanto as meninas penduravam bandeirolas por todo o primeiro andar da casa, Teke tomou um banho de chuveiro e vestiu-se. Pôs a túnica mais extravagante por cima de uma calça de malha e prendeu os cabelos com um pedaço de crepom que sobrara das bandeirolas. Mal precisava de maquilagem. O rosto exibia uma intensa animação pela primeira vez em semanas, que era também como se sentia por dentro. Na emoção de preparar o retorno de Michael, parecia que o ressentimento das meninas contra Teke havia sido momentaneamente esquecido. Ela era outra vez a mãe das duas, a única coisa que sempre desejara ser.

J.D. insistira em levar Michael para casa, o que também deixou Teke satisfeita. Queria que Michael soubesse que o pai estaria envolvido em sua vida, independentemente do lugar em que morasse.

O plano era J.D. chegar ao centro por volta de dez horas, pegar Michael e um fisioterapeuta que ajudaria durante o dia e chegar em

Constance às onze horas. Teke passara a semana inteira levando os pertences de Michael para casa. Não haveria mais que uma pequena mochila para J.D. carregar.

Leigh e Jana foram para a janela às dez e meia. Às quinze para as onze, quando Teke se juntou às filhas, ela sentiam uma crescente impaciência.

— Papai deve ter se atrasado — comentou Leigh.

— Seu pai nunca se atrasa — gracejou Teke.

— A pontualidade é uma virtude — declarou Jana, em defesa de J.D.

Leigh imaginou outro problema.

— Talvez tenham mudado de idéia e não queiram mais dar alta a Michael.

Jana franziu o rosto.

— Você fala como se ele estivesse internado contra a vontade. Eles não têm o direito de mudar de idéia.

— Talvez ele tenha caído — insistiu Leigh. — Talvez tenha se machucado.

Teke tinha as mesmas dúvidas, mas fez um esforço para se manter calma.

— Já teriam avisado se isso acontecesse.

— Michael pode não gostar de dormir aqui embaixo — advertiu Jana. — Ele já sabe?

— Sabe de tudo.

Teke não escondera nada do filho. Esclarecera tudo com Michael, os fisioterapeutas e o assistente social do centro. Assim, raciocinara ela, se não gostasse das disposições, Michael poderia culpar os fisioterapeutas e o assistente social com a mesma facilidade com que a culpava. Afinal, já a culpara demais.

— Michael sabe que convertemos a sala íntima num quarto. Sabe que convertemos o jardim-de-inverno numa sala de fisioterapia e que um fisioterapeuta estará aqui todas as manhãs e um professor particular todas as tardes. E sabe também que três vezes por semana terá de usar a piscina da academia.

— Quando ele poderá voltar à escola? — perguntou Jana.

— Quando estiver andando bastante bem para subir a escada. Provavelmente em março.

— Antes disso não?

Teke pensava que tudo era relativo — que a hipótese de Michael perder cinco meses de aulas não era nada em comparação com a de ficar paraplégico pelo resto da vida ou coisa pior —, quando Leigh prendeu a respiração e gritou:

— Lá estão eles!

Ela deixou a janela correndo. Passou pela porta emparelhada com Jana.

Teke foi atrás. O coração batia forte em expectativa e muito mais. Era um momento emocionante.

Jana e Leigh agitaram-se em torno do irmão, pelo tempo que ele precisou para ajeitar as muletas e se levantar. Depois, as duas ficaram de lado, nervosas, enquanto Michael começava a se adiantar, vacilante. J.D. andava de um lado, o fisioterapeuta do outro. Cada passo era um grande empreendimento, implicando a colocação das muletas no ponto certo, o pequeno impulso para transferir o peso do corpo, o balanço irregular das pernas. Teke conhecia a manobra. Acompanhara tudo, hora após hora, enquanto os fisioterapeutas obrigavam-no a repetir os movimentos. Mas viu uma coisa agora que não havia antes. O rosto de Michael era o retrato da determinação.

Teke sentiu-se orgulhosa. Sentiu também excitamento e nervosismo. Sentiu ainda uma intensa esperança, um profundo amor, mais do que apenas um pouco de pesar pelo filho não estar correndo pelo caminho, como sempre fazia. Mas ele estava em casa. E Teke sentia-se tão grata e feliz que experimentou um aperto na garganta, com os olhos cheios de lágrimas. Ela sorriu, e continuou a sorrir, enquanto Michael se aproximava. Seus lábios tremeram. Secou as lágrimas nos cantos dos olhos. Foi nesse instante que o filho levantou os seus e sorriu. Teke renunciou à luta para se controlar. Rindo, em meio às lágrimas, foi abraçá-lo.

— Você é maravilhoso, Mike.

Por aquele momento, longo, feliz, orgulhoso, tudo ficou em paz no mundo. Michael poderia lembrar o que ela fizera e talvez a odiá-la no dia seguinte, mas hoje era apenas o seu menino que voltava para casa.

Tristeza. Traição. Angústia. Annie estudou as palavras que escrevera em sua agenda. Uma mulher precisava de forças para superar qualquer das três. E ela não sabia se tinha força suficiente.

Podia encontrar todos os motivos do mundo para que Jon perdoasse Sam, para que Michael — e até mesmo J.D. — perdoasse Teke. Mas, quando se tratava de Annie perdoar Sam, a situação era mais confusa. A mágoa causada por Sam era tão profunda quanto seus sentimentos por ele. Não podia ser objetiva. Não podia raciocinar direito. Emoções diferentes levavam-na por direções diferentes, deixando-a exausta, tão fraca, que às vezes tinha vontade de ceder, esquecer, fazer tudo como antes. Imaginava o retorno à felicidade e sorria, até que aflorava uma imagem espontânea de Teke, Vicki Cornell ou alguma cliente sem rosto que poderia tentar Sam. No mesmo instante, o sorriso desaparecia.

Ela largou a caneta, frustrada. Pegou os livros e se encaminhou para a aula. Pelo corredor e um lance de escada, pensou no debate daquele dia, sobre o papel dos opostos na obra de Jane Austen: em *Emma,* a personagem-título Emma como a voz da imaginação, o Sr. Knightley como o raciocínio são; em *Orgulho e Preconceito,* Mary Bennett como a razão e sua irmã Lydia como a emoção.

Ah, a ironia, pensou Annie... os opostos, o balanço do pêndulo, a frustração de visões conflitantes. Invejava Jane Austen. Daria qualquer coisa para transformar os acontecimentos dos últimos dois meses numa obra de ficção. E, com toda certeza, trataria de rasgá-la na primeira oportunidade.

Seus passos vacilaram. À frente, Jason Faust conversava com outros estudantes, à espera do início da aula. Embora seu sentimento de culpa persistisse, Annie sabia que o constrangimento era menor a cada vez que o via. Jason tinha momentos ora de arrogância, ora de humildade. Annie não podia deixar de especular se havia alguma coisa errada com ele.

Os estudantes cumprimentaram-na e depois entraram na sala.

— Uma pergunta rápida, Jason — murmurou ela.

Depois que os outros passaram pela porta, Annie acrescentou:

— Está muito pálido. E já tem algum tempo. Tudo bem com você?

— É novembro — respondeu ele, com um sorriso torto. — Perdi todo o bronzeado.

— Falo sério. Está mesmo se sentindo bem?

— Estou perdido de amor.

Annie recusou-se a corar.

— Não está, não. Não é o seu estilo, e sabe disso. Tem certeza de que não está doente?

— Claro que tenho. — Mas ele parecia perturbado. — Podemos conversar depois da aula?

Annie tinha uma longa lista de coisas para fazer, mas devia algum tempo a Jason. Sentia alguma responsabilidade por ele, depois do que acontecera.

— Podemos. Ainda não almocei. Por que não conversamos no refeitório?

Ele acenou com a cabeça em concordância e abriu a porta da sala de aula para Annie. Parecia distraído ao seguir para seu lugar, no fundo da sala.

Vários estudantes queriam lhe fazer perguntas depois da aula. Annie respondeu-as, depois gesticulou para Jason. Passaram pelos corredores cheios até o refeitório. Não demoraram para sentar-se a uma mesa, Annie com um chá e uma tigela de sopa de peixe, Jason com um copo de leite.

— Um lugar agradável — comentou ele, olhando ao redor.

— Nunca esteve aqui?

— Já, sim, mas ainda me impressiona.

— Está esperando alguma coisa com ansiedade?

Ela começou a tomar a sopa.

— É uma das coisas sobre as quais queria conversar. Quero muito aquela vaga de professor. Preciso do dinheiro.

A expressão de Annie foi de ceticismo.

— Sempre pensei que dinheiro não era problema para você.

— Nunca foi. — Ele virou o copo de leite nas mãos. — Meu pai acaba de ter a falência decretada.

— Ahn...

— E não é apenas uma questão de ficar sem dinheiro e pedir a falência para se proteger dos credores. Há graves problemas legais. Ele está prestes a ser indiciado por fraude imobiliária. A sensação é a de que o chão abriu-se sob os nossos pés.

Atordoada, Annie murmurou:

— Mas pensei...

— Que éramos bilionários? — Jason sorriu. — É o que pensa a maioria das pessoas. Era a imagem projetada. Só que não é mais assim. Talvez tenha sido, há algumas gerações, mas a fortuna se dissipou. Papai contava com dinheiro suficiente para começar. Ganhou muito no *boom* imobiliário. Mas, quando o mercado caiu, ele se tornou imprudente. Agora, todos os seus bens foram confiscados na dependência da investigação do governo ou ficaram reservados para o pagamento das custas judiciais e honorários de advogado.

Annie podia imaginar o trauma.

— Sinto muito, Jason. Deve ser um momento muito difícil para sua família. Há quanto tempo sabe?

— Há poucas semanas. Papai também tentava manter uma imagem.

— Eu me sinto *horrível*.

— Não mais do que eu. — Jason sorriu de novo. — Inesperadamente, eu me descubro por minha conta e risco. Papai diz que já me sustentou por tempo demais. Vai me dar uma pequena mesada, mas terei de trabalhar para ganhar o resto.

— Não terá problemas com a mensalidade da escola. Tem direito à isenção como assistente e ainda recebe um pequeno salário.

— Não é suficiente. Preciso realmente daquela vaga de professor. Quais são minhas chances?

Annie desejou poder ser otimista.

— Mais ou menos as mesmas da última vez em que você tocou no assunto. Pode conseguir seu mestrado em junho, se tentar. E Honnemann está procurando alguém com o curso completo.

— Acha que posso conseguir?

— Terminar em junho? Claro que pode, se quiser. Afinal, o que é a vontade senão fé e persistência?

Jason franziu a testa.

— Emerson?

— Aldous Huxley.

Ele suspirou. Tomou um gole de leite para depois perguntar, ao largar o copo:

— Acha que posso ser professor?

— É o meu assistente mais capacitado.

O olhar de Jason se tornou mais franco, a voz saiu mais baixa:

— É um consolo e tanto.

— Jason...

Ela suspirou.

— Desculpe. Não pude resistir. Foi um tremendo golpe para meu ego.

Também falando mais baixo, Annie disse:

— Se quer saber a verdade, também foi um golpe para o meu.

— Por quê? Acho você um tesão.

Ela corou.

— Não, não sou. Tenho quarenta anos e sou casada. Pensei que estava acima dessas coisas.

— Não chegou a fazer nada.

— Não importa. Deu para perceber que eu era falível.

— Você estava infeliz. A situação em casa melhorou?

Como não tinha a menor intenção de discutir seus problemas conjugais com Jason, Annie respondeu, gentilmente:

— Está melhor do que em sua casa. Lamento muito o que aconteceu. Não é de admirar que você esteja tão pálido.

Jason limpou a garganta.

— É a outra coisa sobre a qual queria conversar. Tinha razão. Não venho me sentindo bem. Pensei que poderia me indicar um bom médico na cidade.

— Qual é o problema? — perguntou Annie, subitamente maternal, um papel que preferia ao de amante de Jason.

— Estou cansado. Fraco. Esse tipo de coisa.

— Talvez seja mononucleose.

— Acho que não.

— Já esteve no serviço de saúde do campus?

— O McDiagnóstico? Não, obrigado.

Annie teria rido da caracterização, se a situação não a preocupasse. Quer fosse instinto maternal, culpa pelos pecados passados ou preocupação com um jovem brilhante, ela estava disposta a fazer o que pudesse para ajudá-lo.

— Temos um internista em Boston. Meu marido e eu o consultamos. Tenho certeza de que ele o atenderá. — Annie tirou caneta e papel da bolsa. — Use meu nome. Se encontrar alguma dificuldade, diga que é meu primo. Se ainda assim tiver problemas, me ligue que falarei com ele.

Entregou-lhe o pedaço de papel em que anotara o nome e o endereço do médico.

— Sobre o outro assunto, o cargo de professor. Faça um esforço para concluir o trabalho do curso nesta primavera.

— Vai ser minha orientadora de tese?

— Sabe que sim.

— Não tinha certeza, depois do nosso envolvimento.

Annie fez um esforço para não corar de novo.

— Nosso envolvimento é estritamente profissional.

— Certo.

Com a voz mais suave, ela acrescentou:

— Nunca poderá ser mais do que isso, Jason.

— Entendido.

Ele tomou o restante do leite num único e demorado gole.

Seja estritamente profissional, disse Sam a si mesmo. Mas falar era fácil. As reuniões semanais dos sócios da Maxwell, Roper & Dine haviam se tornado provações impregnadas de tensão, desde a confrontação de Sam e John Stewart. Havia uma hostilidade pairando no ar. Às vezes era mais sutil, outras nem tanto, mas sempre se podia sentir o nervosismo, como se as pessoas pisassem em ovos ao tratar de qualquer assunto.

A questão em debate naquele dia, a pedido de Sam, era a designação do pessoal de apoio para os sócios. Depois de esperar pacientemente pelas análises de novos clientes, recentes decisões judiciais e procedimentos de cobrança, Sam sentia-se ansioso para falar. Recostado em sua cadeira, ele olhou para os quatro homens sentados ao longo da mesa retangular.

— Venho enfrentando um problema ultimamente — começou ele. — Os associados têm sido desviados para outros sócios enquanto fazem um trabalho para mim. Livros de que eu precisava muito desapareceram misteriosamente da biblioteca. Mensageiros se atrasaram ao entregar documentos a meus clientes. Minha própria secretária tem sido tomada de "empréstimo", estando ocupada em momentos em que preciso de seus serviços. Acho que temos de tratar da questão da administração da firma.

— John Stewart é o sócio que cuida da parte administrativa — declarou Martin Cox, desnecessariamente. — Vem fazendo isso há vinte anos. Nunca tive qualquer problema.

— Nem poderia ter — comentou Sam, lembrando que Martin e John Stewart eram grandes amigos. — Mas só porque uma coisa é feita de uma mesma maneira há vinte anos não significa que seja a única. Os atuais métodos administrativos não estão funcionando para mim. Talvez devêssemos nos revezar na função de administrador ou contratar um gerente, mais secretárias, uma bibliotecária.

Martin franziu a testa.

— Empregados adicionais custam dinheiro. Não precisamos da despesa.

— Precisamos fazer alguma coisa — insistiu Sam. — Não tenho recebido o apoio de que preciso, e isso vem causando um efeito adverso sobre meus clientes. Se eu fosse do tipo paranóico...

Ele fez uma pausa, olhando direto para John Stewart antes de acrescentar:

— ... diria que alguém está tentando prejudicar o meu trabalho.

— É uma acusação? — perguntou John Stewart, divertido.

Estritamente profissional, exortou Sam, em silêncio, embora estivesse fervendo de raiva por dentro.

— É uma acusação apenas porque houve uma ameaça.

Sam não planejara revelar tudo, mas o sorriso de John Stewart o atiçara. Ele virou-se para os outros sócios e acrescentou:

— John Stewart deixou claro para mim que esse tipo de coisa poderia acontecer se eu não renunciasse a meu cargo na firma.

J.D. olhou firme para o pai, mas foi o companheiro de Sam na área de litígio, Will Henry, quem perguntou:

— Isso é verdade, papai?

John Stewart deu de ombros.

— À luz de acontecimentos recentes, não creio que Sam tenha a fibra moral para continuar como sócio desta firma.

— Fibra moral? — repetiu Sam, num tom que indicava que sabia sobre Mary McGonigle.

— Fibra moral — repetiu John Stewart, o sorriso dando lugar a uma expressão mais mesquinha.

— É uma opinião — arriscou J.D., tímido.

— É mais do que uma opinião. A metade da comunidade jurídica de Boston pensa a mesma coisa. As notícias se espalham.

Sam inclinou-se para a frente.

— Isso é besteira. Sou a *estrela* da comunidade jurídica neste momento. Se por acaso se espalhou a notícia sobre meus atos particulares, só pode ter saído de sua boca para os ouvidos de uns poucos bajuladores que engolem suas merdas hipócritas.

— Acabou-se a cerimônia — comentou John Stewart. — Já começava a me perguntar quando isso aconteceria. A ralé sempre volta às suas origens.

— Tem toda razão, as luvas foram mesmo retiradas — disse Sam, levantando-se. Já cansara dos jogos de John Stewart. — Quer uma votação? Pois que haja uma votação! Vamos ver se você consegue obter a maioria de que precisa para me expulsar da firma!

Antes que seu pai pudesse responder, J.D. levantou-se e disse, olhando para o relógio:

— Desculpem, mas não pode haver nenhuma votação hoje. Já estou atrasado para uma reunião.

— Sente-se, John David — ordenou o pai.

Mas J.D. já saíra pela porta, sem olhar para trás.

— Aí está sua resposta — disse Sam para John Stewart — Ele não votará contra você nem contra mim.

— Claro que ele vai votar — declarou John Stewart. — Posso lhe garantir.

— Tudo bem. — Sam foi até a porta. Virou-se ao chegar ali. — Enquanto isso, John, pare de me sabotar. Se eu continuar a esbarrar em obstáculos, vou processá-lo. O que acha que isso representará para a imagem da firma?

Voltou para sua sala. Deixou-se cair na cadeira, refletindo sobre a situação. Havia algum conforto em pensar que J.D. não quisera votar contra ele. Mas o conforto era mínimo. Quase desejara que a votação fosse logo realizada. Sentia-se em expectativa, querendo saber sua posição. Ultimamente, parecia que vinha querendo descobrir a situação em muitos aspectos de sua vida.

Seus olhos incidiram sobre o jornal dobrado no canto da mesa. Pegou-o, relendo o obituário que vira de manhã. Era um texto elogioso sobre um homem, muito conhecido e respeitado, que fora juiz no Tribunal Superior. Sua morte abria uma vaga, que seria disputada por muitos candidatos. Mesmo agora, refletiu Sam, já devia haver homens e mulheres dando telefonemas, avaliando suas chances, apresentando sua candidatura.

Se fosse dez anos mais velho, Sam poderia disputar a vaga. Conversara muitas vezes com Annie sobre o ideal de ingressar na magistratura quando estivesse na casa dos cinqüenta anos, a fim de escapar das tensões da advocacia particular. Não que o governador fosse se importar com sua juventude. Os governadores adoravam deixar sua marca no judiciário; e, quanto mais tempo seus designados permanecessem no cargo, melhor. Mas Sam tinha apenas quarenta e um anos. Sua carreira crescia cada vez mais. Ainda não sentia a menor disposição para se tornar um juiz.

O que era uma pena. Poderia ser uma oportunidade perfeita. Em outra ocasião.

Se fosse dez anos mais velho, teria se candidatado. E conseguiria a vaga. E diria a John Stewart Maxwell, em termos claros e incisivos, para ir à merda.

* * *

Grady praguejou pela camada de neve compacta e escorregadia na calçada. Uma nevasca de dez centímetros surpreendera Constance na noite anterior. Os removedores de neve haviam sido usados, mas ainda havia muita nas ruas. Guiar nessas condições era um risco.

E atropelara Michael da última vez em que estivera na casa de Teke. Desta vez, ele praticamente se arrastou. A neve rangia sob os pneus quando estacionou na entrada lateral da casa. Saltou e ficou parado por um momento, admirando a beleza pura do cenário.

Gullen era um lugar lindo nos raros dias em que havia neve. Mas era uma beleza diferente, do tipo mais rude. Já aquela era mais refinada, tão rica e privilegiada quanto os cidadãos de Constance. A neve cobria os galhos dos pinheiros como se fosse um casaco de pele branco. Ou pelo menos foi o que pareceu a Grady, que se sentia deslocado ali, fora de sua classe. Aquela era a casa de Teke. O lugar em que pendurava as roupas, criava os filhos e dormia com o marido. Muito bem, o marido fora embora, mas a casa continuava a ser de Teke. Mesmo de fora, Grady podia perceber que estava muito acima de qualquer coisa que poderia lhe comprar. Tudo ali apontava para as vastas diferenças entre os dois.

Mas ele queria ver Michael. E, apesar das diferenças, queria ver Teke.

O som de uma pá em ação o levou para os fundos da casa. Atravessou a neve que se acumulava em torno da garagem à procura do barulho ritmado.

Teke estava junto da porta dos fundos, nas etapas iniciais da remoção da neve dos degraus. O ar era revigorante, o exercício agradável. Passara quase todo o seu tempo, nas últimas semanas, entre quatro paredes. Sentia-se grata à Mãe Natureza por obrigá-la a sair.

O aparecimento de Grady não a surpreendeu. Cinco dias já haviam transcorrido desde que o vira pela última vez. Fora no centro de reabilitação, sem qualquer promessa para o futuro. Mas ela sabia que Grady viria. Ele parecia determinado a continuar por ali, e Teke não podia lhe dizer, por nada no mundo, para ir embora.

Com a aparência de um experiente lenhador, com seu casaco de flanela xadrez e botas de borracha — exibindo uma beleza rude, para a alegria e tristeza de Teke —, ele pegou a pá.

— A neve está muito pesada.

— Não me importo. — Teke flexionou as costas, olhando para toda parte, menos para ele. — É um dia maravilhoso... céu azul, neve branca, sol quente.

A respiração dela saía como um vapor branco, enquanto acrescentava:

— Eu precisava respirar um pouco de ar fresco.

— Está com boa aparência, Teke.

Ela usava uma *parka* rosa importada que vinha até as coxas, um gorro de lã e luvas da mesma cor. A *legging* cor de limão fora enfiada em botas de pêlo.

— Como está seu garoto? — perguntou Grady.

Ela esticou o queixo na direção do jardim-de-inverno, onde Michael e o fisioterapeuta trabalhavam. Grady acenou. Fez um gesto para sugerir que Michael viesse ajudar a tirar a neve. Como resposta, Michael acenou vigorosamente com a cabeça. O fisioterapeuta disse alguma coisa. Michael fez uma careta cômica. Grady riu.

— Um garoto esperto.

Ele recomeçou a remover a neve.

— Estar em casa ainda é uma novidade — comentou Teke. — Os amigos aparecem todas as tardes. Ele gosta disso, até que a conversa passa para o basquete.

— Como vai a fisioterapia?

Teke retirou a neve de um banco com a mão enluvada. Sentou-se nele e ergueu o rosto para o sol. Os raios eram puros. Muito mais do que ela. Absorveu-os, feliz.

O barulho de Grady trabalhando cessou. Em seu lugar, soou a voz ansiosa:

— Você está linda. É como se tivesse dezoito anos, as faces rosadas, a ponta do nariz vermelha. Juro, Teke, que continua tão bonita quanto me lembrei durante todos esses anos.

Ela manteve o rosto erguido para o sol.

— Não diga essas coisas.

— É a verdade.

Mas me faz sofrer pelo que perdemos, pensou ela. Depois de uma pausa, de maneira brusca, Teke perguntou:

— Pensa em mim com freqüência?

— Durante todo o tempo.

— Alguma vez pensou em me escrever?

— Escrevi, mas não pude mandar as cartas. Não seria justo.

Ela baixou o rosto para fitá-lo.

— Também não é justo agora. — Quando ele se mostrou apreensivo, Teke acrescentou: — Sua vinda para cá, ser simpático com Michael e comigo. Não é justo. Teve sua chance comigo, mas renunciou. Não pode dar em nada agora.

— Ninguém disse que deveria.

— Mas foi o que sempre aconteceu conosco. Desde o início. Era muito forte.

— E isso não é bom?

— Não agora, pois me faz sonhar com o que poderia ter sido. Só que não pode mais ser. Tenho três filhos e um casamento arruinado. Tenho de fazer o maior esforço para me manter firme, com o pressentimento de que isso é apenas o começo. Preciso fazer com que Michael volte a andar. Preciso recuperar a confiança das meninas. Preciso chegar a algum acordo com J.D. Preciso conversar com Sam e Annie, decidir o que vamos fazer com nossas famílias. Muita coisa mudou em pouco tempo. Muita coisa permanece indefinida. E não posso lidar com um relacionamento tão intenso quanto o que você e eu tivemos.

Grady continuou fitando-a em silêncio, por um longo momento, antes de recomeçar a tirar a neve. Mas ela tinha de fazê-lo compreender.

— Não paro de pensar no que Sam e eu fizemos, e me pergunto como pôde acontecer, como pude me sentir tão assustada com sua carta. Não nos vimos nem falamos durante vinte e dois anos. Tive uma vida boa nesse período. Por que então me senti tão ameaçada?

Grady enfiou a pá na neve, levantou-a cheia e jogou-a para o lado. Repetiu os movimentos.

— Porque sabia, lá no fundo, que meu casamento não era grande coisa — continuou Teke. — Nunca admiti isso para mim mesma. Não era capaz. Mas não era grande coisa, Grady. J.D. é simpático, bonito e bem-sucedido. Deu-me os três filhos mais maravilhosos que uma mulher poderia desejar. Para ele, no entanto, eu era mais uma mãe do que uma amante. Atendo às suas necessidades, como faço com as crianças... providencio para que ele tenha roupas limpas e comida quente, arrumo sua cama pela manhã e estico as cobertas de noite, guardo as meias com as cores separadas, da maneira como ele gosta.

Tudo isso podia ser adorável, mas havia também a verdade humilhante. Teke forçou-a a sair:

— Será que sou sua válvula de escape para a paixão? Não. Nunca fui.

Grady enfiava a pá, levantava a neve, jogava-a para o lado, enfiava, levantava, jogava. O ritmo tranqüilizou Teke, permitindo-lhe continuar:

— Eu sabia desde o início. Talvez ele também soubesse. Talvez, como eu, tivesse uma lista de prioridades. Gostava muito do que eu tinha a oferecer. Por isso, podia viver sem uma paixão ardente. O mesmo acontecia comigo. Só que, no final, senti falta. E senti falta de você. Senti-me ameaçada por sua carta porque faltava ao meu casamento exatamente o que você podia oferecer.

Ela se calou, mas apenas por um instante.

— Está me escutando, Grady? Prestou atenção no que falei?

Ele tornou a enfiar a pá na neve, levantou-a, jogou a neve para o lado. Empertigou-se. Baixou a cabeça. Respirou fundo. E fitou-a nos olhos.

— Estou lhe dizendo tudo isso porque não sei o que fazer — acrescentou Teke, perdendo um pouco o controle, o que fez com que elevasse a voz.

As mãos enluvadas apertavam com força a beira do banco. Ela sentia-se dividida entre querer que Grady ficasse e querer que fosse embora.

— Quando descobri que Michael voltaria para casa, pensei que você se afastaria. Fiquei aliviada, porque gosto demais de vê-lo. Mas já se passaram cinco dias... — Ela expunha sua alma, incapaz de se conter. — ... e continuo ansiosa para vê-lo. Sua visita é o ponto alto do meu dia. E isso me deixa *enfurecida*. Fiz uma vida nova quando você me mandou embora. Releguei-o ao passado. Mas agora você voltou, me atormentando durante a noite.

Consternada pela confissão, Teke prendeu o fôlego. Mas o dano já fora causado, o que a deixou ainda mais enfurecida.

— Mas que droga! Você não tem o direito de fazer com que eu o deseje de novo!

Grady soltou um resmungo. Fincou a pá num monte de neve e afastou-se pelo caminho limpo, na direção da neve mais profunda, no fundo do quintal.

— *Grady!*

Ele não podia deixá-la. Não pela segunda vez. Ainda mais porque fora ele quem voltara.

Teke partiu em seu encalço, seguindo a trilha deixada pelas botas, até a extremidade do quintal, entrando no bosque. A neve era menos espessa ali, desviada pelos galhos um pouco mais altos. Encontrou-o entre os pinheiros, de costas, sob a árvore mais grossa e mais alta, as mãos no tronco, a cabeça baixa. Aproximou-se por trás.

— *Não está certo, Grady!*

Ele virou-se, puxou-a e beijou-a na boca, antes que ela pudesse dizer qualquer outra coisa. Não que Teke quisesse dizer qualquer coisa. Ao primeiro contato de Grady, sua raiva murchou. Era aquilo que sua parte faminta desejava, a parte que acordava desesperada durante a madrugada, ansiosa por seus carinhos.

Grady sugou seus lábios, abrindo-os, invadindo-os. Pela primeira vez em vinte e dois longos anos, Teke saboreou tudo o que perdera. Foi uma experiência atordoante que a deixou sem fôlego e com a sensação de que seus ossos derretiam.

O primeiro gosto era o melhor quando se tratava de um chá fresco pela manhã, pão de passas com manteiga ou calda de chocolate quente sobre sorvete de baunilha... mas, em relação a Grady, o gosto começou maravilhoso e foi se tornando cada vez melhor, mais profundo, mais molhado, mais ardente, fazendo Teke ser capaz até de morrer por mais.

Grady parecia afetado da mesma forma. Seu corpo tremia, com uma necessidade mais primitiva. Interrompeu o beijo, apertando-a com toda força contra seu corpo.

Ela comprimiu o rosto contra a gola de pele de ovelha, absorvendo o cheiro de Grady, como antes devorara seu gosto. Quando ele abriu seu casaco, Teke comprimiu o rosto contra sua garganta. Surpreendeu-se com a intimidade do contato, a sensação de novidade e intensa satisfação. Nem lhe ocorreu protestar quando Grady tirou seu gorro e encostou o rosto em seus cabelos. Era o que ele costumava fazer quando deitavam juntos. Agora, o gesto era tão satisfatório quanto antes.

— Cabelos cheios e macios — murmurou ele, a voz rouca. — Eu adorava adormecer assim.

Com o rosto de Teke entre as mãos, beijou-a nos olhos e na ponta do nariz. Passou a boca por seu rosto, mordeu o lábio inferior, depois o superior, como se não pudesse ter o suficiente.

Teke também não podia. Sua respiração estava entrecortada quando finalmente tornou a encostar o rosto no pescoço de Grady. Mas a culpa em parte era apenas da paixão. Sentiu um medo súbito. A guerra interior era cada vez maior.

— Eu não queria isso. Oh, Grady...

— Lembra-se da primeira vez em que nos beijamos?

Como ela poderia esquecer? Fora um momento decisivo em sua vida, um compromisso com uma coisa que estava fadada a ir muito além.

— Estávamos no barco de Hiller Malloy. Eu o ajudava a fazer os reparos.

— Eu não queria beijá-la.

— Mas não parava de me olhar e desviar os olhos, a todo instante.

— Parecia que eu vinha fazendo isso há anos, olhando para você e desviando os olhos. Durante todo o tempo, você se tornava mais alta, o corpo mais cheio, e eu a desejava mais. E quando você completou quatorze anos pensei que morreria se não a beijasse. Sabia que você nunca havia beijado outro. Eu tinha de ser o primeiro, como se pudesse deixar minha marca, para que nunca mais alguém pudesse tocá-la. Mas sentia-me apavorado, porque achava que não conseguiria mais parar.

Ele pegou uma mecha de cabelos de Teke e passou por seu rosto. Respirou fundo, estremecendo todo.

— Tudo que você fazia era puro. E tinha um talento inato. E me deixava mostrar do que eu gostava. Você era maleável e forte.

Teke caíra sob o encantamento dele, a tal ponto que era difícil pensar direito.

— Esses termos não são contraditórios?

— Não. Quando eu fabricava canoas, descobri que o cedro é assim. Eu o ajusto ao meu molde e sei que depois vai resistir às corredeiras mais fortes e rápidas. — Grady passou as mãos ansiosas pelas costas de Teke como que para reforçar seu domínio. — Nunca mais poderei fazer outra canoa sem pensar nisso.

Teke se comprimiu ainda mais contra a gola de sua camisa, tentando se esconder do próprio Grady. O que era também uma contradição, mas não se importava. Seus pensamentos estavam tumultuados.

— Tudo acabou entre nós. Você não tem lugar em minha vida. O que estamos fazendo aqui é uma loucura.

— Você não está se afastando.

O dilema de Teke, em poucas palavras.

— Não posso... — balbuciou ela, contra o ponto no peito de Grady em que o segundo botão da camisa acabara de se abrir.

Sua respiração agitava os pêlos encrespados, fria contra o calor daquele corpo de homem. Pelo calor, por seu intenso cheiro masculino, pelo tremor que percorria seu corpo, Teke sabia que a excitação dele era comparável à sua.

— Você tem de me afastar, Grady — suplicou ela. — Alguém pode nos ver.

— Estou observando. Ninguém está vindo.

— Eu não deveria fazer isso. A conseqüência será a pior possível. Sei disso, mas não consigo me controlar. — Teke abraçou-o, contraditória de novo. — Me afaste, Grady.

Ele sorriu, sua boca entre os cabelos de Teke.

— Não vou afastá-la. Não depois de esperar tanto tempo para abraçá-la.

Teke ergueu o rosto, concordando que a espera fora uma *eternidade*. Os olhos deslocaram-se pelas feições de Grady. Depois, ela tirou uma luva e deixou que a mão fizesse a mesma coisa.

— Isso não está tornando a decisão mais fácil. Não me force. — O tom de Teke era suplicante, a voz saía num sussurro, os dedos acariciando agora os lábios de Grady. — Você tem esse poder, Grady. Se insistir, farei amor com você a qualquer momento. Mas seria um erro. Minha vida virou pelo avesso. Já tenho complicações demais. Não conseguiria agüentar outra.

— Só quero ajudar.

— Quer fazer amor.

Não havia como se enganar com aquela ereção, as mãos em sua bunda, puxando o *parka*, fazendo pressão para os quadris se ajustarem. E Teke sentindo-se cada vez mais excitada.

— Tem razão, quero fazer amor com você.

Ela beijou-o na boca, com um ardor que confirmava a intenção. Foi um beijo arrebatado, sem nada para contê-lo. Teke abriu a boca, as línguas se encontrando, lábios, dentes e respirações se misturando. Foi Grady quem acabou se afastando.

— Está bem — balbuciou ele, a respiração trêmula. — Vou parar. Esperei tanto tempo que posso esperar mais um pouco.

— Não espere. É o que estou querendo dizer desde o início. Não vai dar certo. Não *quero* que dê certo.

— Continuarei esperando.

— *Não*, Grady!

Ele a silenciou com um último beijo, desta vez com menos ardor, embora com mais ternura. Ao final, Grady estendeu a língua por toda a extensão da de Teke. Ela tentava se recuperar do choque, quando Grady deu um beijo casto em seu rosto, virou-a e, com uma palmada leve, mandou-a de volta.

Teke cambaleou pelo bosque, mais confusa do que nunca.

Quatorze

A neve já desaparecera quando o Dia de Ação de Graças chegou, deixando em sua esteira uma paisagem fria e desolada, precisando muito da festividade que o feriado costumava trazer. Annie queria muito que o clima festivo também prevalecesse naquele ano, como uma proteção contra a precariedade de suas vidas. Era um momento difícil, com a separação dos Maxwell, a incerteza de Sam sobre seu lugar na firma de advocacia e a incerteza de Annie sobre seu relacionamento com Sam. Ela queria que o feriado fosse o mais divertido possível.

Sam era um tesouro. Chegou em casa na noite de quarta-feira com um buquê de rosas amarelas para ela, vários filmes alugados e meia dúzia de lagostas recém-saídas do barco, recém-cozinhadas e prontas para comer. Zoe e Jon adoraram as lagostas. Annie adorou as rosas. Os filmes foram um sucesso, mas não da maneira como Annie achou que o marido planejara. Em vez de uma sessão da família na sala íntima, Jon e Zoe levaram os filmes para assistir na casa dos Maxwell. Por um lado, Annie lamentou por Sam, que queria desesperadamente ser perdoado pelos filhos; por outro, uma sessão de cinema da família seria impossível para ela. Tinha muitos preparativos a fazer para o Dia de Ação de Graças. Depois que Annie anunciou isso, Sam pôs de lado o desapontamento e tornou-se sua sombra. Prometera ajudá-la, e foi o que fez.

A ajuda continuou na manhã do Dia de Ação de Graças, quando ele saiu da cama ao mesmo tempo que Annie. Ela sabia que Sam gostaria de permanecer deitado. Sabia que ele gostaria de fazer amor, mas ainda não se sentia preparada para isso. Incapaz de se conter, ela começara a se aconchegar contra Sam durante a noite. À luz do dia, no entanto, as dúvidas perduravam.

Mesmo assim, ela e Sam trabalharam bem juntos. Ele transferiu o peru de dez quilos da geladeira para a pia, lavando-o com todo cuidado, enquanto Annie preparava o recheio. Enquanto Sam o mantinha aberto, ela despejou com uma colher a mistura de pão e castanha. Ele preparou o café, enquanto Annie tirava do *freezer* os tubos de queijo, cortava-os em rodelas e as deixava no balcão para degelar. Sam acrescentou mais duas tábuas à mesa e estendeu uma toalha de linho. Annie pôs um único lugar na mesa, e ele, os outros.

Ela encostou-se no umbral da porta, tomando o café e observando-o. Suas dúvidas não eram apenas sobre Sam, mas também sobre si mesma.

— Acha que exageramos ao convidar outras pessoas, Sam?

Haviam convidado o mais novo associado de Sam e sua esposa, mais dois casais da escola de Annie.

— Teke pode receber vinte pessoas sem pestanejar. Eu mal consigo cuidar de quatro pessoas todos os dias.

Sam ofereceu-lhe um olhar afetuoso.

— Tem cuidado muito bem dos seus quatro.

Ela deu de ombros.

— Com muita sopa em lata e pratos congelados.

— Estou me queixando?

Irônica, ela respondeu:

— Não tenho certeza se ousaria. Deve estar grato porque não o expulsei de casa. J.D. tem passado uma temporada horrível sozinho.

Sam parou o que fazia.

— É mesmo? Eu não sabia. Acho que Teke e eu somos as últimas pessoas com quem ele se abriria sobre suas dificuldades.

— Teke deve saber, da mesma forma como eu descobri. Leigh e Jana o visitaram em Boston no último fim de semana. Disseram que o apartamento estava uma bagunça. E que ele tentou fazer o almoço.

— Por que não as levou para almoçar fora?

— Queria provar alguma coisa. — Annie podia se identificar com essa disposição. Também fazia a mesma coisa. — Sinto um aperto no coração por ele. J.D. não está preparado para cuidar de si mesmo. Só por isso já me sinto contente por ele passar o dia de hoje com Teke e as crianças. É uma pena que John e Lucy preferissem passar o feriado com amigos na Flórida.

— Será que a presença dos dois ajudaria?

Annie sabia a resposta tão bem quanto o marido.

— Poderia ser melhor para Michael.

Sam pôs duas colheres à direita de uma faca, com todo o capricho.

— Mas eles estão furiosos com Teke. Aumentaria a tensão, que será inevitável com a presença de Michael, e seria um desastre para as crianças.

Annie podia muito bem imaginar.

— Fico triste por eles. Acha que o almoço vai transcorrer sem problemas?

Sam deu de ombros, num gesto não muito animador.

— J.D. está sendo mais rigoroso do que deveria. Teke cometeu um único erro. É motivo para descartar todo um casamento? Ele deve estar passando pela crise da meia-idade. Eu costumava pensar que J.D. era relativamente racional. Agora não tenho tanta certeza.

— Ele é racional — declarou Annie. — Apenas está com raiva.

— Acontece que, ao punir Teke, está punindo também suas crianças. Não é justo.

— Ele concordou em participar do almoço hoje. É uma concessão.

Annie queria pensar o melhor de J.D. Era seu amigo também.

— Acha que ele está sondando o terreno para uma reconciliação?

— Espero que sim. Sinto falta da diversão que costumávamos ter. Ao recordar agora... e como tenho passado tempo lembrando!... compreendo que J.D. sempre se limitou a acompanhar a nossa diversão. Mas isso não era problema. Tivemos momentos maravilhosos. Sinto falta disso... e também de suas crianças.

Sam começou a pôr outro lugar à mesa, enquanto continuava a falar:

— Hoje será difícil para eles. E para nós também. É uma mudança. Por isso, é bom termos convidados. Se fôssemos apenas nós quatro e

Pete, estaríamos ainda mais conscientes da ausência dos Maxwells. — Ele empertigou-se, com uma expressão de determinação. — Vamos conseguir, Annie. Quer J.D. e Teke possam ou não se reconciliar, salvaremos nosso casamento. Tenho certeza.

Annie ofereceu-lhe um sorriso hesitante. Por um momento, quis apenas se abandonar nos braços de Sam e encostar o ouvido em seu coração, como costumava fazer. Mas o momento passou; e, pensando que amá-lo seria uma agonia se não pudesse aprender a confiar nele outra vez, ela retirou-se para a cozinha.

Sam terminou de pôr a mesa, tomou um banho, vestiu-se e foi a Rockport buscar o pai de Annie. Estacionou atrás da caminhonete enferrujada, que parecia ter fincado raízes no caminho esburacado. Sam especulou se ainda funcionava. Esperava que não. Pete era um motorista distraído, uma ameaça pública, para dizer a verdade. Era por isso que Sam sempre ia buscá-lo em suas visitas. Naquele dia, aguardara a oportunidade com alguma ansiedade. Queria conversar com Pete, antes de dividir sua atenção com os outros.

— Pete? — chamou ele, da cozinha.

Não olhou para os balcões, abarrotados de alimentos, ou para o fogão, onde uma pequena cafeteira recendia a café queimado, ou para a pia, com louça suja pela metade. Concentrou-se em contornar um balde e um esfregão, uma enorme lata de lixo de alumínio e um estojo com latas de tinta, cheio de salpicos amarelos, para entrar no estúdio.

— Pete?

Pete levantou os olhos, surpreso. Estava sentado num caixote de laranja virado, desenhando num bloco. Vestia apenas uma camisa amarela clara, um *short* desbotado e meias marrons.

— Já está na hora? — perguntou ele, em sua voz rouca.

— Nove horas — informou Sam, afetuosamente.

Ele esperara chegar mais cedo. Mesmo atrasado, porém, não podia se impacientar com Pete. Cabelos e barbas louro-brancos, faces rosadas e olhos de uma expressividade meio infantil, Pete era uma obra de arte tanto quanto seus quadros.

O homem mais velho largou o desenho e atravessou o estúdio apressado, até o ponto por trás do resto irregular de uma parede em que havia um colchão e pilhas de prateleiras abertas, indicando seu quarto.

— Quer um café? — perguntou ele, enquanto punha a gravata.

— Não, obrigado. — Sam enfiou as mãos nos bolsos e olhou ao redor. Apesar de todo o caos da cozinha, o estúdio era claro e arejado. — Tomei duas xícaras antes de sair de casa.

— Um chocolate quente?

Sam sacudiu a cabeça. Os quadros na parede da frente eram diferentes dos que encontrara ali em sua última visita. Ele calculou que Pete andara fazendo uma limpeza. O fundo era de um amarelo-claro, quase da mesma tonalidade da camisa de Pete, igual às manchas de tinta no estojo da cozinha. Sam chegou à conclusão de que amarelo-claro era a cor do ano.

— Aceita um conhaque? — indagou Pete.

Sam soltou uma risada.

— Ainda não. Temos de passar por Constance para pegar Annie e Zoe. Mas pode apostar que tenho uma garrafinha aqui para tomar durante o jogo. — Iam assistir ao tradicional jogo de futebol americano do Dia de Ação de Graças, entre o time de Jon e seu grande rival. O início seria às dez horas. — Vai ajudar a nos manter aquecidos.

— Jonatleta está em forma para a partida?

— Na melhor forma. — Sam foi até a parede dos fundos, onde estavam os retratos de família. — É o seu último jogo, o que o torna emocionante.

Ele olhou para os retratos de Annie, tão parecida com Zoe quando era criança, depois com ela própria quando adulta.

— Ela não é como a mãe, com toda certeza — comentou Pete, aproximando-se por trás. — Nem na aparência, nem na personalidade. A mãe simplesmente pegou suas coisas e partiu, foi embora. Annie, não, é uma guardiã.

Ele arrematou suas palavras com um resmungo rouco, enquanto prendia as alças do macacão. Sam olhou para o mais novo retrato de Annie desenhado por Pete. Ela estava de pé no que parecia ser uma praia, os braços em torno da cintura, a saia e a blusa enfunadas pelo vento. Os cabelos também esvoaçavam, deixando o rosto exposto e vulnerável. Pete a desenhara de perfil, o que quase nunca fazia. Incapaz de desviar os olhos do desenho, Sam perguntou:

— O quanto você sabe sobre o que aconteceu?

— Apenas que ela se sente infeliz. Presumo que Teke esteja envolvida, já que não vamos passar o Dia de Ação de Graças em sua casa.

Sam suspirou.

— Teke e eu fomos encontrados numa situação comprometedora, no dia em que Michael foi atropelado pela picape. Do início ao fim, foi uma coincidência trágica atrás da outra. O casamento de Teke está naufragando. Eu luto para salvar o meu. Acha que posso vencer?

Pete ficou em silêncio por tanto tempo que Sam teve certeza de que ele estava furioso. Quando ousou olhá-lo, no entanto, quase riu. Pete parecia perdido em seus pensamentos. Usava uma gravata branca com enormes corações alaranjados, cuidadosamente metida para dentro do peitilho do macacão azul de veludo cotelê. Com as pontas do colarinho levantadas em direções diferentes, ele era a perfeita caricatura de um velho excêntrico.

— Ela o ama — murmurou Pete.

— Mas não confia em mim.

— Ela não confia em si mesma. Tem baixa auto-estima. Culpa-se pelo que você fez.

— Mas eu lhe disse que a culpa não foi dela. E muitas vezes.

Pete bateu com um dedo num desenho da mãe de Annie. E Annie, um bebê, de quatro no chão, em segundo plano, parecia esquecida.

— Vem daqui. Talvez eu não devesse pendurar na parede, mas era assim que eu via. Queria que Annie soubesse. Porque estava com raiva. Também me sentia rejeitado.

— Não estou rejeitando Annie — insistiu Sam. — Ela é que tem me rejeitado.

— Porque acha que não é bastante boa para você. Trate de mudar isso, Sam. Há um motivo para que ela só esteja com metade do rosto naquele desenho. Annie só é a metade da pessoa que deveria ser sem você. Faça-a inteira, Sam. Já conseguiu uma vez. Pode fazer de novo.

* * *

Enquanto os Popes planejavam uma tarde descontraída, depois do jogo, com o almoço servido às quatro horas, os Maxwell comeriam às duas. Teke planejara as coisas dessa maneira por deferência a J.D., que dissera que queria voltar a Boston para um coquetel no final da tarde. Ela não conhecia qualquer pessoa que oferecesse um coquetel no Dia de Ação de Graças, mas não ia desafiá-lo. Sentia-se grata por ele ter vindo almoçar, já que Michael e as meninas queriam muito.

E ela também queria? Teke não tinha certeza, depois de saborear Grady naquele dia no bosque, mas uma parte de si ainda se apegava à esperança de salvar seu casamento. Gostava realmente de J.D. Ele lhe proporcionara uma vida agradável, com a segurança que sempre desejara. Devia-lhe muito por isso e pelo que ela fizera com Sam. Mais ainda, devia às crianças conceder até a última chance ao casamento.

Mas estava uma pilha de nervos. Na melhor das hipóteses, o almoço seria agradável, do princípio ao fim; na pior, seria um pesadelo de discussões e indigestão. Ela orou pela primeira hipótese, pelo menos em benefício das crianças, sua maior prioridade.

Jana e Leigh chegaram do jogo de Jonathan a tempo de dar uma ajuda na cozinha. Jon jogara bem, seu time vencera, as duas eram só sorriso e excitação. Mas a euforia se dissipou junto com o rubor do frio em suas faces.

— É muito estranho — comentou Jana, olhando a mesa posta para cinco pessoas. — Só nós. Somos párias.

Teke fizera o melhor que podia para dar um clima festivo à sala. Fizera enormes laços com fitas de listras laranja e marrons, pendurando-os em pontos estratégicos. Envolvera os guardanapos com fitas laminadas. Espalhara lantejoulas douradas sobre a mesa. Como centro, transformara uma abóbora num peru, com a ajuda de uma cabaça, flores e retalhos coloridos. Achava que o efeito era bastante agradável. Por isso, repreendeu a filha:

— Não diga bobagens. Será muito melhor para Michael dessa maneira. Mais tranqüilo.

— Mas Michael adora barulho!

— E, se todos estivessem aqui, ele iria querer circular por toda parte com aquela câmera. Desta maneira, haverá menos agitação, menos tentação e menos frustração.

— Isso é uma racionalização — murmurou Leigh, voltando à cozinha. — A verdade é que não podemos almoçar com os Popes porque papai não quer se encontrar com Sam. Por causa disso, Jana não pode ficar com Zoe, nem eu com Jon. Não é justo.

Teke entregou-lhe o espremedor e a panela com batatas cozidas.

— Você passa o tempo todo com Jon. Onde estiveram na noite passada?

— Fomos a uma festa.

— Onde?

— Na casa de uma garota. Você não conhece.

Teke pôs as luvas e tirou o peru do forno. Largou-o sobre a bancada e preparou-se para tirar da fôrma uma gelatina de frutas. Durante todo o tempo, ela especulava se devia ou não insistir. Seu relacionamento com Leigh já era bastante difícil para assumir mais problemas. Ainda assim, ela disse, com doçura:

— Você chegou tarde ontem. Fiquei preocupada.

— Você sabia que Jon tem de chegar em casa até uma hora.

— Sei que ele não pode guiar depois dessa hora, mas pensei que ia querer voltar mais cedo, por causa do jogo de hoje.

— Ele dormiu na festa.

— Ahn... Deve ter sido uma festa emocionante. — Um pensamento passou pela cabeça de Teke, não tão jocoso. — Ele não bebeu, não é?

— Jon não bebe.

Teke lançou um olhar para Leigh, que espremia as batatas como se fosse uma vingança. Tornou a se concentrar em seu trabalho, passando uma faca pela beira da fôrma. Quando pôs um prato por cima e se preparava para desenformar a gelatina, Jana entrou na cozinha.

— Já enchi todas as tigelas com bombons. O que mais quer que eu faça?

— Leve aquela tigela de molho e depois vá ajudar seu pai a animar Michael — disse Teke. — Ele se sente deprimido. Os testes para o time de basquete começam na segunda-feira. Ele quer ir.

Ela esperou que Jana se retirasse antes de dizer para Leigh, em voz baixa:

— Não sou ingênua, Leigh. Sei o que acontece nas festas da escola.

— Os pais da garota estavam em casa.

— Na véspera do Dia de Ação de Graças, provavelmente. Mas isso nada significa. Muitos pais compram a cerveja. Preferem que as crianças bebam em casa, eles vendo. É um ponto de vista, mas não é o certo.

Leigh continuou a espremer as batatas.

— Não estaria perguntando sobre Jon se não fosse pela lata de Amstel Light que encontrei em sua cesta de lixo na semana passada.

— Usei nos cabelos.

— *Se* ele bebe numa festa, *não pode* guiar. Ou você guia na volta, ou, se não pode, liga para nós.

— Não estamos bebendo.

— Ainda bem. — Teke virou a fôrma. — Isso faz com que me sinta melhor.

— Mas quero tomar a pílula anticoncepcional.

A fôrma de gelatina bateu no prato fazendo um barulho, em perfeita harmonia com o estômago de Teke, que já não começara o dia muito disposto. Bem que precisava de uma dose de Grady... um pensamento que ela se apressou em remover da mente. Como fonte alternativa de apoio, ela largou o prato e encostou-se no balcão.

— Pensou que eu nunca iria querer fazer isso? — desafiou Leigh.

— Pensei que esperaria!

— Há anos que venho esperando. Amo Jon, e não diga que temos apenas dezessete anos, porque vamos fazer dezoito na primavera. Algumas garotas se casam com dezoito anos. E até têm *filhos* nessa idade.

Teke sabia disso muito bem. Fora uma das poucas moças de Gullen a completar a escola secundária; muitas haviam largado os estudos para ter filhos. Teria acontecido com ela também, se Grady não estivesse tão determinado a esperar. Na ocasião, ela protestara contra seu argumento, mas era a primeira a usá-lo agora. Queria que as meninas tirassem o diploma de curso superior. Queria que se divertissem. Bebês acarretavam grandes responsabilidades. Sempre limitavam as opções.

— Quero mais para você, Leigh.

— Então me deixe tomar a pílula.

— Ou você irá em frente de qualquer maneira. Droga, Leigh, não pode ter um pouco de moderação?

— Como você fez com Sam?

A respiração de Teke ficou presa na garganta. Leigh recomeçou a espremer as batatas, agora mais devagar.

— Seja como for, é tarde demais para pedir moderação. Já fizemos.

Já fizemos. Já fizemos. Teke levou a mão ao peito para conter o pânico crescente. *Eles já fizeram, Annie!*, gritou ela. Deveria ter imaginado, com todo o tempo que Leigh passava em companhia de Jon. Não era trágico, raciocinou ela, enquanto tentava se controlar. Eles se amavam. E um dia se casariam. Teke também não era virgem aos dezessete anos.

Mas Leigh era sua filha, e o ato de amor era coisa de mulher feita — o que fazia com que Leigh se tornasse uma mulher feita, a primeira de suas filhas a chegar a esse ponto. Era uma emoção que exigia algum tempo para que se acostumasse.

— E então? — indagou Leigh, com uma expressão de ansiedade.

Teke passou um braço pelo ombro da filha, apertando-o por um momento. Sentia um nó na garganta. Repassou de novo os argumentos em favor de Leigh, até ter certeza de que podia se controlar outra vez. Com uma calma surpreendente, ela respondeu:

— Falarei com o médico na semana que vem.

A reação de Leigh foi cautelosa.

— Jura?

Teke confirmou com um aceno de cabeça.

— Está tentando me reconquistar?

— Não — disse Teke, embora ser racional e compreensiva não prejudicasse a causa. — Só quero o que faz sentido. Se você e Jon fizeram amor uma vez, vão repetir. E quero que esteja protegida.

Leigh deixou escapar um pequeno suspiro.

— Quase fui falar com Annie. Pensei que você ficaria furiosa.

— Fico contente que não tenha procurado Annie. Sou sua mãe. — Às vezes tateando às cegas, à procura do caminho, mas, mesmo assim, mãe. — Posso dar um jeito. Não sou nenhum bicho-papão.

— Você tem se comportado de uma maneira estranha ultimamente.

— *Você* é que tem sido estranha. — Teke afastou uma mecha de cabelos louros do rosto da filha. — Está zangada pelo que fiz com Sam, mas todo mundo comete erros, Leigh.

— O que fiz com Jon não foi um erro. Foi a melhor coisa do mundo. A melhor!

Teke encostou a testa no ombro de Leigh. Mais do que qualquer outra coisa, queria que Leigh conhecesse a emoção que ela tivera com Grady. Porque se Jon e Leigh tivessem isso, além de todo o resto favorável, como um casal, seriam felizes na vida. Ergueu a cabeça.

— Quero o melhor para você e Jon. Não quis insinuar que você fez uma coisa errada. Talvez apenas tenha sido prematura. Mas discutir a respeito é absurdo, porque está feito. Como o que eu fiz com Sam. Está feito. Agora, temos de lidar com as conseqüências. — Era uma atitude muito adulta, típica de Annie, pensou Teke. — Em seu caso, isto significa adotar medidas anticoncepcionais.

— Precisa contar a papai?

Ocorreu a Teke, num impulso de emancipação, que não precisava. Sua responsabilidade com J.D. mudara quando ele saíra de casa.

— Não tenho de contar a ninguém.

— Ele ficaria furioso, diria que Jon é igual a Sam. E isso não é verdade.

— É, sim. Quer você admita ou não, Sam é um homem maravilhoso, um grande marido e um pai extraordinário. Gosto de pensar que Jon também será assim. E creio que seu pai concordaria. Mas ele tem muita coisa na cabeça nesse momento. Por isso, não vamos tentar o destino, contando uma coisa que ele não pode mudar. — Um pensamento súbito e assustador ocorreu a Teke. — Mas quero que me prometa uma coisa. Você e Jon não farão mais nada antes da consulta médica. Promete, Leigh? Não poderei guardar seu segredo se você engravidar.

Jana voltou à cozinha.

— Eles estão com fome. Papai quer saber quando vamos jantar. — Ela olhou uma e outra. — O que está acontecendo aqui?

Teke saiu do lado de Leigh. Tornou a pôr as luvas, tirou do forno os *hors d'oeuvres* quentes e ajeitou a travessa numa bandeja.

— Eles podem começar com isto. Avise que servirei o jantar dentro de dez minutos. — Ela conduziu Jana até a porta. — Leigh, acrescente manteiga e leite ao purê, depois ponha no forno para manter quente, enquanto apronta a salada. Cuidarei do peru.

Havia uma arte em destrinchar o peru. Teke aperfeiçoara-a ao longo dos anos, a tal ponto que era capaz de tirar até o último fragmento de carne da carcaça, arrumando tudo com perfeição numa travessa, enquanto trabalhava. A única coisa que faltava naquele ano era Annie, que costumava observá-la com a maior reverência. Não era da reverência que ela sentia falta, mas de Annie.

Contudo, prometera a si mesma que não sentiria saudade neste dia, nem de Annie, nem do passado. Estava determinada a desfrutar aquele jantar com sua verdadeira família.

As chances estavam contra ela, ao que parecia. O problema era a mesa. Teke exagerara. Tinha comida suficiente — tigelas e travessas fumegantes, uma salada de folhas, uma salada de legumes, uma cesta de pão, molhos diversos, até de *cranberry*, porque era o predileto de J.D., temperos de todos os tipos possíveis — dava para alimentar um exército de Popewells. E isso tornava ainda mais óbvio que não haveria tal exército.

— Quem vai rezar a oração de graças? — perguntou Jana.

— Sempre foi Sam, só que hoje ele não está aqui — disse Leigh.

Michael olhou para J.D.

— Pode falar, papai.

J.D. olhou para Teke.

— Vamos pular a oração.

Mas Teke, que nunca fora supersticiosa, repentinamente teve medo de que todos ficassem condenados para sempre se alguém não rezasse a oração de graças. Por isso, baixando a cabeça, ela murmurou:

— Senhor, tem sido um ano difícil. Deu-nos forças para chegar até aqui. Por favor, ajude-nos agora a passar pelo resto. Agradecemos o amor e o perdão, assim como esta comida. Amém.

J.D. limpou a garganta.

— Foi uma oração de humildade.

— Eu tento ter.

Teke pegou o prato de Michael e o encheu até quase transbordar, enquanto os outros se serviam. Depois, cortou em pedaços a carne do filho. O silêncio permaneceu durante todo o tempo, quebrado apenas pelo barulho dos talheres. Teke sentiu uma profunda tristeza. O aroma do peru misturava-se com o cheiro da derrota. Quando ela se sentou, teve medo de chorar se alguém não falasse logo. Por isso, tratou de pedir:

— Fale-nos sobre o jogo, Leigh.

Leigh relatou o jogo. Jana acrescentou um comentário aqui e ali. Até J.D. fez algumas perguntas.

Teke ficou de olho em Michael. Ele podia manipular um garfo, mas não de uma forma natural e eficiente. Era angustiante observá-lo. Teke ajudaria se fosse permitido, mas o pessoal do centro fora bem claro nesse ponto. O ato de se alimentar era uma terapia. Cada garfada que levava à boca melhorava sua coordenação. Teke sempre repetia isso para si mesma. Mas pouco lhe servia de consolo.

Houve silêncio de novo. Teke repassou a lista de assuntos que preparara para essa eventualidade.

— Jana foi indicada para representar sua turma no debate entre cidades, em janeiro. Já contou a seu pai, Jana?

— Contei. No fim de semana passado.

— Pois então conte para mim. Ainda não entendi direito o que vocês vão debater.

Jana falou durante algum tempo. Terminou com um pedido:

— Passe as azeitonas pretas, papai.

J.D. passou as azeitonas pretas.

— Tem molho suficiente, Mike? — perguntou Teke.

Michael acenou com a cabeça, numa resposta afirmativa.

— Papai diz que vão me deixar jogar no time no próximo ano, mesmo que não jogue este ano. Mas acho impossível. Todos os outros estarão jogando melhor do que eu. Não vou escapar dos cortes.

— Claro que será aceito — declarou Leigh. — Você é o melhor jogador da escola.

— Não agora. E talvez nunca mais. E se não puder correr?

— Vai correr, se quiser — declarou Teke. — É o que dizem os médicos.

— Está quente aqui ou sou eu que estou com muito calor?

J.D. se levantou. Foi até o vestíbulo.

— O termostato está marcando vinte e oito graus. Não admira que pareça um forno. — Ele voltou à sala de jantar e perguntou a Teke: — Por que pôs o aquecimento tão alto?

Ela largou o garfo. O pouco que comera até agora pesava como chumbo em seu estômago.

— Venho mantendo assim para que o jardim-de-inverno permaneça quente. É ali que Michael passa a maior parte do tempo.

— Por falar em calor — interveio Leigh —, há uma coisa que preciso conversar com os dois. Um grupo da escola quer passar as férias da primavera num lugar quente.

— Podem ficar no jardim-de-inverno — disse J.D. — Mike já terá saído de lá a essa altura.

— Falo sério. Estamos pensando em ir para Nassau.

— Não — declarou J.D., segundos antes de enfiar um pedaço de peru na boca.

— Por que não? — perguntou Leigh.

Ele mastigou, engoliu e também fez uma pergunta:

— Vocês têm alguém responsável para acompanhá-los?

— Não.

— É por isso que não vou deixar.

Leigh olhou para Teke em busca de ajuda. Mas Teke não sabia o que falar. Dizer, por exemplo, "Não precisa se preocupar, pois até lá Leigh estará tomando a pílula anticoncepcional" não parecia apropriado. Nem dizer "A virgindade não é tão importante assim". Ou "Ela só bebe cerveja *light*". Desejou que Leigh tivesse conversado com ela antes. Poderiam ter encontrado uma maneira melhor de tocar no assunto com J.D.

Infelizmente, era preciso tratar com ele, pois era o dono do dinheiro. Além de meia dúzia de jóias caras, um casaco de peles, uma apólice de seguro de vida e uma conta bancária conjunta, Teke nada mais tinha. E só agora isso lhe pareceu errado, injusto, até mesmo um pouco assustador.

— Serão minhas últimas férias de primavera na escola — insistiu Leigh, suplicante, voltando a se concentrar em J.D., ao compreender que Teke não a ajudaria. — Todo mundo vai para algum lugar nas férias de primavera no último ano.

— Você também irá, mas depois que entrar na faculdade, não na escola secundária — declarou J.D.

— E se eu mesma pagar a viagem?

— Com que dinheiro?

— Com o dinheiro da minha poupança.

Ele sacudiu a cabeça.

— Esse dinheiro continuará onde está até você completar vinte e um anos.

Michael interveio na conversa:

— Pensei que você havia dito que eu poderia tirar uma parte do meu dinheiro para comprar uma mesa de edição de vídeo.

— Se ele pode, por que eu não posso? — indagou Leigh.

— As férias de primavera não podem ser consideradas como um investimento em seu futuro.

— Não é justo, papai.

J.D. deu de ombros. Quando o telefone tocou, ele lançou um olhar irritado para Leigh.

— Quem poderia telefonar em meio ao jantar do Dia de Ação de Graças?

Jana levantou-se. Enquanto ela atendia a ligação na cozinha, Teke perguntava a Michael:

— Onde os gêmeos foram almoçar hoje?

— Na casa do avô, em Springfield. Sempre vão pra lá.

— E Nat?

Michael franziu a testa.

— Está em casa. O pai disse que vai levá-lo para jogar basquete no ginásio assim que acabarem de almoçar.

Ele espetou um pedaço de alface com o garfo. Largou o garfo, tornou a pegá-lo, mexeu no recheio do peru.

Jana voltou à mesa.

— Quem era? — perguntou Teke, para puxar conversa.

— Era para mim.

— Zoe?

— Não.

O silêncio agora era opressivo e infeliz. Teke cortou um pedaço do peru e comeu. Cortou outro e comeu. Ocorreu-lhe que as tentativas de conversa eram tão desajeitadas quanto os movimentos de Michael. Como ele, a família sofrera um golpe terrível. E todos tentavam descobrir como funcionar em seu estado debilitado.

Ela olhou para J.D., desejando que ele iniciasse alguma discussão inofensiva. Mas J.D. mantinha o rosto tenso. Observava o esforço de Michael para comer. Teke torceu para que ele não fizesse qualquer comentário. Não confiava no apoio e compreensão de J.D. Ansiosa em desviá-lo, ela perguntou:

— Com quem seus pais foram passar o Dia de Ação de Graças?

A expressão tensa persistiu quando ele voltou a olhar para seu próprio prato.

— Sid e Beverly Wyatt. Eles também me convidaram. Meu pai não entendeu por que não aceitei.

— O que é tão difícil de compreender? — indagou Jana. — Somos sua família. Você deve ficar com a gente.

— Nessas circunstâncias, os pais muitas vezes comem em outros lugares — respondeu J.D., numa voz que Jana considerou arrogante. — Mas eu queria ficar com meus filhos. Ele pôde entender isso. Só não compreendeu por que eu queria ficar também com minha esposa.

Teke sentiu um frio no estômago. Lançou um olhar consternado para J.D., incapaz de acreditar que ele dissera aquilo na presença dos filhos.

— Vovô está com ódio de mamãe? — perguntou Leigh.

— Ele é superprotetor comigo — explicou J.D. — Sabe que fui magoado e por isso sente raiva da situação.

— Superprotetor com você ou consigo mesmo? — Teke não pôde resistir à indagação, porque não dava para agüentar a tentativa de J.D.

de transformar o pai num homem nobre. — A verdade é que sou um embaraço para ele.

— E isso a surpreende? Ele tem padrões elevados!

— Para todo mundo, menos para si mesmo — argumentou Teke.

— O que isso significa?

Significa que sei sobre Mary McGonigle. Portanto, não fale em padrões elevados para mim, J.D. Maxwell, ou falarei tudo a respeito para seus filhos. Já chega. Não sou a pessoa mais iníqua do mundo.

Como Teke nada dissesse em voz alta, ele acrescentou para Leigh:

— Sua mãe não suporta meus pais. Sente-se ameaçada...

— Não me sinto, não!

— ... porque eles são quem são. Têm uma posição consolidada. São influentes. Pertencem à alta sociedade.

— Não me sinto ameaçada — insistiu Teke. — Não tenho a aspiração de ser como seus pais. Nunca tive.

J.D. virou-se para ela.

— Não? Pois a ouvi pedindo o conselho de mamãe...

— Porque pensei que isso *a agradaria*. As pessoas gostam de ser admiradas. Gostam de sentir que os outros as respeitam. É *claro* que respeito seus pais, mas isso não significa que queira viver como eles.

— Poderia ser muito pior!

— Isso é *nojento*! — gritou Michael subitamente. Seu garfo atravessou a metade da mesa, até ficar preso nos crisântemos que serviam como penas do peru. — Não tem a menor graça! Vocês se odeiam! Quero que as coisas voltem ao que eram! Gostaria de nunca ter visto nada! Gostaria de nunca ter dito nada!

Teke levantou-se no mesmo instante, inclinando-se para o filho.

— Não é culpa sua, querido.

— É, sim! — Os olhos de Michael encheram-se de lágrimas. — Ninguém saberia se eu não entrasse correndo em casa. Vovó e vovô estariam aqui, bem como Sam, Annie, Jon, Zoe e Papa Pete.

Ele começou a chorar contra o dorso da mão.

— Eu... quero... tudo isso... de novo!

Teke abraçou-o. Comprimiu o rosto contra os cabelos do filho e chorou com ele, em parte porque a infelicidade de Michael partia seu coração e em parte porque também queria o mesmo que ele, mas, acima de tudo, porque, naquele momento, ela sabia, lá no fundo, que seu casamento acabara. Podia lutar até ficar exausta, o rosto roxo, mas nunca mais tornaria a funcionar. Os danos eram muitos. Não podiam ser reparados.

Para uma mulher que sempre pusera o lar e a família num pedestal, a conscientização foi um golpe e tanto.

Muito mais tarde, naquela noite, Annie estava na cozinha lavando o resto da louça com um tremendo sentimento de culpa. O Dia de Ação de Graças dos Pope fora muito agradável. Era verdade que o peru parecia imperfeito e a mesa carecia do brilho extra que Teke sabia acrescentar, mas ninguém fizera qualquer comentário. Todos comeram, todos falaram, todos sorriram... o oposto do que acontecera na casa dos Maxwell, ao que tudo indicava.

Sam passou pela porta dos fundos, tirou a *parka* que vestira contra o frio e pegou uma toalha de prato.

— Como ele está? — perguntou Annie.

— Muito deprimido. Parece que Jana e Leigh não exageraram. As coisas começaram mal e foram piorando. Parece que o mundo desabou em cima dele.

— Ele aceitou conversar com você?

Mas Annie já sabia a resposta. Podia ver a aflição no rosto de Sam.

— Ele precisa de um bode expiatório, e sou o alvo óbvio. Não me importaria, se todo o resto em sua vida estivesse correndo bem. Mas a situação é horrível. Michael precisa do amigo que eu era. Talvez o esteja encontrando em Grady, mas não hoje. Estava com ódio de quase todo mundo hoje. Acho que deveriam procurar um terapeuta de família.

— J.D. nunca concordaria...

— Não para J.D. e sim para Teke e as crianças. Eles estão sozinhos. — Mais contido, Sam acrescentou: — O que faz com que eu me sinta culpado.

Annie sentia a mesma coisa.

— Foi tudo maravilhoso hoje, Annie. Nada houve que não saísse bem.

— Tive ajuda.

Sam estivera a seu lado em cada passo do caminho.

— Mas você comandou o espetáculo.

Ele passou um braço pela cintura de Annie e esquentou sua têmpora com um beijo.

Annie permitiu-se descansar por um momento em seus braços. Amava-o. E desejava confiar nele como antes. Desejava também confiar em si mesma. Mas amava-o.

— Temos muito a nosso favor — sussurrou ele. — Nem tudo ainda, mas bastante coisa. Resta um longo caminho a percorrer com Zoe e Jon, mas sei que conseguirei, porque não vou desistir. Mas depois olho para Teke, J.D. e as crianças, e acho que eles não vão conseguir. É muito triste.

Annie moveu a cabeça contra o queixo do marido. Sam sempre fora sensível quando se tratava de causas no escritório. Agora, desde Teke, era mais sensível em casa. Havia ocasiões em que ela matutava se ele fazia isso deliberadamente para reconquistá-la; em outras, ela se perguntava se o motivo tinha alguma importância, desde que ele a desejasse.

Zoe entrou pela porta dos fundos, pendurou o casaco no gancho e deixou-se cair numa cadeira à mesa, com os ombros vergados.

Annie recuou e trocou um olhar preocupado com Sam. Foi sentar na cadeira ao lado de Zoe.

— Qual é o problema?

Zoe sacudiu a cabeça quase imperceptivelmente, num gesto infeliz. Seus olhos continuaram fixos na beira da mesa. Passou o polegar pela borda do carvalho.

— Jana e eu tivemos outra briga. Ela continua a culpar papai por tudo o que aconteceu, mas não é justo. Teke também é culpada.

— Jana está transtornada. Foi um dia difícil para ela.

— Isso lhe dá o direito de dizer que papai acabou com o casamento de seus pais? Isso lhe dá o direito de dizer a Leigh que estará trazendo problemas se casar com Jon? Isso lhe dá o direito de me chamar de perdedora, só porque defendo meu próprio pai?

Sam, que se aproximara por trás, pôs a mão em seus cabelos.

— Jana tem estado fora do normal ultimamente — murmurou Annie.

— Talvez seja essa a sua verdadeira personalidade — argumentou Zoe. — Ela se comporta como J.D., sempre tentando *culpar* alguém. Mas de que isso adianta, exceto para fazer com que me sinta mal?

Annie pegou a mão da filha. Parecia pequena e solitária, como a própria Zoe vinha se sentindo nas últimas semanas.

— A miséria adora companhia.

— Não é *justo*.

Annie abraçou-a.

— Ela está jogando as outras garotas contra mim.

— Não está, não.

— Está, sim. Sai com elas e não me chama. Só pode estar dando uma razão para isso, e não deve ser boa. Agora, quem vai ser *minha* amiga?

— Você tem outras amigas, como Amy, Lisa e Leslie.

— Jana sempre foi minha melhor amiga.

— E voltará a ser. As duas têm uma amizade muito antiga para não superar esta crise.

— Você e Teke vão superar?

A verdade saindo da boca das crianças, pensou Annie. Ela olhou para Sam, que dava a impressão de estar sangrando por dentro.

— Teke e eu vamos superar tudo — garantiu Annie.

— E você e papai?

Sam interveio:

— Também vamos. Amo demais sua mãe para deixar que um incidente lamentável se interponha entre nós. — Ele inclinou-se, pondo as mãos na mesa. — Mas essa é a diferença entre mim e sua mãe e entre J.D. e Teke. É por isso que Jana está errada ao me culpar pela crise entre seus pais.

Zoe olhou para Annie.

— Teke e J.D. nunca tiveram problemas.

— Isso não significa que o casamento fosse firme — declarou Annie.

Zoe pensou a respeito por um momento.

— Se eu disser isso para Jana, ela vai brigar comigo.

— Então não diga. É possível que Jana saiba. Quando descarrega em você, pode ser por inveja.

Jana havia pensado a respeito.

— Acho que é isso mesmo. Querem saber o que ela disse hoje à noite?

— O que ela disse?

— Que esperava que usássemos o chalé em ocasiões diferentes este ano para que pudesse ter espaço suficiente para convidar suas amigas.

Sam soltou um resmungo.

— Ela está furiosa, Zoe. Não lhe dê atenção.

— É fácil para você dizer isso — murmurou Zoe. — Não é você que está perdendo todos os seus amigos.

Ela escapuliu do abraço de Annie, passou por baixo do braço de Sam e saiu correndo da cozinha. Sam foi atrás, mas parou.

— Só serviria para deixá-la ainda mais transtornada. É melhor você conversar com ela. Terminarei de arrumar a cozinha.

Annie foi atrás de Zoe. Sentou-se com ela e conversou, repetindo as mesmas coisas. Gostaria de ter um remédio fácil, mas não tinha quando era criança e continuava a não ter. Dizer a Zoe que seus pais e o irmão a amavam era ótimo — e Annie fez isso muitas e muitas vezes —, só que família era diferente de amigos. Adolescentes queriam amigos.

Ela ficou com Zoe até que a filha dormisse. Beijou-a, então, e saiu do quarto. Encontrou a cozinha escura, a sala íntima vazia. Sam estava no quarto, sentado na beira da cama, ainda vestido, com o suéter de gola rulê e a calça comprida. Tinha os joelhos abertos, um cotovelo em cima de cada um.

— Quando vai acabar?— perguntou ele, com uma expressão angustiada. — Quando as pedras do dominó vão parar de cair? Quando os gritos vão parar de ecoar?

Annie não sabia, e não era por falta de reflexão. Pensava a respeito cada vez que via Teke, cada vez que via Michael, cada vez que Jon virava as costas ao pai e cada vez que Zoe evitava os olhos de Sam. Pensava a respeito cada vez que se encontrava com Jason Faust e sentia vergonha.

E pensava a respeito cada vez que via Sam. Não sabia quando seria capaz de vê-lo como o homem por quem se apaixonara, em vez do homem que estava perdoando.

A única coisa que sabia com certeza era que Sam estava sofrendo, e não suportava isso. Em silêncio, ela atravessou o quarto e postou-se entre as pernas de Sam. Levantou a cabeça do marido contra seu peito. Ali, com a respiração quente de Sam, a fragrância familiar e excitante, Annie compreendeu outra coisa. Desejava-o mais do que sentia raiva, mágoa ou vergonha.

O ritmo do coração de Annie devia ter revelado isso. Ou então foi o desespero de Sam, porque ele a enlaçou. Apertou-a com força a princípio, depois afrouxou a pressão, para que pudesse mover a cabeça até seus seios. Annie manteve o rosto comprimido contra seus cabelos enquanto ele fazia isso, ao mesmo tempo em que desabotoava a blusa e abria o sutiã. Poderia se sentir embaraçada, recordando Jason, se o roçar do bigode contra os seios não excluísse todo e qualquer outro pensamento. Sentiu que inflava para ele, ouviu-se suspirar, deixou-se levar pelo calor que se espalhava por seu sangue.

Sam tomou a iniciativa. Annie sabia que era disso que ele precisava, sabia que era disso que ela precisava. Tinha de saber que Sam a achava atraente. Tinha de sentir sua boca quente e a língua úmida. Precisava também — tanto que cada uma a fazia vibrar por dentro — das palavras suaves e sensuais que ele sussurrava contra sua pele.

Ele afastou a boca de Annie apenas pelo tempo suficiente para tirar o suéter de gola rulê pela cabeça.

— Oh, meu amor... — sussurrou Sam contra sua carne, mais uma vez.

E suas mãos se estenderam por trás de Annie, por baixo. Tiraram a saia e ajudaram-na a se livrar de sutiã e calcinha.

Com o rosto dela entre as mãos, Sam beijou-a na boca. Usou a língua para manter-se unido a ela enquanto abria sua calça. Só se afastou pelo tempo suficiente para tirar a calça, mas o momento foi suficiente para proporcionar a Annie uma visão de seu corpo. Ele era magnífico, a tal ponto que ela poderia recuar se Sam não a levantasse naquele momento e a estendesse na colcha, com extrema gentileza.

Ela tremia toda por dentro. Por isso, não tinha os dedos firmes quando acariciou sua boca e bigode. Mas não podia deixar de tocá-lo, de tanta saudade que sentia. A seus olhos, o corpo de Sam era perfeito. Ela passou as mãos pelos cabelos no peito, pelas elevações em que ficavam os mamilos, pequenos e duros, e desceu para a cintura. Sentia as palmas quentes e ansiosas. Não ficariam assim. Annie deixou-as à solta em suas partes prediletas, as partes de Sam que se contraíam e cresciam por fora, enquanto ela se contraía e crescia por dentro. Adorava tocá-lo ali, acariciá-lo, sentir como todo o corpo de Sam ficava tenso no instante em que o fazia, como sua respiração se tornava superficial e acelerada.

Rapidamente imaginou se Teke também o tocara ali.

Com um pequeno grito fechou os olhos, apertando-os com força.

— Não, não faça isso... — murmurou Sam, a voz trêmula. — Posso imaginar o que acaba de pensar, mas não vou permitir. Não há espaço para mais ninguém em nossa cama. Só você e eu, e o que fazemos um pelo outro, porque isso é tudo o que existe. Olhe para mim, Annie.

Ele entrelaçou os dedos nos dela, mantendo-lhe as mãos na altura dos ombros.

— Olhe para mim.

E começou a abrir as pernas de Annie. Era demais. Ela sentia o corpo em chamas, um fogo intenso demais para se negar o prazer de ser possuída por Sam. Os pensamentos irrelevantes se dissolveram como fumaça quando ela abriu os olhos. Ao vê-lo por cima, sentindo-se nua e exposta por baixo, Annie contraiu os dedos, murmurando:

— Diga que me ama.

— Eu amo você.

Sam fitava-a nos olhos. A penetração foi lenta, suave, tão divina que um profundo suspiro de alívio escapou da garganta de Annie.

O alívio foi de curta duração. Sam passou a amá-la, com uma ternura tão requintada que Annie ansiava pelo orgasmo muito antes que ele o permitisse. Sam parecia empenhado em demonstrar o quanto podia amá-la, por quanto tempo era capaz de se conter, para lhe proporcionar prazer; e se a quantidade e a qualidade da paixão de um homem eram medidas, não podia haver a menor dúvida de que ele a amava muito. Se o amanhecer não raiasse, Annie poderia se contentar em ficar nos braços de Sam para sempre.

Mas o dia amanheceu, lançando sua luz proverbial sobre todos os problemas que nenhuma noite de paixão, por mais longa e deslumbrante que fosse, podia apagar.

Quinze

"John Stewart está esperando", dizia o recado anotado. Não foi surpresa para J.D., quando chegou ao escritório, na manhã de terça-feira. Os pais haviam voltado da Flórida na noite anterior. Ele sabia que John queria saber como fora o Dia de Ação de Graças e que sua preocupação era estimulada não pelo amor ao filho ou aos netos, mas pela aversão a Teke.

J.D. gostaria que uma vez, apenas uma vez em sua vida, não fosse assim. Gostaria que as motivações do pai fossem positivas, em vez de negativas, que sua preocupação principal fosse a felicidade do filho.

Irritado com o frio no estômago, ele amassou o recado, jogou-o na cesta de papel e avançou pelo corredor. John Stewart lia o *Wall Street Journal*. Largou-o no lado da mesa assim que J.D. entrou.

— Parece descansado — comentou J.D., arriando numa cadeira. — E bronzeado também. Deve ter jogado golfe.

— Um pouco. — John Stewart parecia levemente irritado. — Passei a maior parte do tempo explicando por que você não foi comigo.

— Ora, a explicação não deve ter sido tão difícil. Eu estava com minha família. — A idéia de pessoas conversando sobre seus infortúnios deixou-o amargurado. — Ou seria demais pedir que não anunciasse para todo mundo em Palm Beach que me separei de minha mulher?

— Por que eles não deveriam saber? Todos os meus amigos conheceram Theodora. Sabem o que ela é. E ficaram satisfeitos porque você finalmente recuperou o bom senso.

— Ela ainda é minha esposa. — J.D. correu os olhos pela sala, imaginando-a pomposa demais. — E fico ressentido quando você fala mal de Teke com estranhos.

— Não são estranhos. Já trabalhou com muitos deles, e eles gostam de você, J.D. Se você quiser, podem lhe arrumar uma mulher diferente a cada noite. Além do mais, admiram sua capacidade como advogado. Se algum dia decidirmos abrir um escritório em Palm Beach, teremos clientes fiéis.

J.D. não estava interessado em lhe "arrumarem" mulheres. Se quisesse, poderia encontrá-las sozinho. Também não estava interessado em abrir um escritório em Palm Beach. E, se algum dia decidisse trabalhar ali, cuidaria para não ficar sob o controle do pai.

— E se eu decidisse voltar para Teke? — Não tinha certeza se perguntava por curiosidade ou desafio, mas o tremor em seu estômago era cada vez maior. — O que você diria a todas essas pessoas que gostam de mim?

— Não vai voltar para ela — declarou John Stewart, confiante. — É parecido demais comigo para voltar.

— Tem toda razão. Mas não fique presunçoso. Não é um elogio. Também sou *pomposo* demais para voltar para Teke.

— Está sendo grosseiro, John David.

J.D. deu de ombros.

— A maçã não cai muito longe da árvore. Sou mesmo pomposo. E arrogante, também.

John Stewart contraiu os lábios.

— Está com um péssimo ânimo. Não se sente satisfeito com seu apartamento?

Seu apartamento tinha uma longa história. Ele contratara uma faxineira, que começara por perder sua escova de dentes e um tênis. A lavanderia local cuidava muito bem de suas camisas, mas parecia que nunca se lembrava de não engomar as cuecas. E, cada vez que ele se virava, a lavadora de louça estava cheia. Mas, como não queria proporcionar ao pai a satisfação de saber de tudo, ele respondeu:

— Estou muito satisfeito com meu apartamento.

— Está tendo problemas com algum cliente?

— Deveria estar? — perguntou J.D., cauteloso.

— Alguma coisa tem de explicar seu ânimo.

J.D. estava espantado.

— O que explica em parte meu ânimo é Michael. Ele passou por uma terrível provação... e *continua passando*. Mas você nem perguntou como ele está.

— Presumo que esteja bem ou você teria me dito o contrário.

— Não, Michael não está bem. Passa por um momento terrível, tentando aceitar as mudanças em sua vida. — A pressão no estômago deslocou-se para a cabeça, espicaçando-o a continuar. — Tivemos uma cena horrível no jantar de Ação de Graças. Sentei àquela mesa, como você teria feito, esperando que todos se submetessem a mim. Como isso não aconteceu, fiz a mesma coisa que você teria feito: culpei a todos. Ah, que péssimo exemplo você me deu!

J.D. ficou surpreso pelo que acabara de dizer. Sua reação ao pai adquiria cada vez mais coragem, algo novo e interessante para ele. A voz de John Stewart tornou-se mais ríspida:

— Não me culpe por seus problemas, John David. Não fui eu quem escolheu aquela mulher para esposa.

— Não, não foi, mas é tudo o que herdei de você que a decepciona. — J.D. se levantou, parecendo impulsionado pelas palavras. — Não pude satisfazê-la, sexualmente ou por outros meios, porque sou frio como você. Sou um chato como você. Sou egocêntrico como você. Provavelmente ela já teria se divorciado de mim há anos se não fosse por Sam e Annie.

— Sam... — John Stewart soltou uma risada desdenhosa. — Sam não vale um dólar furado.

J.D. já ouvira isso diversas vezes. Fitando o pai nos olhos, com uma firmeza que nunca tivera, ele declarou:

— Sam é a única coisa que me manteve firme aqui. Sem ele, eu já teria deixado a empresa há anos... ou teria pulado do telhado. Sam tem sido a minha tábua de salvação. A parte boa que há em mim vem de Sam, não de você.

Os olhos de John Stewart eram como aço.

— Ou seja, ficará do lado dele. Eu já previa isso. Você é um traidor.

— Sou um realista.

— É um covarde. Já saiu de *duas* reuniões em que tentei promover uma votação sobre a permanência de Sam. Você não quer votar a meu favor, mas também não tem coragem de votar contra.

— Estou chegando a essa conclusão bem depressa — advertiu J.D.

Ele virou a cabeça quando a porta foi aberta sem uma batida. Já se preparava para lançar um olhar mal-humorado para Mary McGonigle pelo abuso, quando deparou com o rosto de Virginia Clinger e sentiu o cheiro de seu perfume.

— Ih! — Ela olhou de pai para filho. — Parece que cheguei em péssima hora. Até mais tarde.

Virginia desapareceu tão depressa quanto surgira. Mas J.D. tornou-se cauteloso no mesmo instante.

— Por que ela está aqui?

Ele sabia que o pai de Virginia já fora para o sul, onde passava o inverno; e sabia também que, a não ser por Stanley, ela não tinha o que fazer na Maxwell, Roper & Dine, já que seus advogados de divórcio eram de outra firma.

— Apenas passou para nos cumprimentar — sugeriu John Stewart.

— Apenas pela emoção? Virginia não faz isso com ninguém, a menos que esteja planejando alguma coisa.

J.D. ficou desconfiado por Virginia não bater na porta... e o pai não lhe dizer para entrar. Pensou no que ela vira em Constance, no dia em que Michael fora atropelado, e sua cautela aumentou.

— Tem se encontrado com Virginia?

— Ela aparece de vez em quando.

— E fala sobre o quê? Sobre Sam?

— O que ela teria a dizer sobre Sam?

John Stewart respondeu com uma inocência que J.D. não engoliu nem por um momento.

— Virginia diria qualquer coisa que achasse que você gostaria de ouvir, se isso pudesse ajudar sua causa, que é a de arrancar tanto dinheiro do pai quanto possível. Sou eu quem cuida do patrimônio de Stanley agora, mas você é amigo dele há muito tempo. O que Virginia está lhe dizendo? Que viu Teke e Sam juntos? Que tem provas de que eles tinham um caso?

— Sam já admitiu que tiveram um caso.

— Não. Sam admitiu que estiveram juntos uma vez, o que não constitui um caso. O que aconteceu entre os dois não é da conta de Virginia, muito menos da sua.

— Claro que é da minha conta. Afinal, é a minha firma de advocacia que ele está arruinando.

— Arruinando? Graças ao caso Dunn, estão falando bem de nós como nunca. Isso é arruinar? Ao contrário, é uma grande jogada de relações públicas.

— E você engoliu tudo, com anzol, linha e chumbada. Sam fez uma lavagem cerebral em você.

— Ele tem sido um *grande* amigo. Sempre foi.

— Como pode dizer isso, ainda mais depois do que ele fez com você?

Mas J.D. não se deixaria desviar por causa daquela única tarde. Estimulado pela raiva contra o pai, experimentava um estranho senso de poder. Isso lhe permitiu partilhar com ele a coisa mais pessoal que já tivera.

— Tenho às vezes um pesadelo. Sonho que votamos pela saída de Sam e que, sem ele, a cada dia, a cada semana, a cada mês, eu me torno mais e mais parecido com você. Fico mais frio e mais hipócrita, até o ponto em que me descubro sozinho no alto de uma pirâmide, porque nenhuma outra pessoa neste mundo quer a minha companhia. Eis o meu pesadelo. Bastante sombrio, não acha?

John Stewart levantou-se devagar. Empertigou-se em toda a sua altura. Com a mesma voz imponente, que já fizera muitos homens fortes se intimidarem, declarou:

— Sombrio, não. Infantil. Eu lhe dei uma vida, John David. Não mereço esse tipo de desrespeito.

J.D. não se intimidou. Limitou-se a fitar o pai com incredulidade.

— Você não compreende. Não quer entender. Não *escuta* o que estou dizendo, não é mesmo?

— Escuto apenas o que preciso escutar. Mas, se eu fosse você, não diria isso de novo. Posso votar por sua saída da firma, junto com seu amado Sam Pope. Pense nisso da próxima vez em que sentir vontade de me insultar. Esta firma é minha, John David... *minha!*

J.D. inclinou a cabeça para trás. Poderia ter argumentado que tinha seus próprios clientes, que tinha uma participação pessoal nos lucros da firma, que o escritório poderia ter dificuldades para sobreviver com sua saída e a de Sam. Mas não perdeu tempo com isso. Subitamente, havia coisas mais importantes do que discutir com John Stewart. A campainha que parecia soar em sua cabeça tinha agora um tom de independência. E queria ver para onde o levaria.

Do outro lado da Maxwell, Roper & Dine, Sam voltava de uma audiência de leitura de sentença. O juiz prescrevera uma pena mais clemente do que a que o promotor queria, mas ainda assim seu cliente passaria por maus momentos. Sam sentia-se desanimado. O cliente não era jovem, nem gozava de boa saúde. Sam não tinha certeza se ele conseguiria sobreviver a um único dia na prisão. Gostava do homem. Considerava-o culpado apenas de uma escolha errada de associados nos negócios. Infelizmente, o júri concluíra que fora mais do que isso.

Claro que Sam ainda podia entrar com recursos, mas sabia, no fundo do coração, que não adiantaria muito. O cliente tivera um julgamento justo.

Ele gostaria de ter a mesma coisa na Maxwell, Roper & Dine. No entanto, por mais que apresentasse protestos nas reuniões dos sócios, continuava a receber um péssimo tratamento. John Stewart envolvera Vicki Cornell profundamente em seus casos. Assim, embora ela tivesse voltado a trabalhar para Sam, ainda podia ser convocada a qualquer momento pelo sócio mais velho. Tom Mackie começava a compreender o que Sam queria que fosse feito... mas devagar, o que aumentava a pressão para o próprio Sam assumir o trabalho. Era o que ele fazia. Sentia-se cansado, irritado e cada vez mais preocupado com o futuro.

Mal largara sua pasta em cima da mesa, quando Joy o chamou pelo interfone.

— Adam Holt está na linha. Quer que lhe dê algum recado?

Adam Holt era um dos mais eminentes agenciadores de advogados de Boston. Ligara para Sam algumas vezes, ao longo dos anos, mas suas ligações haviam se tornado mais freqüentes ultimamente. Sam nunca iniciava o contato. Nunca dizia que queria deixar a Maxwell, Roper & Dine. Mas sempre ouvia o que Adam tinha a dizer.

Haviam conversado na semana anterior. Sam teria deixado que Joy o despachasse, se não estivesse se sentindo tão desanimado.

— Pode deixar que atendo. — Ele apertou o botão. — Como vai, Adam?

— Muito bem, Sam. Isto é, não tão bem. Venho recebendo mais telefonemas.

— De quem?

— Malek, Hill & French. Querem você, Sam. Precisam desesperadamente de um litigante. Pagarão o máximo.

Sam fechou os olhos. Massageou os músculos tensos da nuca.

— Não é o dinheiro, Adam. — Ele suspirou. — Pensei que já havia explicado isso. A Malek, Hill & French é grande demais. Eu morreria numa firma desse tamanho.

— Teria seu próprio departamento, um cantinho da firma.

Mas Sam sabia como as grandes firmas operavam. Se alguém se isolava, acabava isolado pelos outros e caía no ostracismo. Seria piorar ainda mais as coisas. Além disso, ele conhecia muitos dos sócios da Malek, Hill & French. Tinham motivações diferentes de John Stewart, mas nem por isso eram menos motivados. Não sabia se poderia confiar muito neles.

— Não serve para mim, Adam. Com toda sinceridade.

— Não se esqueça de Waterston e Bailey. Já pensou um pouco mais a respeito?

— Não, não pensei. Não estou necessariamente pensando em ir para outra firma.

— Mas sua atividade está restrita à Maxwell, Roper & Dine. Depois de *Dunn v. Hanover*, você tem encaminhado clientes para outras firmas, porque não tem um departamento de litígio bastante grande aí. É uma pena, Sam.

Mas Sam não sentia falta de um "departamento de litígio bastante grande". Gostava de seu departamento como era. O que não gostava na firma era da má vontade que parecia impregnar os corredores e ameaçava destruir a sociedade.

Sua atenção foi atraída por um envelope pardo grande, em cima de sua mesa, no meio da correspondência da manhã. Era de Joe Amarino, antigo colega da faculdade de direito, servindo no momento como assessor jurídico do governador. Haviam conversado pelo telefone na manhã anterior.

Depois de encerrar o papo com Adam, ele abriu o envelope e leu a carta de introdução. Era breve. "Aqui está o formulário que mencionei", escrevera Joe. "Gostaria que você considerasse o preenchimento, Sam. Não apenas acho que daria um grande juiz, mas também estou convencido de que tem muita chance. Ainda não conversei a respeito com o governador, mas meu instinto diz que ele ficaria encantado em nomear alguém jovem e idealista para a magistratura. Mas não demore muito. Ele quer preencher a vaga o mais depressa possível."

Sam pegou o formulário e deu uma olhada. Largou-o na mesa, mas continuou a olhar. Finalmente desviou os olhos. Não sabia o que fazer. Por um lado, queria continuar onde estava, pelo menos até que a situação em Constance melhorasse um pouco; por outro, começava a se sentir um pária na firma.

Converse com Annie, ele disse a si mesmo. Mas hesitava. Não queria levar-lhe aquele problema, agora que o relacionamento dos dois começava a melhorar. Para ela, queria parecer maravilhoso, forte, com o controle absoluto de sua vida.

Grady percebeu a mudança em Teke, agora que Michael estava em casa. Como o garoto passava boa parte da manhã e da tarde com o fisioterapeuta e o professor particular, ela tinha tempo livre para ir à farmácia, ao supermercado, à biblioteca. Não precisava mais de almoço do McDonald's ou de café em xícaras de plástico. Ela cozinhava, lavava e arrumava flores em pequenos vasos, espalhando-os por toda a casa. Grady enfrentava o desafio de encontrar meios de ajudá-la.

Por esse motivo, ficou satisfeito ao chegar à casa ao meio-dia, para uma visita a Michael, e encontrá-la nervosa, num dilema.

— Você *caiu do céu*, Grady. A escola acaba de telefonar. Leigh anda matando aula. Preciso conversar com a orientadora. Pode ficar com Michael por alguns minutos, enquanto vou até lá?

— Tire o tempo que for necessário — respondeu Grady. — Não tenho de bater um relógio de ponto.

Ela vestiu um casaco, pegou as chaves e encaminhou-se para a porta. Mas voltou para enlaçá-lo pelo pescoço e murmurar:

— Obrigada.

Enquanto ela saía, Grady procurou manter nas narinas a fragrância floral que Teke estava usando. Foi procurar Michael. Encontrou-o na sala íntima agora convertida num quarto. Ele assistia televisão.

— Oi, Grady.

— Oi, Mike. — Grady ergueu a mão, e Michael bateu nela em saudação. — Está assistindo a uma novela?

— Isso mesmo. É como a vida aqui, uma crise depois da outra. Agora é Leigh. Ela prefere estudar Jon do que francês, inglês ou matemática. Se mamãe se intrometer, vai ser pior. Leigh não se dá bem com ela desde que teve o caso com Sam.

— Ela não teve um caso com Sam.

Mas Michael já trocara de canal. Apontava para a tela.

— Está vendo aquele cara? Estava num carro que caiu de um penhasco. Passou dois meses em coma. Quando acordou, não podia se lembrar de nada, mas pelo menos podia andar. Era o que deveria ter acontecido comigo.

— Você pode andar.

— Aos arrancos, como um idiota.

— Não será mais assim depois da fisioterapia.

Michael não respondeu. Continuou olhando para a tela. Depois de um momento, clicou outro canal e continuou a olhar.

— Uma manhã difícil? — perguntou Grady.

— Detesto a fisioterapia. É um inferno. *Ela* não gostaria se tivesse de fazer. Porque detesta exercício. Mais cinco anos e ela vai estar caidona.

— Acho que ela é muito bonita.

— Espere só para ver. Vai ter pernas e braços flácidos, uma papada, o corpo todo *vai despencar*.

Ele falava como se aquele fosse o pior dos destinos.

— Já sei. É a bruxa gorda no Dia das Mães.

Michael continuou a olhar para a televisão, de cara amarrada.

— Ela me enche.

— Ela o ama.

— É mesmo? Então por que estou aqui?

— Está aqui porque saiu correndo para a rua sem olhar — respondeu Grady, com um pouco de impaciência.

Michael desviou os olhos da televisão para fitá-lo.

— Eu não faria isso se *ela* não estivesse fazendo aquilo. É uma mulher adulta. Deveria saber se comportar.

— Pois ela não soube. Pediu desculpas. E vem passando por tudo isso junto com você. Foi a pessoa que mais se angustiou enquanto você passava nove dias no país da fantasia.

— Não é ela que não pode jogar basquete.

— Mas é ela quem tem de agüentar enquanto *você* não pode. E se pensa que isso não é tão ruim quanto deixar de jogar, então não é tão inteligente quanto eu pensava. Ela sofre quando você sofre.

Michael voltou a olhar para a televisão, murmurando:

— O que é bem merecido.

— Não, não é — protestou Grady, porque achava que estava na hora de alguém se manifestar. — Ela não o magoou de propósito. Não magoa *ninguém de propósito*. E a verdade é que é um milagre que ela não faça isso, com tudo o que recebeu do pai. Ela lhe falou a respeito? Alguma vez contou como o pai a jogava de um lado para o outro da casa? Ela era menor do que você, mas cozinhava para o pai, cuidava dele. E o que recebia em troca? Apanhava na cara quando ele não gostava da comida. Era jogada no chão quando dormia até mais tarde. E quando ele estava de porre não precisava de qualquer desculpa para espancá-la. Alguma vez ela bateu em você dessa maneira?

Michael voltara a fitá-lo.

— Bateu? — insistiu Grady.

— Não.

— Eu sabia que não. Teke passou os últimos vinte anos de sua vida tentando oferecer aos filhos uma vida melhor do que ela teve. Por isso, você deve tomar cuidado com o que diz a seu respeito. Se tiver sorte, muita sorte, pode se tornar um adulto tão bom quanto sua mãe.

Grady virou-se, olhando pela janela, o rosto mal-humorado.

— Seu problema é ficar preso aqui. Está começando a mofar. — Ele tornou a se virar para Michael. — Já almoçou?

— Ela me fez um sanduíche de queijo quente.

— E você comeu?

— Uma parte.

— Pois não almocei e não quero o resto de um sanduíche de queijo quente. O que me diz de uma comida mexicana?

O rosto de Michael se animou no mesmo instante.

— Vamos a um restaurante?

— Já trouxe você de volta da piscina de fisioterapia. Está sentando muito bem no carro.

— Não saio para comer fora desde o acidente.

— Não vejo qualquer problema em ir a um restaurante. Pode comer um sanduíche ali tão bem quanto comeria num carro. A menos que tenha medo de que alguém o chame de robô por causa das armações nas pernas e das muletas.

Grady fez uma pausa.

— Talvez deva mesmo ter medo. Mas quem fizer isso vai ter de se ver comigo. E a verdade é que assassinei um homem. Talvez você não queira ser visto na companhia de um assassino...

Michael não lhe deu ouvidos e já pegava as armações das pernas. Grady ajudou a prendê-las e cobri-las com uma calça de moleton. Depois, esperou pacientemente enquanto Michael punha um blusão e ajeitava de lado o velho boné de Grady. Pouco depois, tendo deixado na mesa da cozinha um bilhete para Teke, tão comprido que ela não poderia deixar de perceber, os dois entraram na picape, a caminho da cidade. Grady podia sentir que Michael o fitava a todo instante. Mas só depois de se sentarem no Taco Joe's com comida suficiente para quatro pessoas em suas bandejas, foi que o garoto comentou:

— Você é diferente.

— E isso é bom ou mau?

— Bom. Meio parecido com Sam. Ele sempre tinha uma idéia maluca quando ficávamos chateados. — A expressão se tornou sombria. — Ainda bem que não posso mais jogar. Não ia querer que Sam fosse meu treinador.

— Por que não? Ouvi dizer que ele joga muito bem.

— É verdade... com minha mãe.

— Pelo que ouvi dizer, nenhum dos dois gostou muito daquele jogo. E meu palpite é de que ele ficaria aliviado se voltasse a jogar com você.

— Mas não vai jogar.

— Pretende guardar ressentimento para sempre pelo que ele fez? Até eu fui solto por bom comportamento.

— Não teve um comportamento tão bom assim. Já me contou que costumava brigar para se defender.

— Coisa de que não me orgulho nem um pouco. E não acredito que Sam se orgulhe do que fez com sua mãe. É o que chamam de remorso, uma grande contribuição para que a pessoa se torne melhor. Seria ótimo se você desse uma chance a Sam. Sempre me senti agradecido quando as pessoas faziam isso por mim.

— Tenho uma idéia. *Você* pode ser meu treinador. Aposto que jogou...

— Nunca.

— *Nunca?*

— Quando eu teria jogado?

— Sam jogou na faculdade.

— Não fiz faculdade. E quando era menor, não ia à escola mais do que uns poucos dias por ano. Não tinha tempo para jogar. Vivia ocupado demais, ajudando meu pai com os barcos, nas docas.

— Não anda tão ocupado agora. O que faz quando não está trabalhando na casa da Sra. Hart? — Como se uma luz se acendesse de repente em sua mente, os olhos se iluminaram. — Constrói canoas. Já disse isso. Só agora me lembrei. É verdade?

Grady confirmou com um aceno de cabeça.

— Como?

Grady riu. O garoto podia se comportar como um cínico de quarenta anos, um bebê chorão de três anos, ou um gozador de dezoito anos. Apreciava-o mais quando se mostrava como agora, um garoto de treze anos, de olhos inocentes, curiosos.

— Você ajusta a madeira a um molde. Martela um pouco, lixa um pouco, tira do molde e cobre com lona. Depois, lixa mais um pouco e pinta. Em seguida, é só levar para a água e remar até o meio do nada.

— O meio do nada?

— A floresta. A terra de Deus. Quilômetros e mais quilômetros de terra e bosque, onde a natureza reina e o homem não passa de um convidado.

— Dá medo? — perguntou Michael, impressionado.

— Não quando você sabe o que significam os sons que ouve. Há uma vida no meio do nada que a maioria das pessoas nunca vê, porque assusta os nativos com seu próprio barulho. Mas, se você não vai até lá para ver os nativos, o que vai ver?

Michael piscou, aturdido.

— Índios?

— Aves. O rato almiscarado. Castores. Alces.

Os olhos do garoto se arregalaram.

— Alces?

— Isso mesmo, alces.

— *Bárbaro!*

Devia ser o supremo elogio. Grady especulou se Shelley usava a palavra; e, se usava, confirmar se era enunciada com o mesmo tom de admiração de Michael.

— Vai me levar até lá? — perguntou Michael.

— Assim que você puder andar.

— Mas se tudo o que tenho de fazer é sentar numa canoa e remar...

— Tudo? Está brincando? Se quer passar algum tempo na floresta, terá que ser capaz de remar, em primeiro lugar, mas também precisa carregar a canoa por trechos de terra, recolher lenha, fazer a comida. Tem de dormir no chão, fazer as necessidades no mato e limpar tudo depois para não deixar rastros. Não é nenhum piquenique.

— Então por que você faz isso?

Grady pensou em seu rio predileto, no norte do Maine. Dava-lhe total sensação de liberdade.

— Porque lá existem paz e liberdade, e sou tão bom quanto qualquer outra pessoa.

Os dois voltaram a comer. Depois de algum tempo, Michael comentou:

— É como a Sutters Island. Nenhum dos meus amigos está lá. Não preciso ser o melhor.

— Mas quem disse que tem de ser o melhor?

— Meu pai. — Michael lançou-lhe um olhar curioso. — É porque passou algum tempo na prisão que acha que não é tão bom quanto as outras pessoas?

— *Eu* me acho tão bom quanto qualquer um. O problema está nas outras pessoas.

— Só porque é um ex-condenado?

— E um carpinteiro. Não tem tanto *status* quanto a profissão de seu pai.

— Mas, se trabalha bem, isso é tudo o que conta. É o que mamãe sempre diz. Ela acha que posso ser qualquer coisa que quiser na vida, desde que o faça com paixão. Faz seu trabalho com paixão?

Grady não pôde deixar de sorrir. Podia ouvir Teke dizendo aquilo.

— Depende da maneira como você define paixão.

— Você faz seu trabalho *bem*?

— Acho que sim, mas quem sou eu para julgar? Talvez você possa. Quer ver o que faço?

O rosto de Michael tornou a se animar.

— Agora?

— Assim que eu acabar de comer.

Estavam a caminho cinco minutos depois. Com mais cinco, Grady parou na frente da obra.

— Uau! — exclamou Michael, estudando o lugar através do pára-brisa. — É sensacional!

Grady achava que sim. As portas do antigo estábulo haviam sido substituídas por janelas e uma porta dupla mais convencional. Havia uma enorme janela em arcada no lugar onde anteriormente ficavam as portas do palheiro. As ripas eram novas, pintadas de cinza, contra o branco que emoldurava as janelas e portas.

O interior não estava tão adiantado. Embora os caibros verticais oferecessem uma vaga noção dos pontos em que haveria paredes, era basicamente apenas uma sala imensa, com material isolante rosa revestindo as paredes externas.

— Ainda falta muito — disse Grady. — Mas já está bastante isolado para que eu possa trabalhar no frio.

— O que vai ser ali?

— A cozinha. E lá será um quarto. Estamos na sala.

— E em cima o que é?

— Era o antigo palheiro. Vai virar um quarto ou escritório.

— A escada vai ser em caracol?

— Claro.

— *Bárbaro!* Que lugar *maneiro*!

Michael adiantou-se — mais hábil agora com as muletas — e parou para tocar na madeira sobre cavaletes, esperando para ser cortada.

— Tome cuidado. — Nesse momento, sirenes soaram a distância. Ele viu uma imagem assustadora do garoto escorregando na serragem. — Não quero que se machuque em minhas ferramentas.

O som das sirenes se tornou mais alto. Era algo raro no bairro. Grady teve visões de uma pessoa idosa sofrendo um derrame. Quando as sirenes se tornaram ainda mais altas, ele pensou em Cornelia.

— Espere aqui um instante — disse ele a Michael. — Vou verificar como está a Sra. Hart.

Mas as sirenes chegaram primeiro na porta do antigo estábulo. Ele abriu-a para deparar com luzes intensas, piscando, ofuscantes. Não havia ambulância, apenas três carros da polícia, parados de maneira a impedir a saída da picape.

— O que está acontecendo? — perguntou Grady.

As portas dos carros da polícia foram abertas. Os guardas saíram, apontando armas para ele.

— Fique imóvel, Piper! — gritou alguém. — Ponha as mãos na cabeça! Devagar, sem qualquer movimento brusco! Assim!

O estômago de Grady, que ficara embrulhado à primeira visão das armas, transmitiu uma mensagem de angústia ao resto do corpo, que se contraiu todo.

— Qual é o problema? — perguntou ele, tão calmo quanto era possível.

Há muito que se acostumara à pressão da polícia de Constance, mas nunca antes lhe haviam apontado as armas.

— Dê cinco passos à frente.

Grady obedeceu.

— Fiz alguma coisa errada?

— Onde está o garoto?

— Lá dentro.

Os guardas se espalharam no mesmo instante. Mantiveram as armas apontadas para Grady, que se sentia mais e mais alarmado. Não gostava das armas nem um pouco.

— Qual é o problema? — indagou ele, identificando Dodd entre os guardas.

Ele gostaria que lhe dissessem logo o que teria feito desta vez. Antes, fora assalto. Agora, as armas sacadas indicavam algo muito pior. O pensamento de que poderia ter ocorrido um assassinato na cidade provocou-lhe um calafrio.

— Peguem o garoto! — ordenou um policial.

— Lá está ele! — exclamou outro.

— O que eles querem, Grady? — perguntou Michael da porta, parecendo assustado.

— Você está bem, filho? — indagou o guarda mais próximo de Michael.

— Claro. Por que vocês estão aqui? O que aconteceu?

Os guardas se adiantaram. Grady deveria ter adivinhado que seria Connors quem gesticularia com a arma apontada para seu rosto. Ele parecia estar se divertindo.

— Encoste no carro, Piper. Com as mãos no teto.

Grady conhecia a manobra. Também sabia que um movimento em falso poderia fazer com que um idiota da polícia suburbana atirasse.

Bem devagar, pôs as mãos no teto do carro da polícia. Suas pernas foram chutadas para se abrirem mais. E alguém o revistou.

— O que estão fazendo? — gritou Michael. — Ele não fez nada de errado! Qual a acusação?

— Seqüestro — respondeu Connors, fechando as algemas nos pulsos de Grady.

Grady ficou atordoado.

— Seqüestro?

— Quem ele seqüestrou? — gritou Michael.

Mas Grady, subitamente, compreendeu tudo. Uma raiva intensa o dominou.

— Dodd! — berrou ele, avistando o homem a vários passos de distância. — Precisamos conversar, Dodd!

— Na delegacia — disse Connors, abrindo a porta traseira do carro da polícia.

Michael adiantou-se.

— Não podem metê-lo nesse carro. Ele não é um criminoso. Não fez nada de errado. — Quando um guarda tentou acalmá-lo, Michael gritou: — Não encoste em mim!

Dodd aproximou-se de Grady. Com um enorme esforço, tendo em vista a fúria que sentia, Grady baixou a voz, para que Michael não ouvisse:

— Sabe o que está acontecendo, não é mesmo, Dodd? É Maxwell. Deixei um bilhete na mesa da cozinha, avisando que ia sair com o garoto. Ele deve ter visto. Você sabe que Maxwell me odeia. Também sabe que não seqüestrei o garoto. Sou amigo dele e da mãe. Ligue para ela. Eu estava lhe prestando um favor, ficando com o garoto. Ela já deve ter chegado em casa. Se me prender por seqüestro, vão bancar os idiotas.

Dodd parecia embaraçado.

— Recebemos o telefonema. Não podíamos deixar de agir.

— Para deixar o garoto transtornado? — indagou Grady, no momento em que Michael surgia ao seu lado.

— Eles não podem fazer isso, Grady. Diga que não podem. Você não seqüestrou ninguém. Tem seus direitos.

— Não acha que ele se parece com o pai? — perguntou Grady a Dodd.

Dodd olhou ao redor. Gesticulou com a mão, contrariado. Os outros guardas voltaram a seus carros. Depois, ele olhou para Michael.

— Não quer dar um passeio comigo e com Grady? Vamos até a delegacia, para esclarecer tudo, e em seguida o levaremos para casa.

— Ele tem um professor particular chegando às três horas — informou Grady.

Mas Michael estava determinado.

— Vou com você. Não existe crime onde não existe vítima. Se esses imbecis não sabem disso, eu digo a eles.

— Não fale assim, Michael — advertiu Grady. — Esses "imbecis" estão aqui para protegê-lo.

— Me proteger? Você pode me proteger muito mais do que eles! — E virou-se para Dodd. — Estão cometendo um grande erro. Grady não me seqüestrou. Pareço coagido? Pareço *infeliz*? Não! Estou aqui por minha livre e espontânea vontade, o que vocês deveriam ter percebido logo, se tivessem algum cérebro por baixo desses chapéus ridículos!

— Calma, Michael. — Para Dodd, Grady acrescentou: — Ele deve assistir televisão demais.

— Novelas — corrigiu Michael. — E o que aconteceu aqui é como uma novela. Uma coisa *sórdida*!

Dodd virou-se para Connors, de cara amarrada.

— Tire as algemas.

— Se eu fizer isso, ele...

— Tire as algemas!

Connors tirou-as. Dodd pôs a mão no braço de Grady, num gesto de advertência.

— Você leva o garoto de volta para casa agora. Terá uma escolta. Se houver alguma dúvida quando chegarmos lá, será levado imediatamente para a delegacia. Entendido?

Grady entendia. Também entendia que J.D. Maxwell não se deteria enquanto ele não deixasse a cidade. Mas não permitiria que isso acontecesse. Continuaria em Constance até que Teke não precisasse mais dele. Quando esse dia chegasse — e somente então — ele iria embora.

* * *

Ao chegar em casa e deparar com um enxame de carros da polícia, a imaginação de Teke entrou em desvario. Perdeu um enorme tempo para estacionar e entrar correndo em casa. Ficou lívida ao saber o que acontecera. Depois do desastre do almoço do Dia de Ação de Graças e pelo rumo que tomava sua conversa angustiante com a orientadora de Leigh na escola, aquele problema deliberadamente criado por J.D. era a gota d'água. Assim que a polícia e Grady foram embora e que Michael se ocupou com o professor particular, ela descarregou toda a raiva que sentia.

— Como pôde fazer uma coisa tão *terrível*, J.D.? Uma atitude cruel, estúpida e *sorrateira*! Sabia que Grady passava algum tempo com Michael. Viu o bilhete que ele deixou na mesa. *Sabia* que não tinha havido nenhum seqüestro. Por que fez isso?

J.D. parecia absolutamente controlado, o que a deixou com mais raiva ainda. Em vez de negar, ele deu de ombros.

— Não gosto de Grady Piper. E não gosto que ele faça companhia a meu filho.

— Alguém tem de ficar com Michael, já que você não pode ou não quer. Mas isso é irrelevante. Que *direito* você tem de tratar Grady dessa maneira? Vem tentando metê-lo numa encrenca desde o dia em que ele chegou aqui. O que ele fez com *você*?

— Ele atropelou meu filho.

— Não foi culpa dele! — gritou Teke, com a sensação de que já fizera isso mil vezes. — Ele *nunca* fez nada a você, apenas me conheceu quando eu era criança...

Fez uma pausa.

— É esse o problema, não é mesmo? Você tem ciúme. Não me quer, mas ainda assim tem ciúme.

— Não, não tenho ciúme.

Teke deveria se sentir lisonjeada, mas sua raiva não permitia.

— Ele aparece aqui e tira a neve do caminho. Fica com Michael enquanto vou correndo até a escola. Passa uma hora absorto numa conversa amigável comigo. Ajuda-me no que preciso. Facilita minha vida. E isso faz com que você se sinta mal.

— Não, não faz. Não moro mais aqui. Obviamente, não posso fazer essas coisas.

Teke bateu com a mão na bancada.

— *Nunca fez*, J.D. Seu trabalho, suas necessidades sempre estiveram em primeiro lugar. Só me ajudava se era conveniente para você. Se quer saber a verdade, viver aqui sem você não faz muita diferença em relação ao que já foi. Eu cuidava de quase tudo e continuo fazendo a mesma coisa. E se quer *mesmo* saber a verdade... — Ela sentia o impulso incontrolável de purgar os pensamentos que vinham infectando sua mente. — Nunca me senti tão aliviada como no momento em que você foi embora, no Dia de Ação de Graças. Pensei que me prestava um favor ao vir, mas não foi o que aconteceu. Você é mal-humorado, depressivo e encrenqueiro. Quando chegou, trouxe uma nuvem de tempestade que, graças a Deus, levou com você ao partir. Por isso, se quer realmente me fazer um favor, não venha mais aqui!

De repente, em meio a sua diatribe, ela começou a tremer. Não fez o menor esforço para se controlar, enquanto fitava J.D., furiosa. Nunca sentira tanta raiva em toda sua vida.

— Posso lhe conceder esse favor — declarou J.D., com o queixo empinado, ao melhor estilo dos Maxwell. — Posso lhe conceder também outros favores, mas terá de pedir cada um. Isso significa: dinheiro, a casa, o carro, roupas novas. Será que é capaz de se sustentar no estilo a que está acostumada?

Ele se encaminhou para a porta enquanto falava.

— Não quero seu dinheiro!

— É espantoso como você muda de opinião, Teke. Já esqueceu toda aquela conversa sobre salvar nosso casamento? Sobre querer o que fosse melhor para as crianças? Por causa de Grady Piper, está disposta a renunciar a tudo... e ainda me pergunta por que não gosto dele?

J.D. passou pela porta. Ela foi atrás, com um argumento para apresentar:

— Grady não tem nada a ver com isso. O problema é entre nós dois. — Teke alteou a voz quando ele entrou no carro. — Não tente culpá-lo. Se nosso casamento se deteriorou, foi porque nós mesmos o destruímos. Isso mesmo, *nós*! Portanto, não culpe Grady, não culpe Sam, não culpe seu pai...

Ele partiu, acelerando, e deixou-a gritando para o ar frio, sem ninguém para ouvir. Depois de um momento, ela se acalmou, passou os braços em torno do corpo e voltou para dentro de casa. Mas a raiva não desaparecera. Nem a frustração e o medo.

Por isso, naquela noite, aproveitando o fato de que Jon e Zoe tinham vindo fazer os deveres de casa com Leigh e Jana, enquanto Michael assistia televisão, ela deixou a louça do jantar na pia, correu pelo bosque e bateu — pela primeira vez — na porta dos fundos dos Popes. Não tinha certeza se seria bem recebida, mas estava bastante desesperada para correr o risco.

— Tem um minuto? — perguntou ela, nervosa, quando Annie abriu a porta.

— Claro. Estávamos tomando café. Quer um?

Teke sacudiu a cabeça. O coração batendo forte, ela entrou na cozinha. Sam estava sentado ali.

— Tudo bem? — perguntou ele.

— Ahn... preciso conversar com amigos. E não tenho mais ninguém com quem falar. Ninguém me conhece tanto quanto vocês.

Ela se encostou na bancada, as mãos enfiadas nos bolsos do casaco. Falou mais alto do que o clamor em seu peito.

— Não adianta tentar uma reconciliação entre mim e J.D. Acabou. Não restou mais nada.

Annie e Sam trocaram um olhar alarmado.

— Para sempre? — indagou Annie. — Tem certeza?

— Eu soube disso no Dia de Ação de Graças. Foi um desastre. — Teke ainda sentia, com a maior intensidade, o horror daquele dia, o horror de hoje. — E foi um tremendo alívio quando ele partiu. Há mais paz em casa depois que ele foi embora. Há mais paz em minha vida sem ele... não porque brigássemos. Isso nunca aconteceu. Mas ele gosta das coisas de determinada maneira e eu me sentia na obrigação de atendê-lo. Quando as crianças eram pequenas, costumava correr de um lado para o outro, como uma louca, recolhendo os brinquedos, quando sabia que ele estava voltando para casa. J.D. queria a casa impecável e tinha de estar assim. Agora, não são mais os brinquedos, mas as roupas, livros e cadernos da escola, a correspondência comercial. Não precisei me preocupar com nada disso nas últimas semanas e descobri que é maravilhoso. A mesma coisa com o jantar servido às seis meia em vez das sete e meia.

— Mas foi casada com ele durante dezenove anos — disse Sam. — Deve haver alguma coisa que aprecie em J.D.

Teke passou os braços em torno de seu corpo. Com o coração entrando no ritmo, ela teve mais noção do estômago se contraindo. Estava prestes a virar uma esquina em sua vida. Depois que o fizesse, não poderia mais voltar atrás.

— J.D. é estável. É previsível. Ganha muito bem. Oferece segurança financeira. Me trata com respeito... ou pelo menos tratava, até agora. O mesmo acontece com a ternura. Tinha seus momentos. Mas deixou de ter. Sente-se tão furioso comigo que não podemos fazer mais nada um pelo outro. Se o Dia de Ação de Graças foi uma amostra do que pode acontecer, as crianças vão sofrer cada vez que nos reunirmos. Tivemos uma discussão *terrível* hoje. Podem me dizer qual é o sentido? Acho que é por isso que estou aqui. Qualquer dos dois vê alguma coisa que valha a pena salvar em meu casamento?

— Claro — disse Sam. — Você tem sido boa para J.D.

— Não tenho, não — respondeu Teke, com uma nova convicção. — Tenho sido maternal. Até demais. Se ele fosse forçado a fazer mais como pai ou como marido, teria se tornado mais forte e, se tivesse se tornado mais forte, teria sido capaz de enfrentar John Stewart.

— Ele ficará pior sem você — argumentou Sam.

— Sem mim, ele estará livre para se encontrar.

— Não será a si mesmo que ele vai encontrar, mas sim John Stewart.

— Devo então permanecer no casamento para salvar J.D. do pai? — A hipótese levou-a a explodir. Sentiu a mesma fúria que já experimentara na discussão com o marido. — Mas o que acontece comigo? Quando *minhas* necessidades se tornam importantes? Queria uma família e segurança financeira. Foi o que tive durante dezenove anos. Mas é o mesmo que ter um emprego muito bem remunerado mas que você detesta. De que adianta? Ainda quero uma família, e desejarei a segurança financeira até o dia em que não puder mais me lembrar de como foi crescer sem dinheiro. Mas preciso de muito *mais* do que isso.

— É Grady? — indagou Annie.

— Não — respondeu Teke, com uma pressa que não correspondia às suas dúvidas. — Grady me abandonou uma vez, e não quero um homem que age assim com a mulher que ama.

— Você o ama?

— Eu o *idolatro*. Isso mesmo, eu o idolatrei durante toda a minha vida. Mas poderia viver sem ele, juro que poderia, se meu casamento continuasse intacto. — Ela deixou escapar um suspiro cansado. — Neste momento, as crianças constituem minha maior prioridade.

— Pensou bem em tudo isso?

Teke acenou com a cabeça, numa resposta afirmativa.

— E tentei ser racional, podem ter certeza. — Ela ofereceu um sorriso sem graça. — J.D. não é o único que se apóia nos outros. Tenho me apoiado em você, Annie, talvez mais do que deveria. Você e Sam eram nosso rochedo. Sem vocês, nosso casamento desmorona.

— Eu me sinto horrível.

— Não deve ficar assim.

— Ainda posso recordar a noite em que juntamos vocês dois. Lembra que pensamos que era a união perfeita, Sam? Seu melhor amigo e minha melhor amiga, os opostos que não poderiam se deixar atrair? — Ela olhou para Teke, com uma expressão desamparada. — Quer dizer que estragamos tudo?

— Claro que não, Annie. J.D. e eu tivemos dezenove bons anos. Se eu não tivesse me casado com ele, não teria tido meus filhos... e poderia continuar no casamento por mais dezenove anos, se a situação não mudasse. Mas mudou. Por isso, tenho de pensar agora em meu novo rumo. Pelo que vejo, em minha nova ótica racional... — A ressalva foi feita em tom de escárnio. — ... tenho quatro preocupações imediatas. A primeira é de como lidar com as crianças. Digo tudo agora ou é melhor esperar? Falo sobre divórcio ou me atenho à separação?

— Converse com J.D. antes de fazer qualquer coisa — disse Sam. — Precisa ter certeza de que é isso mesmo que ele quer.

— E se for o que *eu* quero? — As emoções de Teke tornaram a entrar em erupção. — Talvez seja o momento de fazer o que é melhor para mim. Sabiam que não tenho a menor idéia de como conferir o saldo de um talão de cheques, do que o seguro do carro e o seguro doméstico cobrem ou de como preencher o formulário do imposto de renda? Nunca recebi um pagamento em cheque. Não tenho qualquer crédito em meu nome. Vocês têm alguma noção do quanto me sinto desamparada? E dependente? E *apavorada*?

Como se sentisse um calafrio, Teke aconchegou-se no casaco.

— Mas estou me adiantando. Primeiro, preciso decidir como lidar com as crianças. Acho que não deveria dizer qualquer coisa até ter certeza do que estou fazendo. Certo?

Annie acenou com a cabeça, em concordância.

— A menos que as crianças tenham o poder de fazê-la mudar de idéia.

Com a convicção que aflorara na esteira do desastre daquela tarde, Teke declarou:

— Tarde demais. J.D. não quer a reconciliação, assim como eu também não quero. — Teke olhou para Sam. — Ele quer?

Um longo momento se passou antes que Sam murmurasse:

— Não.

A angústia dos encontros recentes com J.D. a havia imunizado de tal forma que a verdade não doía agora como poderia ter acontecido há uma ou duas semanas.

— Isso me leva à minha segunda preocupação. O Natal pode ser outro horror. Não quero que seja.

— Acho que todos devemos ir esquiar — propôs Annie.

Teke ficou surpresa.

— Todos nós? Não vai querer minha presença.

— Quero, sim. Mas não será um tormento para Michael se não puder esquiar?

— Quer que *eu* vá junto?

Era a *última* coisa que ela pensava que Annie podia querer.

— Isso mesmo, Teke — murmurou Annie, num tom professoral. — Quero a sua companhia, com seus filhos, meus filhos e nós.

— Mas por quê?

— Porque temos de continuar a viver.

Teke queria isso mais do que qualquer outra coisa, mas pensara que era mais um sonho impossível.

— Juntos? Depois do que aconteceu?

Annie tornou-se pensativa.

— Éramos íntimos demais. Creio que todos concordamos nesse ponto. E nos apoiávamos demais uns nos outros. Agora, temos de aprender a agir sozinhos. Mas também tivemos momentos maravilhosos. Temos de jogar tudo isso fora também? As crianças querem ficar juntas, e sabemos que J.D. não irá, o que significa que você poderá relaxar.

— E vocês vão relaxar? — perguntou Teke, com um rápido olhar para Sam.

Annie pareceu ter uma certa dificuldade para responder.

— Estou tentando — disse ela, finalmente.

Nas semanas após o acidente com Michael, Teke sentira uma falta intensa da presença de Annie. Só agora compreendia o quanto amava a amiga. E a teria abraçado, se as circunstâncias fossem diferentes. Em vez disso, enxugou as lágrimas nos cantos dos olhos e murmurou:

— Pelo menos é um alívio saber que as meninas podem ir com vocês, mesmo que Michael e eu tenhamos de ficar aqui. — Ela respirou fundo, meio trêmula, e voltou à sua lista. — As outras coisas são técnicas e relacionadas umas às outras. Preciso tomar as providências necessárias para me proteger. Tenho de estabelecer crédito, para começar. E tenho de garantir dinheiro suficiente de J.D. para cuidar das crianças. Preciso de um advogado.

Ela fez uma pausa, fitando Sam.

— Conhece um bom advogado para cuidar do meu divórcio?

— Detesto fazer isso, Teke.

— É necessário, Sam. Pode ter certeza. Nada restou para salvar do meu casamento. Já cheguei a essa conclusão. Quando choro de noite, não é por J.D. É pelo sofrimento das crianças. Talvez o sofrimento seja minimizado se J.D. e eu pudermos romper o casamento sem brigas.

Não me agrada lhe pedir um nome... é outra traição de J.D. ... mas não sei a quem mais perguntar. Preciso de ajuda. E só quero um nome.

Dez minutos depois, ela voltou para casa através do bosque, na noite fria, levando no bolso do casaco o nome e o telefone do advogado recomendado por Sam.

Dezesseis

Annie detestava a festa de Natal do departamento de inglês. Por um lado, era realizada muito cedo, no começo da segunda semana de dezembro, quando ela ainda estava com o gosto de peru na boca. Por outro, ocorria num momento de intensa atividade, quase no final do período. Era ótimo para os professores que não tinham família; para Annie, que tinha, significava mais uma noite perdida, numa época em que muitas outras se perdiam. Em terceiro lugar, acontecia sempre no mesmo salão, reservado para a ocasião, um lugar revestido com madeira escura, cheio de sofás e poltronas de veludo e iluminado por candelabros que Annie jurava terem sido trazidos para o Novo Mundo direto de uma masmorra do Velho Mundo. E o pior de tudo: era uma festa só para os professores. Nem os cônjuges nem os amigos eram convidados. Annie teria gostado que Sam a acompanhasse naquele ano.

Ela chegou tarde, serviu-se de um pouco de camarão e um copo de vinho branco. Olhou ao redor. Seu primeiro pensamento foi simples. Ainda bem que Sam não viera. Susan Duffy se vestira para parecer irresistível. E Natalie Holstrom não ficava muito atrás. O segundo pensamento de Annie foi o de que o primeiro era muito triste. Nunca se acostumara a ter pensamentos desse tipo. E gostaria de não tê-los agora.

Foi se juntar ao grupo de amigos mais próximo e participou um pouco da conversa. Pouco depois, passou para outro grupo, ouvindo a conversa sem prestar muita atenção. Via aquelas pessoas quase todos os dias, e, por isso, sempre achara que os acompanhantes deveriam ser incluídos na festa. Acrescentavam um novo vigor e profundidade às conversas. Annie gostava de se encontrar com a outra metade dos colegas para exibir a sua.

— Entediada? — perguntou Jason, quase em seu ouvido, depois de se aproximar por trás.

Annie foi para um lado com ele.

— Os acadêmicos, independentemente do radicalismo de suas posições políticas, tendem a ser provincianos. Repetimos as mesmas coisas, muitas e muitas vezes.

— É o que se chama de autopromoção. Faz parte da natureza humana.

Ela sorriu.

— Agora que já sabe, tem certeza de que ainda quer se juntar a nós?

— Claro que tenho — disse, com um tom arrogante. Estou empenhado no esquema de autopromoção tanto quanto os outros. Talvez mais. — Uma pausa e ele acrescentou, irônico: — Além disso, não posso me dar o luxo de voltar atrás. Ou continuo, ou passo a varrer a faculdade, a seis dólares e cinqüenta centavos por hora.

— Alguma notícia sobre a ajuda financeira?

— Ainda não. Preenchi os formulários. Agora, espero que decidam se sou mesmo um necessitado.

Annie nem podia imaginar como era passar da riqueza para a miséria. Por isso, era indulgente com a irreverência de Jason. Provavelmente seria, de qualquer maneira. Gostava dele, respeitava sua inteligência, sua agilidade mental. Ainda corava ao pensar na maneira como deixara que ele a acariciasse. Mas não fora tão ruim, agora que tinha de novo as carícias de Sam.

Perturbava-a o fato de ainda não ter falado a Sam sobre Jason, mas não sabia como fazê-lo, nem quando. Tinha medo de balançar o barco do casamento, ainda num equilíbrio precário, mal começando a se firmar de novo. Gostava das atenções de Sam. Sentia-se mais segura de si como mulher.

Até o momento em que olhava para mulheres como Susan Duffy. Era o motivo pelo qual tentava não olhar.

— Como vai sua família, Jason?

— Conversando com eles, dá até para pensar que tudo vai muito bem. Só quando peço dinheiro é que papai fala sério. Limitaram o fluxo de caixa, diz ele, embora eu não perceba grandes mudanças em seu estilo de vida. Pelo menos não externamente. Parece que fui o único supérfluo que eles cortaram.

— Pare com isso, Jason — disse ela, jovial, para depois indagar, baixando a voz: — Como tem se sentido?

— Muito bem.

— Foi ao médico que indiquei?

— Claro. Um cara sensacional.

— Ele descobriu algum problema?

Jason sorriu e piscou para alguém do outro lado do salão. Por sua atitude alegre e despreocupada, Annie calculou que ele estava bem. Ficou surpresa quando Jason informou:

— Ele acha que sou diabético.

— *Diabético?*

— Fale baixo. É um segredo.

Annie sussurrou:

— Mas você fala como se fosse um simples resfriado. Diabetes é um problema sério.

— É hereditário. Não cheguei a ficar surpreso. Mas bem que pensei, arrogante como sou, que poderia escapar.

Annie soltou um suspiro.

— Como se não faltasse mais nada.

— Não se preocupe. Ficarei bem. — Ele se tornou sério. — Tem de ficar em segredo. Já tenho dificuldades suficientes com Honnemann. Ele não vai me contratar para dar aulas se souber que sou doente. Não vai lhe contar, não é?

— Claro que não — garantiu Annie. — É irrelevante. Só espero que não se esforce demais para tirar o diploma em junho.

— Não tenho opção. Preciso trabalhar no próximo ano.

— Você mesmo aplica as injeções?

— Tomo pílulas.

— Consultou um especialista?

— Duncan Hobbs. Já ouviu falar?

— Não, mas vou verificar.

— Obrigado, mamãe.

Annie não se ofendeu.

— Não acha que é mais apropriado?

Ele olhou para os seios de Annie.

— Não sei. A sensação que tive com você foi boa demais.

Ela sentiu as faces arderem. Suspirou.

— Vamos fazer um trato, Jason. Você não faz mais comentários sobre esse assunto e eu não conto a ninguém que está tomando as pílulas. Combinado?

Jason sorriu, depois olhou além dela.

— Ah, minhas fãs me aguardam. Pode me dar licença, madame?

Enquanto ele se afastava, Annie avistou a gravata-borboleta vermelha de Charles Honnemann. Ele estava sozinho. Annie foi ao seu encontro e comentou:

— O departamento continua crescendo. Não havia tanta gente na festa do ano passado.

— Uma economia fraca funciona a nosso favor, uma vez que nossos custos são mais baixos do que os de muitas instituições — respondeu Charles. — O pessoal da admissão diz que os pedidos de informações aumentaram. Ainda resta verificar se isso vai se traduzir em aumento de matrículas.

— De qualquer forma, você terá pelo menos uma vaga de assistente para preencher. Há alguma possibilidade de escolher Jason?

— Há uma sim — admitiu Charles —, mas não sei até que ponto ele é competente. Ainda não tem o diploma.

— Mas terá. Sou eu que o oriento em sua tese. É uma análise da obra de James Joyce. Vai ser brilhante.

Charles observou Jason, que estava do outro lado do salão, divertindo um grupo de colegas.

— Gosta dele?

— Gosto.

— Ele tem um ar irreverente.

— Irreverente é pior do que bizarro? — Annie não precisava discorrer a respeito. Havia diversas pessoas de aparência esquisita na festa. — Ele estuda muito. Não me decepcionou uma única vez.

— Está indo de vento em popa?

— O quê?

— Seu relacionamento com Jason.

— Como assim? — indagou ela, surpresa.

— Você gosta dele. E é evidente que ele gosta de você.

Jason não teria contado nada. Annie tinha certeza disso; mesmo assim, ela sentiu os cabelos da nuca arrepiarem.

— Sou casada, Charles.

— Lady Chatterley também era. — Ele suspirou. — Não que tenha qualquer importância para mim o que você faz com ele. É apenas da sua conta. E tem toda razão, temos anticonvencionais entre nós que, sem dúvida, fazem coisas muito mais impróprias do que manter ligações intradepartamentais. Mas, se você vai defender Jason, quero saber a natureza de sua lealdade.

Annie quase explodiu de raiva.

— Jason tem um conhecimento extraordinário de literatura e uma sensibilidade especial para a poesia. Sabe escrever, sabe se comunicar. Com toda sinceridade, é uma mudança revigorante em relação a alguns membros do nosso departamento, que são *avant-garde* só porque é moda ser *avant-garde*.

Charles balançou a cabeça.

— Pensarei a respeito.

— Faça isso.

Annie largou seu copo numa bandeja que passava. Circulou por mais alguns minutos, antes de alegar compromissos de família e deixar a festa.

Teke bateu na porta que levava ao porão da casa de Cornelia Hart. Ficou esperando, nervosa, tremendo de frio, pelo que pareceu uma eternidade, até que Grady veio abrir. Ele usava uma camisa de flanela aberta por cima da *jeans* e parecia irritado.

— Posso entrar? — perguntou, em voz baixa. Quando ele vasculhou a escuridão por trás, Teke acrescentou: — Estou sozinha.

— Então é melhor não entrar. Não estou com muita disposição.

Ela também não estava. Os últimos dias haviam sido tensos. Sentia-se apreensiva.

— Estou guiando de um lado para o outro há uma hora. Pensei a princípio em ir a um cinema. Depois pensei em beber alguma coisa. — Ela fez uma pausa. — Meu carro me trouxe para cá.

Grady estendeu a mão até a nuca e baixou a cabeça.

— Por favor, Grady. — Ela não o via desde o episódio do seqüestro. — Preciso conversar com você.

— Este porão é uma porcaria.

— E acha que isso me incomoda? — Teke passou por ele, num ímpeto de indignação. — Eu o teria visitado na prisão, se me deixasse.

Ela olhou ao redor.

— Deus sabe que já vi lugares piores.

Toda a área era de concreto e cheirava a velhice e poeira. Nas partes escuras, Teke divisou o que deviam ser móveis guardados. O canto iluminado, não muito longe do aquecedor, tinha uma cama antiga de quatro colunas, uma cômoda de mogno e uma poltrona.

Sem tirar a *parka*, ela deixou-se cair na poltrona. O zunido do aquecedor era o único som, até que os pensamentos de Teke afloraram.

— Sinto muito pelo que J.D. fez com você naquele dia, Grady. Foi pura maldade. Como ele não pode *processar* ninguém pelo que aconteceu com Michael, optou por se tornar um imbecil insuportável. Foi terrível com Sam e comigo, mas quer que o bode expiatório seja mesmo você.

Grady permaneceu por trás dela.

— Por que logo eu?

— Acho que é porque você foi meu amante. Ele sabia que não era o primeiro. Mas enquanto os outros continuassem anônimos, ele podia fingir que não haviam existido. Agora não pode mais fazer isso.

— Por que ele se importa tanto com quem você esteve antes? Afinal, foi ele quem ficou com você.

— Só porque *você* me mandou embora! — disparou Teke, baixando a voz para acrescentar: — Além do mais, ele nunca me teve por completo. E sabia disso. Você me teve por completo. Por isso, ele se sente derrotado, e para J.D. é terrível ser derrotado por alguém que ele considera inferior.

Depois de dezenove anos de casamento, ela podia pelo menos compreendê-lo.

— Não é de admirar que você atice o que há de pior nele.

— Pois ele também atiça o que há de pior em mim. — Grady falou com uma veemência que a fez virar a cabeça para fitá-lo. Ele estava parado no escuro, irradiando hostilidade. — Juro que o teria estrangulado se aqueles guardas não estivessem presentes quando o encontrei na casa. Não tenho tanta raiva desde que bati em Homer. Pense no que isso me valeu. Eu deveria estar reabilitado, ser capaz de controlar a raiva. E vi que podia, mas foi por um triz que não perdi a cabeça naquele momento. Tremo só de pensar a respeito.

Teke quase se levantou para abraçá-lo, mas não confiava em si mesma a esse ponto. Torceu para que ele abotoasse a camisa. No instante seguinte, porém, desejou que isso não acontecesse. Contemplá-lo era um prazer. Ela ansiava pelo prazer ocasional.

— Venha sentar-se — murmurou ela. — Converse comigo.

Com as mãos nos quadris, Grady respirou fundo, a respiração tremendo com a raiva persistente. Depois do que pareceu uma eternidade, ele finalmente foi se sentar na beira da cama, em segurança, fora do alcance dela. Melhor assim, disse Teke a si mesma.

— Eu queria pedir desculpas por J.D. Também queria lhe agradecer. Michael ficou revigorado depois de sair com você.

— Ainda bem.

— É verdade. Ele se divertiu muito.

— Acredito. Não há problema com o garoto. Deveria tê-lo ouvido falando com a polícia.

Ela sorriu, irônica.

— Michael teve bons professores em J.D. e Jana. Normalmente eu não aprovaria, mas é bom vê-lo demonstrar determinação.

— Ele precisa sair mais.

— Foi o que ele me disse. Conversei com o fisioterapeuta. Ele transferiu todas as sessões para a academia. O que é perfeito, porque a esteira rolante na água ajuda muito. Além disso, a academia tem vários outros aparelhos de exercícios. Agora, Michael passará a sair de casa todos os dias de manhã, como fazem seus amigos. Se isso ajudar, nós o levaremos de carro até o professor particular, em vez de esperá-lo em casa. A assistente social insiste em dizer que a recuperação só depende dele mesmo.

Fazia tanto sentido que Teke não podia deixar de se censurar.

— Eu deveria compreender que ele se sentia chateado e então ter tomado a iniciativa. Mas pensei que ficar em casa seria suficiente. Não era. — E ela era inexperiente nos cuidados com os problemas emocionais decorrentes de uma grave lesão. — Michael está tateando. Não sabe o que pode e o que não pode fazer. Nem eu mesma sei.

Grady mantinha as mãos estendidas sobre as coxas. Os ombros estavam empinados, a cabeça pendendo. Era uma pose de infelicidade para dizer o mínimo.

O instinto de Teke foi o de tranqüilizá-lo. Ela se levantou com essa intenção, mas mudou de idéia e foi até a cômoda. Havia uma escova e um pente em cima, um aparelho de barbear, uma lata de creme de barba e a carteira velha que ele costumava usar no bolso de trás da *jeans*. Ela tocou na carteira, pensando na maneira como fazia contato com o corpo de Grady. Depois, cerrou a mão e levou o punho fechado ao coração para acalmá-lo.

— Onde você toma banho? — indagou ela, tentando se distrair.

— Lá em cima.

Ela olhou em volta, procurando indícios de comida.

— Onde você come?

— Lá em cima.

— Cornelia não se importa?

— Ela gosta. Come o que eu faço. Diz que há anos não come tão bem.

— Ela é um amor.

Enquanto falava, Teke olhou para um cesto de plástico cheio de roupa lavada. Pegou uma toalha, dobrou-a com cuidado e pôs na cômoda, depois pegou outra.

— O filho também é maravilhoso. Leigh terá uma consulta com ele no início de janeiro. Ela quer tomar a pílula. Conversamos a respeito no Dia de Ação de Graças, mas sempre me esqueço de telefonar para marcar. — Esquecia mesmo? — Na verdade, estou me esquecendo de propósito. A perspectiva de lhe dar carta branca para se deitar com Jon me incomoda. E por isso ela está zangada comigo.

— É o motivo de ela estar indo mal na escola?

Teke soltou uma risada quase histérica.

— Pode ser uma das razões, mas existem outras, tantas que nem posso começar a relacioná-las. Nos últimos três meses, nossa família tem estado desestruturada. E isso sempre prejudica as notas na escola.

Ela pegou uma camiseta.

— Não prejudicou suas notas.

Teke sacudiu a camiseta e dobrou-a com perfeição.

— Situação diferente. Uma família desestruturada era norma para mim. Não conhecia qualquer outro tipo de vida. Além do mais, eu queria impressionar você.

Grady resmungou. Teke olhou para trás. Ele continuava sentado na cama, os ombros ainda vergados. Teke comprimiu a camiseta dobrada contra seu peito, aspirando a fragrância por um momento, antes de ajeitá-la por cima das toalhas. Depois, num gesto impulsivo, aproximou-se da cama.

— Por que veio aqui esta noite? — indagou ele, levantando a cabeça.

O coração de Teke disparou.

— Para agradecer por Michael e pedir desculpas pelo que J.D. fez.

— Só isso?

Ela pensou na agonia que vinha sofrendo.

— Não sei — admitiu, num sussurro. — Estou dividida.

— Entre o quê?

— Entre querer amá-lo e querer odiá-lo. — Teke não podia ser mais sincera com ele ou consigo própria. — Ainda me sinto furiosa pelo que você fez.

— Por ter atropelado Michael?

— Mas claro que não! — Ela não podia acreditar que Grady pensasse assim. — O acidente não foi culpa sua. Estou furiosa por você ter aparecido depois de tantos anos.

Uma pausa, e ela tratou de se corrigir:

— Na verdade, estou furiosa por você ter me mandado embora. Poderíamos ter feito muita coisa.

— É verdade — murmurou Grady, olhando ao redor com uma expressão de desprezo. — Um porão.

— Não há nada de errado com este porão.

— Não diria isso se tivesse de morar aqui.

— Não é verdade, Grady. Fui criada num lugar muito pior e você sabe disso. Além do mais, disse que tinha uma casa, junto com sua esposa. Mesmo que não fosse assim, eu preferiria viver neste porão a suportar o tumulto em minha casa.

Ele desviou os olhos.

— Não sabe o que está dizendo.

— É o que eu sinto.

Grady tornou a fitá-la nos olhos.

— Quer saber o que eu sinto? Sinto uma vontade tremenda de agarrá-la, puxá-la para a cama e fazer amor com você até não poder mais.

Teke sentiu a intensidade de seu próprio desejo. Pensou no dia em que ele a beijara, no bosque. Nenhum tempo poderia ter passado, tão forte era a necessidade. Ela refletiu que em parte fora o que a trouxera até ali naquela noite.

— Mas isso complicaria a situação dez vezes mais, não é mesmo? — acrescentou Grady. Seus dedos apertaram a beira da cama, os olhos fixos em Teke. — Por que você me tenta? Foi o que sempre aconteceu. Eu não deveria tê-la levado para a cama quando você estava com quinze anos, mas não pude resistir. E, depois, não podia resistir sempre que encostava as mãos em você. Era tão apaixonado que quase enlouqueci quando vi Homer espancá-la...

Ele parou de falar. Um suspiro cansado escapou de seus lábios. Depois de um momento, murmurou:

— Você ainda será a causa de minha morte. É a pura verdade.

Grady tornou a massagear a nuca. Mas Teke pegou sua mão antes que voltasse a pousar na beira da cama.

— Eu nunca deixaria que isso acontecesse.

Ele riu.

— Como conseguiu evitar que eu fosse para a prisão? Como evitou que Michael sofresse uma lesão no cérebro? Você às vezes é inocente demais, Teke. Pensa que o amor pode proteger as pessoas das coisas ruins. Mas não pode.

Ela disse a si mesma para largar a mão de Grady, mas em voz tão baixa que não pôde ouvi-la. Aqueles dedos fascinavam-na; eram compridos, finos e fortes. Teke tocou nos calos que falavam de seu trabalho. Há anos que se encontravam ali, mas havia cicatrizes novas, pequenos cortes que podiam ter sido causados por um serrote ou um prego. Incapaz de resistir, ela beijou seus dedos, comprimiu a mão de Grady contra seu pescoço e murmurou:

— Talvez nada possa proteger as pessoas das coisas ruins. Mas talvez o amor faça com que o ruim se torne suportável. Você errou ao me mandar embora e me dizer para esquecê-lo, Grady. Errou ao me devolver as cartas e se recusar a me receber, quando fui visitá-lo. Tínhamos uma coisa tão boa que a espera valeria a pena.

— Já passou.

Teke fez uma pausa, a respiração superficial, depois continuou, apressada:

— Esse devia ser meu argumento. Pretendia lhe dizer que não deveríamos mais nos ver. Que estou bem, que Michael está bem e que você deveria deixar a cidade. Que não há a menor possibilidade de resultar qualquer coisa deste nosso encontro.

Mas a voz de Teke perdera o vigor, porque seus olhos incidiram sobre o peito de Grady, coberto de cabelos escuros, parecendo quente e aconchegante. Quis se lembrar de que tinha três filhos que precisavam dela e que ainda era casada, pelo menos legalmente. Mas a necessidade de tocá-lo se tornou irresistível. Ela enfiou a mão por dentro da camisa, deslizando-a sobre o peito. No mesmo instante, foi transportada para um lugar superior, com o qual passara a vida sonhando.

— Teke... — advertiu ele.

— Só um instante — sussurrou ela.

Era como se o sussurro lhe permitisse escapar impune do ilícito. Ela explorou o peito de Grady, a mão indo de um lado para o outro, devagar, passando pelos cabelos esparsos, os músculos rijos.

— Teke...

— Um momento... — balbuciou ela, meio atordoada.

O calor do corpo de Grady deixava-a assim. Fora o que sempre acontecera. Ela inclinou a cabeça, a boca quase encostando no ouvido dele quando murmurou:

— Vinte e dois anos e ainda é a mesma coisa...

Ela pousou a mão sobre o coração batendo forte, os cabelos macios, um mamilo ereto, o músculo firme. O calor de Grady invadira-a, passara pela mão, subira pelo braço, entrara-lhe no peito.

— Uma das coisas que eu mais amava em você era sua força. Sempre foi meu defensor. Desde o início. Mesmo quando bateu no meu pai.

Grady passou os braços pelos quadris de Teke.

— Não podia permitir que ele a estuprasse.

Teke estremeceu. Há anos que se recusava a pensar nas ameaças de Homer. Mas agora, protegida nos braços de Grady, uma janela se abrira para os detalhes daquela noite. Homer estava bêbado e irritado. Não queria que ela passasse tanto tempo com Grady. Dissera que ela lhe devia uma parte de seu tempo. Agarrara-a e rasgara sua blusa. Teke ficara apavorada. Ao reviver o terror agora, ela gritou:

— Você deveria ter deixado que eu testemunhasse!

Mas Grady foi veemente:

— Teriam pedido detalhes. Olhariam para você e diriam que você o tentou além de seu controle. E a chamariam dos piores nomes. Eu não podia permitir que passasse por isso.

Ela lembrou as mãos rudes do pai, os olhos ansiosos, a respiração fétida... mas tudo aquilo não era nada em comparação com a angústia que sentira quando Grady a fizera jurar silêncio. Há anos que o silêncio a atormentava. Agora, ela argumentou:

— Mas evitaria que você fosse para a prisão!

Grady ajeitou-a em seu colo.

— Não havia prova física de que ele queria estuprá-la. Não chegou a fazê-lo.

— Porque você o agrediu e ele caiu.

— Teriam me condenado de qualquer maneira.

— Mas pelo menos eu me sentiria melhor se tivesse feito tudo o que pudesse para evitar. Não passaria tantos anos me sentindo culpada. Não foi justo, Grady. Eu queria ajudar, se não no julgamento, então depois. Mas você não deixou. Não foi justo.

Grady enlaçou-a, compreensivo, tranqüilizador. À medida que foi se acalmando, ela sentiu o renascimento do desejo. Era mútuo. A voz de Grady parecia mais grossa quando disse:

— O que vai acontecer agora? Tiramos as roupas e fazemos amor ou você vai embora? Tem de ser uma das duas... e a decisão não pode esperar muito. Quase não agüento mais.

Teke podia sentir o tremor da contenção nos músculos de Grady, a ereção junto do quadril. Ressoavam em sua pulsação disparada, na contração da barriga, no calor entre as pernas. Também o queria, desesperadamente.

Mas desejá-lo não era suficiente. Não era mais uma adolescente. Conhecia a complexidade da vida. E sabia das conseqüências.

Ela inclinou a cabeça para trás e estudou os olhos de Grady. Estavam sombrios e excitados. E Teke balbuciou, mesmo querendo se afogar naquelas profundezas:

— Oh, Grady, não posso...

— Só porque é casada?

Teke não tinha mais qualquer ilusão quanto a esse ponto. Seu casamento acabara. Mas o motivo não era esse.

— Porque tenho medo.

— De ir para a cama comigo?

— Do que pode acontecer depois. Você me magoou. Eu não suportaria passar por isso de novo.

Grady ficou calado, mas apenas por um momento.

— Eu não queria magoá-la.

— Mas magoou.

— Nunca mais vou magoá-la.

— Disse que não me magoaria da primeira vez.

— Havia circunstâncias atenuantes, Teke. Pensei que fazia o que era certo para você. E foi mesmo, se pensar bem. Você teve muito mais na vida do que eu poderia lhe dar.

— Como casa, carro e jóias? — Ela se levantou. — Eu viveria na maior felicidade sem essas coisas. Quantas vezes tenho de lhe dizer isso?

— E quantas vezes tenho de lhe dizer que não queria que você vivesse sem essas coisas?

— Está obcecado por dinheiro.

— É verdade, porque nunca tive muito.

— O dinheiro não importa.

— Uma ova que não importa. — Grady também se levantou. — Eu queria lhe dar todas essas coisas como sonhávamos, mas, depois que fui condenado, soube que nunca mais seria capaz. Por isso, fiz o que julguei certo. E você deve tentar avaliar a situação do meu ponto de vista.

— Já fiz isso e não encontrei o menor sentido. Se você me amasse, amasse de verdade, haveria de querer que eu o esperasse, independente do que pudesse acontecer.

Durante todos aqueles anos, fora isso o que mais a angustiara: a dúvida sobre a profundidade do amor de Grady. Ele assumiu uma expressão furiosa.

— Eu a amava tanto que matei um homem por sua causa. Como pode duvidar de mim depois disso? — Grady franziu a testa. — Já sei qual é o seu problema. Está com medo... medo de que me amar possa atrapalhar sua vida confortável.

Teke empertigou-se.

— Tenho medo de que amá-lo possa *destruir* minha vida... e quanto ao "confortável" pegue-o e o enfie sabe onde.

— Meu amor...

— É verdade. — Teke encaminhou-se para a porta. — Tinha razão. Eu não deveria ter vindo. Estamos ambos num péssimo dia.

— Você tem medo! — exclamou Grady, indo atrás. — Tem medo de se arriscar com um ex-condenado!

— Não diga besteira! — explodiu Teke, virando-se num movimento brusco. — É verdade, tenho medo, mas não por ser um ex-condenado. Tenho medo de ser rejeitada de novo. Houve um tempo em que depositava uma confiança total em você. Acreditava em tudo o que você dizia sobre o futuro que teríamos. E de repente, sem qualquer motivo, você me tirou tudo.

Ela retomou a fuga.

— Você é insuportável! — gritou Grady, indo atrás dela.

— Tem toda razão! Vá embora! Deixe a cidade! Saia da minha vida! *Mais uma vez!*

Ela abriu a porta com um puxão furioso. A última coisa que ouviu, antes de se isolar no interior do carro, foi o protesto irado de Grady:

— Não há a menor possibilidade, dona! Tenho meus planos!

E Teke partiu, pensando no que ele queria dizer com isso.

Durante toda a semana antecedente ao Natal, Annie ficou acordada até tarde, lendo os trabalhos, registrando as notas das provas e calculando as médias do semestre. Ao entrar no carro com Sam e as crianças a caminho do chalé, sentia-se exausta.

Teke decidira não ir. Alegara que seria contraproducente para Michael ver todo mundo esquiando sem poder fazer a mesma coisa. Annie podia aceitar esse argumento, mas desconfiava que também se aplicava a Teke. Ver ali Sam e Annie, assim como todos os outros casais que conheciam, seria difícil para ela, já que estaria sozinha.

As meninas Maxwells também hesitaram. Tiveram de avaliar entre abandonar Michael e esquiar com Jon e Zoe. J.D. aumentou ainda mais a confusão, ao convidá-las para passar aquela semana no Arizona. Jana foi. Leigh optou por esquiar com Jon. Assim, Annie tinha cinco pessoas no chalé. Calculou que poderia dar conta do recado, o que de fato aconteceu, com uma surpreendente facilidade. Ajudou bastante a iniciativa de Sam, de quase nunca deixá-la cozinhar.

— Vamos comer no Onion Patch — propôs ele, na primeira noite.

Na segunda, véspera de Natal, Sam disse:

— Ouvi dizer que o Stoney's está ótimo este ano.

E quando Annie anunciou que faria um rosbife para o dia de Natal, ele declarou:

— Não se preocupe. Já fiz reservas na pousada.

— Ainda não fiz o jantar uma única vez, Sam — protestou Annie.

— E daí?

Era muito caro jantar fora todas as noites. E naquele momento Sam e a firma estavam brigando, ou seja, era o momento em que se devia ter mais cuidado com os gastos.

— Teke sempre cozinhou. Eu deveria fazer o mesmo, agora.

— Ela não precisava ler os trabalhos e provas. Quero que tenha férias de verdade, Annie. Além do mais, se você cozinhar, terei de ajudar e, sinceramente, *eu* preciso descansar.

Ela não discutiu por muito tempo. Não era masoquista. Em Constance, providenciava o jantar todas as noites, porque os horários das crianças impediam que comessem fora. Só que não estavam em casa. A escola entrara em recesso. E ela estava gostando das férias.

Também estava apreciando a atenção de Sam. Embora esquiasse melhor do que ela, Sam ficava a seu lado nas descidas. Só deixava de fazê-lo nas últimas horas do dia, quando Annie, meio congelada, ia se refugiar no pavilhão com uma caneca de chocolate quente, enquanto Sam se lançava em suas corridas temerárias.

Foi numa dessas ocasiões que ela avistou Zoe sentada do outro lado do salão, olhando pela janela, angustiada. Quase se arrastando nas botas de esqui e esgueirando-se entre as pessoas esparramadas por toda parte, Annie demorou um pouco para alcançá-la.

— Oi, querida — disse ela, passando o braço pelos ombros da filha. — Há quanto tempo está aqui?

Zoe deu de ombros.

— Uma hora, eu acho.

— Pensei que ia esquiar com Leigh e Jon.

— Não. Eles queriam ficar sozinhos.

— *Disseram* isso?

Annie teria uma conversinha séria com Jon, mais tarde.

— Não. Mas eu compreendi.

— Pois compreendeu errado. — Annie resolveu mudar de rumo. — Avistei Susie VanDorn na pista há pouco tempo. Eles chegaram pouco depois do meio-dia. Você pode esquiar com ela amanhã.

— Talvez.

— Quer um chocolate quente?

— Não.

Annie tomou um gole do seu.

— Quer comer alguma coisa especial hoje à noite?

— O que os outros quiserem está bom pra mim.

Annie acomodou-se na beira da janela, ao lado da filha. Zoe sempre fora uma menina simpática e afável. Mas o que Annie encontrava agora não era jovialidade, mas sim um desânimo profundo.

— Qual é o problema, querida?

— Não há nenhum.

— Não parece estar se divertindo muito.

— Ando cansada.

— Está se sentindo bem?

— Claro.

— Talvez tenha contraído alguma doença.

— É apenas o *cansaço*, mamãe.

Muito bem, pensou Annie. Apenas o cansaço. Aceitarei isso, por enquanto.

— Ainda está zangada com seu pai?

Para tornar a viagem melhor, decretara-se uma trégua tácita entre Sam e as crianças. Annie temia que fosse frágil demais.

— Estou apenas *cansada* — insistiu Zoe, parecendo irritada. — Por que não podemos parar por aqui, mamãe? Por que tem de haver um significado oculto em tudo o que digo?

Ela se levantou de um pulo.

— Vou voltar para casa. Até mais.

Annie deixou-a partir, embora com algum esforço. Se pudesse optar, teria puxado a filha, abraçado-a e extraído todos os tormentos de sua mente de menina. E os tormentos existiam. A doce Zoe, sua companheira, vinha enfrentando momentos difíceis ultimamente. Mas Zoe tinha quase dezesseis anos. O instinto dizia a Annie que não podia se impor à filha como fazia antes. Todos precisavam de espaço. Deus sabia que a própria Annie precisava, e Zoe era igual a ela.

Por isso, Annie concedeu o tempo que ela pedia. E como era de esperar, Zoe saiu feliz para esquiar na manhã seguinte. Annie calculou que a nuvem escura que pairava sobre a filha simplesmente se dissipara. Assim continuou pelo resto da semana. Durante o dia, as crianças saíam sozinhas, encontrando-se com Sam e Annie no chalé à noite. Planejaram a noite de *reveillon*. Descansariam no chalé após esquiar, indo como uma família para o jantar e depois à festa numa das pousadas perto da montanha. Quando Annie e Sam voltaram, às quatro e meia da manhã, encontraram Jon e Leigh sozinhos.

— Zoe não estava esquiando com vocês? — perguntou Annie. — Ela disse que passariam o dia na Face Norte.

Leigh olhou para Jon, nervosa.

— E passamos. Mas ela cansou no meio da manhã e disse que voltaria para a Face Sul.

— Presumimos que havia se encontrado com vocês — acrescentou Jon.

Annie sacudiu a cabeça.

— Talvez tenha ficado com amigos. Vamos esperar mais alguns minutos. Ela já deve estar chegando.

Alguns minutos se passaram e nem sinal de Zoe. Sam, que estava à janela observando o caminho da frente, olhou para o relógio.

— As pistas já fecharam há uma hora.

Determinada a não se preocupar antes de comprovado o horário, Annie foi para o seu lado.

— Ela deve ter parado em algum lugar, ao voltar para casa.

— Onde?

Annie não sabia. Estava escuro e gelado lá fora. As famílias reuniam-se para a noite de festa. Zoe não costumava ficar longe deles.

Mais curiosa do que preocupada, Annie começou a telefonar para as amigas com que Zoe poderia ter esquiado. Todas estavam em casa. Ninguém sabia onde Zoe se encontrava. Várias viram-na na hora do almoço, mas nenhuma a partir daí.

A cada telefonema em vão, Annie sentia-se mais apreensiva. Sam rondava ao seu lado quando ela desligou o telefone, depois de descartar a última possibilidade. Eram cinco e meia da tarde. Annie levantou os olhos e sussurrou, em tom de urgência:

— Há alguma coisa errada. Sei disso. Tenho certeza.

Sam pegou o telefone e ligou para a administração das pistas. Soube que o pavilhão na base estava fechado e vazio, mas que um par de esquis fora esquecido ali. Uma descrição dos esquis combinava com os de Zoe.

Ele ligou para a polícia.

Annie foi verificar o quarto de Zoe. Estava na mesma desarrumação em que ela o deixara pela manhã. Não havia sinal de que voltara durante o dia. E pelo que Annie pôde observar, não faltava coisa alguma.

— Onde ela pode estar? — indagou Leigh, assustada, quando Annie voltou para o lado de Sam.

Ele estava aflito ao desligar.

— Ficarão alertas, mas não farão nada até que ela esteja desaparecida por quarenta e oito horas. Dizem que recebem comunicados de crianças que desaparecem todos os dias da semana, mas elas sempre aparecem.

— Zoe não nos deixaria tão preocupados — murmurou Leigh.

Annie também achava que não. Zoe não era uma menina má. Mas andava transtornada ultimamente. E quando as pessoas ficam transtornadas, Annie sabia, fazem coisas que nem lhes passariam pela cabeça em circunstâncias normais.

— Talvez ela quisesse dar um passeio na aldeia.

— Como chegaria lá? — indagou Jon, uma pergunta lógica. — O ônibus circular não vai até lá.

— Uma amiga pode tê-la levado — sugeriu Annie.

— Que amiga? Você já ligou para todas. — Sam passou a mão nos cabelos. — Não há nenhum bilhete em parte alguma?

— Não no quarto.

Annie foi procurar no resto da casa. Os outros ajudaram. Nada encontraram. Ao voltarem para a sala já passava das seis horas e

Annie começou a entrar em pânico. Sua imaginação tentava prevalecer, levando-a por rumos que não queria seguir.

— Onde está ela, Sam?

Muito pálido, o que não era nem um pouco tranqüilizador, ele passou um braço em torno de Annie e puxou-a para si.

— Não sei.

— Só podemos... esperar.

— Não vou agüentar.

Sam franziu a testa e fechou os olhos numa expressão angustiada. Quando tornou a abri-los, havia urgência em sua voz ao dizer:

— Ela disse alguma coisa durante a semana sobre querer ir para outro lugar? Talvez o Arizona, com Jana?

— Ela disse que queria que Jana estivesse aqui. Não comentou que gostaria de ir para lá.

Annie olhou para Jon e Leigh em busca de confirmação. Ambos acenaram com a cabeça. Sam também virou-se para eles.

— Alguma insinuação para vocês? Uma referência de passagem sobre ir a algum lugar? Qualquer menção a uma pessoa nova que ela possa ter conhecido?

Os dois sacudiram a cabeça em negativa.

— Mas ela tem se comportado de maneira estranha ultimamente — ressaltou Jon. — Não fala mais como antes.

Annie tratou de reprimir o medo, mas as palavras saíram mesmo assim:

— E se um grupo de universitários a atraiu para a casa deles?

Zoe poderia ter se sentido lisonjeada e os acompanhado, assim como Annie se sentira lisonjeada com Jason Faust. Mas enquanto Annie tivera condições de parar antes que as coisas escapassem ao controle, Zoe não teria. Era uma garota inocente. E muito bonita. Annie teve uma opinião ainda pior.

— E se algum homem puxou conversa com ela no teleférico e a atraiu para seu carro? E se ele disse que a levaria para a aldeia e depois seguiu em frente?

— Jana deveria ter vindo conosco! — exclamou Leigh. — Ela e Zoe sempre velaram uma pela outra!

— Jana não quis vir em hipótese alguma — lembrou Jon, incisivo. — Ela não queria ficar aqui com papai.

— Não vamos entrar nesse assunto — interveio Sam, em tom brusco.

— Mas é verdade.

— Não vamos tratar disso agora!

— Não posso continuar esperando aqui sem fazer nada — declarou Annie, afastando-se do marido. — Vou sair para dar um giro pela área. Ela pode estar voltando do lugar onde esteve.

Sam pegou as chaves do carro.

— Vocês dois fiquem aqui, caso ela telefone — disse ele a Jon e Leigh. — Ligaremos para verificar em intervalos de poucos minutos.

A noite estava mais escura, mais gelada e mais úmida no carro do que parecera a Annie no chalé. Os carros passavam a caminho das reuniões de *reveillon*. Luzes fortes indicavam as casas em que essas festas se realizavam. Entre os carros e as luzes brilhantes havia bolsões de bosque, enormes, opacos e sinistros.

— Oh, Deus! — sussurrou ela, pressionando o punho contra a boca, enquanto esquadrinhava os fragmentos de paisagem que os faróis do carro revelavam. — Deveríamos insistir para que ela continuasse a esquiar conosco. Mas ela não queria ser mimada. Ficou furiosa comigo quando me mostrei preocupada.

— Vamos encontrá-la — murmurou Sam, sério e determinado, enquanto continuava a guiar.

Voltaram ao chalé às sete horas. Zoe não telefonara. Partiram de novo. Desta vez, foram mais longe. Ligaram da aldeia, mas ainda não havia notícias de Zoe.

Annie apertava o painel com as duas mãos, esquadrinhando a escuridão, enquanto Sam guiava. Já passava das sete e meia. A situação se tornava mais assustadora a cada minuto. Annie não entendia por que Zoe não voltara para o chalé, nem telefonara. Estava apavorada.

— Zoe, onde você está? Onde você está?

Começou a nevar às oito horas. Em marcha lenta, Sam voltou ao chalé.

— Falarei com a polícia de novo — declarou ele, ao deixarem o carro. — Se a polícia local não fizer nada, a polícia estadual pode tomar alguma providência.

Jon e Leigh esperavam na porta. Seus rostos ficaram murchos quando viram que Sam e Annie estavam sozinhos. Por trás deles, o telefone tocou. Annie correu para atender, mas era uma das meninas para quem ligara mais cedo, querendo saber se Zoe já fora encontrada.

— Ainda não — respondeu Annie, trêmula, ofegante, apavorada —, mas vamos encontrá-la.

Ela precisou de duas tentativas para repor o telefone no gancho. A mão continuava ali quando o telefone tornou a tocar. Ela atendeu.

— Alô?

Houve uma longa pausa, cinco segundos de eternidade, em que Annie esperou que o seqüestrador apresentasse o pedido de resgate. Depois, ouviu uma voz indecisa:

— Annie?

— Pai? Sou eu mesma — balbuciou ela, a voz trêmula. — Zoe desapareceu, pai. Não sabemos onde ela está.

— Ela está aqui — informou Pete, com sua voz rouca.

— Ela está *aí*?

Annie levou a mão ao coração batendo forte. Os outros se agruparam ao seu redor. Sam aproximou o ouvido, a fim de poder ouvir também o que Pete dizia.

— A campainha da porta tocou pouco antes do jantar, e ela estava parada na porta, com um pouco de frio, mas bem.

Os joelhos de Annie ficaram bambos de alívio. Encostou-se em Sam, enquanto Pete continuava:

— Disse que vocês sabiam que ela viria, mas achei que não a mandariam sem me avisar primeiro. Havia também a questão da ausência da mochila. A linda Zoe sempre anda com uma mochila.

— Ela está sã e salva — suspirou Annie. — Graças a Deus!

— Foi só depois que a alimentei e perguntei pelos planos de vocês para esta noite que ela começou a se sentir culpada.

— Como ela chegou aí? — indagou Sam.

— Pegou uma carona.

— *Uma carona?*

— Com alguém que conhecia. Um amigo de Jon.

Annie não se sentiu tranqüilizada por essa informação. Alguns amigos de Jon, em particular a turma do futebol americano, eram muito impulsivos. Podia facilmente imaginá-los se aproveitando de Zoe.

— Ela está bem?

— Um pouco transtornada.

— Ficou ferida?

— Não, não é isso. — Pete baixou a voz. — Ela se sente transtornada com outras coisas.

— Deixe-me falar com ela.

— Talvez mais tarde.

Sam tirou o telefone da mão de Annie.

— Estou indo buscá-la, Pete.

Annie teve a impressão de que o pai sugeria o contrário, mas Sam insistiu:

— Tenho de falar com ela. Não posso esperar até de manhã. Não diga a ela que estou a caminho. Ela pode fugir de novo. Partirei agora. Deverei chegar aí por volta das onze horas.

Ele devolveu o fone a Annie, que percebeu a determinação em seus olhos e compreendendo que nada o faria mudar de idéia. Para Pete, em voz baixa, ela disse:

— Sam tem razão. Fique com Zoe até ele chegar, está bem?

Durante três horas, no carro, Sam pensou em tudo o que queria dizer a Zoe. Ao chegar à casa de Pete, porém, as palavras não foram necessárias. Encontrou-a enroscada na cama, num sono profundo.

Depois de sentar-se no colchão, ele puxou-a para seus braços e aconchegou-a, como costumava fazer quando ela era pequena. E também como costumava fazer naquele tempo, ele comprovou que Zoe era muito especial, doce e gentil, e no quanto queria lhe dar.

Mas fracassara. O pensamento predominava em sua mente quando Zoe, depois de algum tempo, mexeu-se em seus braços. Esfregou o rosto contra o suéter de Sam e aconchegou-se ainda mais, para ficar imóvel em seguida.

— Papai? — sussurrou ela.

— Eu mesmo, querida.

Ela não disse nada. Sam deu um beijo em sua testa. Quando a filha virou-se para ele e começou a chorar, apertou-a ainda mais, sofrendo mais e mais a cada pequeno soluço.

— Está tudo bem agora, Zoe. Mamãe e papai amam você demais.

Zoe continuou a chorar. Sam lançou um olhar desamparado para Pete, sentado num engradado de laranja, também com uma expressão de desamparo, e se perguntou por que os homens se sentiam tão pequenos em situações como aquela. Não era a mesma coisa com as mulheres. Elas se contentavam com os abraços, que consideravam um conforto em si. Sam tentou fazer a mesma coisa, mas era difícil. Sua filha sofria muito. O que também o fazia sofrer. Queria *fazer* alguma coisa.

— Não deveria ter vindo — balbuciou Zoe, depois de um longo momento.

— Claro que deveria. É minha filha, e eu nunca poderia comemorar o Ano-novo sem você.

— Deveria ficar com mamãe.

— Sua mãe está bem. Você é que se sente infeliz, e como fui eu quem a deixou infeliz, cabe a mim agora reanimá-la.

Zoe recomeçou a chorar. Ele se perguntou o que fizera de errado. A voz de Pete veio do outro lado da sala. Era rouca, como o som de lixa, abrandando os medos de Sam.

— Você tirou a rolha, Sam. Tudo que estava reprimido há semanas começa a fluir agora.

Sam balançou a cabeça. Afagou os cabelos de Zoe, esfregando-lhe as costas e o braço. Quinze anos de idade... era difícil acreditar. Ele podia sentir a nova forma que o corpo de Zoe assumia, embora ela permanecesse jovem e frágil. Pôs a mão sobre a dela, lembrando o bebê que costumava segurar um dos seus dedos. Ela não fez isso agora. Mas também não retirou a mão.

— Procuramos você por toda parte, Zoe. No chalé, na montanha... Ligamos para todas as pessoas de que nos lembramos. E durante todo o tempo eu me dizia que seria o culpado se alguma coisa acontecesse com você. Foram alguns meses terríveis, e tudo por culpa minha.

— Quero que as coisas voltem a ser como eram — sussurrou ela. — Todo mundo esquiando junto, e não apenas Leigh.

— Talvez não aconteça. Depois que Michael ficar bom, ele e Teke poderão nos acompanhar. Provavelmente Jana também. Mas não creio que J.D. queira ir. Ele está se separando de Teke.

— Tudo por causa do que aconteceu entre você e Teke?

— Não. Esse fato pode ter sido o catalisador, mas há outros motivos. J.D. precisa de uma pessoa diferente em sua vida.

— Se ele amasse a família, não precisaria.

— Ele ama muito os filhos. Por isso é que queria levar Jana e Leigh para o Arizona.

— Leigh optou por Jon. Jana não optou pela minha companhia.

— Ela optou pelo pai, e talvez tivesse razão. Pense um pouco, Zoe. Jana se encontra com você todos os dias, mas não com J.D. Ela sabia que você passaria os feriados conosco, mas com quem J.D. ficaria?

— Mas eu a quero de volta. Claro que adoro ter mamãe só para mim... e nesse ponto Jana às vezes era uma chata... mas Jana é minha melhor amiga.

Sam afagou os cabelos da filha.

— E continuará sendo. Mas isso não significa que você não pode sobreviver sem ela. Veja, por exemplo, sua mãe. Ela fez o almoço de Ação de Graças sem Teke. Pensou que não seria capaz, mas conseguiu, o que lhe proporcionou uma satisfação genuína.

— Mas eu *gostava* das coisas como eram.

— Eu também. — Sam pensou na firma de advocacia e na posição confortável que tinha ali. Já não era mais assim. Sentia-se apreensivo. Por outro lado... — Mas estou começando a gostar do jeito como algumas coisas são agora.

— Por exemplo?

— Por exemplo, ajudar sua mãe. É algo que me proporciona muita satisfação. Nunca tinha feito antes, porque Teke sempre estava presente para ajudar.

— O que mais?

— Gosto de passar mais tempo em casa. Durante toda a minha vida profissional, senti que tinha de trabalhar muito, trabalhar sempre. Quanto mais horas trabalhando, mais dinheiro ganharia. Mas de que adianta o dinheiro se você não convive com as pessoas que ama? E há mais uma coisa.

— O que é?

— Gosto quando ficamos todos juntos, você, eu, sua mãe e Jon. Posso ser egoísta por dizer isso, mas é sempre bom, e nunca temos tempo suficiente. Seria ainda melhor se você e Jon me dessem uma chance. Cometi um erro com Teke. Não podem guardar ressentimento contra mim para sempre.

Sam encostou o queixo no peito para poder ver o rosto da filha. Removeu uma lágrima da face de Zoe e acrescentou, a voz suave:

— Eu amo você, Zoe. Quando penso nas coisas mais importantes que sinto falta no passado, uma delas é você. Gosto da maneira como costumávamos conversar. Gosto da maneira como fazíamos as coisas juntos.

Ela ficou em silêncio por algum tempo, mexendo no suéter do pai.

— O que está pensando? — sussurrou ele.

Zoe sussurrou em resposta:

— Que estraguei a festa de *reveillon*.

— Não necessariamente. Tudo está bem quando acaba bem. A noite é uma criança.

Ela ajeitou o ombro contra o pai.

— Mamãe está lá e você aqui. O que pode ser divertido?

Sam concordava.

— Por que não levamos Papa Pete para o carro e voltamos?

Zoe virou o rosto para fitá-lo. Tinha os olhos ainda molhados das lágrimas, mas faiscando.

— Agora?

— Por que não? — indagou ele, sorrindo.

Era a criança mais linda do mundo, Sam tinha certeza, e era sua filha.

— Primeiro, vamos telefonar para sua mãe e avisar que você está bem. — Sam olhou para Pete, que concordou com um aceno de cabeça. — Depois, pegaremos a estrada.

Ele pensou por um momento.

— Teremos de fazer uma coisa muito boa quando chegarmos. O que você acha? Champanhe é comum demais. O mesmo se pode dizer de confete e chocalho.

Pete levantou-se do engradado. Foi até a cozinha e voltou com um objeto comprido, parecido com uma cobra, de cores vibrantes.

— Meu amigo Bin Liu me emprestou isto como modelo. É um dragão para três pessoas. Se a linda Zoe puder fazer sua parte, temos uma equipe.

— Claro que posso fazer minha parte!

Ela falou com entusiasmo, mas não se levantou. Continuou com Sam por mais algum tempo, aconchegada nele... compensando o tempo perdido, fantasiou ele. Em determinado momento, Sam pensou que ela adormecera. Mas quando baixou a cabeça, Zoe abriu os olhos para fitá-lo, murmurando:

— Estou contente por você ter vindo me buscar.

Sam deu-lhe um abraço apertado.

— Sempre virei, Zoe. É a minha obrigação.

Mais do que nunca, com o novo ano prestes a começar e sua vida profissional indefinida, ele sentiu-se grato por isso.

Dezessete

Pouco a pouco, Michael foi aumentando a extensão dos movimentos nas articulações e adquirindo forças nos músculos. Os movimentos continuavam desajeitados, mas não precisava mais usar suportes nas pernas. Só esse avanço já comprovava o progresso, tão difícil de se encontrar em outros casos. Para cada dois dias bons, havia um ruim.

Teke experimentava a mesma coisa. Reuniu-se com o advogado recomendado por Sam, tirou um cartão em seu nome, passou um cheque no supermercado que foi devolvido sem fundos. Pôs gasolina no carro pessoalmente pela primeira vez, concordou em presidir um comitê que planejava uma maratona de caminhada e teve uma altercação com Jana.

A briga deixou-a mais transtornada do que o cheque devolvido. As crianças eram seu calcanhar-de-aquiles. Por elas, chafurdava em preocupação e culpa. Tentava fazer o que era certo, mas o certo nem sempre era aceito. Com bastante freqüência, via-se numa situação em que não podia haver vencedor.

Era o que acontecia em relação ao hábito da filha — de pegar um ônibus depois das aulas e ir a Boston para jantar com J.D., sem avisar. Há meia hora que discutiam o problema e já começavam a se repetir, sem que nenhuma das duas se mostrasse disposta a recuar.

— Mas ele mora sozinho — insistiu Jana, em defesa das visitas que o pai recebia. — Não me parece certo.

— Ele optou por viver sozinho — ressaltou Teke, no mínimo pela décima vez.

Ela não queria falar mal de J.D., mas aquilo era relevante. Ele telefonara para se queixar mais de uma vez, o que deixaria Jana arrasada, se soubesse.

— Há ocasiões em que ele sai do trabalho e janta num restaurante. Ao chegar em casa, encontra você lá. E o que acontece conosco? Espero-a em casa até uma determinada hora, mas você não aparece. Ligo pra todo mundo, em pânico, até que seu pai finalmente me avisa. Não é certo, Jana. Contamos com sua presença. E aguardamos ansiosos o momento de encontrá-la. E tem de pensar também nos deveres de casa.

— Faço os deveres no apartamento do meu pai.

— E depois seu pai tem de trazê-la de carro para casa. É isso mesmo o que você quer? — Teke compreendeu que provavelmente era. — Jana, *foi ele quem saiu de casa.*

Ela não sabia como podia ser mais enfática.

— Foi ele quem *optou* por morar num apartamento em Boston. Pode obrigá-lo a vir até aqui de carro todas as vezes que quiser, mas não fará a menor diferença. Ele não quer mais viver comigo.

— Não o culpo — declarou Jana, com uma expressão de desafio. — Eu também não quero.

Ela está transtornada, disse Teke a si mesma. Não era a primeira vez, embora a mágoa sempre persistisse. Jana tem problemas para se ajustar às mudanças na sua vida. Mas ela me ama, quer saiba ou não.

— Você não precisa de mim. Tem Michael e Leigh. E Grady. — O último foi enunciado em tom de acusação. — Ainda é casada com papai. O que está fazendo com Grady?

O coração de Teke quase parou. Era o que sempre acontecia quando alguém mencionava o nome de Grady.

— Ele é meu amigo.

Jana soltou uma risada desdenhosa.

— É mais do que isso.

Claro que era, mas Teke não deixava seus filhos perceberem. Podia se jogar em seus braços quando se encontravam a sós, mas era um modelo de recato na presença das crianças.

— O que está querendo dizer?

— Já foi para a cama com ele?

— Não é da sua conta! — Teke tratou de se controlar. — Mas pensa que é, e por isso lhe direi. A resposta é não.

Ela falou em tom conclusivo, sem ressentimento. Os "planos" de Grady, a que ele aludira na noite em que haviam brigado, consistiam em atormentá-la. Ele aparecia com mais freqüência, era prestativo e afável... e mais atraente do que qualquer homem tinha o direito de ser, ainda mais quando o relacionamento íntimo fora considerado impossível pela mulher que ele queria.

— Mas é apenas uma questão de tempo — garantiu Jana. — Você me deixa embaraçada.

Teke sentiu-se insultada. Vinha mantendo um recato impecável com Grady.

— Por que diz isso?

— Porque você não suporta ficar numa cama sozinha. Papai não estava aqui, e por isso foi com Sam...

— Não foi na cama!

— ... e agora quer Grady. Até onde pode cair?

Teke ficou indignada.

— Eu teria muita *sorte* se acabasse ficando com Grady. Ele é atencioso e generoso. Assume seus próprios problemas. Sabe a força que pode usar. Pagou o que devia e sobreviveu para se tornar um membro produtivo da sociedade.

— Ele é um *carpinteiro* — escarneceu Jana.

Furiosa, Teke apontou um dedo trêmulo na vaga direção da casa de Cornelia Hart.

— Eu não torceria o nariz desse jeito, mocinha, até ver o que ele estava fazendo. — Ela tentou manter a voz sob controle, mas não conseguiu. — Grady está transformando aquele antigo estábulo numa linda casa, e é apenas o último de seus trabalhos! Você não seria capaz de fazer o mesmo que ele... e o que ele faz ainda estará aqui por muito tempo, mesmo depois de você e eu estarmos mortas e esquecidas!

— Eu vou deixar minha marca no mundo!

— Quero ver!

Teke observou Jana sair da sala, em fúria. Imaginou que a situação só podia melhorar. Afinal, Michael começava a superar os problemas. E o mesmo acontecia com Leigh. Dois em três não era tão ruim assim.

E depois veio o dia em que ela levou Leigh para uma consulta com Charlie Hart.

— Ela precisa das pílulas — explicou Teke, pelo telefone.

No consultório, Leigh entrou para o exame, deixando a mãe na sala de espera, folheando uma revista. Vinte minutos depois, quando Teke já começava a se preocupar, achando que Charlie, durante o exame, encontrara algum caroço ou outro indício de uma doença fatal, ele apareceu na porta e acenou para que ela entrasse. Leigh estava sentada numa cadeira, pálida como um fantasma.

Convencida de que o fruto de sua imaginação era verdade, Teke perguntou, assustada:

— Qual é o problema?

Charlie balançou na cadeira, juntou as pontas dos dedos das duas mãos e disse, suspirando:

— Temos um pequeno problema na questão do controle de natalidade. É tarde demais. Leigh está grávida.

Grávida? Teke ficou boquiaberta. *Grávida!*

— Pelo que podemos calcular, é provável que esteja com sete semanas.

Grávida? Teke não imaginara essa possibilidade. Não sabia por quê. Pensou agora que se a filha tinha idade suficiente para ter um caroço no seio, também tinha para ter um óvulo fertilizado no ventre. De qualquer forma, um óvulo fertilizado significava um bebê. E a própria Leigh era pouco mais que um bebê. Não. Era errado dizer isso. Leigh tinha dezessete anos. Quase dezoito. E estava grávida. *Oh, Deus!*

— Eu falei no Dia de Ação de Graças — disse Leigh, na defensiva. — Expliquei que precisava tomar um anticoncepcional.

— Já seria tarde demais — ressaltou Charlie, gentilmente. — Deve ter acontecido na primeira ou segunda vez em que você esteve com Jon. Disse que foi em meados de novembro.

Grávida... Teke não podia acreditar. Leigh ainda a fitava.

— Nós resistimos o máximo possível, mas não parecia justo. Todos os outros faziam o que queriam.

Lá estava Sam de novo.

— Nunca termina, não é mesmo? — indagou Teke, a voz estridente, fazendo um esforço para conter o pânico.

— Não foi de propósito, mamãe.

— Não ocorreu a Jon usar uma camisinha?

— Ele disse que não precisávamos nos preocupar com a AIDS.

— E o outro problema?

— Jon disse que tiraria antes. E tirou. Ou quase.

Teke procurou ajuda no teto, mas não havia respostas escritas ali.

— Grávida... — murmurou ela, sentindo uma fraqueza súbita.

— Talvez seja apenas impressão — disse Leigh para o médico. — Não sei como posso estar grávida. Afinal, não me *sinto* grávida.

— Mas vai se sentir. — Charlie tinha os cotovelos apoiados na mesa, assumindo agora o papel de conselheiro. — Existem algumas opções. Leigh e eu conversamos a respeito. Ela pode ter o bebê e ficar com ele. Pode ter o bebê e entregá-lo para adoção. Ou pode interromper a gravidez, sem riscos, pois ela é ainda bastante prematura.

Teke empurrou uma mecha de cabelos da testa para o alto da cabeça. Não podia considerar as opções, não quando seu coração batia tão forte que fazia a cabeça tremer. Como podia pensar em *opções* quando ainda não podia acreditar que Leigh estivesse *grávida*? Atordoada, ela virou-se para a filha.

— Você sabia?

— Nem mesmo agora eu sei! Não fiquei enjoada, nem qualquer outra coisa. Nunca imaginei que pudesse acontecer tão depressa. Não fazia *a menor idéia.*

Teke procurou conforto em Charlie.

— Eu deveria saber? Deveria ter percebido alguma coisa?

Ele sacudiu a cabeça.

— Não havia nada para ver.

— Ela deve ter perdido uma menstruação.

— Leigh diz que perdeu a conta dos dias durante os feriados.

— E quem pode se lamentar por ter perdido uma menstruação? — indagou Leigh, tentando explicar.

Você lamenta agora? Teke poderia fazer tal pergunta se o transtorno de Leigh não fosse tão evidente. Se Teke tinha a sensação de que seu corpo era uma massa de ossos soltos que podiam cair a qualquer momento, imaginava que a filha se sentia ainda pior. Ou talvez não. Leigh não tinha noção do que significava ter um bebê. Não compreendia a responsabilidade, a preocupação, o compromisso de tempo, a despesa. Pensava que compartilhava a suprema liberdade adulta ao fazer amor com Jon. Não compreendia que o resultado acabaria com essa liberdade no mesmo instante.

Um bebê. O bebê de Leigh. O bebê de Leigh e Jon. Neto de Teke. Neto de Sam e Annie. Annie... Teke se perguntou o que *Annie* diria para fazerem.

Mas Annie não se encontrava ali, no consultório de Charlie Hart. Teke tentou permanecer calma e ordenar seus pensamentos de alguma forma.

— Acho que devemos dar um passo de cada vez.

Elas comunicaram o fato a Jon assim que ele voltou da escola. Jon ficou tão pálido quanto Leigh ao saber. Para provar que estava feliz, ele foi rápido em pegar a mão de Leigh e apertá-la.

— Deveríamos ter esperado — murmurou Leigh.

— Eu deveria ter usado alguma coisa — sussurrou ele. — Mas pensei que não haveria qualquer problema.

— Ainda acho que o médico se enganou. Não me sinto diferente do que era antes.

— Leigh, você acaba de fazer o teste doméstico — interveio Teke, suspirando. — O bastão ficou azul. É uma confirmação absoluta da gravidez.

Leigh fitou Jon. Num fio de voz e assustada, nem um pouco parecida com uma mulher que precisava tomar uma decisão de suprema importância, ela perguntou:

— O que você quer fazer?

Ele passou a mão nos cabelos. Seus olhos se arregalaram, enquanto contemplava o espaço. Teke quase que podia observar os pensamentos se sucederem em sua mente, um depois do outro, todos acarretando conseqüências para seu futuro.

— Não sei... — murmurou ele, finalmente.

Jon olhava agora para a barriga de Leigh. Não a tocou. Parecia assustado, um candidato tão prematuro à paternidade quanto Leigh à maternidade. Ele virou-se para Teke.

— Mamãe deve saber. Quero perguntar a ela.

Annie, que não recebera a advertência de que os dois andavam fazendo amor, ficou atônita. Seus olhos se deslocaram de Teke para Leigh e Jon. Voltaram a Teke.

— Grávida?

Teke sentia-se mais forte, agora que Annie também sabia.

— Sete semanas, pelos cálculos de Charlie. Isto significa que, se ela for até o fim, o bebê deve nascer em meados de agosto.

Annie comprimiu as mãos contra a cabeça. Seus olhos tornaram a se deslocar entre os três. Fixaram-se em Jon.

— Você me prometeu!

Ele deu de ombros.

— Aconteceu.

— Leigh, *você* também prometeu!

Leigh parecia arrasada. Com muita pena da filha, Teke interveio:

— Está feito. Há um bebê crescendo em seu útero. Precisamos decidir o que fazer.

— Preciso de Sam — balbuciou Annie, ofegante.

Leigh pegou a mão de Teke.

— Não chame papai. Não conte nada a ele.

Teke não sabia como ocultar algo tão importante de J.D. Ele podia ter saído de casa, mas ainda era o pai de Leigh.

— Tenho de contar. Por uma questão de consciência, não posso deixar de contar.

— Ele vai ficar furioso! — balbuciou Leigh.

— Comigo — disse Teke, ansiosa, certa de que seria essa a primeira reação de J.D.

E foi o que aconteceu.

— Que diabos, Teke! Você é que deveria cuidar dessas coisas! Por que não providenciou as pílulas anticoncepcionais para sua filha *antes* que acontecesse?

Teke decidiu que não se deixaria intimidar.

— Quando eu soube que havia um problema, o mal já fora causado.

J.D. virou-se para Jon.

— E você não poderia usar um preservativo? Não precisava contar a ninguém, não precisava procurar a porra de um médico. Bastava entrar numa farmácia e comprar um pacote de camisinhas.

— Não pensei...

— Tem toda razão, não pensou mesmo!

— É um fato consumado — declarou Sam.

Os olhos de J.D. desviaram-se para ele, faiscando.

— É mesmo! Mais uma façanha dos homens Pope! Vocês dão um belo exemplo!

— Pare com isso, J.D. É um milagre que não tenha acontecido antes. Sabíamos que brincávamos com fogo, com nossas famílias tão íntimas. Era como se eles já estivessem meio casados.

— Mas não estão casados e Leigh engravidou. O que você pretende fazer agora?

Estavam reunidos na cozinha dos Pope. Jana e Zoe haviam ficado na casa dos Maxwell com Michael. Teke desconfiava que os três já sabiam qual era o problema — Claro que em nenhum momento não poderiam deixar de saber —, mas não seria capaz de lidar com Jana naquela hora. Lidar com J.D. já era terrível.

— *Eu* não posso fazer nada. — Apesar de enfrentar J.D., Sam também ficara abalado com a notícia. — Não é uma decisão pessoal. Tem de ser uma decisão nossa. Ou, em última análise, de Leigh.

Virou-se então para Leigh e perguntou, com extrema gentileza, fazendo Teke se lembrar do homem especial que ele era:

— O que você quer fazer, meu bem? Já pensou a respeito?

— Em cada minuto desde que descobri! — exclamou Leigh.

O que também acontecera com Teke. Ela repassara todas as opções, várias vezes. Avaliara uma em relação às outras, levara cada uma às últimas conseqüências.

Annie estendeu o braço em torno de Leigh e sussurrou:

— É assustador... mas emocionante.

Leigh balançou a cabeça ao ouvir isso. E Teke pensou que era justamente o que sentia. J.D. olhou para Sam.

— Acho que ela deve abortar. Não vejo outra saída.

— Há outros meios — argumentou Sam.

Mas J.D. sacudiu a cabeça quase imperceptivelmente, indicando que qualquer movimento maior seria um desperdício de esforço, já que seu argumento era óbvio.

— Ela tem dezessete anos. Ainda não concluiu a escola secundária e ainda tem pela frente o curso superior. Claro que ela poderia entregar a criança para adoção, mas isso implicaria freqüentar a escola com uma gravidez em curso ou interromper os estudos. Em qualquer caso, ficaria prejudicada.

— Não quero entregar o bebê para adoção — disse Leigh a Jon. — Acho que não suportaria saber que meu bebê continua vivo, mas que não está comigo.

Teke concordava. Annie também.

— Eu penso a mesma coisa.

— Um aborto é o mais simples e seguro a essa altura — declarou J.D. — Seria um procedimento rápido, Leigh. Você mal saberia. E sua vida continuaria como deveria ser, se Jon não tivesse perdido o controle.

— Não é culpa dele — protestou Leigh.

— Talvez ela não queira um aborto — interveio Sam.

— E ela quer um *bebê*? — indagou J.D. — Ainda nem completou dezoito anos. Não sabe onde vai fazer o curso superior nem o que fará depois.

— Quero me casar com Jon e ter filhos — declarou Leigh.

J.D. olhou para Teke de cara fechada.

— Um exemplo e tanto o que *você* deu.

Teke não respondeu. Não via relevância nisso. Concordava com Sam, na declaração dele de que a gravidez era um fato consumado e na conclusão de que cabia a Leigh a decisão final sobre o que fazer com o bebê. Podiam tentar orientá-la, se achassem que cometia um erro, mas primeiro tinham que conhecer seus pensamentos.

— Não há nada de errado em querer se casar e ter filhos — disse Teke à filha.

— As mulheres trabalham fora nos dias de hoje — protestou J.D. — Olhe para Annie.

— Não olhe para Annie — retrucou Annie. — Porque ela vem pensando ultimamente que não eram lá muito certas várias coisas que fez. Teke tem razão. Não há nada de errado em querer casar e ter filhos. É tudo uma questão de esperar o momento certo, só isso.

J.D. pôs as mãos nos quadris, empurrando para trás o paletó do terno.

— O momento aqui é o pior possível.

— Nem tanto — disse Teke. — Leigh poderia concluir o ano letivo, formar-se na escola em junho, ter o bebê em agosto e começar o curso superior em setembro, se quiser.

— O que você quer? — perguntou Sam a Leigh, outra vez com sua voz gentil.

Jon estava de pé um pouco atrás de Leigh. Subitamente, parecia mais alto, pensou Teke, com um vislumbre de esperança.

— Não quero que Leigh faça um aborto — declarou ele para J.D. Depois, virou-se para Sam. — Ela pode dar a palavra final, mas o bebê é meu também.

— Seu bebê? — gritou J.D., estridente. — Você é que é um bebê!

— Se ele fosse um bebê, Leigh não estaria grávida — ressaltou Sam. — Continue, Jon.

— Quero ficar com o bebê. Muito bem, o momento pode ter sido errado, mas há anos que falamos em casamento. Eu sabia que Leigh queria ter filhos. Era parte do nosso acordo. Eu trabalharia para sustentá-la, enquanto ela criaria nossos filhos.

— Sustentá-la *de que maneira*? — indagou J.D. — Você não tem sequer o diploma do curso secundário.

— Terei em junho. Posso fazer o curso superior em três anos. E trabalharei quando não estiver estudando.

Teke estava pensando que nenhum garoto de dezoito anos deveria arcar com um fardo assim, quando Sam declarou:

— Não vai trabalhar enquanto estuda. Não somos pobres. Podemos sustentar você, Leigh e o bebê, se é isso que quer.

Pela primeira vez, J.D. pareceu em dúvida. Olhou para Leigh, a testa franzida.

— É isso que você quer?

Ela confirmou com um aceno de cabeça.

— Tem certeza?

— Quero o bebê. Quero me casar com Jon. Posso fazer o curso superior sem ficar no dormitório, deixando o bebê numa creche durante o dia...

— Nada disso — interveio Teke, pois a situação parecia subitamente difícil. — Deixará o bebê comigo. Adoro bebês. E cuidar deles é o que faço melhor no mundo. Depois que Michael voltar à escola, o que poderei fazer de melhor com o meu tempo senão cuidar de meu próprio neto?

Annie aproximou-se dela, com lágrimas nos olhos.

— Faria isso?

— Sem hesitar. — Teke descobriu-se sorrindo. — É realmente incrível quando se pensa a respeito. Lembro-me das vezes em que gracejamos sobre Jon e Leigh terem crianças Popewell... pois esse momento chegou. Não acham que serão as crianças mais lindas do mundo?

Annie abraçou-a por um longo tempo. Depois, Leigh e Jon também a abraçaram. Quando chegou a vez de Sam, todos sorriam, menos J.D. Enquanto os outros falavam, Teke foi para o seu lado.

— Seja feliz por eles, J.D. É do que mais precisam.

— Eles não sabem em que estão se metendo.

— Será que sabem menos do que sabíamos? E eles contam com a nossa ajuda, o que é mais do que tínhamos. Se pudermos ajudar, vão se dar bem. Porque se amam... e se amam de verdade. Sinto uma inveja...

Ao dizer isso, Teke experimentou um certo remorso. Houvera um tempo em que amara J.D. Talvez não o suficiente, mas o amara. Ao fitá-lo agora, ainda sentia alguma coisa, embora imaginasse que isso se relacionava com a história partilhada, os filhos partilhados, até mesmo a afeição por seus pontos favoráveis, tão fáceis de esquecer na raiva da separação. Ele franziu a testa.

— Não era assim que eu imaginava que seria. Queria que desse tudo certo com os nossos filhos.

— Quem pode dizer o que é errado? Pode não estar acontecendo exatamente como planejávamos, mas, se Leigh e Jon são felizes, não é o certo?

J.D. contemplou-a, curioso.

— Você parece surpreendentemente calma. Eu teria pensado que se apoiaria em Annie durante uma crise.

Era o que ela teria feito no passado, mas perdera esse privilégio na tarde em que abrira os braços para Sam.

— Não posso mais me apoiar em Annie como costumava fazer. Espero que possamos nos tornar amigas de novo. Acho que já somos, mas não posso lhe pedir que me ampare emocionalmente de novo. Estou mais sozinha agora. O que talvez seja bom.

— É possível.

— Para você também?

— Talvez.

J.D. não disse mais nada. Afastou-se para dar um beijo de despedida na filha.

Sam estava esparramado no sofá da sala naquela noite, absorto em pensamentos inquietantes, quando Jon apareceu na porta.

— Onde está mamãe?

— Lá em cima.

O garoto entrou na sala. Parecia tão perdido e tão jovem que Sam experimentou outro dos sobressaltos que sentira há horas. Era difícil acreditar que seu filho seria pai. O seu Jon. O pequeno Jon, agora com um metro e oitenta e cinco de altura e já um homem. O jovem enfiou as mãos nos bolsos de trás da *jeans*.

— Obrigado por ficar do meu lado hoje. Não precisava. — Ele deu de ombros. — Pela maneira como o tenho tratado, e todo o resto...

Os problemas que Sam vinha remoendo — continuar na firma ou sair; na segunda hipótese, como manter o padrão de vida da família com duas bocas extras para alimentar — ficaram em segundo plano. Reconquistar Jon punha a mecânica da vida em sua devida perspectiva. Jon lançou-lhe um olhar apreensivo.

— Acho que fodi tudo, mais do que você.

— Não é a palavra que eu escolheria, mas é verdade. Fez isso para se vingar de mim?

A ocasião fora um indício.

— Não... Isto é, talvez. Mas faz algum tempo que eu queria transar com Leigh.

Sam recordou as intermináveis ereções que Annie causara quando se haviam conhecido. Era solidário com a situação de Jon.

— Deveria ter usado uma camisinha, protegendo Leigh mais do que você fez. Mas todos cometemos erros, e não sei se o seu foi pior do que o meu. Afinal, teremos um bebê como resultado.

Jon, tão grande e invencível no campo de futebol americano, parecia subitamente pálido e apavorado.

— Merda, não sei nada sobre cuidar de bebês.

— Vai aprender.

— E se eu não puder estudar quando o bebê estiver chorando?

— Pode ir para a sala e fechar a porta.

— E se o bebê ficar doente?

— Terá de levá-lo ao médico.

— E se eu estiver envolvido nas provas finais e não puder?

— Dará um jeito. Ou Leigh levará. Ou Teke. Ou sua mãe. Ou eu.

Jon passou a mão pela nuca.

— Tremo só de imaginar.

— Imagine o que Leigh está sentindo. Ela é que vai arcar com todo o trabalho durante os próximos sete meses e meio. A sua função será apenas a de dar apoio moral.

— Como posso fazer isso, se estou apavorado?

Por um instante, estudando Jon, Sam especulou se não estaria cometendo um erro. Jon era jovem, talvez jovem demais para ser pai.

— Ainda pode reconsiderar...

— Não. Quero mesmo o bebê. É apenas assustador, mais nada.

Sam levantou-se e passou o braço pelos ombros do filho.

— Tudo dará certo. Você ama Leigh e amará o bebê. Vai crescer e assumir o papel de pai. E não ficará sozinho. Estaremos a seu lado para ajudá-lo.

— Cara, que cagada que eu dei!

— Todo mundo dá. O que importa é o que fazemos depois.

Jon lançou-lhe um olhar de soslaio, hesitante.

— É por isso que tenta sempre fazer companhia a mamãe?

— Fico junto de sua mãe porque gosto, e quero que ela saiba disso.

— Está tudo bem entre vocês agora?

Sam pensou a respeito. Annie vinha se mostrando afetuosa e loquaz. Partilhavam de novo as coisas, em sua maior parte. Havia ocasiões em que Annie ainda parecia cautelosa com ele, nas quais ela saía da cama um pouco depressa demais depois de fazerem amor, mas já haviam percorrido um longo caminho.

— Estamos chegando lá. Ainda temos muito trabalho para realizar, mas estamos indo na direção certa. — Ele sugeriu, provocante: — Você bem que poderia dar uma palavra a meu favor.

— Claro.

Mas Jon parecia apreensivo. Sam deu um aperto em seus ombros.

— O que é? — indagou Sam.

— É uma estupidez.

— Nada é estúpido se o preocupa.

— É que sou novo nisso.

— Jon...

— Sexo. Podemos fazer enquanto ela está grávida?

O aperto que Sam dera no filho pareceu voltar ao seu coração como um bumerangue. Pobre Jon. Ele era realmente novo no assunto.

— Eu deveria dizer que não pode. Você só tem dezessete anos. Mas a verdade é que não há qualquer razão física para não fazer, enquanto Leigh se sentir confortável. Mais alguma pergunta?

— Quando casamos? Onde vamos morar? Estarei presente quando o bebê nascer? O que devo *fazer*...

Sam conteve a enxurrada de perguntas com um abraço apertado. Sorriu.

— Daremos um passo de cada vez, está bem?

* * *

John Stewart levou três dias para tomar conhecimento da gravidez de Leigh, e depois uma hora para convocar Sam à sua sala.

— Agora você foi longe demais! — acusou ele, no instante em que Sam entrou. — É mais do que dá para suportar!

Ele bateu com a mão na janela, junto da qual estava de pé.

— Primeiro Theodora, agora Leigh. Pelo amor de Deus, Sam, o cio indiscriminado deve ser um problema de família!

Sam já previa essa reação negativa. O que não fazia com que fosse mais fácil suportá-la. A agitação de John Stewart era incomum, mas isso não servia de consolo para o fato de estar censurando Sam e seu filho.

— Não lhe ensinou nada da vida? Ele não sabia que podia engravidar a garota?

— Ele sabia que havia essa possibilidade. Mas, como a maioria dos garotos de sua idade, achava que podia superar todas as chances em contrário.

— Mas não foi o que aconteceu. Agora, temos um embaraço ainda maior em nossas mãos do que sua relação com Theodora.

— Não sinto o menor embaraço por Leigh e Jon — declarou Sam, levantando o queixo. — Ao contrário, estou orgulhoso.

— Era de imaginar. Você não pode compreender os desdobramentos de uma situação assim.

— Que desdobramentos? Eles vão se casar, ela terá um filho, teremos um neto, e você, um bisneto.

— Eles não se casarão antes de maio. Maio! A essa altura, ela já estará estufada como um balão. Uma desgraça.

— Leigh sempre desejou ter um casamento em grande estilo. E é preciso tempo para planejar um casamento assim.

— Ela ficará ridícula.

— Ninguém vai perceber que está grávida. Os vestidos de noiva podem esconder um mundo de pecados. Ela quer um casamento em grande estilo, e é isso o que desejamos.

— À custa de meu filho.

— J.D. concordou com tudo. Você o chamou para pressioná-lo, como está fazendo comigo?

— Ele disse que eu devia cuidar da minha própria vida.

— Talvez devesse, mesmo.

— Meus amigos vão comparecer ao casamento e rir às escondidas. Todos saberão a verdade.

— Deixe-os falar. Não passam de um bando de hipócritas metidos a virtuosos.

John Stewart afastou-se da janela com aço nos olhos.

— Esses hipócritas metidos a virtuosos são meus amigos e clientes. Você me fez parecer um tolo diante deles. Pois está acabado. Minha associação com você terminou. Ou você se retira da firma, ou saio eu.

Era uma variação nova no tema "Convoco uma votação para afastá-lo da firma".

— Me retirar? — indagou Sam, cauteloso.

— Você venceu na questão da votação. Cada vez que eu pedia uma votação, John David saía ou faltava à reunião. Ele é um covarde.

— Ele apenas não quer ficar no meio da briga, só isso.

— Deveria votar comigo, sem fazer perguntas. Você arruinou o casamento dele.

— Não, John Stewart, não arruinei o casamento dele. Tente outra coisa.

John Stewart pôs-se de pé. As feições estavam tão rígidas quanto o colarinho engomado da camisa.

— Um dos dois terá de se retirar. Ou você renuncia à sua parte na sociedade, ou saio eu. Mas, se eu sair, levarei todos os meus clientes. A firma vai fechar.

— Duvido muito.

Mas Sam ficou abalado. Se John Stewart falava sério, uma grande mudança era iminente e inevitável. E ele alegava que a firma fecharia; Sam procurou argumentos em contrário.

— Você não é o único que pode conquistar clientes por aqui. Todos temos nossa lista de clientes.

— Você e Will, talvez. Quanto a Martin e J.D., com poucas exceções, seus clientes foram indicados por mim. Esses clientes me acompanharão, se eu chamá-los.

Sam achava que nem todos iriam, mas a debandada seria bastante grande para abalar a firma. A ameaça de John Stewart não era um tiro no escuro.

— Seria capaz de fazer isso com seu próprio filho, John? Ttirar os seus clientes?

— Se isso significasse me livrar de você, não hesitaria. Mas ele pode me acompanhar. E Martin também. Desconfio que ambos o fariam. Assim, restariam você e Will, com um vultoso contrato de locação ainda em vigor por mais quatro anos.

Os pensamentos de Sam dispararam. Sabia que a locação seria uma ameaça se a firma fosse reduzida. Por outro lado, tinha cada vez mais clientes novos, depois que ganhara *Dunn v. Hanover.* Mas seria o suficiente? Não havia mais honorários de seis milhões de dólares em perspectiva.

Como alternativa, ele podia deixar a Maxwell, Roper & Dine para abrir sua própria firma. Mas isso exigiria um enorme investimento de tempo, dinheiro e planejamento. Teria menos liquidez e menos tempo do que antes para Annie e as crianças.

Com o silêncio, John Stewart tornou-se presunçoso.

— Eu começaria fazendo outros planos, se fosse você. Ingresse em outra firma. Há algumas que não exigem tantos princípios quanto a nossa. Você há de encontrar uma colocação. Ou isso, ou continua aqui e tenta salvar a firma depois que eu sair.

Impelido por tanta arrogância, Sam sacudiu a cabeça, com uma expressão de repulsa.

— Neste momento, não posso nem começar a especular como pude me ligar a um canalha tão frio, implacável e impiedoso como você.

Sam virou-se.

— Informe-me sobre seus planos — arrematou John Stewart, jovial.

Sam passou pela porta sem olhar para trás. Afastou-se pelo corredor e foi direto para sua sala. Pegou na mesa o formulário que Joe Amarino enviara. Entre todas as possibilidades, aquela era a que mais o atraía. Por mais que dissesse a si mesmo que ainda não estava preparado para deixar a advocacia e ingressar na magistratura, não podia descartar a idéia de se tornar juiz. Tinha seus méritos. Não podia haver a menor dúvida quanto a isso. Ainda mais com o ultimato que John Stewart acabara de lhe dar.

Ele estudou o formulário. Tornou a guardá-lo na escrivaninha apenas para, um minuto depois, tirá-lo de novo. Poderia ser ótimo ingressar na magistratura. Se pudesse, claro, conseguir a vaga. O que nunca saberia, se não se candidatasse.

E ninguém precisava saber que estava se candidatando. Nem mesmo Annie. Se não fosse aprovado no primeiro turno, ninguém tomaria conhecimento. Podia até ser interessante virar juiz. Um novo desafio. Uma oportunidade de deixar sua marca. Um horário razoável. Bons benefícios. Segurança. Respeito.

Sam deixou-se cair na cadeira, pegou a caneta-tinteiro, puxou o formulário e começou a escrever.

J.D. lia o jornal na cama, às dez horas da manhã de sábado, quando o telefone tocou. Era o porteiro, anunciando a presença de Virginia Clinger no saguão e perguntando se podia deixá-la subir. J.D. não via Virginia desde o dia em que ela entrara, sem bater, na sala de seu pai. Continuava tão cauteloso quanto antes. Não tinha a menor idéia do que queria, estava gostando de continuar na cama, na preguiça, uma novidade para ele. Não tinha certeza se queria uma intromissão, ainda mais de alguém como Virginia. Ela era um lembrete indesejável de Constance.

Mas estava curioso.

Relaxou os ombros, vestiu um roupão e foi abrir a porta da frente, no momento em que ela saía do elevador, usando uma *parka* de peles. Ela o contemplou de alto a baixo, com um olhar de admiração, e ofereceu um sorriso exuberante.

— Não tinha certeza se o encontraria em casa — murmurou ela. — Foi dormir tarde?

— Pode-se dizer que sim.

Ele alugara os três primeiros filmes de *Jornada nas Estrelas*. Assistira aos três. Já eram quatro horas da madrugada quando fora dormir.

Virginia estendeu-lhe uma caixa de confeitaria, num embrulho impecável.

— Então isso vem a calhar. Trouxe alguns biscoitos, uma espécie de presente pela casa nova. Posso entrar?

J.D. ficou de lado e observou-a passar pela porta, rebolando. Virginia tirou a *parka*, deixando à mostra um conjunto branco de inverno. Fitou-o com ar inocente.

— Quer que eu prepare seu café matinal?

— Por que foi à sala de meu pai naquele dia? — perguntou J.D., porque era a pergunta em primeiro plano na sua mente.

Ela nem piscou.

— Que dia?

— Um dia depois de Ação de Graças.

Virginia sorriu, cativante.

— Queria descobrir como *meu* pai estava. John Stewart estivera com ele na Flórida. Papai não me diz nada pelo telefone. Fui a Boston para outra reunião e aproveitei para procurar seu pai.

— E entrou sem bater?

— Mary me disse que podia entrar.

J.D. refletiu que Mary poderia mesmo fazer isso, já que Virginia era amiga íntima da família. E Virginia relatara a história de maneira bem convincente. Era verdade que ela normalmente criava problemas, mas naquele momento J.D. sentia-se muito bem-disposto. Concluiu que poderia aceitar sua palavra, numa questão insignificante.

— Quer o café da manhã? — reiterou ela, erguendo a caixa.

— Claro.

J.D. apontou a cozinha e seguiu-a para lá.

— Um grande apartamento — comentou Virginia, olhando ao redor. — Está gostando?

— Muito.

Muito mesmo, pensou J.D. Sabia agora onde encontrar cada coisa, dominara o manejo da lavadora de pratos e do sistema de remoção do lixo. Encontrara uma empregada de quem gostava e uma lavanderia eficiente. Descobrira muitos lugares em que podia encomendar pratos da cozinha italiana, francesa ou americana, e alguns restaurantes ótimos que podia freqüentar, em paz, na hora que quisesse. Alguns estavam fora do circuito elegante, algo insólito para John David Maxwell, mas uma variação revigorante.

Revigorante. Era uma novidade, como ficar sem fazer nada, só relaxando.

Virginia encontrara uma lata de café e agora colocava a cafeteira para funcionar. Lançava olhares presunçosos para J.D.

— Pensou que eu não seria capaz de fazer café, não é mesmo? Mas eu sei fazer. Não sou uma inútil total.

— Nunca falei que era.

— É o que as pessoas pensam. Todas as louras são consideradas burras. E uma mulher que fez plástica no nariz é positivamente um caso perdido.

Ela acabou de preparar o café. Teve alguma dificuldade para desfazer o nó da caixa. J.D. adiantou-se, apanhou a caixa, pegou o barbante e partiu-o.

— Você não ia querer quebrar uma unha — comentou ele, jovial.

As unhas de Virginia eram realmente muito bonitas. E as mãos também. Ela dava um toque de suavidade à cozinha.

— Está com uma linda aparência, Gin — murmurou ele, encostado na parede, com os braços cruzados sobre o peito.

— E você também.

Ela tirou um prato do armário e abriu a caixa de biscoitos, mas fez uma pausa para contemplá-lo de novo.

— Você está mesmo muito bem. Pensei que ia desmoronar. Mas parece calmo. Relaxado. Acho que nunca tinha visto seus cabelos despenteados. Fica muito atraente assim.

Enquanto ele absorvia o elogio, Virginia virou-se para o prato e começou a arrumar os biscoitos.

— Imaginei que estaria abalado por causa de Leigh. E vim confortá-lo.

J.D. sentiu um princípio de apreensão. Aquela era a Virginia que ele conhecia, a mulher capaz de fazer qualquer coisa para descobrir e espalhar uma fofoca.

— O que há com Leigh?

— Ela não está grávida?

— Como soube disso?

Ninguém deveria saber, pelo menos por enquanto.

— Por meus filhos. Leigh confidenciou para sua melhor amiga no banheiro da escola, sem saber que havia outra garota no reservado ao lado. Nem preciso dizer que a notícia logo se espalhou.

— Isso é ótimo — resmungou J.D.

— A notícia acabaria mesmo vazando, mais cedo ou mais tarde.

— Melhor mais tarde. Não quero que minha filha fiquei sendo apontada por todo mundo.

— Não será — assegurou Virginia. — Não com Jon por perto. Ele é um líder na escola. As pessoas o respeitam. Além disso, todo mundo sabe que eles sempre foram namorados. A situação não é tão ruim assim, J.D.

Uma parte dele queria gritar com Teke de novo, com Jon ou mesmo com Leigh. A outra, a parte mais nova, não tinha certeza se gritar adiantaria alguma coisa. Podia se mostrar altivo como John Stewart e condenar as pessoas por não serem tão perfeitas quanto ele... ou podia se acalmar.

Ser perfeito não era tão bom quanto se podia pensar. Havia pontos favoráveis em assistir a vídeos até às quatro horas da madrugada, ficar na cama de preguiça na manhã seguinte e abrir a porta da frente de roupão, com os cabelos despenteados da cama. Havia também um ponto favorável em reagir ao pai, o que ele vinha fazendo com uma freqüência cada vez maior... e com uma crescente convicção. Talvez houvesse também um ponto favorável no casamento e no bebê de Leigh e Jon.

— Oi! — gritou Virginia. — Alguém em casa?

J.D. respirou fundo.

— As coisas mudam. É preciso algum tempo para se acostumar.

Ela limpou as mãos num guardanapo.

— Você realmente parece muito bem. Melhor do que em qualquer outra ocasião que eu possa me lembrar. — Virginia aproximou-se. — Está *muito* atraente.

— Mais do que o professor da academia?

— Muito mais. — Ela o enlaçou pelo pescoço. — Sempre tive uma atração por você. E você sabe bem disso.

Ele viu o tesão nos olhos de Virginia.

— É por isso que você veio?

J.D. especulou se ela usava calcinha de renda.

— Para ser franca, não. Ou talvez a idéia estivesse no fundo de minha mente. Sinto saudade da sua presença do outro lado da rua.

Ela deu um beijo em seu rosto.

— Virginia...

J.D. não tinha certeza se queria aquilo. Ela o beijou de novo, desta vez no canto da boca. Ele se surpreendeu ao sentir uma contração na virilha. Aspirou o perfume.

— Seu cheiro é delicioso.

— É Obsession.

— Sua obsessão, hein?

— Isso mesmo. O que você usa por baixo do roupão?

— Cueca.

J.D. ainda não tinha certeza se queria a mesma coisa que Virginia, mas começava a enfraquecer, inebriado pelo perfume e a maciez daquele corpo. Não a deteve quando as mãos desceram de seu pescoço, abrindo o roupão na passagem. Quando alcançou a cintura, ela abriu todo o roupão e o contemplou, o peito, as pernas, a cueca.

Ele experimentava uma tensão crescente. Afinal de contas, pensou, a idéia de Virginia talvez não fosse tão ruim assim.

— O que você faria se eu tirasse a roupa? — perguntou ela, num sussurro. — Iria me xingar? Me obrigar a vestir tudo de novo e me expulsar do apartamento? Mandar papai me cortar do testamento?

J.D. considerou as possibilidades, mas não por muito tempo. Não era um eunuco. Numa voz que se tornava cada vez mais tensa, como a respiração e a parte do corpo que a cueca cobria, ele murmurou:

— Eu faria o que você quer. Muito duro e com ardor. E também deixaria que fizesse comigo.

Ele gostava de mulheres agressivas. Virginia tirou os sapatos. Deslizou a calça comprida pelas pernas compridas, removeu o suéter, livrou-se da roupa de baixo, uma peça única... e rendada. Antes que J.D. pudesse perguntar se ela trepara mesmo com o professor da academia, Virginia estava nua, erguendo os braços e tirando um grampo dos cabelos louros, que se espalharam pelos ombros.

J.D. não pôde deixar de admirá-la. Artificialmente moldado ou não, ela tinha um corpo espetacular. A respiração dele foi se tornando cada vez mais ofegante. Quando a agarrou pelo pulso e puxou-a, Virginia foi, sem hesitar. As bocas se encontraram num beijo ardente e molhado. Depois, J.D. fechou os olhos e encostou a cabeça na parede, desfrutando a sensação da língua e dos dentes de Virginia em seu peito, seu umbigo, sua barriga. Poderia ser qualquer mulher, mas ele não se importava. Enquanto ela se ajoelhava à sua frente, J.D. segurou-a pelos cabelos e moveu os quadris no ritmo da boca que o chupava. Segundos antes de gozar, ele arrastou-a para o chão e penetrou-a. O grito de surpresa de Virginia foi seguido por outro, de prazer, mas isso foi tudo o que J.D. ouviu. Seu gozo abafou todo o resto.

Mais tarde, com Virginia vestida e ele outra vez de roupão, tomaram café e comeram os biscoitos. O café estava quente e forte, os biscoitos eram frescos. J.D. já pegara o segundo quando notou que ela parara de comer.

— Não significou muito para você, não é mesmo? — perguntou Virginia, em voz contida.

— Significou tudo. Estes biscoitos estão ótimos. Você foi maravilhosa ao me trazer um presente.

Ela franziu as sobrancelhas.

— O que *acabamos de fazer*, J.D.

Ele já ia dar outra mordida no biscoito, mas mudou de idéia e o largou. Deveria imaginar que ela diria alguma coisa assim. Como detestava aquela pergunta! Sempre vinha dos inseguros, e sugeria que a pessoa se tornaria mais pegajosa. Podia ser lisonjeiro, mas também era restritivo.

— Foi muito bom, Gin. Mas quer saber se quero você aqui esta noite? Não.

O olhar dela tornou-se intenso.

— Eu poderia satisfazê-lo de novo.

— Tenho certeza.

— Então por que não posso ficar?

— Porque não quero você aqui.

— Posso voltar mais tarde.

— Claro que pode — respondeu ele, indiferente. — Mas, se faz isso na esperança de que algo duradouro venha a se desenvolver, preste um favor a si mesma e desista.

— Só porque você ainda é casado? Pelo amor de Deus, J.D., Teke não é nenhuma santa. Veja o que ela fez com Sam. E o que vem fazendo com Grady Piper.

J.D. sentiu que a indiferença se desvanecia. Sam ainda podia admitir. Acabara se acostumando. O outro o perturbava mais, por uma questão de princípio, nada mais.

— O que ela vem fazendo com Grady?

— Três palpites.

Ele não precisava dar nenhum.

— Tem alguma prova?

— Teke está sempre com ele. Piper "ajuda" Michael, essa é a desculpa. Mas, se quer saber a verdade, não me importo com o que Teke faz. E você também não deve se importar. Siga adiante, J.D. Você é mais do que ela jamais poderá ser. E eu o aceitarei, casado ou não.

Ele franziu a testa.

— Não diga isso, Gin.

— Por que não? Vou atrás do que eu quero... e quero você.

— Pelo dinheiro?

Virginia flexionou o maxilar.

— Pelo pacote inteiro.

— Mas o pacote inteiro não está disponível.

— Nesse caso, aceitarei a parte que estiver.

Ele tornou a franzir a testa.

— Onde está o seu orgulho?

— Desapareceu com o marido número dois. Agora, sou franca quando quero alguma coisa. É o que acontece com você, J.D. Sempre o desejei. Você me excita, em mais níveis do que pode imaginar. Quero você.

— Mas não pode me querer. Gosto da maneira como estou vivendo... sozinho.

Ela parecia perturbada.

— Mas estava acostumado a conviver com muitas pessoas. Não se sente solitário?

— Vejo muitas pessoas para me sentir solitário.

— E não sente *tesão*?

— Tenho mulheres. E as tenho quando quero, e somente assim.

— Você é um desgraçado egoísta — murmurou ela, desdenhosa.

J.D. poderia dispensar mais atenção ao desprazer de Virginia se não estivesse absorto na autodescoberta.

— Quando eu era criança e adolescente, sempre havia alguém rondando em torno de mim. Fui para a universidade e conheci Teke. Durante dezenove anos, ela rondou ao meu redor. Agora, não há mais ninguém. Posso fazer o que quiser, quando quiser. Posso me cansar daqui a um mês, mas por enquanto devo dizer que estou gostando muito da liberdade.

— Já entendi. — Virginia levantou-se do banco em que se acomodara. — É uma pena. Poderíamos ajudar um ao outro. Somos muito bons juntos.

J.D. pensou no que haviam feito no chão. Virginia era uma boa amante, mas não melhor do que Teke, e ele não queria Teke. O que queria mesmo, compreendeu agora, era se divertir. Sua vida sempre fora orientada para um objetivo, sua agenda baseada em ordem, propósito e responsabilidade. Agora, queria se esbaldar. Queria fazer as coisas que não fizera, saborear as coisas que não saboreara, até mesmo violar algumas regras, apenas pela emoção.

Procurava por sua identidade, concluiu ele. Não era suficiente ser filho de John Stewart, ou marido de Teke, ou amigo de Sam. Queria ser John David Maxwell. Forte, independente, autoconfiante.

Sair de casa fora um passo na direção certa. Aprender a funcionar sozinho fora outro. Ainda havia outras questões a serem resolvidas, mais importantes, mas ele progredia depressa.

Dezoito

Fevereiro absorveu Annie no novo semestre. Como no último, ela dava três cursos. O maior era uma continuação de literatura britânica, com muitos alunos do primeiro ano. Os dois outros eram seminários avançados para alunos que tinham o inglês como curso principal e estudantes de pós-graduação. Um deles era uma análise crítica das obras de T.S. Eliot, o outro um estudo do *Paraíso Perdido* de Milton. Ela encontrava uma certa pungência no último. Tinha a impressão de que ela e todas as outras pessoas em seu mundo imediato haviam caído em desgraça com Deus nos últimos meses. O Éden era uma lembrança. Havia uma nova ordem a ser definida, mas menos perfeita.

Jon transara com Leigh, em grande parte por desafio a Sam, e agora tinha um bebê a caminho. Ele se esforçava para manter a calma e fazer o que era certo, mas sentia-se visivelmente assustado. Annie sofria pelo filho. Era o primogênito, o bebê em que encontrara tanta alegria. Queria que Jon levasse uma vida despreocupada, antes de assumir responsabilidades. Mas esses anos não aconteceriam. O fato de ele amar Leigh compensava um pouco o problema de se tornarem pais aos dezoito anos.

Teke enfrentara a situação de uma maneira que Annie não poderia lhe pedir para fazer. Mas, de certa forma, isso fazia sentido. Ajudar Jon e Leigh a criar o bebê talvez fosse sua salvação. Seria a absolvição final pelo que fizera com Sam.

E Sam? Ele mudara em conseqüência do que fizera. Tornara-se mais ponderado e sensível. Por mais incrível que pudesse parecer, o amor que Annie sentia pelo marido aumentara... e era por isso que ela se preocupava tanto com a possibilidade de Sam ter outro deslize.

Acreditava que ele a amava. Acreditava que sentia atração por ela. Dizia o primeiro e demonstrava o segundo em todas as oportunidades. Ainda assim, persistia a mágoa do que ele fizera com Teke. Annie o perdoara no dia em que quase se entregara a Jason, quando compreendera a humanidade do ato. Mas era exatamente a humanidade que a atormentava agora. Temia que Sam pudesse ser tentado de novo, o que a deixaria arrasada. Tinha momentos de dúvida, quando se convencia de que as atenções de Sam não passavam de um meio de salvar o casamento.

Ele estava sob pressão no trabalho. Uma mudança era iminente, mas a oportunidade certa se esquivava. Annie preocupava-se também com isso, achando que a pressão poderia levá-lo a procurar aprovação lá fora.

E ainda não lhe falara sobre Jason. Bem que queria — ela e Sam costumavam partilhar tudo —, mas não sabia como o marido reagiria. E o fato de não saber a atormentava. Tudo se resumia na confiança, outrora tão forte, e agora fraca e hesitante, tentando se restabelecer em suas vidas. E Annie tinha medo de perdê-lo.

Havia momentos em que Sam recordava os últimos meses e temia ter perdido a estabilidade em sua vida. Perdera J.D. Perdera Michael. Perdera — e depois reencontrara — Zoe e Jon. Quanto a Annie, não tinha certeza. Fazia tudo o que estava a seu alcance parar demonstrar o quanto a adorava, mas parecia não ser suficiente. Pelos padrões normais, o relacionamento entre os dois era maravilhoso... mas ele o arruinara. Os padrões normais não se aplicavam a ele e Annie. Seu relacionamento sempre estivera um furo acima. Mas parecia que ele não era capaz agora de recuperar esse furo a mais. Uma pequena parte de Annie ainda não lhe pertencia. No passado, ela se deitava a seu lado como se nada no mundo fosse bastante importante para tirá-la dali. Só que isso não mais acontecia.

Sam sabia que Annie ficara desiludida com ele, mas também nunca alegara ser um homem perfeito. E sua situação na Maxwell, Roper & Dine se tornava pior a cada dia que passava.

Foi então que ele vislumbrou um raio de esperança. Um telefonema inesperado o levou para casa mais cedo, a fim de esperar ansioso pela volta de Annie, com uma garrafa do vinho que ela preferia no gelo. Assim que ela entrou, Sam a abraçou e abriu a garrafa.

Annie girou o vinho no copo, fitando-o com uma expressão cautelosa, meio divertida.

— É alguma ocasião especial?

— Pode ser. — O entusiasmo de Sam era crescente. Tentou conter-se, sabendo que Annie podia achar que era uma péssima idéia. — Antes do Dia de Ação de Graças, um dos juízes do Superior Tribunal morreu, deixando uma vaga em aberto. Li o obituário na ocasião, mas não pensei duas vezes a respeito. Várias semanas depois, comecei a receber telefonemas de Joe Amarino. Lembra-se de Joe?

— Claro — respondeu Annie, curiosa.

— Ele agora é assessor jurídico no gabinete do governador. Sugeriu que eu preenchesse um formulário para a vaga de magistratura.

Ela arregalou os olhos.

— Não me apressei em fazê-lo. Depois, no entanto, a situação com John Stewart piorou ainda mais. E pensei: "Ora, que se dane. Nada tenho a perder." Preenchi o formulário e fui chamado para uma entrevista com o comitê de seleção. Mas tinha quase certeza de que não haveria qualquer conseqüência, e por isso não falei com você. Não queria decepcioná-la de novo. — O entusiasmo de Sam aumentou ainda mais. — Mas o incrível aconteceu: meu nome foi um dos três submetidos à avaliação do governador. Ainda assim, recusei-me a ter esperança. Mas ele me escolheu, Annie. Ele me escolheu!

Ela ficou aturdida.

— Você?

Sam acenou com a cabeça em confirmação. Sem saber se Annie estava satisfeita, ele acrescentou:

— Foi um tiro no escuro. Sou o menos político e o mais jovem.

— Costumávamos conversar a respeito...

— Um sonho. Pensávamos que seria ótimo se eu pudesse ingressar na magistratura quando tivesse na casa dos cinqüenta e cinco aos sessenta anos pronto para reduzir a carga de trabalho. Mas tenho quarenta e um anos, sinto-me em plena forma. E não tenho condições de me tornar juiz, tendo de arcar com os custos da universidade de dois filhos, além do bebê de Leigh. Mas a perspectiva tem seu mérito. O Superior Tribunal é um desafio. Os casos mais emocionantes são julgados ali.

Annie respirou fundo.

— É *incrível*, Sam! Uma honra extraordinária!

Ela parecia satisfeita. Sam se animou.

— Tem razão, é mesmo uma honra. Mas venho recebendo outras ofertas. — Ele já lhe falara a respeito. — Poderia continuar praticamente em qualquer firma como sócio e me pagariam muito bem. Mas teria de produzir bastante para fazer jus ao dinheiro. O que significaria longas horas de trabalho numa grande firma. Poderia ir também para uma menor, mas ainda não encontrei nenhuma que fosse bastante estável para assumir o risco. Assim, resta a possibilidade de me estabelecer por conta própria, abrindo meu próprio escritório. Seria ótimo, em termos de liberdade. Poderia decidir meu horário de trabalho, manter baixas as despesas gerais e ficar com uma porcentagem maior dos lucros que recebo agora. Mas exigiria um enorme investimento inicial de dinheiro e de tempo. Eu precisaria de um sistema de computação, de um sistema telefônico, móveis e de uma biblioteca. Teria de usar nossas economias para comprar tudo isso, o que aumentaria o esforço para manter um fluxo de caixa. E eu também precisaria trabalhar por mais horas. Não quero fazer isso, Annie. Gosto de ficar em casa com você. Acostumei-me a isso.

Sam fez uma pausa. Annie segurava o copo de vinho com as duas mãos e parecia sentir uma expectativa tão grande quanto a dele.

— E então? O que você acha?

Ela o enlaçou pelo pescoço. Sam sentiu que o vinho se derramava, mas isso não tinha a menor importância naquele momento.

— Acho que é uma oportunidade incrível! — Ela ergueu o rosto, radiante de animação. — Uma honra excepcional, e é a solução perfeita! Deixaria a firma de John Stewart para fazer algo novo e melhor.

— Não melhor sob todos os aspectos — advertiu Sam. — Meus rendimentos diminuiriam. O que não é uma perspectiva tão boa nesse momento.

Annie parecia não se importar com isso.

— Temos economias.

— E nossos filhos? Mais do que qualquer outra pessoa, você sabe o quanto custa um curso superior.

— Também sei que há bolsas de estudo disponíveis e que as crianças poderiam passar por algo bem pior do que estudar de graça na escola em que trabalho. Podemos sobreviver, Sam. Com a maior facilidade.

Ele não tinha tanta certeza, mas a confiança de Annie o deixava inebriado. Abraçou-a, bem apertado.

— Acha mesmo?

— Tenho certeza. E me orgulho de você. É um tributo extraordinário que lhe prestam.

— Foi o caso Dunn que me promoveu.

— Foi toda a sua carreira.

— Mas foi o noticiário sobre o caso Dunn que levou as pessoas a tomarem conhecimento do meu trabalho. — Sam baixou a voz. — Ainda bem que só viram a imagem pública.

Annie abraçou-o por mais um momento, depois recuou. Ficou olhando para o vinho, enquanto falava:

— O que você fez com Teke não tem qualquer relevância para indicar se será ou não um bom juiz. É um ótimo advogado. Possui a percepção jurídica e a compaixão humana necessárias para ser um bom juiz. — Ela o fitou, cautelosa. — A decisão do governador é final?

— Não. Meu nome será submetido ao Conselho de Governo, que vai realizar uma audiência de confirmação.

Preocupada, Annie perguntou:

— Até que ponto investigarão sua vida?

Sam podia entender a preocupação.

— O suficiente para saber se já fui detido por guiar bêbado, mas não para descobrir que cometi um erro com a melhor amiga de minha esposa. Provavelmente nada será revelado, Annie. Não tenho certeza, mas é improvável.

Ele pensara muito a respeito. Havia sempre a possibilidade de algum desavisado deixar vazar a história com Teke. Mas, por outro lado, o conselho poderia considerá-la tão irrelevante para suas qualificações quanto Annie dizia que era.

— Se você tem algum receio, retirarei meu nome, sem qualquer remorso.

— Mas é uma oportunidade que só acontece uma vez na vida.

— O que não significa que seja a melhor coisa para nós. Há sempre a possibilidade de que os piores rumores aflorem. Se isso acontecer, farei o melhor possível para contorná-los, mas você pode sair machucada, o que frustraria todo o propósito da opção. O grande trunfo do cargo é tornar nossa vida melhor, não pior.

— Às vezes você precisa correr um risco para que as coisas melhorem — declarou Annie.

Sam teve a impressão de que ela ia dizer mais, só que no mesmo instante Zoe entrou. De um golpe, todo e qualquer resquício de dúvida deixou o rosto de Annie. Um sorriso brotou em seus lábios.

— Sabe o que aconteceu? Seu pai acaba de ser indicado para juiz! Não é *maravilhoso*?

John Stewart não achou tão maravilhoso assim. Foi o que disse a J.D., em termos claros:

— Aquele homem carece da índole moral para ser juiz. Nunca será confirmado.

— Eu não teria tanta certeza. — J.D. sentia uma calma surpreendente na presença do pai. Além disso, experimentava uma satisfação surpreendente por Sam. Apesar de suas divergências recentes, sabia que Sam se esforçara ao máximo para demonstrar que era um ótimo advogado. Era bom saber que agora o reconheciam. — Ele será um juiz muito melhor do que a metade dos velhos idiotas que estão na magistratura.

— Por que tem de fazer comentários assim, John David? Só servem para demonstrar o quanto você é ignorante. Os "velhos idiotas" são homens respeitados que prestaram serviços à comunidade por muitos anos.

J.D. sorriu.

— Dê-lhe quarenta anos, e Sam se tornará um deles.

— Só por cima de meu cadáver. Sam Pope não merece ser juiz. Posso lhe garantir que direi isso, e o porquê, a todas as pessoas que conheço no Conselho do Governador. Ainda tenho alguma influência nesta cidade.

J.D. parou de sorrir. Sentia uma intensa acidez no estômago e não era do nervosismo que a presença do pai costumava causar. Era diferente. Um gosto de repugnância.

— O que o senhor está querendo realmente? Já tornou a vida de Sam aqui insuportável. Não compreende que ele será o avô de seu bisneto? Não seria melhor para a criança se o avô fosse um juiz?

— Seria, se fosse qualquer outro que não Sam Pope. Ele pode prestar um favor à criança se cair no esquecimento.

J.D. compreendia a aversão de John Stewart por Sam, mas sua extensão — a sabotagem ativa contra a carreira de Sam — parecia desmedida.

— Por que o odeia tanto?

— Ele não tem senso de moral.

Perplexo, J.D. sacudiu a cabeça.

— Tem de haver mais alguma coisa.

— Ele exerce um controle sobre você que me deixa ressentido. Se não fosse por ele, você teria se casado com outra mulher, mais apropriada. Mas ele o apresentou a Theodora, e por isso você acabou se casando com ela. E veja a maneira como fala agora. Nunca estaria me respondendo com tanto desrespeito se não fosse pela influência de Sam.

Era uma verdade que J.D. não podia contestar.

— E há mais. Você está obcecado em promover a queda de Sam. Houve alguma discussão entre os dois e de que eu nunca tomei conhecimento? Ele o insultou? Deixou na mão algum dos seus clientes? Perdeu honorários ou sabotou alguma negociação crucial?

John Stewart ficou pensativo, mas apenas por um momento. Abriu uma gaveta lateral, tirou uma pequena foto emoldurada e a colocou em cima da mesa. J.D. já a vira antes. Havia uma cópia idêntica, inclusive no porta-retrato de prata, no escritório que o pai tinha em casa. Era antiga e um pouco desfocada; uma foto de John Stewart quando criança, usando um traje que parecia uma saia, segurando a mão de um menino maior e mais velho.

— Eu idolatrava meu irmão — declarou John Stewart. — Achava que o mundo girava em torno dele. Continuei a pensar assim mesmo quando ele se tornou mais velho e começou a roubar pequenas coisas de uma loja próxima. Ele era determinado. Inteligente. Corajoso. Já contei como ele morreu?

— Disse que ele caiu de uma árvore.

— Isso mesmo. Outro garoto o desafiou a subir numa árvore e pular para outra, a fim de provar que tinha mesmo coragem. Henry não tinha a menor chance. Mesmo que alcançasse a outra árvore, a possibilidade de se segurar num galho era mínima. Mas ele tinha uma platéia, era um artista, e por isso correu o risco.

J.D. ficou surpreso. No instante seguinte, teve uma premonição.

— Quando conheci Sam Pope — continuou John, fitando-o nos olhos, sem qualquer hesitação —, pensei em Henry. Sam tinha a mesma irreverência, a mesma temeridade. Quando o vi pela primeira vez no tribunal, ele trabalhava na promotoria. Assumiu riscos diante do júri, como Henry teria feito. Ele me deixou assustado.

— Mas deixou que eu o trouxesse para a firma.

— Admirava-o pela ousadia, da mesma forma como admirava Henry. Canalizada da maneira apropriada, a ousadia pode ser um trunfo poderoso. Eu era pequeno demais para ajudar Henry, mas pensei que poderia ajudar Sam. Pensei que poderia controlá-lo. Pensei que poderia mantê-lo na linha. Mas é evidente que fracassei.

J.D. estava consternado.

— Quer dizer que deseja punir Sam por ser parecido com Henry?

— Não — corrigiu John Stewart. — *Recompensei* Sam por ser parecido com Henry. Agora que compreendi meu erro, quero remediá-lo.

— Mas o que Sam fez de tão *terrível*? Ele não destruiu a vida de ninguém.

— Destruiu seu casamento.

— Fomos Teke e eu que fizemos isso. — Ela tinha razão nesse ponto. — Você está usando Sam como um bode expiatório.

— Sua opinião não vai me influenciar, John David. Dei a Sam a oportunidade de formar uma clientela particular. Ele a aproveitou e depois abusou dela, no meu entender. Não permitirei que se torne um juiz com base numa reputação pela qual fui responsável, em grande parte.

J.D. recordou que criticara Sam há algum tempo com argumentos similares. Pareciam-lhe procedentes na ocasião. Mas pareciam errados ao saírem da boca de John Stewart.

— Sam construiu pessoalmente sua reputação. Foram a determinação em seu trabalho, inteligência e ousadia que lhe valeram a vitória em um caso após outro.

— Não tem importância. Ele não será juiz. Dou-lhe a minha palavra.

— Como quiser. — J.D. empertigou-se, fazendo com que a pequena diferença de altura entre o pai e ele desaparecesse. — Mas vou lhe dar a minha palavra sobre outra coisa. Se usar sua influência para vetar a escolha de Sam, contarei a mamãe sobre Mary.

— O que há com Mary? — indagou John Stewart, afável.

J.D. não pôde deixar de admirar a desfaçatez do pai.

— Acho que você sabe — disse ele, virando-se para sair.

O silêncio que acompanhou sua saída da sala confirmava-lhe as palavras. Depois de quarenta e um anos, J.D. finalmente descobrira a vulnerabilidade do pai.

Teke estava sentada num banco, à sombra de um galpão estreito, meio escondido no bosque de Cornelia Hart. O lugar já fora usado para guardar equipamentos de jardinagem e outros materiais. Cornelia o emprestara a Grady, que estava fazendo uma canoa ali. Michael, que insistia em usar o velho boné de beisebol de Grady com a pala virada para trás, era seu aprendiz.

Nenhuma outra forma de fisioterapia interessava tanto a Michael quanto aquela. De seu canto na sombra, Teke podia observar a concentração do filho. Também podia notar a melhora em sua flexibilidade, quando pegava cada baliza de cedro estendida por Grady, prendia-a na amurada e a esticava. Michael já se revezara na lixa, martelo e serra de fita, esta última afilava as balizas. Usava as mãos, braços e tronco. Também usava as pernas, a princípio, com as muletas, depois sem recorrer a elas, quando começaram a atrapalhá-lo. Com apenas Grady e Teke para testemunhar, ele não tinha a menor inibição na falta de jeito de seus movimentos. Teke especulou se ele percebia como esses movimentos se tornavam mais eficientes e menos desajeitados a cada dia que passava.

Grady era maravilhoso com ele. Tinha uma paciência infinita, sempre o encorajava e desculpava seus erros. Teke não podia deixar de pensar, observando-os juntos, que deveriam ter sido pai e filho. Grady tinha muito para dar, Michael estava ansioso para receber, e vice-versa. Mais do que qualquer outra pessoa, Grady ajudara Michael a superar a autocompaixão. Com promessas de levá-lo para o meio da floresta na canoa que estavam fazendo, ele estimulara Michael a se esforçar mais para andar. Grady era o professor perfeito. Não acreditava em desistir. Também estivera no fundo do poço, mas conseguira se recuperar.

Ali, observando das sombras, Teke apaixonou-se dez vezes mais por Grady. Seria uma mentira negá-lo. Agora, tinha de fazer um esforço para recordar a raiva. O passado distante se fora; o presente imediato era tão agradável quanto Teke podia querer.

Foi por isso que teve uma reação inicial de irritação quando J.D. surgiu do nada. Ressentiu-se pela intromissão. Não queria que ele perturbasse o pequeno paraíso que ela criara no bosque, com seus dois homens.

Mas a irritação logo deu lugar à cautela. Especulou como ele os encontrara e o que queria. Mas J.D. parecia bastante cortês. Não passara pela porta gritando. Teke animou-se um pouco com isso.

Michael, que martelava uma tábua sobre as balizas por baixo, levantou os olhos, surpreso.

— Papai! O que está fazendo aqui?

— Procurando por você. Cornelia explicou onde poderia encontrá-lo.

Ele parecia formal e deslocado, de terno e sobretudo. Calmamente, aproximou-se de Michael.

Teke imaginou o sobretudo — de *cashmere*, azul-marinho — coberto de serragem. Quase o advertiu a se manter a distância, mas tratou de se conter.

— O que estão fazendo? — perguntou ele a Michael.

— Uma canoa. Isto é freixo branco... — O garoto tocou numa amurada, depois numa baliza. — ... e isto é cedro branco.

Michael apontou para a tábua que estava pregando.

— Aquilo é cedro vermelho. Assim que a armação ficar pronta, cobrimos com lona. Não é legal?

— Nada mau. — J.D. olhou para Teke, ainda nas sombras. — Isto é um novo tipo de escola profissionalizante?

— É fisioterapia — explicou ela. — Complementa o que Michael faz na academia.

— Já desistimos por completo da oitava série?

— Vou para a aula particular quando acabar aqui — informou Michael, calmo, mas de uma maneira que insinuava uma crítica.

— Não ia começar a freqüentar a escola no período da tarde?

— Ainda não posso subir a escada.

Ele podia, Teke sabia, mas não muito bem, e se recusava a fazê-lo na presença dos amigos Por esse motivo, seu retorno à escola vinha sendo protelado.

— Então está fazendo canoas — murmurou J.D., balançando a cabeça.

Teke percebeu o escárnio. Michael devia ter sentido a mesma coisa, porque se apressou em dizer:

— Apenas uma. Quando estiver pronta, Grady e eu vamos colocá-la na água.

Ele parou de falar abruptamente, como se estivesse arrependido. Lançou um olhar apreensivo para Grady.

No outro lado da canoa, onde também martelava quando J.D. entrara, Grady parara de trabalhar e se mantinha empertigado. J.D. fitou-o, mas foi para Michael que falou:

— Você e Grady tornaram-se amigos. Isto é surpreendente, já que foi ele quem o atropelou.

— Fui eu quem o atropelou — respondeu Michael. — E ele tem me ajudado a fazer as coisas. É tão bom quanto o fisioterapeuta e bem mais barato.

— Ele faz isso por sentimento de culpa — sugeriu J.D.

Grady protestou:

— Não é verdade. Faço porque gosto do garoto.

— Sabe que ele assassinou um homem? — continuou J.D., falando para Michael, mas olhando para Grady.

— Sei disso.

— Sabe quem era o homem?

Teke levantou-se.

— J.D., por favor...

— O nome era Homer Peasley — informou J.D., fazendo Michael arregalar os olhos de surpresa. — Era o pai de sua mãe. Teria sido seu avô, se vivesse, mas seu amigo Grady o acertou na cabeça, depois o chutou até a morte.

— Não é verdade — interveio Grady.

Mas J.D. continuou:

— Ele assassinou seu avô, Michael, o avô que você nunca teve a oportunidade de conhecer. Depois, veio até aqui para ver sua mãe, a esposa de outro homem, tão desvairado e excitado que não viu quando você correu para a rua. É um assassino condenado, um assassino em potencial. Eis o tipo de homem que seu amigo Grady Piper é.

— Homer Peasley? — repetiu Michael, olhando para Teke. — Por que não me contou?

— Não era relevante.

— Não era relevante? — J.D. alteou a voz. — Era seu pai!

— Era um homem do mal.

— Era um ser humano. Tinha o direito de viver.

— Foi um acidente — declarou Grady. — O júri chegou a essa conclusão.

— Então foi mandado para a prisão, porque acharam que era uma ameaça à sociedade. Pois eu digo que ainda é. Basta pensar no que fez aqui. Primeiro, despachou você, Michael, para o hospital, incapaz de andar, e depois roubou minha mulher debaixo do meu nariz. Era o que queria desde o início? Foi por isso que deixou seu buraco no Maine e veio para cá?

Teke não sabia o que mais a perturbava, se o menosprezo a Grady na presença de Michael ou o insulto diretamente a Grady.

— Está completamente enganado — declarou Teke, deixando as sombras. — Grady só veio até aqui para ter certeza de que eu estava bem.

— E foi por isso que ele ficou? Não me tome por cego, Teke. Ele está apaixonado por você. Meu palpite é de que vai entrar em ação assim que nos divorciarmos.

Michael vacilou. Apoiou-se na beira da canoa, olhando indeciso de um rosto para o outro. Teke avançou em sua direção.

— Seu pai está enganado — murmurou ela. — Grady veio apenas me visitar. Decidiu ficar quando você foi atropelado. E continua para concluir um trabalho.

— E para ficar com você? É verdade? Você e papai vão se divorciar?

Teke passou o braço por seus ombros, ansiosa em mantê-lo perto. Esforçara-se demais para recuperar sua confiança.

— É possível, mas ainda não houve nenhuma providência formal.

— Ela já consultou um advogado — informou J.D. — Não teve a coragem de me contar. Só fiquei sabendo por intermédio de terceiros.

— Que terceiros? — indagou Teke, furiosa, pois a reunião com o advogado fora confidencial.

Antes que J.D. pudesse responder, Michael gritou para ela:

— Não me falou sobre isso, nem sobre o homem que Grady matou. O que mais não me disse?

— Muita coisa — interveio J.D.

— Não...

Mas antes que Teke pudesse continuar, Michael jogou no chão o velho boné dos Angels e encaminhou-se para a porta, meio andando, meio correndo, ainda mais desgracioso por causa de seu problema de coordenação motora.

— Para onde você vai? — gritou Grady, contornando a canoa e avançando para a porta.

— Michael! — gritou Teke.

— Ele quer escapar de vocês dois — declarou J.D., ficando na frente da porta para impedir que fossem atrás de Michael. — Eu deveria saber que era melhor não deixar a reabilitação do garoto aos cuidados de minha mulher. Deveria ter compreendido que ela não merece a menor confiança, depois do que fez com meu melhor amigo. Quando precisa de um homem, ela escolhe o mais próximo e mais fácil. Agora, põe meu filho para passar o tempo com um ex-condenado sem instrução e sem princípios.

Ele falou as últimas palavras com profundo rancor e desprezo. Teke, preocupada com a possibilidade de Michael escorregar no terreno gelado, suplicou:

— J.D., por favor...

Grady foi menos polido.

— Saia da minha frente! — ordenou ele, numa voz que vibrava de raiva.

O terror de Teke mudou de foco. Não ouvia aquele tom de voz em Grady desde o dia em que ele dissera a Homer: "Tire as mãos dela!"

— Fique calmo, Grady. Deixe-me cuidar de tudo. — Ela pôs a mão em seu braço para contê-lo e sentiu os músculos contraídos numa fúria quase incontrolável. — Ele sente prazer em magoar as pessoas com palavras. Mas são palavras vazias.

— É tudo verdade — garantiu J.D., fitando Grady com um brilho de ódio nos olhos. — Acho que você é a escória. Foi o que pensei desde o início.

— Precisa de alguém para culpar — disse Teke.

— Escória da pior espécie.

— Saia da minha frente! — repetiu Grady, a expressão ainda mais sombria.

— Ignore-o, Grady — murmurou Teke.

Ela tentou se interpor entre os dois homens, mas Grady não permitiu. Teke puxou-o pelo braço, lutando contra o pânico, enquanto tentava outra vez com J.D.:

— Isto é um absurdo. Quer dizer que não podemos aceitá-lo simplesmente porque você não gosta de Grady...

— Eu o *odeio*. E quero que ele deixe a cidade. É uma péssima influência para o meu filho...

— É meu filho também!

— ... e uma péssima influência para minha "esposa"...

— Você me *deixou*!

— ... e um assassino consumado, um bandido que não vale nada. Entendeu, Piper?

Os olhos de Grady irradiavam perigo.

— Saia da minha frente! — disse ele, pela terceira vez.

J.D. empertigou-se em toda a sua altura.

— Quero ver se você é capaz de me obrigar.

— Ele está tentando provocá-lo, Grady! — exclamou Teke.

— Saia da minha frente!

— Ele quer que você o agrida — balbuciou Teke. — E, depois que acontecer, vai acusá-lo de agressão.

Ela compreendeu, apavorada, que Grady ainda tinha o martelo na mão, abrindo e fechando os dedos em torno do cabo do instrumento.

— Não pode perceber? Ele não foi capaz de comprovar qualquer outra acusação contra você. É a última oportunidade dele. Está desesperado.

O ar no galpão estreito pareceu em suspenso pela eternidade que demorou para que a verdade das palavras de Teke atingisse o alvo. Grady respirou fundo. Sua mão apertou o cabo do martelo, enquanto o baixava para o lado do corpo. Fitou Teke. Seus olhos diziam que sabia, que aprendera a lição, que não cometeria nenhuma estupidez. Também diziam que ele a amava e que teria agredido J.D. com a maior satisfação se a provocação adquirisse forma de uma afronta a ela. Lentamente, sob controle, ele virou-se para J.D. e disse:

— Michael está lá fora, no frio. Pode estar no estábulo reformado ou no carro. Ou pode ter se embrenhado no bosque. Pode cair. Ou congelar. Se não tem o bom senso de ir procurá-lo, saia da frente para que eu possa ir.

Teke nunca amou Grady tanto quanto naquele momento. J.D. limitou-se a fitá-lo fixamente. Depois de vários segundos, o olhar se tornou perturbado. Ele franziu a testa, virou-se, olhou para a porta fechada. E, finalmente, abriu-a.

Michael não estava na obra. Nem no carro de Teke, nem no de J.D., ou na picape de Grady. Enquanto os três se embrenhavam no bosque, respirando em sopros rápidos de vapor branco, J.D. murmurou:

— Ele pode estar em qualquer lugar por aqui.

— Sei onde encontrá-lo — declarou Grady.

Com o casaco de Michael na mão, ele seguiu na frente, por uma trilha estreita que dava voltas pelo bosque, até o ponto em que pinheiros copados e bétulas desfolhadas se abriam para dar passagem a um córrego, um mero filete de água na neve.

Teke parou. J.D. parou atrás dela. Grady avançou pelos poucos metros restantes. Ajeitou o casaco nos ombros de Michael e agachou-se a seu lado. No silêncio do inverno no bosque, suas palavras soaram bem claras nos ouvidos de Teke:

— Foi errado não lhe contar quem eu matei, mas só fiz isso porque não queria deixá-lo transtornado. E não pensei que compreenderia. Algumas pessoas não compreendem. Homicídio é um crime terrível. Sou o primeiro a dizê-lo. Também sou o primeiro a dizer que nunca teria levantado um dedo contra o homem se não pensasse que sua mãe corria perigo. Homer a espancava e ameaçava fazer ainda pior. Como ele não quis largá-la, eu o agredi. Só então ele a soltou. Caiu no chão, batendo com a cabeça. Foi isso que o matou, segundo o legista.

Teke recordou o som da cabeça de Homer batendo no chão. Fora um impacto apavorante. Ela comprimiu o punho contra a boca.

— Também o chutou? — perguntou Michael, a voz abafada.

— Chutei. Estava furioso. Queria que ele se levantasse e lutasse comigo. Vinha me contendo e advertindo-o a não tocar em sua mãe há tanto tempo, que perdi o controle. Mas ele não se levantou. Continuei a gritar, e ele permaneceu imóvel. Foi quando percebi que havia morrido.

Michael encolheu-se dentro do casaco. Grady acrescentou:

— Eu me preocupei demais com sua mãe durante o tempo em que passei na prisão. Dizia a mim mesmo que não devia, porque não tinha mais nada com ela. Mas queria que sua mãe tivesse uma vida boa. Então descobri que ela se casou. Descobri também que teve filhos.

— Como? — perguntou Michael.

— Trabalhei para pessoas que conheciam outras pessoas. Sempre havia alguém que podia descobrir alguma coisa para mim. Vim para cá em outubro, apenas para vê-la e conversar. Juro que não pensava em mais nada. Já falei antes... se pudesse parar aquela picape antes de atropelá-lo, eu o faria. A última coisa que não poderia querer no mundo seria machucar um filho de Teke.

Teke fez um esforço para conter as lágrimas. Pela primeira vez, sentiu toda a dor de Grady, não apenas o sofrimento do momento, mas a angústia ao longo dos anos em que haviam permanecido separados. Ocorreu-lhe que ela ficara com a parte fácil — como Grady queria. Fora uma tola por não ter percebido isso mais cedo.

As lágrimas escorriam por suas faces, devagar, sem parar, quando Michael perguntou a Grady:

— Por que continuou aqui? Por sentimento de culpa?

— Se fosse isso, eu teria ido embora no dia em que você despertou do coma, quando soube que estava bem. Sabia que ninguém estenderia o tapete vermelho de boas-vindas para mim. Mas sua mãe se encontrava num estado lamentável, assim como você. Depois, passei a gostar de você. Fazia com que me sentisse bem, com a impressão de que eu valia alguma coisa. — Grady hesitou, mas acrescentou, baixando a voz: — E havia sua mãe.

— O que há com ela?

— Seu pai tem razão. Eu a amo. Amei-a desde que tinha doze anos de idade e continuarei a amá-la até o dia de minha morte. Mas não a tiraria de seu pai... a menos que ela quisesse ir. Não tenho muito a oferecer. Mas eu a protegeria, seria bom para ela, e a amaria para sempre.

Teke prendeu a respiração. Não podia pedir mais de um homem. Nem Grady nem ela podiam controlar o destino, e seria capaz de morrer se o destino os separasse de novo. Mas valia a pena o risco, só para ter o amor de Grady. Sua felicidade dependia disso.

Ela correu pela neve, enlaçou os dois pelo pescoço, chorando primeiro no rosto de Grady, depois nos cabelos de Michael. E sussurrou, quando finalmente conseguiu falar:

— Vocês dois são especiais para mim. Eu poderia passar o resto de minha vida sentada naquele galpão, vendo os dois trabalharem. Preciso que Grady me ame, Michael. Preciso que me ame apesar dos meus defeitos, e ele conhece todos. Preciso que você me ame da mesma maneira. Vai me amar assim?

Ela prendeu a respiração, esperando.

Depois de um longo momento, numa voz mais baixa do que alta, linda para Teke, em sua aceitação irônica, Michael disse:

— Não exatamente da mesma maneira, mamãe. Isso seria indecente, não é mesmo?

Ela riu. Apertou-o com força, virou a cabeça e deu um beijo no rosto de Grady. Só então, olhando para o bosque, por cima do ombro de Grady, percebeu que J.D. havia desaparecido.

J.D. guiou a esmo por algum tempo, primeiro pelas ruas de Constance, depois por Boston. Sentia-se perdido, sem qualquer propósito. Quando tentava invocar a arrogância, para se animar, ela se esquivava. Não compreendia como alguém tão insignificante quanto Grady Piper podia fazê-lo se sentir tão humilde. Porque fora isso o que acontecera. Era evidente que o homem gostava de Michael e amava Teke. J.D. não representava nada em suas vidas.

Isso o perturbava. Não queria ser sem importância. Na vida de *ninguém.*

Desesperado, querendo encontrar um terreno firme, ele voltou ao escritório. Os clientes precisavam dele, mesmo que Teke não precisasse. Os clientes o consideravam, mesmo que isso não ocorresse com Michael. E os clientes lhe pagavam. O que podia ser melhor?

Mal deixara o elevador e passara pela porta da firma quando, sem qualquer motivo aparente, a imagem de Virginia Clinger aflorou em seu cérebro. Permaneceu com ele durante todo o percurso até sua sala. Só depois que entrou, e a imagem se desvaneceu, é que ele compreendeu. Voltou ao corredor, farejando. O perfume era tênue, mas distinto. Ou outra mulher usando Obsession passara por ali há poucos instantes, ou Virginia se encontrava em algum lugar da firma.

Pensou nela entrando na sala de seu pai sem bater, para recuar embaraçada no momento seguinte. Pensou nela aparecendo em sua casa com um presente para a casa nova, e saindo desprezada. Pensou nos quatro maridos, no apetite para gastar, na propensão para a fofoca e no faro para a desgraça dos outros.

E pensou na audiência de confirmação de Sam, na ameaça de John Stewart.

Sem hesitar, ele tornou a sair para o corredor e foi até a sala do pai. A porta estava fechada. Ele abriu-a para deparar com John Stewart recostado em sua cadeira, com as mãos cruzadas sobre a barriga numa pose satisfeita, enquanto Virginia se empoleirava no canto da mesa, as pernas compridas graciosamente cruzadas.

Com a súbita entrada, John Stewart inclinou-se para a frente, e Virginia se levantou.

— Ora, ora, o que temos aqui? — murmurou J.D. — Uma visita de cortesia aos amigos da família? Ou alguma coisa mais proposital?

— Não pode ter a boa educação de bater na porta? — resmungou John Stewart.

J.D. ergueu o queixo na direção de Virginia.

— Ela teve?

— Olá, J.D. — disse Virginia, num tom de desafio. — Como tem passado?

— Agora que você pergunta... — Ele não pôde resistir. — ... não tenho sido o mesmo desde o nosso breve encontro no apartamento. Não foi tão ruim assim. Não foi mesmo. Você é uma mulher talentosa.

J.D. olhou para o pai, acrescentando:

— Ela lhe deu uma amostra ou está apenas se exibindo, na esperança de que você fique satisfeito só de olhar?

— Você tem a mente suja — disse John Stewart. — Deseja alguma coisa em particular?

— Claro. — J.D. passou o braço pelo de Virginia. — Ela.

Não seria um ato banal de jeito nenhum. Podia entrar no jogo com a maior facilidade.

— O que está acontecendo, Gin?

Virginia estudou-o por um momento, antes de se recostar nele.

— Não muito — respondeu ela.

Em voz mais baixa, J.D. comentou:

— Você não voltou. E disse que voltaria.

— Achei que não era desejada.

— Pude sentir seu perfume por todo o corredor assim que entrei. Trouxe recordações agradáveis. — Em tom ainda mais íntimo, ele arrematou: — Senti saudades.

Os olhos de Virginia faiscaram.

— É mesmo?

John Stewart limpou a garganta.

— Devemos nos encontrar mais tarde, Virginia?

Ainda olhando para J.D., Virginia alteou uma sobrancelha, inquisitiva. J.D. usou o mesmo tom de intimidade:

— Posso voltar para minha sala e esperar. É uma reunião importante?

— Estávamos apenas falando sobre Sam.

John Stewart levantou-se.

— Não era nada urgente. Conversaremos em outra ocasião.

— Sobre a nomeação para juiz? — perguntou J.D. a Virginia, ainda em voz baixa.

Ela confirmou com um aceno de cabeça.

— Estávamos especulando se o comitê sabe o que Sam fez com sua esposa. John dizia...

— Em outra ocasião — ordenou John Stewart.

Mas Virginia não o ouvia. Tinha os olhos fixos em J.D., que mantinha o rosto a poucos centímetros do seu.

— Seu pai acha que talvez eu deva dar um telefonema. Afinal, fui eu quem os viu juntos naquele dia... e seria apenas um telefonema.

J.D. já previra isso. O pai estava mesmo determinado a impedir a nomeação de Sam. Mas o que John Stewart aparentemente ainda não aceitara, apesar da ameaça anterior do filho, era o fato de que J.D. se tornara uma força que não podia ignorar.

— Pensei que havíamos chegado a um acordo nesse ponto — declarou J.D., olhando finalmente para o pai.

— *Eu* não darei nenhum telefonema — declarou John Stewart, encostando as pontas dos dedos no peito, com um ar inocente.

— Tem razão. Vai mandar Virginia fazer seu trabalho sujo.

— Ela não fará nada que não queira.

— Tem razão quanto a isso — concordou J.D.

Os dias de controle total do pai haviam acabado. John Stewart não impediria a confirmação de Sam, se dependesse de J.D. Ele não era nem um pouco irrelevante.

— Duvido que ela queira dar qualquer telefonema depois de conversar comigo. — J.D. deu um beijo no nariz perfeito de Virginia. Se necessário, beijaria todo o corpo perfeito de Virginia, até a confirmação de Sam, só para mantê-la calada. — Não quer dar um pulo até minha sala?

Não seria uma tarefa tão difícil. Fisicamente, era fácil possuí-la. J.D. sentia-se solitário. E com muito tesão. E o pai não escaparia impune de sua tentativa de intimidação desta vez. Quando ela se comprimiu contra ele, J.D. murmurou, com um sorriso cativante:

— É assim que eu gosto.

Ele piscou para John Stewart e saiu para o corredor, levando Virginia.

Dezenove

A audiência de confirmação de Sam perante o Conselho do Governador estava marcada para quatro horas da tarde. Annie planejava comparecer e combinara com Jason de dar uma aula em seu lugar. Foi só quando parou para um almoço, tarde, no refeitório, é que ela notou que não o vira durante o dia inteiro. De volta à sua sala, ligou para o apartamento de Jason. Desligou quando a secretária-eletrônica atendeu. Não estava preocupada. Ele nunca a deixara na mão.

Pouco antes de sair para se encontrar com Sam, ela recebeu um telefonema do presidente do departamento.

— Temos uma crise em nossas mãos — disse ele. — Pode vir à minha sala, por favor?

Annie olhou para o relógio. Calculou que tinha dez minutos de sobra, pegou suas coisas e subiu a escada apressada para falar com Charles Honnemann. A sala era grande, de teto alto, com tapetes orientais desbotados no chão e quadros a óleo nas paredes com rachaduras. Charles, sentado à sua mesa, estava com uma expressão sombria. Numa cadeira ao lado da mesa estava Georgia Nichols.

Annie não se sentou. Não podia demorar muito. Queria sair logo para se encontrar com Sam. A audiência era crucial. Ela sentia-se nervosa pelo marido.

Charles deu uma notícia que, por um momento, removeu tudo que tinha em sua mente:

— Jason Faust foi internado no hospital. Georgia o encontrou inconsciente em seu apartamento hoje de manhã. Ele está em coma.

Annie ficou atordoada.

— Em coma? O que aconteceu?

— Ele tomou uma overdose de drogas.

— Oh, meu Deus!

— Foi levado para o Deaconess. Os médicos estão tentando estabilizá-lo. Sabia que ele era tão infeliz?

Annie engoliu em seco. Uma overdose. Havia a questão do dinheiro, mas ele não lhe parecera deprimido com isso.

— Eu sabia que ele tinha um problema em casa.

Ela não sabia o quanto devia dizer. Jason lhe contara tudo confidencialmente.

— Não em casa — declarou Charles. — Aqui.

Seu tom incisivo deixou-a perplexa.

— Ele vinha se esforçando para terminar o curso em junho. Queria se tornar professor aqui no outono. — Ela lançou um olhar para Georgia, que parecia embaraçada. — Há alguma coisa que eu não saiba?

Charles suspirou.

— Acho que você sabe, mas não quer dizer.

— Não estou entendendo.

— Parece que Jason pode ter tentado cometer o suicídio porque estava apaixonado por você, e o amor não era correspondido. Tinha conhecimento do que ele sentia por você?

Annie ficou consternada. Pensou naquele dia em sua sala, mas já haviam transcorrido meses. Não podia acreditar que o problema agora tivesse alguma relação com aquele incidente.

— Eu sabia que ele gostava de mim. Era o que me dizia, o tempo todo.

— E você alguma vez disse que gostava dele?

— Claro. Porque gosto dele. E o respeito. Éramos amigos. — Para Georgia, ela acrescentou: — Falou com os médicos?

— Só com o médico que o recebeu ao dar entrada no hospital. — A voz de Georgia parecia tão contrafeita quanto a expressão. — Ele não pôde dizer muita coisa.

— Sabia que ele usava drogas? — perguntou Annie.

— Não.

— E você sabia? — perguntou Charles a Annie.

— Não. Nunca soube.

Ela lembrou que Jason lhe oferecera um cigarro de maconha, mas não podia contar isso ao presidente do departamento. Não tinha qualquer prova de que houvesse mesmo maconha ou de que ele fosse um consumidor.

— Georgia disse que Faust falou que teve um caso com você.

Annie prendeu o fôlego.

— Nunca!

Ela se sentia justificada na negativa. Houvera um momento perto da consumação, e mais nada depois.

— Por que ele diria isso, se não havia nada?

— Porque é assim que os jovens presunçosos às vezes se comportam. Não estou entendendo por que me chamou agora, Charles, desse jeito.

Ela ressentia-se da presença de Georgia. Se Charles tinha um problema a resolver com ela, Annie achava que sua posição lhe dava o direito de ter uma reunião particular.

— Como é Georgia quem está fazendo a acusação, achei que devia estar presente para confrontá-la.

— A acusação é infundada. — Annie olhou para o relógio. — Se não se importa, gostaria de voltar para minha sala agora. Ligarei para o hospital para saber se posso falar com Jason. E depois seguirei para Boston, onde tenho uma importante reunião.

Ocorreu-lhe nesse instante que sua aula teria de ser cancelada. Charles sacudiu a cabeça. Disse para Georgia:

— Por que não dá uma volta enquanto converso com a Dra. Pope?

Georgia retirou-se no mesmo instante.

— Charles...

— Não me sinto nem um pouco satisfeito — murmurou ele, fitando-a por baixo das sobrancelhas grisalhas e escassas. — Perguntei uma vez se havia qualquer coisa entre você e Faust. Respondeu que não havia.

— E *não havia.*

— Mas tudo faz sentido. Todos sabem como vocês dois são ligados. São vistos juntos, conversando, no refeitório, no salão de descanso, na sala de aula. Todo o departamento a viu com Faust na festa de Natal. Tentei adverti-la na ocasião.

— Eu não estava *com* ele. Apenas *conversamos* por um momento. Gosto dele. É um amigo. Sou casada... e feliz... com um homem que estará me esperando na escadaria do tribunal se eu não sair daqui em cinco minutos. Seria mais sensato se preocupar com o estado de Jason do que inventar ligações entre nós dois. Não houve absolutamente nada.

— Talvez você tenha dado a ele a impressão de que poderia haver, mas depois recuou.

Annie se irritou.

— Por que está tentando tirar conclusões do nada?

— Não gosto de suicídios inexplicados.

— Jason ainda não morreu. — Annie suspirou. Queria ligar para o hospital. E, depois, correr para se encontrar com Sam. — Tenho de sair agora.

Seu tom de urgência era veemente. Charles coçou a cabeça.

— Estou pensando que você devia considerar a possibilidade de tirar uma licença.

O coração de Annie deu um pulo.

— *O quê?*

— Uma licença.

Ela olhou ao redor, atordoada. Parecia que o pequeno germe do rumor explodira para causar uma devastação.

— Isso é um *absurdo*!

— Não posso admitir um escândalo em meu departamento. Deus sabe que já temos problemas suficientes para obter doações hoje em dia, e ter um romance professora-estudante, à beira do suicídio, não vai ajudar. Se você sair de cena com a devida discrição, é possível que tudo seja abafado.

— De onde tirou essa idéia? — gritou Annie. — Pensei que gostasse de mim.

— Gosto mais do departamento.

Ela se levantou, desapontada e furiosa. Queria ir embora, mas compreendeu subitamente que não podia. Quer tivesse mérito ou não, um escândalo poderia arruinar sua carreira. E também poderia — ela quase morreu ao pensar nisso — prejudicar a carreira de Sam. Tinha de dissuadir Charles. Precisava ir ao hospital, torcendo para que Jason saísse do coma e dissesse a verdade.

— Posso usar seu telefone? — pediu ela, a voz trêmula.

Ao aceno de cabeça de Charles, ela ligou para o escritório do marido, dizendo assim que ele atendeu:

— Tenho um problema aqui na escola. É melhor você seguir para a audiência sozinho.

Ela tentou permanecer calma, mas fracassou por completo. Percebeu no instante em que ouviu a preocupação na voz de Sam.

— O que aconteceu?

— Um problema difícil.

— Conte-me tudo, Annie.

A última coisa de que Sam precisava era daquilo, pouco antes da audiência. Mas Annie sentia-se bastante assustada, egoísta e desesperada para pedir apoio.

— Jason Faust foi encontrado inconsciente esta manhã. Em coma. Desconfiam de uma overdose de drogas.

— Sinto muito, Annie.

Ela se apressou em continuar, agora também com raiva:

— O problema é que Charles Honnemann, em cuja sala me encontro neste momento, está sugerindo que sou a causa da tentativa de suicídio de Jason. Sugere também que tive um caso com Jason, ou que lhe dei corda, deixando-o tão apaixonado que tentou se matar.

— Mas que absurdo! — exclamou Sam.

— Charles gostaria que eu tirasse uma licença para o caso ser abafado.

— Isso é ridículo!

A veemência levou-a a se perguntar como pudera duvidar da lealdade de Sam. Annie acrescentou, tremendo por dentro:

— É o que eu disse, mas Charles não concorda. Tenho de ficar aqui para conversar com ele. Minha carreira está em jogo. E a sua também.

— Mas ele não tem provas! É tudo especulação, e continuará sendo até que o rapaz possa falar!

— Eu sei — murmurou Annie, menos calma agora, porque Sam parecia transtornado, e era a última coisa de que ele precisava antes da audiência.

— Espere-me aí, Annie. Estou a caminho.

Ela suspirou.

— Não pode fazer isso. A audiência começará daqui a uma hora. Não pode vir até aqui e voltar a tempo.

— Pedirei um adiamento.

— Mas não pode! É importante demais, Sam!

— Isto é mais importante.

— Não, não... — Ela olhou para Charles. — Não passa de um rumor estúpido, espalhado por pessoas com mente ociosa e vida sexual inadequada. Você não pode faltar à audiência.

— Honnemann está aí?

— Está.

— Passe o telefone para ele.

— Sam...

— Passe o telefone para ele.

Annie obedeceu. Charles manteve-se impassível durante o curto tempo em que Sam falou. Depois de desligar, ele disse:

— Seu marido insiste em vir até aqui. Diz que devemos permanecer neste prédio até a sua chegada. Diz que minhas acusações beiram a calúnia e que não terá a menor hesitação em me processar e à escola, se sua carreira for desnecessariamente prejudicada.

Mas com isso Sam perderia a audiência de confirmação, pensou Annie. Ela virou-se. Foi para um canto da sala de Charles e arriou numa cadeira de encosto reto e alto; era bastante desconfortável, mas ajustava-se ao ânimo de Annie. Preferia que Sam não viesse. Ambos queriam aquele cargo na magistratura. O pedido de adiamento da audiência, ainda mais num prazo tão curto, poderia ser um ponto desfavorável. O fato de o marido se arriscar tanto dissipava por completo as dúvidas que ainda perduravam na mente de Annie.

Ela passou algum tempo sentada em silêncio, cabisbaixa. Então, subitamente, levantou-se de um pulo. Atravessou a sala, pegou o telefone e ligou para o hospital. Não descobriu nada na seção de informações sobre pacientes. Quando pediu para falar com um médico, teve que ficar esperando por dez minutos, até que desligou.

— Sinceramente, não vi nenhum sinal de depressão — pensou ela, em voz alta.

Fora isso que remoera naqueles dez minutos. Considerava-se uma boa observadora. Percebera os sinais de que Zoe sentia-se infeliz; e fugir para a casa de Papa Pete poderia ser uma coisa que a própria Annie faria. Também percebera sinais de que Jon desejava Leigh; portanto, a gravidez de Leigh, embora inoportuna, não fora inesperada. No entanto, a tentativa de suicídio de Jason não fazia sentido.

— Não havia nenhuma indicação em seus textos. De um modo geral, sempre transparece alguma coisa no que a pessoa escreve. Ele me mostrou obras originais, contos e poemas. Os temas não são nada sinistros. Percorrem toda uma gama de emoções. Não podem ser interpretados, sob hipótese alguma, como um grito de socorro.

Annie voltou à cadeira. Pensou na vida de Sam, no sacrifício que ele fazia, no tipo de amor que tornava isso possível. E, de repente, a versão que ele dera para o que acontecera com Teke parecia absolutamente plausível. "Faz mesmo sentido ele me desejar, tanto que perdeu o controle, pensando em mim enquanto estava com Teke." Deveria ter acreditado na história desde o início. Deveria ter confiado em Sam. Sentiu-se uma idiota.

Ele passou pela porta, um turbilhão de *tweed*, o mais próximo de um Príncipe Encantado que Annie jamais chegaria a vê-lo. Foi primeiro até ela, deu-lhe um abraço apertado e depois se virou para Charles.

— Você acusou minha esposa de comportamento impróprio, envolvendo um estudante. Eu gostaria de ouvir as provas de que dispõe para basear essa acusação.

A postura de Charles era rígida.

— Claro que há provas. Sua esposa e Jason Faust passam muito tempo juntos.

— Está enganado. Não passamos muito tempo juntos. — declarou Annie, sentindo-se mais ousada com a presença de Sam. — Jason é meu principal assistente. Além disso, estou orientando sua tese. Isso exige reuniões constantes.

— As pessoas têm comentado.

— Que pessoas? — perguntou Sam.

Charles alteou uma sobrancelha.

— Alguns professores já falaram comigo. Nunca aceitei, porque a Dra. Pope é muito apreciada por seus alunos. Seus cursos são os primeiros a serem preenchidos em todos os semestres. Presumi que podia haver uma ponta de inveja nos comentários.

Annie não pensara nisso. Gostava de conceder às pessoas o benefício da dúvida, ainda mais quando eram diferentes, como acontecia com inúmeros professores. Ficou irritada agora por não receber a mesma cortesia.

— Esses comentários de professores baseiam-se em ocasiões em que foram observadas impropriedades específicas? — indagou Sam.

— Nunca me falaram em impropriedades específicas, mas havia suspeitas em quantidade suficiente para sugeri-las.

— Suspeitas não têm a menor validade num tribunal — declarou Sam, numa voz que Annie podia imaginar no alto de uma bancada de juiz. Ele merecia a magistratura. Tinha de obtê-la. — Suspeitas não são admitidas sequer como indícios. Um júri não teria permissão para ouvi-las.

Charles acenou com a mão.

— Ninguém está falando em ir ao tribunal.

— Eu estou. Você formulou graves acusações contra minha esposa. Ela tem certos direitos, um dos quais é o de ser considerada inocente até prova em contrário.

— Ninguém está dizendo que ela é culpada.

— Você sugeriu que ela tirasse uma licença. Isto não seria uma admissão de culpa?

Charles passou um dedo por dentro do colarinho.

— Não. Seria apenas para deixar que o tempo trouxesse o esquecimento do caso.

— Mas o que há para ser esquecido? — indagou Sam. — Até agora temos apenas fofocas de professores invejosos. O que me diz da jovem que esteve aqui antes?

— Georgia Nichols — informou Annie. — Apresentei-a a você quando veio almoçar comigo aqui. É estudante de pós-graduação. E muito amiga de Jason.

— Ela é apaixonada por Jason? — perguntou Sam a Charles.

— Não sei. Mas foi ela quem o encontrou em seu apartamento.

— Ela mora com ele?

— Não que eu saiba.

— Portanto, ela tinha uma chave e abriu a porta para entrar, o que significa que tem um relacionamento com o rapaz que vai além de uma simples amizade. Talvez Jason sinta atração por minha esposa ou simplesmente goste muito dela. E Georgia tem ciúmes.

— É possível — reconheceu Charles, relutante.

— Não seria possível as acusações de Georgia serem falsas?

— Ela alega que Jason *disse* que estava apaixonado por sua esposa.

— Jason disse isso de brincadeira?

— Não sei. Eu não estava presente na ocasião.

— Nenhum de nós estava, Dr. Honnemann. Sugiro que ignore todo e qualquer rumor até que possamos conversar com o próprio Jason.

— Talvez não seja possível. — Mas a voz de Charles já não tinha mais a convicção e indignação anteriores. — Ele está em coma.

— Nesse caso, sugiro uma visita ao hospital para tentarmos falar com um dos médicos — declarou Sam, sem a menor hesitação.

Ele pegou Annie pelo braço e levou-a para fora da sala.

— Oh, Sam, sinto muito! — exclamou ela, no instante em que deixaram o prédio. — Não tinha a intenção de estragar tudo dessa maneira. O que vai acontecer com a audiência?

Ele ofereceu um sorriso despreocupado.

— Amanhã. À mesma hora, no mesmo lugar.

Annie sentiu um imenso alívio.

— Não reclamaram?

— Eu disse que era uma emergência de família. Como podiam reclamar?

Ela podia imaginar dezenas de reclamações.

— Talvez pensem que tem uma família instável ou um histórico de emergências de família que o levará a telefonar a todo instante para avisar que está doente.

— Todos sabem que sou um viciado em trabalho. Quando digo que é uma emergência, é mesmo. — Ele passou o braço pela cintura de Annie e apertou-a, enquanto andavam. — Não foi nada demais, Annie. Juro. E você trabalhou demais aqui para ter de suportar agora as acusações de Honnemann. É muita *desfaçatez* pedir que você tire uma licença baseada em rumores.

Annie parou de andar. Virou-se, pôs as mãos nos braços de Sam e disse:

— Tenho uma coisa para lhe contar, Sam.

Ela apressou-se em dizer as palavras antes de perder a coragem. O momento era certo. O instinto — e o amor por Sam — dizia-lhe isso.

— Venho querendo lhe contar há meses, mas tinha medo. Não há nada realmente entre Jason e eu, mas várias semanas depois do lance entre você e Teke tive um dia de pesadelo, cumulado por uma reunião dos professores. Sentia-me embaraçada, inferior, uma porção de coisas negativas. Jason me seguiu até minha sala. Conversamos, e uma coisa levou à outra. — Como Sam empalidecesse, ela apressou-se em ressaltar: — Mas nada aconteceu, absolutamente nada. Eu queria me sentir bela e sensual, mas queria você fazendo eu me sentir assim. Não pude fazer nada com Jason porque ele não era você.

Depois de um momento de silêncio, durante o qual ela morreu dez vezes, Sam perguntou, muito calmo:

— Até que ponto chegou?

— Houve algumas roupas abertas. E isso foi tudo. Ele ficou transtornado.

Sam parecia mais triste agora com o que ouvira.

— Ele está apaixonado por você?

— Acho que não. Conversei a respeito com ele depois. Jason sabe que amo você. Sabe que eu nunca poderia amá-lo... ou fazer qualquer coisa com ele. Somos realmente amigos. Mais nada. Desde então, ele não me passou mais nenhuma cantada. Tínhamos e continuamos a ter um ótimo relacionamento profissional. Não posso acreditar que tentaria o suicídio por minha causa. Mas há outras coisas que poderiam deixá-lo perturbado. O pai vem enfrentando graves problemas financeiros. Pela primeira vez na vida, Jason está tendo preocupações com dinheiro. No meio de tudo isso, descobriu que é diabético.

Ela recordou o ar despreocupado de Jason ao lhe contar. Só podia ser para esconder a angústia.

— Ele poder ter cometido suicídio por causa disso?

— Ou terá entrado em coma diabético? — Sam pegou-a pelo cotovelo e recomeçaram a andar. — No dia em que o encontramos no refeitório, você comentou que ele parecia pálido e cansado.

— Foi antes de saber o diagnóstico. Mas ele também não parece estar bem desde então.

Annie parou de novo. Tornou a segurá-lo pelos braços. Depois de tanto tempo preocupada com a maneira de contar o que acontecera com Jason, recusava-se agora a deixar que o problema de saúde do rapaz desviasse a conversa.

— Lamento por tudo isso, Sam. Eu o magoei ao fazer aquilo com Jason?

Com uma cara triste, ele murmurou:

— Como poderia ficar magoado se era em mim que você pensava?

— Eu deveria ter me controlado melhor.

— É o que acontece com todo mundo, só que não nos controlamos. E agora continuamos a nos amar, com verrugas e tudo? — Ele ofereceu um sorriso torto, radiante, em seu melhor estilo. — Eu amo você, minha vida, com verrugas e tudo.

Pela primeira vez em meses, Annie sentiu-se feliz. Sem pensar no decoro, passou os braços pelo pescoço de Sam.

— Também amo você, Sam. É a melhor coisa que já me aconteceu — Apertou-o com força, para depois sussurrar: — Isso tem me atormentado. Pensei que você ficaria furioso e se afastaria. Pensei que nunca mais ia querer me ver. Tenho me sentido culpada. E, agora, sinto vergonha por tudo o que pensei.

— Vergonha é uma emoção sem sentido — murmurou ele, nos cabelos de Annie. — Nem um pouco produtiva. Vamos embora.

Com um terno beijo na testa da mulher, ele a levou para o carro.

— Vamos conversar com os médicos para verificar se podemos esclarecer o que aconteceu com o rapaz.

A culpa que Annie sentia agora vinha de sua alegria. *Sam sabia e ainda a amava.* Ela poderia até dançar em exultação, se não fosse pelo problema de Jason.

Chegaram ao hospital preparados para deparar com uma cena comparável, em desespero, à do acidente com Michael. Encontraram os pais de Jason ali, mas não havia medo nem choque. Jason estava na cama. Embora não parecesse em condições de se levantar e disputar uma partida de Frisbee, estava acordado e alerta.

— Esperávamos encontrá-lo meio morto! — disse Annie, depois de ser apresentada aos pais dele. — Honnemann disse que você estava em coma. Georgia sabe que você está bem?

Ele confirmou com um aceno de cabeça.

— Ela acabou de telefonar.

Jason parecia exausto.

— O que aconteceu? — perguntou Annie.

— Meu remédio.

— Ele não nos disse que já tinha o diagnóstico — interveio a mãe. — Se soubéssemos, nós o teríamos levado para casa, a fim de consultar nosso especialista.

— Mãe, meu médico aqui também é um especialista.

— Mas ele fez alguma coisa errada, não é?

— Calma, Addie — murmurou o pai de Jason.

Annie mudou a posição do corpo, para poder sentir Sam por trás.

— A notícia foi a de que você havia tomado uma overdose de drogas. Honnemann ficou muito agitado ao pensar que um de seus alunos poderia ter tentado se matar.

Jason riu e fechou os olhos.

— O velho idiota deve ter pensado que fiz isso por amor a você, Annie.

— Foi isso mesmo que ele pensou — murmurou Sam.

Annie já começava a pensar que seria melhor deixar a conversa para outro dia, quando Jason tornou a abrir os olhos.

— Foi?

— Infelizmente — disse Sam.

— Sinto muito, Annie. Se eu tivesse pensado antes, deixaria um bilhete. — Quando Annie revirou os olhos, ele acrescentou: — O que mais Honnemann disse?

Ela contou. Agora que Jason estava acordado, agora que Sam sabia de tudo, com a audiência adiada, sem maiores problemas, a situação era até engraçada. Annie encerrou com um comentário:

— Imagino que o "velho idiota" está neste momento trancado em sua sala, apavorado com a perspectiva de ser envolvido num processo por calúnia.

Ela sentiu a mão de Sam em suas costas e virou o rosto para fitá-lo.

— Devemos deixar Jason descansar — murmurou ele.

Annie concordou, balançando a cabeça. Apontou para Jason.

— Trate de descansar. Virei visitá-lo amanhã. — Para os pais de Jason, ela acrescentou: — Ele é um ótimo rapaz, provavelmente o mais inteligente do departamento. Quero-o de volta às aulas o mais depressa possível.

Houve agradecimentos e despedidas. Sam e Annie deixaram o hospital. No entanto, quando ele deu a partida no carro, Annie franziu a testa.

— Está indo na direção errada. Temos de deixar a cidade. Deixei meu carro na escola.

— Iremos buscá-lo mais tarde. Há uma coisa que quero fazer primeiro.

O olhar de Sam era uma indicação. Ansioso e sugestivo. Desceu dos olhos de Annie para a boca, os seios e desceria ainda mais se ele não estivesse guiando. Annie teve de interrompê-lo para se desviar de um carro, por um triz.

Ela pegou a mão do marido. Beijou-a. Encostou os dedos no ponto de pulsação no pescoço. Não disse nada. As palavras seriam uma intromissão no que estava acontecendo entre os dois. Ela quase que podia ver os terminais nervosos da fusão de almas que se haviam rompido em outubro, tornando depois a se encontrar, enroscando-se, enlaçando-se, conectando-se, de uma maneira que nunca mais seria desfeita. E era assim que ela queria.

Em nenhum momento disse isso a Sam. Não com palavras. Em vez disso, depois que ele deixou o carro com o porteiro do Ritz-Carlton, levou-a para dentro e pegou um quarto lá no alto, com uma vista do parque, Annie demonstrou tudo o que sentia ao amá-lo com seu corpo.

E ele correspondeu da mesma forma.

J.D. combinou que levaria as crianças para jantar fora. Queria conversar com elas. Não fora muito bom de conversa no passado, mas também nunca soubera cuidar de si mesmo, até o dia em que precisara. Esperava que a mesma coisa acontecesse com seus filhos.

Depois de pegá-los em Constance, levou-os para um bom restaurante na estrada. Existia há anos, recendia a história e estabilidade. Como a conversa envolvia mudanças, ele achava que o ambiente poderia lhes proporcionar algum conforto. Ou pelo menos era o que esperava. Não tinha certeza se daria certo. Era novo na avaliação psicológica de crianças.

Leigh parecia muito bem, sem a menor aparência da gravidez. Jana, que adorava sua companhia, sentia-se na glória. Michael balançava-se nas muletas, dando a impressão, para um observador estranho, de que era um garoto recuperando-se da perna quebrada.

Começaram com a sopa de mariscos. J.D. decidiu que não abordaria o problema naquele momento, pois não queria estragar o resto da refeição se alguma coisa saísse errada. O mesmo raciocínio prevaleceu durante a salada, bem como no intervalo, quando saborearam uma segunda cesta de pão de milho. Ele pensou em falar quando os pratos principais foram servidos, mas todos se mostravam tão afáveis que lhe diminuiu o ânimo.

Leigh descreveu como era a aparência de seu bebê naquele momento. Jana relatou, em detalhes macabros, o filme de horror que assistira na noite anterior. Michael falou sobre sua canoa.

J.D. sabia que o filho o testava. Embora o assunto o incomodasse, ele não disse nada. Pensara muito sobre aquela tarde no galpão em que Grady fazia a canoa. Odiava o homem. Mas era um ódio irracional. E John David orgulhava-se de ser um homem racional. Sua parte racional dizia que Grady ajudara muito na recuperação de Michael. Também dizia — embora ele nunca fosse admiti-lo para Sam ou Teke — que Grady não era perigoso. E dizia ainda que Michael, ainda furioso com Sam, precisava de um modelo masculino de vez em quando. J.D. não se sentia encantado com a perspectiva de Grady ser esse modelo. Mas tudo bem. Ele veria as crianças também. Tinha uma isca.

Quando a sobremesa chegou, ele ainda especulava como abordar o assunto. Jana resolveu o problema ao perguntar:

— O que vai acontecer com você e mamãe? Era sobre isso que queria conversar, não é mesmo?

— Garota esperta... — J.D. optou pela saída dos covardes. — O que vocês acham?

— Acho que você vai pedir o divórcio.

— Como se sentiria se eu pedisse?

— Ela merece.

— Isso não é justo — protestou Leigh.

Michael concordou.

— Toda história tem dois lados.

— Onde aprendeu isso?

O olhar apreensivo que ele lançou para J.D. dizia que fora Grady quem falara. J.D. já ia fazer um comentário depreciativo sobre máximas banais, mas se conteve a tempo. Sam poderia ter dito a mesma coisa, assim como Grady, e este respeitava Sam. E toda história tinha mesmo dois lados.

— Ainda não nos sentamos para acertar os detalhes, mas acho que o divórcio é inevitável. — Houve um momento de silêncio. J.D. foi olhando de um rosto para o outro. — E então?

— Você não parece infeliz — disse Leigh.

— Em termos intelectuais, estou infeliz, sim. A dissolução de qualquer casamento é lamentável. No entanto, em termos emocionais, sinto-me aliviado.

— Aliviado por se livrar de nós? — perguntou Michael.

— Claro que não. Agora estou iniciando um novo relacionamento com vocês. — Ele não iria deixar de ser importante na vida de seus filhos. — Há um ano, eu não sairia para jantar fora com vocês sem sua mãe. Não é tão ruim assim, não é mesmo?

Havia uma satisfação pessoal em saber que podia controlar a situação.

Ninguém respondeu a sua pergunta.

— É ruim?

— É estranho — murmurou Leigh.

Jana deu de ombros.

— Acho que é ótimo. Mamãe às vezes é uma chata.

— Ainda está zangada com ela pelo que fez? — indagou J.D.

— *Você* não está? Foi *terrível.*

— Também acho. Eu não recomendaria que fizessem a mesma coisa. Mas acho... — J.D. hesitou — ... acho que tudo pode acabar bem.

— Tem se encontrado com outra? — perguntou Leigh, nervosa.

— Não.

A expressão de Michael era cética.

— Will Clinger disse que a mãe dele já esteve em seu apartamento e que sempre telefona.

— Will Clinger é tão fofoqueiro quanto a mãe. Mas é verdade que ela já esteve no meu apartamento. Levou biscoitos para o café da manhã, pouco depois que me mudei. — Não havia sentido em contar o que haviam feito nessa ocasião ou nas subseqüentes. — Ginny e eu nos conhecemos há muito tempo. Somos bons amigos.

— Você vai ser o marido número cinco?

— Não há a menor possibilidade. Um novo casamento não consta de meus planos imediatos.

— E o que consta? — indagou Jana.

— Agora, uma mudança para Palm Beach.

— Na Flórida?

— Tão longe?

— Está brincando?

Jana elevou a voz acima da enxurrada de perguntas:

— Vai abrir um novo escritório da firma, como vovô sempre fala?

— Não. Ingressarei numa firma diferente. — Era esse o objetivo: estar onde o pai queria, mas não como ele queria. — Essa firma já tem um escritório lá.

— Em Boston também? — perguntou Michael.

J.D. notou que ele parecia o mais assustado dos três. Era compreensível, já que era o caçula. E também era lisonjeiro. Agradava-lhe a idéia de deixar saudades. As pessoas inúteis não deixavam saudades.

— Em Boston também. Mas trabalharei em Palm Beach.

— Por quê?

— É tão longe!

— Vovô ficou furioso?

— Ainda não contei a seu avô. Queria que vocês três fossem os primeiros a saber. Ninguém mais sabe, nem mesmo meus futuros sócios. Se acharem que está bem, ligarei para eles amanhã.

Ninguém disse nada.

J.D. sentiu um momento de irritação. No passado, teria simplesmente *comunicado* sua decisão. Agora, tentava compreender que eles deviam estar se sentindo apreensivos. Tentava lhes oferecer uma participação em seu futuro. Tentava fazer o que achava que *Sam* teria feito. O mínimo que podiam fazer, em retribuição, era tentar agradá-lo.

— E então?

— O que faria se disséssemos não? — indagou Jana.

"Eu iria de qualquer maneira", disse ele, silenciosamente. Já tomara sua decisão. Precisava sair de Boston, ficar longe de Teke e Grady... e de John Stewart.

— Se disserem não, tentarei explicar que preciso dessa mudança. Venho trabalhando sob o controle de seu avô há muito tempo. Preciso fazer as coisas sozinho. E tenho amigos em Palm Beach. Gosto deles e eles gostam de mim.

"O suficiente para que me entreguem a parte jurídica de seus empreendimentos imobiliários." John Stewart ficaria *furioso*.

— Terei muito trabalho pela frente, quero voltar a jogar golfe e o clima é quente. Terei também uma casa sensacional, com quartos para vocês, além de uma piscina. Pensem nas férias que terão.

— E Sutters Island? — perguntou Michael.

— As férias que passávamos em Sutters Island são coisa do passado para mim, Michael — respondeu ele, com alguma tristeza. — Mas vocês ainda podem ir. O mesmo acontece com o chalé. Pode haver ocasiões em que me encontrarei lá, com vocês, mas agora preciso fazer alguma coisa nova.

Leigh estava cautelosa.

— Não quer estar aqui quando meu bebê nascer?

— Voarei de volta no instante em que precisar de mim.

— Mas o bebê já terá nascido quando chegar.

— Nesse caso, eu o verei no berçário. *Estarei* aqui, Leigh. Não vou abandoná-los.

— É o que parece — resmungou Jana.

— Não. O telefone existe para isso. Poderemos conversar sempre que quisermos.

— Você sempre briga quando a conta do telefone é muito alta.

— Não vou mais brigar. Prometo. E tem de pensar de outra maneira, Jana. Passará mais dois anos em casa e depois irá para a universidade. Provavelmente vai me ver na Flórida o tanto que me veria aqui.

— Vai nos deixar sozinhos com mamãe.

— É tão horrível? Ela espanca vocês?

— Não.

— Deixam vocês com fome?

— Claro que não. Ela quase nos obriga a comer.

— Não parece estar sofrendo — comentou J.D., com um olhar sugestivo para o corpo esguio de Jana.

— Ela vive reclamando.

— De quê? Por causa da escola? Por falar demais ao telefone? — J.D. não via qualquer defeito nisso. — Para que passe mais tempo com Zoe? Você deveria, Jana. Zoe também passou por maus momentos.

— Eu sei — admitiu Jana. — Mas ela é doce demais.

— E o que há de errado nisso?

— Zoe é boa demais. Não é bastante divertida. Não vai beber com a gente por trás do aterro sanitário.

— Com quem? Quem está bebendo por trás do aterro? — Só depois que J.D. voltou a ser como antes é que os lábios de Jana se contraíram num sorriso. — Está brincando comigo. Não faça isso, Jana. Não gosto de bebida e não gosto do aterro sanitário.

— Já comprou uma casa na Flórida? — perguntou Michael.

Ele respirou fundo.

— Ainda não. Estava esperando que a decisão fosse definitiva. — J.D. tornou a olhar um a um. — E então? O que vocês acham? Devo comprar?

— Vovô vai ficar uma fera — advertiu Jana. — Qual seria a sua reação se eu fizesse a mesma coisa?

"Deus me guarde das filhas espertinhas", pensou J.D.

— Também ficaria uma fera. Mas talvez fosse diferente, se fôssemos só você e eu. Seu avô e eu podemos ser sócios na firma, mas ele sempre foi meu chefe. E acho que isso não é certo. Eu não faria a mesma coisa com você. Se quisesse trabalhar na minha firma, eu não me meteria em seus negócios.

Ou pelo menos tentaria não fazer isso, orou J.D., mais uma vez como Sam.

— Eu poderia trabalhar na sua firma?

— Não vejo por que não, presumindo que se saia bem na faculdade de direito.

— Mesmo com todos os outros sócios?

— A essa altura eu já teria tanta influência quanto qualquer outro. Se não quisessem aceitá-la, eu sairia com meus clientes.

Jana animou-se ao ouvir isso.

— Jura?

— Claro. — Ele era ambivalente sobre mulheres na advocacia, mas tinha certeza de que Jana seria a melhor de todas. Tratou de ampliar o convite. — O mesmo se aplica a vocês dois. Não sou avesso à idéia de ter uma firma familiar.

— Não conte comigo — declarou Leigh. — Quero ter seis filhos.

— E eu quero aventura — acrescentou Michael, com uma animação que J.D. não via desde aquela tarde distante no final do verão, na Sutters Island. — Ainda bem que está rompendo com vovô, porque agora não preciso mais me sentir tão mal por não querer ser advogado. Quero construir barcos e depois levá-los para lugares fascinantes.

Ele fez uma pausa, os olhos se iluminando.

— Posso fazer um cruzeiro pelos Everglades. Estaria perto de você.

— Numa canoa? — perguntou Jana, cética.

— Claro que não. Num hidrofólio. Faria um documentário sobre os efeitos do aquecimento global na população de jacarés. Talvez traga um filhote para você criar como bichinho de estimação.

— Faça isso — disse Jana, com um sorriso insidioso — e vai encontrá-lo escondido na sua cama, de tal maneira que não saberá que se encontra ali, até esticar as pernas e tocar nas escamas com as pontas dos pés.

Leigh fez uma careta.

— Isso é nojento.

— O que quero mesmo é um cachorro — declarou Michael. — Sempre quis ter um cachorro.

— Papai detesta animais — lembrou Jana.

— Mas papai vai se mudar para a Flórida. Não seria maravilhoso se ele nos desse um cachorro como presente de despedida?

— O presente deve ser para papai, já que é ele que vai embora — ressaltou Leigh.

— Isso não impede que ele dê um presente para quem fica.

Três pares de olhos viraram-se para J.D.

— Por que tenho a sensação de que estou sendo manipulado? — indagou ele.

Ninguém respondeu. E ele nem se importou. Tinha filhos extraordinários. Se queriam um cachorro, ele providenciaria um cachorro. Desde que o deixassem com Teke quando fossem visitá-lo, não haveria qualquer problema.

Teke usava o *peignoir* de seda que J.D. lhe dera no penúltimo Natal, o *peignoir* que era extraordinariamente convencional. Se fosse ambiciosa, ela trataria de pintá-lo, bordá-lo com pedras de cristal ou aplicar-lhe algum ornamento brilhante na lapela. Mas era confortável... e quanto mais usava, quanto mais fazia a lavagem a seco, mais confortável se tornava. Guardava lembranças de *brunches* na cozinha, nas manhãs de domingo, de *tête-à-têtes* com as crianças até tarde da noite. Era o *peignoir* que ela abrira quando se entregara a Sam, com que saíra correndo para a rua, atrás de Michael, o mesmo que usara no hospital naquele dia horrível.

O *peignoir* tinha memórias mistas, mas ela precisava de todas. Era o que compreendia agora, sentada num canto do sofá, tomando um café. Uma pessoa não podia apagar as lembranças que moldavam sua existência. Ela era uma mistura de passado, presente e futuro.

No momento, Teke pensava, acima de tudo, no futuro. As crianças haviam saído com J.D. A casa estava silenciosa. O hábito a poria na cozinha, preparando iguarias que comeriam no dia seguinte. Mas ela deliberadamente se absteve de cozinhar. As crianças já tinham o suficiente para comer, não precisavam de mais, e ela não tinha a obrigação de se manter ocupada durante o dia todo. Tomara um banho demorado e gostara. Agora relaxava, pensando que as crianças haviam crescido, pensando em cuidar de um neto. Era inevitável que pensasse em Grady, especulando qual seria o seu papel nas memórias esperando para se formarem.

A campainha da porta soou. Ela sabia que era Grady muito antes de abrir a porta. Pôde senti-lo no ar, na maneira como o coração batia um pouco mais depressa, no calor que se espalhava pelas faces. A expressão intensa em seu rosto acelerou a reação de Teke.

— Está sozinha? — perguntou ele, em voz baixa.

Ela confirmou com um aceno de cabeça.

— As crianças saíram com J.D. Não devem voltar antes das dez.

Eram oito horas. Ele entrou e fechou a porta. Sem dizer nada, pegou a mão de Teke, estudando por um momento os dedos sem anéis. Depois, enquanto o coração dela disparava, Grady levou-a para a escada. Foram até seu quarto. Retiraram a colcha que cobria a cama.

Ele enfiou os dedos pelos cabelos de Teke e inclinou o rosto para um beijo ardente. A fome era evidente em sua língua... evidente e excitante. Teke nem pensou em resistir. Sua raiva há muito se dissipara. Quanto ao medo, ela achava que era absurdo. Grady não a deixaria.

Nunca a deixara. Apenas fora *afastado* dela. Havia uma diferença. Mas nada disso era relevante para o momento. Há meses que Teke o desejava, há anos que precisava dele. Grady era parte de seu ser. Grady a completava.

Grady manteve a boca acariciando-a nos lábios, no ouvido, no pescoço, enquanto tirava sua roupa. Jogou longe uma peça depois da outra, cada uma numa direção diferente, numa reivindicação de território que Teke achou impecável. J.D. partilhara seu quarto durante dezenove anos, mas sua permanência acabara. Teke não podia pensar num lugar mais apropriado para fazer amor com Grady.

Depois de fazer com que o *peignoir* se tornasse uma poça em torno dos pés de Teke, ele comprimiu seu corpo contra o dela. Ela soltou um grito de prazer intenso e atordoante. O alívio foi tão grande que ela gritou de novo, desta vez na boca de Grady. Passou os braços pelo pescoço dele, deslizando as mãos sobre sua pele nua, num esforço de sentir o máximo que podia. Ele era o lar, era o refúgio, era o paraíso.

E o paraíso foi seu último pensamento consciente, porque a sensação prevaleceu daí por diante. Ela sentia o frio do lençol em suas costas, o calor do corpo de Grady na sua frente, a textura de seu tronco e membros contra sua pele macia, a imensidão entre suas pernas. Sons saíam da garganta de Teke, mas tudo que ela ouvia era a agonia do prazer e sem a menor vergonha. Amava Grady. Adorava Grady. *Idolatrava* Grady. Desde que tinha dez anos. E isso nunca mudara.

Grady dentro dela era diferente de todas as outras experiências de sua vida. Era a destruição e a ressurreição, a carícia e o fogo, até alcançar o orgasmo pelo qual algumas mulheres podiam matar. E Teke teria morrido feliz naquele momento, se pudesse manter Grady ali dentro para sempre.

Não era fisicamente possível, é claro. Depois do orgasmo, que provocou gritos simultâneos e espasmos quase intermináveis, Grady relaxou em cima dela, deixou a respiração escapar devagar, depois resvalou para o lado.

Com a mão que tremia, ele afastou os cabelos da umidade naquele rosto que tanto adorava.

— Minha Teke...

Ela sorriu, pegou a mão dele e comprimiu-a contra a boca. Ainda num sussurro, Grady acrescentou:

— Você está em meu sangue. Desde os dez anos de idade, quando a vi parada com um curativo na perna e a cara apavorada. Acho que nasci para isso.

Depois de cuidar dos outros por tantos anos, Teke sentiu uma nova erupção de ternura em seu coração. Virou-se para fitá-lo. Com as pontas dos dedos, acompanhou os contornos do nariz, da boca, da clavícula. O corpo de Grady fascinava-a. Passara por muitas coisas nos anos que haviam transcorrido desde a última vez em que o vira. Ainda assim, continuava forte e digno. E bastante viril para deixar muitos outros homens envergonhados.

— Eu quero você, Teke.

Ela sorriu.

— Já me tem.

— Mais. Quero você mais. Ainda tem medo?

Ela sacudiu a cabeça.

— Como posso ter medo, se foi tão maravilhoso?

— Ainda está zangada porque a mandei embora de Gullen?

— Isso foi no passado. Agora é diferente.

— Como sabe que não a deixarei de novo?

— Porque não foi embora quando Michael estava doente. E não partiu quando J.D. fez tudo para que fosse embora. Além do mais... — sorriu, presunçosa — ... eu não deixaria. Não hesitaria em reagir.

Um sorriso contraiu os cantos da boca de Grady.

— Reagiria, hein?

— Pode apostar que sim.

— Quer casar comigo?

A felicidade desabrochou.

— Pode apostar que sim. Mas onde vamos morar?

— Aqui mesmo, em Constance. Há muito trabalho para mim nesta cidade.

— Estou pedindo a casa a J.D. Moraria aqui?

— Talvez.

— Em *minha* casa?

— Faria com que fosse minha.

Ele falou com uma arrogância que a fez lembrar de J.D., só que muito mais gentil.

— E as crianças?

— Eu quero as suas.

— E eu quero a sua.

— Shelley?

— E as nossas.

Grady prendeu a respiração de uma maneira audível. Depois de um momento, murmurou:

— Podemos?

— Espero que sim.

— Você não se importaria?

— É para isso que fui feita.

Ela desceu a mão pelo corpo de Grady e tornou a subi-la pela parte interna da coxa. Ele já a desejava de novo. Não teria qualquer problema para conceber. Havia um ponto em aberto em Teke, esperando por ele. E seu filho. E dela também. Um filho deles. Uma vida rica e plena. Era uma pessoa abençoada.

Vinte

A nomeação de Sam saiu no início de março. Depois de telefonar para Annie e dar a notícia, ele percorreu o corredor da firma, como fizera cinco meses antes, para partilhar a notícia emocionante com seu melhor amigo. Pois era assim que ainda considerava J.D. Vinte e dois anos de relacionamento não podiam ser apagados por uns poucos minutos de descuido. Com J.D. a caminho da Flórida e Sam saindo para a magistratura, nunca mais seriam tão íntimos como antes. Mas J.D. fazia parte de quem Sam era. E ele gostava de pensar que a recíproca também era verdadeira. J.D. apertou sua mão quando soube.

— É o que você merece, Sam. Meus parabéns.

— Eu não teria conseguido sem você.

— Talvez não — murmurou J.D., com um sorriso arrogante. — Só torço para que não se sinta entediado.

Sam também esperava que não. Estava acostumado a trabalhar num tribunal, não a recostar-se e observar os outros em ação. Agora que a nomeação era uma realidade, ele esperava que a decisão tivesse sido a certa.

— Tenho a opção de permanecer no cargo pelo resto da vida, mas não existe uma obrigação. Se começar a me sentir louco, sempre posso pedir demissão.

— John Stewart não ficará nem um pouco satisfeito com sua nomeação.

O sorriso de J.D. se tornara malicioso, não muito diferente do que exibira quase trinta anos antes, quando Sam o persuadira a perder uma semana de aulas para experimentar o Mardi Gras* em New Orleans. Sam também sorriu.

— Também acho que não. Obrigado por mantê-lo sob controle.

Ele não sabia como J.D. conseguira e não o deixaria em situação difícil ao perguntar, mas era a única coisa que fazia sentido. John Stewart estava determinado a impedir que Sam obtivesse o cargo, e era um homem duro de ser contido. Mas J.D. o fizera. Sam não apenas se sentia agradecido, mas orgulhoso do amigo.

— Agora, se você pudesse fazer alguma coisa por Michael...

— Ah, Michael... Ele sempre faz o que quer.

— Conversa com você a meu respeito?

J.D. sacudiu a cabeça. Sam suspirou.

— Talvez ele fique bastante impressionado com essa história de "Meritíssimo" para fazer as pazes. Sinto muita saudade de Michael. E gostaria de ficar de olho nele depois que você se mudar para o sul. Quando vai partir?

— Acho que dia 15 de abril. Comprei uma casa espetacular, com um pátio interno e uma piscina. As crianças vão adorar.

— Aposto que sim.

Zoe já falara sobre a piscina. Jana a convidara para uma visita assim que J.D. se mudasse. A pobre Zoe estava convencida de que o convite só saíra porque Jana não ousava impingir qualquer outra de suas amigas ao pai. Sam não podia negar essa possibilidade, mas desconfiava que havia mais delas em ação. Zoe e Jana tinham uma história, assim como Sam e J.D.

— Tomarei posse dentro de duas ou três semanas. Você vai?

— Se puder, irei. Avise-me quando marcarem a data.

Sam prometeu que avisaria. Deixou J.D. e foi para casa, a fim de comemorar com Annie e as crianças. Ao final da tarde seguinte, atravessou o bosque até a casa dos Maxwells. Levava um pacote grande

* Espécie de carnaval, terça-feira gorda. (N.T.)

para Michael, que fazia os deveres de casa no jardim-de-inverno quando ele chegou.

— Qual é a matéria? — perguntou Sam, olhando por cima do ombro do garoto.

No passado, Michael largaria o dever de casa no instante em que Sam entrasse. Agora, limitou-se a murmurar, enquanto continuava concentrado:

— Matemática.

Sam notou que a letra do garoto melhorara.

— E como está indo?

— Muito bem.

— Como você se sente?

— Ótimo.

— Quando acha que voltará para a escola?

— Não sei.

— A perspectiva deve ser um pouco assustadora.

— Um pouco.

— Qualquer coisa é assustadora a princípio, depois que você passa algum tempo longe. Dá medo por uns dias. Quando finalmente faz, descobre que não é tão ruim quanto imaginava.

Michael lançou-lhe um olhar irônico.

— Desculpe. — Sam detestava fazer sermão. — Mas você tem de voltar à escola, se quer jogar beisebol. Os testes vão começar daqui a um mês.

Michael ficou horrorizado com a sugestão.

— Não posso jogar.

— Claro que pode. Não há nada de errado com seu olho ou seu instinto, e essas são as duas coisas mais importantes.

— Não posso correr.

— Pelo que ouvi dizer, você se sai muito bem quando quer. Além do mais, um substituto pode correr pelas bases, até que suas pernas recuperem a forma. É o que fazem na liga principal, quando um grande batedor não pode correr.

Michael voltou a olhar para o dever de matemática.

— E quem disse que ainda sou um batedor?

Sam lançou um olhar avaliador para o garoto.

— Você pode estar enferrujado, mas tudo voltará ao normal. E meu palpite é de que voltará ainda melhor, com toda a fisioterapia que vem fazendo. Enquanto os outros têm corrido de um lado para o outro de uma quadra de basquete, você fica levantando peso.

— É apenas fisioterapia.

— É malhação. Você está mais alto do que era na última temporada. E mais largo nos ombros. Aposto que pode acertar uma bola no momento em que quiser.

Sam prendeu a respiração.

— Não, obrigado.

— Não vai saber até tentar.

— Esperarei.

Sam soltou a respiração. Não sabia como reconquistar a amizade de Michael, mas não seria por falta de tentativa. Com um baque seco, ele pôs o pacote em cima do dever de matemática. Michael recostou-se.

— O que é isso?

— Abra e veja.

Depois de uma breve hesitação, Michael rasgou o papel pardo do embrulho. Restava apenas uma parte quando seu rosto se iluminou com um entusiasmo que fez com que todo o esforço de Sam valesse a pena. Era o equipamento de edição e controle de imagens que Michael queria há muito tempo.

— Um bom equipamento — murmurou ele, sem levantar os olhos. — É um suborno.

— É, sim — respondeu Sam, sem o menor escrúpulo. — Quero que faça o vídeo da minha posse e da recepção depois. O que me diz?

Michael passou as mãos pela caixa, reverente.

— Não posso usar uma filmadora de muletas.

— Então deixe as muletas em casa.

— Preciso delas.

— Precisa mesmo? — Sam sabia que ele não precisava. Era o que seu tom de voz indicava. — Posso ajudá-lo a montar o equipamento, se quiser. Meus pais adorariam ter uma fita para levar para casa. O pai de Annie também. O que me diz? Vai fazer o vídeo ou não?

— Acho que não.

— Eu gostaria muito. — Sam estendeu o braço pelos ombros de Michael e deu-lhe um abraço afetuoso. — Vamos, Mike. Não pode continuar brigado comigo para sempre. Sinto saudade do tempo que passávamos juntos. Seu pai vai para a Flórida, Jon vai se casar. Com quem poderei jogar bola senão com você?

— Encontrará alguém.

— É você que eu quero.

Como Michael não respondesse, Sam respirou fundo e empertigou-se.

— Está bem. Eu lhe darei mais algum tempo, mas só até a minha posse. Quero você lá, Michael. É um dos dias mais importantes de minha vida. Quero a presença de todas as pessoas que amo.

— Minha mãe estará presente.

Sam ignorou a insinuação de algo impróprio entre os dois.

— É verdade, sua mãe e suas irmãs, meus filhos e minha esposa, meus pais, Papa Pete, todos os nossos amigos. Mas quero que você também vá, Michael. Pode tentar?

Com um abraço final e um tapinha nos ombros de Michael, Sam o deixou absorto em seus pensamentos.

Teke fez tudo o que podia para convencer Michael a comparecer à cerimônia de posse de Sam. Considerava que seria um marco, o começo de uma vida nova para todos. Sabia que vinte anos depois ele não se lembraria se voltara à escola em março ou abril, mas lembraria, sim, que comparecera à posse de Sam. Por isso, Teke não queria que ele deixasse de comparecer e se arrependesse depois.

Mas Michael se recusava a ouvir a voz da razão. Ela recorreu a todos os argumentos. Pediu a Grady para tentar, pensando com certeza que ajudaria. Michael tinha tanta consideração por Grady quanto demonstrava antes por Sam. No final, ela compreendeu que isso era parte do problema. Já que tinha Grady, Michael não precisava mais de Sam. Finalmente, ela apelou para J.D.

— Michael vai ouvi-lo. Chame-o para uma conversa. Ele está sendo teimoso.

— Não sou bom para falar com as crianças.

— Mas é o único que pode sentir como ele. Ficou tão magoado quanto Michael por tudo que aconteceu.

J.D. deu de ombros.

— Já superei.

Teke sabia que o orgulho de J.D. não o deixaria admitir que fora magoado. Por outro lado, era verdade que ele saíra são e salvo da crise. Mas precisava de sua ajuda. Ocorreu-lhe que, em relação a emoções, era uma das poucas ocasiões em que isso já acontecera.

— Sam traiu você, da mesma forma que traiu Michael — disse ela. — Neste sentido, o que você disser tem mais peso do que qualquer coisa que eu falar.

J.D. demorou a considerar sua súplica. Parecia sinceramente pensativo, o que era uma novidade. Sem Teke para tratá-lo de forma maternal, sem Sam para acalmá-lo e sem Annie para atenuar a fúria de suas emoções, ele parecia assumir as responsabilidades. O que era ótimo, pensou Teke. A parte dela que queria continuar amiga de J.D. sentia-se satisfeita.

J.D. concordou em conversar com Michael, não tanto para convencê-lo a comparecer à posse, mas para provar a si mesmo que podia elevar-se acima do que seu próprio pai era. John Stewart achava que uma pessoa que errasse com outra teria de ser punida com a retirada de seus favores e pela remoção total dessa pessoa de sua vida. Fora o que ele fizera com Sam. Mas J.D. achava que a índole vingativa podia levar a pessoa a se tornar radical. Com exceção de uma única vez, Sam sempre fora um amigo leal. Seus pontos favoráveis eram mais do que bons. Eram até admiráveis, até mesmo a afeição que ele sentia por Michael.

J.D. foi ao encontro do filho no quarto, que voltara a ser no segundo andar, agora que o ato de subir escadas passara a ser considerado uma terapia essencial. O quarto estava na maior bagunça... "Obrigado, Teke", pensou J.D., irônico. Depois de passar por cima de uma toalha, ainda úmida do banho, ele se postou entre a televisão e o filho.

— Precisamos conversar.

— Agora? — indagou Michael, desanimado. — É o meu programa predileto.

J.D. olhou para trás. Viu uma dupla de adolescentes com costeletas que não eram usadas desde quando ele próprio era adolescente.

— Agora. Não posso ficar muito tempo. — Como uma concessão, ele acrescentou: — Apenas abaixe o som.

Quando as vozes se tornaram mais baixas, enfiou as mãos nos bolsos e continuou:

— Sua mãe me diz que você não quer ir à posse de Sam. Acho que deve.

— Por quê?

— Porque Sam é amigo da família desde que você nasceu. Ajudou em sua criação. Ensinou-o a jogar bola. E ama você.

— Ele fez com que você e mamãe se separassem.

— Não. Nós teríamos nos separado de qualquer maneira.

Não era necessariamente verdade. Se nada balançasse o barco, ele e Teke poderiam continuar juntos para sempre, com a ajuda de Sam e Annie. A menos que outra coisa balançasse o barco. Como um dos casos de J.D. Ou seja, Teke é que fora apanhada, não ele. Tinha sorte.

— Por que teriam se separado de qualquer maneira?

— Porque não fazíamos um ao outro feliz.

— Os dois me pareciam muito felizes.

— Você não sabia como nos sentíamos por dentro.

— E como se sentiam?

J.D. já se fizera essa pergunta. Mas o que podia dizer? *Sua mãe não me excitava mais. Gosto de ter mulheres diferentes. Minha vida era tão estruturada quanto a vida de meu pai, e isso me deixava deprimido.* Qualquer dessas explicações o deixaria mal. Por isso, ele disse:

— Sentíamos que nos faltava alguma coisa na vida.

— Foi por isso que mamãe fez aquilo com Sam?

— Não. Acho que ela fez aquilo com Sam porque ele entrou na casa, por acaso, no momento em que ela se sentia deprimida.

— Ela poderia ter dito não. Ou *ele* poderia ter dito não.

— Sam pensava em outras coisas. Não pensava com a mesma lucidez que você e eu temos neste momento. Essa é a chave, Michael. Você tem de ser racional. Tem de perguntar a si mesmo por que está fazendo o que faz.

Esse era, na verdade, o método de Annie. J.D. tentava segui-lo.

— Você precisa olhar para a frente e considerar as conseqüências de suas ações. Não está fazendo isso em relação a Sam.

— Vovô o expulsou da firma.

— Sam acabou conseguindo um cargo ainda melhor. E não se compare com seu avô. Ele deixa que a raiva o domine. Cortou por completo os laços que o ligavam a Sam. Mas ele é que vai sofrer sem a presença de Sam. Você quer sofrer também? Quando vai parar de se punir?

— Não estou me punindo.

— É o que me parece. Bem que precisa da ajuda de Sam.

— Você também, mas vai para a Flórida.

— Porque aceitei a ajuda de Sam durante tanto tempo que agora chegou o momento de tomar minha iniciativa. Sam foi como uma muleta para mim. Tenho de começar a andar sem ele.

— Eu também.

J.D. sacudiu a cabeça.

— Você tem apenas treze anos. Ainda pode aprender muito com Sam. Tem sorte de contar com um amigo como ele. E eu também.

— Então por que vai embora? — gritou Michael.

J.D. sentou na cama, ao lado do filho.

— Tenho a oportunidade de fazer uma coisa nova. E vocês, meus filhos, já têm idade suficiente para pegar um avião e passar algum tempo comigo. Sam e Annie também irão. Sam cometeu um erro, mas é um homem de bem. Não vou expulsá-lo da minha vida, como meu pai fez. Não sou bobo.

Michael mexeu no controle remoto.

— Acha que estou sendo bobo?

— Está sendo míope.

Houve uma pausa seguida por uma pergunta insegura:

— Acha que vou me arrepender se não for?

— Acho, sim.

— Mas ainda *ando* de uma maneira esquisita.

— Mas é claro que não! — exclamou J.D., impaciente. — Anda de uma maneira *diferente* de antes, mas não é esquisita ou engraçada. Já vi pessoas com os pés virados para dentro que andam de uma maneira esquisita... mas não é o seu caso. Às vezes você tem de aceitar as coisas, Michael. Essa experiência o mudou de muitas maneiras, mas você tem de usá-la para seguir em frente. É o que estou tentando fazer.

Michael levantou os olhos.

— É mesmo?

J.D. confirmou com um aceno de cabeça.

— Você vai comparecer à posse?

— Eu não a perderia de jeito nenhum. Sam será muito importante na magistratura. Quero que as pessoas saibam que o ajudei a chegar lá. — Ele ofereceu um sorriso arrogante. — E, então, você vai ou não?

— Não sei.

— É melhor decidir logo. — J.D. levantou-se e se encaminhou para a porta. — Vai precisar de uma camisa passada, um *blazer* e uma calça nova com vinco. No ritmo em que vem crescendo, Michael, provavelmente já está maior do que todas as que tem. Vou falar com sua mãe para comprar. Quero que pareça como meu filho.

Ele desceu para dizer isso a Teke.

Annie assumiu o comando da recepção. Seria realizada no Four Seasons, de fácil acesso a pé através do Boston Common para quem deixasse o gabinete do governador, onde seria realizada a cerimônia. Ela queria que fosse distinta e generosa, o que significava um bufê com muita comida, bem preparada e boa apresentação. Também queria um pianista. E arranjos de flores frescas. E convites um pouco diferentes da norma, elegantes, mas individuais. Era assim que Teke teria feito, se Annie lhe entregasse o planejamento da festa. Mas Annie tinha algo a provar para si mesma e as pessoas ao redor. Queria que todos soubessem que suas habilidades não se limitavam somente à sala de aula. A recepção da posse era sua estréia, um momento para brilhar como a esposa de Sam. Comprou um vestido novo deslumbrante. Acrescentou pequenos retoques à maquilagem. Queria que tudo saísse perfeito. Ao se aproximar o dia, tudo indicava que assim seria. Os convites foram expedidos, as aceitações chegaram. Cento e cinqüenta amigos e colegas se reuniriam com a família para a ocasião.

Entre eles havia vários amigos de Annie da escola, incluindo Jason Faust e Charles Honnemann. O último fora convidado estritamente por cortesia. Ele vinha evitando Annie desde que fora esclarecido o mistério da overdose de Jason. Por isso, ela ficou surpresa quando Charles aceitou o convite.

Mas as pessoas adoravam a companhia de um vencedor... e Sam era um vencedor. Annie orgulhava-se dele por isso. E sentia-se bem por saber que ele lhe pertencia.

A grande dúvida, à medida que o dia se aproximava, era saber se Michael também iria. Sam queria desesperadamente a presença do garoto. Tornara-se simbólica do fim de uma provação. Mas Michael não queria se comprometer. E ninguém parecia capaz de demovê-lo.

A posse estava marcada para as cinco horas da tarde. Depois de instalar os pais numa suíte no Four Seasons, Sam voltou a Constance para trocar de roupa. Annie o esperava quando ele saiu do chuveiro.

Ergueu-se na ponta dos pés e o enlaçou pelo pescoço. Ele recendia a sabonete e Sam, sua combinação predileta.

— Como se sente?

— Nervoso. Por que convidamos tanta gente?

— Porque são nossos amigos e queremos que partilhem este momento conosco. E porque me orgulho de você. — Ela beijou-o na boca, depois lhe mordiscou o bigode. — Quero que todos saibam o que você realizou. Quero que todos saibam que é meu homem.

Sam beijou-a. Emoldurou seu rosto entre as mãos e contemplou cada centímetro. Annie sentiu toda a sua ternura e ficou profundamente comovida.

— Você é linda — sussurrou ele.

— Espere só até eu tomar banho e me maquilar.

— Gosto de você assim. Lembra-me a garota desamparada que conheci quando tinha dezenove anos, por quem me apaixonei na hora. Nada mudou, meu amor.

— Claro que mudei. Agora tenho celulite.

— Onde?

Ela tocou na bunda. Sam virou-a e beijou a parte do corpo indicada.

— Tão macia quanto o bumbum de um bebê — murmurou ele, tornando a abraçá-la. — Obrigado por planejar tudo. Será maravilhoso.

— Espero que sim. — Ela percebeu que Sam franzia a testa de leve. Michael quase nunca saía de sua mente. — Acha que ele irá?

— Não sei.

— Se ele não for, Sam, será apenas porque é jovem. Não podemos esperar que seja maduro aos treze anos de idade. Eu não era.

— Mas ele sabe o quanto é importante para mim. Talvez seja esse o problema. Talvez eu não devesse ter dito a ele. Dei-lhe o instrumento para me magoar.

Annie sentia-se magoada por Sam.

— Uma parte de mim quer correr até lá e incutir um pouco de bom senso na cabeça dele, até à força, se for preciso. O único problema é que ele está agora muito maior do que eu.

— De qualquer forma, não se pode obrigá-lo a fazer uma coisa que ele não quer. — disse Sam. — Se ele for, tem de ser por sua livre e espontânea vontade.

Enquanto soltava o marido e ia para o chuveiro, Annie torceu para que assim fosse. Ela mesma fizera o melhor que podia para convencer Michael. Não podia fazer mais nada.

Ao final do banho, outros pensamentos absorveram-na. Comprara um vestido para Zoe e agora a ajudava a vesti-lo. Queria que a filha se sentisse bonita, o que não acontecera com Annie quando tinha a sua idade. Quando Annie acabou, os cabelos de Zoe eram como seda dourada ondulada, as faces com um ligeiro rubor, e os lóbulos das orelhas brilhavam com botões de diamantes. Sam assobiou quando a viu, e ela ficou ainda mais ruborizada.

Sam também assobiou para Annie, quando ela parou na sua frente, usando uma combinação de renda. Assobiou de novo depois que ela puxou o zíper do vestido e uma terceira vez quando Annie desceu a escada, pronta para partir.

Jon entrou correndo segundos mais tarde, depois de passar pela casa dos Maxwell a fim de oferecer apoio a Leigh, que tivera um frenesi à procura de uma roupa naquela tarde, ao descobrir que o vestido escolhido se tornara de repente muito apertado na cintura. Ela estava muito magra para parecer grávida e muito estufada na cintura para se sentir magra. Annie podia se lembrar desse período e de como passara depressa.

— Algum sinal de Michael? — perguntou Sam a Jon.

— Ele vai?

— Não sei. Ainda não havia se vestido.

Annie pôs a mão no braço de Sam, num gesto tranqüilizador.

— Ele ainda está lutando. Dê-lhe tempo.

— Não resta muito tempo.

Triste, Sam seguiu na frente para o carro. Para alívio de Annie, ele pareceu relegar a tristeza para o segundo plano durante a viagem de Constance para Boston. Tinha de agradecer às crianças por isso. Com a realidade do novo cargo de Sam finalmente sendo assimilada, eles tinham uma série de perguntas.

— Como meus amigos devem chamá-lo? — perguntou Zoe.

— O pai de Zoe.

— Falo sério. O Meritíssimo Juiz do Tribunal Superior do Estado de Massachusetts Samuel F. Pope?

— Juiz Pope será suficiente.

— Isso não vai assustá-los?

Foi Jon quem respondeu:

— Claro que não. Meus amigos estão entusiasmados. Acham que terão alguém para dar um jeito em suas multas por excesso de velocidade.

— Podem esquecer — declarou Sam.

— Foi exatamente o que eu disse — assegurou Jon.

— Como mamãe é tratada?

— Dra. Pope — respondeu Sam.

— Juiz e Dra. Pope?

— Estamos falando aqui de uma apresentação formal? Seria o Meritíssimo e a Sra. Samuel F. Pope. — Ele olhou para Annie. — O Meritíssimo e a Dra. Samuel F. Pope? Não está certo. O Meritíssimo Samuel F. Pope e a Dra. Anne H. Pope.

— Meritíssimo e Sra. está ótimo — disse ela.

— Quantas togas você tem? — perguntou Zoe.

— Três. Uma para usar, uma para lavar e a terceira de reserva.

— Joy se importou de deixar a firma de advocacia?

— Não. Ela vai ganhar mais e trabalhar menos.

— O tribunal entra em recesso no verão?

— Não.

— Então quando vai tirar férias?

— Sempre que eu quiser. Aviso com antecedência.

— Vai considerar advogados culpados de desacato ao tribunal?

— Mais cedo ou mais tarde, presumo.

— Como na TV?

Jon suspirou.

E assim continuou. Annie, sorrindo, pensou que seria ótimo se pudesse congelar e conservar aquele momento para sempre. Os três, tão preciosos para ela, em perfeita sincronia. Havia um sentimento de entusiasmo e esperança.

O entusiasmo aumentava à medida que se aproximavam de Boston. Antes mesmo que Annie pudesse se preparar para o final da intimidade familiar, entrou no prédio do governo estadual. Foram conduzidos a uma sala no segundo andar, onde o governador e um fotógrafo oficial esperavam. Foram tiradas várias fotos. Inúmeras pessoas entraram na sala, mas não Michael. Houve uma breve introdução do governador, depois o juramento de Sam, que durou sessenta segundos, acompanhado por apertos de mãos, congratulações e mais fotos. Era um momento emocionante para Annie, que sentia um aperto na garganta sempre que ouvia alguém tratar Sam como *Meritíssimo.*

Depois que quase todos os outros seguiram para a recepção, atravessando o Common, eles imitavam o exemplo. Sam era cercado por vários outros juízes, que falavam enquanto andavam. De vez em quando, Annie o via esquadrinhar ansioso as pessoas que seguiam mais à frente. Ele olhou para Annie. Ela deu de ombros. Não vira Michael, nem J.D. Sentia uma dor no coração por Sam, que queria tanto a presença dos dois.

Por sorte, o salão reservado para a recepção estava lotado, com um ar festivo quando chegaram. As toalhas de mesa eram de um cinza-claro, as flores de um grená forte. Uma música suave saía de um piano de cauda no canto. O vinho corria. Os sorrisos abundavam.

Teke estava com os pais de Sam, que conheciam tão poucas pessoas ali quanto Grady. Annie calculou que isso fazia Grady se sentir um pouco melhor, embora parecesse óbvio que ele preferiria estar em qualquer outro lugar a sós com Teke. Não desviava os olhos dela por muito tempo. O fascínio parecia mútuo. Grady, de terno novo, deixava a maioria dos outros homens, na sala, em segundo plano. Annie sentiu-se satisfeita por Teke.

Ela e Sam circularam entre os convidados, apertando mãos, abraçando amigos, rindo, divertindo-se, apesar da pequena pontada de tristeza que ambos sentiam. Annie olhava a todo instante para o lugar em que os filhos estavam, na expectativa de avistar Michael ali.

J.D. apareceu na porta. Estava sozinho. Annie olhou para Sam. Ele exibia uma expressão de derrota.

Ela já se encaminhava para o marido quando o rosto de Sam, subitamente, se iluminou. Ao se virar para a porta, ela viu Michael sair de trás do pai. Usava um *blazer* novo, estava muito bonito... e extremamente adulto.

Annie sentiu uma imensa satisfação, enquanto pedia licença às pessoas com quem conversava e atravessava o salão. Parou a alguns passos de Michael e esperou. Annie também parou, com o coração na boca.

Michael não desviava os olhos de Sam. Piscou e engoliu em seco. Na memória de Annie, ele voltou de repente a ser um menino assustado, em sua primeira bicicleta, com Sam gritando:

— Você pode andar, Mike. Dê um impulso e depois pedale. Isso mesmo. Continue a andar. Você conseguiu.

Com a câmera na mão e uma súbita determinação nos olhos, ele se adiantou. Era tudo de que Sam precisava. Encontrou-se com o garoto no meio do caminho, dando-lhe um abraço apertado.

— Eu já tinha perdido a esperança.

Annie aproximou-se no instante em que Michael dizia:

— Quando decidi vir, não encontrei um cinto que coubesse. Mamãe já havia saído, e papai não tinha a chave de sua casa. Por isso, tivemos de procurar uma loja para comprar.

Sam sorria de uma orelha a outra.

— Antes tarde do que nunca. Agora, podemos *comemorar*.

Seus olhos ganharam um brilho especial. Ele ergueu a cabeça. Michael deteve-o. Numa voz que era mais de homem que de menino, com uma firmeza divertida, ele declarou:

— Não ouse fazer isso, Sam.

— Fazer o quê? — indagou Sam, com um ar inocente.

— Anunciar que estou aqui e que você quer fazer um brinde à minha recuperação.

Annie reconheceu que seria uma atitude típica de Sam.

— Não faça isso — insistiu Michael. — Eu morreria.

Sam riu.

— Está bem. Não farei. Afinal, hoje é meu dia. Mas você fez com que tudo valesse para mim, Michael.

Depois de um abraço final, que teria deixado Michael embaraçado também, de tão efusivo, Sam enlaçou Annie pelo pescoço com uma das mãos e J.D. com a outra. Exibiu um sorriso feliz.

— Muito bem. Estamos prontos. Comece a filmar.

Annie não sabia se o comportamento do marido era típico de um magistrado, mas isso parecia não ter importância. Enquanto ela se deliciava com o calor do contato de Sam, Michael recuou, levantou a câmera e começou a falar, enquanto filmava:

— Hoje é 12 de março de 1993. Hotel Four Seasons, Boston, Massachusetts. A ocasião é a posse de Sam Pope como juiz do Superior Tribunal do Estado de Massachusetts. Este é seu melhor amigo, J.D. Maxwell, à esquerda. Annie Pope, sua esposa, está à direita. E ali está o resto da turma. Zoe, Jon, Leigh, Jana, Teke e Grady, Papa Pete, o Sr. e Sra. Pope, do Oregon, e metade de Constance. Ei, o que é isso na bandeja que o cara de luvas brancas está carregando? São morangos com cobertura de chocolate? *Maneiro!*

Epílogo

Michael continuava a filmar. Já gastara dois rolos registrando o nervosismo na sala de espera e estava no terceiro. A situação era monótona. Mas ele não parava de filmar. Ou isso, ou caía no sono, e ele se recusava a dormir. Não importava se eram quatro horas da madrugada. Não perderia de jeito nenhum o nascimento do bebê de Leigh. Claro que seria muito melhor se o deixassem entrar na sala de parto, com Leigh e Jon. Sempre deixavam os outros. Ele estava gripado, é verdade. Mas para que existiam as máscaras de dentista?

Fora relegado à sala de espera. Pela enésima vez, recuou até a parede e fez uma panorâmica do grupo. Ocorreu-lhe que podia cortar e editar aquela cena junto com as outras, para produzir uma hilariante seqüência sobre fadiga. A cada cena, os corpos arriavam mais nos assentos, e uns contra os outros.

À esquerda, espremidos num sofá verde de vinil, estavam Sam, Annie, Zoe e Jana. Recém-chegado do aeroporto, J.D. se instalara numa poltrona, ao lado de Jana. Papa Pete dormia em outra poltrona. À direita, num sofá menor, sentavam-se Teke e Grady.

— Por que está demorando tanto? — reclamou Jana, sonolenta.

Zoe estava um pouco mais desperta.

— Será que houve algum problema?

Annie apertou sua mão.

— O primeiro parto é sempre mais demorado. Tudo vai correr bem.

Ela e Sam partilhavam sorrisos pequenos e excitados. Ele respirou fundo e olhou ao redor.

— Menino ou menina? Vamos fazer a última contagem.

Michael ficaria furioso se não fosse um menino. Queria alguém para brincar. Estava cansado de pertencer à minoria.

Houve um clamor cansado dos votos dos outros. O súbito barulho fez Papa Pete acordar, sobressaltado. Michael captou tudo com a câmera. Também captou o olhar ansioso que Teke lançou para Grady, que apertou sua mão, num gesto tranqüilizador.

Com exceção dos poucos minutos seguintes ao momento em que soubera quem Grady matara, Michael sempre gostara dele. Grady não era de falar muito; mas, quando falava, sempre tinha alguma coisa a dizer. Tratava Michael como um adulto. E era bom para Teke. Por mais numerosas que fossem as ocasiões em que sentia saudade do pai e desejava que Teke e J.D. se reconciliassem, a parte adulta de Michael podia constatar que há muito tempo a mãe não se mostrava tão feliz. Não que ela fosse infeliz antes. Apenas parecia melhor agora.

Ele deslocou a lente para a esquerda. Passou por Papa Pete, chegou a J.D. A Flórida fora ótima para ele, e Michael podia compreender por quê. A casa que o pai comprara ali era espetacular. Michael já o visitara duas vezes e iria uma terceira, assim que esfriasse em Constance. J.D. gostava das pessoas da Flórida. Gostava de sua firma de advocacia e de jogar golfe. Michael achava que ele estava namorando, embora o pai não falasse a respeito. O próprio Michael nada perguntava. Ainda não se sentia preparado para saber. Já se acostumara a ver a mãe com Grady — era como se fossem feitos um para o outro —, mas seria estranho encontrar o pai com outra mulher que não sua mãe. Sentia-se contente porque o relacionamento de J.D. com Virginia Clinger acabara. Ela sempre trazia problemas.

— Talvez o bebê esteja virado ao contrário, com o bumbum para a frente — sugeriu Jana. — Isso retardaria o parto.

— Saberiam antes. — Zoe olhou para Annie. — Não saberiam?

Annie confirmou com um aceno de cabeça.

— O bebê está ótimo. Tenho certeza.

Michael virou a câmera para Teke, que não parecia nem um pouco segura. Sua expressão era de terror. Grady segurava sua mão.

A cabeça de Papa Pete pendeu por completo. Mas tornou a se erguer no instante seguinte, porque Jon passou pela porta dupla da sala de espera, dando a impressão de que levara dez surras consecutivas, embora exibisse um sorriso de orelha a orelha.

— É uma menina!

Ele parou ali, sem saber direito o que fazer, até que os outros o cercaram, abraçando-o, abraçando-se uns aos outros, rindo, chorando, fazendo perguntas.

Uma menina. Michael deveria ter previsto.

— Ela é grande?

— Com quem ela parece?

— Como está Leigh?

— Quando poderemos vê-la?

Os comentários e perguntas continuaram, incessantes, até que Jon, pouco depois, teve permissão para levar a filha até o corredor, junto da sala de parto, onde os Popewell esperavam, na maior excitação.

— Olhem só para ela!

— É linda!

— Tem a sua boca, Jon!

— E o nariz de Leigh!

Michael mantinha-se um pouco atrás, filmando. Depois de um momento, no entanto, ele baixou a câmera. Ocorreu-lhe que havia algo no que via ali que nunca poderia ser registrado em filme. Os Popewell estavam juntos. E felizes. Havia mais duas pessoas agora, se Grady fosse incluído; e, a julgar pela maneira como ele participava das comemorações, parecia que já fora aceito.

Era um milagre.

Michael pensou em tudo o que acontecera durante o último ano. Recordou os dias sombrios, em que pensava que a vida despencava direto para o fundo do poço, e nada mais seria como antes. Acertara no último ponto; algumas coisas nunca mais seriam iguais. Mudanças haviam ocorrido. Mas não eram tão terríveis. Na verdade, eram até boas.

Sam estalou os dedos e fez um sinal para ele.

— Venha até aqui, Michael. É a sua sobrinha.

Michael juntou-se ao grupo. Sua postura era um pouco hesitante, embora não por causa de qualquer efeito persistente do acidente. Já não restava mais nenhum. Tencionava ser ala no time de basquete naquele ano e participar dos jogos desde o início. O tremor tinha mais a ver com o fato de testemunhar coisas memoráveis naquele momento.

Sem pensar mais na filmadora, ele ficou olhando para o bebê. Nunca vira uma criatura tão pequena em toda a sua vida.

— Ela não é incrível? — murmurou J.D., um braço estendido pelos ombros de Jon.

Annie e Teke estavam abraçadas, Sam e Grady davam tapinhas nas costas um do outro, Jana e Zoe arrulhavam para a criança.

A menina abrira um olho. Enquanto Michael olhava, ela abriu o outro. Ele seria capaz de jurar que a sobrinha o fitava. E sabia o motivo. Afinal, ele era o mais próximo de sua idade, era o que estaria em casa enquanto fosse pequena e aquele que a protegeria. Depois de Leigh e Jon, a criança era sua.

Talvez uma menina não fosse tão ruim assim, no final das contas.

Ele olhou para os outros com um sorriso.

Era um milagre.

FIM